David Foster Wallace Essays

재밌다고들 하지만 나는 두 번 다시 하지 않을 일

데이비드 포스터 월리스   김명남 엮고 옮김   바다출판사

데이비드 포스터 월리스는 2.5편의 장편소설, 3권의 소설집, 3권의 산문집을 남기고 2008년 46세의 나이로 사망한 미국 소설가다. 왜 2.5편인가 하면, 그가 채 완성하지 못하고 간 세 번째 소설은 미완성 상태로 유작으로 발표되었기 때문이다. 지금 이 책은 그의 세 산문집에 실린 총 32편의 글 중 9편을 골라 엮은 것이다. 그러니 왜 이 글들을 골랐는지 설명하는 것이 이 자리에 어울리는 이야기겠지만, 월리스의 글이 번역된 것은 대학 졸업식 축사를 담은 《이것은 물이다》 한 권뿐인 데다가 이 책 또한 소설이 아니라 산문집이니, 서두가 무거워지는 것을 무릅쓰고 그가 어떤 작가였는지부터 소개해야겠다. 되도록 짧게 말하겠다.

월리스의 명성과 악명은 모두 두 번째 장편소설 《무한한 재미Infinite Jest》에서 나온다. 그가 34세에 발표한 《무한한 재미》는 1,000쪽이 넘는 분량(제임스 조이스의 《율리시스》보다 두껍다), 세 플롯이 독립적으로 진행되며 간접적으로만 얽히는 구성, 이야기 속에서 제기되었던 의문들이 전혀 속 시원히 해소되지 않은 채 쓰다가 만 것처럼 뚝 끊기는 결말, 종종 두어 쪽에 걸쳐 이어지는 긴 문장, 깨알 같은 글씨로 엄청나게 많이 덧붙은 각주, 작가가 만들어 낸 새 단어들과 미국인도 사전을 찾아봐야 뜻을 알 만한 어려운 단어들과 우스운 머리글자어들이 난립한 어휘(가령 소설의 배경인 근미래에는 미국과 캐나다와 멕시코가 북아메리카국가연합Organization of North American Nations을 이뤘다고 가정되는데, 그 머리글자어인 O.N.A.N.은 분명 자위onanism를 암시하는 말장난이다), 정확한 문법의 문장에 구어체 표현을 숱하게 써서 격식을 차린 것 같으면서도 입말을 받아 적은 것 같은 문체, 명백히 토머스 핀천 같은 포스트모더니즘 작가들의 후예로 보이고 직전 문학계의 대세였던 미니멀리즘에 도전하는 '맥시멀리즘' 소설이지만 셰익스피어나 도스토옙스키 등의 고전을 암시한 요소도 있다는 점(가령 제목 '무한한 재미'는 《햄릿》 중 햄릿이 죽은 요릭을 "익살이 무궁무진한 친구"였다고 회고하는 대목에서 땄고, 현실을 대하는 존재론적 태도가 상이한 삼형제를 내세운 한 플롯은 확연히 《카라마조프의 형제들》을 연상시킨다), 테니스 신동이나 문법에 엄한 어머니나 재활원의 중독자들 같은 인물들에서 저자의 자전적 요소를 읽을 수 있다는 점(특히 재활원 입소자들의 대화가 워낙 생생한 나머지 저자가 헤로인 중독자였다는 소문도 돌았는데, 월리스는 술과 마리화나와 TV와 섹스와 설탕에까지 중독된 적 있지만 헤로인은 한 적 없다), 약물과 술과 엔터테인먼트와 하여간 온갖 것에 중독된 세기말 미국 사회가 그 '무한한 재미'의 수렁에서 어떻게 빠져나올 수 있나를 묻는 주제, 분량과 형식의 과잉 자체를 홍보 포인트로 삼기로 한 출판사가 출간 전부터 걸작이라고 예고했고 그 마케팅이 성공함으로써 첫 해에만 4만 부 넘게 팔렸고 지금까지 100만 부 넘게 팔렸다는 점, 그래서 모든 힙스터들의 책장에 꽂혀 있지만 사실 70쪽 넘게 읽은 사람은 별로 없으며 그래도 읽었다고 거짓말하는 것이 미국 문학 애호가들의 전통이라고들 농담하는 상황… 기타 등등으로 세기말 미국 문학을 논할 때 결코 빼놓을 수 없는 문제작이 되었다. 《타임》은 《무한한 재미》를 '20세기 100권의 걸작 영어 소설' 중 하나로 꼽았다.

그러나 《무한한 재미》에는 혹평도 따랐다. 어떤 비평가들은 이 책이 저자의 유아론적 사변이 픽션의 허울 아래 펼쳐진 것에 불과하다고 보았다. 가령 해럴드 블룸은 "월리스에 비하면 스티븐 킹은 세르반테스"라고 빈정댔고, 《뉴욕 타임스 북 리뷰》의 미치코 가쿠타니는 "재능이 낭비된 것 같은 책"이라고 말했다. 그런데 비판자들마저 모두 인정한 것은 그 재능 부분이었다. 길고 복잡하지만 한달음에 읽히는 최면적 문장과 풍성한 어휘가 결합된 언어 감각은 어느 작가와도 다른 월리스의 장기였으며, 건조한 미니멀리즘에 젖었던 독자들에게는 불꽃처럼 현란한 그 솜씨pyrotechnics 자체가 매력이었다. 그래서인지 비평가들보다 더 열심히 《무한한 재미》를 탐구하는 팬덤이 생겼고, 곧 월드와이드웹 시대를 맞이한 청년 세대는 월리스의 기발함, 박식함, 과시성, 소비자성, 숱한 결함까지도 자기 세대를 응축한 표본처럼 여겼다. 동료 작가였던 제이디 스미스는 월리스의 추모식에서 "그는 너무나 현대적이어서 우리와는 다른 시공간에서 사는 것 같았고" "그의 재능은 너무나 거대해서 사람들을 혼란시켰다"고 말했다.

월리스의 저런 특징은 다른 작품들에도 나타나 있다. 하지만 첫 소설 《시스템의 빗자루The Broom of the System》는 철학에 심취한 똑똑한 대학생의 글이라는 느낌을 지울 수 없고, 마지막 소설 《창백한 왕The Pale King》은 주제 면에서 심화되었지만 미완성이므로 평하기 어렵다. 세 소설집 속 단편들도 언어의 유용함과 무용함, 자아의 현실성과 비현실성, 연기로서의 정체성, 의식의 축복과 괴로움 등 연관된 주제를 다루지만, 과대망상적일 만큼 야망이 컸던 《무한한 재미》에 비하면 하는 수 없이 소품으로 느껴진다.

그런데 월리스는 소설로만 주목받은 소설가는 아니었다. 그는 어쩌면 자신이 쓴 소설보다도 더, 우리 시대에 소설은 무엇이어야 하는가 하는 의견으로 주목받았다. 늘 분석적이었던 월리스는 소설에서도 이론에 관심이 많았고, 여러 인터뷰와 산문에서 소설에 '관한' 의견을 밝혔다. 그는 소설이란 "이 세상에서 빌어먹을 인간으로 살아간다는 것"을 이야기한다고 여겼지만, 그렇다고 해서 이 망할 세상을 그대로 반영하기만 해서는 안 된다고 보았다. 소설은 그 질곡에서 빠져나갈 방법을 궁리하는 데까지 나아가야 한다. 따라서 정통적 사실주의도, 아이러니로 현실을 꼬집기만 하는 태도도 부족하다. 그는 분절된 경험으로 인식되는 현실을 반영하되 궁극적으로는 그것을 초월하여 진실되고 도덕적인 주장을 펼칠 줄 아는 픽션을 바랐다. 역설적이면서도 거대한 이 목표는 많은 사람에게 기대를 안겼고, 그 탓에 월리스는 자신이 세운 목표를 잣대로 평가당하는 자승자박에 빠졌지만, 어쨌든 혼란의 시대에 픽션의 의미를 열렬히 주장하는 그의 말은 널리 공명했다. 그의 생각은 조너선 사프

란 포어, 데이브 에거스 등에게 직간접으로 영향을 미쳤으며, 세기
말에 나온 그들의 두꺼운 소설들을 가리켜 비평가들은 "히스테릭
한 사실주의"라고 부르기도 했다.

월리스는 작가 친구가 많지는 않았다. 인정 욕구가 누구보다
강했지만 '남들에게 인정받고 싶어 하는 나'를 의식하는 자의식은
그보다 더 컸던 그는 오히려 그런 욕구에 초연한 척하는 편을 선호
했다. 활발히 교유하려 했더라도 어차피 십대부터 앓아온 불안장애
와 우울증 때문에 쉽지 않았을 것이다. 거의 유일한 작가 친구로 서
로 팬이자 동료이자 격렬한 경쟁자였던 사람은 조너선 프랜즌이었
고, 그가 문학적 멘토로 삼아 "작가는 어떻게 일과를 꾸려야 하나
요" 같은 순진한 질문부터 온갖 질문을 다 했던 선배는 돈 드릴로
였다. 월리스는 몇몇 대학의 창작 과정에서 가르친 학생들과 더 직
접적으로 소통했다. 그의 메타 포스트모더니즘적 작품에 반해 찾아
온 학생들에게는 아마 역설로 느껴졌을 텐데, 그는 잔재주보다 세
상을 견실하게 '보여주는' 전통적 글쓰기를 강조하는 선생이었다.
늘 문법과 맞춤법부터 가르쳤고, 모든 과제를 두세 번씩 읽어주고
비난보다 격려를 주는 좋은 선생이었지만, 강의실 밖에서는 학생들
의 얼굴도 못 알아보곤 했다. '학계의 창작 과정이 소설을 망친다'
는 글(이 책에도 실린 〈픽션의 미래와 현격하게 젊은 작가들〉)을 썼던
그가 사후에 소설가 못지않게 창작 스승으로서도 널리 기억된다는
것 또한 그가 품은 수많은 역설 중 하나다.

소설가로서, 비평가로서, 선생으로서 월리스가 그랬다면 논픽

션을 쓰는 작가로서는 어땠을까. 월리스는 출간을 염두에 두고 자발적으로 주제를 정해 논픽션을 쓴 적은 없었다. 처음 문예지에 글을 쓴 것은 돈을 벌기 위해서였고, 나중에도 잡지나 신문이 의뢰를 해오면 썼다. 그의 논픽션이 주목받은 계기는 《하퍼스》의 의뢰로 일리노이 주 축제를 구경한 뒤 쓴 기사였다. 이후 잡지들은 그를 포르노 컨벤션, 크루즈 여행, 존 매케인 선거 캠프, 데이비드 린치의 〈로스트 하이웨이〉 촬영 현장, US 오픈 테니스장 등등으로 파견하여 지극히 미국적인 행사를 지극히 미국적인 작가인 그의 눈으로 바라보는 것을 즐겼다. 독자들의 반응도 좋았다. 첫 산문집부터 베스트셀러였다. 독자들은 천재적이고 괴팍한 이 작가가 '나'를 드러내어 말하는 논픽션을 좀더 편하게 느꼈고, 논픽션에도 그의 장기가 잘 살아 있는 것을 좋아했다.

월리스 자신은 논픽션을 픽션보다는 덜 중요하게 여겼다. 가끔은 픽션을 쓰다가 기분 전환차 논픽션을 썼지만, 가끔은 논픽션 때문에 픽션이 안 써지나 싶어서 다시는 안 쓰겠다고 결심하기도 했다. 그러나 논픽션을 쓰는 것 자체는 즐겼다. 그는 논픽션을 쓸 때면 평소보다 "약간 더 멍청하고 얼간이 같은" 자아를 취하게 된다고 말했다. "논픽션을 쓰는 것이 더 쉽고 즐거운데도 왠지 그러니까 내가 정말로 써야 하는 것은 픽션이라는 느낌이 더 굳어진다"고도 말했다. 언젠가 그는 "픽션을 쓸 때는 뇌의 97퍼센트를 쓰지만 철학을 할 때는 50퍼센트만 쓰는 것 같다"고 말했는데, 모르면 몰라도 논픽션을 쓸 때는 70퍼센트쯤 쓰지 않았을까. 늘 길게 쓰는 것이 문제인 그에게는 분량이나 마감의 제약도 오히려 유익하게 작용했다.

한마디로 논픽션은 그에게 "소설에서 잠시 벗어나는 휴가"였다.

그래도 그는 논픽션을 쓸 때 소설을 쓸 때처럼 철저히 조사했다. 할 말이 너무 많아서 분량이 두세 배가 되는 것도 예사였다. 서평이든 비평이든 취재 기사든 결국에는 그가 당시 고민하던 문제가 담겼기 때문에, 그의 논픽션은 소설들의 주제를 직설적으로 표현한 글로도 읽힌다. 심지어 소설들의 문제점까지 비슷하게 담겼다. 월리스는 자신이 실제로 참석했던 금주 모임 회원들의 발언을 《무한한 재미》에 거의 그대로 가져다 썼는데, 논픽션을 쓸 때는 거꾸로 다른 데서 들은 말을 추가하거나 실제 사건을 각색하는 등 자신이 노리는 효과를 내기 위해서 슬쩍슬쩍 말을 지어냈다. 그렇게 쓴 글들을 책으로 묶는 것도 좋아했다. 원래 잡지 지면에서는 "볼보광고를 싣기 위해서" 잘려나갔던 대목들을 복원하는 것이 좋았기 때문이다.

그렇다면 이제, 어떻게 그 논픽션들 중 이 책에 실린 아홉 편을 골랐는지 이야기하자. 우선 세 산문집의 표제작을 담았다. 〈재밌다고들 하지만 나는 두 번 다시 하지 않을 일〉 〈랍스터를 생각해봐〉 〈페더러, 육체이면서도 그것만은 아닌〉이다. 비평 중에서는 맨 처음 발표된 글이었던 〈픽션의 미래와 현격하게 젊은 작가들〉을 골랐다. 서평 중에서는 고전 작가인 카프카와 도스토옙스키를 다룬 글을 골랐다. 〈권위와 미국 영어 어법〉은 그의 종교나 다름없었던 언어에 대한 시각을 보여주는 글이라서 골랐다. 이렇게 고르니 이미한 권 분량이 되어 누락할 수밖에 없었던 나머지 글들 중 아까운 것은 2000년 존 매케인 상원의원의 선거 캠페인을 취재한 〈업, 심바!〉(그는 이 글로 저널리즘 상도 받았다), 주니어 테니스 선수였던 학창 시절을 회고한 〈토네이도 앨리의 미분함수적 스포츠〉(그가 유년기에 대해서 쓴 가장 자전적인 글이지만, 테니스 글은 페더러 에세이를 골랐으니 이 글은 뺐다), TV의 '보여주고 보여지기' 문화가 작가들에게 미친 영향과 아이러니의 역할을 논한 〈하나로부터 다수를: 텔레비전과 미국 소설〉(〈픽션의 미래와 현격하게 젊은 작가들〉과 내용이 반쯤 겹친다), 존 업다이크의 소설을 혹평한 〈분명 무언가의 끝이라고 생각하지 않을 수 없는〉(이 글에서 그는 업다이크를 "페니스가 달린 유의어 사전"이라고 표현했다) 등이다.

마지막으로, 내가 어떻게 월리스를 읽게 되었는가 하는 이야기를 덧붙인다. 이것은 물론 사적인 이야기지만 아주 사적인 이야기만은 또 아니다. 그러려면 월리스의 책 중 유일하게 번역된 《이것은 물이다》부터 이야기해야 한다. 월리스가 2005년 케니언 대학 졸업식에서 했던 축사를 담은 이 책은 그의 사후에 나왔지만, 축사 자체는 생전에도 인터넷에서 인기였다. 우리는 모두 자기 뇌라는 한계에 갇혀 있다는 것, 그로 인한 자기중심주의는 모든 인간의 기본 설정이라는 것, 그럼에도 우리는 타인에 대한 연민과 깨어 있는 의식으로 그 한계와 지루한 일상 속에서 의미를 찾을 수 있다는 것. 축사의 이런 내용은 미완성 유작 《창백한 왕》의 주제이기도 하다. 나는 친구가 소개해준 《이것은 물이다》로 월리스를 처음 알았고, 그다음에는 이 책의 마지막에 실린 〈재미의 본질〉을 읽었고, 그 글이 재미있기에 다른 산문들도 읽었고, 그다음에는 소설들을 읽었다. 요즘 많은 독자가 그렇듯이 강연→논픽션→픽션이라는 뒤집힌 경로로 소설가 월리스를 알게 된 것이다.

그런데 《이것은 물이다》로 월리스를 알게 된 독자가 접하는 문제가 있다. 논픽션에서, 나아가 픽션에서 알게 되는 그는 《이것은 물이다》에서 느껴지는 '세속의 성자' 내지는 '성스러운 바보' 같은 사람이 아니라는 점이다. 자기중심주의에서 벗어난 현자이기는커녕, 그는 자의식이 강한 작가들 중에서도 심한 자기중심주의자였다. 남에게 사랑받고 싶은 욕구가 병적인 수준이었고, 결국에는 꼭 맞는 반려자를 만나지만 그 전에는 여자들에게 스토킹 수준으로 집착하고 이용하고 학생들과도 섹스했던 무절제한 남자였고, 자신의 명석함과 운동 실력을 과장해서 자랑했으며, 중독에 취약한 성정 외에도 병균이나 물이나 비행기 등등 온갖 것에 대한 공포증이 있었다. 그가 글에서 드러내는 유아론적 자의식은 연기가 아니었고, 수사적 효과를 노린 위악도 아니었고, 그 자신이었다. 그 이상이었다. 그는 자신이 지극히 이기적이면서도 남들의 시선을 신경 쓰는 속물이라는 사실을 너무 의식한 나머지 그러지 않기를 바랐고, 그러지 않기를 바라는 것 자체가 너무 이기적인 속물성이라고 생각한 나머지 그러지 않기를 바라지 않기를 바랐고… 이런 자의식의 재귀적 나선으로 무한히 빠져들었다. 사후에 나온 전기를 보면, 그는 글로 드러낸 것보다 훨씬 더 문제가 많고 고통을 겪었던 사람이었다.

그러나 나는 이런 사실을 다 알고도, 오히려 알기에, 그를 더 좋아하게 되었다. 그가 설령 딱할 정도로 자의식이 지나친 궤변론자였더라도, 그가 결코 하지 않은 것은 자신이 흉측한 인간이 아닌 척 가장하는 것이었다. 사실 그는 톨스토이가 인정할 정도의 도덕주의자였으며, 다만 괜찮은 한 인간으로 중독되지 않고 자살하지 않고 살아가고자 애쓰는 데 자신이 가진 엄청난 에너지를 쏟아부었다. 글쓰기는 그가 조금이나마 그렇게 살 수 있도록 도와준 거의 유일한 활동이었다.

이렇게 말하니 거창하지만, 사실은 그런 거창한 이유로 그를 좋아하는 것은 아니다. 나는 이 책의 표제작인 〈재밌다고들 하지만 나는 두 번 다시 하지 않을 일〉만큼 짜릿한 글을 어디에서도 읽어본 적이 없다. 제 뇌에 갇힌 헛똑똑이 백인 남자가 좋아하지도 않는 크루즈 여행을 하며 매사를 비딱하게 기록한 일기를 읽으면서, 나는 발작적으로 웃고 눈물이 고이고 그를 비웃고 동정하고 그에게 은밀히 공감했다. 월리스는 좋은 글은 "독자를 덜 외롭게 만들어야 한다"고 말했다. 나는 이 글을 읽을 때 덜 외롭다고 느꼈다. 미치코 가쿠타니는 월리스의 부고에서 이렇게 썼다. "그는 (마음만 먹으면) 웃기게 쓸 수 있었고, 슬프게 쓸 수 있었고, 냉소적으로 쓸 수 있었고, 진지하게도 쓸 수 있었다." 그뿐이겠는가. 그는 그 모든 것을 동시에 하도록 쓸 수 있었다.

2018년 봄
김명남

차례

일러두기

- 이 책은 데이비드 포스터 월리스의 산문집 세 권《재밌다고들 하지만 나는 두 번 다시 하지 않을 일A Supposedly Fun Thing I'll Never Do Again》(1997),《랍스터를 생각해봐Consider the Lobster》(2006),《육체이면서도 그것만은 아닌Both Flesh and Not》(2012)에서 아홉 개의 글을 선별하여 엮은 것입니다. 이 글들은 우선 산문집이 발표된 순서대로, 그다음 각 산문집에 수록된 순서대로 나열했습니다. 국역본은 〈재밌다고들 하지만 나는 두 번 다시 하지 않을 일〉을 표제작으로 삼았습니다.
- 원서에서 강조하기 위해 이탤릭체로 표기한 부분은 고딕체로 표기했습니다.
- 본문 하단에 있는 주는 모두 저자가 쓴 것입니다. 옮긴이 주는 괄호 안에 담아 '옮긴이'라고 꼬리표를 달았습니다.
- 속표지 뒷면에 들어간 작품 상세 정보와 책 말미에 수록된 '데이비드 포스터 월리스 연보' '데이비드 포스터 월리스 저작 목록'은 책의 이해를 돕기 위해 모두 옮긴이가 작성했습니다.

A Supposedly Fun Thing

I'll Never Do Again

재밌다고들 하지만

나는 두 번 다시 하지 않을 일

◎　1996년 《하퍼스》 1월 호에 '출항: 호화 크루즈 여행의 (거의 치명적인) 안락함에 관하여'라는 제목으로 실렸다. 첫 번째 산문집 《재밌다고들 하지만 나는 두 번 다시 하지 않을 일》에 재수록되었다. 데이비드 포스터 월리스 자신도 좋아했던 글이고, 많은 독자들이 그의 대표적 에세이로 꼽는다. 소설 《무한한 재미》와 같은 주제를 다룬다.

1

지금은 3월 18일 토요일, 나는 포트로더데일 공항의 극심하게 붐비는 커피숍에 앉아서, 크루즈선에서 내린 시각과 시카고행 비행기가 출발할 시각 사이에 뜬 네 시간을 죽이면서 방금 끝난 취재 과제에서 보고 듣고 했던 일들을 무슨 최면적이고 감각적인 콜라주처럼 떠올려보고 있다.

나는 설탕 같은 해변과 새파란 바다를 보았다. 너풀거리는 깃이 달린 새빨간 레저슈트를 보았다. 9.5톤이 넘는 뜨거운 살덩어리에 펴 발라진 선탠로션의 냄새를 맡았다. 세 나라에서 "친구Mon"라고 불려보았다. 500명의 부유한 미국인들이 일렉트릭 슬라이드 춤을 추는 것을 보았다. 컴퓨터로 손질한 것처럼 보이는 노을과 미국에서 익숙히 보았던 평범한 돌덩어리 달이 아니라 외설스러울 만큼 커다란 레몬처럼 매달린 열대의 달을 보았다.

나는 (아주 잠깐) 콩가 춤 대열에 합류했다.

이 취재 의뢰에는 일종의 피터의 원리가 적용된 것 같다는 말을 해둬야겠다.('피터의 원리'는 사람이 과거 실적을 바탕으로 자꾸 승진하다 보면 결국 제 능력에 벅찬 높은 자리에 오르게 된다는 경영학의 역설이다.—옮긴이) 지난해 한 고급스러운 동해안 잡지가 나를 어느 평범한 주州 축제에 보내어, 아무 지시 없이 그저 에세이 비스름한 걸 써내라고 하고는 그 결과물을 괜찮다고 승인했다. 그 글 덕분에 이번에 내가 역시 그처럼 정확한 지시나 시각이 주어지지 않은 이 알짜배기 열대 취재 의뢰를 받은 것이다. 그러나 이번에는 좀 압박감이 느껴진다. 주 축제 취재에 든 총 비용은 오락 비용을 제외하고 27달러였다. 그런데 이번에《하퍼스》는 내게서 간결하고 감각적이고 묘사적인 에세이를 받아내기도 전에 미리 3,000달러가 넘는 거액을 들였다. 그들은 계속—전화로, 해륙 무선전화로, 아주 참을성 있게—내게 그것 때문에 속 끓이지 말라고 말한다. 내 생각에는 그들이, 그 잡지 사람들이 좀 솔직하지 못한 것 같다. 그들은 자신들이 원하는 건 그저 체험을 기록한 무지무지하게 큰 엽서일 뿐이라고 말한다. 가세요, 가서 카리브해를 멋지게 항해하고 돌아와서, 본 것을 그냥 말해주세요.

나는 정말로 크고 하얀 배를 잔뜩 보았다. 빛나는 지느러미를 가진 작은 물고기 떼를 보았다. 열세 살 소년이 쓴 부분 가발을 보았다. (빛나는 물고기들은 우리가 부두에 정박할 때마다 우리 배와 시멘트 부두 사이로 몰려와 바글거렸다.) 자메이카 북해안을 보았다. 플로리다 주 키웨스트의 어니스트 헤밍웨이 집에 사는 고양이 145마리를 전부 만나고 냄새를 맡아보았다. 이제 그냥 빙고와 프라이즈오Prize-O 빙고의 차이를 알고, 빙고 당첨금이 '눈덩이처럼' 커진다는 것이 무슨 뜻인지 안다. 이동식 받침대가 필요할 만큼 큰 캠코더를 보았다. 형광 여행 가방과 형광 선글라스와 형광 코안경과 스무 가지가 넘는 메이커의 고무 슬리퍼를 보았다. 스틸 드럼 소리를 들었고, 고등 튀김을 먹었고, 은빛 라메천 드레스를 입은 여자가 유리 엘리베이터 안에 토사물을 발사하는 것을 보았다. 1977년 내가 그 박자에 맞춰 천장을 찌르는 걸 싫어했던 바로 그 디스코 음악의 4분의 2박자에 맞춰서 천장을 리드미컬하게 찔렀다.

세상에는 파란, 새파란 파랑보다 더 파란 파랑들이 있다는 것을 알았다. 평소보다 더 고급스러운 음식을 평소보다 더 많이 먹었고, 격랑에서 배가 '롤링rolling'하는 것과 '피칭pitching'하는 것의 차이를 배운 바로 그 시기에 그 음식들을 먹었다. 프로 코미디언이 청중에게 아이러니도 아니고 진지하게 "농담이 아니라니까요"라고 말하는 것을 들었다. 자홍색 바지 정장과 생리혈 색깔 스포츠코트와 밤자주색 트레이닝복과 맨발에 꿴 흰색 로퍼를 보았다. 어찌나 사랑스럽던지 당장 그들의 테이블로 달려가서 내가 가진 마지막 동전 한 닢까지 내놓고 싶은 프로 블랙잭 딜러들을 보았다. 부유한 성인 미국 시민들이 고객 응대 데스크에 스노클링을 하면 몸이 젖을 수밖에 없는지, 스키트 사격은 야외에서 하는지, 승무원들도 배에서 묵는지, 자정 뷔페는 몇 시에 열리는지 묻는 것을 들었다. 나는 이제 슬리퍼리 니플과 퍼지 네이블의 칵테일학적 차이를 안다. 코코 로코가 뭔지도 안다. 일주일 만에 1,500건이 넘는 프로페셔널 미소의 대상이 되었다. 살갗이 탔고 피부가 두 번 벗겨졌다. 바다에서 스키트를 쏴보았다. 이것으로 충분할까? 당시에는 이것으로 충분하지 않은 것 같았다. 나는 아열대 하늘의 천처럼 묵직한 무게를 느꼈다. 신들의 방귀 소리처럼 세상을 뒤흔드는 크루즈선의 경적 소리에 놀라서 펄쩍 뛰기를 십여 차례 겪었다. 마작의 기초를 익혔고, 이틀간 벌어진 3판 2승제 브리지 게임에 참가했고, 턱시도 위에 구명 재킷을 입는 법을 배웠고, 아홉 살 소녀에게 체스를 졌다.

(실제로는 바다에서 스키트에 쏴보았다는 데 더 가깝다.)

나는 영양부족을 겪는 아이들과 자질구레한 기념품 가격을 흥정했다. 이제 사람이 카리브해 크루즈에 3,000달러를 넘게 쓰면서 그런 자신을 합리화하는 모든 종류의 논리와 변명을 다 안다. 진짜 자메이카 사람이 건넨 자메이카 마리화나를 입술을 깨물며 꾹 참고 힘들게 거절했다.

딱 한 번이지만, 위쪽 갑판 난간에서, 선체 후미 오른쪽 저 아래에, 아직도 내가 귀상어의 특징적인 지느러미였다고 믿는 물체가, 나이아가라 폭포 같은 우현 터빈의 항적 속에서 움직이고 있는 것을 목격했다.

나는 이제―지금 힘이 없어서 자세히는 묘사하지 못하겠다―레게 엘리베이터 음악을 들어보았다. 자기 방 변기를 무서워한다는 것이 뭔지 알게 되었다. '바다 걸음걸이'라는 것을 습득했고, 이제 그걸 잃고 싶다. 캐비어를 맛보았고, 옆자리 꼬마와 그 맛에 대해 동의했다. 웩.

나는 이제 '면세품'이라는 용어의 뜻을 안다.

나는 이제 크루즈선이 낼 수 있는 최대속력을 노트 단위로 안다.[1] 달팽이, 오리, 베이크드 알래스카, 회향을 곁들인 연어, 마지팬 펠리컨, 미량의 에트루리아산 송로버섯으로 맛을 냈다고 주장하는 오믈렛을 먹어보았다. 갑판 의자에 드러누운 사람들이 문제는 열기가 아니라 습기라고 진지하게 대화하는 것을 들었다. 나는―철저하게, 프로페셔널하게, 사전에 약속되었던 대로―만족당했다. 기분이 울적할 때는 온갖 종류의 홍반, 각질, 아직 멜라닌증으로 발전하지 않은 병변, 검버섯, 습진, 사마귀, 뾰루지, 올챙이배, 넓적다리 셀룰라이트, 정맥류, 콜라겐과 실리콘 이식물, 나쁜 살빛, 아직 실시되지 않은 모발 이식을 관찰하고 기록했다. 즉 벌거벗다시피 하지 않았더라면 더 좋았을 것 같은 많은 사람들이 벌거벗다시피 한 모습을 보았다. 사춘기 이래 최고로 우울했고, 문제가 그들인지 나인지 고민하느라 미드 공책 세 권을 거의 다 채웠다. 나는 배의 호텔 매니저에게 평생 갈지도 모르는 원한을 품게 되었다. 그의 이름은 더마티스Dermatis 씨였지만 지금부터는 그를 더마티티스Dermatitis 씨라고 부르겠다.[2] ('더마티티스'는 피부염을 뜻한다.―옮긴이) 나는 내

---

1 (하지만 노트가 정확히 무엇인지는 확실히 이해하지 못했다.)

2 누구로부터 들었는지 몰라도 그는 나를 탐사 기자라고 추측했고, 그래서 내게 주방, 선교, 스태프 갑판, 기타 등등 아무것도 보여줄 수 없다고 말했으며, 승무원이나 스태프와의 공식 인터뷰도 일절 허락할 수 없다고 말했다. 그리고 그는 실내에서 선글라스를 꼈고, 견장을 달고 있었고, 내가 그를 독대하기 위해 랑데부 라운지에서 열린 가라오케 준결승을 빼먹고 사무실로 찾아갔을 때 내가 들어온 걸 보고도 한참 더 전화통을 붙들고 그리스어로 통화를 했다. 나는 그가 잘못됐으면 좋겠다.

담당 웨이터에게 경외에 가까운 존경심을 품게 되었고, 10층 갑판 좌현 복도 선실을 담당하는 내 선실 승무원 페트라에게 뜨겁게 반했는데, 그녀는 보조개와 희고 시원한 이마를 가졌고, 간호사복처럼 빳빳하고 바스락거리는 흰 옷을 입었으며, 화장실을 닦을 때 쓰는 노르웨이산 삼나무 소독제 냄새를 풍겼고, 내 선실을 하루에 최소 열 번 이상 한 뼘도 놓치지 않고 샅샅이 청소해주었는데, 하지만 이상하게도 실제 청소하는 모습을 현장에서 내게 들킨 적은 한 번도 없었다. 마술적이고 영속적인 매력을 지녔던 그녀는 따로 특별히 감사 엽서를 받을 만하다.

2

더 구체적으로. 1995년 3월 11일부터 18일까지, 나는 자발적으로 또한 돈을 받고서, 카리브해 7박 크루즈7NC(7-Night Caribbean) 여행을 경험했다. 내가 탄 배는 4만 7,255톤 규모의 동력선 제니스 호로,[3] 현재 남부 플로리다에서 운영되는 20여 개 크루즈 회사 중 하

---

3 말장난을 좋아하는 사람이라면 누구든 셀레브리티 홍보 책자에서 제니스라는 한심한 이름을 본 순간 머릿속으로 새로 네이디어라고 이름 지어주는 짓을 도저히 참을 수 없을 테니, 내가 지금 그러는 것을 이해해주길 바란다. 하지만 딱히 배 자체에 악감정이 있었던 것은 아니다.('제니스Zenith'는 천문학에서 천구의 꼭대기인 천정天頂을 뜻하고 '네이디어Nadir'는 그 반대편인 천구의 밑바닥 천저天底를 뜻하는데, 각각 무언가의 '가장 좋은 절정'과 '최악의 바닥'이라는 뜻으로도 쓰인다.—옮긴이)

나인 셀레브리티 크루즈가 소유한 배다.[4] 선박과 시설은, 이제 내가

4 이 밖에도 윈드스타와 실버시, 톨십어드벤처스와 윈드재머베어풋 크루즈 등이 있지만, 이런 카리브해 크루즈선들은 엄청나게 고급이고 규모가 더 작다. 내가 말한 20여 개 노선이 운영하는 것은 '메가십'으로, 네 자릿수 인원 수용 능력에 간이 은행 지점만 한 엔진 프로펠러를 갖춘, 바다를 떠다니는 결혼식 케이크 같은 배들이다. 남 플로리다에서 출항하는 메가라인은 코모도어, 코스타, 마제스티, 리걸, 돌핀, 프린세스, 로열 카리비언, 우리의 셀레브리티가 있다. 르네상스, 로열 크루즈 라인, 홀런드, 홀런드 아메리카, 커나드, 커나드 크라운, 커나드 로열 바이킹도 있다. 노르웨이 크루즈, 크리스털, 리전시 크루즈도 있다. 크루즈 산업의 월마트 격인 카니발도 있는데, 다른 회사들은 이 회사를 "카니보어(육식동물)"라고 부르곤 한다. TV 드라마 〈러브 보트〉 속 '퍼시픽 프린세스' 호가 어느 노선으로 설정되었던지는 정확히 기억이 안 나지만(카리브해가 아니라 캘리포니아 - 하와이 순환 크루즈가 배경이었던 것 같지만, 아무튼 내 기억에 드라마 속 그 배는 오만 데를 다 돌아다녔다), 지금은 프린세스 크루즈가 그 이름을 사들여서 가련한 개빈 매클라우드Gavin MacLeod(1931~, 드라마 〈러브 보트〉에 선장으로 출연했다. ─옮긴이)에게 정장을 입혀 TV 광고에 내보내고 있다.
7NC 메가라인은 가령 구축함이 그런 것처럼 그 자체가 하나의 선박 장르다. 모든 메가라인이 배를 한 척 이상 갖고 있다. 이 산업은 호화로움이 실제 이동 행위와 결합했던 그 옛날 귀족적인 대서양 횡단 여객선들로부터 ─타이태닉, 노르망디 호 등등─ 유래했다. 현재 카리브해 크루즈 시장은 다양한 틈새시장이─싱글, 노인, 주제별, 특별 관심사, 기업, 파티, 가족, 대중 시장, 호화, 터무니없는 호화, 그로테스크한 호화─거의 다 발굴되고 점령되어 격렬한 경쟁이 벌어지고 있다(여기서 공개할 순 없지만 나는 카니발 대 프린세스의 싸움에 관한 이야기를 들었는데, 여러분도 들었다면 깜짝 놀라 눈썹이라도 태웠을 만한 이야기다). 메가십은 보통 미국에서 설계되고, 독일에서 건조되고, 라이베리아나 몬로비아에서 등록된다. 선장과 소유주는 양쪽 다 대개 스칸디나비아 사람 아니면 그리스 사람이다. 그곳 사람들이 거의 태초부터 현재까지 인류의 해상 여행을 지배해왔다는 사실을 떠올리면 꽤 흥미로운 일이다. 셀레브리티 크루즈의 소유주는 한드리스Chandris 그룹이다. 그룹이 소유한 세 척의 배 굴뚝에 새겨진 X 자는 알고 보니 영어의 알파벳 X가 아니라 그리스어로 한드리스를 뜻하는 Χανδρή의 머리글자 X(키)였다. 이 그리스 선박 가문은 유서가 워낙 깊고 강력해서 오나시스 따위는 펑크족으로 여기는 것 같다.

좀 아는 이 산업의 기준으로 판단할 때 단연코 일급이다. 음식은 훌륭하고, 서비스는 흠잡을 데 없고, 육지 관광과 선상 활동은 사소한 수준까지 최대의 재미를 제공하도록 마련되어 있다. 배는 워낙 깨끗하고 하얘서 꼭 삶은 것처럼 보인다. 서카리브해의 파랑은 아기 포대기 파랑부터 형광 파랑까지 다채롭다. 하늘도 마찬가지다. 기온은 자궁 속 같다. 태양 자체가 우리에게 알맞게 설정되어 있는 것 같다. 승무원 대 승객 인원 비는 1.2에서 2 사이다. 정말 호화 크루즈다.

틈새시장에 맞춘 몇 가지 사소한 변화를 차치한다면, 모든 7NC 호화 크루즈는 기본적으로 다 같다. 모든 메가라인 회사들이 기본적으로 다 같은 상품을 판매한다. 그 상품이란 하나의 서비스도, 여러 서비스의 집합도 아니다. 심지어 즐거운 시간이라고도 딱히 말할 수 없다(크루즈 감독과 스태프의 주요 임무 중 하나는 모두가 즐거운 시간을 보내고 있다는 사실을 모두에게 확인시키는 일이라는 것은 금세 알 수 있지만 말이다). 그것은 오히려 어떤 느낌에 가깝다. 그래도 진정한 상품이기는 하다. 그 느낌이라는 것이 우리 안에서 만들어질 것이라고 약속하니까. 여유와 자극의 혼합, 스트레스 없는 방종과 광적인 관광의 혼합, 굽실거리는 태도와 얕보는 태도가 특수하게 혼합된 느낌. 그리고 이 느낌은 '만족시키다pamper'라는 동사를 통해서 마케팅된다. 모든 메가라인의 이런저런 홍보물에는 이 단어가 반드시 박혀 있다. "…평생 경험해본 적 없는 수준으로 당신을 만족시키는" "…자쿠지와 사우나에서 자신을 만족시키세요" "우리가 당신을 만족시키도록 해주십시오" "바하마 제도의 훈훈한 미풍을 맞으며 자신을 만족시키세요".

현대 미국인들이 이 단어를 다른 종류의 소비재에도 자주 붙인다는 사실은 우연이 아니고(여기서 월리스가 '오냐오냐 만족시키다' '응석받이'라는 표현으로 쓰는 단어 '팸퍼pamper'에서 유명 기저귀 브랜드명 '팸퍼스'가 나왔다—옮긴이), 대중 시장 메가라인 회사들과 그 홍보 회사들은 이 숨은 의미를 놓치지 않는다. 그들이 이 단어를 거듭 반복하고 또한 강조하는 데는 그럴 만한 이유가 있다.

3

이 사건 하나만큼은 시카고에서도 뉴스로 보도되었다. 내가 호화 크루즈 여행에 나서기 몇 주 전, 열여섯 살 남자가 어느 메가십—카니발 아니면 크리스털 사의 배였던 것 같다—위쪽 갑판에서 떨어져 자살한 사건이다. 뉴스에서는 사춘기의 불행한 사랑 뭐 그런 것 때문이라고, 선상 연애가 틀어져서 그런 거라고 보도했다. 하지만 나는 원인의 일부가 다른 데 있다고 생각한다. 그 다른 것은 현실의 뉴스에서는 결코 다뤄질 수 없는 무언가다.

대중적 호화 크루즈 여행에는 견딜 수 없이 슬픈 무언가가 있다. 견딜 수 없이 슬픈 것이 으레 그렇듯 이것은 정체를 파악하기는 엄청나게 어렵고 원인은 복잡하지만 결과는 단순한 듯하다. 그 결과란, 내가 네이디어 호에서—특히 밤에, 배의 놀이 활동과 안심과 즐거운 소음이 다 그친 뒤에—절망을 느꼈다는 것이다. 절망이라는 단어는 워낙 남용되어 이제 진부해졌지만, 그래도 여전히 진지한 단어이고, 나는 지금 이 단어를 진지한 의미로 쓰고 있다. 내게 절망이란 다음 두 가지의 혼합을 뜻하는 말이다. 죽음에 대한 이상한 갈망, 그리고 나 자신의 시시함과 쓸모없음에 대한 통렬한 자각에서 비롯한 죽음에 대한 공포. 어쩌면 이것은 사람들이 불안이나 고뇌라고 말하는 기분과 비슷할지도 모르지만, 이것들은 같지 않다. 최소한 정확히 같지는 않다. 절망은 내가 참으로 작고 약하고 이기적이고 의심의 여지없이 언젠가는 죽을 존재라는 사실을 인식할 때 느끼게 되는 견디기 힘든 기분으로부터 탈출하고 싶어서 죽고 싶은 것에 가깝다. 배 밖으로 뛰어내리고 싶은 기분이다.

이 부분은 편집자가 잘라낼 것 같지만, 그래도 배경을 좀 설명할 필요가 있다. 나는, 이번 크루즈 여행 전에는 큰 바다에 나가본 경험이 없었던 나는, 그런데도 늘 바다를 두려움과 죽음과 연관해서 생각했다. 어릴 때는 상어에 의한 사망 사건 데이터를 외웠다. 공격만 당한 사건이 아니라 사망자가 난 사건이다. 1959년 캘리포니아 베이커 해변에서 앨버트 코글러가 사망한 사건(백상아리). 1945년 미 순양함 인디애나폴리스 호가 필리핀 연안에서 이런저런 상어들에게 당한 일(여러 종류였지만 전문가들은 주로 뱀상어와 청새기상어였다고 본다).[5] 1916년 뉴저지 마타완, 스프링레이크 주변에서 한 상어에 의한 사망으로는 최대 피해자 수를 기록했던 여러 차례의 공격 사건(이번에도 백상아리였고, 이번에는 사람들이 뉴저지 래리턴베이에서 그 카르카리아스 속 상어를 붙잡아서 위 속에서 인체 일부를 확인했다. 나는 정확히 어느 부위이고 누구의 부위인지도 안다). 학교를 다닐 때는《모비 딕》중 '버림받은 표류자' 장에 관한 페이퍼를 세 편이나 썼는데, 선원 피프가 배 밖으로 떨어졌다가 자신이 떠 있게 된 그 물의 텅 빈 광대함에 놀라서 미쳐버리는 내용의 장이다. 요즘은 학교에서 학생들에게 스티븐 크레인의 끔찍한 단편 〈소형 보트The Open Boat〉를 가르치는데, 학생들이 이 이야기를 지루하게 느끼거나 경쾌한 모험담처럼 느끼면 나는 거의 미쳐버린다. 나는 학생들도 내가 바다에 대해서 느끼는 뼛속 사무치는 두려움을 느끼기를 바라고, 바다를 원시적인 무無로, 바닥 모를 깊이로, 이빨 달린 것들이 킬킬거리면서 깃털이 낙하하는 속도로 당신을 향해 솟아오르는 곳으로 바라보는 통찰을 갖기를 바란다. 아무튼 이렇게 나는 원초적인 상어 페티시를 갖고 있고, 솔직히 털어놓건대 오래 잠재웠던 두려움이 이번 호화 크루즈 여행에서 보란 듯이 살아나는 바람에[6] 우현에서 목격한 등지느러미(일 가능성이 있는 물

5 나는 지금 이 글을 기억에 의존하여 적고 있다. 책도 필요 없다. 나는 인디애나폴리스 호 사망자들의 이름을 죄다 읊을 수 있고 개중 몇 명은 군번과 고향도 댈 수 있다. (1945년 8월 7일에서 10일 사이에 수백 명이 실종되었고, 그중 80명이 상어에 의한 사망으로 분류된다. 인디애나폴리스 호는 원자폭탄 '리틀 보이'를 히로시마에 전달하기 위해서 티니언 섬에 갔다가 돌아오는 중이었으니, 아이러니를 좋아하는 독자들은 어서 메모하시라. 1975년 영화 〈조스〉에서 퀸트 역을 맡은 로버트 쇼가 영화 속에서 이 사건을 들려주는 장면이 있다. 여러분도 짐작하겠지만 이 영화는 열세 살의 내게 페티시 포르노나 다름없었다.)

6 그리고 이 사실도 고백해야겠다. 나는 7NC 첫날 밤부터 네이디어의 5성급 카라벨 레스토랑 직원에게 요리하고 남은 육즙을 한 양동이 얻을 수 있겠느냐, 그걸 꼭대기 갑판 후미 난간에서 바다로 뿌려서 상어를 낚고 싶다고 말했다. 지배인 이하 모든 레스토랑 직원들이 이 요청을 황당하고 심지어 심란한 소리로 받아들였다. 이것은 저널

체)에 대해서 야단법석을 떨었고, 그리하여 내가 배정받은 64번 식탁의 식사 멤버들은 급기야 온갖 배려의 표현을 동원하여 나더러 지느러미 얘기는 그만 좀 닥치라고 말했던 것이다.

나는 7NC 호화 크루즈가 주로 나이 든 사람들에게 매력적으로 느껴지는 것이 우연이 아니라고 생각한다. 노쇠할 정도로 늙은 사람들이 아니라 쉰 살 이상을 말하는 것이다. 그들에게는 자신의 필멸성이 추상적 관념 그 이상으로 느껴진다. 낮에 선상 어디에서나 보이는 노출된 몸들은 다양한 해체 단계를 밟고 있었다. 바다 그 자체도(겪어보니 바다는 지옥처럼 짰다. 목 아플 때 가글하는 약 수준으로 짰다. 물보라는 부식성이 어쩌나 강한지, 내 안경의 관자놀이 경첩 하나를 교체해야 할지도 모른다) 기본적으로 거대한 부패의 엔진이었다. 바닷물은 놀라운 속도로 배를 부식시킨다. 녹슬게 하고, 페인트를 긁어내고, 니스를 벗겨내고, 광택을 둔하게 하고, 선체를 따개비와 해초 더미로 뒤덮고, 죽음의 화신처럼 보이는 바다의 콧물을 사방에 희미하게 뿌려댄다. 우리는 항구에서 진정한 공포도 목격했다. 그곳에 매인 보트들은 꼭 산과 똥 혼합물에 담가졌던 것처

리즘적으로도 심각한 실수였다. 왜냐하면 틀림없이 그 지배인이 이 심란한 정보를 더마티티스 씨에게 전달했던 것 같고, 더마티티스 씨가 주방 등등에 내가 접근하는 걸 거부한 데는 이 이유가 컸던 것 같고, 그 탓에 이 글의 감각적 범위가 빈곤해지게 되었기 때문이다. (이 일화에서는 내가 네이디어 호의 어마어마한 크기를 전혀 이해하지 못했다는 사실도 드러난다. 배는 12층 갑판에 46미터 높이였으니, 육즙은 바닷물에 떨어진 시점에는 고작 붉고 묽은 향수에 지나지 않았을 것이다. 그 정도 농도의 피로는 진지한 상어를 꾀거나 자극하기에 부족했을 것이다. 설령 상어가 왔더라도 그 높이에서는 지느러미가 압핀만 해 보였을 것이다.)

럼 녹과 점액으로 얼룩덜룩 딱지가 져 있었다. 자신들이 떠 있는 물에 의해 황폐해진 모습이었다.

메가라인 배들은 그렇지 않다. 이 배들이 전부 하얗고 깨끗한 것은 우연이 아니다. 이 배들은 바다의 원시적 부패 작용에 맞서는 자본과 산업의 칼뱅주의적 승리를 상징한다. 네이디어에는 여위고 자그마한 제3세계 남자들로 구성된 대군이 상주하는 것 같았고, 네이비블루 전신 작업복을 입은 그들은 온 배를 돌아다니면서 극복할 부패가 어디 있는지를 늘 살폈다. 셀레브리티 크루즈의 7NC 홍보 책자 첫머리에 실린 기묘한 에세이 광고에서 작가 프랭크 콘로이는 이렇게 말했다. "반짝반짝하지 않은 쇠붙이, 이 빠진 난간, 갑판에 진 얼룩, 늘어진 밧줄, 기타 완벽하게 정돈되지 않은 것을 뭐든 찾아내는 것이 나의 은밀한 도전이 되었다. 마침내 여행 막바지에 한 캡스턴에서[7] 바다에 면한 쪽에 1달러 지폐 반만 한 녹이 슬어 있는 것을 발견했다. 그러나 이 작은 흠을 발견한 기쁨은 금세 꺾였다. 내가 바로 그 자리에 서 있을 때, 롤러와 흰 페인트 통을 든 선원이 다가왔다. 나는 그가 캡스턴 전체에 새로 페인트칠을 하고 내게 까딱 인사한 뒤 떠나는 모습을 지켜보았다."

이 대목은 주목할 만하다. 무릇 휴가란 불쾌한 것으로부터 잠시 벗어나는 일이다. 그리고 죽음과 부패를 의식하는 것은 불쾌한 일이므로, 미국인들이 꿈꾸는 궁극의 휴가가 죽음과 부패의 거대한 원시 엔진 속에 들어앉는 일이라는 사실은 언뜻 이상해 보일 수도

---

7 (배에서 쓰는 승강 장치로, 스테로이드를 맞은 도르래처럼 생긴 기구다.)

있다. 하지만 사실 7NC 호화 크루즈에서, 우리는 죽음과 부패를 넘어서는 승리의 환상을 다양하고 교묘하게 구축할 수 있다. 한 가지 방법은 엄격한 자기 개선을 통해서 '승리'하는 것이다. 각성제를 맞은 듯 빠릿빠릿하게 움직이는 선원들의 선박 유지 보수 활동은 다이어트, 운동, 비타민 보조제, 성형수술, 프랭클린 다이어리 시간 관리 세미나 등등 개인적 자기 관리에 대한 노골적인 비유나 마찬가지다.

죽음을 외면하는 방법은 또 있다. 관리가 아니라 자극이다. 열심히 노동하는 것이 아니라 열심히 노는 것이다. 7NC의 쉼 없는 활동, 파티, 축제, 명랑함과 노래는 아드레날린, 흥분, 자극이다. 그것은 당신에게 활기와 생기를 안긴다. 당신의 존재를 불확실하지 않은 것으로 느끼게 만든다.[8] 열심히 노는 선택지는 죽음 – 두려움으로부터 초월할 수 있다는 약속이 아니라 그 두려움을 익사시키는 것에 가깝다. "당신은 저녁 식사 후 라운지에서 친구들과[9] 웃으며 쉬다가 시계를 보고 공연 시간이 다 되었다고 말합니다…. 기립 박수와 함께 커튼이 내려가고, 일행들의[10] 대화는 이렇게 이어집니다.

8 네이디어는 갑판마다 배의 단면도가 정말 수백 장 붙어 있다. 모든 엘리베이터에, 모든 교차점에. 지도에는 늘 빨간 점이 찍혀 있고, 그 옆에 '당신의 현재 위치'라고 적혀 있다. 이 지도들이 방향을 알려주기 위한 것이라기보다는 어떤 희한한 안도감을 주기 위한 것이라는 사실은 금세 알게 된다.

9 책자는 끊임없이 '친구들'을 언급한다. 죽음 – 두려움으로부터 탈출시켜주겠다는 크루즈의 약속에는 선상에서는 누구도 외톨이가 아니라는 약속도 담겨 있다.

10 봤는가?

'다음엔 뭘 할까?' 카지노에 가거나 디스코장에서 춤을 출까? 피아노 바에서 조용히 한잔하거나 별빛이 영롱한 갑판을 산책할까? 모든 선택지를 다 논의한 뒤 모두가 입을 모읍니다. '전부 다 하자!'"

단테 같은 걸작은 아니지만, 셀레브리티 크루즈의 7NC 홍보 책자는 대단히 강력하고 기발한 선전물이다. 책자는 잡지 크기이고, 무겁고, 번들거리고, 아름답게 조판되어 있고, 예술 수준으로 잘 찍은 부유한 커플들의 사진이 텍스트에 곁들여져 있다." 그들의 그을린 얼굴은 즐거워서 입을 벌린 상태로 굳은 듯하다. 모든 메가라인이 홍보 책자를 내는데, 서로 바꿔서 봐도 무방할 정도로 사실상 다 똑같다. 책자 중간부는 다양한 패키지와 노선을 설명한 부분이다. 7NC는 기본적으로 서카리브해로 가거나(자메이카, 그랜드케이맨, 코수멜), 동카리브해로 가거나(푸에르토리코, 버진아일랜드), 카리브해 심장부라고 불리는 곳으로 간다(마르티니크, 바베이도스, 마이로). 10박 혹은 11박을 하는 궁극의 카리브해 패키지도 있다. 이런 패키지는 마이애미에서 파나마 운하 사이의 거의 모든 이국의

---

11 이런 책자에는 늘 커플이 나온다. 단체 사진도 커플들의 단체 사진이다. 싱글을 겨냥한 크루즈 책자는 내가 미처 못 봤지만, 얼마든지 상상이 된다. 네이디어에서는 첫날인 토요일 밤에 8층 갑판 스콜피오 디스코장에서 "싱글 친목회"(그대로 인용했다)가 열렸다. 나는 사전에 한 시간 동안 자기최면을 걸고 심호흡을 한 뒤에 불굴의 의지로 가봤다. 그러나 그 친목회조차 75퍼센트는 이미 커플들이었고 나머지 사람들 중 70세 미만으로 보이는 소수의 싱글들은 다들 우울하고 자기최면에 걸린 듯 보였다. 그 자리의 모든 것이 손목을 긋게 만드는 고통으로 느껴졌고, 그래서 나는 삼십 분만 있다가 퇴각했다. 게다가 그날 밤 TV에서 영화 〈쥬라기 공원〉을 해준다고 했고, 나는 아직 TV 시간표를 전부 다 훑지 못했던 터라 앞으로 일주일간 〈쥬라기 공원〉이 수십 차례 재방송된다는 사실을 몰랐기 때문이다.

해안을 다 들른다. 책자 끝부분에는 가격,[12] 여권 관련 사항, 세관 법규, 경고 등이 나열되어 있다.

하지만 책자에서 정말로 당신을 사로잡는 것은 첫 부분이다. 사진들, 《포더스 크루즈》나 《벌리츠》 가이드북에서 인용한 이탤릭체 광고구들, 몽환적인 미장센과 숨 가쁜 찬사의 문장들. 그중에서도 유달리 뛰어난 셀레브리티의 책자는 냅킨 두 장 분량의 침을 흘리게 만든다. 하이퍼텍스트처럼 금색 상자에 담겨 인쇄된 텍스트는 "만족이 쉬워집니다" "느긋함이 제2의 본성이 됩니다" "스트레스는 희미한 기억이 됩니다"라고 말한다. 이것은 네이디어가 제공하는 죽음 - 두려움 - 초월의 세 번째 방법을 약속하는 말들이다. 노동도 놀이도 필요 없는 방법, 7NC의 진정한 당근과 채찍에 해당하는 유혹을.

4

"난간에 서서 바다를 바라보기만 해도 엄청난 진정 효과가 있습니다. 물 위의 구름처럼 떠 있을 때, 일상의 무게는 마술처럼 걷힙니다. 당신은 미소의 바다에 떠 있는 것 같습니다. 동료 승객들뿐 아니라 선박 스태프의 얼굴에도 웃음이 떠올라 있습니다. 승무원이

---

12 네이디어 같은 대중적 메가십은 2,500달러에서 4,000달러 사이다. 그러나 만약 천창, 자체 바, 자동으로 움직이는 야자수 기계 등을 갖춘 스위트룸을 원한다면, 이 가격에서 두 배를 하면 된다.

당신에게 쾌활하게 음료를 가져다줄 때, 당신은 선원들의 얼굴에 피어난 웃음에 대해 묻습니다. 그는 모든 셀레브리티 직원은 당신의 크루즈 여행을 완벽하게 여유로운 경험으로 만들고 당신을 귀빈으로 대접하는 데 즐거움을 느낀다고 대답합니다.[13] 그리고 여기보다 더 머물기 좋은 곳이 어디 있겠느냐고 덧붙입니다. 당신은 바다로 시선을 돌리면서, 그에게 전적으로 공감한다고 말합니다."

셀레브리티의 7NC 홍보 책자는 줄곧 이인칭 대명사를 사용한

---

13 내가 저널리스트답게 집요하게 문의한 결과, 셀레브리티 홍보를 맡은 회사의 언론 담당자는(매력적이고 목소리가 데브라 윙거를 닮은 비센 씨) 유쾌한 서비스에 대해서 이런 설명을 제공해주었다. "배에서 직접 느끼셨겠지만, 선상의 모든 직원도─스태프도─대가족의 일원입니다. 그들은 자신의 일을 진심으로 사랑하고, 고객을 모시는 일을 좋아하며, 모든 고객의 바람과 필요에 주의를 기울입니다."
이것은 내가 관찰했던 바와는 다르다. 내가 관찰했던 바에 따르면, 네이디어는 아주 엄격한 배였다. 냉혹한 그리스 장교들과 감독관들로 구성된 엘리트 간부단이 배를 운영했고, 하급 직원들은 늘 자신을 또랑또랑한 눈으로 관찰하는 그리스 상사들이 무서워서 겁에 질려 있었고, 승무원들은 진심으로 쾌활하기는 힘들어 보일 만큼 디킨스풍으로 중노동을 했다. 아마 '쾌활함'은 그리스 상사들이 클립보드에 끼워 다니면서 수시로 체크하는 직원 평가지에 '민첩함'과 '고분고분함'과 함께 평가 항목으로 올라 있으리라. 많은 직원은 손님이 아무도 안 본다는 걸 확인하면, 저임금 서비스 노동자들이 일반적으로 드러내는 초췌한 피로함과 공포 어린 분위기로 금세 바뀌었다. 내가 볼 때 승무원들은 사소한 과실로도 잘릴 수 있었다. 그리고 저 무서운 그리스 상사들에게 잘린다는 것은 티끌 하나 없이 반들반들한 상사의 구두로 엉덩이를 뻥 차여서 무지무지 오랫동안 헤엄쳐서 집으로 돌아가는 것을 뜻할 것 같았다.
내가 관찰한 바, 하급 직원들이 승객들에게 애정을 느끼는 것 같기는 했다. 하지만 그것은 상대적인 애정이었다. 아무리 턱없는 요구를 하는 승객이라도 그리스 상사들의 규율지상주의에 비하면 친절하고 이해심 있는 것처럼 보였고, 직원들은 그에 대해 진심으로 고마워하는 것 같았다. 우리가 뉴욕이나 보스턴에서 아무리 기본적인 수준이라도 인간적인 예의를 접하면 그만 감동해버리는 것처럼.

다. 이것은 대단히 적절한 선택이다. 책자의 시나리오는 7NC 경험을 묘사하는 것이 아니라 환기시키기 때문이다. 책자의 진정한 유혹은 우리에게 환상적인 상상을 해보라고 꾀는 것이 아니라 환상 그 자체를 구축하는 데 있다. 이것은 광고지만 묘하게 권위적인 데가 있는 광고다. 성인을 대상으로 한 보통 광고에서는 매력적인 사람들이 어떤 가상 시나리오 속에서 제품에 둘러싸여 거의 불법으로 보일 지경으로 멋진 시간을 보내는 모습이 나온다. 그런 광고가 우리에게 바라는 바는, 우리도 그 제품을 구입함으로써 광고 속 완벽한 세상으로 들어갈 수 있을 것이라는 환상을 품는 것이다. 우리의 성인다운 주체성과 선택의 자유에 아부해야 하는 보통 광고에서는 제품 구입이 환상의 선결 조건이다. 광고가 판매하는 것은 환상이지, 광고 속 세상으로 실제로 넣어주겠다는 약속이 아니다. 이런 광고는 어떤 의미로도 실제적인 약속은 하지 않는다. 성인을 대상으로 한 보통의 광고들이 기본적으로 은근한 것은 이 때문이다.

이 은근함을 7NC 홍보물에 담긴 박력과 대조해보라. 명령형에 가까운 이인칭 사용, 당신이 무슨 말을 하게 될지까지 상세히 규정한 내용(당신은 "전적으로 공감합니다"라고 말할 것이고, "전부 다 하자!"라고 말할 것이다). 크루즈 광고에서 당신은 환상을 구축하는 수고마저 면제받는다. 광고가 그것마저 대신 해준다. 따라서 광고는 당신의 성인으로서 주체성을 칭송하지 않고, 그렇다고 무시하지도 않는다. 그저 그것을 대신해준다.

그리고 이 권위적인—거의 부모처럼 간섭하는—광고는 아주 특별한 약속을 하는데, 이 약속은 악마적으로 유혹적인 동시에 실제로 어느 정도 정직하다. 왜냐하면 호화 크루즈 여행 자체가 그 약속을 지키는 데 여념이 없기 때문이다. 그 약속이란 당신이 큰 쾌락을 경험할 수 있으리라는 것이 아니다. 당신이 당연히 그러리라는 것이다. 반드시 그렇게 되도록 자신들이 보장하겠다는 것이다. 쾌락에 관련된 모든 선택을 자신들이 대신 시시콜콜 관리함으로써. 그리하여 당신이 성인으로서 품은 의식, 주체성, 두려움에서 비롯되는 무서운 부식 작용조차 재미를 망치지 못하게끔 만들겠다는 것이다. 당신이 성가시게도 갖고 있는 선택하고, 실수하고, 후회하고, 실망하고, 절망할 능력은 방정식에서 제거될 것이다. 광고는 당신이—이번만큼은 마침내—느긋하게 좋은 시간을 보낼 것이라고 약속한다. 왜냐하면 당신에게는 좋은 시간을 보내는 것 외에는 다른 선택지가 없을 테니까.[14]

　　나는 지금 서른세 살이다. 세월이 벌써 한참 흘렀고, 매일 점점 더 빨리 흐르는 것처럼 느껴진다. 나는 매일매일 무엇이 좋고 중요하고 재미있는가에 대해서 여러 선택을 내려야 하고, 그 선택으로 말미암아 가능성이 차단된 다른 선택들의 박탈을 감수해야 한다. 나는 차츰 깨닫고 있다. 세월이 점점 더 빠르게 흐를수록 선택의 폭은 점점 더 좁아지고 박탈된 선택은 기하급수적으로 늘어나서 결국 내 인생은 평생 풍성하고 복잡하게 가지 쳐온 나뭇가지의 한 지

14　"당신의 즐거움은 우리의 일입니다." 여러 메가라인이 사용하는 슬로건이다. 보통의 광고에서는 이중 의미에 그칠 것이 여기서는 삼중 의미를 띤다. 그리고 세 번째 숨은 의미는—즉, "당신은 제발 당신 일에나 신경 쓰고 당신의 즐거움은 우리 프로들이 걱정하도록 내버려두라"라는 의미는—결코 부수적이지 않다.

점에 다다를 텐데, 그 지점에서 내 삶은 그 하나의 경로로 제한될 테고 이후에는 세월이 나를 정체와 위축과 부패의 단계로 몰아넣을 것이며 그러다 결국 나는 최후의 구조의 기회마저 놓치고 그동안의 모든 싸움이 허무로 돌아가는 것을 보면서 시간에 익사할 것이다. 무서운 일이다. 하지만 나를 그렇게 가두는 것은 다름 아닌 내 선택들이기 때문에 어쩔 수 없는 일로 보인다. 조금이라도 어른답게 살고 싶다면, 나는 어떻게든 선택을 해야 하고 그로 인한 박탈을 애석해하면서도 그것을 감수하고 살아가야만 한다.

그러나 호사스러운 무결점의 네이디어 호에서는 그렇지 않다. 7NC 호화 크루즈 여행에서 나는 돈을 내는 대가로 내 경험에 대한 책임뿐 아니라 그 경험에 대한 해석의 책임까지도—즉, 내 즐거움까지도—숙련된 프로들에게 맡기는 특권을 누린다. 내 즐거움은 7일 밤과 6.5일 낮 동안 현명하게 효율적으로 관리되며… 이것은 정확히 크루즈 회사의 광고가 약속했던 바다. 아니, 어떻게 보면 광고에서 이런 경험이 이미 달성되었다. 이인칭 명령형의 광고는 약속이 아니라 예측에 가깝기 때문이다. 네이디어에 오르면, 홍보물의 클라이맥스에 해당하는 23쪽이 호소력 있게 예측하듯이, 나는 (금색 글씨로) "아주, 아주 오랫동안 하지 못했던 일을 하게 될 것입니다. 바로 아무것도 안 하는 것입니다."

당신이 마지막으로 아무것도 안 한 때는 언제였는가? 나는 내가 마지막으로 아무것도 안 한 때가 언제였는지 안다. 내가 굳이 이것저것 선택할 필요 없이 모든 욕구가 외부로부터 충족되었던 때, 내가 욕구를 말할 필요도 없고 인식조차 못했던 때. 그때도 나는 액체에 떠 있었고, 그 액체 또한 짭짤했으며, 따뜻했지만 지나치게 따뜻하진 않았다. 그때 내게 의식이란 것이 있었는지는 모르겠지만, 만약 있었다면 나는 두려움 따위는 느끼지 않았을 것이고, 정말로 좋은 시간을 보내고 있었을 것이고, 모든 사람에게 너도 여기 함께 있다면 참 좋았을 텐데 하고 엽서를 써 보냈을 것이다.

5

7NC의 응석 받아주기는 처음에는 질이 좀 고르지 않지만, 아무튼 공항에서부터 시작된다. 당신은 공항에서 직접 짐을 찾을 필요가 없다. 메가라인 회사에서 나온 사람들이 당신의 여행 가방을 대신 찾아 배로 곧장 옮겨주기 때문이다.

셀레브리티 크루즈 외에도 여러 메가라인이 포트로더데일 공항을 근거지로 삼아 영업한다.[15] 시카고 오헤어 공항에서 온 비행기에는 크루즈 여행을 맞아 축제처럼 차려입은 사람들이 한가득하다. 비행기에서 내 옆에 앉았던 사람들도 알고 보니 네이디어에 예약한 사람들이었다. 시카고에 사는 은퇴한 부부로, 이번이 사 년 만에 네 번째 호화 크루즈 여행이라고 했다. 배에서 뛰어내린 남자애 뉴스를 내게 알려준 것이 이들이었다. 이들은 또 1970년대 말 한 메

---

15 셀레브리티, 커나드, 프린세스, 홀런드아메리카가 다 이곳을 허브로 사용한다. 카니발과 돌핀은 마이애미를, 또 다른 회사들은 포트커내버럴, 푸에르토리코, 바하마 등을 사용한다.

가십에서 살모넬라인지 대장균인지 뭔지가 끔찍하게 번지는 바람에 그것을 계기로 질병통제센터가 선박 위생 검사 프로그램을 신설했다는 전설을 들려주었고, 이 년 전 한 7NC 메가십의 자쿠지가 매개체가 되어 레지오넬라병이 돈 사건이 있었다고도 알려주었다. 그 메가십은 셀레브리티의 세 크루즈선 중 하나였던 것 같은데 확실하지는 않다고 (부부의 대변인인 듯한) 여자가 말한다. 여자는 무서운 정보를 던져놓고는 경악한 상대가 더 상세한 이야기를 끌어내리고 하면 갑자기 말이 애매해지고 심드렁해지기를 즐기는 사람인 것 같다. 남편은 챙이 긴 낚시 모자와 '빅 대디'라고 적힌 티셔츠를 입었다.

7NC 호화 크루즈는 늘 토요일에 시작되고 토요일에 끝난다. 지금은 3월 11일 토요일 10시 20분이고, 우리는 비행기에서 내리는 중이다. 상상해보라. 베를린 장벽이 무너진 그 이튿날 보았더니 동독 사람들이 모두 통통한 데다 느긋해 보이고 카리브해 파스텔 색깔의 옷을 입고 있는 장면을. 오늘 포트로더데일 공항 터미널의 모습이 그와 썩 비슷하다. 뒤쪽 벽 근처에, 팔팔해 보이는 나이 든 여자들이 막연히 해군 제복 같아 보이는 옷을 입고 각자 글자가 적힌—HLND, CELEB, CUND CRN 등—표지판을 들고 여럿 서 있다. 우리가 할 일은(비행기에서 만난 시카고 여자가 빅 대디 남편이 아수라장 속에서 사람들을 밀치며 우리에게 길을 열어주는 동안 아수라장 너머로 내게 알려주었다) 자기 메가라인에서 나온 팔팔한 여자를 찾아서 그 주변에 운집하는 것이다. 여자는 인쇄된 표지판을 치켜들고 돌아다니면서 더 많은 크루즈 승객을 모은 뒤, 심령체처럼

점점 불어나는 네이디어 추종자 무리를 이끌고 터미널 밖으로 나가서 버스로 향한다. 버스는 우리를 부두로 데려다줄 것이다. 우리가 신속하고 번거롭지 않은 과정이겠지 하고 착각하고 있는 탑승수속으로 데려다줄 것이다.

포트로더데일 공항은 일주일 중 엿새는 여느 느른한 중규모 공항이다가 토요일만 되면 사이공의 함락을 방불하는 아수라장이 되는 모양이다. 터미널의 사람들 중 절반은 이제 짐을 들고 여러 7NC를 떠나 집으로 날아갈 이들이다. 그들은 시리아인처럼 가무잡잡하다. 개중 많은 사람이 막연히 복슬복슬해 보이는 다양한 크기와 기능의 희한한 기념품을 갖고 있다. 그리고 다들 눈에 초점이 없고 멍한 분위기인데, 시카고 여자는 그것이야말로 7NC 경험 후 내면의 평화를 드러내는 상징적 모습이라고 단언한다. 반면에 우리 7NC 경험 전 사람들은 다들 희멀겋고, 긴장했고, 어쩐지 인생이라는 전투를 치를 대비가 안 된 사람들처럼 보인다.

터미널 밖에서 우리 네이디어인들은 이제 탈심령체화한 뒤 무슨 높은 연석을 따라 한 줄로 서서 네이디어 특별 전세 버스가 오기를 기다리라는 지시를 받는다. 우리는 옆 잔디밭에 평행하게 줄 선 홀런드아메리카인들과 서로 웃을지 손을 흔들지 말지 모르겠다는 어색한 눈길을 교환하고, 두 집단 모두 벌써 버스가 온 프린세스행 사람들을 실눈으로 쳐다본다. 포트로더데일 공항의 짐꾼, 택시 기사, 흰 탄띠를 두른 교통경찰, 버스 기사는 다 쿠바 사람들이다. 호화 크루즈 여행이 네 번째라 약삭빠른 유경험자 시카고 부부는 줄 저 앞에 서 있다. 또 다른 셀레브리티 통제 여성이 확성기로 우리에게 짐은 알아서 뒤따라올 테니 걱정하지 말라고 외치고 또 외친다. 의도한 것은 아니겠지만 이 장면이 영화 〈쉰들러 리스트〉의 아우슈비츠행 탑승 장면을 닮았다는 생각에 간담이 서늘해지는 사람은 나뿐인 모양이다.

내가 줄에서 선 위치. 나는 땅딸막하고 줄담배를 피워대고 NBC 스포츠 모자를 쓴 흑인 남자와 엥글러 기업인가 뭔가라고 적힌 배지를 달고 기업적으로 옷을 입은 사람들 사이에 끼어 있다.[16] 저 앞쪽 시카고 은퇴 부부는 파라솔 같은 걸 폈다. 하늘에는 남서쪽에서 불어온 비늘구름이 울퉁불퉁한 가짜 천장을 이루었지만 내 머리 바로 위는 성긴 새털구름뿐이다. 짐이 걱정되든 말든 뙤약볕에 서서 기다리자니 심하게 더워졌고, 나는 선견지명 부족으로 장의사풍 까만 울 재킷과 적절하지 못한 모자를 쓰고 있다. 하지만 땀을 흘리는 기분은 좋다. 시카고는 새벽에 18도였고, 태양은 정면으로 바라볼 수 있는 창백하고 무능한 삼월 태양이었다. 제대로 된 태양을 느끼고 초록으로 하늘거리는 나무들을 보니까 기분이 좋다. 우리는 좀 오래 기다리고 있다. 사람들의 대화가 대기하는 중에 가볍게 나누는 인사 이상으로 발전할 시간이 있다 보니 네이디어 줄은 도로 군데군데 덩어리지기 시작한다. 오전 비행기로 내린 사람들을 맞을 버스를 확보하는 데 착오가 있었든지, 아니면 (내 이론이다) 대단히 유혹적인 홍보물을 제작했던 바로 그 셀레브리티 두뇌

---

16 알아내려고 무수히 시도했지만, 엥글러 기업이 뭘 하는 곳인지, 뭘 만드는 곳인지, 대체 무슨 회사인지 결국 알아내지 못했다. 아무튼 그 회사는 특수한 형태의 출장인지 사내 컨벤션인지는 몰라도 이번 7NC 유람에 한 무리의 직원들을 보냈다.

집단이 자신들에게 유리하도록 일상과 7NC 경험의 대비를 더 뚜렷하게 만들기 위해서 승선 전 과정을 일부러 더 어렵고 불쾌하게 만드는 게 아닌가 싶다.

이윽고 우리는 전세 버스 여덟 대에 나눠 타고 한 줄로 부두로 향한다. 우리 수송대의 느리터분한 이동 속도와 다른 차들이 우리에게 보이는 묘한 존중심 때문에 장례식 분위기가 감돈다. 포트로더데일 자체는 무진장 큰 골프장처럼 보이지만, 그중에서도 크루즈 부두가 있는 포트에버글레이즈는 산업 지구로서 틀림없이 황폐 지역으로 지정된 곳 같다. 창고들, 변압기들, 차곡차곡 쌓인 화차들, 근육질에 사악해 보이는 플로리다풍 잡초가 흐드러진 공터들이 있을 뿐이다. 우리는 망치처럼 생겨서 다들 펠라티오 하듯이 고개를 까딱거리는 유정 탑들이 흩어진 널따란 들판을 지난다. 그 너머 수평선에는 반들거리는 회색 손톱을 깎아놓은 조각 같은 것이 있다. 그것이 바다인 모양이다. 버스 안에서는 여러 언어가 들린다. 버스가 턱이나 기차선로를 넘을 때마다 모두의 목에 걸린 수많은 카메라가 단체로 달그락달그락거려서 엄청 시끄럽다. 나는 어떤 종류의 카메라도 갖고 오지 않았으며, 이 사실에 비뚤어진 자부심을 느낀다.

네이디어의 정박지는 전통적으로 21번 부두다. '부두'라는 말에 선창과 밧줄걸이와 찰싹거리는 파도가 있는 풍경을 떠올렸지만, 실제 부두는 실제 공항처럼 어떤 물체가 아니라 어떤 장소일 뿐이다. 진짜 바다는 안 보이고, 잔교도 안 보이고, 공기에 생선 비린내나 나트륨의 톡 쏘는 내음도 감돌지 않는다. 다만 부두 지구에 들어서자 정말정말 크고 흰 배가 많이 보인다. 그런 배들이 하늘을 거의 다 가리고 있다.

지금 나는 21번 부두 대기실 바닥에 나사로 고정된 수많은 오렌지색 플라스틱 의자들 중 맨 끝에 앉아서 이 글을 쓴다. 우리는 버스에서 내린 뒤 확성기를 든 여자의 인도로 21번 부두의 대형 유리문을 통과해 들어왔다. 여기서 또 웃음기라곤 없는 다른 해군 복장 여자 두 명이 우리에게 숫자가 적힌 작은 플라스틱 카드를 한 장씩 나눠주었다. 내 카드의 숫자는 7이다. 근처에 앉은 사람들이 내게 "뭡니까"라고 묻고, 나는 "7이네요"라고 대답해야 하는 것 같다. 카드는 결코 새 것이 아니다. 내 카드 한구석에는 초콜릿 지문이 희미하게 찍혀 있다.

안에서 본 21번 부두는 비행선 없는 비행선 격납고 같다. 천장이 높고 소리가 울린다. 삼면이 더러운 유리벽이고, 한 줄에 25개씩 이어진 오렌지색 의자가 최소한 2,500개는 있고, 정체를 종잡을 수 없는 스낵바가 있고, 줄이 아주 긴 화장실이 있다. 음향 효과는 고약하고, 엄청나게 시끄럽다. 밖에서는 해가 빛나는데도 비가 내리기 시작했다. 의자에 앉은 사람들 중 몇 명은 여기 며칠을 앉아 있었던 사람들처럼 보인다. 눈보라로 공항에 발이 묶인 사람들 특유의 초점 없는 눈동자를 하고 있다.

이제 11시 32분이지만, 탑승은 14시 정각에서 일 초라도 더 앞당겨 진행되지 않을 것이다. 장내 방송은 셀레브리티가 그 점에 엄격하다는 것을 정중하면서도 단호하게 알린다.[17] 장내 방송을 하는 여자의 목소리는 영국 슈퍼모델의 목소리가 이렇겠지 싶은 목소리다. 모든 사람이 자기 숫자 카드를 체크포인트 찰리에 제출할 신분 증처럼 움켜쥐고 있다.('체크포인트 찰리'는 독일 분단 시절 동서 베를린을 넘나들 수 있는 유일한 관문이었다.─옮긴이) 많은 사람이 초조하게 기다리는 이곳에는 엘리스 섬/아우슈비츠행 분위기가 있지만, 비유를 더 이어가는 것은 불편하게 느껴진다. 대기자들 중 많은 수가─카리브해답게 옷을 입었는데도─유대인으로 보이지만, 나는 외모만 갖고 유대인성을 판별할 수 있다는 내 생각이 곧 부끄럽게 느껴진다.[18] 여기 모인 총 인원의 약 3분의 2만이 오렌지색 의자에 앉아 있다. 21번 부두의 격납고 대기실 분위기는 가령 금요일 17시 15분의 그랜드센트럴 역만큼 나쁘지는 않다. 하지만 셀레브리티 홍보물이 말했던 스트레스 없는 만족의 장소와는 전혀 닮지 않았고, 지금 그 책자를 훌훌 넘기면서 갈망의 눈길로 훑어보는 사람이 나 혼자만은 아니다. 또 다른 많은 사람은 《포트로더데일 센티넬》을 읽으면서 지하철 승객의 멍한 눈길로 남들을 응시한다. '샌디 덩컨의 눈동자'라고 적힌 티셔츠를 입은 꼬마는 플라스틱 의자에 뭔가 글씨를 새기고 있다. 나이 든 사람들도 제법 있는데 그런 사람들은 다들 **몹시** 더 나이 든 사람들과 함께 여행하는 중이고, 그

---

17 지연 이유가 밝혀진 건 다음 주 토요일이었다. 나를 비롯한 승객들이 배에서 내려서 적절한 이동 수단으로 인도되는 과정이 오전 10시에야 마무리되었고, 그다음부터 14시까지 전신 작업복 차림의 제3세계 남자 관리인들이 승무원들과 합세하여 다음번 1,374명의 승객들이 타기 전에 우리가 묵었던 흔적을 싹 말살하는 작업을 해야 했던 것이다.

18 내게는 미국 동해안의 모든 공공장소가 이처럼 나도 모르게 인종주의적 관찰을 하고는 정치적으로 올바른 내면의 반발에 움찔하는 짜증스러운 순간으로 가득하다.

몹시 더 나이 든 사람들은 그냥 나이 든 사람들의 부모인 것 같다. 서로 다른 줄에 앉은 서로 무관한 남자 두어 명은 군인처럼 능숙하게 캠코더를 분해해서 살펴보고 있다. 와스프WASP('백인 앵글로색슨 기독교인White Anglo-Saxon Protestant'의 머리글자로 보통 미국 주류 지배계급을 지칭하는 말—옮긴이)로 보이는 승객의 비율도 꽤 높다. 많은 와스프는 서로의 어깨에 머리를 얹은 모양새로 보아 신혼여행스러운 이삼십대의 커플들이다. 나는 어느 연령을 넘어선 남자들은 반바지를 입어서는 안 된다고 속으로 결정한다. 그들의 다리는 오싹하리만치 무털이다. 헐벗은 것처럼 노출된 피부는 다리털을 갈구하는데, 특히 종아리가 절실하다. 종아리는 나이 든 남자의 몸에서 털이 더 있었으면 하고 바라는 유일한 인체 부위다. 종아리 무털 현상은 오랫동안 바지와 양말에 쓸린 탓일까? 알고 보니 숫자 카드의 의미는 자신이 쥔 숫자가 불릴 때까지 21번 부두 격납고에서 기다리다가 숫자가 불리면 그때 '묶음'으로[19] 승선하면 된다는 것이었다. 따라서 내 숫자는 나를 뜻하는 것이 아니라 크루즈 승객 중 내가 소속된 하위집합을 뜻한다. 몇몇 7NC 유경험자들이 내게 7은 그렇게 좋은 '묶음' 숫자가 아니니까 느긋하게 기다리라고 조언한다. 구불텅한 화장실 줄 너머 큰 회색 문 뒤에 있는 배꼽 모양 통로

---

19 이 용어는 크루즈 여행 8회 유경험자인 오십대 언저리 남자의 표현이다. 그는 금발 앞머리를 가지런히 내렸고, 붉은 턱수염을 무성하게 길렀고, 제도용 T자처럼 보이는 이상한 뭔가를 손가방에 끼워서 갖고 있다. 또한 그는 내가 청하지 않았는데도 자신이 왜 7NC 호화 크루즈 여행에 나서는 것 외에는 기본적으로 다른 감정적 선택지가 없었는가 하는 사연을 자진하여 들려준 첫 번째 사람이었다.

가 네이디어 호로 짐작되는 곳으로 이어지는 모양이고, 네이디어 호로 짐작되는 그 물체는 남쪽 유리창 밖에 새하얗고 높게 솟은 벽으로 존재하고 있다. 격납고 한가운데쯤 긴 탁자가 하나 있고, 거기서 간호사스러운 흰옷을 입은 크림색 피부의 스타이너 오브 런던 사 직원들이 승선을 기다리는 여자들에게 공짜 화장이며 피부 상담을 해주면서 매출의 밑밥을 깔고 있다.[20] 시카고 여자와 빅 대디는 격납고의 최남동쪽 의자 줄에서 다른 부부와 함께 우노 카드 게임을 하고 있는데, 그 부부는 1993년 프린세스 알래스카 크루즈 여행 때 사귄 친구라고 한다.

지금 나는 격납고 서쪽 벽에 엉덩이를 받치고 살짝 쭈그린 자세로 이 글을 쓴다. 벽은 싸구려 모텔 벽처럼 흰 페인트칠이 된 콘크리트블록 벽이고 묘하게 축축하다. 나는 이제 재킷을 벗고 바지와 티셔츠와 넥타이 차림이다. 넥타이는 빨아서 손으로 짠 뒤 그대로 말린 것처럼 보인다. 땀 흘리는 것이 더 이상 기분 좋지 않았다. 셀레브리티 크루즈는 우리에게 우리가 뒤에 남기고 떠나는 것 중에는 에어컨이 없고 환기가 신통찮은 대기실도 있다고 알려주고 있다. 12시 55분이다. 홍보 책자에 따르면 네이디어는 동부 표준시 16시 30분에 출항한다고 하고, 14시 정각부터 그 사이에 언제든 승선할 수 있다고 한다. 하지만 네이디어 승객 1,374명 전원이 벌써

---

20 나중에 보니 스타이너 오브 런던은 네이디어에도 탑승하여 허브 랩, 셀룰라이트 집중 지방 제거 마사지와 얼굴 마사지, 기타 미학적 응석받이 상품을 판매했다. 최상층 갑판의 올림픽 헬스클럽 한쪽에 전용 공간이 있었고, 5층 갑판의 뷰티 살롱은 거의 통째 소유한 것 같았다.

여기에 모인 것 같고, 그에 더해 친척들과 환송자들도 적잖이 와 있는 것 같다.[21]

어떤 경험에 관해서 기사를 쓸 때의 이점은 이 승선 대기 격납고 같은 우울한 연결 지점에서 이 경험이 내게 어떻게 느껴지는가에 집중하지 않고 대신 기사에 쓸 만한 흥미로운 소재가 뭐가 있는지에 집중함으로써 기분을 전환할 수 있다는 것이다. 내가 부분 가발을 쓴 열세 살 남자아이를 처음 본 것도 이때다. 아이는 청소년스럽게 구부정한 자세로 의자에 파묻혀 두 발을 등나무 바구니 같은 데 올리고 있고, 아이의 엄마로 보이는 여자가 곁에서 아이에게 따따부따 말을 쏟아내고 있다. 아이는 정체된 공공장소에서 사람들이 멍하니 응시하는 거리에 해당하는 지점을 응시하고 있다. 아이의 부분 가발은 하워드 코셀Howard Cosell(1918~1995, 미국 유명 스포츠 기자―옮긴이)의 까맣게 반들거리는 부조화스러운 부분 가발처럼 끔찍하진 않지만 그렇다고 근사하지도 않다. 그 색깔은 실제라고 믿기 힘든 오렌지색 도는 갈색이고, 그 질감은 헝클어뜨리려고 손을 댔다가는 헝클어지는 대신 뚝뚝 끊어질 것 같은 지역 TV 앵커의 부분 가발스러운 질감이다. 엥글러 사 사람들은 한데 뭉쳐서 비공식 회의를 하거나 부두의 유리문 근처에 모여 서 있다. 멀리서 보면 럭비 스크럼 같다. 나는 격납고 의자의 오렌지색을 묘사할 완벽한 표현은 대기실 오렌지색이라고 결정했다. 일중독자처럼 보이

---

21 이 점에서 7NC 호화 크루즈 여행은 병원 입원이나 대학 입학과 비슷하다. 당신이 출발하는 곳까지 친척들과 환송자들을 데려와서 의무적 포옹과 눈물을 잔뜩 나눈 뒤 마침내 떠나는 것이 표준 시행 절차인 것 같다.

는 남자 몇 명은 휴대전화로 통화하고 있고, 그 아내들은 곁에서 극기하는 표정을 짓고 있다. 나는 제임스 레드필드의 소설 《셀레스틴의 예언》을 약 열 권 확실히 목격했다. 이 공간의 음향에는 비틀스의 다소 관념적인 곡들이 갖고 있는 악몽스러운 반향성이 있다. 스낵바에서는 평범한 초콜릿 바를 1.5달러에 팔고, 탄산음료는 더 비싸다. 남자 화장실 줄은 북서쪽 방향으로 스타이너 오브 런던 탁자에 가 닿을 듯이 뻗어 있다. 클립보드를 든 부두 직원 몇 명이 별 용무도 없어 보이는데 이리저리 뛰어다니고 있다. 대기자들 중에는 대학생으로 보이는 아이들도 좀 있는데, 다들 헤어스타일이 복잡하고 벌써 수영장용 슬리퍼를 신고 있다. 내 근처의 한 꼬마는 내가 쓴 것과 똑같은 모자를 썼다. 아무래도 밝혀둬야 할 것 같은데, 총천연색 스파이더맨 모자다.[22]

나는 카메라 메이커 식별 가능 범위인 한 오렌지색 의자 구역에서만 카메라 메이커를 십여 가지 확인했다. 캠코더는 포함하지 않은 집계다.

이곳 드레스 코드는 비격식 기업형에서 열대풍 여행자형까지 다양하다. 시야에 들어오는 사람들 중에서 제일 땀을 많이 흘리고 제일 단정치 못하게 입은 사람은 내가 아닐까 싶다.[23] 21번 부두에

---

22 설명하자면 이야기가 길지만 그럴 가치가 없다.

23 체질적으로 7NC 호화 크루즈 여행에 끌리는 사람이라는 것이 있는지는 모르겠지만, 아무튼 이 사람들의 또 다른 인구학적 사실은 이들이 체질적으로 땀을 흘리지 않는 사람들이라는 것이다. 네이디어 선상에서 이 법칙의 유일한 예외의 장소는 메이페어 카지노였다.

는 막연하게라도 항해적인 분위기는 전혀 없다. 기업 스크럼에서 배제된 엥글러 남자 두 명은 나와 가까운 의자 줄 끝에 나란히 앉아서 둘 다 오른발을 왼무릎에 얹은 채 로퍼 신은 발을 무의식적으로 완벽하게 같은 박자로 흔들고 있다. 내 가청 범위의 아기들은 모두 프로 오페라 가수로 전망이 창창한 것 같다. 어른에게 안겨 있거나 잡혀 있는 아이들은 모두 부모 중 여성 쪽에게 안겨 있거나 잡혀 있다. 모든 지갑과 핸드백의 50퍼센트 이상이 버드나무 혹은 등나무 재질이다. 모든 여자들이 잡지에 나온 다이어트를 하고 있을 것 같은 인상이다. 이곳 대기자들 연령의 중간값은 최소 45세는 된다.

한 부두 직원이 거대한 장식용 주름종이 뭉치를 들고 달려간다. 화재 경고 같은 사이렌이 십오 분쯤 신경 거슬리게 울리고 있지만 다들 무시한다. 왜냐하면 장내 방송하는 영국 슈퍼모델 아가씨와 클립보드를 든 셀레브리티 사람들이 무시하는 것 같기 때문이다. 그리고 지금 막 울려퍼진 소리는 처음에는 무슨 지옥의 나팔 소리처럼 들렸다. 두 번 연속 각 오 초씩 이어진 굉음은 사람들의 셔츠 앞섶을 펄럭이게 만들고 모두의 얼굴을 찌푸리게 만든다. 알고 보니 그것은 밖에서 홀런드아메리카의 베스테르담 호가 물가에 있는 모든 사람들에게 자신의 출발이 임박했다는 것을 알리는 경적 소리였다.

나는 이따금 모자를 벗고 수건으로 땀을 훔친다. 그리고 격납고를 어슬렁어슬렁 돌면서 사람들의 대화를 귀동냥하고 잡담도 좀 나눈다. 내가 잡담을 나눈 사람들의 절반 이상은 이곳 남플로리다 근처에서 온 사람들이었다. 하지만 더 재미있고 유익한 것은 남들의 대화를 태연히 엿듣는 것이다. 격납고 전역에서 엄청나게 많은 잡담형 대화가 진행되고 있다. 그리고 내가 엿들은 잡담 중 상당한 비율은 한 승객이 다른 승객에게 자신이 왜 7NC 크루즈 여행을 신청했는지를 설명하는 내용이었다. 이곳에서 진행되는 대화의 보편적 주제가 그것인 모양이다. 정신 병동 휴게실에서 환자들이 서로 잡담하는 것처럼 말이다. "그래서, 댁은 왜 여기 왔습니까?" 그리고 모든 사람들의 대답에서 충격적으로 일관된 특징은, 7NC 호화 크루즈 여행을 하려고 7NC 호화 크루즈 여행에 왔다고 대답한 사람은 단 한 명도 없다는 점이다. 여행으로 견문을 넓히려고, 혹은 패러세일을 미치도록 하고 싶어서 하는 식으로 대답하는 사람도 한 명도 없다. 자궁스러운 정체 속에서 고객의 응석을 받아주겠다는 셀레브리티의 환상 겸 약속에 매료되어서 왔다고 말하는 사람도 한 명도 없다. 셀레브리티 7NC 홍보물에서는 펼치기만 하면 매 쪽 나왔던 '만족시키다'라는 단어는, 내가 들은 한 승객들의 말에서는 한 번도 나오지 않았다. 승객들의 설명적 잡담에서 반복적으로 쓰이는 단어는 따로 있었다. '긴장을 풀다'였다. 모든 사람들이 다가올 한 주를 오래 미루었던 보상으로, 혹은 형언하기 어려운 어떤 압박의 압력솥으로부터 자신을 구출하여 제정신을 유지하기 위한 최후의 몸부림으로 설명했다. 아니면 둘 다로.[24] 설명적 사연들은 길

---

[24] 나는 이 증후군의 정체가 무엇인지, 이것이 완벽한 만족을 약속하는 홍보물의 유혹과 어떻게 연관되어 있는지 알 것 같다. 이 현상에서 드러난 것은 자기 자신에게 허락하는 방종에 따르기 마련인 미묘한 창피함이다. 내가 스스로에게 허락한 방종이 사

고 복잡하며, 어떤 것은 좀 무섭기까지 하다. 집에서 친지를 간병했는데 환자가 끔찍하게 오래 연명하는 바람에 몇 달이 흐른 지금에야 겨우 땅에 묻고 왔다는 얘기를 서로 다른 대화에서 두 번 들었다. 비취색 '말린스' 티셔츠를 입은 화훼 도매상은 완벽한 여유와 재생의 일주일을 당근으로 눈앞에 매달아 놓고서야 크리스마스에서 밸런타인데이까지 지옥 같은 성수기에 지쳐빠진 제 영혼을 건사할 수 있었다고 말한다. 뉴어크에서 온 경찰 삼인조는 막 은퇴했는데, 각자 구역에서 끝까지 살아남는다면 언젠가 꼭 함께 호화 크루즈 여행을 하자고 약속했었다고 한다. 포트로더데일에서 온 부부는 친구들이 여기 살면서 7NC 호화 크루즈 여행도 안 해보고 뭐 했느냐고 하도 놀리는 바람에 오게 되었다고 말한다. 그들이 뉴욕 토박이라면, 네이디어는 자유의 여신상인 것 같다.

그건 그렇고, 티켓을 가진 성인 승객들 중 종류를 불문하고 카메라 장비를 갖추고 있지 않은 사람은 나뿐이라는 사실을 이제 경험적으로 확인했다.

어느 순간, 의식하지 못한 사이, 홀런드 사의 베르테르담 호 주둥이가 서쪽 창에서 사라지고 없다. 창밖에는 아무것도 없다. 빗물이 증발하면서 군데군데 피어오르는 김 사이로 햇살이 따갑게 내려쬔다. 격납고는 사람이 반으로 줄었고 이제 조용하다. 빅 대디와

실은 방종이 아니라고 누구에게든 설명하고 싶은 욕구다. 내가 마사지를 받는 건 마사지를 받고 싶어서가 아니라 옛날에 무슨 운동을 하다가 다친 허리가 죽을 만큼 아파서 하는 수 없이 받는 거라는 식, 나는 담배를 피우고 '싶어서' 피우는 게 아니라 담배가 '필요해서' 피우는 거라는 식이다.

배우자는 진작 사라졌다. 이윽고 5번 묶음에서 7번 묶음까지가 함께 호명되고, 나와 한 덩어리로 모인 엥글러 대표단 중 거의 대부분은 떼 지어 원뿔 모양으로 움직여서 여권 심사대를 거쳐 그 너머 3층 갑판[25] 트랩으로 이동한다. 아리안계처럼 생긴 접객 직원이 한 명도 아니고 두 명씩 우리를 (한 사람 한 사람) 맞이한 뒤, 푹신한 보라색 카펫으로 이끌어서, 아마도 진짜 네이디어 호인 것 같은 공간 속으로 들어가게 한다. 산소가 풍부하고 살짝 발삼나무 향이 나는 에어컨 바람이 우리를 씻어 내린다. 원한다면 우리는 이 지점에서 잠시 멈춰 서서 배의 전속 사진사가 찍어주는 크루즈 전 기념사진을 찍을 수 있는데,[26] 일주일 후 그들이 우리에게 판매하려고 할 크

---

25 모든 메가십이 그렇듯 네이디어는 갑판마다 7NC의 콘셉트와 연관된 이름을 붙여두었다. 배 안에서는 이것이 좀 혼란스럽다. 사람들이 갑판을 숫자로 부르지 않고, 가령 판타지 갑판이 7층 갑판이었는지 8층 갑판이었는지는 절대 기억나지 않기 때문이다. 네이디어의 12층 갑판은 선 갑판, 11층은 마리나, 10층은 까먹었고, 9층은 바하마, 8층은 판타지, 7층은 갤럭시(8층하고 바뀌었을 수도 있다), 6층은 한 번도 제대로 듣지 못했다. 5층 갑판은 유로파다. 유로파는 네이디어의 운영 중추와 같은 곳으로, 은행처럼 보이는 천장 높은 거대 로비가 있고, 거기 있는 '접객 데스크'나 '사무장 데스크'나 '호텔 매니저 데스크'는 전부 레몬색과 연어색과 황동 표찰로 꾸며져 있으며, 또 식물들이 있고, 또 거대한 기둥들에서 물이 흘러내리는데 그 소리 때문에 그 로비에 있으면 제일 가까운 소변기를 찾아가고 싶은 충동이 인다. 4층 갑판은 전부 선실이고 이름은 플로리다였던 것 같다. 4층 아래로는 전부 사무용 공간이고, 이름이 없으며, 트랩이 연결된 3층 갑판 일부를 제외하고는 출입 금지. 나는 지금부터 갑판을 숫자로 부르겠다. 엘리베이터를 타고 어디로든 가려면 숫자를 알아야 했기 때문이다. 7층과 8층 갑판은 격식 있는 식당과 카지노와 디스코와 오락이 있는 곳이다. 11층에는 수영장과 카페가 있다. 최상층인 12층은 진지한 햇빛애호가를 위한 곳이다.

26 (전속인지 아닌지는 정확히 몰라도, 아무튼 사진사 천국이나 마찬가지인 7NC에

루즈 전후 기념품 따위를 노린 것이 분명하다. 그리고 나는 앞으로 일주일 동안 셀 수 없이 많이 보게 될 '발을 조심하세요' 표지판을 처음 본다. 메가십은 구조상 바닥이 그야말로 대충 설계한 것 같고, 울퉁불퉁하고, 느닷없이 15센티미터 높이의 작은 계단이 나타나는 곳이 수두룩하다. 이제 기분 좋게 땀이 마르고, 에어컨 냉기 때문에 좀 춥다. 내가 통과하고 있는 이 푹신한 카펫 깔린 좁은 복도에서는 땀띠로 악쓰는 아기의 울음소리가 어땠는지조차 기억나지 않는다. 두 접객 직원 중 한 명은 오른쪽 신발이 교정용 신발인 것 같고 아주 약간 다리를 저는데, 이 사소한 사실이 어쩐지 엄청나게 감동적이다.

접객 부서의 잉가와 제리가 나를 이끌고 배로 들어가는 동안 (그리고 이 걸음은 영원히 끝나지 않을 것 같다. 위로, 뱃머리 쪽으로, 배꼬리 쪽으로, 칸막이벽과 철제 난간이 달린 복도를 구불구불 통과하여 팔꿈치를 치들면 닿을 만큼 낮은 베이지색 에나멜 천장에 달린 작고 둥근 스피커에서 흘러나오는 진정되는 재즈 음악을 들으면서, 언제까지나 계속될 것만 같다) 장장 세 시간의 부끄러움과 해명과 "당신은 왜 여기 왔나요"로 구성되었던 크루즈 이전 내 존재는 전혀 다른 것으로 바뀐다. 벽에는 일정 간격마다 자세한 배 단면도와 도표가 붙어 있고, 단면도마다 크고 밝고 안심되는 빨간 점과 함께 '당신의 현재 위치'가 표시되어 있으며, 이 단언은 모든 질문을 사전에 차단하면서 이제 해명과 의심과 죄책감은 우리가 뒤에 남긴 현실

서는 말짱 한심하고 쓸데없는 짓이다.)

과 프로들의 손에 건넨 모든 것과 함께 과거의 일이 되었다고 알려준다.

그리고 엘리베이터는 유리로 만들어졌고 소음이 없으며, 접객 직원들은 나와 함께 그것을 타고 올라갈 때 살짝 미소를 띤 채 구체적으로는 아무 데도 안 보고 있으며, 밀폐된 냉기 속에서 둘 중 누가 더 좋은 향기를 풍기는지는 우열을 가리기 힘들 정도다.

이제 우리는 티크나무로 꾸민 선상 상점들을 지나간다. 구치, 워터포드와 웨지우드, 롤렉스와 레몽베유를 지나친다. 이때 스피커에서 흘러나오던 재즈가 지지직거리더니 세 가지 언어로 환영합니다, 빌콤멘, 출항 한 시간 뒤에 구명보트 탑승을 연습하는 필수 훈련이 있습니다, 하고 알리는 안내 방송이 나온다.

15시 15분. 나는 네이디어의 1009호 선실에 들어왔다. 그 즉시 바구니에 가득 담긴 공짜 과일을 거의 다 먹어치운 뒤, 아주 훌륭한 침대에 누워 불룩한 배를 손가락으로 도드락거리고 있다.

6

16시 30분의 출발은 장식용 색종이와 경적으로 구성된, 취향이 나쁘지 않은 행사였다. 갑판마다 야외 산책로가 있고 그 난간은 뭔지 몰라도 진짜 좋은 나무로 만들어져 있다. 하늘은 이제 흐리고, 저 아래 바다는 칙칙하고 거품이 껴 있다. 냄새는 생선 냄새나 바다 냄새라기보다는 그냥 짠 냄새다. 우리 배의 경적은 베스테르담의 경적보다 더 지구를 뒤흔드는 수준이다. 우리와 마주 손 흔들며 인사하는 사람들은 대부분 다른 7NC 메가십 갑판 난간에 선 크루즈 승객들이고, 그 배들도 막 부두를 떠나고 있으므로, 어쩐지 좀 초현실적인 장면이다. 배들이 서카리브해를 일주하는 동안 내내 평행으로 항해하면서 사람들이 그동안 내내 마주 손 흔드는 모습이 상상되기 때문이다. 정박과 출항은 선장이 직접 배를 조종하는 단 두 가지 상황이다. 이제 네이디어의 선장 G. 파나요타키스 씨가 배를 돌려 주둥이를 망망대해로 향하자 크고 희고 깨끗한 우리 배는 비로소 출범한다.

7

첫 이틀은 밤낮으로 꼬박 날씨가 나빴다. 바람이 배를 흔들고, 바다가 울렁이고, 포말이[27] 현창 유리를 때리고, 기타 등등. 첫 마흔 시간 남짓은 호화 카리브해 크루즈가 아니라 호화 북해 크루즈 같았다. 셀레브리티 직원들은 이 상황이 애석하긴 하지만 미안하진 않다는 듯한 표정으로 돌아다녔다.[28] 그야 공정하게 따져서 셀레브

---

27 일주일 동안 배운 새 단어들 중 단연코 최고: 포말spume(2등은 샤이서scheisser로, 한 독일인 은퇴자가 다트 게임에서 자꾸 자기를 이기는 다른 독일인 은퇴자를 가리켜 부른 말이었다).('샤이서'는 독일어로 '놈', '새끼'를 뜻한다.─옮긴이)

28 (운이 나쁜 걸 어쩌겠느냐며 어깨를 으쓱하는 몸짓을 얼굴로 대신하는 듯한 표정이다.)

리티 크루즈에 기상 상황의 책임을 물을 수는 없다.[29]

첫 이틀처럼 강풍이 부는 날, 승객들은 바람을 받는 쪽 난간에서 경치를 즐기라는 조언을 듣는다. 바람을 받는 쪽 반대쪽 난간에 선 내게 유일하게 합류했던 남자 승객은 바람에 안경이 날아갔고, 그는 강풍시 경치 감상에는 동그랗게 귀를 감는 안경다리가 더 낫다는 내 조언을 별로 고마워하지 않는다. 나는 승무원들 중 전통적인 노란색 우비를 입은 사람이 있나 계속 두리번거렸지만 보지 못했다. 내가 생각에 잠긴 시선으로 바다를 응시하는 갑판은 주로 10층 갑판이고, 따라서 바다는 까마득히 아래 있으므로, 바다가 출렁이고 울렁이는 소리는 아주 멀리서 나는 파도 소리처럼 들리고, 시각적으로는 물 내린 변기를 내려다보는 것과 비슷하다. 상어 지느러미는 안 보임.

거친 바다에서, 건강염려증이 있는 사람들은 시시각각 위의 맥동을 확인하여 자신이 지금 느끼는 것이 뱃멀미인지 아닌지, 느낀다면 지금 느끼는 뱃멀미의 수준은 정확히 어느 정도인지 평가하느라 바쁘다. 하지만 뱃멀미에 관해서라면 거친 바다는 일종의 전쟁터와 같다. 직접 나가보지 않고서는 자신이 어떻게 반응할지 미리 알 수 없다는 점에서. 진정한 남자를 시험하는 극한적이고 비자발적인 방법인 셈이다. 나는 확인 결과 뱃멀미가 없었다. 이 면역력, 극한적이고 비선택적인 이 능력은 약간 기적적이다. 왜냐하면

---

29 (셀레브리티 7NC 홍보물에서는 기상 상황이 훨씬 더 좋았다는 사실을 언급하지 않을 수 없지만.)

나는 의사용 탁상 편람에 등재된 모든 종류의 멀미를 다 겪는 데다가 약도 전혀 못 쓰는 체질이기 때문이다.[30] 거친 바다에서의 첫날, 나는 네이디어의 다른 승객들이 왼쪽 귀밑 머리카락을 다들 똑같이 이상한 모양으로 조금 밀어둔 것을 보고 종일 어리둥절했다가—여성 승객의 경우 특히 이상해 보였다—사람들 목에 붙은 작고 둥근 반창고스러운 그 물건이 새로 나온 끝내주는 멀미용 경피 패치란 걸 들었다. 그 정보를 모르고서 7NC 호화 크루즈 여행에 나서는 사람은 한 명도 없는 것 같았다.

패치를 붙이든 말든, 휘몰아친 첫 이틀 동안 많은 승객이 뱃멀미를 겪었다. 처음 안 사실이지만, 뱃멀미하는 사람은 안색이 진짜 초록색이다. 좀 이상하고 유령 같은 초록색, 창백하고 두꺼비 같은 초록색, 뱃멀미하는 사람이 정장을 입고 식당에 나타났을 때는 좀 시체처럼 보이는 초록색이다.

첫 이틀 밤, 누가 뱃멀미를 하고 누가 뱃멀미를 하지 않고 누가 지금은 안 하지만 방금 전까지는 했고 누가 지금은 안 하지만 조만간 할 것 같은가 등등은 5성급 카라벨 레스토랑의[31] 우리 64번 식탁에서 진행된 대화의 주요 주제였다. 공통의 괴로움과 그에 대한 두

---

30 나는 멀미약 드라마틴에 극한적이고 비자발적인 반응을 보인다. 약효가 나타나면 앞으로 풀썩 엎어져서 몸을 씰룩거리게 된다. 그래서 나는 약에 취하지 않은 말짱한 상태로 항해하고 있다.

31 7층 갑판에 있는 격식 있는 식당이다. 이곳을 "카라벨 레스토랑"이라고 부르는 사람은 아무도 없고(더구나 그냥 "레스토랑"이라고만은 절대 부르지 않는다), 다들 늘 "5성급 카라벨 레스토랑"이라고 부른다.

려움을 토로하는 대화는 서먹함을 깨는 데 그만이었다. 그리고 서
먹함을 깨는 것은 중요하다. 7NC 승객들은 이레 내내 지정된 식탁
에서 똑같은 사람들과 함께 식사해야 하기 때문이다.[32] 세심하게 조

---

32 우리 64번 식탁의 손님은 나 외에 일곱 명이 더 있었다. 모두 남플로리다에서 온
사람들이었다. 마이애미, 태머락, 포트로더데일에서. 그중 네 명은 육지 인생에서도 사
적으로 아는 사이라서 미리 같은 식탁에 앉게 해달라고 요청했다. 나머지 셋은 노부부
와 그 손녀였고, 손녀의 이름은 모나였다.

64번 식탁에서 호화 크루즈 여행이 처음인 사람은 나뿐이었고, 저녁 식사를 "만찬"이
라고 부르는 사람도 나뿐이었다. 떨치지 못한 어린 시절 버릇이다.

뚜렷한 예외인 모나를 제외하고는, 나는 내 식사 친구들이 다 좋았다. 그리고 그 저녁
식사 자리의 분위기를 이 각주에서 짧게 묘사하고, 본문에서는 많이 언급하지 않으려
고 한다. 혹 그들의 어떤 점이 이상했다는 말이나 못된 소리로 들릴지도 모르는 말을
꺼냄으로써 그들의 마음을 다치게 할까 봐 걱정되기 때문이다. 하지만 64번 식탁 사
람들에게는 분명 꽤 이상한 면이 있었다. 우선 그들은 다들 뚜렷한 뉴욕 말투를 썼는
데도 다들 자신은 남플로리다에서 나고 자랐다고 맹세했다(단 확인 결과 T64 성인들
의 부모는 모두 뉴요커였으니, 이것은 뉴욕 사투리의 내구성을 보여주는 강력한 증거
일지도 모른다). 나 외에는 여자가 다섯 명에 남자가 두 명이었는데, 두 남자는 골프,
사업, 멀미 예방 패치, 이런저런 물건의 세관 통과 가능성 같은 주제가 아니고서는 한
마디도 하지 않았다. 64번 식탁에서 대화의 주도권은 여자들에게 있었다. 내가 (모나
를 제외하고) 그 여자들을 좋아했던 이유 중 하나는, 내 농담이 아무리 변변찮고 애매
한 것이라도 그들이 정말 열심히 웃어주었다는 것이다. 다만 그들은 웃기 전에 일단 비
명을 지르는 희한한 버릇이 있었다. 진짜 비명이었다. 그래서 짧게나마 매번 그들이 웃
을 준비를 하는 건지 아니면 내 어깨 너머 5☆C.R.('5성급 카라벨 레스토랑'을 이렇게
줄여서 표현한 것—옮긴이) 저쪽에 비명을 지를 만큼 흉측한 게 나타난 건지 분간할
수 없는 고통스러운 순간이 있었고, 이것 때문에 나는 한 주 내내 불안했다. 또한 내가
관찰한 바로 많은 7NC 호화 크루즈 승객들이 그렇듯, 이 여자들은 모두 일화나 이야
기나 대본이 짜인 농담을 하는 데 유달리 뛰어났다. 이들은 양손과 얼굴을 써서 극적
인 효과를 주었고, 말을 언제 잠시 멈춰야 할지 계속해야 할지 알았으며, 한 박자 늦은
반응을 보이는 법, 조연을 세우는 법도 알았다.

내가 제일 좋아한 식사 친구는 트루디였다. 그녀 남편은 부부의 휴대전화 사업에 갑자기 일이 생기는 바람에 태머락에 남았고 그 표를 대신에 뚱뚱하고 옷을 아주 잘 입는 딸 앨리스에게 주었다고 했다. 앨리스는 마이애미 대학에서 봄방학을 맞은 참이었고, 왜인지는 몰라도 자신에게 진지한 남자친구가 있다는 사실을 내게 알리고 싶어 안달이었는데, 남자친구 이름은 패트릭이라고 했다. 우리 둘의 대화에서 앨리스의 대사는 주로 이런 식이었다. "회향 싫어하세요? 정말 신기한 우연이네. 내 남자친구 패트릭도 회향을 엄청 싫어해요!" "일리노이 출신이세요? 정말 신기한 우연이네. 내 남자친구 패트릭도 이모의 첫 남편이 인디애나 출신인데 일리노이 바로 옆이잖아요." "팔다리가 다 있다고요? 정말 신기한 우연이네…." 앨리스가 자신의 연애 상태를 지속적으로 내게 확인시켰던 건 엄마 트루디에 대한 방어 전략이었을지도 모른다. 트루디는 전문가의 손길로 수정하고 광택지에 인쇄한 앨리스의 4×5인치 사진들을 수시로 지갑에서 꺼내어 옆에 뻔히 앨리스가 앉아 있는데도 내게 보여주었고, 앨리스가 패트릭을 언급할 때마다 한쪽 송곳니는 드러나는데 반대쪽 송곳니는 드러나지 않는 이상한 안면 근육 이상 내지 찡그림을 선보였다. 트루디는 쉰여섯으로, 내 사랑하는 어머니와 동갑이다. 트루디는—진짜라서 하는 말이고, 최대한 좋은 의미에서 하는 말이다—배우 재키 글리슨이 여장한 것처럼 생겼고, 그녀의 웃음 전 비명은 유난히 요란스러워서 부정맥을 유발한다. 나를 꾀어 수요일 밤 콩가 춤 대열에 끼게 한 장본인이 트루디였고, 나를 스노볼 잭팟 빙고에 찌들게 한 장본인도 트루디였으며, 이번이 지난 십 년 동안 여섯 번째 여행이기에 7NC 호화 크루즈에 대해서라면 모르는 것이 없는 일반인 전문가가 트루디였다. 트루디와 친구 에스터(마이애미에서 온 부부 중 여자 쪽으로 여윈 얼굴에 어딘가 살짝 상한 것처럼 보인다)가 카니발, 프린세스, 크리스털, 커나드에 대해서 들려준 이야기들은 명예훼손의 여지가 엄청나게 많기 때문에 아쉽게도 여기 옮길 순 없다. 특히 7NC 역사상 최악의 크루즈 노선이었던 것 같은 한 배에 대한 기나긴 회고는—"미국의 가족 여행 크루즈" 중 하나로, 생긴 지 16개월 만에 망했다고 한다—정말 못 믿을 만큼 터무니없는 내용이라서 트루디와 에스터처럼 지식과 분별을 갖춘 이 인조가 한 말이 아니었다면 나도 정말 못 믿었을 것이다.

나는 또 차츰 자신이 이 순간 먹고 있는 음식과 식사 서비스를 이토록 세밀하고 정확하게 분석하는 일행과 식사하는 것은 평생 처음이라는 사실을 깨달았다. 무엇도 T와 E의 주의를 벗어나지 않았다. 삶은 미니 당근 위에 장식된 파슬리 잔가지의 대칭, 빵의 밀도, 여러 고기 부위의 맛과 저작 활동 친화성, 요리에 불을 붙여야 할 필요가 있을 때면(그리고 5☆C.R.의 디저트들은 상당히 높은 빈도로 불이 붙여져야 할 필요가 있었다) 높고 흰 모자를 쓰고 식탁 옆에 슥 나타나서 불을 붙여주는 여러 페이스트리 담당자들의 민첩성과 플람베 기술, 기타 등등. 웨이터와 버스보이가 식탁을 맴돌면서 "다 드셨습니까? 다 드셨습니까?"하고 묻는 동안 에스터와 트루디는 이런 대화를 나누었다.

"자기, 고등이 마음에 안 드는 것 같네. 왜 그래."

"난 괜찮아. 괜찮아. 다 좋아."

"거짓말하지 마. 자기 얼굴은 거짓말을 못하는 얼굴이야. 프랭크, 내 말 맞지? 이 얼굴은 거짓말을 못하는 얼굴이잖아. 감자가 문제야, 고등이 문제야? 고등이지?"

"잘못된 거 전혀 없어, 에스터. 맹세코."

"고등이 마음에 안 드는구나."

"좋아. 맞아, 고등이 별로야."

"내가 자기한테 말하지 않았어? 프랭크, 내가 말했었지?"

(프랭크는 묵묵히 새끼손가락으로 귀를 후빈다.)

"내 말 맞지? 딱 보기만 해도 마음에 안 들어 하는 걸 알 수 있다니까."

"감자는 괜찮아. 고등이 문제라서 그렇지."

"내가 배에서는 제철 생선이 어떤지 말했잖아? 내가 뭐라고 했어?"

"감자는 괜찮아."

모나는 열여덟 살이다. 모나의 조부모는 모나가 다섯 살 때부터 매년 봄 호화 크루즈 여행에 데려왔다. 모나는 늘 늦잠으로 아침과 점심은 거르고 밤에는 스콜피오 디스코에서 놀거나 메이페어 카지노에서 슬롯 게임을 한다. 모나의 키는 187센티미터다. 내년 가을에 펜실베이니아 주립 대학에 들어갈 예정인데, 어디든 좋으니까 눈 내리는 지역 대학에 들어가면 사륜구동 자동차를 사주겠다는 약속에 따른 것이다. 모나는 이 대학 선택 기준을 말하면서 추호도 부끄러워하지 않는다. 모나는 요구가 엄청나게 많은 승객이자 식사자이지만, 식탁의 심미적 혹은 미식적 부족함에 대한 모나의 불평에는 트루디와 에스터의 분별력과 진정성이 결여되어 있기 때문에 그저 버릇없는 불만에 지나지 않는다. 모나는 또 좀 이상하게 생겼다. 몸은 브리기트 닐센이나 뭐 그런 섹시한 모델이 스테로이드를 맞은 것 같고, 그 위로 타락한 인형 같은 작고 섬세하고 새하얗고 불행한 얼굴이 눈부시게 곱슬한 금발 머리카락에 네모나게 둘러싸여 있다. 모나의 조부모는 매일 저녁 식사 후 방으로 물러나는데, 디저트를 먹고 나면 늘 모나에게 백 달러를 건네면서 "가서 재밌게 놀아"라고 말하는 작은 의식을 거행한다. 백 달러 지폐는 늘 벤저민 프랭클린의 얼굴이 정면에 난 선창 같은 구멍으로 내다보는 예의 예식용 은행 봉투에 담겨 있고, 그 위에는 늘 빨간 매직으로 "사랑한다, 아가야"라고 적혀 있다. 모나는 돈을 받고도 단 한 번도 고맙다고 말하지 않는다. 그리고 조부모가 무슨 리되고 양도 푸짐한 고급 요리를 먹으면서 메스꺼움과 구토를 논하는 것을 거북하다고 여기는 사람은 아무도 없는 것 같았다.

바다가 아무리 거칠어도 7NC 메가십은 크게 기우뚱거리거나 당신을 내팽개치거나 수프 그릇을 식탁에서 미끄러뜨리지는 않는다. 발을 바닥에 디딜 때 느껴지는 미묘한 비현실성만이 우리가 육지에 있지 않다는 사실을 알려줄 뿐이다. 바다에서는 바닥이 어쩐지 삼차원으로 느껴진다. 발을 디딜 때는 익숙하고 평평하고 정적

말만 하면 눈알을 굴리는데, 나는 금세 그녀의 그 버릇 때문에 미칠 지경이 되었다. 지금 보니 나는 모나에 대해서는 트루디나 앨리스나 에스터나 에스터의 묵묵히 미소 짓는 남편 프랭크에 대해서처럼 혹 못되게 들리는 말을 하면 어쩌나 하는 걱정이 별로 들지 않는다.

모나가 7NC 호화 크루즈에서 습관적으로 실시하는 사소하고 특별한 연기는 웨이터와 지배인에게 목요일이 자기 생일이라고 거짓말하는 것이다. 그러면 목요일 정식 만찬 때 그녀의 의자에 장식 깃발과 하트 모양 헬륨 풍선이 묶여 있게 되고, 그녀 앞에 특별한 생일 케이크가 놓이며, 레스토랑 직원들 거의 전원이 나와서 그녀를 동그랗게 둘러싸고 축하 노래를 불러준다. 하지만 진짜 생일은 7월 29일이라고 그녀가 제 입으로 월요일에 말했고, 이에 나는 7월 29일은 마침 베니토 무솔리니의 생일이라고 대꾸했는데, 그 말에 모나의 할머니는 죽일 듯한 눈으로 나를 쏘아보았으나 모나 자신은 우연의 일치에 기뻐했다. 아마 무솔리니와 마세라티를 헷갈린 것 같았다. 그런데 3월 16일 목요일은 마침 트루디의 딸 앨리스의 진짜 생일이었다. 하지만 모나가 가짜 생일 주장을 철회하기를 거부하고, 대신 자신과 앨리스가 3월 16일 만찬 때 깃발과 탄생일에 따른 사람들의 관심을 공유한다면 "끝장 재밌을" 거라고 말하자, 앨리스는 모나에게 온갖 불행을 빌어주기로 결심했다. 그래서 3월 14일 화요일 무렵에는 앨리스와 나 사이에 반反 모나 동맹이 결성되었고, 우리는 모나가 무슨 말을 할 때마다 목 조르는 동작이나 칼로 찌르는 동작을 슬쩍 해보임으로써 64번 식탁 너머로 서로를 웃겼다. 앨리스는 이런 위장 동작을 마이애미에서 진지한 남자친구 패트릭과 함께 이런저런 괴로운 식사 자리에 참석할 때 익혔다고 했는데, 패트릭은 아마 함께 식사하는 사람들을 거의 전부 다 싫어하는 것 같았다.

인 육지에서는 필요하지 않았던 주의를 약간 기울여야 한다. 배의 큰 엔진이 돌아가는 소리가 귀에 들리지는 않지만 오히려 발을 디디면 그 고동을 느낄 수 있다. 꼭 배의 긴 척추가 고동치는 것 같은 느낌인데, 이상하게 진정되는 데가 있다.

걷는 것도 약간 몽환적이다. 배는 파도 때문에 매 순간 살짝살짝 달라지는 회전력을 지속적으로 받는다. 거센 파도가 배 주둥이를 정면으로 때리면, 배는 세로축을 따라서 위아래로 흔들린다. 이것이 피칭이다. 그러면 감각이 좀 혼란스러워져서, 아주 약간 경사진 내리막을 걷는 느낌이 들었다가 금세 수평이 되었다가 다시 금세 아주 약간 경사진 오르막을 걷는 느낌이 든다. 하지만 우리의 중추신경계에서 진화적으로 오래된 파충류 뇌가 깨어나 이 일을 자동적으로 잘 처리해주는 것 같다. 그렇기에 우리는 면밀히 주의를 기울이지 않는 한, 걸을 때 좀 몽환적인 느낌이 든다는 것 외에는 특별히 이상한 점을 알아차리지 못한다.

한편 **롤링**은 파도가 배의 옆면을 때려서 배가 가로축을 따라 위아래로 흔들리는 것이다.[33] 네이디어 호가 롤링할 때 우리가 느끼는 것은 왼쪽 다리 근육에 힘이 아주 약간 더 들어갔다가 그다음에는 이상하게 아무 힘도 안 들어갔다가 그다음에는 오른쪽 다리에 힘이 더 들어가는 것 같은 기분이다. 힘이 오가는 주기는 아주 긴

---

33 (롤링도 이런 메가십에서는 감지하기 어려운 수준이다. 최악의 경우라도 롤링 때문에 샹들리에가 짤랑거리거나 물체가 바닥으로 떨어지는 일은 없다. 하지만 내 1009호 선실의 복잡다단한 옷장에서 수직이 살짝 어긋난 서랍 하나는 내가 전략적 지점에 클리넥스를 몇 장 쑤셔 넣었는데도 계속해서 미친 듯이 달그락거렸다.)

물체가 추처럼 늘어져서 흔들리는 주기와 같다. 이번에도 이 작용은 보통 아주 미묘하기 때문에 명상에 가까운 집중력을 발휘하지 않고서는 계속 의식하게 되지 않는다.

우리는 심한 피칭은 한 번도 겪지 않았지만, 아주 가끔 정말로 거대한 '포세이돈 어드벤처'급 파도가 단독으로 밀려와서 배 옆구리를 때리는 것 같았다. 왜냐하면 아주 가끔 비대칭적인 다리 힘 요구가 금세 멈추지도 않고 두 다리에서 번갈아 벌어지지도 않고, 어느 한쪽 다리에만 점점 더 힘을 주어야 하다가 자칫 넘어지기 직전의 마지막 순간에야 뭐든 붙잡게 되는 일이 벌어졌기 때문이다.[34] 이런 일은 금방 지나갔고 연달아 두 번 오는 경우도 없었다. 크루즈 여행 첫날 밤에는 정말 큰 파도가 우현을 몇 번 때렸다. 그래서 저녁 식사 후 카지노에서 누가 1971년산 리슈부르를 과음한 사람인지 누가 롤링 때문에 비틀거리는 사람인지 구별하기가 어려웠다. 여기에 대부분의 여자들이 하이힐을 신고 있었다는 사실을 더하면, 아찔하게 비틀거리기/팔을 휘휘 젓기/와락 붙잡기 행동이 적잖이 벌어진 것을 쉽게 상상할 수 있을 것이다. 승객들은 거의 모두 쌍쌍이었고, 바다가 거칠 때면 커플들은 대학 신입생 커플들처럼 착 붙어 걸었다. 그들이 그것을 좋아한다는 건 딱 보면 알 수 있다. 여자는 걷다가 남자 품에 제 몸을 쏙 집어넣는 수법을 발휘하고, 남자는

---

34 절묘하게 막판에 와서야 하게 되는 이런 행위는, 가령 곧 재채기를 하리란 사실을 깨닫자마자 실제 재채기가 나는 것과 비슷하다. 더 크고 자동적인 힘에 통제를 넘겨주는 시점이 경이롭게 연장된 순간이라고 할까. (재채기 비유는 괴상하게 들릴 수도 있겠지만 사실이다. 트루디도 나를 지지하겠다고 말했다.)

자세가 발라지고 표정이 결연해지며 스스로도 여느 때보다 단단하고 든든한 사람으로 느낀다는 것을 알 수 있다. 7NC 호화 크루즈 여행에는 배가 롤링할 때 서로 걸음을 돕는 것 같은 뜻밖의 사소한 낭만이 가득하다. 나이 든 커플들이 크루즈 여행을 좋아하는 이유를 알 만도 하다.

거친 바다는 숙면에도 좋았다. 첫 이틀은 '이른 아침 식사'를 먹으러 나온 사람이 거의 없었다. 다들 늦잠을 잤다. 불면증으로 몇 년 고생해왔다는 사람들도 아홉 시간, 열 시간을 내리 잤다고 보고했다. 이렇게 말하는 사람들의 눈은 놀라움으로 천진하게 커졌다. 잠을 푹 잔 사람들은 더 젊어 보였다. 사람들은 낮에도 방자하게 낮잠을 잤다. 일주일이 끝날 무렵, 온갖 종류의 날씨를 다 겪은 뒤, 그제야 나는 거친 바다와 경이로운 숙면이 무슨 관계인지를 깨달았다. 거친 바다에서는 누가 당신을 흔들어 재워주는 느낌이 든다. 선창에서는 포말이 부드럽게 쉿쉿거리고, 엔진은 어머니의 맥박처럼 두근두근 뛴다.

8

내가 유명 작가이자 아이오와 창작 워크숍 주임 교수인 프랭크 콘로이가 바로 이 셀레브리티 7NC 홍보 책자에 크루즈 여행을 직접 경험하고 쓴 에세이를 실었다는 사실을 말했던가? 아무튼 그는 썼고, 그의 글은 여행이 시작되는 토요일에 그가 가족과 함께

21번 부두에 걸쳐진 트랩에 오르는 것으로 시작된다.[35]

그 간단한 한 걸음으로 우리는 새로운 세상에 입장했다. 육지의 현실에 대한 대체 현실과도 같은 세상으로. 미소, 악수, 그다음에는 접객 부서에서 나온 친절한 젊은 여성이 우리를 선실로 안내해주었다.

그다음 그들은 바깥 난간에서 네이디어의 출항을 경험한다.

…우리는 배가 부두에서 멀어지고 있다는 것을 깨달았다. 사전에 기적은 못 느꼈고, 갑판이 흔들린다거나 엔진이 쿵쾅거린다거나 하는 것도 못 느꼈다. 마치 육지가 마술처럼 뒤로 물러나는 것 같았다. 영화에서 카메라가 느리게 물러나며 줌아웃하는 것처럼.

콘로이의 〈나의 셀레브리티 크루즈 여행, 혹은 '여기에서 여기까지 전부 다, 그리고 태닝까지'〉는 전체가 이런 식이다. 그런데 내가 이 에세이의 숨은 의미를 온전히 깨달은 것은 해가 처음으로 난

---

35 콘로이가 경험한 것은 나와 같은 호화 크루즈 상품이었다. 그는 1994년 5월 우리의 네이디어 호를 타고 서카리브해 일주 7박 여행을 했다. 내가 이렇게 자세히 아는 것은 콘로이가 전화로 말해주었기 때문이다. 그는 내가 캐묻는 질문들에 흔쾌히 답해주었다. 그는 솔직하고 기탄없었으며, 전반적으로 이 일에 대해서 부끄러울 게 없는 것 같았다.

날 12층 갑판에 벌렁 드러누워서 찬찬히 다시 읽어본 때였다. 콘로이의 에세이는 우아하고, 정교하고, 매력적이고, 마음을 달래준다. 하지만 나는 이 글이 또한 대단히 사악하고, 절망을 유도하고, 나쁘다고 주장한다. 나쁨의 최대 원인은 이 글이 환상과 대체 현실과 프로 응석받이의 고통 완화 효과를 최면적으로 쉼 없이 언급한다는 것은 아니고,

> 나는 배에 오르기 전 두 달 동안 빡빡하고 스트레스가 좀 있는 일을 했었는데, 이제 그것이 마치 오래된 기억처럼 느껴졌다.

> 불현듯 내가 설거지나 요리나 장보기나 집안일이나 그 밖에 무엇이 되었든 최소한이라도 생각과 노력을 요구하는 일을 마지막으로 한 지가 일주일이 되었다는 데 생각이 미쳤다. 내가 여기서 내린 가장 어려운 결정은 오후에 영화 〈미세스 다웃파이어〉를 볼까 빙고를 할까 정하는 것이었다.

행복한 형용사를 남발한다는 점도, 찬사를 연발하는 말투라는 점도 아니다.

> 우리가 품은 환상과 기대는 거뜬히 충족되고도 남을 것이었다. 이마저도 최소한으로 줄여서 말한 것이다.

서비스 면에서 셀레브리티 크루즈는 무엇이든 들어줄 준비가 되어 있고 너끈히 처리할 수 있는 것 같다.

환한 태양, 따스하고 고요한 공기, 거대한 라피스 라줄리 돔 같은 하늘 아래 빛나는 청록색 카리브해….

훈련은 아주 엄격한 모양이다. 서비스가 정말로 흠잡을 데 없었기 때문이다. 선실 승무원에서 소믈리에까지, 갑판 웨이터에서 접객 매니저까지, 수고롭게 갑판 의자를 가져다주는 평범한 선원에서 도서관 가는 길을 알려주는 삼등 항해사까지 모든 면에서 흠잡을 데 없다. 이보다 더 프로답고 세련된 운영은 상상하기 어렵다. 세계를 통틀어도 여기에 필적할 수준은 많지 않을 것이라고 생각한다.

그보다도 이 에세이의 진정한 나쁨은 판매를 항해로 가장하는 메가라인의 의제를 다시 한 번 드러낸다는 점, 즉 7NC 호화 크루즈에 대한 우리의 인식은 물론이거니와 그 인식에 대한 우리의 주관적 해석과 표현까지도 조종하겠다는 생각을 다시 한 번 드러낸다는 점에 있다. 요컨대, 셀레브리티의 홍보 담당자들은 미국에서 제일 존경받는 작가 중 한 명을 찾아가서 우리 대신 7NC 경험을 미리 표현하고 승인해달라고 요청한 것이다. 더군다나 평범한 인식자나 표현자는 꿈에도 필적할 수 없는 수준의 프로다운 유창함과 권위를 발휘해서 써달라고.[36]

그러나 정말로 심각하게 나쁜 점은 따로 있다. 이 집필 의뢰와 〈나의 셀레브리티 크루즈 여행…〉이 소개된 형태가 음흉하고, 불성실하고, 문학 윤리가 퇴색했다는 오늘날의 퇴색한 기준으로 보더라도 상궤를 넘어섰다는 점이다. 콘로이의 이른바 '에세이'는 홍보 책자의 본문과는 별도로, 더 얇은 종이에 여백 편집도 다르게 된 별지로 한가운데에 끼워져 있다. 그래서 그가 다른 데 썼던 더 길고 객관적인 글에서 일부를 발췌한 것이라는 인상을 준다. 하지만 사실은 그렇지 않다. 사실은 셀레브리티 크루즈가 프랭크 콘로이에게 돈을 주고 그 글을 써달라고 했다.[37] 그러나 에세이 안이든 근처든

---

36 예를 들어, 나는 배에서 콘로이의 글을 읽은 뒤로 이제 하늘을 볼 때면 그것은 그냥 하늘이 아니라 늘 "거대한 라피스 라줄리 돔 같은 하늘"이었다.

37 21번 부두에서 자기 해명적·정당화적 이야기를 잔뜩 들어서 단련된 덕분에, 나는 콘로이의 에세이 광고가 게재된 사연에 관해서 기자답게 진지한 전화 취재를 해낼 수 있었다. 그래서 얻은 상반된 두 설명은 다음과 같다.
(1) 셀레브리티 크루즈의 홍보 담당자 비센 씨의 답변(홍보계에서 한 손으로 수화기를 가리고 옆자리 동료에게 조언을 구하는 시간에 해당하는 듯한 이틀간의 묵묵부답 끝에): "셀레브리티는 콘로이 씨가 잡지 《트래블 앤드 레저》에 썼던 글을 보고 그가 글로써 마음의 엽서를 써내는 능력에 감동했습니다. 그래서 크루즈 여행을 해보지 않은 사람들을 위하여 크루즈 경험담을 써달라고 요청했습니다. 글에 보수를 지급한 것은 사실입니다만, 셀레브리티로서도 그것은 도박이나 다름없었습니다. 콘로이 씨는 크루즈 여행이 처음이었고, 그가 여행이 마음에 들든 들지 않든, 셀레브리티가 그의 글이 마음에 들든 들지 않든, 셀레브리티는 무조건 보수를 치러야 했기 때문입니다. 하지만… (쿡쿡 메마른 웃음) 셀레브리티는 명백히 글이 마음에 들었고, 콘로이 씨는 정말 멋진 글을 써주었습니다. 콘로이 씨에 관한 이야기는 이게 다입니다. 그리고 그 글은 그분의 개인적 경험에 대한 그분 개인의 시각입니다."
(2) 프랭크 콘로이의 답변(어떤 종류의 지친 솔직함에 선행하곤 하는 작은 한숨과 함께): "나를 팔았죠."

어디에도 이것이 돈을 받은 글이라는 사실은 적혀 있지 않고, TV에서 유명인이 나오는 간접 광고가 방영될 때 화면 오른쪽 하단에 깨알 같은 글씨로 깜박거리는 "그는 출연의 대가로 이런저런 것을 받았습니다" 하는 말조차 없다. 이 이상한 에세이 광고의 첫 페이지에는 까만 터틀넥 스웨터를 입은 콘로이가 작가스럽게 사색에 잠긴 모습을 찍은 사진이 실려 있고, 그 밑에는 콘로이의 약력과 함께 작품 목록이 나열되어 있으며, 그 속에 당연히 포함된 1967년 작 《스톱 타임》은 논쟁의 여지는 있겠으나 20세기의 가장 뛰어난 작가 회고록이라고 해도 좋은 책으로, 지금 이 글을 쓰는 여러분의 딱하고 충실한 필자로 하여금 처음 작가가 되고 싶다는 마음을 품게 했던 책들 중 한 권인 것이다.

한마디로, 셀레브리티 크루즈는 콘로이의 7NC 크루즈 여행 리뷰를 광고가 아니라 에세이처럼 제시했다. 이것은 대단히 나쁜 짓이다. 왜 나쁜지에 대한 내 주장은 다음과 같다. 어떤 글이 독자를 잘 섬기든 말든, 에세이가 기본적으로 섬길 대상은 독자로 가정되어 있다. 독자는 무의식적인 차원에서라도 이 사실을 알고 있다. 따라서 에세이를 읽을 때는 비교적 개방적이고 신뢰하는 마음으로 글을 대하는 경향이 있다. 하지만 광고는 전혀 다른 동물이다. 광고에도 진실성을 갖춰야 한다는 일부 형식적이고 법적인 의무가 있지만, 그 의무는 폭이 넓기 때문에 광고의 일차적 목적을 만족시키기 위한 수사적 책략을 발휘할 여지가 충분하다. 그 목적이란 광고주에게 경제적 이득을 안기는 것이다. 광고가 독자의 관심과 흥미를 끌고자 발휘하는 온갖 시도들은 궁극적으로는 독자를 위한 것이 아니다. 그리고 광고의 독자도 이 사실을 다 알고 있으므로—즉, 광고의 매력은 속성상 계산된 것이라는 사실을 안다—광고를 읽을 때는 받아들이는 태도가 다르다. 좀더 경계한다.[38]

그런데 프랭크 콘로이의 '에세이'의 경우, 셀레브리티 크루즈는[39] 독자가 에세이에 취하는 태도, 예술에(최소한 예술이 되고자 노력하는 것에) 취하는 태도, 즉 경계를 늦추고 무방비하게 대하는 태도를 끌어내는 방식으로 그 글을 배치했다. 예술인 척하는 광고는—아무리 훌륭하더라도—말하자면 당신에게 뭔가 바라는 것이 있기 때문에 따스하게 미소 짓는 사람과 같다. 이것은 부정직한 일이다. 하지만 이보다 더 해로운 것은 그런 부정직이 우리에게 미치는 누적적 영향이다. 진정한 선의 없이 선의의 완벽한 복사물이나 모조품만을 제공하는 그런 것을 자주 접하면, 우리는 차츰 혼란스러워져서 나중에는 진실된 미소와 진짜 예술과 진정한 선의마저 경계하는 태도로 대하게 된다. 그리고 이 현상은 우리에게 혼란과 외로움과 무력함과 분노와 두려움을 안긴다. 절망을 일으킨다.[40]

---

38 정말로 아름답고 독창적이고 강력한 광고라도(그런 광고는 쌔고 쌨다) 진정한 예술은 될 수 없는 것이 이 때문이다. 광고에는 선물로서의 지위가 없다. 즉, 광고는 대상으로 삼은 사람을 정말로 위하는 것은 아니다.

39 (애석하지만 콘로이 교수의 적극적 공모에 힘입어)

40 이것은 오늘날 서비스 산업에서 전국적 유행병으로 번진 프로페셔널 미소 현상과도 관련이 있다. 그리고 내 평생 네이디어 호에서만큼 프로페셔널 미소의 수신자가 많이 되어본 곳은 없었다. 레스토랑 지배인, 수석 승무원, 호텔 매니저의 아랫사람들, 크루즈 감독까지, 내가 다가가기만 하면 모든 직원들의 얼굴에 스위치를 켠 것처럼 프로페셔널 미소가 퍼뜩 떠올랐다. 하지만 이 현상은 육지에서도 마찬가지다. 은행, 식당,

아무튼 한 명의 7NC 소비자인 내게 콘로이의 에세이인 척하는 광고는 그것이 전혀 의도하지 않았던 뜻밖의 진실성을 띠게 되었다. 네이디어 호에서 일주일을 보내면서, 나는 그 에세이 광고가 대중적 크루즈 여행 경험 자체를 완벽하고 아이러니하게 반영한 존재라는 사실을 깨달았다. 그 에세이는 세련되고, 강력하고, 인상적이며, 돈으로 살 수 있는 최고의 글이다. 나를 위해서 특별히 준비한 것처럼 스스로를 제공한다. 내 경험과 경험에 대한 해석까지 조종하고, 나 대신 그런 일을 미리 처리해준다. 그 글은 나를 위하

항공사 카운터, 기타 등등. 여러분도 이 미소를 알 것이다. 입 둘레 근막은 강하게 수축하지만 연관된 광대 움직임은 부족한 미소, 미소자의 눈까지는 미치지 못한 미소, 미소자가 피미소자를 좋아하는 척함으로써 미소자의 이익을 도모하려는 계산된 시도에 지나지 않는 미소. 고용주들과 감독들은 왜 프로 서비스 제공자들에게 프로페셔널 미소를 내보이라고 강요할까? 그런 미소를 과량 복용하면 절망감이 느껴지는 사람은 나뿐인가? 오늘날 멀쩡하고 평범해 보이는 사람이 쇼핑몰이나 보험 회사나 병원이나 맥도날드에서 갑자기 자동 화기를 꺼내는 사건이 갈수록 느는 현상은 저런 장소가 누구나 아는 프로페셔널 미소 보급소라는 사실과 어떻게든 인과관계가 있다고 생각하는 사람은 나 혼자뿐인가?

대체 누가 프로페셔널 미소에 속는다고 그러는 것일까?

하지만 이제는 프로페셔널 미소의 부재 또한 절망을 일으킨다. 맨해튼 담배 가게에서 껌을 사봤거나 시카고 우체국에서 소포에 '취급주의' 도장을 찍어달라고 부탁해봤거나 사우스보스턴에서 여종업원에게 물 한잔 얻으려고 시도해본 사람이라면 누구나 서비스 노동자의 찌푸림이 우리 영혼을 짓누르는 효과를 알 것이다. 그것은 프로페셔널 미소를 거부당한 데 대한 굴욕감과 적개심이다. 게다가 이제 프로페셔널 미소는 무시무시한 프로페셔널 찌푸림에 대한 내 적개심마저 왜곡시켰다. 나는 이제 맨해튼 담배 가게에서 나올 때 점원의 인간성 혹은 선의의 부재를 미워하는 것이 아니라 내게 프로페셔널 미소를 주기를 거부한 그의 프로페셔널리즘 결핍을 미워한다. 미치고 팔짝 뛸 만큼 엉클어진 상황이 아닌가.

는 것처럼 보인다. 하지만 사실은 그렇지 않다. 진심으로 그렇지는 않다. 왜냐하면 그 글은 기본적으로 내게 원하는 것이 있기 때문이다. 크루즈 여행도 마찬가지다. 예쁜 배경과 반짝거리는 배와 씩씩한 스태프와 근면한 승무원과 열심스러운 오락 담당자는 모두 내게 원하는 것이 있다. 내 표값만은 아니다. 표값이라면 그들이 이미 가졌으니까. 그들이 원하는 것이 정확히 무엇인지는 짚어 말하기 어렵지만, 나는 여행 초반부터 그런 느낌이 들었고 그 느낌은 점점 더 커져만 갔다. 그것은 지느러미처럼 배를 맴돌았다.

9

하지만 악마적인 셀레브리티 홍보물은 호화 부문에서만큼은 거짓말도 과장도 하지 않았다. 나는 지금 네이디어 선상의 쾌락적이다 못해 정신이상을 유도할 정도로 승객을 떠받드는 분위기를 제대로 전달하려면 예제를 몇 가지나 나열해야 할까 하는 저널리즘적 문제에 직면했다.

3월 11일 토요일에 있었던 이 사건은 어떨까. 출항 직후이지만 아직 북해의 날씨가 강타하지는 않은 시점, 나는 10층 갑판 좌현 난간으로 나가서 생각에 잠긴 시선으로 경치 응시하기를 시험 삼아 실시해보고 싶다. 그래서 벗겨짐에 취약한 코에 산화아연을 발라야겠다고 결정한다. 내 산화아연은 내 커다란 더플백 속에 있고, 이 시점에 더플백은 10층 갑판의 다른 짐들과 함께 10층 이물 엘리베이터와 10층 이물 계단 사이의 좁은 공간에 쌓여 있고, 그 옆에서 셀레브리티 고유의 회청색 점프슈트를 입은 아담한 남자 짐꾼들이―이 부대는 전원 레바논 사람들인 것 같다―짐에 달린 이름표와 승객 명단의 묶음 번호를 대조하여 분류한 뒤 좌현과 우현 복도로 한꺼번에 옮겨서 하나씩 선실로 나르는 작업을 진행 중이다.

이때 내가 나와서 짐 무더기 속에 있는 내 더플백을 발견한다. 나는 그것을 쥐고 산처럼 쌓인 가죽과 나일론 더미로부터 끄집어내기 시작하는데, 내 생각은 가방을 1009호로 직접 옮긴 뒤 그 속을 뒤져서 소중한 ZnO를 꺼내겠다는 것이다.[41] 그런데 이때 짐꾼 한 명이 내가 가방을 쥐고 낑낑거리는 모습을 목격하고, 그는 이고 지고 비틀거리던 거대한 짐 네 개를 몽땅 팽개친 뒤 급히 내게 달려들어 나를 저지한다. 처음에 나는 미안하지만 그가 나를 가방 도둑으로 착각한 줄 알고 그가 내 짐 번호표 따위를 보고 싶어 할 거라고 생각하지만, 알고 보니 그가 원한 건 내 더플백이다. 그는 나 대신 그것을 1009호로 날라주고 싶어 한다. 한편 나는, 디스크에 걸릴 것 같은 작은 사내보다 몸집이 1.5배인 나는(더플백도 나만 하다), 정중하게 저항하고 사려 깊은 태도를 보이려고 애쓰면서 그렇게 놀라지 마세요, 대수로운 일도 아닌걸요, 그냥 내 ZnO가 필요해서요, 하고 말한다. 지금 여기서 대단히 체계적이고 순차적인 짐 해산 체계가 작동하고 있는 것은 알겠고, 내가 그 일을 방해하거나 7번

---

41 (말이 나왔으니 말인데, 구조대원 아르바이트를 했던 내 말을 믿기 바란다. 요즘 SPF 지수를 둘러싸고 벌어지는 소동은 다 헛짓이다. 그냥 구식 ZnO면 당신의 코를 신생아의 코처럼 깨끗하게 지켜줄 것이다.)

묶음의 짐을 2번 묶음의 짐보다 먼저 옮겨달라느니 하는 요구를 하려는 것도 아니고, 그냥 내 낡고 무겁고 비바람에 시달린 요 가방을 내가 직접 가져가서 작은 사내가 할 일을 덜어주고 싶다고 말한다.

그러자 뒤이어 나와 레바논 짐꾼 사이에서 이상한 논쟁이 벌어지는데, 알고 보니 내가 영어를 거의 못하는 이 사내를 성실한 서비스에 따르는 어떤 끔찍한 딜레마에, 고객 떠받들기 원칙에 따르는 어떤 역설에 빠뜨렸기 때문이다. 그것은 곧 '승객은 늘 옳다' 대 '승객이 자기 짐을 직접 나르게 해서는 안 된다' 역설이다. 그러나 나는 가련한 레바논 남자가 처한 곤경을 제대로 이해하지 못했기 때문에, 그의 새된 항의의 목소리와 고통스러워하는 표정을 그저 예의상 굽실거리는 것으로 치부하고, 그래서 내 더플백을 끌어내어 1009호까지 직접 날라서는 ZnO를 꺼내 코에 처바르고 밖으로 나가서 플로리다 해안이 F. 콘로이풍으로 영화처럼 멀어지는 광경을 감상한다.

내가 무슨 짓을 저질렀는지 깨달은 것은 나중이었다. 10층 갑판의 작은 레바논 짐꾼이 10층 갑판 수석 짐꾼에게(역시 레바논 사람이다) 목이 잘릴 참이라는 것, 그 수석 짐꾼도 오스트리아 사람인 승무원장에게 목이 잘릴 참이라는 것, 그 승무원장은 웬 10층 갑판 승객이 10층 갑판 좌현 복도에서 자기 짐을 방으로 나르는 모습을 목격했다는 확실한 보고를 받았으며 이 명백한 짐꾼 근무 태만에 레바논 짐꾼들의 머리를 날릴 것을 지시했다는 것, 나아가 그가 (즉, 오스트리아 사람인 승무원장이) 이 사건을 접객 부서 담당자에게 보고했다는 것(이런 일을 일일이 보고하는 것이 표준 운영 절차인 모양이다), 그리스 사람인 그 담당자는 늘 레보 선글라스를 끼고 무전기를 차고 담당자답게 견장을 단 차림인데 그 견장이 워낙 복잡해서 나는 대체 직위가 뭔지 모르겠다고 생각했던 사람이라는 것, 이런 것들을 나는 나중에야 깨달았다. 그래서 그 그리스 고위 담당자가 토요일 저녁 식사 후 몸소 1009호로 나를 찾아와서 사실상 한 드리스 선박 그룹 전체를 대표하여 사과했고, 내가 내 가방을 들어야 했던 것에 대한 속죄의 보상으로 지금 이 순간 레바논 짐꾼들의 너덜너덜한 모가지가 싹둑 잘려 여기저기 복도에서 구르고 있다고 맹세했던 것이다. 그리스 담당자의 영어가 내 영어보다 여러 면에서 훨씬 더 나았음에도 불구하고, 내가 비로소 그의 말을 알아듣고 경악하며 그게 아니라 다 내 책임이고 내가 짐꾼에게 그런 딜레마를 가한 거라고 설명하기까지는―적절한 순간에 이 혼란의 원흉인 ZnO 튜브를 휘둘러가면서―족히 십 분이 걸렸고, 나는 다시 족히 십 분을 더 들이고서야 그리스 담당자로부터 이런저런 잘린 모가지들은 도로 붙여질 것이고 직원 기록은 더럽혀지지 않을 것이라는 약속을 받아내고는 이윽고 편한 마음으로 담당자를 보낼 수 있었던 것이다.[42] 그리고 나는 이 사건으로 어찌나 기진맥진하고 불안에 시달렸던지 미드 공책 한 권을 거의 다 채울 지경이었으며, 지금

---

42 회상을 좀더 해보자면, 내가 그리스 담당자에게 이해시킬 수 있었던 건 내가 무척 이상하고 불안정한 사람이라는 인상뿐이었을 것이다. 그리고 그는 그 인상을 틀림없이 더마티티스 씨에게 전달했을 것이다. 여기에 같은 날 밤의 상어 미끼용 육즙 요청 사건이 더해져서, 내가 더마티티스 씨를 만나러 가기 전부터 더마티티스 씨는 나를 믿지 못하게 되었을 것이다.

여기서도 겨우 사건의 정신적 윤곽만을 흐릿하게 서술할 수 있을 뿐이다.

　네이디어에서는 이런 일이 도처에서 벌어진다. 정신이 반쯤 나간 승객의 기대라도 훌쩍 넘어설 만큼 모든 승객의 응석을 철저히 받아주고야 말겠다는 강철 같은 결의의 증거들이.[43] 무작위로 고른 다음 사례들을 보라. 내 선실 욕실에는 두껍고 푹신한 수건이 잔뜩 있다. 하지만 나는 일광욕을 하러 올라갈 때[44] 선실 수건을 가져갈 필요가 없다. 상층 갑판의 두 일광욕 장소에 이보다 더 두껍고 더 푹신한 수건이 잔뜩 담긴 거대한 카트들이 있기 때문이다. 카트들은 체조하듯이 접었다 폈다 할 수 있는 갑판 의자가 무한히 늘어선 줄 옆에 편리한 간격으로 배치되어 있다. 이 갑판 의자도 경이롭게 훌륭한 갑판 의자인 것이, 최고로 뚱뚱한 일광욕자마저 감당할 만큼 튼튼한 동시에 기면증에 빠질 만큼 편안하고, 중합금 뼈대에 팽팽하게 매인 천은 캔버스의 속건성 및 내구성과 면의 흡수성 및 편안함을 결합한 희한한 재질인 데다가—이 재질의 정확한 조성은 수수께끼지만, 아무튼 공중 수영장의 K마트스러운 플라스틱 의자처럼 몸에 들러붙고 그 위에서 땀투성이 몸을 뒤집으려면 방귀 같은 흡착 소음을 발생시키는 재질로부터 한 단계 상승한 반가운 변

43　셀레브리티 크루즈는 한 슬로건에서 "당신의 기대를 뛰어넘기를 고대하는 것"이 자신들의 사명이라고 단언한다. 그들은 이 말을 자주 한다. 그리고 그들로서는 진심이다. 과잉 친절이 승객의 정신에 미치는 영향에 대해서는 의뭉스럽게 모르는 척하거나 정말로 모르거나 둘 중 하나인 것 같지만.

44　(11층 갑판 수영장, 아니면 12층 갑판 '라의 신전'이다.)

화라고 하겠다―줄무늬도 격자무늬도 없는 민무늬로 뼈대에 드럼 천처럼 팽팽하게 매여 있기 때문에 몸을 댄 면에 분홍색으로 이상한 의자 줄무늬가 찍힐 염려도 없다. 아, 그리고 모든 상층 갑판의 모든 카트에는 풀타임으로 일하는 수건 남자들 특수부대가 배치되어 있기 때문에, 당신이 몸 앞뒷면을 웰던으로 잘 익히고 이제 그만 갑판 의자에서 가뿐히 일어날 때 수건을 집어서 방으로 가지고 갈 필요가 없다. 심지어 카트의 '다 쓴 수건' 칸까지 가져갈 필요도 없다. 당신의 궁둥이가 의자에서 떨어지기가 무섭게 홀연 수건 남자가 나타나서 당신 대신 수건을 카트에 담아줄 것이기 때문이다. (사실 수건 남자들은 다 쓴 수건을 치우는 일에 열의가 지나친 초과 성과자들이라서, 당신이 ZnO를 덧바르거나 생각에 잠긴 시선으로 난간 너머를 응시하기 위해서 잠시 일어났던 것뿐이라도 돌아왔을 때는 수건이 사라졌을 테고 갑판 의자는 규정된 45도 대기 각도로 도로 접혀 있을 것이다. 그래서 당신은 의자를 다시 펼치고 카트로 가서 다시 푹신한 새 수건을 가져와야 할 것이다. 물론 수건이 부족한 일은 결코 없지만.)

아래층 5성급 카라벨 레스토랑에서 웨이터는[45] 당신에게 각성제 맞은 듯한 속도로 랍스터를 가져다주기만 하는 것이 아니라―두 접시째, 세 접시째도 가져다준다[46]―번쩍거리는 집게 깨기

45 64번 식탁을 담당한 웨이터는 참으로 특별한 인물인 헝가리 사람 티보르였다. 만약 이 글의 편집 과정에 정의가 살아 있다면, 여러분은 뒤에서 티보르 이야기를 더 많이 듣게 될 것이다.

46 나는 화요일 저녁 5☆C.R.에서 랍스터를 먹고 나서야 비로소 고대 로마인들이 즐

용 도구와 수술 기구 같은 포크를 들고서 당신에게로 몸을 기울여[47] 랍스터를 해체해주기까지 한다. 랍스터에 관해서 유일하게 조금이라도 힘든 부분이라고 할 만한 노동, 즉 끈적끈적한 초록색 뭔가가 묻는 작업마저 대신 해주는 것이다.

11층 갑판 수영장 옆 윈드서프 카페에서는 언제나 격식 없는 뷔페 형식으로 점심을 먹을 수 있다. 여기에는 대부분의 카페테리아를 우울한 경험으로 만드는 길고 느린 줄이 없고, 앙트레 요리만 73가지 종류가 있으며, 엄청나게 맛있는 커피가 있다. 그리고 만약 당신이 노트를 한 뭉치 들고 있거나 쟁반 위에 음식을 너무 많이 담기만 했어도, 당신이 뷔페에서 떨어져 나오자마자 홀연 웨이터가 나타나서 쟁반을 들어줄 것이다. 그러니까 이곳은 카페테리아인데도 네루풍 재킷을 입고 팔이 부러진 사람이나 쇠약한 사람이 팔걸이를 차는 정확한 그 지점의 왼팔에 흰 냅킨을 걸친 웨이터들이 여기저기 서 있는 것이다. 웨이터들은 늘 당신을 지켜보지만 눈을 마주치는 건 아니고 그저 뭔가 도울 일이 없나 살피는 방식으로 바라본다. 여기에 더해 자두색 재킷을 입은 소믈리에들이 돌아다니면서 뷔페에 나오지 않은 술이 필요한지를 살피고… 여기에 더해 지배인들과 감독관들이 웨이터들, 소믈리에들, 높은 모자를 쓰고 뷔페 음식을 덜어주는 요리사들을 지켜보면서 그들이 대신 해줄 수 있

겼던 보미토리움을 진심으로 이해하게 되었다.('보미토리움Vomitorium'은 고대 로마 상류층이 향연을 즐기다가 배가 차면 더 먹기 위해서 이미 먹은 것을 토하는 용도로 특별히 마련해두었다는 공간을 뜻한다. —옮긴이)

47 (간섭하는 태도도 주제넘은 태도도 생색내는 태도도 아니다.)

는 일이라면 뭐든지 당신이 스스로 하게끔 내버려두는 경우가 없도록 감독한다.[48]

배의 공용 공간 중 스테인리스강이나 유리나 니스칠 된 조각 나무나 향기로운 냄새가 나는 사우나풍 나무로 덮이지 않은 곳에는 반드시 푹신하고 파란 카펫이 깔려 있다. 카펫에는 보풀 한 가닥 없고, 얼룩 한 점 눌어붙을 일이 없다. 점프슈트를 입은 제3세계 남자들이 지멘스 A.G. 고흡입 진공청소기로 늘 청소하고 있기 때문이다. 엘리베이터는 유로글래스 유리, 노란 강철과 스테인리스강, 그리고 나뭇결이 있는 모종의 재료로 만들어져 있다. 이 재료는 너무 반들거려서 진짜 나무는 아닌 것 같지만 콩콩 두드려보면 그 소리가 진짜 나무와 놀랍도록 비슷하다.[49] 엘리베이터와 갑판 사이의 계단은[50] 엘리베이터·계단 특별 관리팀이 특히나 애정을 들여서

---

48 윈드서프 카페에서도 다 먹은 쟁반을 직접 치울 필요가 없다. 웨이터가 덤벼들 듯 나타나서 채가기 때문이다. 여기서도 그 열정이 오히려 성가실 때가 있다. 당신은 복숭아를 하나 더 가져오려고 일어난 것뿐이고 커피도 한 잔 더 마실 테고 마지막으로 먹으려고 아껴둔 맛있는 샌드위치 부스러기도 좀 남았지만 돌아오면 쟁반과 부스러기가 사라지고 없기 때문이다. 내가 볼 때 이렇듯 지나치게 근면한 정리 정돈 행위는 웨이터들이 겪는 고대 그리스풍 공포 통치 탓이다.

49 네이디어 호에는 나뭇결이 있지만 진짜 나무가 아닌 재료로 만들어진 물건이 많은데, 어쩌나 감탄스럽고 수고스러워 보일 정도로 나무를 흉내 낸 재료인지 그냥 진짜 나무를 썼더라면 더 간단하고 더 쌌을 거라는 생각이 든다.

50 이물과 고물에 각각 하나씩 널찍한 계단이 두 개 있다. 둘 다 층계참마다 계단이 휘는 방향이 바뀌는 형태이고, 층계참 벽에는 거울이 붙어 있는데, 이것은 매우 멋진 일이다. 당신이 계단에서 숙녀들의 엉덩이를 훔쳐보는 불쾌한 인간처럼 보이지 않으면서도 거울을 통해 당신보다 한 층 위를 걸어 올라가는 칵테일 드레스 차림의 숙녀들

꼼꼼하게 유지 보수 활동을 펼치는 대상인 것 같다.[51][52]

　7NC 호화 크루즈에서 선실 서비스라고 불리는 룸서비스도 빼먹으면 안 된다. 선실 서비스는 하루에 열한 번 마련된 공용 장소에서의 식사에 더해 추가로 이뤄지며, 24시간 가능하고 무료다. 침대맡 전화를 들고 72번을 누르기만 하면 된다. 그러면 십 분에서 십오 분 뒤, 당신에게 팁을 뜯어내는 것은 **꿈도 안 꿀** 것처럼 생긴 직원이 나타나서… "얇게 썬 햄과 스위스 치즈를 얹고 디종 머스터드

엉덩이를 훔쳐볼 수 있기 때문이다.

51　첫 이틀 동안 바다가 거칠어서 사람들이 많이 토했을 때(특히 저녁 식사 후에 많이 그랬고, 더구나 하필이면 엘리베이터와 계단에서 많이 그러는 것 같았다), 이 엘리트 특수부대스러운 청소팀이 토사물 웅덩이를 둘러싸고 건식·습식 진공청소기, 얼룩 제거기, 온갖 냄새를 다 없애주는 화학약품을 적용하는 모습은 그야말로 먹이에 몰려드는 상어 떼를 방불케 했다.

52　딴소리지만, 네이디어 직원들의 인종 구성은 베네통 광고에 나오는 인종 혼합의 도가니 같다. 다양한 위계를 갖고 있는 직원들의 인종적·지리적 구성을 추측하는 것은 끝없는 도전 과제다. 일단, 모든 일급 선원은 그리스인이다. 하지만 그것은 이 배가 그리스 회사의 배니까 당연하다. 그들을 제외하면, 기본적으로 유럽 중심적 카스트 체계가 있는 것 같다. 웨이터, 버스보이, 음료 웨이트리스, 소믈리에, 카지노 딜러, 오락 담당자, 승무원은 주로 백인이다. 짐꾼, 관리자, 청소부는 그보다 거무스름한 타입들이다. 아랍인, 필리핀인, 쿠바인, 서인도제도 흑인이다. 하지만 좀더 자세히 살펴보면 실상은 더 복잡하다. 초롱초롱한 눈으로 백인 직원들을 감시하는 수석 승무원들, 수석 소믈리에들, 지배인들은 또 가무잡잡한 타입들이기 때문이다. 일례로 5☆C.R.에서 우리 식탁을 담당하는 지배인은 포르투갈인이다. 그는 목이 전미트럭운전사조합 관료처럼 굵고 눈꺼풀이 반쯤 감기는 미소를 지으며, 미리 정해둔 미묘한 신호만 주면 시간당 1만 달러짜리 매춘부나 상상도 못할 약물 따위를 쉽게 선실로 가져다줄 것 같은 인상이다. 우리 64번 식탁은 별 이유 없이 전원 그를 싫어하여, 일주일 뒤 팁 계산 때 그에게 보기 좋게 한 방 먹이기로 사전 합의했다.

를 곁들인 흰 빵""콤보: 케이준 치킨과 파스타 샐러드 그리고 매콤한 살사" 기타 등등이 얹힌 쟁반을 건넨다. 선실 서비스 안내 책자에는 샌드위치와 플래터 메뉴만 한 페이지 가득이다. 선실에서 많은 시간을 보내는 준광장공포증 환자로서 나는 선실 서비스와 복잡한 의존수치심 관계를 맺고 있다. 나는 월요일 밤에서야 안내 책자를 읽고 이 서비스의 존재를 안 뒤, 선실 서비스를 매일 밤—솔직히 말하면 하룻밤에 두 번 이상—이용하게 되었다. 낮에 고급 요리를 먹을 수 있는 기회가 열한 번이나 있었는데도 72번에 전화하여 풍성한 음식을 더 가져다달라고 요구하는 것이 창피긴 하지만 말이다.[53] 내가 보통 쓰는 수법은 침대에 공책이며《필딩의 세계 크루즈 여행 가이드 1995년》이며 펜 따위를 잔뜩 늘어놓는 것이다. 문간에 나타난 선실 서비스 직원이 이런 순문학적 도구들을 보고는 내가 선실에서 순문학적 작업을 하느라 너무 바빠서 공용 장소

---

[53] 여기에는 '자정 뷔페'도 포함된다. 자정 뷔페는 호화롭지만 어딘가 좀 부족한 특정 주제의 파티스러운—오리엔탈풍, 카리브해풍, 텍스멕스풍—자리일 때가 많다. 이 글에서는 자정 뷔페 이야기를 거의 하지 않을 테지만 그래도 여기서 조금만 말해보면, 수영장 옆에서 열린 텍스멕스의 밤에는 틀림없이 키가 210센티미터는 되는 것 같은 판초 비야 얼음 조각이 티보르가 쓴 거대한 솜브레로 위로 파티 내내 물을 뚝뚝 떨어뜨렸고, 64번 식탁을 담당하는 사랑스럽고 쿨한 헝가리 출신 웨이터 티보르는 계약상 텍스멕스의 밤에 사라페 숄을 두르고 지름 43센티미터의[53a] 밀짚 솜브레로를 쓰고 조각상 밑에 놓인 탁자에서 김이 솟는 4등급 매운 칠리를 나눠줘야 했으며, 이런 상황에서 그의 새를 닮은 분홍빛 얼굴에 떠오른 굴욕과 존엄이 섞인 표정은 어쩐지 전후 동유럽의 처지를 상징적으로 보여주는 것 같았다.

　　[53a] (파충류 같은 지배인이 안 보는 틈을 타서 내가 크기를 재도록 티보르가 허락해주었다.)

에서의 식사를 모두 놓쳤고, 따라서 선실 서비스를 이용할 자격이 충분하다고 생각하도록.[54]

하지만 머리가 혼란스러워질 만큼 사치스러워서 급기야 스트레스가 될 지경인 궁극의 응석받이 서비스의 사례는 내 경험상 선실 청소다. 내가 뜨겁게 반했든 아니든, 솔직히 말해서 나는 1009호 청소 담당자를 거의 보지도 못했다. 반투명한 눈구석 주름이 꼭 사슴 눈동자 같은 페트라를. 하지만 나는 타당한 이유에서 그녀는 나를 보고 있다고 믿는다. 왜냐하면 내가 1009호실을 약 삼십 분 넘게 비울 때마다 돌아와보면 방은 도로 완벽하게 청소되어 있고 수건은 교체되어 있고 화장실은 반짝반짝 빛나기 때문이다. 오해하지 말라. 이것은 어떤 면에서 근사한 일이다. 나는 좀 지저분한 편이고, 1009호실에 오래 틀어박혀 있으면서도 자주 들락날락하고,[55] 1009호실에 있을 때는 늘 침대에 앉아 과일을 먹으면서 글을 쓰고 전체적으로 침대를 잔뜩 어지럽힌다. 그런데도 방을 나갔다가 돌아와보면 매번 침대는 정돈되어 있고 시트 모서리는 삼각형으로 접혀 있고 침대에는 속에 민트가 든 초콜릿이 새로 놓여 있는 것이다.[56]

---

54 (나도 안다. 그는 이런 걸 신경도 안 쓴다는 사실을.)

55 이것은 주로 준광장공포증 때문이다. 나는 선실을 나서서 경험을 쌓으려면 사전에 기합을 잔뜩 넣어야 한다. 그러고도 나가서 사람들 속에 있으면 의지가 금방 무너져서 무슨 핑계든 대고는 허둥지둥 1009호실로 돌아오는 것이다. 이러는 게 하루에도 여러 번이다.

56 (내가 이 각주를 쓰는 시점은 크루즈 여행이 끝난 지 일주일쯤 뒤인데, 아직도 주로 이때 쟁여둔 민트 초콜릿으로 연명하고 있다.)

투명인간이 해주는 것 같은 신비로운 방 청소가 어떤 면에서는 근사하다는 걸 나도 인정한다. 누군가 짠 나타나서 방을 지저분하지 않게 만든 뒤 도로 짠 사라진다는 것은 모든 진정한 지저분쟁이의 꿈 아닌가. 꼭 죄책감은 쏙 뺀 채 엄마의 보살핌을 받는 것 같지 않은가. 하지만 여기에는 나름대로 스멀스멀 솟는 어떤 죄책감이 있다. 깊은 불안함과 불편함이 차츰 증가하여, 결국에는—적어도 내 경우에는—기이한 형태의 응석받이 편집증으로 드러난다.

왜냐하면 이 근사한 투명인간 방 청소 서비스를 이틀 겪은 뒤, 내가 언제 1009호실에 있고 언제 없는지를 페트라가 어떻게 아는지가 궁금해졌기 때문이다. 그제야 페트라를 직접 본 일이 거의 없다는 데 생각이 미친다. 그래서 한동안 나는 10층 갑판 좌현 복도로 느닷없이 뛰쳐나가서 혹 페트라가 어딘가 숨어서 누가 선실을 비우는지 예의 주시하는 것 아닌가 확인해보는 등 다양한 실험을 실시하고, 복도 및 천장을 샅샅이 뒤져서 혹 선실 문 밖에서 움직임을 추적하는 무슨 카메라나 모니터가 달려 있지나 않나 찾아보지만, 두 방면 모두 소득이 없다. 그런데 이 시점에서 나는 수수께끼가 처음 생각했던 것보다 더 복잡하고 심란하다는 것을 깨닫는다. 왜냐하면 선실은 반드시 내가 삼십 분 넘게 비웠을 때만 청소되기 때문이다. 내가 나갈 때, 페트라나 그녀의 상사들은 내가 얼마나 오래 나가 있을지를 어떻게 알까? 나는 1009호실을 나섰다가 십 분에서 십오 분쯤 뒤 금방 돌아오는 실험을 두어 번 시도하여 페트라를 현장에서 붙잡을 수 있을까 확인해보지만, 그녀는 절대로 방에 없다. 다음으로 나는 1009호실을 지독하게 어지르고서는 방을 나가 아래층 갑판 어딘가 숨었다가 정확히 이십구 분 뒤 황급히 돌아와본다. 그러나 이번에도 내가 문을 박차고 들어섰을 때 페트라는 없고 청소도 되어 있지 않다. 그다음으로 나는 아까와 정확히 똑같은 표정과 행색으로 선실을 나선 뒤 이번에는 삼십일 분간 숨었다가 부리나케 돌아와본다. 그러면 이번에도 역시 페트라는 없지만, 이제 1009호실은 살균된 듯 번쩍거리고 새 베갯잇을 끼운 베개 위에는 새 민트 초콜릿이 놓여 있다. 내가 이런 실험을 하는 동안 갑판을 맴돌면서 표면이란 표면은 한 뼘도 남기지 않고 샅샅이 꼼꼼하게 점검했다는 걸 알아주기 바란다. 하지만 그들이 어떻게 아는지를 설명할 만한 카메라나 동작 감지기나 그 밖에 증거가 될 만한 무언가는 어디에도 없다.[57] 그래서 한동안 나는 모든 승객에게 특별 임무를 띤 승무원이 한 명씩 배정되어 있어서 그가 종일 승객을 따라다니는 것이 아닐까 하는 가설을 세운다. 그가 대단히 세련된 대인 감시 기술을 동원해서 승객의 일거수일투족과 예상 선실 복귀 시간을 승무원 본부나 뭐 그런 데 보고하는 것이다. 가설에 따라 나는 하루쯤 미행을 뿌리치는 극단적인 조치를 취해본다. 갑자기 뒤로 돌아 확인한다든지, 모퉁이에서 홱 꺾는다든지, 기념품 가게를

---

57 내가 왜 페트라에게 직접 묻지 않는가 하면, 페트라의 영어는 극도로 제한적이고 초보적이기 때문이다. 그리고 인정하기 슬픈 사실이지만, 내가 슬라브인 승무원 페트라에게 느끼는 깊은 매력과 애착은 그녀가 아는 단 두 가지 영어 문장인 듯한 말을 허약한 근거로 삼아 구축되었다. 페트라는 내 모든 진술, 질문, 농담, 혹은 불멸의 헌신에 대한 이의 제기에 늘 다음 두 문장 중 하나로 답한다. "문제없어요." "당신 참 재밌는 분."

이 문으로 들어갔다가 저 문으로 나간다든지. 그러나 나를 미행하는 사람이 있다는 기척은 전혀 없다. 시도를 포기할 무렵 나는 반쯤 미친 기분이고, 내 미행 회피 수법을 본 10층 갑판의 다른 승객들은 겁에 질린 표정을 짓거나 심지어 손가락으로 제 관자놀이를 톡톡 치는 반응을 보인다.

네이디어의 편집증적 서비스와 응석받이에는 사람을 대단히 혼란시키는 데가 있다. 투명인간의 강박적 선실 청소는 그 서비스에서 정확히 어떤 점이 오싹한지를 가장 뚜렷하게 보여주는 사례다. 왜냐하면 누구나 마음 깊은 곳에서는 알고 있듯, 이것은 사실 엄마의 보살핌과는 다르기 때문이다. 죄책감이나 잔소리나 기타 등등은 있다손 치더라도, 엄마가 당신의 방을 치워주는 것은 기본적으로 당신을 사랑하기 때문이다. 당신이 곧 요점이고, 청소 행위의 목적이다. 하지만 네이디어에서는, 일단 신선함과 편리함에 시들해지고 나면, 경이로운 청소 행위가 실은 나와는 무관한 활동이라는 것을 깨닫게 된다. (내게 특히 트라우마인 점은 페트라가 1009호 선실을 경이로운 수준으로 청소해주는 것이 그냥 그러라는 지시를 받았기 때문이라는 사실, 따라서 페트라는 (당연하게도) 나를 위해서 그러는 게 아니고 내가 좋아서 그러는 것도 아니고 내가 "문제없거나" "참 재밌는 분"이라서 그러는 것도 아니라는 사실이다. 페트라는 설령 내가 머저리라도 내 방을 경이롭게 청소해줄 것이다. 그리고 어쩌면 저 미소 너머로 진짜 나를 머저리라고 여기고 있을 가능성도 있는데, 이 경우 만약 내가 정말로 머저리라면 어떻게 되는 걸까? 내 말은, 만약 응석받이와 극단적인 친절이 깊은 애정에서 비롯한 것이 아니라면, 따라서 상대에게 누가 뭐래도 당신은 머저리가 아니라고 말해주거나 상대가 스스로 자신은 누가 뭐래도 머저리가 아니라고 안심하도록 돕는 행위가 아니라면, 대체 이 모든 응석받이와 청소에 궁극적으로 무슨 중요한 가치가 있단 말인가?)

이 기분은 당신이 누군가의 집에 손님으로 묵는데 집주인이 아침에 당신이 샤워하는 동안 슬쩍 방으로 들어와서 침대를 대신 정돈해주고, 당신에게 묻지도 않은 채 더러운 옷을 개켜주거나 심지어 빨아주고, 당신이 담배를 한 대 피울 때마다 재떨이를 비워주고 할 때의 기분과 크게 다르지 않다. 이런 집주인을 겪으면 한동안은 기분이 좋다. 배려받고 대접받고 인정받고 가치를 확인받는 듯한 느낌이다. 그러나 시간이 좀 흐르면, 집주인이 당신을 배려하거나 좋아해서 그러는 것이 아니라 살림살이의 청결이나 질서에 관한 사적인 편집증에 따라 그러는 것뿐이라는 사실을 당신도 통찰하게 되고… 이것은 곧 청소의 궁극적 요지와 목적이 당신이 아니라 청결과 질서이므로 집주인에게는 당신이 떠나는 것이 한숨 돌리는 일이라는 뜻이다. 그가 당신을 위생적으로 응석받이 해주는 것은 사실 당신이 곁에 없기를 바란다는 증거다. 물론 네이디어 호에는 이런 편집증적 집주인의 스카치가드(3M의 제품명으로 천이나 가구에 얼룩이 묻지 않도록 뿌리는 제품이다—옮긴이) 처리된 카펫이나 비닐이 씌워진 가구 같은 것은 없지만, 심리적 분위기는 같다. 당신이 사라지면 그들이 안도감을 느낄 것이라는 예상도 같다.

10

폐소공포증 환자는 어쩌는지 모르겠지만, 광장공포증 환자에게 7NC 호화 메가크루즈선은 다양하게 틀어박힐 수 있는 매력적인 선택지를 잔뜩 제공한다. 광장공포증 환자는 배를 떠나지 않기로 결정할 수도 있고,[58] 갑판 몇 군데에만 있기로 제한할 수도 있고, 자기 선실이 있는 갑판을 떠나지 않기로 결정할 수도 있고, 그 갑판에서도 경치 감상에 좋은 양쪽의 야외 난간은 피하고 폐쇄된 안쪽에만 있기로 결정할 수도 있다. 아니면 아예 선실을 떠나지 않을 수도 있다.

나는—슈퍼마켓에도 못 가는 수준의 진정한 광장공포증은 아니지만 '경계성' 혹은 '준' 광장공포증이라고는 할 수 있는 사람으로서—내 좌현 바깥쪽 1009호 선실을[59] 깊이 사랑하게 되었다. 선실은 새끼 사슴 색깔의 에나멜스러운 플라스틱으로 만들어져 있고, 벽은 엄청나게 두껍고 견고하다. 내가 머리맡 벽을 손가락으로 시끄럽게 두드린 지 오 분 가까이 지난 뒤에야 고물 쪽 이웃이 짜증나서 맞받아 두드리는 소리가 (희미하게) 들려왔다. 방은 11사이즈

---

58 (바다에서는 이것이 광장공포증적으로 별무소용한 사실이지만, 항구에서 문이 활짝 열리고 트랩이 내려졌을 때는 광장공포증적으로 유효한 선택지가 된다.)

59 '1009'는 10층 갑판에 있다는 뜻이고, '좌현'은 배에서 왼쪽에 있다는 뜻이고, '바깥쪽'은 내 방에 창문이 있다는 뜻이다. 물론 갑판 복도에서 안쪽으로 문이 난 '안쪽' 선실들도 있다. 하지만 내가 조언하는 바, 향후 7NC 승객이 되려는 독자들 가운데 폐소공포증 성향이 있는 사람은 선실 예약시 반드시 '바깥쪽'을 달라고 하라.

(280밀리미터 정도—옮긴이)의 케즈 운동화로 쟀을 때 길이는 열세 단위이고 폭은 열두 단위이며, 출입문은 작은 반도처럼 툭 튀어 나온 현관에 있다. 문에는 세 가지 잠금 기술이 적용되어 있고 세 언어로 작성된 구명보트 안내문이 안쪽에 나사로 붙어 있으며 안쪽 손잡이에 여러 언어로 "방해하지 마시오"라고 적힌 카드가 한 묶음 걸려 있다.[60] 현관은 폭이 내 몸의 1.5배다. 현관의 한쪽 옆은 화장실이고, 반대쪽 옆은 선반과 서랍과 옷걸이와 작은 보관함과 '개인용 방화防火 금고'가 벌집처럼 복잡하게 조립된 원더클로짓이라는 옷장이다. 원더클로짓은 사용 가능한 공간이라면 일 세제곱센티미터도 놓치지 않고 다 쓰도록 복잡하게 조직되어 있다. 내 감상은 정말이지 무척 조직적인 사람이 설계한 게 틀림없다는 것뿐이다.

선실 건너편, 그러니까 배의 좌현 벽에는 제법 깊은 에나멜 선반이 아마도 내 선창이라고 불러야 할 것 같은 창문 밑에 벽의 끝에서 끝까지 나 있다.[61] TV에서 본 배들의 선창처럼 내 선창도 정말 동그랗다. 하지만 작지는 않다. 그리고 이 창이 이 방의 분위기와 존재 이유에 얼마나 중요한 요소인가 하는 점에서 선창은 대성당의 장미창이나 마찬가지다. 창유리는 차량용 은행 창구에서 직원

---

60 비미국인 광장공포증 환자는 이 카드들 속에 "비테 니히트 슈퇴렌" "프리에르 드 느 파 데랑제" "시 프레가 논 디스투르바레" 그리고 (내가 제일 좋아하는 것으로) "파보르 데 노 몰레스타르"가 포함되어 있는 걸 알면 가슴이 훈훈해질 것이다.(각각 "방해하지 마시오"를 독일어, 프랑스어, 이탈리아어, 스페인어로 말한 문장이다.—옮긴이)

61 당신이 꼬마거나 거식증 환자라면, 이 난간에 앉아서 생각에 잠긴 듯 몽환적인 시선으로 바다를 응시할 수 있을 것이다. 하지만 난간 바깥쪽 가장자리에 엉덩이에 적대적인 턱이 있기 때문에, 표준 크기의 성인은 불가능하다.

이 사이에 두고 있는 것 같은 종류의 무진장 두꺼운 유리이고, 한구석에 이런 표시가 있다.

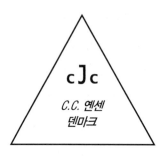

주먹으로 쾅 쳐도 유리는 밀리지 않고 흔들리지도 않는다. 진짜 좋은 유리다. 매일 아침 정확히 8시 34분에 파란 점프슈트를 입은 필리핀 남자가 9층 갑판과 10층 갑판 사이에 일렬로 걸린 구명보트들 중 하나에 서서 호스로 내 선창에 물을 뿌려 소금기를 닦아내는데 구경하면 재미있다.

　1009호 선실의 크기는 아주아주 아늑한 것과 갑갑한 것 사이에서 가까스로 좋은 쪽에 걸친 수준이다. 정사각형에 가까운 공간을 채우고 있는 것은 크고 좋은 침대 하나, 램프가 딸린 침대맡 탁자 둘, 해상 케이블® 채널 다섯 개가 제공되지만 그중 두 채널은 O. J. 심프슨 재판을 무한 반복해서 보여주는 18인치 TV 한 대다.[62] 화장대 겸용의 흰 에나멜 책상이 하나 있고, 둥근 유리 탁자도 있는데, 그 위에 놓인 바구니에는 신선한 과일들과 신선한 과일들의 껍질이 번갈아가며 채워져 있다. 이것이 표준 운영 규정인지 저널리스트에게 주어진 사소한 특전인지 모르겠지만, 내가 선실 청소에 필요한 최소 시간인 삼십 분 이상 방을 비웠다가 돌아오면 늘 바구니에는 새로 과일이 담겨 있고 푸른빛 도는 랩이 아늑하게 씌워진 채 유리 탁자에 놓여 있다. 과일은 맛있고 신선하고 늘 거기 있다. 과일을 이렇게 많이 먹기는 평생 처음이다.

1009호 선실의 화장실은 아낌없는 찬사를 받을 만하다. 나는 화장실이라면 살면서 남부럽잖게 많이 봤지만, 이 화장실은 진짜 좋다. 입구에서 "발을 조심하세요" 표시가 붙은 샤워 부스 턱까지 케즈 운동화로 5.5단위 길이다. 내부는 흰 에나멜과 반짝반짝 닦인 스테인리스강으로 되어 있다. 천장 조명은 비싼 조명이다. 푸른빛이 강한 유럽식 형광등으로, 산란 필터를 거친 빛이라서 인정사정 없지는 않으면서도 예리한 진단을 내리게 해준다.[63] 조명 스위치 옆

---

62 기개봉 영화 십여 편을 끊임없이 틀어주는 채널도 있다. 내가 받은 인상으로는 배 안 어딘가에 VCR이 있는 것 같다. 몇몇 영화에서 특수한 화질 불규칙성이 매번 똑같이 나타나기 때문이다. 나는 24시간 상영되는 영화들 중 몇 편을 하도 많이 본 나머지 이제 대사를 따라 읊을 수 있다. 그런 영화로는 〈당신에게 일어날 수 있는 일〉(대충 〈멋진 인생〉에 복권이라는 요소를 더한 내용이다), 〈쥬라기 공원〉(별로 그럴싸하지 않은 이야기다. 이 영화에 사실상 플롯이랄 것이 없다는 사실은 세 번째 시청에서야 깨달았지만, 이후 이 준광장공포증 환자는 이 영화를 포르노처럼 즐기게 되었다. T. 렉스와 벨로키랍토르가 나오는 부분(이 부분은 아주 그럴싸하다)이 오기만을 따분하게 기다리면서), 〈울프〉(한심하다), 〈악동 클럽〉(역겹다), 〈앙드레〉(물개가 나오는 〈올드 옐러〉 같다), 〈의뢰인〉(대단히 훌륭한 아역 배우가 또 나오는 영화. 대체 이런 로런스 올리비에 급 아역 배우들은 어디서 구해오는 걸까?), 〈르네상스 맨〉(대니 드비토가 나온다. 그리고 비록 개가 바짓가랑이를 물고 늘어지는 것처럼 감정을 물고 늘어지는 영화이기는 해도 교수가 주인공인 영화를 좋아하지 않기란 어렵다) 등이 있다.

63 이게 어떤 거냐면, 부유하고 외모를 신경 쓰는 성인이 그날 발생했을지도 모르는

에는 앨리스코 시로코 브랜드의 헤어드라이어가 벽에 부착되어 있다. 드라이어는 받침대에서 들어 올리면 자동으로 켜진다. 게다가 시로코의 최대 출력은 머리통을 날려버릴 수준이다. 헤어드라이어 옆에는 115볼트와 230볼트 콘센트가 둘 다 있고 면도기용으로 접지가 된 110볼트 콘센트도 있다.

세면대는 거대하고, 경사가 가팔라 보이거나 품질이 떨어져 보이지 않으면서도 우묵하다. 훌륭한 C.C. 옌센 거울이 세면대 위 벽을 다 덮고 있다. 철제 비누 받침은 고인 물이 빠져나가고 비누 밑면의 짜증스러운 끈적끈적함이 최소화되도록 줄줄이 홈이 파여 있다. 기발한 배려로 끈적끈적함을 막아주는 비누 받침은 특히 감격적이다.

1009호실은 중가의 일인실이라는 사실을 명심하자. 펜트하우스 타입의 호화 선실 화장실은 어떨지 상상이 절로 펼쳐진다.[64]

그리고 1009호실 욕실에 들어서서 천장 불을 켜면 자동으로 환기팬이 돌아가는데, 이 환기팬의 힘과 공기역학은 수증기든 당신이 낸 좀더 불쾌한 종류의 냄새든 숨을 구멍을 주지 않는다.[65] 흡입

미학적 문제를 또렷하게 확인하고 싶지만 동시에 전체적인 미학적 상황은 썩 괜찮다는 안심을 품고 싶을 때 선택하는 조명이다.

64 호화 선실 화장실을 구경하려는 시도는 번번이 부유한 펜트하우스 타입 네이디어인들에게 오해를 사고 퇴짜를 맞았다. 언론인 신분을 밝히지 않고 민간인 신분으로 호화 크루즈 여행을 하는 데는 분명 불이익이 따른다.

65 1009호 화장실에서는 늘 야릇하지만 나쁘지 않은 노르웨이산 소독제 냄새가 난다. 꼭 실제 레몬 향을 한 번도 맡아보지 못했지만 레몬의 유기화학적 조성을 정확히 아는 사람이 레몬 향을 합성하려고 시도한 것 같은 냄새다. 이 냄새와 실제 레몬의 관

력이 어느 정도인가 하면, 천장에 난 그 통풍구 바로 밑에 서면 머리카락이 곤두선다. 여기에 뇌진탕이 우려될 만큼 강하고 풍성하게 나부끼게 하는 시로코 헤어드라이어의 작용을 결합하면, 호화롭게 비춰진 거울 앞에서 몇 시간 동안 재미있게 놀 수 있다.

샤워기도 목적을 대대적으로 초과 달성한다. 물을 뜨거움 단계로 맞추면 두피가 박피될 만큼 뜨겁지만, 사전에 설정해둔 대로 샤워 꼭지를 한 번만 조작하면 섭씨 37도의 완벽한 온수를 얻을 수 있다. 내 집에도 이런 수압의 샤워기가 꼭 있어야 한다. 샤워기 헤드에서 쏟아지는 물은 당신을 샤워 부스의 반대쪽 벽으로 무력하게 밀어붙이고, 37도의 온수에 샤워기 헤드를 마사지 설정으로 바꾸면 눈알이 스르르 올라가면서 자칫 괄약근이 풀릴 지경이 된다.[66] 샤워기 헤드와 유연한 스틸 호스는 탈착 가능하므로, 헤드를 쥐고 그 무시무시한 물살을 몸에서 특히 더러운 부분, 가령 오른쪽 무릎이나 뭐 그런 데 가져다 댈 수도 있다.[67]

계는 바이엘의 아동용 아스피린 향과 진짜 오렌지 향의 관계와 같다.
한편 선실 자체에서는 청소 후 아무 냄새가 안 난다. 전혀. 카펫에서도 침구에서도 책상 서랍 안에서도 원더클로짓 문에서도. 이곳은 내가 경험한 모든 장소를 통틀어 완벽하게 무취한 극소수의 장소 중 한 곳이다. 나중에는 이 사실도 오싹하게 느껴지기 시작했다.

66 이 점을 염두에 두었던지, 샤워 부스 바닥은 모든 면이 중앙 배수구를 향하여 10도쯤 기울어져 있다. 배수구는 큰 접시만 하고, 소리가 들릴 정도로 공격적인 흡입력으로 물을 빨아들인다.

67 탈착 가능하고 뇌진탕이 우려될 만큼 강력한 샤워기 헤드는 위생과는 무관한 용도로도, 심지어 야한 용도로도 쓰일 수 있는 모양이다. 봄방학을 맞아 크루즈 여행을 하러 온 텍사스대 학생들(이들은 네이디어 호 전체에서 유일한 대학생 연령 집단이었

세면용품으로 말하자면, 세면대 거울 옆 벽에 폭이 넓고 깊이가 얕은 소형 철제 바구니가 붙어 있고 그 속에 각종 공짜 물건이 담겨 있다. '캐스웰 매시 컨디셔닝 샴푸'는 사용하기 편리한 비행기 반입 가능 주류 크기의 통에 들어 있다. '캐스웰 매시 아몬드 앤드 알로에 핸드 앤드 바디 에멀전 위드 실크'도 있다. 튼튼한 플라스틱 구둣주걱이 있고, 안경을 닦거나 구두를 가볍게 닦을 때 쓸 수 있는 섀미 천 벙어리장갑도 있다. 둘 다 셀레브리티의 고유 색깔인 눈부신 흰색과 네이비블루의 조합이다.[68] 새 샤워캡이 늘 하나도 아니고 두 개씩 놓여 있다. 친근하고 허세 부리지 않고 나약하지 않은 '세이프가드' 비누가 있다. 보푸라기 한 올 일지 않은 세수용 수건들이 있고, 프러포즈를 하고 싶은 대형 수건들도 물론 있다.

현관 옆 원더클로짓에는 여분의 섀미 담요, 저자극성 베개, '셀레브리티 크루즈'라는 글자가 새겨진 다양한 크기와 모양의 비닐 봉지가 들어 있다. 봉지는 세탁을 맡기거나 선택 서비스인 드라이클리닝을 맡기거나 할 때 쓰면 된다.[69]

다) 중 몇몇 남학생의 대화를 엿들었는데, 이들은 샤워기를 얼마나 기발하게 활용했는가 하는 이야기로 서로를 웃겼다. 한 남학생은 특히 "미터식 래칫 세트"만 구할 수 있다면 샤워기 기술을 활용하여 펠라티오를 할 수 있을 거라는 착상에 집착했다. 무슨 소리인지 모르겠는 건 나도 마찬가지다.

68 네이디어 선체도 바탕은 흰색이고 테두리는 네이비블루로 칠해져 있다. 모든 메가라인은 각자의 트레이드마크인 고유의 색깔 조합이 있다. 흰 바탕에 라임그린, 흰 바탕에 아쿠아블루, 흰 바탕에 청록색, 흰 바탕에 적갈색 등등(흰 바탕은 고정인 것 같다).

69 '집사 서비스'를 이용하면 드라이클리닝 할 옷과 닦을 구두를 세탁실로 보낼 수 있다. 가격도 내가 듣기로는 터무니없이 비싸지 않았다. 하지만 그러려면 용지에 이것

하지만 이 모든 것은 1009호실의 환상적이고 어쩌면 사악할 수도 있는 변기에 비하면 새 발의 피다. 우아한 형태와 격렬한 기능이 조화롭게 결합되어 있고 옆구리에는 하도 부드러워서 여느 휴지에 나 있는 절취용 구멍마저 없어도 되는 휴지들을 갖춘 내 변기 위에는 이런 안내문이 붙어 있다. "이 변기는 진공 흡입 하수 체계에 연결되어 있습니다. 변기에 일반적인 배설물과 휴지 외에는 아무것도 버리지 마십시오."[70] 그렇다. 진공 흡입 변기다. 게다가 욕실 천장의 환기팬과 마찬가지로 이 진공 흡입도 경량급이거나 야심이 없는 수준이 아니다. 변기 물을 내리면 짧지만 트라우마를 안기는 굉음이 나는데, 그 소리는 꼭 높은 B음을 유지하면서 가글하는 소리, 혹은 우주적 규모의 대장 활동 이상으로 인한 소리처럼 들린다. 그 굉음과 함께 충격적으로 강력하게 빨아들이는 흡입력이 발휘된다. 이것은 무서우면서도 이상하게 위로가 된다. 당신의 배설물은 그냥 제거된다기보다는 당신으로부터 격렬하게 내던져지는 듯하고, 속도도 어쩌나 빠른지 배설물이 꼭 어디 아주아주 먼 곳으로 사라져서 추상적인 존재가 되어버릴 것 같고… 말하자면 존재론적

저것 체크해서 문에 걸어둬야 하는데, 이게 엄청나게 복잡하다. 나는 스스로 감당이 안 될 것 같은 서비스가 굴러가도록 만드는 것이 무섭다.

70 이 문장에서 서술적 전치사가 누락된 것은 있는 그대로 옮긴 것이다.('~외에는'이라고 할 때 쓰는 표현 'anything other than'에서 'other'가 빠진 문장이라서 하는 말이다.—옮긴이) 배설물이 제거되는 모습을 생생하게 연상시키는 문장도 마찬가지다. 하지만 이 실수는 어쩐지 귀엽고 인간적으로 느껴진다. 그리고 정말 이 변기는 갖은 수를 써서라도 인간적으로 느껴지게 만들 필요가 있다.

하수 처리 체계인 것이다.[71][72]

71 환기팬 및 변기의 진공 흡입력과—이것은 거의 '최후의 해법' 수준으로 동물의
배설물과 냄새를 근절한다(물론 이 배설물과 냄새는 헨리 8세 수준의 식사와 무한정
무료인 선실 서비스와 과일 바구니에서 비롯한 지극히 자연스러운 결과다)—7NC 호
화 메가크루즈가 구현하려고 애쓰는 죽음-부정 혹은 죽음-초월의 환상들 사이에서
모종의 연관성을 느끼지 않기는 어렵다.

72 얼마 뒤 나는 네이디어의 '진공 하수 흡입 체계'에 흠뻑 빠졌다. 그래서 심지어 호
텔 매니저 더마티티스 씨를 다시 한 번 찾아가 공손한 태도로 배의 하부를 구경시켜
달라고 청했다. 그런데 이번에도 실수를 저지르고 말았으니, 순진하게도 배의 '진공 하
수 흡입 체계'에 각별한 관심이 있다고 솔직하게 말해버린 것이다. 이 실수는 이전의
다른 실수에서 파생된 결과였는데, 이전 실수란 승선 전 자료 조사를 할 때 불과 몇 달
전 퀸엘리자베스 2호인가 하는 다른 메가십이 항해 도중 바다에 오물을 투기하여 각
종 국내 및 공해 법규를 어긴 일이 들통나는 바람에 엄청난 추문이 일었다는 뉴스를
놓친 것이었다. 때마침 한 쌍의 승객이 투기 장면을 비디오로 찍었다가 나중에 테이프
를 어느 시사지에 판 모양이었다. 그 때문에 메가크루즈 산업 전체가 메가십의 쓰레기
문제를 취재하여 추문을 일으키려는 파렴치한 기자들에 대해서 넉슨스러운 편집증에
시달리고 있었던 것이다. 더마티티스 씨가 눈동자가 안 보이는 선글라스를 끼고 있었
음에도 불구하고, 나는 그가 하수에 대한 내 관심에 몹시 혼란스러워한다는 걸 알아차
렸다. '진공 하수 흡입 체계'를 구경시켜달라는 요청을 그는 너무 복잡해서 여기 어떻
게 적어야 할지도 모르겠는 변명으로 물리쳤다. 나는 그날(3월 15일 수요일) 저녁 식
사 시간에 5☆C.R.의 64번 식탁에 앉고서야 크루즈 여행에 통달한 식사 친구들 덕분
에 퀸엘리자베스 2호 오물 투기 사건을 알았다. 식사 친구들은 신비롭게 사라지는 배
설물에 대해서 비록 유치할지언정 순수한 호기심을 품은 내가 치명적 약점에 해당하
는 순진무구한 태도로 더마티티스 씨를 찾아갔다는 이야기를 듣고 웃겨서 비명을 질
러댔다.[72a] 그리고 나는 더마티티스 씨에 대한 창피함과 미움이 걷잡을 수 없는 수준으
로 발전하여, 만약 그 호텔 매니저가 정말로 나를 상어의 위험 및 오물 투기 추문에 몰
두하는 잠입 기자 같은 것으로 여긴다면 위험을 감수하고서라도 나를 해칠 가치가 있
다고 생각할지도 모른다고 믿게 되었다. 그리고 변명조차 시도할 수 없는 일련의 기괴
한 편집증적 연상에 따라, 네이디어의 그리스인 관리자들이 엄청나게 유능하고 강력
한 1009호실 변기 그 자체를 이용하여 나를 암살할지도 모른다는 망상에 하루 반쯤 시

11

　　처음 대양을 항해하는 사람은 바다가 하나의 바다가 아니라는 사실을 깨닫는다. 물은 변한다. 미국 동해안 연안에서 출렁이는 대서양은 회청색이고 빛이 없고 심술궂어 보인다. 반면 자메이카 부근에서 바다는 뽀얀 아쿠아마린색이고 게다가 반투명이다. 케이맨 제도 앞바다는 감청색이고, 코수멜섬 앞바다는 거의 자주색이다. 해변도 마찬가지다. 남플로리다의 모래는 첫눈에 바위에서 왔다는 것을 알 수 있다. 맨발로 밟으면 까슬까슬하고 광물질 특유의 번쩍거림이 있다. 하지만 오초리오스의 해변은 더러운 설탕에 가깝고, 코수멜 해변은 깨끗한 설탕에 가깝고, 그랜드케이맨 해안의 몇몇 장소에서는 모래의 질감이 차라리 밀가루 같고, 실리케이트 같고, 그 흰 색깔은 구름의 흰색처럼 몽환적이고 옅다. 네이디어 호가 거치는 카리브해의 항해지형학에서 유일하게 일관된 공통점은 어디나 다 비현실적이고 꼭 컴퓨터로 수정한 것처럼 예쁘다는 것이다.[73] 제대로 묘사하기는 불가능하지만, 내가 떠올릴 수 있는 한 가장 근접한 표현은 모두 비싸 보인다는 것이다.

달렸다. 방법이야 잘은 모르겠지만, 뭐 변기 좌석에 윤활유를 바르고 흡입력을 더 높여서 내 배설물만이 아니라 나까지 구멍으로 빨려 들어가서 어딘지 모를 아득히 먼 정화조로 내던져지도록 하는 것 아니겠는가.

　　72a (농담이 아니라 정말 비명이었다.)

73　'아름답다'가 아니다. '예쁘다'다. 둘은 다르다.

12

항구에 정박한 아침은 준광장공포증 환자에게 특별한 시간이
다. 다른 사람들은 거의 모두 배를 떠나서 조직적인 단체 육지 관
광에 참가하거나 비조직적으로 어슬렁거리는 관광객이 되거나 하
기 때문이다. 그래서 네이디어의 상층 갑판은 어릴 때 아파서 집에
있는데 다른 가족은 다 직장이나 학교에 가고 없을 때의 집처럼 괴
괴하고 기분 좋게 버려진 분위기가 된다. 지금은 9시 30분, 오늘은
3월 15일(아이즈Ides의 수요일)이다.('아이즈의 수요일'은 카이사르
의 암살이 예언되었던 3월 15일에서 유래한 말로 흉일을 뜻하기도 한
다.—옮긴이) 우리는 멕시코 코수멜섬에 정박했다. 나는 12층 갑판
에 있다. 소프트웨어 회사 티셔츠를 입고 조깅하는 남자 두 명이 이
분에 한 번씩 향기를 풍기면서 내 앞을 지나가고,[74] 그 밖에는 나와
내 ZnO와 내 모자와 전부 똑같은 모양으로 접힌 고급 갑판 의자가
한 천 개 있을 뿐이다. 12층 갑판 고물 쪽 수건 남자는 열정을 발휘
할 대상이 없다. 10시 00분 무렵에 나는 새 수건을 다섯 장째 쓰고
있다.

여기서 준광장공포증 환자는 배의 가장 높은 좌현 난간에 홀
로 서서 사색적으로 바다를 응시할 수 있다. 코수멜 앞바다는 물기

---

[74] 12층 갑판을 일곱 번 돌면 1마일이다. 약 70세 미만의 네이디어인들 중 날씨가 좋
을 때 이곳에서 미친 듯이 조깅하지 않는 사람은 나를 포함하여 극소수뿐이다. 12층
갑판 환상형 조깅의 혼잡 시간대는 이른 아침이다. 나는 키스톤 캅스 수준의 슬랩스틱
에 가까운 재미난 조깅 충돌 사건을 두 번이나 목격했다.

어린 쪽빛이고 그 바닷물을 통해서 흰 가루 같은 바닥까지 보인다. 중간쯤 되는 거리에는 바닷속에서 산호가 짙은 자줏빛의 거대한 구름 모양으로 자랐다. 사람들이 잔잔한 바다를 왜 "유리 같다"고 하는지 알겠다. 10시 정각. 태양이 바다 표면에 대해 브루스터 각도인가 뭔가 하는 각도를 취하여 항구가 눈 닿는 곳 저 끝까지 모두 반짝거린다. 물이 일시에 무수한 방식으로 일렁이고 그렇게 일렁일 때마다 빛이 인다. 산호 너머로는 물이 베이컨스러운 단정한 줄무늬를 띠면서 차츰 짙어진다. 시점과 관계된 현상인 것 같다. 모두 지극히 예쁘고 평화롭다. 나와 수건 남자와 빙글빙글 조깅하는 남자들 말고는 누워서 《공동의존자 더 이상은 없다》를 읽는 노부인과 우현 난간 이물에 서서 비디오카메라로 바다를 찍는 남자뿐이다. 내가 둘째 날 일찌감치 '캡틴 비디오'라고 명명한 이 슬프고 시체 같은 남자는 흰머리를 단단히 세웠고, 버켄스탁을 신었고, 몹시 가늘고 털 없는 종아리를 가졌고, 이 배에서 유달리 눈에 띄는 괴짜들 중 한 명이다.[75] 네이디어인들은 거의 모두가 카메라광이라 할

---

75 우리 7NC의 다른 괴짜들은 다음과 같다. 부분 가발을 쓴 열세 살 남자아이. 아이는 오렌지색 구명 재킷을 일주일 내내 입고 있고, 상층 갑판 나무 바닥에 앉아서 클리넥스 휴지 세 통을 곁에 둔 채 필립 호세 파머의 문고본을 읽는다. 다음은 비대하고 시체 같은 눈동자를 가진 남자. 남자는 매일 낮 12시부터 새벽 3시까지 메이페어 카지노 21번 테이블의 똑같은 의자에 앉아서 롱아일랜드 아이스티를 마시면서 꼭 마취되어 물속에 잠긴 듯 느릿한 속도로 계속 블랙잭을 한다. 다음은 수영장 옆에서 자는 남자. 이 남자는 딱 이름대로 한다. 다만 그걸 하루 종일, 심지어 비가 와도 한다는 것이 문제다. 쉰 살쯤 되었고 배에 털이 북슬북슬한 남자는 《메가트렌드》를 펼쳐서 가슴에 엎어두고는 선글라스도 선크림도 없이, 전혀 움직이지 않고, 해가 고출력으로 쨍쨍할 때도 몇 시간씩 자고 또 잔다. 내가 보는 한은 몸이 전혀 익지 않았고 한 번도 깨지도 않

만하지만, 캡틴 비디오는 그야말로 모든 것을 다 찍는다. 식사도, 빈 복도도, 끝없이 이어지는 노인들의 브리지 게임도. 수영장 파티 때는 연주자들의 시점에서 군중을 찍으려고 11층 갑판에 마련된 높은 무대로 뛰어오르기까지 했다. 캡틴 비디오의 메가크루즈 체험을 담은 자기磁氣적 기록은 앤디 워홀 풍으로 정확히 이 여행 전체만한 길이의 지루한 영상이 될 것이 뻔하다. 캡틴 비디오는 승객들 중 나 외에 친척이나 친구 없이 혼자 여행하는 게 확실한 유일한 사람이다. 그 밖에도 나와 그가 비슷한 점이 좀 있다는 사실이(가령 항구에서 준광장공포증적으로 배를 떠나기를 꺼린다는 것이 그렇다) 불편하기 때문에, 나는 가급적 그를 피하려고 한다.

준광장공포증 환자는 또 12층 갑판 우현 난간에 서서 저 아래에서 네이디어 승객 무리가 3층 갑판 출구로 쏟아져 나오는 모습

았다(밤에는 사람들이 들것에 그를 실어서 선실로 데려다주는 게 아닐까 싶다). 다음은 믿어지지 않을 만큼 나이 들었고 눈이 뿌연 두 커플. 이 사인조는 11층 갑판에서 수영장과 윈드워드 카페가 있는 영역을 둘러싼 투명 비닐 벽 바로 안쪽의 등받이 곧은 의자에 늘 앉아 있다. 즉, 투명 비닐 막을 통해서 바깥을 보고 앉아서는 TV라도 시청하는 것처럼 계속 바다와 항구를 지켜본다. 이들 또한 눈에 띄는 움직임은 전혀 없다. 네이디어의 괴짜들이 대부분 정적으로 별나다는 사실은 적절한 것 같다. 그들이 남과 달라 보이는 건 매일매일 시시각각 움직임 없이 똑같은 일을 하기 때문이다. (캡틴 비디오는 예외적인 활동가다. 사람들은 끝에서 두 번째 날까지는 그에게 놀랄 만큼 관대했다. 그러나 그날 자정에 수영장 옆에서 카리브해풍 파티가 열렸을 때 그가 콩가 춤추는 사람들을 더 좋은 각도에서 찍기 위해서 자꾸만 줄을 끊고 끼어들어 방향을 바꾸려 했고, 그래서 사람들은 캡틴 비디오에 대항하여 비록 피는 보지 않았지만 불쾌한 봉기를 일으켰으며, 그 후로 그는 남은 여행을 납작 엎드려 지냈다. 아마 방에서 테이프를 정리하고 편집했을 것이다.)

을 지켜볼 수 있다. 사람들이 끝도 없이 쏟아져 나와서 좁은 트랩을 걸어 내려간다. 한 사람 한 사람의 샌들이 부두에 닿는 순간, 크루즈 승객에서 관광객으로의 사회언어학적 변신이 이뤄진다. 바로 이 순간, 써버릴 돈을 갖고 있고 체험하고 기록해야 할 경험을 기대하는 1,300여 명의 부유한 관광객이 한 줄로 구불구불 늘어서서 저 멀리 코수멜 부두까지 이어져 있다. 시멘트로 된 부두는 길이가 족히 400미터는 되고 그 끝에 거대한 퀸셋형 구조물인 '관광 센터'가 있다.[76] 그곳에서 단체 관광을 신청할 수 있고[77] 산미겔까지 가는 택시나 전동 자전거를 빌릴 수도 있다. 간밤에 우리 64번 식탁 사람들이 한 말에 따르면, 개발되지 않았고 몹시 빈곤한 코수멜 주민들은 미국 달러를 UFO처럼 대한다고 했다. "그게 땅에 내리면 사람들이 숭배하죠."

　코수멜 부두에 몰려나온 섬사람들은 네이디어인들에게 커다란 이구아나를 안고 사진 찍을 기회를 제공한다. 어제 그랜드케이맨 부두에서는 섬사람들이 네이디어인들에게 나무 의족과 갈고리 손을 단 남자와 함께 사진 찍을 기회를 제공했고, 네이디어 좌현 이물 앞에서는 가짜 해적선이 오전 내내 만을 왔다 갔다 하면서 시끄

76　(간판이 영어로 적혀 있다는 점은 의미심장하다.)

77　월요일 오초리오스에서 관광객을 끈 것은 네이디어인 전원이 안내인까지 다 함께 카메라를 보호할 우산을 쓰고 그 속에 걸어 들어갈 수 있다는 무슨 폭포였다. 어제 그랜드케이맨에서는 면세 럼과 버나드 패스먼 검정뿔산호 공예품인가 하는 게 인기였다. 여기 코수멜에서는 흥정에 냉혹한 행상들이 파는 은 장신구, 역시 면세 술, 그리고 산미겔에 있는 '카를로스 앤드 찰리'라는 유명한 바인데 그곳에서는 성분이 주로 라이터 기름에 가까운 술을 판다고 한다.

럽게 공포를 발사하여 사람들의 신경을 거슬렀다.

네이디어인들은 다들 커플이나 사인조나 단체나 떼로 움직인다. 그들의 줄은 복잡하게 구불구불 이어진다. 모든 사람의 티셔츠가 파스텔 색깔이고, 모종의 기록 장치 케이스가 그 위를 장식하고 있으며, 여성의 85퍼센트는 흰 차양 모자를 쓰고 버들가지 손가방을 들었다. 그리고 저 아래에 있는 모든 사람의 선글라스에는 올해 유행하는 액세서리가 붙어 있다. 안경다리에 달아서 안경을 목에 걸 수 있게 해주는, 그 덕분에 자주 썼다 벗었다 할 수 있게 해주는 폭신한 형광색 끈이다.[78]

내 오른쪽으로 (즉, 남동쪽으로) 다른 메가크루즈 한 척이 정박하러 들어오고 있다. 접근 벡터로 짐작하건대 우리와 아주 가까운 곳에 댈 모양이다. 자연력처럼 움직이는 배를 보고 있자니 저런 덩치가 겨우 키 손잡이에 얹은 손 하나로 조종된다는 것은 터무니없는 소리처럼 느껴진다. 저런 배를 부두에 대는 운전은 어떤 것일까 상상이 안 된다. 눈가리개를 하고 LSD 네 알을 먹은 뒤 세미트레일러를 세미트레일러만 한 공간에 평행 주차하는 것과 비슷하지 않을까. 내가 경험적으로 알 방법은 없다. 육즙 소동 이후로는 사람들이 나를 배의 선교 근처에도 얼씬대지 못하게 한다. 오늘 새벽 동틀 녘 우리 배가 정박할 때는 선원들과 부두 직원들이 개미처럼 바삐

---

78 선글라스를 밀어 올려 두개골 정수리에 얹는 패션은 이제 유행이 지난 모양이다. 예전에 부유한 선글라스 착용자들이 많이 그랬는데. 흰 라코스테 테니스 스웨터의 두 팔을 가슴 앞에서 묶어 망토처럼 걸치고 다니는 패션과 더불어 역사 속으로 사라진 모양이다.

움직였고, 배의 배꼽에서 아래로 닻이 흘러내렸으며,[79] 위로는 밧줄 십여 가닥이 내려와서 부두에 박힌 거대한 침목 같은 나무토막에 복잡한 매듭으로 묶였다. 밧줄은 굵기가 관광객의 머리통만 한데도 선원들은 그것을 "선line"이라고 부른다.

여러분에게 이 모든 것의 압도적이고 초현실적인 규모를 제대로 전달할 도리가 없다. 치솟은 배, 밧줄, 침목, 닻, 부두, 방대한 라피스 라줄리 돔 같은 하늘. 카리브해는 늘 그렇듯이 냄새가 없다. 12층 갑판 바닥은 사우나에 있는 것 같은 널빤지, 그러니까 느낌이 좀 코르크 같고 좋은 냄새가 나는 널빤지로 빈틈없이 깔려 있다.

이 높은 곳에서 저 아래 당신의 동포들이 비싼 샌들을 끌고 가난에 찌든 항구로 어기적어기적 걸어가는 모습을 내려다보는 것은 7NC 호화 크루즈 여행의 재미난 순간이라고는 말할 수 없다. 미국인 관광객이 단체의 일원으로 행동하는 모습에는 어쩐지 불가피하게 느리터분한 분위기가 있다. 그들에게는 어쩐지 탐욕스럽게 차분한 분위기가 있다. 아니, 그들이 아니라 우리라고 해야 할 것이다. 항구에서 우리는 자동적으로 페레그리나토르 아메리카누스, 디 룸펜아메리카너가 된다.('Peregrinator americanus'는 라틴어로 '미국 여행자'란 뜻으로 월리스가 동물의 학명처럼 지어낸 표현이고, 'Die Lumpenamerikaner'는 '미국인 부랑자'를 뜻하는 독일어다.—옮긴이) 추악한 자들이 된다. 내가 항구에서 배에 남는 동기로는 준광장공

---

79 닻은 거대하고 틀림없이 천 톤은 나갈 것 같았으며—기쁘게도—진짜로 닻 모양이었다. 즉, 사람들이 문신으로 새기는 닻 모양과 똑같았다.

포증보다 느리터분인상공포증이[80] 더 강하게 작용한다. 내가 그들에게 연루되었다는 느낌, 연좌제에 따른 죄가 있다는 느낌을 가장 짙게 느끼는 것이 항구에서다. 이전에 나는 미국 밖을 나가본 적이 거의 없고, 이처럼 고소득 무리의 일원으로 나가본 적은 한 번도 없는데, 지금 항구에서는—이렇게 멀찍이 떨어진 12층 갑판에서 그냥 내려다보기만 하는데도—내가 미국인이라는 사실을 새삼스럽게 또한 불쾌하게 의식하게 된다. 백인이 아닌 사람들에게 둘러싸였을 때 갑자기 내가 백인이란 사실을 의식하는 것과 비슷하다. 우리가 저들에게 어떻게 보일까 하는 생각을 그만둘 수가 없다. 저 무덤덤한 자메이카인들과 멕시코인들에게,[81] 특히 네이디어의 백인이 아닌 하급 직원들에게. 한 주 내내 나는 내가 소속된 느리터분한 무리로부터 거리를 둔 사람으로 직원들의 눈에 비치기 위해서, 어떻

80 (= 소처럼 느리터분하고 아둔해 보일까 봐 걱정하는 병적인 공포)

81 또한 나는 다른 네이디어인들도 나처럼 극심한 자기혐오를 느낄까 하는 생각을 하고 또 해본다. 이 위에서 그들을 내려다보면, 다른 네이디어인들은 지역 상인, 서비스 직원, 도마뱀과 사진 찍기 기회 제공자 등등이 던지는 무심하되 경멸이 담긴 시선을 까맣게 모를 거라는 생각이 든다. 다른 관광객들은 워낙 느리터분하게 자기 생각에만 빠져 있는지라 남들에게 자신이 어떻게 보이는지는 눈치도 못 챌 것 같다. 하지만 또 어떤 때는, 선상의 다른 미국인들도 자신이 항구에서 맡는 느리터분한 미국인 역할에 나처럼 막연한 불편함을 느낄 거라는 생각도 든다. 그러나 그들은 나와는 달리 느리터분인상공포증에 휘둘리기를 거부하는 것인지도 모른다. 이곳에서 즐기고 응석 부리고 이국적인 경험을 기록하기 위해서 적잖은 돈을 냈으니, 영양부족의 현지인들에게 자신의 미국인성이 어떻게 보일까 하는 신경증적 투사로 인한 자기도취적 가책 때문에 열심히 일해서 모은 돈으로 지불했고 충분히 즐길 자격이 있는 7NC 호화 크루즈 여행을 만끽하는 일로부터 정신이 산란해지는 것을 스스로에게 결코 용납하지 않겠다고 다짐한 것일지도 모른다.

게든 나 자신을 탈연루시키기 위해서 갖은 애를 쓴다. 카메라와 선글라스와 파스텔색 카리브해 복장을 삼간다. 카페테리아에서 내 쟁반을 반드시 스스로 나르고 작은 서비스라도 받을라치면 침 튀기게 고맙다고 말한다. 동료 승객들 중에는 큰소리를 내는 사람이 너무 많기 때문에, 나는 영어가 서툰 직원들에게 각별히 조용조용 말하는 것을 특히 자랑스럽게 여긴다.

10시 35분, 하늘은 눈이 아플 만큼 파랗고 구름은 작은 것 한두 조각뿐이다. 지금까지 항구에서는 새벽마다 늘 흐렸다. 그러다가 떠오르는 해가 힘을 내어 구름을 흩뜨리면 이후 한 시간쯤은 하늘이 갈기갈기 찢긴 것처럼 보인다. 그러다가 8시쯤 되면 끝없이 푸른 하늘이 눈을 반짝 뜨는 것처럼 열리고, 이후 오전에는 내내 그 상태다. 멀리에는 늘 구름이 한두 조각 떠 있다. 마치 축적을 알려주려는 것처럼.

저 아래에서 부두 일꾼들이 밧줄과 무전기를 가지고 개미 떼처럼 작업하고 있고, 우리 오른편에서 다가오던 새하얀 메가십이 서서히 부두로 접근한다.

이러다가 늦은 오전이 되면 낱낱이 떨어져 있던 구름들이 한군데로 모이기 시작한다. 이른 오후부터는 구름들이 직소퍼즐 조각처럼 서서히 맞물리고, 저녁 무렵에는 퍼즐이 다 완성되어 하늘은 낡은 10센트 동전 색깔이 된다.[82]

---

82 이런 동틀 녘-해 질 녘 구름 현상은 고정된 패턴이었다. 총 일주일 중 사흘은 상당히 흐린 날씨였고 비도 자주 왔다. 금요일 키웨스트 항구에는 종일 비가 내렸다. 이 불운도 물론 네이디어 호나 셀레브리티 크루즈 회사의 탓으로 돌릴 수는 없을 것이다.

하지만 물론 내가 이렇게 표면적으로나마 탈연루되려고 애쓰는 행동은 그 자체로 내가 남들에게 어떻게 보일까 하는 자의식적이고 오만한 걱정, 100퍼센트 부유한 미국인다운 걱정에서 비롯된 것이다. 호화 크루즈 여행에서 전반적으로 느껴지는 절망은, 내가 무슨 수를 써도 나의 본질적이고 새삼 불쾌한 미국인성에서 벗어날 수 없다는 사실로부터 일부 비롯한다. 그리고 이 절망은 항구에서 절정에 달한다. 난간에 서서 내가 어쩔 수 없이 그 안에 속하는 사람들 무리를 내려다볼 때. 이 위에 있든 저 밑에 있든 나는 미국인 관광객이고, 따라서 그 정체성상 크고, 살찌고, 벌겋고, 시끄럽고, 거칠고, 오만하고, 자기 생각뿐이고, 응석꾸러기이고, 외모에 신경 쓰고, 창피해하고, 절망하고, 탐욕스럽다. 우리는 세상에서 유일하게 알려진 숫과 육식동물이다.

다른 항구에서처럼 여기서도 오전 내내 제트스키들이 네이디어 주변을 윙윙거린다. 이 시점에는 대여섯 대쯤 있다. 제트스키는 카리브해 항구의 모기들이다. 짜증스럽고, 어울리지 않고, 늘 곁에 있는 것 같다. 그 소음은 가글 소리와 사슬톱 소리를 합한 것 같다. 나는 제트스키에 진작 싫증이 났기 때문에 평생 제트스키를 한 번도 안 타봤다. 어디선가 제트스키가 굉장히 위험하고 사고가 잦다는 글을 읽었던 기억이 난다. 지금 나는 빨래판 복근을 내보이고 형광 끈을 매단 선글라스를 낀 금발 남자들이 물거품으로 상형문자를 그리는 모습을 보면서 그 기억을 떠올리고 못된 위안을 느낀다.

여기 코수멜에는 가짜 해적선 대신 바닥이 유리로 된 보트들이 산호의 그림자 주변을 떠다닌다. 보트들은 굼뜨게 움직인다. 단체 육지 관광에 참가한 크루즈 승객들이 엄청 많이 타고 있기 때문이다. 이 광경에서 멋진 점은 보트에 탄 사람들이 모두 발밑만 바라보고 있다는 것이다. 보트당 백 명은 넘을 것 같은 사람들이 죄다. 사람들은 꼭 기도하는 것처럼 보인다. 그리고 그 모습은 보트의 운전사를 더 돋보이게 한다. 현지인 운전사는 여느 대중교통 수단의 운전사들이 그러는 것처럼 아무 데도 안 보는 눈길로 멍하니 정면을 응시하고 있기 때문이다.[83]

빨간색과 오렌지색이 섞인 패러세일이 좌현 너머 수평선에 죽은 듯 가만히 걸려 있고, 그 아래 작대기처럼 보이는 인간이 대롱대롱 매달려 있다.

12층 갑판 고물 쪽 수건 남자는 눈이 움푹 들어가서 눈두덩 그림자 때문에 얼굴이 컴컴해 보이는 유령 같은 체코인으로, 자기 카트 옆에 똑바로 무표정하게 서서 혼자 가위바위보를 하고 있는 것 같다. 나는 저 12층 갑판 고물 쪽 수건 남자에게는 가벼운 잡담 형태의 저널리즘적 탐색이 통하지 않는다는 것을 안다. 내가 수건을 또 하나 가지러 갈 때마다 남자는 기죽이는 무관심이라고밖에 표현할 수 없는 눈길로 나를 본다. 나는 ZnO를 덧바른다. 캡틴 비디오는 비디오를 찍지 않고 대신 두 손을 모아 만든 직사각형을 통해서 항구를 보고 있다. 그는 그다지 자세히 살펴보지 않아도 틀림없

---

83 우리의 자존감을 떨어뜨리는 또 하나의 요소는 모든 현지인이 미국 관광객을 대할 때 드러내는 지루한 표정이다. 우리가 그들을 지루하게 만드는 것이다. 누군가를 지루하게 만드는 것은 불쾌하게 만들거나 넌더리 나게 만드는 것보다 훨씬 더 나쁜 것 같다.

이 혼잣말하는 사람이란 것을 알 수 있는 타입이다. 오른쪽에서 다가오던 메가십은 이제 우리에게 바싹 붙어 대고 있다. 정박 과정에는 세상을 산산조각 낼 듯한 경적을 어떤 규칙에 따라서 잔뜩 울려대는 일이 필수로 포함되는 모양이다. 하지만 오늘 오전 항구에서 가장 멋진 장면을 하나 꼽으라면, 그것은 또 다른 7NC 관광객 단체 활동이다. 한 무리의 네이디어인들이 가까운 바다의 얕은 물에서 스노클링을 배우고 있다. 좌현 이물 너머로 족히 백오십 명은 되는 사람들이 이른바 '시체 자세'로, 즉 물에 엎어진 자세로 미동 없이 떠 있다. 꼭 끔찍한 변고를 당한 희생자들이 떼로 떠 있는 것처럼 보인다. 이 높이에서 보는 그 광경은 으스스한 동시에 매혹적이다. 나는 항구에서 상어 지느러미를 찾아보는 일은 포기했다. 상어는 미학적 측면에서 좀 부족한 모양인지, 예쁜 카리브해 항구에는 절대로 안 나타난다고 했다. 자메이카인 두어 명은 그 대신 내게 창꼬치고기가 수술칼처럼 휙 곁을 지나가면 사람의 팔다리가 잘릴 수 있다는, 의심스럽긴 해도 무시무시한 이야기를 들려주었다. 카리브해 항구에는 여느 평범한 바닷물에는 다 있는 것 같은 해초, 지저분한 조류, 부니 따위도 안 보인다. 어쩌면 상어는 탁하고 지저분한 물을 좋아하는지도 모른다. 여기서는 상어가 다가오는 모습을 잠재적 희생자가 너무 쉽게 볼 수 있으니까.

　육식동물 이야기가 나와서 말인데, 카니발 크루즈 사의 배인 엑스터시와 트로피칼도 항구 저편에 닻을 내리고 있다. 카니발의 메가십들은 항구에서 다른 배들과 거리를 두는 편이다. 내 느낌에는 다른 배들도 차라리 잘됐다고 생각하는 것 같다. 카니발 배들의 난간에는 이십대스러운 사람들이 몰려나와 어슬렁거리고 있고, 이 거리에서 보니 배들이 오디오의 저음용 우퍼처럼 살짝 고동치는 것 같기도 하다. 카니발 7NC에 관해서는 소문이 많은데, 한 소문에 따르면 카니발 크루즈선은 바다를 떠다니는 섹스 상대 물색용 바나 다름없고 밤에는 육욕적인 끼익끽끼익끽 소리를 내며 까딱거린다고 한다. 우리 네이디어 호에는 그런 색정적인 행위가 전혀 없다는 사실을 기쁜 마음으로 알려드리는 바다. 이즈음 되니 나는 일종의 7NC 속물이 되어, 면전에서 누가 카니발이나 프린세스 얘기를 꺼내면 트루디와 에스터가 고상한 불쾌감을 드러낼 때 짓는 표정을 자동으로 얼굴에 떠올린다.

아무튼 저기 그 엑스터시와 트로피컬이 있고, 부두 이편, 우리 배 바로 옆에는 마침내 드림워드 호가 단단히 정박을 마쳤다. 흰 바탕에 복숭아색 조합을 보아 노르웨이 크루즈 사의 배인 것 같다. 그 배의 3층 갑판에서 트랩이 쑥 튀어나와 우리의 3층 갑판 트랩에 거의 닿을 듯하고―약간 음란한 모습이다―그러자 모든 중요한 측면에서 네이디어 승객들과 똑같은 드림워드 승객들이 트랩을 내려와 삼삼오오 무리 지으면서 높은 벽 같은 두 배의 선체가 드리운 그림자의 협곡 속에서 부두를 향해 걸어간다. 두 선체의 그림자는 그들을 에워싸서 일렬종대에 가깝게 길게 늘어진 한 줄을 이루도록 만든다. 드림워드 승객들은 뒤로 돌아 고개를 쭉 빼고 올려다보며 방금 자신을 토해낸 배의 어마어마한 크기에 놀란다. 캡틴 비디오는 겨우 발가락만 갑판에 붙인 채 우현 난간에 몸을 앞으로 걸쳐서 우리를 올려다보는 드림워드 승객들을 비디오로 찍는다. 그러자 몇몇 드림워드인들도 거의 방어적인, 혹은 보복적인 몸짓으로 자기 캠코더를 번쩍 쳐들어서 우리를 겨눈다. 한순간 그들과 캡틴 비디오는 거의 전형적인 포스트모더니즘적 광경을 연출한다.

드림워드는 우리와 바싹 붙어 나란히 섰다.[84] 선창끼리 마주 볼 만큼 가깝고, 그 배의 12층 갑판 좌현 난간이 우리의 12층 갑판 우현 난간과 거의 맞닿았다. 그래서 드림워드의 준광장공포증 상륙 거부자들과 나는 각자의 난간에 선 채 신호등에 걸린 두 스포츠카가 곁눈질로 서로를 살피는 것처럼 서로를 살필 수 있다. 말하자면 서로 견줘볼 수 있다. 드림워드 난간에 기댄 승객들이 네이디어를 위아래로 훑어보는 게 내 눈에 훤히 보인다. 그들의 얼굴은 SPF 지수가 높은 선크림으로 번들거린다. 드림워드는 눈이 멀 만큼 희다. 공격적으로 느껴질 만큼 하얘서, 그에 비하면 우리 네이디어의 흰색은 누런색이나 크림색 같다. 드림워드의 주둥이는 우리 주둥이보다 좀더 날렵하고 유체역학적으로 생겼다. 테두리는 형광에 가까운 복숭아색이고 11층 갑판 수영장 주변의 파라솔들도 복숭아색이다.[85] 우리 파라솔들은 연한 오렌지색인데, 네이디어의 색깔 모티프가 흰색과 네이비블루인 것을 고려할 때 이상하다고는 늘 생각했지만 이제는 확실히 그것이 잘못되고 꾀죄죄한 일로 보인다. 드림워드는 11층 갑판의 수영장 수가 우리보다 더 많고, 6층 갑판에도

---

84 (이 배들의 규모에서 바싹이라는 것은 약 100미터를 뜻한다.)

85 모든 7NC 메가십에서 12층 갑판은 타원형 중이층처럼 11층 갑판을 반쯤만 덮고 있다. 11층 갑판은 절반쯤 하늘이 열려 있고, 비닐이나 플렉시글래스 벽으로 둘러싸인 수영장이 있다.

유리 너머로 수영장이 하나 더 있는 것 같다. 그리고 그들의 수영장 물은 염소 처리된 물 특유의 파란색이다. 네이디어의 작은 두 수영장에는 바닷물이 채워져 있고 느낌도 좀 나쁘다. 비열하게도 셀레브리티 홍보 책자의 사진에서는 수영장 물이 염소 처리된 물 특유의 근사한 파란색이었는데.

드림워드는 모든 갑판에, 저 아래층까지 죄다, 선실마다 작고 흰 발코니가 딸려 있다. 사적으로 야외에서 바다를 응시할 수 있는 공간이다. 12층 갑판에는 정식 경기장 크기로 농구대가 있다. 그물은 여러 색이 섞여 있고 백보드는 성체용 제병처럼 새하얗다. 드림워드 12층 갑판의 수많은 수건 카트들에도 각각 수건 남자들이 배치되어 있다. 그들의 수건 남자들은 혈색 좋은 북유럽계 사내들이고 유령 같지 않으며 그 태도에는 기죽이는 무관심이나 지루함 따위는 없는 것 같다.

요는, 캡틴 비디오 옆에 서서 보고 있자니 내가 드림워드에 대해서 탐욕스럽고 거의 병적인 질투를 느끼기 시작한다는 것이다. 나는 드림워드의 내부가 우리보다 더 깨끗하고 더 크고 더 사치스럽게 갖춰져 있을 것이라고 상상한다. 드림워드의 음식은 우리보다 더 다양하고 세심하게 조리될 것이고, 기념품 가게는 덜 비쌀 것이고, 카지노는 덜 우울할 것이고, 무대 오락은 덜 저급할 것이고, 침대 위 민트 초콜릿은 더 클 것이다. 특히 드림워드 선실의 작은 개인용 발코니는 은행 창구 유리로 된 선창보다 훨씬 더 나아 보이며, 갑자기 내가 독자에게 전달하기로 되어 있는 7NC 메가 경험에는 개인용 발코니가 절대적으로 필수적인 요소인 것 같다.

몇 분 동안 나는 저 멋진 드림워드의 화장실은 어떨지 상상해 본다. 드림워드의 승무원 공간은 누구에게나 열려 있어서 누구든 내려가서 잡담을 나눌 수 있을 것이라고 상상한다. 드림워드 승무원들은 개방적이고 진심으로 친근하며 다들 영문학 석사 학위를 갖고 있는지라 가죽 장정의 말쑥한 일기장에 항해자들의 설화나 7NC에서 관찰한 짓궂고 재미난 일화를 적어두고 있을 것이라고 상상한다. 드림워드 호텔 매니저는 넝마 같은 스웨터를 입고 편안한 보르쿰리프 파이프 담배 냄새를 풍기는 삼촌 같은 노르웨이인으로 선글라스도 거만한 태도도 걸치지 않았을 것이라고, 그는 몸소 나를 데리고 다니면서 가압 밀폐된 문들을 활짝 열어젖혀서 드림워드의 선교와 주방과 진공 하수 흡입 체계를 보여주고 내가 미처 묻기도 전에 간명하고 인용하기 좋은 대답을 제공할 것이라고 상상한다. 갑자기 《하퍼스》가 나를 드림워드 대신 네이디어에 예약해준 것에 불만이 치민다. 점프하거나 현수하강해서 드림워드로 바꿔 타려면 건너야 할 간격이 얼마나 되는지 눈대중하며, 머릿속으로는 벌써 한 7NC 메가십에서 다른 메가십으로 점프한다는 이 대담하고 윌리엄 T. 볼먼스러운 저널리즘적 용맹함을 묘사하려면 글을 어떻게 써야 할까 하고 문단을 구상하기 시작한다.

　　머리 위에서 구름이 뭉치기 시작하고 오후마다 그랬듯이 하늘이 천처럼 묵직해지는 동안, 나는 머릿속으로 이런 음침한 생각을 이어간다. 나는 지금 망상을 앓고 있다. 나도 이것이, 다른 배에 대한 질투가 망상이라는 것은 알지만 그래도 고통스럽다. 이 망상은 또 크루즈 여행이 진행되는 동안 내 안에서 꾸준히 악화된 어떤 심리적 증후군의 좋은 징후인데, 그 증후군이란 처음에는 하찮았던 불만과 불평의 목록이 금세 절망에 가까운 수준으로 발전하는 것이다. 나는 이 증후군이 그저 일주일 동안 네이디어에 익숙해진 데서 생겨난 경멸의 감정 때문만은 아니라는 것을 안다. 애초에 네이디어 호가 모든 불만의 근원이 아니라는 것도 안다. 그보다는 평범한 인간다운 의식을 가진 나, 더 정확하게 말하자면 응석받이와 수동적 쾌락을 갈구하고 거기에 반응하는 내 안의 원형적 미국인이 원인이다. 내 안의 불만족하는 아기, 내 안에서 늘 또한 무분별하게 무언가를 원하는 부분. 이 증후군 때문에 나는 가령 나흘 전만 해도 선실 서비스로 공짜 음식을 시키는 것을 방종으로 인식하고 그것이 창피해서 꼭 열심히 일하느라 식사를 놓친 척하는 가짜 증거를 침대에 늘어놓았던 반면 어젯밤에는 십오 분이 지나자 시계를 보고 진심으로 짜증을 내면서 벌써 쟁반을 갖고 나타났어야 할 빌어먹을 선실 서비스 직원은 대체 왜 안 오느냐고 생각했던 것이다. 그리고 이제 나는 쟁반에 놓인 샌드위치가 좀 작다는 것을 깨닫고, 딜 피클의[86] 모서리가 늘 빵 껍질 우현을 적신다는 것을 깨닫고, 다 먹은 선실 서비스 쟁반을 1009호실 문밖에 내놓기에는 망할 좌현 복도가 너무 좁기 때문에 쟁반을 밤새 선실 안에 둬야 하고 따라서 아침이면 1009호실의 후각적 멸균성이 산패한 호스래디시 냄새로 더럽혀진다는 것을 깨닫고, 호화 크루즈 여행 닷새째에는 이것이 너무너무 불만스러운 일로 느껴진다는 것을 깨닫는다.

86 (나는 딜 피클을 싫어한다. 하지만 선실 서비스 부서는 거킨이나 버터 칩 피클로

죽음과 콘로이는 그렇다 쳐도 셀레브리티 홍보물의 어두운 핵심에는 거짓말이 있었고, 우리는 이제야 그 정체를 제대로 간파할 수 있는지도 모른다. 그런데 그 거짓된 홍보물의 약속이야말로—즉, 내 안의 늘 무분별하게 원하는 부분을 만족시켜주겠다는 약속이야말로—홍보물이 판매하는 환상의 핵심이다. 그리고 여기서 주목할 점은, 이때 진정한 환상은 그 약속이 지켜질 것이라는 환상이 아니라 애초에 그 약속이 지킬 수 있는 약속이라고 믿는 환상이라는 것이다. 이 거짓말, 이것은 거대한 거짓말이다.[87] 그리고 물론 나는 믿고 싶으니—부처 따위는 꺼져라—어쩌면 이 궁극의 환상적 휴가가 **충분한** 응석받이가 되어줄지도 모른다고 믿고 싶고, 이번만큼은 내 안의 아기도 만족할 만큼 사치와 쾌락이 완전하게 또한 흠잡을 데 없이 집행될지도 모른다고 믿고 싶다.[88]

하지만 내 안의 아기는 만족할 줄 모른다. 사실은 내 안의 아기의 선험적 불만족성이야말로 그것의 핵심이랄까 현존재랄까 아무튼 그런 것이다. 만족을 모르는 내 안의 아기는, 이례적으로 만족시켜주고 응석을 받아주는 환경에 처하면, 욕망을 좀더 상향시켜버린

바꿔주기를 거부했다.)

87 생각해보니 어쩌면 세상에서 가장 거대한 거짓말이라고 해도 좋을 것 같다.

88 그들이 판매하는 환상, 그것이야말로 이런 홍보물 사진 속 인물들이 하나같이 오르가슴적이면서도 묘하게 해이한 표정을 짓고 있는 이유다. 그런 표정은 "아아아아아" 하는 신음을 얼굴로 표현한 셈이다. 그리고 그 신음 소리는 누군가의 내면의 아기가 그동안 원했던 완벽한 만족을 얻는 데 성공한 것이 기뻐서 내는 소리만은 아니다. 그 사람 내면의 나머지 부분들이 마침내 자기 내면의 아기가 닥쳤구나 하는 것을 느끼고 안도하여 내는 소리이기도 하다.

다. 도로 끔찍한 불만족 상태로 항상성을 유지하는 수준까지 높여 버린다. 실제로 네이디어 호에서도 며칠 동안 기뻐하고 그다음에는 욕망을 조정하는 기간이 지나자, 응석받이에 익숙하고 늘 더 원하는 내 안의 아기가 돌아왔다. 그것도 한층 더 강해져서 돌아왔다. 수요일이 되자 나는 선실의 에어컨 환풍기가 (시끄럽게) 윗윗거린 다는 사실을 예민하게 의식하기 시작한다. 선실 스피커에서 나오는 레게 음악은 끌 수 있지만 그보다 더 시끄러운 10층 갑판 좌현 복도 천장의 스피커는 끌 수 없다는 사실을 깨닫는다. 이즈음 나는 64번 식탁의 장대 같은 버스보이가 요리와 요리 사이에 식탁보에 떨어진 음식 찌꺼기를 쓸어낼 때 모든 찌꺼기를 완벽하게 쓸어내지는 않는다는 사실을 알아차린다. 이즈음 밤이면 원더클로짓에서 수평이 어긋난 서랍 하나가 달그락거리는 소리가 꼭 착암용 드릴 소리처럼 들린다. 바다의 연인이든 말든, 페트라는 내 침대를 정돈할 때 네 귀퉁이를 모두 정확히 같은 각도로 접지 않는다. 책상 겸 화장대에는 우측 위쪽 측면에 작지만 기이하게 음순을 닮은 실금이 가 있는데, 아침에 침대에서 눈뜨자마자 그것을 정면으로 보게 되기 때문에 나는 그 실금을 미워하게 되었다. 셀레브리티 쇼 라운지에서 매일 밤 열리는 셀레브리티 쇼타임 오락 공연은 대체로 하도 형편없어서 보는 내가 다 민망할 지경이다. 그리고 1009호실 고물 쪽 벽에는 호텔 장식물 타입의 흉한 바다 풍경화가 걸려 있는데, 나사로 박혀 있기 때문에 뗄 수도 뒤집을 수도 없다. 캐스웰 매시 컨디셔닝 샴푸는 여느 샴푸보다 깨끗하게 헹궈내기가 더 어렵고, 자정 뷔페에 장식되는 얼음 조각은 가끔 허겁지겁 만들어진 것처럼 보이고, 앙트레 요리에 곁들여지는 야채는 지속적으로 지나치게 익어 있고, 1009호실 욕실 수도꼭지에서는 손가락이 마비될 만큼 찬물은 나오지 않는다.

지금 나는 네이디어 호 12층 갑판에 서서 손마디가 시퍼레질 만큼 찬물이 나올 것이 분명한 드림워드 호를 바라보면서, 마음 한 켠에서는 프랭크 콘로이와 마찬가지로 내가 일주일 동안 설거지를 한 번도 안 했고 슈퍼마켓 계산 줄에서 쿠폰 여러 개를 가진 사람 뒤에 서서 초조하게 발을 탁탁거리는 일도 없었다는 사실을 인식한다. 하지만 그렇다고 해서 개운하게 재충전된 느낌이 들기는커녕, 이제 음침한 승무원이 내 수건을 성급하게 가져가는 일만 해도 기본권을 침해당한 것처럼 느껴지는 마당에 육지에서 성인의 일상은 얼마나 더 스트레스가 많고 버겁고 불쾌하겠나 하는 생각만 든다. 더구나 이제 고물 쪽 엘리베이터의 느려터진 속도에 분노가 치밀고 올림픽 헬스클럽의 덤벨 거치대에 10킬로그램짜리 덤벨이 없는 것이 개인적인 모욕으로 느껴지는 마당이니까. 그리고 나는 지금 점심을 먹으러 내려갈 차비를 하면서 머릿속으로 네이디어에 품은 최고의 노여움에 관한 아주아주 신랄한 각주를 써보고 있다. 그것은 바로 음료수가 공짜가 아니라는 사실이다. 심지어 저녁 정식 식사에서도. 미스터핍을 마시고 싶다면 E.S.L.('제2언어로서 영어 English as a Second Language'의 약자—옮긴이) 때문에 소통이 어려워 돌아버릴 것 같은 5☆C.R.의 음료 웨이트리스에게 망할 슬리퍼리 니플이라도 주문하는 것처럼 따로 시켜야 하고, 그다음 식탁에서 계산서에 서명해야 하고, 그러면 그들이 당신에게 요금을 물린다. 게

다가 이 배에는 미스터핍이 있지도 않다. 그들은 전혀 미안해하지 않는 태도로 으쓱하면서 대신 닥터페퍼를 안긴다. 닥터페퍼가 미스터핍의 대체물이 될 수 없다는 건 세상 어느 바보 천치라도 아는 사실인데. 정말로 그것은 끔찍한 모조품에 지나지 않는다. 설령 그렇게까지는 아니라도 아무튼 대단히 불만족스럽다.[89]

89 이 각주는 위에서 예고했던 신랄한 각주는 아니다. 하지만 탄산음료 문제는 내가 이 크루즈 여행에 관해서 품은 한 가지 궁금증과 직접적인 관련이 있다. 무엇인가 하면, 셀레브리티가 어떻게 호화로운 7NC 노선에서 수익을 내는가 하는 의문이다.《필딩의 세계 크루즈 여행 가이드 1995년》에는 네이더어 승객에게 필요한 일일 경비가 인당 약 275달러라고 나와 있는데 이 정보를 믿는다면, 그리고 셀레브리티 크루즈가 1992년에 네이더어 호를 건조하는 데 2억 5,000만 달러를 썼다는 사실을 고려하고, 직원 600명 중 최소한 상급 승무원들은 돈을 꽤 많이 번다는 사실도 고려하고(예의 그리스인 선원들에게는 분명 연봉이 여섯 자리인 사람들 특유의 입 모양새가 있다), 여기에 만만찮은 연료비를 더한 뒤—항구 세금, 보험, 안전 설비, 우주시대다운 항해 및 통신 장비와 자동화된 키와 최첨단 해상 오물 처리 체계도 있다—그다음으로 사치품 부문을 감안하면, 즉 일류 인테리어와 황동 천장 타일과 샹들리에와 일주일에 두 차례 무대에 설 뿐인 삼십 명 남짓의 엔터테이너들, 이에 더해 수석 주방장과 랍스터와 에트루리아산 송로버섯과 풍요의 뿔처럼 무한정 제공되는 신선한 과일과 베개 위 수입 민트 초콜릿까지 고려하면… 아무리 보수적으로 잡더라도 재정적으로 절대 수지가 맞지 않는다. 하지만 수많은 메가라인이 다들 7NC 상품을 제공한다는 사실 자체가 이런 호화 크루즈 여행이 수익성이 좋다는 설득력 있는 증거인 셈이다. 셀레브리티의 홍보 담당자 비센 씨는—그녀의 전화 목소리는 정말이지 듣기 좋음에도 불구하고—이번에도 이 수수께끼에 대해서 별다른 도움을 주지 못했다.

> 그들이 비용을 어떻게 감당하는가, 어떻게 그런 훌륭한 상품을 제공하는가에 대한 답은 그들의 관리 능력에 있습니다. 그들은 고객들에게 무엇이 중요한지를 세세히 알고 그런 세부적인 부분에 세심하게 주의를 기울입니다.

음료 판매 수입은 진짜 대답의 한 부분이다. 이것은 극장의 미시경제학과도 비슷하다.

극장이 영화 배급사에 입장료 중 얼마를 돌려줘야 하는지 알면, 대체 어떻게 극장이 영업을 계속하는지 이해되지 않는다. 당연히 입장료 수입만으로는 영업이 안 된다. 극장이 실제로 돈을 버는 곳은 구내 매점이기 때문이다.

네이디어는 음료를 엄청나게 많이 판다. 카키 반바지에 셀레브리티 차양 모자를 쓴 음료 전담 웨이트리스들이 거슬리지 않는 태도로 어디서나 돌아다닌다. 수영장, 12층 갑판, 식사 자리, 오락장, 빙고판에서도. 탄산음료는 홀쭉한 잔에 담긴 것이 2달러이고 (즉석에서 현금을 내는 것은 아니고, 서명만 해두면 그들이 마지막 날 밤 당신에게 인쇄된 거래명세표를 떠안긴다), 월뱅어나 퍼지 네이블 같은 특이한 칵테일은 5.5달러까지 받는다. 네이디어는 수프에 간을 세게 하거나 사방에 짭짤한 프레첼 바구니를 놓아두거나 하는 저급한 수작은 부리지 않지만, 7NC 호화 크루즈에 세심하게 구축된 방종과 끝없는 파티의 분위기는—"즐겨요, 당신은 그럴 자격이 있으니까"—와인을 줄줄 흐르게 하고도 남는다. (저녁 식사에 곁들일 고급 와인의 가격과 사방에 서 있는 소믈리에들도 잊지 말자.) 내가 여러 승객들에게 물어본 결과, 그들 중 절반 이상은 총 음료 비용이 500달러가 넘을 것으로 예상했다. 그리고 혹시 당신이 여느 식당이나 바의 음료 이윤이 얼마나 되는지 안다면, 이 500달러 중 상당 금액이 순수익임을 알 것이다. 수익성을 높이는 다른 요소들도 있다. 선상의 많은 서비스 직원들의 임금은 크루즈 티켓 가격에 포함되지 않는다. 당신이 일주일 후 그들에게 팁을 줘야 한다. 안 주면 그들은 망하는 것이다(셀레브리티 홍보물에 이 사실이 적혀 있지 않다는 점이 나의 또 다른 노여움이다). 그리고 선상의 유료 오락 중 많은 것이 '위탁 운영'이다. 셀레브리티 크루즈와 계약한 대행사들이 가령 매트릭스 댄서 같은 팀을 고용하여 무대에서 공연을 하거나 일렉트릭 슬라이드 춤 강습을 열거나 하는 것이다.

또 다른 위탁업체는 8층 갑판의 메이페어 카지노다. 카지노 소유주는 해상 TV 채널에서 쉼 없이 틀어주는 '교육용 비디오'로 블랙잭이나 카리비언 스터드 포커 규칙을 배운 승객들에게 멋진 딜러들과 카드 네 벌이 들어가는 통들을 보내는 특권의 대가로 일주일의 정액 요금에 더하여 정확히 얼마인지는 알 수 없는 퍼센트의 수익을 네이디어호와 나눈다. 나는 메이페어 카지노에서 시간을 많이 쓰지는 않았지만—클리블랜드에서 온 74세 할머니들이 멍한 눈동자로 지저귀는 슬롯 기계에 계속 동전을 집어넣는 모습은 구경하기에 그다지 즐거운 장면이 못 된다—잠시 거닐어본 것만으로도 만약 네이디어가 카지노의 일주일 순수익에서 수수료로 10퍼센트만 떼더라도 셀레브리티가 큰돈을 벌리라는 것을 충분히 짐작할 수 있었다.

13

매일 밤, 10층 갑판 선실 청소 승무원 페트라는 침대를 정돈한 뒤 베개 위에—그날의 마지막 민트 초콜릿과 셀레브리티가 당신에게 여섯 개 언어로 좋은 꿈 꾸라고 기원하는 말이 인쇄된 카드와 함께—이튿날 자《네이디어 데일리》를 놓아두고 떠난다.《네이디어 데일리》는 의례적인 네 쪽짜리 모조 신문으로 흰 모조 피지에 네이비블루 글씨로 인쇄되어 있다. 앞으로 들를 항구의 역사 이야기, 육지 단체 관광 광고와 기념품 가게의 특가 선전, "식품 이송에 관한 검역"이나 "1972년 마약류 법 오용"처럼 단어 선택이 우습게 잘못된 제목을 달고 따로 박스에 들어 있는 엄한 안내문도 실려 있다.[90]

---

90 둘 중 후자에 관한 안내문 한 토막: "모든 섬에 들어가는 [?] 모든 사람은 마리화나를 포함한 마약류와 여타 규제 약품의 반입 및 소지가 형법 위반이라는 사실을 명심하시기 바랍니다. 마약법 위반에 대한 처벌은 무겁습니다." 배가 자메이카에 도착하기 전 열렸던 '항구 강의' 중 절반은 이중으로 사기를 치는 길거리 마약상을 경고하는 말로 채워졌다. 그 마약상들은 당신에게 질 나쁜 마리화나 4분의 1온스를 팔아놓고는 총총 저쪽 순경에게로 가서 당신을 지목하고 그 대가로 포상금까지 챙긴다고 한다. 강사는 현지 감옥의 상태도 음울한 상상력을 발동시킬 만큼 상세히 묘사해주었다.
셀레브리티 크루즈 자체의 약물 정책은 모호하다. 네이디어가 항구에 정박했을 때는 늘 웃음기 없고 건장한 안전 요원 대여섯 명이 트랩을 지키고 서 있지만, 그들이 승객들이 배에 도로 탈 때 소지품 검사를 하는 건 보지 못했다. 선상에서 승객들이 약물을 사용한다는 증거를 눈으로 보거나 냄새로 맡은 적도 없다. 육욕과 마찬가지로 네이디어인들은 그런 타입의 사람들이 아닌 것 같다. 하지만 과거에는 네이디어에서도 다채로운 사건들이 벌어졌던 게 분명하다. 왜냐하면 금요일에 포트로더데일로 돌아갈 때 크루즈 스태프가 우리에게 오페라 가수를 방불하는 높은 목청으로 각종 주의사항을 단단히 일러주었기 때문이다. 물론 그는 경고에 앞서서 여기 이번 승객들에게는 규제

지금은 3월 16일 목요일 7시 10분이다. 나는 5☆C.R.의 '이른 아침 식사' 자리에 혼자 앉아 있고 우리 64번 식탁의 웨이터와 장대 같은 버스보이가 근처를 맴돌고 있다.[91] 배는 마지막 회선回船을 마치고 키웨스트를 향해 돌아가는 중이다. 오늘은 일주일 중 선상 활동이 가장 많이, 가장 조직적으로 벌어지는 이틀의 '해상海上일' 중하루다. 또한 오늘은 내가 삼십 분 훨씬 넘게 1009호 선실을 비우면서 《네이디어 데일리》를 베데커 가이드북처럼 들고 나온 날이다. 나는 이 가이드를 활용해서 오락의 소동으로 풍덩 뛰어들 것이고, 그중 대표적인 경험들을 정확하고 상세한 일지로 기록할 것이고, 그 일지를 바탕으로 삼아 여러분과 함께 '관리된 재미'를 찾는 여행을 떠나보도록 하겠다. 그러니 지금부터 이어지는 내용은 모두 오늘 내가 작성한 정확하고 상세한 경험적 일지에서 인용한 것이다.

6시 45분: 선실과 복도의 스피커에서 딩동댕 소리가 울린 뒤 목소

약물을 반드시 변기에 내리거나 배 밖으로 던져버리라는 권고가 당연히 필요하지 않 겠지만, 하고 단서를 다는 것을 잊지 않았다. 포트로더데일 세관 직원들이 귀항한 7NC 승객을 대하는 태도는 소도시 경찰들이 다른 주 번호판을 단 사브 터보 과속 운전자를 대하는 태도와 비슷한 모양이다. 마지막 날 세관 줄에서 내 앞에 선 텍사스대 학생에 게 7NC 호화 크루즈 수회 유경험자인 한 노인은 이렇게 말했다. "꼬마야, 저 개들 중 한 마리가 네 가방 앞에서 멈추면, 제발 개가 다리를 들고 오줌을 누려는 것이기를 바라게 될걸."

91 웨이터들이 언제 자는지는 철저한 미스터리다. 이들은 매일 밤 '자정 뷔페'에서 일하고 그 뒷정리까지 돕고 이튿날 6시 30분에 다시 깨끗한 턱시도 차림으로 5☆ C.R.에 나타난다. 게다가 늘 따귀라도 한 대 맞은 것처럼 쌩쌩하고 민첩하다.

리가 멋진 여성이 좋은 아침입니다, 라고 말하고 오늘의 날짜, 날씨 등을 알려준다. 그녀는 억양이 살짝 있는 영어로 말하고, 그다음에는 똑같은 말을 알자스 쪽 억양처럼 들리는 프랑스어로 말하고, 그 다음에는 독일어로도 말한다. 그녀는 독일어마저도 관능적인 성교 후 목소리처럼 들리게 말한다. 21번 부두의 장내 방송 목소리와 같은 목소리는 아니지만, 그 목소리와 마찬가지로 이 목소리에도 비싼 향수 냄새 같은 느낌이 있다.

6시 50분~7시 5분: 샤워, 앨리스코 시로코 헤어드라이어 & 환기팬 & 욕실 거울에 비친 머리카락 갖고 놀기,《준공포증을 겪는 사람들을 위한 일일 명상》읽기, 그다음에 노란 하이라이트 펜을 쥐고《네이디어 데일리》펼치기.

7시 8분~7시 30분: 5☆C.R. 64번 식탁에서 이른 아침 식사. 간밤에 다른 사람들은 모두 오늘 아침을 거르고 늦잠을 잔 뒤 윈드서프 카페에서 스콘 같은 것으로 때우겠다는 의향을 피력했다. 그래서 지금 나는 64번 식탁에 홀로 앉아 있다. 크고 둥근 식탁은 우현 창 바로 옆에 놓여 있다.

64번 식탁을 담당하는 웨이터의 이름은 앞서도 말했지만, 티보르다. 나는 머릿속으로 그를 '팁스터'라고 부르지만 절대 소리 내어 말하지는 않는다. 티보르는 그동안 내 아티초크와 랍스터를 해체해주었고 내게 엑스트라 웰던만이 고기를 맛좋게 먹는 방법은 아니란 것을 가르쳐주었다. 우리는 뭐랄까, 끈끈한 유대를 맺은 것 같다. 티보르는 35세이고 키는 약 163센티미터이며 통통하다. 행동 거지에는 작고 통통하고 우아한 남자 특유의 새를 닮은 절도가 있다. 메뉴에 관해서 티보르는 조언과 추천을 주지만 내가 고급 레스토랑의 미식현학적 웨이터들을 싫어하는 이유인 거만함은 보이지 않는다. 티보르는 늘 근처에 있으면서도 간살스럽게 굴거나 압박감을 주거나 하지 않는다. 친절하고 따뜻하고 재미있다. 나는 그를 좀 사랑하는 것 같다. 그는 고향이 부다페스트이고 발음하기 불가능한 이름의 헝가리 무슨 대학에서 레스토랑 경영 전공으로 대학원까지 나왔다. 고향에 있는 아내는 곧 첫 아이를 낳을 예정이다. 티보르는 64~67번 식탁의 담당 웨이터로 세 끼를 모두 맡는다. 쟁반 세 개를 위태롭지 않게 한 번에 나르면서도 여러 테이블을 담당하는 여느 웨이터들처럼 난감해하거나 절박해하는 일은 결코 없다. 티보르는 우리에게 진심으로 신경 쓰는 것 같다. 얼굴은 둥글면서도 뾰족하고 안색은 장밋빛이다. 그의 턱시도는 절대로 구겨지지 않는다. 부드러운 분홍색 손은 엄지 마디에 주름이 없어서 꼭 갓난아이의 엄지 마디처럼 보인다.

64번 식탁의 여성들은 티보르의 귀여움을 단추의 귀여움에 비유했다. 그러나 나는 그의 귀여움에 현혹되지 말아야 한다는 것을 안다. 탁월함을 향한 네이디어의 광적인 헌신을 몸소 실천해 보이겠다는 그의 다짐은 그가 유머 감각을 일절 드러내지 않는 유일한 문제다. 당신이 그 문제로 그를 가지고 놀면, 그는 진심으로 고통스러워할 것이고 그 고통을 숨기지도 않을 것이다. 일례로 둘째 날이었던 일요일 저녁 식사. 티보르가 식탁을 감돌면서 한 사람 한 사람에게 앙트레는 어떠냐고 물었다. 우리는 그 질문을 웨이터들이 필수로 던져야 하는 형식적인 질문으로 여기고는 다들 형식적으로 미소 짓고 음식을 삼키면서 좋아요, 좋아요, 하고 답했다. 그러자 티보르는 우뚝 섰다. 그리고 고통 어린 표정으로 우리를 내려다보며, 식탁에 앉은 모두에게 하는 말이라는 것을 똑똑히 알 수 있는 분위기로 말투를 살짝 바꿔서 말했다. "부탁입니다. 저는 여러분 각각에게 묻습니다. 훌륭합니까? 부탁입니다. 훌륭하다면, 그렇게 말씀해주시면, 저는 행복합니다. 훌륭하지 않다면, 제발, 훌륭하다고 말씀하지 마십시오. 제가 고치게 해주십시오. 제발." 그의 말에는 거드름이나 잘난 척은 없었다. 그의 말은 진심이었다. 그의 표정은 아기처럼 적나라했다. 우리는 그의 말을 귀담아들었고, 이후에는 무엇도 형식적이지 않았다.

우리 보이치에흐, 장대처럼 크고 안경을 쓴 폴란드인, 나이는 22세이고 키는 최소 200센티미터는 되는 64번 식탁 담당 버스보이—물과 빵 공급, 음식 찌꺼기 제거를 맡고 또 당신이 몸을 숙여서 상체로 접시를 가리지 않는 한 거의 모든 요리에 거대한 탑 같은 대형 분쇄기로 후추를 갈아 뿌려준다—보이치에흐는 티보르하고만 일한다. 두 사람은 피벗 하나까지 안무가 복잡하게 짜인 서비스의 미뉴에트를 춘다. 그리고 슬라브어화한 독일어로 조용조용 대화하는데, 들어보면 두 사람이 수많은 조용조용한 프로페셔널 대화를 통해서 그 혼성어를 진화시켰다는 것을 알 수 있다. 보이치에흐가 우리만큼 티보르를 존경한다는 사실도 척 보면 알 수 있다.

오늘 아침 팁스터는 빨간 나비넥타이를 맸고, 옅은 백단향이

나는 미소를 짓는다. 이른 아침 식사는 그의 곁에 있기에 가장 좋은 시간이다. 그가 몹시 바쁘지는 않아서 의무를 게을리하는 데 대한 고통스러운 표정을 짓지 않은 채 나와 잡담을 나누도록 말을 걸 수 있기 때문이다. 티보르는 내가 이 배에 준저널리스트 자격으로 탔다는 것을 모른다. 왜 그에게 밝히지 않았는지는 나도 확실히 모르겠다. 왠지 그가 알면 더 힘들어할 것 같다. 나는 이른 아침 식사 잡담 중에 그에게 셀레브리티나 네이디어에 관한 질문은 절대 묻지 않는다.[92] 더마티티스 씨가 저열하게 명했던 금지를 지키려는 것이 아니다. 혹시 나 때문에 티보르가 말썽에 휘말린다면 나는 딱 죽고 싶을 것 같기 때문이다.

티보르의 꿈은 언젠가 부다페스트[93]로 영영 돌아가서 네이디어에서 저축한 돈으로 체리 수프라는 걸 전문으로 판매하는 신문 및 베레모 타입의 노천카페를 여는 것이다. 이 점을 염두에 두어 나는 앞으로 이틀 뒤 포트로더데일로 돌아갔을 때 그에게 팁스터에 어울리게 잔뜩 팁을 줄 것이다. 하루 3달러라는 지시 가격보다[94] 훨씬 더 많이 줄 것이다. 총 지출의 균형은 과묵하고 사악한 지배인과 우리 식탁 사람들이 '벨벳 독수리'라고 이름 붙인 간살스럽고 징그러운 실론인 소믈리에게 극단적으로 적게 줌으로써 맞출 것이다.

---

92 (단, 그가 만약 상어 지느러미를 본 적이 있다면 그것이 정확히 어떤 모양이었는지는 물었다.)

93 (티보르는 '－페스트' 부분을 "－페슈트"로 발음한다.)

94 어젯밤《네이디어 데일리》는 승객들이 직원들에게 팁을 줘야 한다는 뉴스를 뒤늦게 발표하면서 현행 요금에 관한 적절한 '제안'을 주었다.

8시 15분: 데산드레 신부와 함께하는 가톨릭 미사, 장소: 8층 갑판 레인보우 룸.[95]

네이디어에 전용 예배당은 없다. 신부는 레인보우 룸에 접이식 제례 탁자를 펼쳐두었다. 판타지 갑판에서 고물 쪽 맨 뒤에 있는 레인보우 룸은 연어색과 시든 노란색으로 칠해져 있고 반들반들한 황동 띠가 둘러져 있다. 경험해보니 바다에서 무릎을 꿇는 건 쉽지 않은 일이다. 사람은 열 명 남짓 있다. 신부는 좌현의 큰 창으로 든 빛을 역광으로 받아 환히 빛난다. 자비롭게도 그의 설교에는 항해와 관련된 말장난이나 인생을 항해에 빗댄 이야기 같은 건 없다. 영성체 음료는 와인과 웰치스 무가당 포도 주스 중에서 고를 수 있다. 네이디어에서는 일일 미사 제병마저도 특이하게 맛있다. 여느 제병보다 좀더 비스킷 같고, 이에서 녹아 곤죽이 되었을 때 달콤한 맛이 난다.[96] 7NC 호화 크루즈의 예배가 과하게 장식된 바에서 열린다는 사실이 얼마나 어울리는 일인지를 냉소적으로 지적하는 건, 굳이 지면을 할애해서 적기에는 너무 게으른 관찰인 것 같다. 한편 사제가 어떻게 7NC 메가크루저를 교구로 갖게 되었는가—셀레브리티가 군대처럼 성직자들을 확보했다가 배들에 순환 배치하는 것일까? 서비스나 오락을 제공하는 다른 위탁업체들처럼 로마 가톨릭 교회에게 수수료를 내는 것일까?—하는 문제는 유감스럽게도 영

---

[95] 굵은 활자 등등은 오늘 자《네이디어 데일리》에서 토씨 하나 안 틀리고 그대로 옮긴 것이다.

[96] 페퍼리지 팜 과자 회사가 제병을 만들면 이런 맛일 것 같다.

영 답을 알 수 없을 것 같다. 데산드레 신부가 퇴장 후 그런 프로페
셔널한 질문에 답해줄 여유가 없다고 말했기 때문인데, 왜냐하면

9시: 데산드레 신부와 함께하는 결혼 서약 갱신. 같은 장소, 같은 좌
현 제단 무대. 그러나 부부들 중 결혼 서약을 갱신하겠다고 나서는
커플은 아무도 없다. 나와 캡틴 비디오와 다른 네이디어인 열 명쯤
이 연어색 의자에 드문드문 앉아 있고, 차양 모자를 쓰고 주문장을
든 음료 웨이트리스가 두어 차례 방을 돌고, 데산드레 신부는 카속
과 흰 망토 차림으로 제단 앞에 서서 9시 20분까지 참을성 있게 기
다리지만, 나이 지긋한 커플이 나타나서 서약을 갱신하겠다고 나
서는 일은 벌어지지 않는다. 레인보우 룸에 앉은 사람들 중 몇 명은
바싹 붙어 앉은 자세로 보아 분명 커플이지만, 그들은 신부에게 좀
미안한 투로 자신들은 결혼도 안 한 사이라고 말한다. 그러자 데산
드레 신부는 놀랍도록 쿨하고 태연한 반응을 보여서 여기 무대와
쌍촛대와 성찬식용《예식서》에서 알맞은 쪽을 펼쳐둔 신부가 있으
니 이참에 기회를 활용하라고 말하고, 이 말에 커플들은 수줍은 웃
음을 터뜨리지만, 그래도 하겠다고 나서는 이는 없다. 결혼 서약 갱
신자가 나타나지 않은 것을 죽음/절망/응석받이/불만족성 문제 측
면에서 어떻게 이해해야 하는지는 나도 모르겠다.

9시 30분: **도서관 개장, 게임, 카드, 책 대출 가능, 장소: 7층 갑판
도서관.**[97]
　　네이디어 도서관은 7층 갑판의 랑데부 라운지를 비딱하게 마

주보고 설치된, 유리벽으로 둘러싸인 작은 살롱이다. 도서관은 좋은 나무와 가죽과 3단 밝기 조절 램프로 꾸며진 쾌적한 공간이지만, 이상하고 불편한 시간에만 연다. 그나마 있는 책장은 한쪽 벽에만 있고, 책은 주로 쉬운 골프 코스 근처의 아파트에서 사는 노인들의 집 거실 탁자에 놓여 있을 것 같은 책이다. 2절판에 컬러 삽화에 《이탈리아의 멋진 빌라들》이나 《현대의 유명한 차 세트들》 같은 제목의 책. 그래도 이 도서관은 그냥 어슬렁거리기에는 좋은 곳이다. 그리고 체스판이 여기에 있다. 또 한구석 참나무 탁자에는 엄청나게 크고 복잡한 직소 퍼즐이 반쯤 맞춰진 채 놓여 있고, 온갖 노인들이 와서 교대로 그것을 맞춘다. 바로 옆방인 카드 룸에서는 브리지 게임이 끝없이 이어지는 것 같다. 내가 어슬렁거리며 체스판을 가지고 놀 때, 도서관과 카드 룸 사이의 간유리에는 늘 브리지 게임하는 사람들의 미동 없는 실루엣이 비치고 있다.

네이디어 도서관은 속 빈 플라스틱 말로 된 파커 브라더스 사의 싸구려 체스판을 갖추고 있어서, 체스 고수라면 누구나 마음에 들 것이다.[98] 나는 체스를 탁구만큼은 아니어도 꽤 잘 두는 편이다. 선상에서는 주로 혼자 두었다(엄청 지루할 것 같지만 아주 그렇진 않다). 왜냐하면—기분 나쁘라고 하는 말은 아니다—7NC 메가크루즈에 타는 유형의 사람들은 체스를 썩 잘 두지 못한다는 사실을 알았기 때문이다.

---

97 에계.

98 무겁고 비싸고 예술품처럼 조각된 체스판은 머저리들이나 쓰는 것이다.

하지만 오늘은 내가 아홉 살 여자아이에게 23수 만에 외통수를 당한 날이다. 이 이야기를 길게 하지는 않겠다. 아이의 이름은 디어드리다. 디어드리는 선상에서 4층 갑판의 인공 동굴 놀이방에 밀어 넣어져 시야에서 사라지는 일을 면한 소수의 아이들 중 하나다.[99] 디어드리의 엄마는 아이를 절대 인공 동굴에 맡기지 않지만 절대 아이의 곁을 떠나지도 않는다. 그리고 무슨 분야에서든 초자연적으로 뛰어난 자식을 둔 부모가 대개 그런 것처럼 꽉 다문 입에 완고한 눈동자를 갖고 있다.

이 사실을 비롯하여 내 임박한 굴욕을 알리는 여러 신호들을, 나는 꿰뚫어봤어야 했다. 내가 체스판에서 양쪽 모두 퀸의 인디언 수를 전개하는 시나리오를 뒤보려고 할 때 꼬마가 먼저 다가와서 내 소매를 당기면서 혹시 같이 두고 싶으냐고 물었던 순간에. 아이는 정말 소매를 당겼고, 나를 선생님이라고 불렀고, 아이의 눈은 샌드위치 접시만 했다. 돌아보면 아이는 아홉 살치고는 키가 좀 컸고 지친 표정에 어깨가 구부정했는데, 이것은 보통 훨씬 더 나이 든 여자아이들이 보이는 자세다. 말하자면 가엾은 정신을 드러내는 자세다. 아이가 체스를 얼마나 잘 두는지는 몰라도 아무튼 행복한 소녀

---

99 그곳도 더마티티스 씨가 내게 보여주기를 거부한 장소다. 하지만 여러 정보를 종합하면 이런 메가십의 놀이방은 경이로우리만치 훌륭하다고 한다. 운동과잉증에 걸린 것 같은 젊고 자상한 여성 직원들이 놀랍도록 잘 짜인 활동을 줄줄이 제공하여 장장 열 시간 동안 아이들을 조증 수준으로 자극하므로, 녹초가 된 아이들은 저녁 8시가 되면 말없이 침대에 쓰러진다고 한다. 덕분에 부모들은 선상의 밤놀이를 자유롭게 즐기면서 '전부 다 할 수' 있다.

는 아니다. 이것이 이 이야기와 밀접한 관련이 있다고 생각하지는 않지만.

디어드리는 의자를 꺼내면서 자신은 흑으로 두기를 좋아한다고 말한다. 그리고 미국에서는 검은색이 죽음과 연관되거나 병적인 색깔로 여겨지고 흰색이 높은 영적 지위를 누리지만, 세상에는 그와 달리 검은색이 그런 지위를 누리고 흰색이 오히려 병적인 색으로 여겨지는 문화도 있다고 내게 알려준다. 나는 아이에게 나도 다 안다고 말한다. 우리는 시합을 시작한다. 나는 폰을 좀 움직이고 디어드리는 나이트를 움직인다. 디어드리의 엄마는 시합 내내 아이의 의자 뒤에 서서[100] 눈동자 외에는 손가락 하나 까딱하지 않는다. 나는 몇 초 만에 내가 이 엄마를 경멸한다는 것을 깨닫는다. 그녀는 아역 배우의 부모에 해당하는 체스계의 매니저 엄마다. 하지만 디어드리는 괜찮은 타입 같다. 나는 전에도 조숙한 꼬마들과 둬봤지만, 디어드리는 최소한 콧방귀를 뀌거나 히죽 웃지는 않는다. 굳이 따지자면 내가 자신에게 좀더 걸맞은 상대가 못 된다는 사실에 좀 슬퍼하는 것 같다.

난처한 상황에 처한 것 같다는 생각이 어렴풋이 든 것은 네 번째 수에서다. 나는 피앙케토를 하고, 디어드리는 내가 피앙케토를 한다는 걸 알며, 이번에도 나를 선생님이라고 부르면서 그 용어를 정확히 사용한다. 두 번째 불길한 단서는 아이가 제가 두고 난 뒤

---

100 도서관 의자는 모두 좌석이 낮은 가죽 안락의자라서, 디어드리가 건너편에 앉으니 겨우 아이의 눈과 코까지만 체스판 위로 보인다. 이 모습이 내 굴욕에 킬로이스러운 초현실적 분위기를 더한다.

그 작은 손을 체스판 옆에서 계속 흔드는 것이다. 시간 재는 시합에 익숙하다는 신호다. 아이는 전개했던 퀸과 나이트로 열두 번째 수에 내 퀸을 양수걸이하고, 그다음은 그저 시간문제다. 사실 별 대수로운 일은 아니다. 나는 이십대 말이 되어서야 체스를 처음 배웠는걸. 열일곱 번째 수를 둘 때, 서로 친척으로 보이고 다들 절망적으로 늙은 세 노인이 직소 퍼즐 탁자에 있다가 이쪽으로 비틀비틀 건너와서 내가 룩을 사지에 두는 것과 그리하여 진지한 살육이 시작되는 것을 구경한다. 별 대수로운 일은 아니다. 시합이 끝난 후 디어드리도 가증스러운 엄마도 웃지 않지만 나는 모두에게 한껏 웃어 보인다. 기회가 되면 내일 또 두자느니 하는 말은 아무도 하지 않는다.

9시 45분~10시: 정신적 재충전을 위해서 나의 아늑한 좌현 바깥쪽 1009호 선실로 잠시 돌아왔다. 작고 지나치게 단 귤 같은 과일을 네 알 먹으면서 〈쥬라기 공원〉에서 벨로키랍토르가 번쩍번쩍한 업무용 부엌에 숨은 조숙한 아이들에게 다가가는 장면을 이번 주 들어 다섯 번째 시청한다. 벨로키랍토르에게 전에 없이 공감하는 자신을 느끼면서.

10시~11시: 동시에 세 가지 관리된 재미가 펼쳐지는 무대, 모두 9층 갑판 고물: **다트 토너먼트, 표적을 겨누고 맞혀보세요! 셔플보드 셔플, 다른 승객들과 함께 오전 게임을 즐겨보세요. 탁구 토너먼트, 탁구대에서 크루즈 스태프를 만나보세요, 승자에게는 상품이!** 나는 조직적인 셔플보드가 늘 두렵다. 그 게임의 모든 것이 노쇠와 죽음을 암시한다. 그 게임은 꼭 공허의 살갗 위에서 벌어지는 것 같고, 퍽이 미끄러지면서 내는 마찰음은 그 살갗이 쓸려서 야금 야금 마모되는 소리 같다. 나는 다트에 대해서도 병적이지만 완벽 하게 정당한 공포를 품고 있다. 유년기의 트라우마에서 비롯한 공 포로 그 사연은 너무 복잡하고 머리카락이 쭈뼛 서는 내용이라 여 기서 말할 순 없지만, 아무튼 어른이 된 후 나는 다트를 콜레라처럼 피해 다닌다.

내가 여기 온 것은 탁구 때문이다. 나는 탁구를 아주 잘 친다. 그러나 《네이디어 데일리》의 "토너먼트"라는 표현은 완곡어법이다. 추첨표나 트로피는 한 번도 본 적 없고, 다른 네이디어인이 탁구를 치는 모습조차 한 번도 본 적 없다. 9층 갑판 고물에 지속적으로 부 는 강풍이 낮은 탁구 참가율을 설명해줄지도 모른다. 오늘은 탁구 대가 세 대 놓여 있고(다트 경기장에서 멀찍이 떨어져 있는데, 이곳 다트 수준을 감안할 때 현명한 조치라고 하겠다), 네이디어의 핑퐁 프 로Ping-Pong Pro가(스스로는 "3P"라고 부른다) 가운데 탁구대 옆에 건 방진 자세로 서서 탁구채로 공을 제 다리 사이로 튕겼다가 등 뒤에 서 받았다가 하며 혼자 놀고 있다. 내가 손마디를 우두둑 꺾자 그가 돌아본다. 나는 이번 주에 탁구를 세 번 치러 왔는데 매번 이 3P 말 고는 아무도 없었다. 3P의 본명은 윈스턴이다. 그와 나는 이제 서로 존중하는 숙적끼리 나누는 퉁명한 묵례로 인사하는 사이다.

가운데 탁구대 밑에는 새 탁구공이 든 큰 상자가 있고, 골프 연 습용 그물 뒤 보관함에도 이런 상자가 몇 개 더 있는 모양이다. 이 역시 시합마다 튕겨나가거나 바람에 날려 바다로 떨어지는 공의 수를 감안할 때 현명한 조치라고 하겠다.[101] 칸막이벽에는 나무못이 군데군데 박힌 큰 판자가 붙어 있고, 거기에 다양한 탁구채가 열 개 넘게 걸려 있다. 평범한 나무 손잡이에 얇고 오톨도톨하고 값싼 고무가 입혀진 헤드 형도 있고, 멋진 테이프가 감긴 손잡이에 두껍고 푹신하고 오톨도톨하지 않은 고무가 입혀진 헤드 형도 있다. 모두 셀레브리티의 맵시 있는 흰색 및 네이비블루 모티프를 따른 색깔이다.[102]

나는, 아까 말한 것 같지만, 탁구를 특출하게 잘 친다.[103] 그리고 알고 보니 나는 열대의 까다로운 바람 속에서는 더더욱 괜찮은 선수다. 윈스턴은 탁구에 대한 관심이 과히 뜨겁지는 않다고 말해야 할 배에서는 충분히 3P가 될 만한 선수지만, 지금까지 그와 나의 전적은 내가 여덟 번 이기고 딱 한 번 졌다. 그 패배도 몹시 아까운 패배였을 뿐 아니라 괴상한 돌풍이 많이 불었던 데다가 윈스턴도 후에 인정했듯이 국제탁구연맹 기준의 높이와 장력에 미치지 못했던 듯한 그물 탓이었다. 윈스턴은 막연히 이상한 (그리고 잘못된) 생각을 품고 있는 것 같다. 자신이 나를 5전 3승으로 한 번이라도 이기

101 7NC 크루즈 여행 동안 메가십 꽁무니를 쫓아다니면서 항적에 떨어져 까딱거리는 물건들의 목록을 작성해보면 흥미로울 것 같다.

102 포트로더데일 세관에서 수색을 당해 발각되면 어쩌나 하는 걱정만 없었다면, 나는 이 탁구채 중 하나를 훔쳐왔을 것이다. 고백하자면 1009호 욕실에 있던 안경 닦이 새미 천은 슬쩍했다. 하지만 어차피 가져가도 되는 물건인지도 모르겠다. 그 물건이 휴지 범주에 속하는지 수건 범주에 속하는지 알 수 없었다.

103 맹세컨대 이놈의 탁구에서는 단 한 번도 사춘기 전 여성에게 져본 적 없다. 진짜다.

면 내 총천연색 스파이더맨 모자를 자신이 갖기로 하는 내기가 암묵적으로 진행되고 있다는 생각이다. 그는 그 모자를 탐내고, 나는 그 모자를 쓰지 않고서는 진지한 탁구 시합은 꿈도 꾸지 않는다.

윈스턴이 3P로 일하는 것은 부업일 뿐이다. 네이디어에서 그의 주된 임무는 8층 갑판의 스콜피오 디스코에서 크루즈 공식 디제이로 일하는 것이다. 매일 밤 그는 뿔테 선글라스를 쓰고 무지무지하게 복잡한 장비 뒤에 서서 새벽 2시를 한참 넘겨서까지 CD 플레이어와 섬광등을 둘 다 광란적으로 조작한다. 이 사실이 그의 둔하고 약간 멍한 오전 탁구를 설명해줄지도 모르겠다. 스물일곱인 그는 네이디어의 항해 및 접객 직원들 중 많은 이가 그런 것처럼 어쩐지 비현실적인 방식으로 잘생겼다. 일일 드라마 배우나 시어스 통신판매 카탈로그 모델이 잘생긴 것처럼 잘생겼다. 윈스턴은 "도와주세요"라고 말하는 듯한 커다란 갈색 눈을 갖고 있고, 19세기 대장장이들이 썼던 모루와 똑같은 모양으로 세운 까만 머리카락을 갖고 있고, 탁구를 칠 때는 흔히 프로 훈련을 받은 사람들이 그러는 것처럼 두꺼운 가죽 탁구채의 헤드를 젓가락 쥐듯이 아래를 향해 쥔다.

야외, 특히 고물에서는 배의 엔진들이 내는 소리가 시끄럽다. 소리는 늘 묘하게 한쪽으로 치우친 것처럼 들린다. 3P 윈스턴과 나는 우리가 탁구를 친다기보다는 탁구가 우리를 치는 것 같은 수준, 선 명상에 가까운 수준으로 탁구에 통달했다. 찌르고 급선회하고 때리고 받을 자세로 얼른 복귀하는 움직임은 우리의 손과 눈과 원초적 살인 충동이 이루는 직관적 조화가 외부로 자동적으로 표현된 것일 뿐이다. 그 덕분에 앞뇌가 놀고 있기 때문에, 우리는 시합을 하면서도 한가롭게 잡담할 수 있다.

"모자 끝내줘요. 갖고 싶어. 모자 최고."

"못 가질걸요."

"모자 존나 끝내줘요. 스파이더맨이 끝장이지."[104]

"감상적인 가치가 있는 모자거든요. 사연이 길어요."

시시껄렁한 대화이기는 하지만, 이번 7NC 호화 크루즈 여행에서 내가 3P 윈스턴과 나눈 총 대화 시간은 다른 누구와의 대화 시간보다 길 것이다.[105] 티보르에게와 마찬가지로, 윈스턴에게도 나는 진지한 저널리즘적 탐색은 시도하지 않는다. 다만 이 경우에는 혹시라도 나 때문에 3P가 곤란해질까 봐 걱정되어서라기보다는(윈스턴에게 개인적 감정은 없다) 그가 이 배의 지적 샹들리에에서 가장 밝은 전구라고는 말할 수 없기 때문이다. 무슨 말인지 여러분도 아시리라. 예를 들어, 윈스턴이 스콜피오 디스코에서 디제잉을 할 때 즐겨 부리는 재치는 간단한 표현을 일부러 실수하거나 두음전환해서 말한 뒤 제 이마를 철썩 치고 웃으면서 이렇게 말하는 것이다. "이런 말쯤 식은 죽 먹기지!" 모나와 앨리스에게 들으니 윈스턴은 스콜피오 디스코의 젊은 청중에게도 인기가 없다고 한다. 진짜

104 윈스턴은 또 가끔 자신이 흑인 도시 거주자 남성인 줄 아는 언어적 망상을 겪는 듯하다. 여기에 무슨 사연이 있는지, 혹은 여기서 무슨 결론을 끌어내야 하는지 나는 전혀 모르겠다.

105 페트라와의 대화는 예외로 친다. 페트라와의 대화는 늘 장황했지만, 물론 "당신 참 재밌는 분"을 제외하고는 대체로 일방적이었다.

빈티지 디스코 대신 빌보드톱40스럽게 균질화된 랩만 틀기 때문이란다.[106]

애초에 윈스턴에게는 뭘 열심히 물어볼 필요가 없다. 그는 지고 있을 때면 굉장한 수다쟁이가 된다. 그는 신비롭게도 칠 년째 사우스 플로리다 대학에 재학 중이고, 올해는 네이디어에서 "씨발 나도 돈 받는 일을 좀 해보려고" 휴학했다. 그는 이 바다에서 온갖 종류의 상어를 다 봤다고 주장하지만, 그의 묘사에서는 진정한 신뢰감이나 두려움이 일지 않는다. 지금 우리는 두 번째 게임 중이고 다섯 번째 공을 쓰고 있다. 윈스턴은 지난 몇 달 동안 여유 시간에 진지하게 바다를 응시하며 영혼을 탐색할 수 있었다고 말한다. 그래서 1995년 가을에 학교로 돌아가서 공부를 거의 처음부터 다시 시작하기로 결심했다는데, 단 이번에는 경영학 전공이 아니라 그가 "멀티미디에이티드 프로덕션"이라고 부르는 것을 전공할 거라고 한다.(3P는 '멀티미디어Multimedia'를 '멀티미디에이티드Multimediated'라는 무의미한 단어로 틀리게 알고 있는 것이다.―옮긴이)

"그런 과가 있어요?"

"학제 내 전공인가 뭔가 하는 거 있잖아요. 이건 씨발 끝내줄 거예요, 알죠. 시디롬 뭐 그딴 거요. 스마트칩. 디지털 영화 그런 거."

나는 18 대 12로 이기고 있다. "미래의 사업이네요."

---

106 젊고 세련된 네이디어인들에 관해서 내가 제일 혼란스러운 점은, 나처럼 1970년대 말에 젊고 세련되었던 사람들이 당시 혐오하고 조롱했던 싸구려 디스코 음악을 지금 이 친구들은 진심으로 좋아하는 것 같다는 점이다. 당시 우리는 도나 서머의 〈맥아더 공원〉이 졸업 무도회 공식 주제가로 채택되면 무도회를 보이콧하고 그랬다.

윈스턴은 동의한다. "세상이 다 그렇게 될 거거든요. 정보 고속도로. 인터랙티브 TV 그런 거. 가상현실. 인터랙티브 가상현실."

"눈에 선하네요." 나는 말한다. 게임은 거의 끝났다. "미래의 크루즈. 홈 크루즈. 집을 떠날 필요가 없는 카리브해 호화 크루즈. 고글을 쓰고 전극을 붙이면 바로 떠나는 거죠."

"그니까요."

"여권도 필요 없고. 멀미도 없고. 바람도 없고 화상도 안 입고 재미없는 크루즈 직원도 없고.[107] 완벽한 가상의 재택 무이동식 크루즈 시뮬레이션."

"그니까요."

11시 5분: 항해 강의―니코 선장에게 배의 엔진실, 선교, 배 작동의 기본을 배워보세요!

네이디어 호는 항해용 디젤 연료를 1,700만 리터 실을 수 있다. 이 연료를 그날그날 항해가 얼마나 어려우냐에 따라 하루에 40톤에서 70톤 사이로 태운다. 배 양쪽에 각각 두 개씩 터빈 엔진이 있는데, 둘 중 하나는 큰 '아빠' 엔진이고 다른 하나는 (상대적으로) 작은 '아들' 엔진이다.[108] 엔진마다 지름 5미터의 프로펠러가 있고 이

---

107 윈스턴과의 대화는 좀 우울할 수 있었다. 나는 그를 잔인하게 놀리고 싶은 충동을 억누를 수 없었는데, 그는 한 번도 마음 상한 것 같지 않았고 자신이 놀림을 당한다는 사실조차 모르는 것 같았다. 그래서 뒤돌아서면 꼭 맹인의 구걸함에서 동전을 훔친 듯한 기분이었다.

108 24가지 선택지 중에서 고를 수 있다. 네 엔진을 다 켜는 것, 아빠 하나 아들 하나

프로펠러를 23.5도로 측면 회전시키면 최대 회전력이 난다. 네이디어가 표준 속도인 18노트로 움직이다가 완벽하게 멎으려면 0.9해리가 걸린다. 배는 잔잔한 바다보다 특정한 유형의 거친 바다에서 오히려 좀더 빨리 달릴 수 있다. 무슨 기술적 이유 때문이라는데 이야기가 길어서 내가 지금 받아 적고 있는 냅킨에는 다 들어가지 않는다. 배에는 키가 있고 키에는 복잡한 구조의 합금 '보조 날개'가 두 개 달려 있어서 그것들을 어떻게 잘 설정하면 배가 90도 회전을 할 수 있다고 한다. 니코 선장의[109] 영어는 웅변대회에서 리본을 딸 정도는 못 되지만, 그가 구체적인 데이터를 분수공처럼 술술 내뿜는다는 건 인정해줘야 한다. 그는 나이도 키도 나와 비슷하지만 황당할 만큼 잘생겼다.[110] 탄탄한 몸에 태닝을 한 폴 오스터 같다. 이곳은 11층 갑판 플리트 바로,[111] 파란색과 흰색으로 칠해져 있고 스

켜는 것, 아들 둘만 켜는 것 등등. 아빠들을 켜고 달리다가 아들들로 바꾸는 것은 워프 항법에서 임펄스 엔진으로 바꾸는 것과 비슷하다는 것 같다.(SF 드라마 〈스타트렉〉에서 우주선 초광속 추진 엔진을 "워프 드라이브"라고 부르고 광속 미만 엔진을 "임펄스 드라이브"라고 부른다.—옮긴이)

109 네이디어에는 선장이 한 명, 부선장이 한 명, 일등항해사가 네 명 있다. 니코 선장은 사실 네 명의 일등항해사 중 한 명이다. 왜 니코 선장이라고 부르는지는 나도 모른다.

110 내가 이번 호화 크루즈 여행에서 또 하나 배운 점은, 남자는 해군 장교 제복을 입었을 때 제일 잘생겨 보인다는 것이다. 해군적으로 멋진 그리스 선원이 지나가면 모든 연령대와 에스트로겐 수치의 여성들이 황홀해했고, 한숨 쉬었고, 바르르 떨었고, 속눈썹을 깜박였고, 나직이 신음했고, 멋지다 멋지다를 연발했다. 이 현상은 그리스인들의 겸손에 눈곱만큼도 도움이 되지 않았을 것이다.

111 플리트 바는 같은 날 오후에 우아한 다과회가 열린 장소이기도 했다. 우아한 다과

테인리스강 테두리가 둘러져 있으며 창문이 많이 나 있어서 그곳
으로 새어든 햇살 때문에 니코 선장의 설명용 슬라이드가 유령처
럼 희부옇게 보인다. 니코 선장은 레이밴 선글라스를 썼고 형광 끈
은 달지 않았다. 마침 3월 16일 목요일인 오늘은 더마티티스 씨가

회에서, 나이 지긋한 여성 승객들은 팔목까지 오는 긴 스트리퍼용 장갑을 끼고 새끼손
가락을 죽 뻗으면서 찻잔을 쥐었다. 이 우아한 다과회에서 아마도 내가 저지른 에티켓
위반은 다음과 같다. (a) 크루즈 여행을 할 때는 반드시 턱시도를 챙기라는 셀레브리
티 홍보물의 안내를 진지하게 받아들이지 않았던 탓에 그 대신 지금 입고 있게 된 턱
시도 그림 티셔츠를 사람들이 재미있어 하리라고 여긴 점, (b) 자리마다 놓인 리넨 냅
킨이 종이접기 한 것처럼 접힌 형태가 좀 야해 보이기에 로르샤흐풍 농담을 던졌는데
그것에 같은 테이블에 앉은 나이 든 부인들이 웃어주리라고 생각한 점, (c) 거위에게
서 파테용 간을 얻으려면 거위에게 무슨 짓을 저질러야 하는가 하는 정보에 대해서 역
시 그 숙녀들이 흥미를 느끼리라고 생각한 점, (d) 까맣게 번들거리는 산탄처럼 보이
는 3온스짜리 물질을 큼직하고 흰 크래커에 얹은 뒤 통째 한입에 삼킨 것, (e) 그로부
터 1초 뒤에 사람들에 따르면 아무리 너그럽게 해석하더라도 결코 우아하다고는 말할
수 없는 표정을 지은 것, (f) 코안경을 쓰고 황갈색 장갑을 끼고 오른쪽 앞니에 립스틱
이 묻은 건너편 나이 든 숙녀가 이건 벨루가 캐비어라고 한다고 알려주자 입에 음식
이 든 채로 대꾸한 것, 그리하여 (f(1)) 크래커 부스러기와 커다랗고 까만 거품처럼 보
이는 물질을 입에서 뿜어낸 것, 또 (f(2)) 발음이 왜곡되는 바람에 같은 테이블 사람들
모두가 꼭 생식기를 지칭하는 욕설처럼 들렸다고 증언한 말을 내뱉은 것, (g) 사방에
널린 튼튼한 리넨 냅킨을 두고 하필이면 얄팍한 종이 냅킨에다가 형언할 수 없이 메스
꺼운 덩어리를 뱉는 바람에 유감스러운 상황이었다는 말 외에는 더 자세히 설명하고
싶지 않은 결과를 초래한 것, (h) 내 옆에 앉은 꼬마가(나비넥타이를 매고 반바지 턱시
도를 입은[농담 아니다] 아이였다) 벨루가 캐비어의 맛을 "웩"이라고 표현했을 때 나
도 모르게 조심성 없는 표정을 지으며 동의한 것인데 이 표정이야말로 생식기 욕설인
셈이었다.
이 관리된 재미의 다른 부분은 자비의 커튼을 닫아 가리기로 하자. 아무튼 이것으로
오늘의 정확하고 상세한 일지에서 16시~17시 대목이 누락된 데 대한 설명은 충분할
것이다.

1009호 선실의 진공 흡입 변기로 나를 배에서 멀리 내던지려고 꾀하면 어쩌나 하는 피해망상이 감정적 절정에 달한 날이라, 나는 이 자리에서는 저널리즘적 측면에서 몸을 사리기로 사전에 결심해두었다. 그래서 나는 무해한 질문 하나만을 시작하자마자 던졌고, 내 질문에 니코 선장이 재치로 답하자,

"엔진을 어떻게 켜냐고요? 시동키로 켜는 건 아니란 건 확실히 말씀드릴 수 있죠!"

청중은 약간 불친절한 웃음을 와자하게 터뜨린다.

알고 보니 "m.v. 네이디어"라는 표현에서 늘 수수께끼 같던 'm.v.'는 '동력선motorized vessel'이라는 뜻이라고 한다. 동력선 네이디어 호는 건조에 2억 5,031만 달러가 들었다. 1992년 10월 독일연방공화국 파펜부르크에서 샴페인 대신 우조를 터뜨리면서 명명식을 했다. 배에 갖춰진 세 발전기는 9.9메가와트의 전력을 낸다. 선교는 알고 보니 11층 갑판 고물 쪽 수건 카트 근처에 있다고 한다. 삼중 잠금이 되어 있어서 호기심을 자아내던 칸막이벽 바로 뒤라는 것이다. 선교는 "장비들이 있는 곳. 레이더, 기상 표시 장치, 그런 것들이 다 있는 곳"이다.

운항 승무원이 되고 싶은 사람은 대학원에서 최소 2년 열심히 공부해야만 항해에 관련된 수학을 이해만이라도 할 수 있다. "컴퓨터도 많이 해야" 한다.

강의를 듣는 약 40명의 네이디어인 중 여성의 수＝0명. 캡틴 비디오는 당연히 있다. 그는 플리트 바의 스틸 바 상판에 올라가서 캠코드인답게 쭈그린 자세로 '순간을 기록하고' 있다. 형광 적갈색

과 자주색이 섞인 나일론 운동복을 입은 그는 꼭 거대한 마코앵무 같고, 웅크린 자세로 몸을 틀 때마다 무릎에서 뚜둑 소리가 난다. 이즈음 나는 캡틴 비디오가 슬슬 신경에 거슬린다.

내 옆의 짙게 태운 남자는 커버에 엥글러라는 글씨가 엠보싱 처리된 가죽 공책에 몽블랑 만년필로 메모하고 있다.[112] 내가 탁구장에서 플리트 바로 오면서 한순간이라도 선견지명을 발휘했다면 지금 여기서 종이 냅킨에 굵은 형광펜으로 메모하는 일은 없었을 텐데. 3층 갑판에는 선원들을 위한 전용 숙소, 식당, 바가 있다고 한다. "선교에도 우리가 지금 향하는 곳을 제대로 보기 위한 별도의 공간이 있죠." 배의 네 아비자식 터빈들은 건선거에 있을 때 외에는 한순간도 꺼지는 일이 없다. 엔진을 아주 꺼버리는 방법은 프로펠러를 아예 떼어내는 거라고 한다. LSD에 취해서 세미트레일러를 평행 주차하는 것쯤은 G. 파나요타키스 선장이 네이디어 호를 정박시킬 때의 경험에 발치도 못 따라간다고 한다. 내 옆 엥글러 남자는 한 잔에 5.5달러인 슬리퍼리 니플을 마시고 있다. 칵테일에 장난감 우산이 하나도 아니고 두 개나 꽂혀 있다. 네이디어의 나머지 직원용 숙소는 2층 갑판에 있고, 같은 갑판에 세탁실과 '쓰레기와 배설물을 처리하는 구역'도 있다고 한다. 여느 메가크루즈선처럼 네

---

112 엥글러인들이 한 주 내내 보여준 독자적 활동은 근사한 하위문화 연구 대상이 됨 직하지만—그들은 늘 무리 지어 움직였고, 자기들끼리만 단체 관광을 조직했고, 끊임없이 대형 파티장을 예약했고, 벨벳 밧줄로 저지선을 쳐둔 파티장 문 앞에는 건장한 사내들이 팔짱을 끼고 서서 엥글러인인지 확인하기 위한 신분증을 요구했다—이 글에서 진지한 엥글러학을 펼칠 여유는 없다.

이디어도 항구에 정박할 때 예인선이 없어도 된다. 배에 '선미 반동 추진 엔진과 선수 반동 추진 엔진'이[113] 있기 때문이다.

강의의 청중은 주로 대머리에 몸집이 실팍하고 손목이 굵은 50세 이상 남자들이다. 다들 세련된 MBA 프로그램을 밟는 대신 회사의 엔지니어링 부서에서 일하다가 결국 CEO 자리에까지 오른 사람들처럼 보인다.[114] 많은 수가 딱 봐도 해군 출신이거나 요트 소유자이거나 뭐 그런 타입들이다. 관련 지식이 있는 청중은 엔진의 내경과 스트로크, 다중 방사 회전력의 관리, C급 선장과 B급 선장의 정확한 차이에 관해서 적절한 질문만 던진다. 나는 종이 냅킨에 기술 정보를 메모하다 보니 노란 글씨들이 차츰 번져서 결국 지하철에 그려진 그래피티처럼 빵빵하고 한심하게 부풀었다. 7NC 크루즈 남자 승객들은 다들 배 중앙부 안정판의 수력학적 성질을 알고 싶어 한다. 그들은 시가를 피우지 않을 때도 시가를 피우는 것처럼 보이는 남자들이다. 다들 햇볕과 소금기 있는 물보라와 슬리퍼리 니플 과다 섭취로 얼굴이 불그레하다. 7NC 메가십의 최대 항해 가능 속도는 21.4노트다. 하지만 이 청중 속에서 내가 손을 들고 노트가 뭐냐고 물어볼 수는 없다.

---

113 (바우bow[선수]를 '바우얼bowal'로 형용사 변환을 하지 않는 건 참 다행이다.) ('바우얼'이라고 하면 '배변 추진 엔진'이라는 뜻이 될 수도 있다.—옮긴이)

114 즉, 늠름하고 허튼 짓 따위는 일체 용납하지 않는 자수성가형 장년 미국 남성이다. 당신이 여자친구 집으로 여자친구를 데리러 가서 함께 영화를 보러 가거나 뭐 그러기로 약속했지만 내심은 그보다 더 불순한 의도를 품고 있을 때 그 여자친구의 아버지가 제발 이런 타입만은 아니었으면 싶은 그런 타입이다. 권위의 원형과도 같은 인물 말이다.

내가 정확히 전달할 순 없지만 아무튼 몇 가지 질문은 배의 위성 항법 체계에 관한 것이다. 니코 선장은 네이디어가 GPS란 것을 쓴다고 설명해준다. "전역위치확인시스템이라는 이 시스템은 인공위성을 써서 우리가 있는 위치를 알려줍니다. 그 데이터를 컴퓨터로 보내주는 거죠." 배가 항구나 부두에 접근한 때가 아니라면 일종의 '컴퓨터 선장'이 자동으로 배를 조종한다는 말이다.[115] 요즘 배에는 실제 '키'나 '조타 지휘' 같은 건 없다는 말인 것 같다. 테두리에 바퀴살이 튀어나온 나무 타륜, 이 말쑥한 플리트 바 벽에 장식으로 줄줄이 박힌 저 타륜들, 정중앙에 노 고정용 나무못이 박혀 있고 거기에 작고 싱그러운 양치류가 꽂혀 있는 저 타륜들 같은 것은 실제 운항실에는 없는 게 분명하다.

11시 50분: 호화 크루즈선에서는 실제 육체적 허기를 느낄 일이 없다. 그러나 일단 하루에 일고여덟 번 먹는 데 익숙해지면, 위에서 어떤 거품 같은 공백이 느껴지면서 다시 먹을 시간이 되었다는 것을 알려준다.

　　네이디어인들 중 5☆C.R.의 정식 오찬에 참석하는 사람은 극

---

115 G. 파나요타키스 선장이 감탄스럽도록 한가해 보이는 이유가 이것이었다. 선장의 진짜 임무는 네이디어 호 곳곳에 서서 막연히 통솔자다운 모습을 보이려고 노력하는 일인 것 같다. 실내에서 선글라스를 끼는 버릇만 없다면[115a] 정말로 그럴 텐데(통솔자다워 보일 텐데), 그놈의 선글라스 때문에 꼭 제3세계 독재자처럼 보인다.

　　115a 배의 상급 선원들은 다들 실내에서 선글라스를 끼고, 늘 뒷짐 진 자세로 이런저런 것 옆에 가서 선다. 보통은 셋씩 단체로 그렇게 서서 꼭 성직자들처럼 그리스어로 뭔가 전문적인 의논을 한다.

단적으로 늙고 격식애호증이 있는 이들뿐이다. 5☆C.R.에서는 수영복도 금지되고 팔락거리는 모자도 금지된다. 대부분의 사람들이 점심을 먹는 곳은 11층 갑판 수영장과 점토 동굴 옆에 있는 윈드서프 카페의 뷔페다. 윈드서프 카페 양쪽에 난 자동문 안에는 코코넛 껍질 모양으로 장식된 큰 통이 하나씩 놓여 있고, 그 속에는 풍요의 뿔처럼 늘 신선한 과일이 담겨 있으며,[116] 그 위에서 성모와 고래를 조각한 얼음상이 내려다보고 있다. 직원들이 줄 서는 사람들을 교묘하게 여러 갈래로 안내해서 지연을 최소화하기 때문에, 윈드서프 카페에서 점심을 먹는 경험은 다른 많은 7NC 경험처럼 느리터분하게 느껴지지는 않는다.

음식이 수수께끼의 스윙도어 너머에서 나오는 것이 아니라 사람들에게 다 공개되어 있는 윈드서프 카페에서 먹으면, 네이디어는 섭취 가능한 것이라면 무엇이든지 절대 최고급으로만 제공한다는 사실을 새삼 실감할 수 있다. 홍차는 그냥 립턴이 아니라 황갈색 포일에 개별 진공 포장된 고급스러운 **토머스 립턴 경** 브랜드다. 고기는 지방도 연골도 없는 진짜 좋은 품질, 비유대인은 코셔 식품점으로 쳐들어가야만 구할 수 있는 종류다. 겨자는 그레이 푸퐁 브랜드보다 더 근사한 맛이 나는 제품인데 내가 브랜드를 적어두는 걸 자꾸 까먹는다. 그리고 윈드서프 카페의 커피는—크고 반짝반짝한 스틸 통 꼭지에서 보글보글 흥겹게 흘러나온다—한마디로 말해서 누가 그런 걸 만들 수 있다는 것만으로 그에게 청혼하고 싶은 커피

116 신께 맹세코, 내 남은 평생 과일은 이제 그만 됐다.

다. 나는 평소 엄격한 신경학적 요구에 따라 커피를 하루 한 잔으로 제한한다. 하지만 윈드서프의 커피는 워낙 맛있기 때문에,[117] 그리고 항해 강의에서 적었던 로르샤흐풍 노란 덩어리를 해독하는 일이 워낙 힘들기 때문에 오늘은 한계를 넘는다. 좀 많이 넘는다. 이 사실은 다음 몇 시간 동안 이 일지가 만화경적으로 초점이 흐트러진 데 대한 설명이 되어줄 것이다.

12시 40분: 나는 9층 갑판 고물로 나가서 아스트로터프 광장으로 골프공을 날리고 있는 것 같다. 촘촘한 나일론 그물이 골프공에 맞을 때마다 풍선처럼 바다를 향해 부푸는 모습이 인상적이다. 우현에서는 여태 타나토스적 셔플보드 경기가 진행되고 있다. 3P나 다른 탁구 선수나 탁구채는 흔적도 없다. 갑판 바닥, 칸막이벽, 난간, 아스트로터프 광장에까지 찍힌 불길한 작은 구멍들은 오전 다트 토너먼트에서 멀찍이 거리를 뒀던 것이 지혜로운 일이었음을 증명해준다.

13시 14분: 나는 8층 갑판 레인보우 룸에 다시 와서 의자에 앉아 '에른스트'를 지켜보고 있다. 에른스트는 네이디어 어디서나 눈에 띄는 정체불명의 예술품 경매인으로,[118] 지금 리로이 니먼의 사인본

---

117 그리고 이것은 그냥 커피다. '블루 마운틴 헤이즐넛 하프 카페인'이나 '특수 치커리 효소가 가미된 수단 바닐라 커피' 따위의 당치도 않은 종류가 아니다. 커피에 대한 네이디어의 태도는 상식적이며, 이에 필자는 경의를 표하는 바다.

118 내가 살면서 본 사람들 중 금발인 동시에 생쥐처럼 생긴 극소수의 인간 중 한 명

프린트에 대한 입찰을 활기차게 중개하고 있다. 다시 말한다. 활기차게 이뤄지면서 빠르게 네 자릿수 금액으로 접근하고 있는 입찰의 대상은 리로이 니먼의 사인본 프린트다. 리로이 니먼 작품의 사인본이 아니라 리로이 니먼 프린트의 사인본 말이다.

13시 30분: 수영장 옆에서 장난치기! 크루즈 감독 스콧 피터슨과 스태프와 함께 신나는 놀이를 즐겨보세요! 그리고 수영장의 숙녀분들이 심사하는 '남자 각선미 대회'에 참가해보세요!

카페인의 불쾌한 중독적 증상을 느끼기 시작한 나는 스태프의 권고에 따라 셀레브리티 크루즈 공짜 수영모에 머리카락을 쑤셔 넣은 채 위에 서술된 장난에 전력으로 적극 참가한다. 이 장난이란 여자 부문의 여자들과 남자 부문의 남자들이 바셀린이 치덕치덕 발린 상태의[119] 플라스틱 전신주에 올라타서 중간까지 엉금엉금 나아간 뒤 상대 여자/남자 선수와 얼굴을 맞대고 풍선이 든 베개를 휘둘러서 상대를 전신주에서 떨어뜨려 수영장의 역겨운 소금물로 빠뜨리는 토너먼트풍 경기다. 나는 2회전을 통과했지만 그다음 만난 덩치 크고 어깨에 털이 난 밀워키 출신 새신랑에게 졌다. 그가 자기 주먹으로 나를 맞혔기 때문에―이것은 균형을 잃기 시작한 사람이 앞으로 몸을 숙여서 보완하려고 할 때[120] 충분히 벌어질 수

이다. 오늘 에른스트는 흰 로퍼, 초록색 바지, 맹세컨대 생리혈 색깔이라고밖에 달리 묘사할 수 없는 분홍색에다가 밑단이 퍼지는 스포츠코트를 입었다.

119 (사람이 아니라 전신주가)

120 내가 이렇게 했다는 말이다. 내가 몸을 앞으로 너무 숙이는 바람에, 자기 베갯잇

있는 일이다—나는 수영모가 벗겨지다시피 하면서 나트륨 농도가 대단히 높을뿐더러 이제 총천연색 바셀린 막까지 반질반질하게 덮인 수영장 물로 우현 방향으로 거꾸러졌다. 그래서 나는 끈적끈적해지고 더러워지고 사내의 오른 주먹 훅에 맞은 눈이 사시가 되는 바람에 그것만 아니었다면 일등을 차지할 자격이 충분했던 '남자 각선미 대회'에서 기회를 날리고 말았고, 결국 삼등을 차지했는데, 나중에 들으니 통통 붓고 사시처럼 쏘아보는 오른쪽 눈과 비뚜름한 수영모가 전체적으로 얼간이 같은 분위기를 조성한 나머지 내다리의 늘씬한 각선미가 심판들에게 제대로 전달되지 못하는 불상사만 없었어도 당연히 내가 우승했을 것이라고 한다.

14시 10분: 나는 지금 윈드서프 카페의 뒷방 같은 공간에서 매일 열리는 '미술&공예' 세미나를 듣고 있는 것 같다. 여기서 내가 유일한 70세 미만 남성이라는 사실, 내 앞 탁자에서 만들어지고 있는 작품의 재료가 아이스바 막대기와 주름종이와 너무 묽고 접착력이 강해서 카페인 과다 섭취로 떨리는 내 손은 근처에도 댈 엄두가 안 나는 풀이라는 사실 외에는 대체 내가 뭘 하고 있는지 전혀 모르겠다. 14시 15분: 11층 갑판 이물 쪽 엘리베이터 옆 공중 화장실. 소변기가 네 대 있고 좌변기가 세 대 있다. 모두 진공 흡입된다. 순서대로 차례차례 빠르게 물을 내리면, 빈 소년 합창단의 역사

을 움켜쥐고 있던 사내의 주먹에 정통으로 가서 맞았다. 내가 반칙을 외치지 않은 건 그 때문이었다. 육지로 돌아온 지 일주일이 지난 지금도 오른눈 초점이 맞았다 안 맞았다 한다.

적인 1983년 녹음 중 중세적으로 침울한 곡 〈테네브라이 팍타이 순트〉의 끝부분 클라이맥스에 해당하는 $D^b - G^\#$ 장식 악구와 정확히 같은 점증적 사운드가 울려 퍼진다. 14시 20분: 12층 갑판의 올림픽 헬스클럽 안쪽에 있는 스타이너 오브 런던 공간에 와 있다.[121] 지난 3월 11일 21번 부두 대기자들에게 서비스를 해줬던 크림색 피부의 프랑스 여자들이 여기 있다. 나는 그들에게 다가가서, 지갑이 두둑한 여성 승객들 중 일부가 극찬하는 것을 들은 "피토머/이오니서미 혼합 처치를 통한 독소 제거와 사이즈 감소 관리"를[122] 구경시켜 달라고 청한다. 그들은 그건 탈의가 개입되는 일이기 때문에 구경꾼에게 공개할 만한 일이 아니고, 따라서 만약 내가 P./I.C.T.D.-

---

121 (《네이디어 데일리》에서는 "해상 스타이너 살롱 및 스파"라고도 불리는 곳이다.)

122 신경계가 있는 사람이라면 누구나 이 관리를 구경하고 싶어 할 것이라는 점을 확인시켜드리기 위해서, 스타이너 홍보 책자에서 구체적인 정보를 좀 가져와봤다.

이오니서미, 어떻게 작용하나요? 우선 여러분의 선택 부위를 측정할 것입니다. 피부 상태를 확인한 뒤, 수치를 여러분의 프로그램에 기록해둡니다. 그다음에 다양한 크림, 젤, 앰풀을 적용합니다. 여기 담긴 추출물은 지방을 분해하고 유화하는 데 효과적입니다. 그다음에 유도전기와 직류전기를 사용하는 전극을 알맞은 위치에 부착하고, 전체를 따뜻한 푸른색 점토로 덮습니다. 이제 여러분의 관리를 시작할 준비가 되었습니다. 직류전기는 제품이 피부에 스미는 것을 가속해주고, 유도전기는 여러분의 근육을 운동시켜줍니다.[122a] 이 처치는 여성들에게 흔한 셀룰라이트, 달리 말해 '덩어리 지방'을 유화시켜주기 때문에 독소를 몸에서 빼내고 지방을 넓게 퍼뜨리기가 쉬워집니다. 덕분에 여러분의 피부는 더 매끄러워 보입니다.

122a 과거에 대학의 화학 실험실에서 유도코일에 스쳤다가 결국 대걸레 나무 손잡이로 그것을 몸에서 떼어내야 했던 사람으로서, 유도전류의 경련적 운동 효과는 내가 개인적으로 보증한다.

T.I.L.T.를 보고 싶다면 직접 그 대상이 되는 수밖에 없다고 대답한다. 나는 그 가격을 듣고 1983년 화학 수업에서 내 코털이 그을렸을 때 났던 냄새를 감각적으로 회상한 뒤 얼른 이 응석받이는 포기하기로 결정한다. 그런데 만약 당신이 아주 비싼 상품에서 물러나면, 크림색 숙녀들은 그 대신 얼굴 마사지를 판매하려고 한다. 그들은 남성 네이디어인 중 "아주 많은 분들도" 이 상품을 즐긴다고 말하며 권하지만, 나는 역시 거절한다. 여행의 이 단계에서 그 상품은 안 그래도 반쯤 벗겨진 피부를 완전히 박피하는 일에 지나지 않을 것이다. 14시 25분: 올림픽 헬스클럽에 딸린 작은 화장실에 와 있다. 변기가 하나뿐이고, 천장 스피커에서 올리비아 뉴턴존의 〈육체로 말해요〉가 무한 반복으로 흘러나오는 것 같다는 점을 제외하고는 특기할 만한 데가 없는 화장실이다. 이 자리에서 용기 내어 고백하는데, 나는 그동안 자외선 폭격을 맞는 사이사이 두어 번쯤 이곳 올림픽 헬스클럽에 와서 쇳덩이를 들었다. 여기서는 쇳덩이가 아니라 초세련된 티타늄 합금을 든다고 해야 할 것 같지만. 모든 웨이트 기구는 반짝반짝한 스테인리스강이고, 이곳은 사면에 거울이 붙어 있기 때문에 고통스러우면서도 도무지 저항할 수 없는 공개적 자기 점검에 자신을 내맡기게 되는 유형의 체육관이다. 또한 이곳에는 계단 오르기, 노 젓기, 자전거 타기, 방수 대책을 부적절하게 갖추고 크로스컨트리 스키 타기 등등의 유산소 운동을 모방한 거대한 곤충 모양 기계들이 있다. 심장 모니터 전극과 라디오 헤드폰까지 갖춘 기계들이다. 그리고 이런 기계들에는 진심으로 잠깐 옆으로 데려가서 세심하고 다정한 말투로 제발 스판덱스를 입지 말라

고 충고하고 싶은 사람들이 스판덱스를 입고 서 있다.

14시 30분: 다시 레인보우 룸. **무대 뒤 구경—크루즈 감독 스콧 피터슨에게 크루즈선에서 일하는 직업의 이모저모를 들어보세요!**

　스콧 피터슨은 피부를 짙게 태운 39세 남성이다. 머리카락을 단단히 세웠고, 고출력 미소를 지속적으로 짓고 있고, 달팽이 모양 콧수염을 길렀고, 번쩍거리는 롤렉스 시계를 차고 있다. 요컨대 양말 없이 흰 로퍼를 신고 민트그린 색깔 라코스테 니트 티셔츠를 입고도 더없이 편안해 보이는 유형의 남자다. 또한 그는 내가 제일 안 좋아하는 셀레브리티 크루즈 직원들 중 한 명이다. 하지만 이 남자의 경우는 가볍게 참을 만한 짜증일 뿐 더마티티스 씨처럼 공포스러운 혐오감은 아니다.

　스콧 피터슨의 행동거지를 묘사할 때 가장 좋은 표현은 아무도 사진을 안 찍는데도 끊임없이 사진 찍힐 포즈를 취하는 사람 같다는 것이다.[123] 그는 레인보우 룸의 낮은 황동 단상에 올라가서 의자를 거꾸로 돌리고 카바레 가수처럼 앉아서 장황한 이야기를 시작한다. 사람들이 50명쯤 참석했는데 인정하건대 이 중 일부는 스

123　그는 또 지역 신문에 언급되기 위해서 부끄러운 줄도 모르고 갖은 애를 쓰는 소도시 정치인이나 경찰서장을 닮았다. 스콧 피터슨의 이름은 《네이디어 데일리》에 매일 열두 번 넘게 나온다. "크루즈 감독 스콧 피터슨과 함께하는 백개먼 토너먼트" "제인 맥도널드, 마이클 멀런, 매트릭스 댄서들 그리고 여러분의 진행자인 크루즈 감독 스콧 피터슨과 함께하는 '빙글빙글 도는 세상' 쇼" "포트로더데일 하선 이야기—여러분이 포트로더데일에서 하선할 때 알아야 할 모든 것을 크루즈 감독 스콧 피터슨이 설명해드립니다" 등등 지겹도록 나온다.

콧 피터슨을 아주 좋아하는 것 같다. 그리고 그의 이야기를 진심으로 즐기는 것 같다. 그 이야기란, 놀랍지 않게도, 네이디어 호에서 일하는 것은 어떤가 하는 내용이라기보다는 스콧 피터슨으로 산다는 것은 어떤가 하는 내용이다. 다루는 주제는 스콧 피터슨이 어디에서 어떤 환경에서 성장했는가, 스콧 피터슨이 어떻게 크루즈선에 흥미를 갖게 되었는가, 스콧 피터슨과 대학 시절 룸메이트가 어떻게 같은 크루즈선을 첫 직장으로 삼게 되었는가, 스콧 피터슨이 신입 첫 몇 달 동안 저지른 배꼽 잡는 실수들, 스콧 피터슨이 직접 만나서 악수를 해본 모든 유명인들, 스콧 피터슨이 크루즈선에서 일하면서 다양한 사람을 만나는 것을 얼마나 좋아하는가, 스콧 피터슨이 전반적으로 크루즈선에서 일하는 것 자체를 얼마나 좋아하는가, 스콧 피터슨이 어떻게 크루즈선에서 일하다가 미래의 스콧 피터슨 부인을 만났는가, 스콧 피터슨 부인은 어떻게 지금 다른 크루즈선에서 일하게 되었는가, 그리고 부부가 (즉, 스콧 피터슨 부부가) 서로 다른 크루즈선에서 일하느라 약 육 주마다 한 번씩 만날 수 있는 상황에서 스콧 피터슨 부부처럼 다정하고 모든 면에서 멋진 관계를 유지하기란 얼마나 어려운 일인가, 그런데 스콧 피터슨이 다음의 사실을 알리고 싶어서 얼마나 입이 간질간질했는지 모르겠는데 그 사실이란 지금 스콧 피터슨 부인이 당당히 휴가를 얻어서 스콧 피터슨 자신과 함께 이 네이디어 호에서 크루즈 여행을 하는 귀한 호사를 누리고 있다는 것이고, 실은 오늘 바로 이 자리에도 여러분과 함께 앉아 있다는 것이며, 자 그러면 스콧 피터슨 부인은 자리에서 일어나 인사를 한번 드리지 않겠습니까 하는 것이다.

내가 결코 과장하는 것이 아니라고 맹세하는 바, 이 자리는 두 손으로 머리를 감싸 쥐게 만드는 자리이고 아니꼽기가 이루 말할 데 없다는 점에서 놀라운 자리이다. 그런데 내가 무척 기대하는 15시 스키트 사격에 늦지 않으려면 슬슬 일어나야 할 시점에, 스콧 피터슨이 내 다양한 선상 공포와 집착에 깊이 관련된 일화를 이야기하기 시작한다. 내가 자리에 남아서 받아쓰게끔 만드는 이야기다. 스콧 피터슨은 말하기를, 요전에 한번은 아내가, 즉 스콧 피터슨 부인이 네이디어 3층 갑판에 있는 스콧 피터슨 전용 스위트룸에서 샤워를 하던 중—그는 적확하고 세심한 표현을 찾는 사람의 몸짓으로 한 손을 잠깐 올렸다가 이어 말한다—본능의 부름을 받았다. 그래서 스콧 피터슨 부인은 젖은 채 샤워실을 나와서 스콧 피터슨 전용 스위트룸 화장실 좌변기에 앉았다. 스콧 피터슨은 여담이지만 여러분도 아마 네이디어의 좌변기는 최첨단 진공 하수 흡입 체계에 연결되어 있기 때문에 그 물 내림 흡입력이 약하지도 짧지도 않다는 걸 다 알 거라고 말한다. 이 말에 청중이 귀에 거슬리고 긴장이 충만한 웃음을 터뜨리는 걸 보니, 다른 네이디어인들도 나처럼 자기 방 변기를 두려워하는 것이 틀림없다. 그리고 어쩐지 스콧 피터슨 부인은[124] 연어색 의자에서 점점 더 깊숙이 가라앉고 있다. 스콧 피터슨은 계속 말한다. 그래서 스콧 피터슨 부인은 샤워실에서 나온 젖은 알몸 차림으로 좌변기에 앉아서 본능의 부름에 응

[124] 스콧 피터슨 부인은 외배엽형이고 살빛이 좀 가죽 같은 영국 여성으로 챙이 거대한 솜브레로를 쓰고 있다. 지금 보니 그녀는 솜브레로를 벗어서 황동 탁자 밑으로 넣었고 의자에서 고도가 차츰 낮아지고 있다.

했고, 일을 다 본 뒤 손을 뻗어서 좌변기의 물 내림 메커니즘을 개시했다. 그런데 스콧 피터슨 부인이 젖어서 미끌미끌한 몸 상태였다 보니 네이디어의 최첨단 진공 하수 흡입 체계의 놀라운 흡입력이 그녀를 좌변기 구멍으로 잡아당기기 시작했고,[125] 하지만 스콧 피터슨 부인은 그 속으로 완전히 빨려 들어가서 어딘가 추상적인 배설물적 공간으로 내던져지기에는 가로 방향 너비가 좀 넓었던 모양이라 그곳에 그만 끼었고, 콱 박혔고, 변기 구멍에 몸이 반쯤 들어갔고, 빠져나올 수 없었고, 그리고 물론 홀딱 벗고 있었고, 그래서 도와달라고 비명을 지르기 시작했다(현실의 스콧 피터슨 부인은 탁자 밑에 뭐가 있는지 대단히 궁금한 모양이고 그래서 이제 내 자리에서는 그녀의—가죽 같은 갈색에 주근깨가 많은—왼쪽 어깨만 겨우 보인다). 스콧 피터슨은 이어서 말해준다. 자신은, 즉 스콧 피터슨은 침대 옆 화장대의 큰 거울 앞에 서서 프로페셔널 미소를 연습하던 중[126] 아내의 비명을 듣고 화장실로 달려갔고, 스콧 피터슨 부인의 상황을 보고는 그녀를 변기에서 빼내려고 애썼지만—그녀는 가련하게 발을 차대고 그녀의 엉덩이와 다리오금은 좌석의 흡착력 때문에 자줏빛으로 변했다—무시무시한 진공 흡입력 때문에 워낙

---

125 이 대목에서 나는 흥미와 감정이입적 공포로 몸이 굳었다. 그러니 이 일화가 저 속한 캐츠킬풍 농담에 지나지 않는다는 사실을 나중에 깨닫고 내가 크게 실망한 것도 무리가 아니다. 스콧 피터슨은 이 농담을 까마득한 옛날부터 매주 해왔을 것이다(하지만 가엾은 스콧 피터슨 부인이 청중 속에 앉아 있는 상황에서는 해본 적 없을 것이다. 스콧 피터슨이 스콧 피터슨 부인에게 망신을 준 데 대해서 온갖 형태의 부부간 복수가 벌어지기를 희망적으로 상상해본다). 얼간이.

126 [필자의 추측]

빡빡하게 낀지라 빼내지 못했고, 그러다 문득 좋은 생각이 떠오른 스콧 피터슨은 전화기로 가서 네이디어의 배관공에게 전화를 걸었고, 배관공은 네 스콧 피터슨 감독님 네 가겠습니다 하고 대답했고, 이 말에 스콧 피터슨은 얼른 화장실로 돌아가서 스콧 피터슨 부인에게 곧 프로의 도움의 손길이 올 거라고 알렸고, 그러나 아뿔싸 이 순간에서야 스콧 피터슨 부인은 자신이 홀딱 벗었다는 사실을, 즉 외배엽형 가슴이 환한 형광등 아래 노출되어 있을뿐더러 그녀를 단단히 붙든 폐색성 좌석 테두리 너머로 은밀한 외음부마저 다 보인다는 사실을 인식했고,[127] 그래서 스콧 피터슨 부인은 스콧 피터슨에게 제발 곧 들이닥칠 가무잡잡한 배관공의 육체 노동자다운 시선으로부터 법적으로 혼인된 자신의 아랫도리를 가릴 물건을 뭐든 찾아오라고 영국적으로 소리 질렀고, 그래서 스콧 피터슨은 방으로 가서 스콧 피터슨 부인이 좋아하는 밀짚모자, 거대한 솜브레로, 스콧 피터슨의 사랑스런 아내가 바로 이 자리에서도 쓰고 있는 거대한 솜브레로를… 으음, 바로 이 레인보우 룸에서 몇 초 전까지만 해도 쓰고 있던 솜브레로를 가져왔던 것이다. 아무튼 스콧 피터슨이 그렇게 신속하고 기지 넘치는 발상에 따라 방에서 화장실로 가져온 솜브레로는 스콧 피터슨 부인의 오목하게 굽은 나신의 흉부 위에 놓여서 그녀의 은밀한 부위를 가려주었다. 바로 이때 네이

---

127 [역시 필자의 추측. 하지만 그녀가 곧 의지할 처방을 이해하려면 이렇게 상상할 수밖에 없다(나는 이 시점에도 이것이 진부한 농담에 불과하다는 사실을 깨닫지 못하고, 이야기 안 스콧 피터슨 부인과 이야기 밖 스콧 피터슨 부인 둘 다에게 감정이입하며 공포로 몸이 굳고 눈이 튀어나온 상태다).]

디어의 배관공이 노크하고 들어왔는데, 큰 덩치에 기계기름 냄새를 풍기고 공구 벨트를 잘랑거리며 숨이 턱까지 찬 배관공은 과연 가무잡잡했으며, 그런 그는 화장실로 들어와서 상황을 감정한 뒤 복잡한 측정과 계산을 수행하고서 마침내 스콧 피터슨 씨에게 그가 (즉, 배관공이) 스콧 피터슨 부인을 좌변기에서 꺼낼 수 있을 것 같다고 말했다는 것이다. 하지만 그 멕시코인이 거기서 스콧 피터슨 부인을 뽑아내는 이야기는 지금 이야기와는 또 다른 이야기다.

15시 5분: 내일 밤의 클라이맥스인 '승객 장기 자랑'의 리허설을 살짝 엿보려고 7층 갑판 셀레브리티 쇼 라운지에 들른다. 크루컷 헤어스타일에 심하게 태운 두 텍사스대 학생이 〈당신의 그루브를 흔들어요〉에 맞춰서 최소한의 안무로 구성된 춤을 선보인다. 크루즈 부감독인 '빙고 보이 데이브'가 무대 왼쪽에 감독용 캔버스 의자를 놓고 앉아 진행을 감독하고 있다. 버지니아 주 핼리팩스에서 온 칠십대 노인은 인종차별적 농담을 네 개 들려준 뒤 〈한 번에 하루씩 (나의 예수님)〉을 부른다. 아이다호에서 온 은퇴한 센추리 21 부동산 중개업자는 '카라반'에 맞춰서 긴 드럼 솔로를 선보인다. 네이디어 선상 오락의 클라이맥스인 '승객 장기 자랑'은 화요일 밤의 '특별 가장 파티'와 함께 7NC의 전통인 모양이다.[128] 일부 네이디어인

---

128 네이디어의 이런 행사들과 시시콜콜 관리된 활동들 때문인지, 내가 어릴 때 삼년 연속 7월마다 참석했던 여름방학 캠프가 떠오른다. 그 캠프는 음식이 훌륭하고 모두가 선탠을 하지만 나는 가급적 오래 내 방에 틀어박혀서 시시콜콜 관리된 활동들을 피했던 또 하나의 장소였다.

은 여기에 푹 빠져서 의상, 음악, 소도구까지 직접 챙겨왔다. 유연한 캐나다인 커플은 까맣고 뾰족한 구두에 입에 무는 장미까지 갖춘 차림으로 탱고를 선보인다. 이어지는 '승객 장기 자랑'의 피날레는 아주아주 늙은 네 노인이 연속으로 들려주는 스탠드업 코미디 네 편인 모양이다. 남자들이 차례차례 비틀비틀 걸어 올라온다. 한 명은 발이 세 가닥으로 갈라진 지팡이를 짚었고, 다른 한 명은 희한하게 덴버 오믈렛을 닮은 넥타이를 맸고, 또 한 명은 듣기에 고통스러울 만큼 더듬는다. 그들이 들려주는 것은 순서를 바꿔도 무방한 네 편의 이야기로, 그 형식과 유머가 1950년대에 묻었던 타임캡슐을 발굴한 것 같다. 여자란 얼마나 이해하기 어려운 존재인가 하는 농담, 남편들은 늘 골프를 치고 싶어 하지만 아내들은 늘 남편들이 골프 치는 걸 말리려고 든다는 이야기. 내가 조부모에게 연민과 경외심과 창피함을 동시에 느끼도록 만드는 예의 화려한 촌스러움이 담긴 이야기들이다. 칠십대 사인조 중 한 명은 내일 밤 출연을 "공연"이라고 지칭한다. 삼발이 지팡이를 짚은 노인은 자기가 골프를 치기 위해서 아내 장례식에 불참했다는 내용의 긴 농담을 하다 말고 갑자기 중단하더니 지팡이 끝을 빙고 보이 데이브에게 겨누면서 내일 밤 '승객 장기 자랑'에 관객이 몇 명이나 모일지를 지금 당장 정확하게 알려달라고 요구한다. 빙고 보이 데이브는 어깨를 으쓱하고 손톱 다듬는 줄을 내려다보면서 그건 매주 달라지기 때문에 대답하기 어렵다고 말한다. 이 말에 노인은 지팡이로 삿대질하다시피 하면서 아무튼 관객이 아주 많아야 할 거라고 말한다. 왜냐하면 자기는 빈 공연장에서 연기하는 걸 **지독히** 싫어하니까.

15시 20분: 《네이디어 데일리》는 스키트 사격이 조직된 **경쟁** 활동이라는 사실을 언급하는 것을 빼먹었다. 요금은 한 발에 1달러지만 총알은 열 개 묶음으로만 구입할 수 있다. 저기 대충 총처럼 생긴 커다란 명판은 최고점을 기록한 사람들의 이름을 적는 곳이다. 나는 8층 갑판 고물에 늦게 도착했다. 한 남성 네이디어인이 사격을 시작했고, 다른 남자들이 줄 서서 차례를 기다리고 있다. 난간 너머 저 아래 바다에는 네이디어가 남긴 거대하고 보글보글한 V자 모양 항적이 있다. 통명한 그리스인 부사관 두 명이 경기를 진행하고 있다. 그들의 영어 실력과 그들이 쓴 귀마개와 산탄총의 배경 소음 탓에—내가 총이라고는 종류 불문 한 번도 잡아본 적 없고 어느 쪽을 표적에 겨눠야 하는지도 대충만 아는 수준이라는 사실도 있어서—내 뒤늦은 참가 신청과 스키트 사격 비용을 《하퍼스》에 청구하라는 협상은 길고 복잡하게 늘어진다.

나는 일곱 번째이자 마지막 참가자로 줄에 선다. 줄에 선 다른 경기자들은 스키트를 "트랩"이나 "피전(비둘기)"이라고 부르지만, 실제 스키트는 그냥 비싼 사냥복의 형광 오렌지색으로 칠해진 작은 원반이다. 오렌지색은 눈으로 좇기 쉬우라고 칠한 것 같고 그 색깔은 정말 도움이 되는 것 같다. 잘 다듬은 턱수염에 조종사용 안경을 낀 남자가 지금 배 위 창공에서 무자비한 스키트 살해를 자행하고 있는 것을 보면 말이다.

여러분도 TV와 영화로 봐서 스키트 사격의 기본 규칙은 알 것이다. 기묘한 투석기처럼 생긴 스키트 사출기 옆에 도우미가 있다. 당신은 총을 어깨에 대고 하늘을 겨눈 뒤 "풀(당겨요)"이라고 지시

한다. 사출기에서 쿵 소리와 케탕 소리가 난다. 총이 날카롭게 땅소리를 낸다. 운 나쁜 스키트가 창공에서 분해된다. 나와 함께 줄선 사람은 전부 남자지만, 9층 갑판 발코니와 우리 뒤에서 구경하는 인파 중에는 여자도 많다.

줄에서 지켜보니 세 가지 사실이 인상적이다. (a) TV에서는 날카로운 땅 소리로 들렸던 것이 여기서는 둔탁한 꽝음이다. 실제 산탄총 소리가 이런 것이다. (b) 스키트 사격은 비교적 쉬워 보인다. 잘 다듬은 턱수염 사내 다음으로 지금 난간에 선 더 나이 들고 땅딸막한 남자도 형광 스키트를 잇달아 맞혀서 오렌지색 부스러기가 꼭 빗줄기처럼 항적에 쏟아져 내리는 것을 보면, (c) 날던 스키트가[129] 총알을 맞으면 무섭도록 익숙한 모습으로 비행 중 사태의 급변을 맞는다. 물체가 터지고, 방향이 바뀌고, 독특한 나선을 그리면서 바다로 추락하는데 그 모습이 1986년 챌린저 호 참사 기록 영상을 소름 끼치게 연상시키는 것이다.

인상 (b)는 착각으로 밝혀진다. 내가 골프를 직접 쳐보기 전에 TV로만 보고는 비교적 쉬운 운동이라고 착각했던 것과 비슷한 착각이다. 내 앞 사격자들은 모두 느긋하게 냉소적인 태도로 쏘는 것 같고 모두 8/10점 이상을 기록한다. 하지만 알고 보니 이 여섯 남자 중 세 명은 군대 및 전투 경험이 있고, 다른 두 명은 내가 못 견디게 싫어하는 동해안 레트로 여피 타입의 형제로 일 년에 몇 주씩

---

129 (스키트는 파편화를 극대화하기 위해서 극도로 잘 깨지는 점토 재질로 만든 것 같다.)

자기 '아빠'와 함께 캐나다 남부에서 빠르게 나는 여러 동물종을 사냥한다고 하며, 나머지 한 명은 전용 귀마개뿐 아니라 쭈글쭈글한 벨벳 안감의 특수 케이스에 담긴 전용 산탄총까지 가져왔고, 더구나 노스캐롤라이나 자기 집 뒷마당에 전용 스키트 사격장까지[130] 있다고 한다. 이윽고 내 차례다. 진행 요원이 준 귀마개에는 딴 사람의 귀 기름이 묻어 있고 내 머리에 잘 맞지도 않는다. 총은 충격적으로 무겁고 사람들이 코르다이트라고 알려준 물질의 냄새가 난다. 내 바로 앞 차례로 쏴서 10/10점을 기록하여 첫 번째 사격자와 동점을 이룬 한국전쟁 참전 용사가 남긴 코르다이트 연기가 여태 총열에서 음모처럼 꼬불꼬불 피어오른다. 나와 나이가 그나마 비슷한 출전자는 두 여피 형제뿐인데 그들은 둘 다 9/10점을 기록했고 이제 둘 다 사립학교 학생 특유의 구부정한 자세로 우현 난간에 기대어 차가운 눈길로 나를 감정하듯 지켜본다. 그리스인 진행 요원들은 굉장히 무료해 보인다. 그들은 내게 무거운 총을 건넨 뒤 나더러 고물 난간에 "엉덩이를 대고 버틴" 자세로 개머리판을 어깨에 대라고 하는데 아니요, 총을 받치는 팔 어깨가 아니라 방아쇠를 당기는 팔 어깨요 하고 일러준다. 내가 첫 발사 때 이 점을 틀려서 조준이 심각하게 빗나가는 바람에 사출기 옆 그리스인은 퍽 깔끔한 드롭 앤드 롤을 선보인다.('드롭 앤드 롤'은 원래 몸에 불이 붙었을 때 즉시 바닥으로 몸을 던진 뒤 굴러서 끄는 행동이다.—옮긴이)

됐다. 이 사건을 묘사하는 데 너무 많은 시간을 들이지는 말자.

130 !

그렇다. 내 스키트 사격 점수는 다른 참가자들보다 현저히 낮았다. 이렇게만 말해두고, 향후 7NC 메가십의 흔들리는 선미에서 스키트 사격을 할 마음이 있는 신참자를 위해서 몇 가지 객관적인 관찰을 제시한 뒤 다음 이야기로 넘어가자. (1) 당신이 총기에 관한 무지를 드러내는 순간, 총기에 관한 모든 것을 아는 사람들이 일시에 몰려와서 주의사항과 조언과 자기 아빠에게 전수받은 요긴한 팁을 알려줄 것이다. (2) (1)의 조언들 중 다수는 결국 발사된 스키트를 '리드하라(이끌어가라)'는 권고로 요약된다. 하지만 이 말이 움직이는 스키트를 따라서 하늘에서 총을 움직이라는 뜻인지 스키트가 지나갈 것으로 예상되는 궤도의 앞쪽에서 잠복하듯이 가만히 기다리라는 뜻인지는 아무도 알려주지 않는다. (3) TV에서 본 스키트 사격이 현실과 전혀 다르지만은 않다. 당신은 정말로 "풀"이라고 말해야 하고, 이상한 투석기처럼 생긴 사출기는 정말로 케탕 하는 굉음을 낸다. (4) '헤어 트리거(촉발 방아쇠)'라는 게 정확히 뭔지는 모르겠지만 아무튼 산탄총에는 그것이 없다. (5) 만약 당신이 이전에 총을 쏴본 적 없다면, 충격이 느껴지는 바로 그 순간에 눈을 질끈 감고 싶은 충동을 거의 물리칠 수 없을 것이다. (6) 산탄총이 발사될 때 느껴진다는 '킥(반동)'은 잘못 붙인 이름이 아니다. 총을 쏘면 정말로 몸을 뒤로 차인 것처럼 느껴지고, 아프고, 자기도 모르게 뒤로 몇 발자국 비틀거리면서 균형을 잡기 위해서 팔을 빙빙 돌리게 되는데, 이때 만약 당신의 손에 총이 들린 상황이라면 주변에서 사람들이 비명을 지르며 피신하는 사태가 발생하고 다음번 발사 때는 위쪽 9층 고물 갤러리의 군중이 현저하게 준다.

마지막으로 (7) 총에 맞지 않은 스키트가 거대한 라피스 라줄리 돔 같은 바다 위 창공을 가르는 모습은 태양을 닮았다는 사실과―즉, 오렌지색이고 포물선을 그리고 오른쪽에서 왼쪽으로 넘어간다―그것이 바다로 사라지는 모습은 가장자리부터 입수하고 물은 튀지 않고 슬프다는 사실을 알려드린다.

16시~17시: 누락.

17시~18시 15분: 샤워, 몸단장, 〈앙드레〉의 가슴 미어지는 마지막 장면을 세 번째로 시청함. 《네이디어 데일리》에서 의상학적으로 '격식' 있는 자리라고 규정한 오늘밤 5☆C.R.에서의 저녁 식사를 위해 울 바지와 장례식풍 스포츠코트에 샤워실 훈김을 활용한 갱생을 시도함.[131]

---

131 나는 정말 이 문제에 관해서 여러분의 시간을 많이 뺏을 생각이 없고 내 감정 에너지를 많이 쏟을 생각도 없지만, 만약 당신이 남성이고 혹시라도 7NC 호화 크루즈 여행을 하기로 결심한다면 부디 현명하게 판단하여 내가 따르지 않았던 조언을 꼭 따르기 바란다. 조언이란 정장을 가져가라는 것이다. 재킷과 넥타이를 말하는 것이 아니다. 재킷과 넥타이는 7NC에서 '비격식'으로 규정한(이 용어는 '캐주얼'과 '격식' 사이의 연옥적 범주인 것 같다) 저녁 자리에는 알맞다. 하지만 '격식' 있는 자리에서는 턱시도 혹은 내 눈에는 사실상 턱시도와 같아 보이는 '디너 재킷'을 입어야 한다. 나는 등신이라서, 열대 휴가 여행에 정장을 가져가는 것은 한심한 생각이라고 사전에 결정했다. 턱시도를 사지도 빌리지도 않겠고 대체 그걸 어떻게 짐에 꾸려야 하는지 알아보는 수고도 들이지 않겠다고 단호히 결정했다. 나는 한편으로는 옳았고 한편으로는 틀렸다. 정장이 한심한 짓이란 것은 옳은 말이다. 그러나 나를 제외한 모든 네이디어인들이 격식 있는 밤에 한심한 정장을 입었기 때문에, 오히려 내가―아이러니하게도 바로

18시 15분: 5☆C.R. 64번 식탁의 인물들과 전체적인 분위기는 앞에서 이야기했다. 오늘 저녁 다른 점이라면 긴장감이다. 기억하겠지만, 사악한 모나는 티보르와 지배인에게 오늘이 자기 생일이라고 말했고 그래서 오늘 장식 깃발과 큰 케이크와 의자에 묶인 풍선을 받았으며 이에 더해 우리 보이치에흐가 슬라브인 버스보이들을 죄다 이끌고 나타나서 64번 식탁을 돌며 생일 축하 마주르카를 춰주었다. 이에 대해 모나는 전반적으로 만족하여 우쭐하게 환한 표정이고(팁스터가 자기 앞에 케이크를 내려놓자 못된 아이처럼 얼굴 앞에서 딱 한 번 박수를 쳤다) 그녀의 조부모는 무표정하게 견디는 표정을 짓고 있는데 그들의 속마음은 정확히 읽거나 짐작하기가 불가능하다.

게다가 트루디의 딸 앨리스는—기억하겠지만, 오늘이 진짜 생일이다—모나의 사기에 대한 무언의 항의로 일주일 내내 티보르에게 사실을—즉, 자신의 생일을—말하지 않았고 오늘은 모나 맞

그 한심함을 이유로 턱시도를 퇴짜 놓은 내가—격식 있는 5☆C.R. 저녁 식사 자리에서 한심하게 보이는 인간이 되고 말았다. 나는 첫 격식 있는 밤에는 턱시도 그림 티셔츠를 입고 앉아서 고통스럽게 한심했고, 목요일 저녁에는 며칠 전 비행기와 21번 부두에서 온통 땀에 젖고 구겨졌던 장례식풍 스포츠코트와 바지를 입고 앉아서 첫날보다 더 고통스럽게 한심했다. 64번 식탁 사람들은 격식 있는 저녁 식사 자리에서 내 한심한 비격식적 차림에 대해 일언반구 하지 않았다. 그러나 그것은 가장 끔찍하고 한심한 종류의 사회적 관습 위반에 따르는 팽팽한 긴장감 속 일언반구의 부재였다. 그리고 나는 예의 '우아한 다과회' 낭패를 겪은 직후라, 배에서 뛰어내릴 아슬아슬한 지경에까지 몰렸다.

제발, 내 등신 같은 실수와 굴욕이 헛되지 않게 해달라. 내 조언을 받아들여서 정장을 가져가라. 아무리 한심해 보여도, 크루즈 여행을 해야겠다면 꼭 가져가라.

은편에 앉아서 응당 자신의 것이어야 하는 출생 관련 대접과 관심을 다른 응석받이 아이가 받는 것을 지켜보는 응석받이 아이의 표정으로 지켜보고 있다.

이 결과, 굳은 얼굴의 앨리스와 나는[132] 식탁 너머로 깊고 강렬한 유대를 맺었다. 우리는 모나에 대한 전폭적인 반대와 미움으로 하나가 되었으며 무용극을 방불케 하는 은밀한 몸짓으로 모나를 찌르는, 목 조르는, 찰싹 때리는 팬터마임을 실시하여 서로를 웃긴다. 고백하건대, 시련의 하루를 보낸 내게 이 짓은 재미있고 치료 효과가 있는 분노 배출구가 되어준다.

하지만 저녁 식사의 가장 팽팽한 긴장감은 앨리스의 어머니이자 내가 여기서 사귄 친구인 트루디가—트루디의 쇠비름 엔다이브 샐러드, 쌀 필라프, 뭉근히 익힌 부드러운 송아지고기가 오늘은 그저 완벽했기 때문에 그녀의 비평적 관심을 받을 이유가 없었던 데다가, 이 대목에서 말해두지 않을 수 없는데 트루디는 한 주 내내 딸 앨리스의 진지한 남자친구 패트릭이, 혹은 패트릭과 앨리스의 진지한 관계가[133] 좋아서 죽겠는 상태는 아니라는 사실을 모두에게 전혀 숨기지 않았다—나와 앨리스의 은밀한 몸짓과 숨죽인 킬킬

---

132 (기억하겠지만, 나는 처음에는 탄도학적 굴욕을 겪었고 그다음에는 '우아한 다과회'에서 망신을 당했으며 지금은 시야에 들어오는 모든 사람을 통틀어 유일하게 번들거리는 턱시도가 아니라 땀으로 쭈글쭈글해진 울 스포츠코트를 입은 인간이 된 삼중고를 겪고 있다. 또한 벨루아 캐비어의 비타협적 뒷맛을 입에서 씻어내고자 닥터페퍼를 연속 세 잔 시켜서 들이켜야 하는 형편이다.)

133 (이 진지한 관계에는 앨리스의 $$로 함께 생활하는 것과 앨리스의 1992년형 사브 자동차를 '공동 소유'하는 것도 포함되는 것 같았다.)

거림을 우리 사이에 로맨스가 움트는 신호로 착각한 데서 비롯했다. 그래서 트루디는 또 다시 지갑에서 앨리스의 4×5인치 사진을 꺼내 늘어놓고는 앨리스를 더 사랑스러운 아이로 보이게 하려는 의도에서 앨리스의 어릴 때 일화를 이야기하고, 패트릭을 깎아내리고, 말하기 미안하지만 전반적으로 꼭 뚜쟁이처럼 행동하기 시작하는데… 이것만으로도 긴장감 측면에서 충분히 나쁘건만(에스터까지 끼면 더 그렇다), 딱한 앨리스가―박탈당한 생일과 모나 혐오에 몰두해 있지만 그렇다고 해서 둔하지도 눈치가 없지도 않은 앨리스이므로―금세 트루디의 행동을 간파하고는 혹 나도 자기 엄마처럼 우리의 유대를 반 모나 동맹 이상의 무언가로 착각하면 어쩌나 하는 걱정이 든 나머지 나를 향해서 꼭 미친 오필리어처럼 패트릭 관련 언급과 패트릭 관련 일화를 산만하게 독백으로 늘어놓기 시작한다. 그러자 트루디가 치과적으로 비대칭적인 기묘한 미소를 짓는 동시에 뭉근히 익힌 부드러운 송아지고기를 거칠게 자르기 시작하여, 트루디의 칼이 5☆C.R.의 본차이나 접시를 긁는 소리에 식탁에 둘러앉은 모두가 이를 악물고 전율했던 것이다. 이렇게 차오르는 긴장감에 내 장례식풍 스포츠코트 겨드랑이에는 새롭게 땀자국이 번지기 시작하고, 그리하여 21번 부두에서 남았던 땀자국의 찝찔한 흔적 경계까지 다시금 퍼졌던 것이다. 그래서 티보르가 여느 날처럼 앙트레 이후 식탁을 돌면서 어디 불편하신 데는 없습니까 하고 물었을 때, 나는 교훈적이었던 둘째 날 저녁 이래 처음으로 이 말 외에 도무지 다른 말은 할 수가 없었던 것이다. 괜찮습니다.

20시 45분:

_____

셀레브리티 쇼타임
셀레브리티 크루즈가 자랑스럽게 소개합니다

최면술사
나이절 엘러리

사회에는 여러분의 크루즈 감독 스콧 피터슨

주의: 쇼에서는 모든 비디오와 오디오 녹음을 엄격히 금지합니다.
어린이는 쇼 진행 중 부모와 함께 자리에 착석하도록 해주십시오.
맨 앞줄에는 어린이가 앉을 수 없습니다.

셀레브리티 쇼 라운지

_____

이번 주 셀레브리티 쇼타임의 또 다른 헤드라인 오락은 사슬
톱을 저글링하는 베트남 코미디언들, 브로드웨이 사랑 노래 메들리
가 장기인 부부 팀, 그리고 가장 주목할 만한 출연자로 가수들의 성
대모사에 능한 폴 태너가 있었다. 태너는 64번 식탁의 트루디와 에
스터에게 깊은 감명을 주었다. 태너의 엥글버트 험퍼딩크, 톰 존스,
특히 페리 코모 성대모사가 반응이 워낙 좋았기에 그는 내일 밤 클
라이맥스인 '승객 장기 자랑'이 끝난 뒤 '관객 요청 앙코르 무대'를
한 번 더 갖기로 급히 일정이 잡혔다.[134]

---

134 최소한 지팡이를 짚은 늙은 네이디언 코미디언에게 만원 무대를 보장하는 효과
는 있을 것이다.

무대 최면술사 나이절 엘러리는 영국인이다.[135] 그는 1950년대 B급 영화의 단골 악당이었던 케빈 매카시와 오싹할 정도로 닮았다. 크루즈 감독 스콧 피터슨은 나이절 엘러리를 소개하면서 그가 "엘리자베스 2세 여왕과 달라이 라마 둘 다에게 최면을 거는 영예를 누렸다"고[136] 말한다. 엘러리의 공연은 최면 놀이에 평범한 수준의 보르시치 벨트 풍 잡담과 관객 학대를 간간이 섞은 내용이다. 그리고 그의 공연은 7NC 호화 크루즈 여행의 경험을 우스꽝스러우리만치 적절하게 상징하는 축약판처럼 보인다. 너무 적절해서, 누가 나를 위해서 기이한 저널리즘적 응석받이로 일부러 짠 것이 아닌가 싶을 지경이다.

우선 나이절 엘러리는 우리에게 누구나 다 최면에 잘 걸리는 것은 아니라고 알려준다. 그리고 셀레브리티 쇼 라운지에 모인 300명 남짓한 관객 모두에게 각자 제자리에서 해볼 수 있는 간단한 시험을 시킨다.[137] 관객 중 누가 앞으로 펼쳐질 '재미'에 참가할 수

---

135 말투로 보아 런던 이스트엔드 출신이다.

136 (당연히 동시에는 아니었겠지.)

137 하나만 소개하면: 두 손을 맞잡고 손가락을 엮어서 눈앞으로 들어올려라. 두 집게손가락만 풀어서 서로 마주 보도록 치켜들고, 저항하기 힘든 어떤 자석 같은 힘이 두 손가락을 가까이 잡아당긴다고 상상하라. 그러고는 정말로 두 손가락이 마술처럼 서서히 가까워지다가 급기야 지문 대 지문으로 붙어버리는지 보라. 나는 7학년 때 겪었던 무시무시하고 불쾌한 사건 때문에[137a] 내가 최면에 극도로 취약하다는 것을 알므로, 이런 시험들을 그냥 걸렀다. 어떤 지상의 힘도 나를 오락에 굶주린 300여 명의 낯선 사람들 앞에서 최면술사의 무대에 올라가도록 만들 수는 없다.

137a (당시 학교에서 동네 심리학자를 불러서 무슨 "창의적 시각화"라는 것을 한

있을 만큼 '잘 감응하는 재능을 가졌는지' 알아보는 단계다.

그다음에 엘러리는 가장 적당한 피험자를 여섯 명 무대로 부른 뒤—그들은 제자리에서 했던 시험 때문에 아직 복잡한 정신적 왜곡에 갇힌 상태다—그들이 겪고 싶어 하지 않고 자발적으로 나설 것 같지 않은 일은 절대로 벌어지지 않을 테니 안심하라고, 그들과 관객들 모두에게 길게 설명한다. 그래 놓고서는 애크런에서 온 젊은 여자 피험자에게는 여자의 브래지어 왼쪽 컵에서 웬 히스패닉 남자 목소리가 시끄럽게 흘러나오고 있다고 믿게끔 만들고, 또 다른 여자 피험자에게는 바로 옆 남자에게서 끔찍한 냄새가 풍기고 있다고 믿게끔 만들고, 그 남자 피험자에게는 그가 앉은 의자가 섭씨 100도로 주기적으로 데워진다고 믿게끔 만든다. 나머지 세 피험자에게는 각각 플라멩코를 추게 만들고, 자신이 알몸일 뿐 아니라 심각하게 빈약한 몸매라고 믿게 만들고, 엘러리가 특정 단어를 말할 때마다 "엄마, 나 쉬할래!"라고 외치게 만든다. 관객들은 매번 적절한 시점에 폭소를 터뜨린다. 그리고 잘 차려입은 성인 크루즈 여행객들이 스스로 인식하지 못하는 이유 때문에 우스꽝스럽게 행동하는 모습을 구경하는 데 (이 장면이 상징적 축약본이라는 것은 물

다며 학생들에게 가벼운 최면을 걸게 했다. 강당에 있던 사람들은 십 분 후 모두 최면에서 깨어났다. 불행하게도 이 필자만을 제외하고. 나는 이후 네 시간 동안 동공이 확장된 채 최면에서 깨어나지 못하고 간호실에 누워 있었고, 당황한 심리학자는 점점 더 극단적인 방법을 써서 나를 깨우려고 시도했다. 이 일로 부모님이 학교에 소송을 걸 뻔했다. 그 후 나는 차분하게, 객관적으로, 모든 최면에서 멀찍이 거리를 두기로 결심했다.)

론이거니와) 순수한 재미가 없지는 않다. 최면이 그들에게 심어준 환상이 어쩌나 생생하던지, 그들은 그것이 환상이라는 사실조차 모르는 것 같다. 그들의 머리가 더 이상 그들의 것이 아닌 것 같다. 이것은 물론 재미있는 일이다.

그러나 어쩌면, 최면술사 나이절 엘러리 그 자신이야말로 7NC 경험을 충격적일 만큼 종합적으로, 또한 대표적으로 보여주는 상징이다. 이 최면술사는 자신이 느끼는 따분함과 적대감을 숨기지 않는 것은 물론이거니와 그것을 오락에 기발하게 통합시킨다. 그가 드러내는 따분함에는 우리로 하여금 의사나 경찰을 신뢰하도록 만드는 지친 전문가다운 분위기가 있다. 그가 드러내는 적대감은—코미디언 돈 리클스가 라스베이거스에서 대스타가 될 수 있었던 것과 동일한 과정을 통해서—관객들로부터 가장 큰 폭소 갈채를 이끌어내는 요인이다. 이 남자의 무대 위 페르소나는 극도로 적대적이고 야비하다. 그는 사람들의 미국식 영어를 심술궂게 흉내 낸다. 피험자의 질문도 관객의 질문도 비웃는다. 라스푸틴처럼 이글이글 불타는 눈동자로, 관객들에게 그들이 정확히 새벽 3시에 침대에 오줌을 쌀 것이라는 등 앞으로 정확히 2주 뒤에 회사에서 바지를 홀랑 내릴 것이라는 등 악담을 해댄다. 관객들은—주로 중년이다—몸을 앞뒤로 흔들면서 웃음을 터뜨리고 무릎을 탁 치고 눈물 고인 눈가를 손수건으로 훔친다. 엘러리는 자신의 적의를 노골적으로 드러낸 뒤에는 반드시 입주위근을 충분히 수축시키고 두 손바닥을 펼쳐 내밀면서 자신은 그저 농담한 것뿐이고 사실은 우리를 사랑하며 우리는 그저 즐거운 시간을 보내는 멋진 사람들일 뿐이라고 안심시킨다.

하루 종일 관리된 재미를 겪은 내게, 나이절 엘러리의 공연은 감탄스럽거나 배꼽 빠지게 웃기거나 유쾌하지 않다. 그렇다고 해서 우울하거나 기분 나쁘거나 절망적이지도 않다. 내가 받는 느낌은 이상함이다. 어떤 단어가 혀끝까지 걸렸지만 좀처럼 또렷하게 떠오르지 않을 때 느끼는 이상함이다. 이 상황에는 호화 크루즈 여행의 결정적 핵심에 해당하는 무언가가 있다. 당신을 싫어하는 것이 분명한 사람에게 오락을 제공받는다는 것, 그 반감에 화가 나면서도 자신은 그런 반감을 받을 만하다고 느끼는 것. 지금 무대 위의 여섯 피험자는 한 줄로 서서 발을 차올리는 춤을 엇박자로 추고 있다. 나이절 엘러리는 마이크로 관객들에게 뭔가를 할 준비를 하라고 알리는데, 그 뭔가는 자신이 날고 있다고 상상하면서 팔을 맹렬하게 펄럭이는 최면적 환상인 것 같다. 나는 최면에 위험스럽게 취약한 탓에 그동안 엘러리의 암시를 너무 가까이 혹은 너무 깊이 접하지 않도록 주의해왔다. 그 덕분에 지금 나는 편한 네이비블루 좌석에 앉아서 머릿속으로 이곳으로부터 차츰 멀어진다. 프랭크 콘로이 풍에피파니의 순간을 맞아, 일종의 창조적 시각화에 빠진다. 머릿속으로 나는 뒤로 차츰차츰 물러나서, 저 최면술사와 피험자들과 관객들과 셀레브리티 쇼 라운지와 갑판과 이윽고 동력선 전체를 이 배에 타지 않은 사람의 시선으로 바라본다. 바로 지금 한밤중에 네이디어 호가 21.4노트의 속력으로 북쪽으로 나아가는 모습을, 실처럼 뒤엉킨 구름 사이로 달을 잡아당기는 강하고 따스한 서풍을 맞으면서 움직이는 모습을 눈앞에서 본다. 희미한 웃음소리, 음악 소리, 아빠 엔진들의 고동 소리, 칙칙 뒤로 끌리는 항적 소리를 듣는다. 그리고 심야 바다 위에서의 이 시점에서 우리 네이디어 호가 정교하게 빛나는 모습을 본다. 천사처럼 하얗게, 안으로부터, 축제처럼, 웅장하게, 궁전처럼 빛을 발하는 모습을… 그렇다, 바로 이거다, 궁전처럼. 배는 장엄하고 끔찍하게 바다에 뜬 궁전처럼 보일 것이다. 한밤중 바다 위에서 홀로 작은 보트에 탄 가련한 사람에게는, 혹은 보트조차 없고 그냥 끔찍하게 물에 떠서 선헤엄을 치며 시야에 육지라고는 보이지 않는 곳에 있는 사람에게는. 깊고 창조적인 시각적 무아지경은—나이절 엘러리가 무심결에 내게 안겨준 진정한 선물이다—이튿날 하루 종일 지속되었다. 그동안 나는 1009호 선실에 틀어박혀 침대에 앉은 채 주로 깨끗한 선창을 하염없이 바라보았다. 쟁반이며 껍질 따위를 주변에 늘어놓고, 눈동자가 약간 흐리멍텅했을지는 몰라도 대체로 좋은 기분으로—이렇게 네이디어 호에 타고 있는 것도 좋고 곧 네이디어 호에서 내릴 것도 좋으며 (어떤 의미에서) 죽도록 응석받이당하는 일로부터 (어떤 의미에서) 살아남았다는 사실도 좋다—침대에만 있었다. 그 무아지경의 정체 상태 때문에 마지막 밤에는 클라이맥스인 '승객 장기 자랑'과 '석별 자정 뷔페'를 놓쳤고 토요일에는 정박을 구경하고 G. 파나요타키스 선장과 '여행 후' 사진을 찍을 기회도 놓쳤지만, 그래도 이후 육지에 매인 현실에서 성인이 감당해야 할 일상으로 재진입했을 때 이 재진입은 이전에 내가 절대적으로 아무것도 안 하는 일주일 뒤에 감당할 수 있을까 걱정했던 것만큼 그렇게까지 나쁘지는 않았다.

(1995년)

Some Remarks on Kafka's Funniness

from Which Probably

Not Enough Has Been Removed

카프카의 웃김에 관한

몇 마디 말

◎ 1998 PEN 아메리칸 센터 행사에서 했던 강연의 원고로 1998년 《하퍼스》 7월 호에 '카프카와 함께 웃기'라는 제목으로 실렸다. 두 번째 산문집 《랍스터를 생각해봐》에 재수록되었다. 데이비드 포스터 월리스는 학생 시절부터 카프카를 좋아했고, 자신의 두 번째 소설집 속 초단편들이 카프카의 초단편과 비슷한 글로 읽히기를 바랐다.

내가 지독히 자격 미달인 주제에 관해서 기꺼이 공개 발언을 하기로 한 이유는, 내가 대학 문학 수업에서 가르치기를 포기했기 때문에 소리 내어 읽을 기회가 그리웠던 카프카의 짧은 이야기 한 편을 여러분 앞에서 낭송할 핑계가 되어주기 때문입니다. 이야기의 제목은 '작은 우화'입니다.

"아!" 쥐가 말했다. "세상은 날마다 좁아지는구나. 처음에는 하도 넓어서 겁이 났지만 자꾸 달리다 보니 드디어 좌우로 벽이 보여서 행복했지. 하지만 이 긴 벽이 어찌나 빨리 좁혀 드는지 나는 어느새 마지막 방에 와 있고, 저기 저 구석에는 덫이 있어, 내가 그리로 달려 들어가고 있구나." "네가 방향을 바꾸면 돼." 고양이는 이렇게 말하고 쥐를 잡아먹었다.

내가 대학생들과 카프카를 강독할 때 극심한 좌절을 느끼는 것은, 카프카가 웃기다는 사실을 학생들에게 이해시키기가 거의 불가능하기 때문입니다. 그 웃김이 이야기의 힘과 밀접하게 관련된다는 사실을 이해시키기도 어렵습니다. 왜 관련되는가 하면, 물론, 위대한 단편과 위대한 농담은 공통점이 많기 때문입니다. 둘 다 소통 이론가들이 종종 **엑스포메이션**exformation이라고 부르는 효과에 의존하는데, 이것은 소통에서 표면적으로는 지워져 있지만 그 소통을 통해 수신자의 마음속에서 환기됨으로써 특정한 연상 관계가 폭발적으로 맺어지도록 만드는 핵심 정보를 뜻합니다.[1] 단편소설과 농담이 둘 다 느닷없고 격발적인 효과를 낼 때가 많은 것, 흡사 오래 막혔던 밸브가 뻥 뚫리는 것처럼 느껴질 때가 많은 건 이 때문일 것입니다. 카프카가 문학을 가리켜 "우리 안의 얼어붙은 바다를 깨뜨리는 도끼"라고 말했던 것은 괜한 말이 아니었습니다. 비평가들이 위대한 단편의 기술적 성취를 종종 **압축**compression이라는 용어로 표현하는 것도 우연이 아닙니다. 압력과 그 배출은 둘 다 이미 독자 안에 존재하기 때문입니다. 카프카가 거의 모든 다른 작가들보다 더 뛰어났던 것 같은 지점은, 그 압력이 커져가는 과정을 교묘

---

1 이 점에서 가령 어니스트 헤밍웨이의 단편 〈깨끗하고 밝은 곳〉의 첫 대목에 나오는 대화와—"노인은 뭣 때문에 절망했는데요?" "아무것도 아닌 일로."—사람들이 정수기 앞에서 잡담 삼아 나누는 농담인 "백악관 인턴과 캐딜락의 큰 차이는 모든 백악관 사람이 캐딜락 안에 들어가본 건 아니라는 거야" 같은 말을 비교해보라. 혹은 커트 보니것의 소설 〈반하우스 효과에 관한 보고서〉 맨 끝의 한 단어 "안녕"과 "전구를 가는 데 초현실주의자가 몇 명 필요하게?"에 대한 농담조 대답인 "물고기!"를 비교해보라.

하게 조절함으로써 이윽고 압력이 배출되는 순간에는 독자가 거의 견딜 수 없는 지경으로 만들어놓는 것입니다.

농담의 심리학은 우리가 카프카를 가르칠 때 겪는 문제를 일부 설명해줍니다. 누구나 알다시피, 농담을 설명하는 것만큼 농담에 담긴 마법을 더 잘 빼앗는 방법은 없지요. 예를 들어 "루 코스텔로는 고유명사 후Who를 의문대명사 누구who로 착각한 거야" 하는 식으로 풀어주는 것 말입니다.(미국 배우 코스텔로는 짝꿍 버드 애벗과 함께하는 말장난 코미디로 유명했는데, 특히 한쪽이 "Who's on First?[일루에 누가 있지?]"라고 물으면 상대가 "Who[후]"라고 대답하고 그러면 질문자가 다시 "Who?[누구라고?]"라고 물어서 무한 반복되는 말장난이 유명하다. 일루에 있는 사람의 이름이 '후'라서 빚어지는 착각인 것이다.─옮긴이) 또한 누구나 알다시피, 이런 설명을 들으면 우리는 이상한 반감을 느낍니다. 따분하다기보다는 기분 나쁜 느낌, 꼭 무언가 신성한 것이 모욕을 당한 것 같은 기분입니다. 카프카의 작품을 대학의 표준적인 문학비평 분석에 욱여넣으려고 하는 선생의 기분이 꼭 그렇습니다. 플롯을 표로 정리하고, 상징을 해독하고, 주제를 끌어내고, 뭐 그런 작업 말입니다. 이런 형식의 효율적인 비평 기계는 장미가 왜 향기로운지 알기 위해서 꽃잎을 낱낱이 떼어 으깬 뒤 그 곤죽을 분광계로 분석하는 것과 비슷하지요. 카프카는 사실 자신의 단편이 이런 비평 기계에 투입된다는 아이러니를 그 누구보다 특별하게 음미할 만한 작가입니다. 누가 뭐래도 카프카는 〈포세이돈〉을 쓰면서 바다의 신이 행정 서류 업무에 파묻힌 나머지 바다를 항해하고 헤엄칠 기회가 없는 상황을 상상한 작가였으니까요. 〈유형지에서〉에서는 묘사를 처벌로 여기고, 고문을 교화로 여기고, 궁극의 비평을 바늘 꽂힌 써레로 이마를 찍어 최후의 일격을 가하는 것으로 여긴 작가였으니까요.

설령 재능 있는 학생들이라도 겪는 또 다른 어려움은, 가령 제임스 조이스나 에즈라 파운드와는 달리 카프카가 만들어내는 엑스포메이션적 연상은 간▨텍스트적이지 않고 심지어 역사적이지도 않다는 점입니다. 카프카의 환기는 그렇다기보다는 무의식적입니다. 거의 원형적이라고 말할 수 있을 정도입니다. 어린아이들이 느끼는 원시적인 그 무엇, 그로부터 신화가 도출되는 그 무엇 말입니다. 우리가 카프카의 가장 기이한 이야기들을 **초현실적인**surreal 이야기라고 하지 않고 **악몽 같은**nightmarish 이야기라고 하는 것은 이 때문입니다. 또한 카프카의 엑스포메이션적 연상은 단순하면서도 대단히 풍성하고, 해설하기가 거의 불가능할 때가 많습니다. 학생들에게 "쥐" "세상" "달리기" "벽" "좁아지다" "방" "덫" "고양이" "고양이가 쥐를 잡아먹다"라는 말들의 이면에 깔린 여러 의미망을 분석하고 구성하라는 숙제를 냈다고 상상해보십시오.

더구나 카프카가 발휘하는 특별한 형태의 웃김이 미국적 신경 회로를 갖춘 학생들에게는 대단히 생경하게 느껴진다는 문제도 있습니다.[2] 카프카의 유머에는 현대 미국 오락의 형식과 관습이 거

---

2 나는 번역을 거치면 무언가 사라지기 마련이라는 뜻으로 말하는 것이 아니다. 이날 밤 이 자리에 서긴 했지만,[2a] 고백하건대 나는 독일어를 거의 모른다. 따라서 내가 알고 가르치는 카프카는 번역가 뮤어 부부의 카프카다. 그 때문에 내가 얼마나 많은 것을 놓치고 있는지 누가 알겠느냐만, 아무튼 내가 말하는 카프카의 웃김이란 뮤어 부

의 전혀 들어 있지 않습니다. 재귀적 말장난이나 언어적 스턴트 행위가 없고, 재치나 신랄한 풍자도 별로 없습니다. 카프카에게는 신체 기능에 관한 유머도, 성적인 이중 의미도, 관습 위반으로 반항을 꾀하는 정형적 시도도 없습니다. 토머스 핀천 식의 바나나 껍질 슬랩스틱도 못된 임파선도 없습니다.(바나나도 '못된 임파선'도 핀천의 〈중력의 무지개〉에 뜻을 통 알 수 없는 알쏭달쏭한 이야기로 나오는 말이다.—옮긴이) 필립 로스 식의 음경 지속 발기증도, 존 바스 식의 메타 패러디도, 우디 앨런 식의 투덜거림도 없습니다. 현대 시트콤에 흔한 역전된 입장 설정도, 조숙한 아이나 상스러운 조부모나 냉소적으로 반항적인 동료도 없습니다. 아마 그중에서도 가장 생소한 점은, 카프카가 그리는 권위자는 단지 조롱받아 마땅한 허수아비 광대가 아니라 부조리하면서도 무서우면서도 슬픈 존재, 가령 〈유형지에서〉의 장교와 같은 존재라는 것입니다.

내 말뜻은, 카프카의 위트가 미국 학생들에게는 너무 미묘하게 느껴진다는 것이 아닙니다. 그렇기는커녕 내가 수업에서 카프카의 웃김을 전달하려고 시도할 때 절반쯤이나마 효과가 있는 전략은 학생들에게 카프카의 유머는 알고 보면 전혀 미묘하지 않을 때가 많다고, 오히려 반反미묘하다고 알려주는 것입니다. 즉, 카프카의 웃김은 우리가 흔히 비유로써 다루는 진리를 극단적으로 문학

부의 영어판에서도 살아남은 웃김이다.
2a [=내 기억에 프린스턴 대학의 누군가 새로 번역했다는 《성》 출간을 기념하여 미국 PEN 센터에서 마련한 행사였다. 아직도 짐작하지 못한 사람이 있을까 봐 덧붙이면, 그러니까 이 글은 내가 그 행사에서 했던 짧은 연설의 원고다.]

화한 데 있다고 말해주는 것입니다. 나는 학생들에게 이렇게 설파합니다. 우리의 가장 심오한 집단적 통찰 중 일부는 오로지 언어적 수사로만 표현될 수 있고, 바로 그 때문에 우리가 그런 언어적 수사를 표현expression이라고 부르는 것이라고. 그러고는 학생들에게 가령 〈변신〉을 읽으면서 우리가 누군가를 "징그럽고" "역겹다"고 말할 때, 혹은 그에게는 "똥 싸는 일"이 일이 되었다고 말할 때 그 말이 정말로 표현하는 것이 무엇인지 생각해보라고 권합니다. 혹은 〈유형지에서〉를 다시 읽되 "혀로 채찍질한다"거나 "찢어발길듯이 나무란다"거나 금언풍으로 "중년이면 얼굴에 성품이 드러난다"는 표현 등을 유념해보라고 권합니다. 〈어느 단식 광대〉를 읽을 때 "관심에 굶주렸다"거나 "사랑에 굶주렸다"는 표현에 집중해보라고, 혹은 '자기부정'이라는 용어에 담긴 이중적 의미에 집중해보라고, 아니면 '거식증anorexia'의 어원이 얄궂게도 그리스어로 '갈망'을 뜻하는 단어라는 사실처럼 별 뜻 없어 보이는 사소한 사실들에 집중해보라고 권합니다.

이러면 학생들은 보통 흥미를 느낍니다. 잘된 일이지요. 그러나 선생은 그래도 여전히 모종의 죄책감에 몸을 꼬는데, 왜냐하면 비유의 문학화로서 희극이라는 해석은 카프카의 희극이 또한 늘 비극이고 그 비극이 또한 늘 크고 경건한 기쁨이 된다는 더 깊은 차원의 연금술에는 손조차 못 대기 때문입니다. 그래서 다음에는 보통 괴로운 시간이 이어지고, 이때 나는 앞서 했던 말을 다 취소하고 어벌쩡 얼버무리면서 학생들에게 이렇게 경고하는 것입니다. 그 모든 위트와 강력한 엑스포메이션에도 불구하고 카프카의 이야기들은 근본적으로는 농담이 아니라고, 카프카의 사적인 발언에 자주 등장하는 비교적 단순하고 침울하고 음산한 유머는—가령 "희망은 있다, 하지만 우리를 위한 것은 아니다"와 같은 발언은—그의 작품들이 말하는 바는 아니라고 말입니다.

카프카의 이야기들에 있는 것은 그보다는 그로테스크하고, 근사하고, 철저히 현대적인 복잡성입니다. 이른바 '무의식'의 '동시에/둘 다' 논리라고 할 수 있는 양면성입니다.(원문은 "Both/And"로, 어떤 두 명제의 양쪽 모두에 해당하면서 두 명제를 합한 상태에도 해당한다는 것을 논리학 기호로 표현한 것이다.—옮긴이) 나 개인적으로는 이 '무의식'이란 '영혼'을 좀더 그럴듯하게 표현한 말에 지나지 않는다고 생각하지만 말입니다. 카프카의 유머는—이 유머는 결코 신경증적이지 않으며 오히려 반신경증적으로, 영웅적으로 말짱한 제정신입니다—결국 종교적 유머입니다. 다만 키르케고르와 릴케와 〈시편〉의 방식으로 종교적입니다. 이 고뇌하는 정신에 비하면 심지어 플래너리 오코너의 냉혹한 영성조차도 다소 가벼운 것으로, 말하자면 기성품으로 제작된 화형주에 오른 영혼들처럼 보일 지경입니다.

그리고 바로 이 점 때문에, 농담을 오락으로 여기고 오락을 안심되는 것으로 여기는 문화에서 자란 학생들에게는 카프카의 위트가 접근 불가능한 것이 되는 것입니다.[3] 학생들이 카프카의 유머를

3 유머가 오늘날 미국인의 정신세계에서 이를테면 혀 짧은 소리로 말하는 것 같은 기능을 수행한다는 사실에 대해서, 존스 홉킨스 대학 출판부 같은 데서 연구서가 한 트럭 나올 만도 하다. 거칠게 설명하자면, 현재 미국 문화는 발달 단계로나 역사 단계

'해득하지get' 못하는 것이 문제가 아닙니다. 우리가 학생들에게 유머란 '획득하는get' 것이라고 가르쳐온 것이 문제입니다. 자아란 '갖는have' 것이라고 가르쳐온 것처럼 말입니다. 그러니 학생들이 카프카의 농담에서 진정한 핵심을 음미하지 못하는 것도 무리가 아닙니다. 그 핵심이란 이것입니다. 인간이 자아를 구축하고자 지독하게 분투한 결과는 그 지독한 분투로부터 떼려야 뗄 수 없는 인간성을 지닌 자아라는 것. 우리가 집을 향하여 끝이 보이지 않는 막막한 여정을 밟아가는 과정 그 자체가 사실은 우리의 집이라는 것. 이런 것을 말로 풀어서 칠판에 적기는 어렵습니다. 정말입니다. 차라리

로나 사춘기에 해당한다. 사춘기는 모두가 인정하듯이 인간의 발달 단계에서 단연코 가장 힘들고 두려운 시기이므로—이 시기에는 우리가 갈망하는 성인의 단계가 의무와 제약으로 구성된 현실적이고 갑갑한 체제의 형태로(세금, 죽음) 눈앞에 나타나기 시작하지만, 한편으로 우리는 짐짓 경멸하는 척하면서도 어린 시절의 그리운 무지 상태로 돌아가고 싶은 마음도 갖고 있다[3a]—미국 문화가 도피를, 즉 환상이나 아드레날린이나 스펙터클이나 로맨스 등을 주된 기능으로 삼는 예술과 오락에 쉽게 넘어가는 것은 이해하기 어려운 일이 아니다. 농담은 일종의 예술이고, 대부분의 미국인에게 예술이란 사실상 자기 자신으로부터 도피하는 것이므로—즉, 잠시나마 우리는 쥐가 아니고 벽은 좁혀들지 않고 고양이를 충분히 따돌릴 수 있는 척하는 것이므로—〈작은 우화〉가 대부분의 미국인에게 별로 안 웃기게 느껴지는 것도 이해할 만하다. 〈작은 우화〉는 심지어 죽음−세금 유의 울적한 현실을 대표하는 지긋지긋한 사례로 여겨질 수도 있다. 그에 대한 도피처로서 오히려 '진짜' 유머가 필요한 이야기라고 말이다.

3a (많은 미국인에게 대학이 고꾸라질 만큼 마셔대는 폭음과 전반적으로 황홀한 디오니소스풍 흥청망청에 탐닉하는 시기라는 사실이 우연일 것 같은가? 아니다. 대학생들은 사춘기를 겪고 있고, 그래서 두려우므로, 참으로 미국적인 방식으로 두려움을 처리한다. 금요일 밤 남학생 사교 모임 건물 창밖에 알몸으로 거꾸로 매달린 남학생들은 제대로 된 학교라면 주중 내내 학교가 학생들에게 주입하려고 애쓰는 어른의 울적한 현실로부터 몇 시간이라도 도피하려는 것이다.)

학생들에게 너희가 카프카를 '이해하지get' 못하는 것은 어쩌면 잘된 일인지도 모른다고 말해줄 수는 있을 것입니다. 차라리 학생들에게 카프카의 모든 이야기를 일종의 문으로 상상해보라고 요구할수는 있을 것입니다. 우리가 그 문에 다가가서 두드리는 모습을 상상해보라고, 우리는 점점 더 세게 두드리고 또 두드리는데, 그냥 들어가고 싶어서가 아니라 꼭 들어가야 하기 때문이라고. 우리는 정확히 그 절박함의 정체가 무엇인지는 몰라도 하여간 그 문으로 꼭들어가야 한다는 필사적인 절박함을 느끼고 있고 그래서 문을 두드리고 들이받고 찬다고. 그러다 이윽고 문이 열리는데… 문이 바깥쪽으로 열린다고. 그러니까 우리는 내내 그토록 들어가고 싶었던곳에 그동안 내내 들어 있었던 거라고. 다스 이스트 코미시.('이것이웃긴 것이다'라는 뜻의 독일어—옮긴이)

(1999년)

Authority and American Usage

권위와 미국 영어 어법*

*혹은 '정치와 영어'라고 해도 같은 말이다

◎ 데이비드 포스터 월리스는 《뉴 리퍼블릭》의 의뢰로 1997년 말에 쓰기 시작한 이 글을 1999년에야 마무리했다. 그러나 너무 길고 방대하다는 이유로 《뉴 리퍼블릭》은 게재를 거부했고, 글은 결국 2001년 《하퍼스》 4월 호에 '긴장된 현재: 민주주의, 영어, 그리고 어법을 둘러싼 전쟁'이라는 제목으로 (절반 이상 줄인 버전으로) 실렸으며, 나중에 두 번째 산문집 《랍스터를 생각해봐》에 재수록되었다. 데이비드 포스터 월리스는 규범주의자이자 '문법 나치'였으나 구어적 관용구를 거리낌 없이 구사했고 자신만의 신조어를 발명하는 데도 능했는데, 이 글은 그런 독특한 문체가 어떤 생각에서 기원했는지를 알려준다. 서평의 대상인 사전은 베스트셀러가 되었다.

사랑하라, 그리고 그대가 원하는 것을 하라.

아우구스티누스

당신은 미국 사전학의 이면에 거의 르윈스키급의 이데올로기적 불화와 논쟁과 음모와 협잡과 열정이 있다는 사실을 알고 있었는가?

예를 들어, 오늘날의 어떤 사전들은 악명 높을 만큼 진보적이고 어떤 사전들은 악명 높을 만큼 보수적이라는 사실, 어떤 보수적 사전들은 어떤 진보적 사전들의 '타락'과 '방임'을 바로잡기 위한 대응으로 기획되고 구성되었다는 사실을 아는가? 어떤 사전들은 "뛰어난 전문 연사들과 작가들로 구성된⋯ 쟁쟁한 어법 자문위원회"라는 과두정적 장치를 영어에서 평등주의와 전통주의를 타협시키는 시도로 여기지만, 언어적 진보주의자들은 대부분 그런 어법 자문위원회를 사이비 대중주의에 지나지 않는다고 보며 가령 "엘리트의 의견을 듣는 주제에 스스로는 민주적인 지침이라고 주장한다"라고 일축한다는 사실을 아는가?

당신은 미국 사전학에 이면이 있다는 사실이라도 알았는가?

내가 이 글을 쓰는 계기는 옥스퍼드 대학 출판부가 최근 출간한 브라이언 A. 가너의 《현대 미국 영어 어법 사전A Dictionary of Modern American Usage(ADMAU)》이다. 내가 받은 임무는 옥스퍼드가 공격적으로 마케팅하는 그 사전에 대한 서평을 쓰는 것이다. 막상 맡고 보니 이것은 복잡한 임무였다. 오늘날의 서평은 보통 시장 논리에 따른다. 서평은 암묵적으로 독자에게 구매자의 역할을 맡긴다. 수사적인 측면에서 서평은 너무 무신경하기에 아무도 대놓고는 묻지 않는 질문에 영향을 받기 마련인데, 그 질문이란 '당신은 이 책을 사겠습니까?'이다. 게다가 브라이언 A. 가너의 어법 사전은 전문적이고 특수한 분야인 참고도서 장르에서도 특수한 하위 장르에 해당하고, 최근 몇 년간 굵직한 어법 안내서가 십여 권 넘게 출간된 데다가 그중 일부는 꽤 훌륭하기 때문에,[1] 지금 내가 대놓고는 물을 수 없는 핵심 질문에는 사실 주절 뒤에 '…저 다른 책 대신에?'라는 비교 전치사가 덧붙어야 하며, 따라서 이 글에는 《ADMAU》가 최근 나온 같은 종류의 다른 제품들에 비해 어디가 어떻게 다른가 하

---

1 (가장 훌륭하고 무게 있는 것들을 꼽으라면 《아메리칸 헤리티지 영어 어법 사전》, 진 에겐슈빌러의 《글쓰기: 문법, 어법, 스타일》, 옥스퍼드/클래런던의 《신新 파울러 현대 영어 어법 사전》이 있다.)

는 토론이 수반되어야 한다.

거두절미하고, 가너의 사전은 대단히 훌륭하다. 나온 지 근 십 년인 E. W. 길먼의 《웹스터 영어 어법 사전》 이래 가장 종합적인 어법 안내서임에 분명하다.[2] 하지만 《ADMAU》의 정말로 독특하고 기발한 속성은 수사학과 이데올로기와 스타일의 문제들에 관련되어 있다. 그런데 왜 이 문제들이 중요하고 왜 가너가 이 문제들을 다룬 방식이 거의 천재적인 수준인지를 알려면, 우선 《ADMAU》가 놓인 역사적 맥락을[3] 이야기하지 않을 수 없다. 그리고 그 맥락은 전문 언어학에서 대중 교육에서 정치 이데올로기까지 그야말로 온갖 주제를 건드리는 논쟁의 허리케인이다.[4] 우리는 그 논쟁에 적

2 《신 파울러》도 종합적이고 훌륭하지만, 영국 영어 어법에 주안점을 두고 있다.

3 이 구절은 미안하다. 나도 이 표현이 싫다. 하지만 이 대목은 드물게도 '역사적 맥락'이라는 표현을 꼭 써야 하고 이보다 더 나은 다른 표현이 없는 경우에 해당한다(이전 원고에서는 '사전학 – 시간적 배경'이라는 표현을 시도해봤지만, 여러분도 이 표현이 더 낫지 않다는 데 동의하시리라).

삽입

위의 각주를 작성한 것은 필자가 평소 글에서 '역사적 맥락' 같은 구절을 보면 거의 늘 비웃음 그리고/혹은 찡그림을 보이는 사람이고, 따라서 이 대목에서 독자가 드러낼지도 모르는 비웃음/찡그림을 사전에 피하고 싶기 때문이다. 더구나 이 글은 적확한 어법에 관한 글이니까. 내가 이 글을 쓰면서 개인적으로 배운 작은 교훈은, 만성적으로 남들의 어법에 비웃음/찡그림을 드러내는 성향이 있는 사람은 자신의 어법에 대한 남들의 비웃음/찡그림에 대해서도 만성적인 걱정을 품게 된다는 것이다. 이런 양가성은 나만 몰랐을 뿐 남들은 다 아는 얘기인지도 모르겠다. 마태복음 7장 1절 "남을 심판하지 마라. 그래야 너희도 심판받지 않는다" 같은 말의 대표적 사례일지도 모르겠다. 아무튼 이런 불안을 처음부터 인정하고 시작하는 게 좋을 것 같았다.

4 내가 이 글에서 여러분과 나의 시간을 둘 다 많이 잡아먹으면서 펼칠 주장 중 하나

잖은 시간을 들이고서야, 비로소 가녀의 사전은 당신이 땀 흘려 번 소중한 참고도서 구입비를 쏟을 가치가 충분하다는 사실과 그런 문제들이 대체 무슨 관계인지를 논할 수 있다. 게다가 꼬리에 꼬리를 문 괴로운 토론을 시작하려면, 우리는 우선 대단히 구어적인 용어인 스누트SNOOT의 정의부터 살펴봐야 한다.

어떤 면에서, 영어 어법에 관한 책을 새로 낸다는 것은 좀 아이러니한 일이다. 그런 책에 흥미가 있는 독자들은 세상에서 그런 책이 제일 필요 없는 사람들이기 때문이다. 영어의 세밀한 논점들에 관해서 조언을 준다는 것은 성직자가 성가대를 향해서 설교하는 것이나 마찬가지다. 이때 성가대는 이중 법조동사와 능격 동사의 현황에 신경 쓰는 소수의 미국 시민들인 셈이다. PBS의 다큐멘터리 〈영어 이야기The Story of English〉를 (두 번씩) 시청한 사람들, 일요일마다 하프 카페인 커피를 놓고 앉아서 윌리엄 새파이어의 칼럼을 읽는 사람들이다. '신속 계산대 – 물건 10개보다 작은 경우Express Lane-10 Items or Less'라는 표시판을 볼 때, '대화dialogue'가 동사로 쓰이는 것을 들을 때, '슈퍼 8Super 8' 모텔 체인 창립자는 '곪다suppurate'라는 단어의 뜻을 몰랐던 것이 분명하다는 생각이 들 때, 절로 얼

는, 영어 어법이라는 주제는 근본적으로 또한 필연적으로 정치적 문제라는 것이다. 또한 언어학적으로 객관적인 권위를 갖고 있다고 인정되는 사전조차도 사실은 늘 특정 이데올로기의 산물이라는 것이다. 그리고 사전의 이런 권위도 권위인 만큼, 우리가 정치적 권위를 평가할 때 적용하는 기본 잣대인 분별력과 정직성과 공정함의 잣대를 여기에도 적용할 수 있다는 것이다.

굴을 찡그리게 되는 절망과 절로 비웃게 되는 우월감을 동시에 느끼는 사람들이다. 이런 사람들을 가리키는 호칭은 많다. 문법 나치, 어법 너드, 문법 속물, 문법 부대, 언어 경찰… 그중에서도 내가 어릴 때부터 쓴 용어는 스누트다.[5] 이 단어가 약간 자기 조롱적이기는 하지만, 다른 용어들은 너무 노골적인 위악어법이다. 스누트란 대충 위악어법dysphemism이 무슨 뜻인지 알고 자신이 그 뜻을 안다는 사실을 남이 아는 걸 신경 쓰지 않는 사람으로 정의할 수 있겠다.

스누트들은 세상에 거의 마지막으로 남은 진정한 엘리트 너드라는 것이 내 생각이다. 물론 오늘날 미국에는 수많은 너드 종들이 있고, 그중 일부는 자신의 너드 행동 범위 내에서 확실한 엘리트들이다(예를 들어 말랐고, 여드름 났고, 준자폐적인 컴퓨터 너드가 그렇다. 만약 당신의 컴퓨터 화면이 갑자기 멎어서 그의 도움이 필요해지면, 그는 지위의 토템폴에서 순식간에 꼭대기로 뛰어오른다. 그가 두 번의 신비로운 키 누름으로 당신의 화면을 풀어줄 때 취하는 무심한 잘난 척의 태도는 과연 엘리트적이며 상황적으로도 타당하다). 그러나 스누트의 행동 영역은 사람들과 함께하는 인생 그 자체다. 컴퓨터야 (고압적인 문화적 압박에도 불구하고) 안 쓸 수도 있지만, 언어

---

5 스누트SNOOT (명사) (아주 구어적인 표현). 필자의 핵가족이 극단적인 어법 광신자를 부를 때 쓰는 말. 일요일의 즐거움이란 것이 새파이어의 어법 칼럼에서 실수를 찾아내는 것인 사람들 말이다. 필자의 가족은 약 70퍼센트 스누트들이다. 용어 자체는 두문자어로, 가족 내 오래된 농담에 따르면 S.N.O.O.T.가 "언어 감각은 지속적으로 갈고 닦아야 한다Sprachgefühl Necessitates Our Ongoing Tendance"의 약자인지 "우리 시대의 문법 바보Syntax Nudniks Of Our Time"의 약자인지는 당신이 둘 중 어느 쪽에 속하느냐에 달려 있다.

는 벗어날 길이 없다. 언어는 모든 것이고 모든 곳에 있다. 언어는 우리를 남들과 관계 맺게 한다. 언어는 우리를 동물과 다르게 한다. 창세기 11장 7~10절 기타 등등을 떠올려보라. 그리고 우리 스누트들은 형용사구에 언제 어떻게 하이픈을 붙여야 하는지 알고, 현수분사를 언제 대롱대롱 매달린 채 놔두지 말아야 하는지 알고, 우리가 그런 사실을 안다는 사실을 알고, 미국인 중에서 이런 걸 알거나 신경이나마 쓰는 사람이 얼마나 적은지도 알며, 나아가 이런 기준에 따라 타인을 판단한다.

스누트들 중 일부는 불편하게 느끼겠지만, 동시대 어법에 대한 스누트들의 태도는 동시대 문화에 대한 종교적·정치적 보수주의자들의 태도와 좀 비슷하다.[6] 우리는 선교사적 열정과 제 믿음의 중

---

6 최소한 내 경우에는 이것이 사실이다. '불편하게 느낀다'는 부분까지도. 나는 대학에서 강사로 영어를 가르친다. 주로 작문이 아니라 문학이다. 하지만 나는 어법에 병적으로 집착하는 나머지, 매 학기 똑같은 일을 벌인다. 학생들이 제출한 첫 페이퍼를 읽으면, 정규 강의 계획서를 당장 내버리고 3주에 걸친 '응급 어법 및 문법 교정 단원'으로 들어가는 것이다. 그러는 동안 내 태도는 정맥주사를 쓰는 약물 사용자들에게 HIV 예방법을 가르치는 사람의 태도와 같다. 지적이고 부유한 대학생 중 95퍼센트가 절이 뭔지, 왜 '단지only'를 이상한 위치에 두면 문장이 혼란스러워지는지, 왜 긴 명사구 끝에 무조건 콤마를 찍어선 안 되는지를 한 번도 배우지 않았다는 사실을 확인하면(매 학기 그렇다), 나는 칠판에 머리를 찧을 지경이 된다. 나는 화가 나고, 그런 내가 옳다고 확신한다. 나는 학생들에게 각자 고향의 고등학교 위원회를 고소해야 한다고 말하고, 이 말은 진심이다. 아이들은 겁에 질린다. 나한테, 그리고 나를 위해서. 나는 8월마다 올해는 어법 문제로 흥분하지 말자고 속으로 맹세하지만, 노동절(9월 첫째 월요일)이면 입에 게거품을 물고 있다. 어쩔 수 없는 모양이다. 나는 사실 딱히 좋은 선생도 헌신적인 선생도 못 된다. 강의 중 다른 주제에 대해서는 이런 열정이 없다. 이 열정이 그다지 생산적이지 않다는 것, 건전하지 않다는 것도 안다. 이 열정에는 광신

요성에 대한 거의 선천적인 믿음을 품고 있으며, 오늘날 배웠다는 성인들이 영어를 일상적으로 더럽히는 모습을 보면서 금방이라도 지옥이 닥칠 듯한 괴팍한 절망감마저 느낀다. 여기에는 약간의 엘리트주의도 있다. 말하자면 영화 〈타이타닉〉 속 빌리 제인이 드러내는 것 같은 엘리트주의다. 내가 아는 어느 스누트 동지는 사람들이 영어를 말하는 것을 들으면 꼭 스트라디바리우스로 못을 박는 모습을 보는 기분이라고 말한다. 우리는[7] 소수이고, 자랑스러운 소

주의와 분노가 담겨 있고, 다른 주제에 대해서라면 내가 한사코 드러내지 않으려고 노력할 속물성도 담겨 있다.

[7] 여기서 내가 전략적으로 일인칭 대명사를 고집한 것은 이 필자 또한 확실한 스누트라는 사실을 반복하여 강조하기 위해서다. 또한 전술한 필자의 핵가족을 암시하기 위해서다. 스누트성은 피에 흐른다. 《ADMAU》 서문에서 브라이언 가너는 자기 아버지와 할아버지를 언급하면서 유전이라는 단어를 썼고, 이것은 아마 사실일 것이다. 내가 아는 스누트의 90퍼센트는 부모 중 한쪽 이상이 직업상, 혹은 기질상, 혹은 둘 다로 인해 스누트다. 내 경우, 어머니는 어법 책을 여러 권 쓴 작문 선생이자 가장 과격하고 철저한 유형의 스누트다. 내가 스누트인 데는 어머니가 오랫동안 우리를 온갖 교묘한 방식으로 세뇌해온 탓이 크다. 예를 들면 이렇다. 가족이 함께 저녁을 먹을 때면 우리는 일종의 게임을 했다. 아이들 중 누구라도 어법 실수를 저지르면 어머니는 갑자기 기침이 터진 척했고, 문제의 아이가 문제의 실수를 깨닫고 바로잡을 때까지 기침은 끊이지 않았다. 자기 역설적인 행위에 가벼운 분위기였지만, 그래도 지금 돌아보면 좀 지나친 것 같다. 어린 자녀의 부정확한 말이 당신에게서 산소를 앗아가는 척하다니. 정말로 오싹한 것은 내가 요즘 학생들과 이 '게임'을 한다는 것이다. 거짓 백일해를 충분히 곁들이면서.

삽입

《하퍼스》가 이 부분을 삭제할 것이 거의 확실하니까, 기왕 말한 김에 이 이야기도 하자. 우리 가족에게는 재미있지만 회고적으로는 오싹하기도 한 우리만의 노래가 있었다. 긴 자동차 여행에 나서면 어머니와 어린 스누틀릿들은 이 노래를 불렀고, 그동안

수이고, 나머지 다른 사람들에게 거의 끊임없이 경악하는 소수이다.

글 전체의 논지

미국 영어에서 전통주의 대 평등주의의 문제는 기본적으로 정치적인 문제다. 그리고 이 문제는 내가 이 글에서 '민주적 정신 Democratic Spirit'이라고 부를 원칙을 통해서만 효과적으로 해결될 수

아버지는 잠자코 눈알만 굴리면서 운전을 했다(만화영화 〈언더독〉 주제가에 맞춰서 불러야 한다).

세상의 바보들이 나타나서

간결하거나 명료하지 못하게 말하고

그래서 어법 위반이 귀에 들리면

여기저기 함성이 울려 퍼지네

블런더독을 부르는 함성

블런더독

블런더독

블런더독

강철의 펜, 불길의 혀

선회하며 넓어지는 소용돌이가 조여드네

블런더도 - 오 - 오 - 오 - 오 - 오 - 오…

(등등)[7a]

7a (이 부분은 거의 확실히 잘려나갈 테니까 말하는데, 그렇다, 고백하자면 이 노래를 쓴 사람은 어릴 때의 나였다. 하지만 당시 나는 이미 철저히 세뇌된 상태였다. 이 노래는 우리 가족의 〈벽에 백 개의 병이 있었습니다…〉 노래에 해당했다. 후렴구의 "선회하며 넓어지는 소용돌이"는 어머니 생각이었는데, 내가 처음 썼던 가사에서는 "선회하며 넓어지는 불길"이었지만 운율을 '강제한다'는 취지에서 열렬한 토론 끝에 이걸로 바꿨다. 오랜 시간이 흐른 뒤 내가 예이츠의 이 구절에는 종말론적 의미가 담겨 있다는 사실을 마침내 알았을 때, 나는 회고적으로 살짝 오싹했다.)

있다. 민주적 정신이란 엄격함과 겸손함의 결합, 즉 열정적인 확신을 품되 동시에 늘 타인의 확신을 존중하는 것을 뜻한다. 미국인이라면 다 알겠지만, 이 정신은 육성하고 유지하기가 어렵다. 자신이 강한 감정을 품고 있는 주제에 대해서라면 더욱더. 이 못지않게 어려운 것은, 무릇 민주적 정신이라면 100퍼센트의 지적 성실성을 갖춰야 한다는 조건이다. 이것은 우리가 자신을 정직하게 들여다봐야 하고, 자신이 무언가를 믿는 동기를 정직하게 들여다봐야 하고, 이 작업을 거의 지속적으로 해나가야 한다는 뜻이다.

이런 조건은 선진적인 미국 시민의 자세라고도 할 수 있다. 진정한 민주적 정신은 종교적 신념, 감정적 성숙, 그 밖에 매슬로 피라미드의 꼭대기에 놓일 것 같은 다른 속성들과 마찬가지로 사람들이 평생을 들여서 연마하는 자질이다. 솔직히 민주적 정신의 조건인 엄정함, 겸손함, 스스로에 대한 솔직함은 어떤 문제들에 관해서는 유지하기가 워낙 어려워서, 우리는 그냥 기성의 여러 교조적 진영들 중 하나를 받아들이고 싶은 욕망에 저항하기가 어려운 지경이다. 그냥 그 문제에 관해서 그 진영의 노선을 추종하고, 그 진영 속에서 자신의 입지를 굳힘으로써 유연성을 잃고, 다른 진영들은[8] 모두 사악하거나 정신이 나갔거나 둘 중 하나라고 믿고, 나아가 그 다른 진영들에게 소리치는 데 모든 시간과 에너지를 쏟는 것이다.

내가 볼 때, 복잡한 동시에 감정까지 격한 문제에서는 민주적

8　(진영은 다른 진영에 대항해서만 형성될 수 있다는 것, 까다로운 문제에서는 늘 둘 이상의 진영이 존재한다는 것은 자연의 법칙처럼 확실해 보인다.)

정신보다 교조적 정신을 품는 편이 단연코 더 쉽다. 그리고 현대 미국 영어 어법에서 '정확성'을 둘러싼 문제는 바로 그 복잡한 동시에 감정까지 격한 문제에 해당한다. 더구나 이 문제에 관련된 여러 질문들에 대한 대답은, 우리가 그냥 어디서 찾아낼 수 있는 것이 아니라 직접 만들어내야 한다.

《ADMAU》의 독특한 점은, 어법 사전이 성경도 교과서도 아니라는 사실, 그저 한 명의 똑똑한 사람이 몇몇 까다로운 질문에 대한 대답을 만들어내려고 애쓴 기록에 불과하다는 사실을 저자가 기꺼이 인정한다는 것이다. 이런 태도는 분명 민주적 정신의 영향을 받은 것이다. 그렇다면 이 대목에서 한 가지 문제는, 그런 민주적 정신이 가너가 스스로를 진정한 어법 '권위자'로 내세우는 데 혹 방해가 되는가 하는 점이다. 그러므로 가너의 책을 평가하려면, 우리는 우선 하나의 문화로서 영어라고 규정된 분야 내에서 권위와 민주주의가 어떤 이상하고 복잡한 관계를 맺고 있는지부터 살펴봐야 한다. 교육받은 미국인이라면 누구나 동의하겠지만, 그 관계는 지금 이 순간도 계속 바뀌고 있다.

《현대 미국 영어 어법 사전》에는 편집부가 없고, 저명인사로 구성된 자문위원회도 없다. 이 사전은 브라이언 A. 가너가 처음부터 끝까지 혼자 구상하고 조사하고 썼다. 이 가너가 또 흥미로운 사람이다. 그는 변호사인 동시에 어법 전문가다(꼭 마약 도매상인 동시에 마약단속국 요원이라는 것 같다). 그가 1987년에 냈던 《현대 법률 용어 어법 사전》은 이미 소박한 고전이다. 지금 그는 변호사 일은 그만두고 법조인을 위한 글쓰기 세미나를 열거나 여러 법률 단체에 문장 자문을 해주고 있다. 가너는 또 'H. W. 파울러 협회'의 창설자인데,[9] 이 단체는 정기간행물에서 발견한 언어학적 실수를 오려서 서로 보내주기를 즐기는 전 세계 어법 광팬들의 모임이다. 이쯤이면 감이 잡힐 것이다. 이 가너라는 인물은 정말이지 진지하고 열성적인 스누트다.

명료하고, 매력적이고, 지극히 교묘한 《ADMAU》서문은 가너의 스누트성을 확인시켜주는 증거이면서도 그 말투에서는 오히려 스누트성을 누그러뜨린다. 전통적인 어법 현학자는 자신을 거리감 있고 도도한 인물로 보이도록 만드는 데 비해—자신을 지칭할 때 '나'가 아니라 '필자'나 '우리'를 쓰는 타입이다—가너는 거의 사랑스럽게 느껴지는 글로 자신을 소개한다.

나는 내 지적 흥미의 주된 대상이 영어 사용법이라는 사실을 일찌감치—열다섯에[10]—깨달았다…. 그것은 온 에너지를 쏟

---

9 새뮤얼 존슨이 영어 어법계의 셰익스피어라면, 헨리 윗슨 파울러는 T. S. 엘리엇이나 제임스 조이스쯤 된다. 파울러의 1926년 《현대 영어 어법 사전》은 현대 어법 안내서들의 할아버지 격이고, 그 책의 건조한 재치와 뻔뻔한 오만함은 에릭 파트리지의 《어법과 잘못된 어법》, 시어도어 번스타인의 《주의 깊은 작가》, 윌슨 폴릿의 《현대 미국 영어 어법》, 길먼의 1989년 《웹스터 사전》까지 모든 후속 고전들의 모범으로 기능했다.

10 (가너는 10 미만일 때만 숫자로 표기하라고 규정했다. 그러나 나는 이 규칙은 업무상 작문에만 해당된다고 배웠고, 그 밖의 모든 글에서는 1에서 19까지는 문자로 쓰고 20부터 숫자를 쓰라고 배웠다. 하지만 취향은 다툴 것이 못 되는 법.)

는 열정이 되었다…. 이 주제에 관해서 구할 수 있는 책이란 책은 죄다 구해 읽었다. 그러던 중 잠시 뉴멕시코에 가 있었던 열여섯의 어느 겨울 저녁, 에릭 파트리지의 《어법과 잘못된 어법》을 발견했다. 나는 전율했다. 평생 그보다 더 흥미진진한 책은 본 적이 없었다…. 열여덟 무렵에는 파울러, 파트리지 그리고 그 후예들의 책을 거의 다 외웠다고만 말해두면 충분할 것이다.

이 서평자는 가녀가 짧은 자전에서 청소년기에 영어 어법이 최우선 열정인 사람이 치르는 퍽 심각한 사회적 대가를 언급하지 않은 것이 유감이지만,[11] 그가 서문에서 "첫 번째 원칙들"이라고 명명한 또 다른 매력적인 대목에 대해서는 비평의 모자를 벗어 경의를 표하는 바다. "이야기를 더 진행하기 전에, 내 접근법을 설명해두겠다. 어법 사전 저자가 이런 이야기를 한다는 것은 특이한 일이다. 내가 아는 한 선례가 없다. 하지만 글쓰기 지침서란 그 지침이 바탕으로 삼은 원칙들이 훌륭한 만큼만 훌륭할 수 있는 법이다. 따라서 사용자들도 당연히 그 원칙들에 흥미를 가져야 한다. 그러므로 철저한 공개를 위해서…"[12]

---

11 개인적 체험에 따라 단언하는데, 이런 꼬마는 최선의 경우에도 주변화될 것이고 최악의 경우에는 잔인하게 반복적으로 '웨지' 당할 것이다. 본문 뒷부분을 보라.

12 이어지는 말은 "내가 오랫동안 어법 문제와 씨름한 끝에 정착한 열 가지 핵심 원칙을 소개한다"이다. 이 원칙들은 서로 연결되어 있기 때문에 따로 떼어 말하기 어렵지만, 아무튼 그중 두어 가지는 극단적으로 약삭빠르다. 가령, "10. 실제 어법. 결국에

여기서 "선례가 없다"라는 표현과 "철저한 공개"라는 표현은 사실 성품 좋은 가너가 파울러 유형의 선배들을 나름대로 비꼰 대목이다. 그리고 1961년 악명 높게 진보적인 《웹스터 국제 영어 사전 3판》이 '높이heighth'나 '무관한irregardless' 같은 비표준어마저 아무런 경고 딱지 없이 실어준 이래 사전학과 교육학 두 분야에서 맹렬하게 진행되어온 전쟁 중 한쪽 진영에 가너가 살짝 찬성의 고갯짓을 준 대목이기도 하다. 《웹스터 3판》은 오늘날 어법 전쟁의 섬터 요새라고 상상하면 된다. 그리고 어법 전쟁은 《ADMAU》의 교묘한 수사적 전략이 배경으로 깔고 있는 맥락인 동시에 그 전략이 겨냥한 표적이기도 하므로, 그 전쟁을 설명하지 않고서는 가너의 책이 왜 훌륭하고 은밀한지 설명할 길이 없다.

우리 같은 보통 사람들이 사전에서 기대하는 것은 권위 있는 지침이다.[13] 그런데 우리는 어떤 단어가 사전에 들어가야 할지, 어떤 단어와 철자와 발음은 함량 미달이거나 부정확한지 정하는 사람이 누구인지는 좀처럼 생각해보지 않는다. 무엇은 괜찮고 무엇은

는 교육받은 화자들과 작가들의 실제 어법이 정확성을 판가름하는 최상의 기준인 법이다"를 보라. 이때 "교육받은"과 "실제"는, 어법 전쟁에 관련된 공격을 받아내기 위해서는 사실 몇 쪽에 걸친 추상적 정의와 조건 부여가 필요한 용어들이다. 그러나 가너는 기발하게도 사전 자체에서의 활용을 통해서 이 용어들을 정의하고 옹호하는 방법을 택했다. 이처럼 논쟁에서 슬쩍 벗어날뿐더러 논쟁 자체를 아예 무의미한 것으로 만들어버리는 가너의 능력은 아주 중요하다. 본문 한참 뒷부분을 보라.

13 사람들이 내기를 걸 때 곧잘 사전을 쓴다는 사실보다 사전의 권위를 더 잘 보여주는 증거는 없다. 내 아버지는 1978년 9월 14일 '머랭meringue'의 정확한 철자를 놓고 걸었던 거액의 내기의 결과를 지금까지도 감당하며 살고 계신다.

아닌지를 결정하는 사전 편찬자의 권위는 어디서 나올까? 우리가 그들을 선출해준 것은 아니지 않은가. 그리고 단순하게 선례나 전통에만 호소해서는 통하지 않는다. 무엇이 정확한 언어로 여겨지는가 하는 문제는 시간에 따라 변하기 때문이다. 1600년대에는 이인칭이 단수형 활용이었다('You is'). 그 이전에는 표준 이인칭 대명사가 'you'가 아니라 'thou'였다. 오늘날 표준으로 인정되는 'clever(똑똑한)' 'fun(재미있는)' 'banter(희롱하다)' 'prestigious(영예로운)' 같은 수많은 단어는 처음 영어에 들어왔을 때는 어법 권위자들이 실수나 황당한 속어라고 여긴 단어들이었다. 어법 관습뿐 아니라 영어 자체도 시간에 따라 변한다. 그렇지 않다면 우리는 지금도 초서처럼 말하고 있을 것이다. 그런데 어떤 변화는 자연적이고 좋은 변화이지만 어떤 변화는 타락인지를 누가 말할 수 있을까? 브라이언 가너나 E. 워드 길먼이 감히 말하려고 나설 때, 우리가 왜 그들을 믿어야 할까?

이런 질문들은 새롭지 않다. 하지만 요즘 들어 부쩍 급박해진 문제들이다. 요즘 미국은 언어 문제에서 오래 끌어온 권위의 위기를 겪고 있기 때문이다. 간략히 설명하자면, 켄트 주립 대학 사건에서 특별검사제까지 많은 것을 바꿨던 1960년대의 정치적 격변들과 같은 종류의 격변으로 말미암아, 영향력 있는 반反스누트 학파가 탄생했다. 이들에게 영어 문법과 어법의 규범적 표준은 그저 관습이 작용한 결과일 뿐이다. 대중이 스스로 권위자를 자처하는 언어 전문가들에게 유순한 양 떼처럼 순순히 휘둘리는 탓일 뿐이다. 가령 MIT의 스티븐 핑커는《뉴 리퍼블릭》에 실은 유명한 글에서 이렇게 말했다. "일단 도입된 규범적 규칙은, 아무리 우스꽝스러운 것이라도 근절하기가 어렵다. 그런 규칙은 의례적 생식기 절단을 지속시키는 사회적 역학과 다르지 않은 역학 덕분에 기성 작가들 사이에서 계속 살아남는다." 이보다 감정의 격앙이 좀 덜한 글로는 빌 브라이슨의《유쾌한 영어 수다》를 보자.

> 우리가 어릴 때부터 알던 모든 규칙들은—문장을 전치사로 끝내거나 접속사로 시작해선 안 된다는 둥, 둘 사이일 때는 'each other(서로)'를 써야 하고 셋 이상일 때는 'one another(서로)'를 써야 한다는 둥—누가 정했을까? 답은 아무도 안 정한 경우가 놀랍도록 많다는 것이다. 이런 '규칙'의 배경을 살펴보면 별 근거가 없는 경우가 많다.

《ADMAU》서문에서, 가너는 이런 권위의 문제에 트루먼스러운 간결함과 솔직함으로 대답한다. 가너가 자신의 약삭빠름을 짐짓 숨기면서도 실은 뚜렷하게 드러내 보이는 대목이다.

> 여러분도 이미 짐작했겠지만, 나는 판단 내리기를 꺼리지 않는다. 내가 판단을 꺼리기를 바라는 독자가 많을 것이라고는 상상할 수 없다. 언어학자들은 물론 이런 태도를 싫어하는데, 왜냐하면 판단에는 주관성이 개입되기 때문이다.[14] 이것은 과

---

14 이것은 영리하게도 절반의 사실만을 말한 것이다. 사실 언어학자들은 판단 반대

학적이지 않다. 하지만 수사와 어법은, 대부분의 전문 작가들의 견해로는,[15] 애초에 과학적 작업이 아니다. 그리고 여러분

진영에서 한 축에 지나지 않는다. 그리고 어법적 판단에 대한 그들의 반대 논지에는 '주관성'보다 훨씬 더 많은 내용이 있다.

15 스티븐 핑커가 비웃었던 '기성 작가들'에게 가너는 여기서 교묘하게 호소하고 있다는 점을 눈여겨보자. 이것은 우연이 아니다. 수사적 전술이다.[15a] 여기서 교묘한 점은, 이 대목이 가너가 프로 작가들과 편집자들을 제 주장의 지지자로 끌어들인 몇몇 대목 중 하나지만, 그런 가너가 서문에서는 바로 그 언어 프로들을 《ADMAU》의 주된 청중으로 설정했다는 것이다. 가령 다음을 보라. "프로 작가들과 편집자들이 겪는 문제는, 그들은 언어가 어떤 방향을 취할지 손 놓고 지켜볼 수 없다는 것이다. 작가들과 편집자들은 그 방향에 직접 영향을 미친다. 그들은 결정을 내려야만 한다…. 작가들과 편집자들이 편집에 관한 고충을 해결하도록 돕는 것, 이것이 어법 사전의 전통적 임무였다."

이것은 로널드 W. 레이건 대통령이 TV 중계되었던 그 유명한 '의회의 수장을 넘어서 대중에게로' 연설에서 완벽하게 구사했던 바로 그 수사, 이후 똑똑한 정치인들이 줄곧 모방하는 수사와 같은 종류의 전술이다. 요컨대, 당신이 앞에 둔 청중을 당신의 주장에 대한 지지자로 슬쩍 언급하는 전술이다. "여러분이 그 시행을 당부하며 저를 대통령으로 뽑아주셨던 바로 그 정책들을 이행함에 있어서 우리가 첫발을 내딛었다는 사실을, 오늘 밤 기쁜 심정으로 여러분에게 선언합니다." 이런 식이다. 이 전술이 교묘한 것은 (1) 청중에게 아부하는 말이고, (2) 이 자리에서 연설자의 진짜 목적은 청중에게 정보를 주거나 기념하는 것이 아니라 청중을 설득하고 지지를 규합하는 것이라는 사실을 슬쩍 숨기고, (3) 연설자가 제안하는 정책이 사실은 청중의 이익에 반한다고 지적하는 반대 측의 공격을 미연에 차단하기 때문이다. 나는 지금 가너에게 어떤 구체적인 정치적 꿍꿍이가 있다고 말하는 것은 아니다. 그저 《ADMAU》의 서문은 레이건의 '미국과의 대화'가 그랬던 것처럼 기본적으로 수사적 발언이라는 점을 지적하는 것이다.

15a (명확하게 밝혀두자면, 이 글에서 '수사rhetoric'는 엄밀한 전통적 의미로 쓰였다. 즉, '언어를 설득력 있게 활용하여 청중의 생각과 행동에 영향을 미치는 행위'를 뜻한다.)

이[16] 원하는 것은 냉정한 묘사가 아니다. 여러분이 원하는 것은 건실한 안내다. 건실한 안내에는 판단이 요구된다.

나는 이 문단의 탁월한 수사적 솜씨에 대해서 논문이라도 한 편 쓸 수 있을 것 같다. 각주 15번의 내용 외에도, 이 글에서 '판단judgment' 이라는 단어가 얼마나 기발하게 얼버무려졌는지를 보라. "나는 판단 내리기를 꺼리지 않는다"에서는 이 단어가 실제 판결을 뜻하지만(그럼으로써 권위의 문제를 끌어들이지만), "건실한 안내에는 판단이 요구된다"에서는 이 단어가 오히려 통찰, 분별, 합리성을 뜻한다.《ADMAU》본문에서 똑똑히 드러나듯, 가너의 전반적인 전략은 이렇듯 판단의 서로 다른 두 의미를 합쳐버리는 것이다. 아니, 후자의 의미가 전자의 의미를 정당화하도록 사용한다고 말하는 편이 낫겠다. 여기서 우리가 주목할 점은 (1) 만약 가너가 현대 어법의 권위 위기를 민감하게 인식하지 않았다면 애초에 이런 일을 하지도 않았으리라는 것, (2) 이 위기에 대한 그의 대응은—최고의 민주적 정신에서—수사적이라는 것이다.

그래서⋯ 글 전체의 논지에서 따라 나오는 논증

브라이언 A. 가너의 사전에서 가장 두드러지고 시기적절한 특징은 이 책이 사전학적인 동시에 수사적이라는 점이다. 이 사전의 주된 전략은 고전 수사학에서 '윤리적 호소Ethical Appeal'라고 불리

---

16 봤는가?

는 수사법이다. 이때 '윤리적'이라는 단어는 그리스어 '에토스$_{ethos}$'에서 유래한 것으로, 우리가 일상에서 쓰는 의미와 꼭 같지는 않다. 하지만 비슷하기는 하다. 윤리적 호소는 '나를 믿으시오'라는 말을 복잡하고 세련되게 하는 것이다. 이 호소는 여러 종류의 수사적 호소들 중에서도 가장 대담하고 야심만만하고 민주적인 호소인데, 왜냐하면 연사가 청중에게 자신의 지적 명민함이나 전문적 유능함뿐 아니라 기본적 품위, 공정함, 청중이 품은 희망과 두려움에 대한 감수성까지[17] 믿게 만들어야 하기 때문이다.

사실 후자의 자질들은 우리가 전통적인 스누트풍 어법 권위자와 연관해서 떠올리는 자질들이 아니다. 그동안 많은 미국인에게 어법 권위자는 오히려 속물성과 강박성의 화신으로 보였다. 오늘날에도 이미지가 별반 나아지진 않았다. 가령《아메리칸 헤리티지 사전》의 저명한 어법 자문위원 모리스 비숍의 말이나—"무지한 자의 터무니없는 어법 위반은 아예 누락할 때가 많을 것이다. 그가 이런 소홀을 어떻게 느끼는가는 '개의치 않고' 말이다"—비평가 존 사이먼의 말은—"요즘 사람들이 영어를 다루는 방식은 과거 노예 무역상들이 상품을 다루던 방식과 같다"—이미지 개선에 전혀 도움이 되지 않았다. 이런 말들에서 드러난 저자들의 페르소나를 가너의 페르소나와 비교해보라. "어법은 워낙 어려운 과제이기 때문에 숙련된 작가들에게도 가끔 안내가 필요하다."

---

17 이 마지막 측면에서, 가령 빌 클린턴이 말했던 "나는 당신의 고통을 느낍니다"라는 표현을 떠올려보라. 이 말은 솜씨가 썩 좋진 않아도 아무튼 노골적인 윤리적 호소였다.

한마디로 《ADMAU》는 가너가 윤리적 호소를 통해서 독자들에게 얻어내려고 하는 신뢰를 얻어내는 데 거의 완벽하게 성공한다. 이때 흥미로운 점은 그 신뢰가 책의 사전학적 품질에서 나온다기보다는 저자의 페르소나가 조성한 분위기에서 나온다는 점이다. 《ADMAU》는 **기분 좋다**feel-good라는 표현의 가장 좋은 의미에서 기분 좋은 어법 사전이다. 이 책에는 엄정함과 겸손함을 절묘하게 결합한 분위기가 있기 때문에, 가너는 대단히 규범적인 처방을 내리면서도 광적인 복음주의자나 엘리트적으로 깔아뭉개는 느낌을 주지 않는다. 그리고 이것이 왜 수사적 성취인지를 이해하려면, 또한 이 성취가 왜 역사적으로 유의미할뿐더러 (이 서평자의 견해로는) 정치적으로도 구원이 되어주는지를 이해하려면, 우리는 어법 전쟁을 좀더 자세히 살펴봐야 한다.

만일 여러분이 여러 사전들의 서문에 해당하는 글을 읽어봤다면, 사전학에는 틀림없이 이면이 있다는 걸 알 것이다. 《웹스터 영어 어법 사전》의 '영어 어법의 약사略史', 《웹스터 3판》의 '언어학의 발전과 사전학', 《아메리칸 헤리티지 사전 2판》의 '좋은 어법, 나쁜 어법, 그냥 어법', 《아메리칸 헤리티지 사전 3판》의 '사전에서의 어법: 비평의 자리' 같은 글들이다. 하지만 이런 서문에 신경 쓰는 독자는 거의 없다. 6포인트 활자나 사전류는 허벅다리에 얹고 있기가 힘들다는 사실 때문만은 아니다. 그런 서문은 사실 여러분이나 나나 (가령) '머랭'의 철자를 확인하기 위해서 사전을 찾아보는 보통 사람들을 위한 글이 아니기 때문이다. 그것은 다른 사전 편찬자들과 비평가들을 위한 글이다. 사실은 아예 서문도 아니고, 논쟁을 벌이기 위한 글이다. 저런 글들은 편집자 필립 고브가《웹스터 3판》에서 구조주의 언어학의 가치중립적 원칙을 처음 사전 편찬에 적용한 이래 지금껏 벌어져온 어법 전쟁에서 일제사격에 해당한다.《웹스터 3판》이 'OK'를 승인하고 'ain't'를 "미국 많은 지역에서 교육받은 화자들이 구어적으로 쓰는 표현"이라고 설명한 데 대해 울부짖었던 보수주의자들에게[18] 고브가 한 대답은 유명하다. "사전은 정확성이나 우월함 같은 인위적 개념을 고려해서는 안 된다. 사전은 기술적이어야 하지 규범적이어서는 안 된다." 고브의 용어는 살아남아서 별칭이 되었다. 그 덕분에 요즘 언어학적 보수주의자는 '규범주의자Prescriptivist'라고 불리고 언어학적 진보주의자는 '기술주의자Descriptivist'라고 불린다.

둘 중에서는 전자가 더 유명하다. 하지만 사전들의 서문이나 파울러스러운 학자들 때문에 유명한 것은 아니다. 여러분이 윌리엄 새파이어나 모턴 프리먼의 칼럼을 읽을 때, 혹은 에드윈 뉴먼의

---

18 정말이다. 정말로 울부짖었다.《뉴욕 타임스》《뉴요커》《내셔널 리뷰》, 심지어 점잖은《라이프》에까지 신랄한 서평과 분노한 사설이 실렸다. 일례로 1962년 1월《애틀랜틱 먼슬리》에 실렸던 이 서평을 보라. "대체로 섣부른 판단과 현실에서는 방해가 되는 이론적 개선에 기초하여, 새로운 사전 공식이 급조되었다. 사전이 숱한 혼란과 타락까지도 열렬히 환대하며 문을 활짝 열었다. 대서양 이쪽의 언어학에 특별한 영광의 왕관을 씌워줄 것으로 예상되어 모두가 초조하게 고대했던[18a] 작품은 결국 추문과 재앙이 되어버렸다."

　　18a (그대로 옮긴 표현이다. 분명 '열렬하게 고대했던'이라고 써야 했을 것이다. 하지만 인간이라면 누구나 실수하는 법.)

《엄밀히 말해서Strictly Speaking》나 존 사이먼의 《잃어버린 패러다임 Paradigm Lost》같은 책을 읽을 때, 여러분은 사실 '대중적 규범주의'라는 장르를 읽는 것이다. 이 장르는 몇몇 저널리스트들의 부업인데 (대부분 나이 많은 남자들이고, 대다수는 정말로 나비넥타이를 맨다[19]), 현 세태에 짐짓 어리벙벙한 척하면서 비꼬는 이들의 태도 이면에는 자신이 젊은 시절에 사랑했던 영어가 타락한 현재에 와서 더럽혀지는 데 대한 블림프 대령풍의 분노가 깔려 있다.(1930년대 한 영국 신문 연재 만화의 캐릭터였던 '블림프 대령'은 시대의 변화를 못마땅해 하는 반동적인 사람을 가리키는 표현이다.─옮긴이) 대중적 규범주의자 중에도 재밌고 똑똑한 사람이 있긴 하지만, 대부분은 현대 풍속의 상스러움을 불평하는 늙은이처럼 들린다.[20] 나아가 몇몇 대중적 규범주의자는 기분 나쁠 만큼 쩨쩨하고 고압적이다.《잃어버린 패러다임》에서 사이먼은 표준 흑인 영어를 이렇게 단칼에 내친다. "우리에게 불안과 초조를 일으키는 'I be' 'you be' 'he be' 같은 표현들에 관해서는, 물론 이런 표현들이 무리 없이 이해될 수도 있다. 하지만 이런 표현들은 과거와 현대의 모든 문법을 거스를뿐더러 역사에 뿌리 내린 언어의 결과가 아니라 언어의 작동 방식에

---

19 정말이다. 뉴먼, 사이먼, 프리먼, 제임스 J. 킬패트릭… 조지 F. 윌이 어법 책을 써서 베스트셀러가 되는 날도 올까?

20 대중적 스누트들 중에서 가장 사려 깊고 덜 고집스러운 에드윈 뉴먼마저도 가끔 제 안의 블림프 대령이 튀어나오는 것을 막지 못한다. 다음을 보라. "나는 요즘의 많은 젊은이처럼 옷을 입고 싶은 마음이 없다…. 그들의 음악을 들어서 내 청력을 손상시키고 싶은 마음도 없고, 일렉트로닉 록 그룹과 나 사이의 소통의 어려움은 내가 깊이 아끼고 결코 사라지기를 바라지 않는 것이다."

대한 무지에서 비롯한 결과다." 여기서 흥미로운 점은, 뉴먼이나 새 파이어 같은 대표적인 대중적 규범주의자들의 금권정치가풍 말투와 차가운 재치는 에릭 파트리지와 H. W. 파울러라는 엘리트 영국인들의 페르소나를 본뜬 것이라는 점이다. 가너가 어릴 때 숭앙했다고 말했던, 학자적 규범주의의 양대 산맥 말이다.[21]

반면 기술주의자들은 매주《뉴욕 타임스》에 칼럼을 싣거나 하지는 않는다. 이들은 철두철미한 학자들이다. 대부분 언어학자들이나 문장 이론가들이다. 구조주의 (혹은 '기술주의') 언어학의 기치 아래 느슨하게 뭉친 이들은 지적 뿌리를 콩트, 소쉬르, 레너드 블룸

---

21 가령 파트리지의《어법과 잘못된 어법》에서 무작위로 고른 아래 대목의 신랄함을 (그리고 충성스럽게 고집하는 '우리'를) 보라.

anxious of. '내가 우리의 미래에 희망을 품지 않는 것은 아니다. 하지만 나는 그것이 대단히 염려스럽다anxious of.' 베벌리 니콜스,《잉글랜드 소식》, 1938년. 이 문장을 보면 우리는 니콜스 씨의 문학적 미래를 대단히 열망하게anxious for 된다 (혹은 걱정하게anxious about 된다). 아무튼 of는 아니다.

아니면 거의 히말라야에서 내려다보는 듯 얕잡아보는 파울러의 다음 말을 보라. 사람들이 'viable'이나 'verbal' 같은 단어를 원뜻과 다른 뜻으로 쓰는 데 대한 비난이다.

생뚱맞은 의미 확장…은 학구적 어원이 있는 단어가 어떤 계기로 교육받지 못한 사람들 사이에 유행할 때 특히 많이 일어난다. 그 단어가 고립된 단어이거나 친척 단어가 별로 없는 단어라면 더 그렇다…. 원래 'feasible'의 뜻은 그냥 무언가를 할 수 있다는 뜻이다(라틴어로 '하다'를 뜻하는 'facere'에서 왔다). 하지만 배우지 못한 사람에게 이 단어는 그저 어떤 기호일 뿐이다. 그는 자신이 이 단어를 들었던 문장의 맥락에서 단어의 값을 유추해내야 한다. 영어의 친척 단어들은—'feat' 'feature' 'faction' 등등—그가 어족이나 단어에서 익숙하게 아는 명백한 친족 유사성을 드러내지 않는 데다가 설령 ('malfeasance'처럼) 드러내더라도 그가 모르는 단어이기 때문이다.

필드에게[22] 두고 이데올로기적 뿌리를 1960년대 미국 사회에 둔 교조적 실증주의자들이다. 가너가 서문에서 짧지만 뚜렷하게 이들을 언급한 대목은—

> 그러는 동안 어느 순간엔가, 기술주의적 언어학자들이 어법 사전을 탈취했다.[23] 그들은 언어를 과학적으로 관찰한다. 순수한 기술주의자에게는 이 형태의 언어가 저 형태의 언어보다 조금이라도 낫다고 말하는 것이 결코 허용될 수 없는 일이다. 토박이 화자가 말한 것이라면 뭐든지 괜찮기 때문이다. 이에 대해 반대 입장을 취하는 사람은 모두 멍청이라고 여긴다… 기술주의자와 규범주의자는 사실상 서로 다른 문제에 접근하는 셈이다. 기술주의자들은 언어를 실제 사용되는 모습대로 기록하고 싶어 하고, 그런 그들은 나름대로 유용한 기능을 수행한다. 비록 그들의 청중은 방대하게 쌓인 무미건조한 조사 결과를 살필 마음이 있는 사람들로 제한되지만 말이다.[24]

22 참고로 레너드 블룸필드의 1933년 저작《언어》는 기술주의적 언어학을 창설한 것이나 마찬가지다. 블룸필드는 이 책에서 언어학의 타당한 연구 대상은 언어가 아니라 이른바 '언어 행위'라고 주장했다.

23 완전 당찮은 말이다.《ADMAU》본문에 분명히 드러나 있듯, 가너는 정확히 언제부터 기술주의자들이 어법 안내서에 영향을 미치기 시작했는지 잘 안다.

24 언어학자들의 문장에 대한 가너의 스누트스러운 감정은 서문 중 그가 대학 때 저명한 기술주의자들에게 배웠던 일을 회상한 대목에서 드러난다. "가장 거슬리는 일은 그들이 글을 잘 쓰지 못한다는 사실이었다. 그들의 글은 밍밍한 죽 같았다. 내 말이 의

—극도로 솔직하지 못하다. 특히 "서로 다른 문제에 접근하는" 셈이라는 부분이 그렇다. 왜냐하면 이것은 기술주의자들이 미국 문화에 미친 영향을 엄청나게 줄여서 말한 것이기 때문이다. 우선 기술주의는 미국 영어 교육을 아주 신속하고 철저하게 장악했기 때문에 1970년경 이후 중학교에 들어간 사람이라면 누구나 글쓰기를 기술주의적 방식으로 배웠다. '자유롭게 쓰기' '브레인스토밍 하기' '일기 쓰듯 쓰기' 등의 기법을 통해서. 이것은 글쓰기를 소통 수단이라기보다는 자기탐구와 자기표현의 수단으로 보는 시각이고, 체계적 문법, 어법, 의미론, 수사법, 어원은 내다버리는 시각이다. 다음으로 오늘날 사회주의자, 페미니스트, 소수자, 동성애자, 환경 운동가가 정치적 토론에서 자기 입장을 프레이밍할 때 쓰는 언어는 기술주의의 믿음, 즉 전통 영어는 특권층 와스프 남성들이 만들고 지속시켜온 언어이므로[25] 본질적으로 자본주의적이고 성차별적이고 인종차별적이고 외국인 혐오적이고 동성애 혐오적이고 엘리트적이고 한마디로 불공평한 언어라는 믿음에 크게 영향을 받았다.

심스럽다면, 언어학 저널을 뭐든 하나 읽어보라. 그 속의 글들이 잘 쓰였는지 자문해보라. 그런 저널을 본 지 오래되었다면, 당신은 아마 충격을 받을 것이다."

삽입

언어학자들의 글에 대한 가너의 여담은 훨씬 더 넓게 적용될 수 있지만, 《ADMAU》는 대체로 말을 꺼린다. 진실은 이렇다. 미국 학자들의 글은 대체로 끔찍하다. 젠체하고, 난해하고, 갑갑하고, 과장되고, 미사여구가 많고, 중언부언하고, 어법을 위반하고, 긴 낱말을 즐겨 쓰고, 퇴폐적이고, 폐색적이고, 모호하고, 전문용어가 너무 많고, 공허하다. 휘황찬란하게 죽은 글들이다. 본문 한참 뒤에 나오는 **삽입**을 참고하라.

25 (이것은 사실이다.)

에보닉스(흑인 영어)를 떠올려보라. 법률 개정안 227호를 떠올려보라. 요즘 사람들이 ‘그he’를 일반 대명사로 쓰지 않기 위해서 얼마나 복잡하게 말을 꼬는지, 혹은 요즘 백인 남성들이 백인 남성이 아닌 이들에게 말할 때 얼마나 긴장하며 신중하게 어휘를 고르려고 하는지를 떠올려보라. 오늘날 어디서나 자행되는 교묘한 단어 의미 조작, 혹은 그저 무언가의 이름을 둘러싸고 벌어지는 끝없는 논쟁을 떠올려보라. ‘약자 우대 정책’ 대 ‘역차별’, ‘생명 존중’ 대 ‘선택 존중’,* ‘미등록 노동자’ 대 ‘불법 체류자’, ‘위증죄’ 대 ‘가벼운 말실수’ 기타 등등.

* 삽입

이 글이 ‘민주적 정신’이라고 지칭하는 원칙이 대단히 감정이 격한 정치적 문제에 어떻게 적용되는지 보여주는 사례, 그리고 여러분이 첫눈에는 그렇게 느끼지 못하겠지만 알고 보면 가너의 《ADMAU》와 관계가 깊은 사례

이 서평자가 생각할 때, 우리가 낙태 문제에 취할 수 있는 논리적으로 진정 일관된 입장은 생명 존중Pro-Life과 선택 존중Pro-Choice을 둘 다 지지하는 것뿐이다.

논증: 1999년 3월 4일 현시점에, 자궁 속 인간의 생명을 정의하는 문제는 가망이 안 보일 만큼 혼란스럽다. 무언가를 그저 살아 있는 유기체가 아니라 인간으로 만들어주는 것이 무엇이냐에 관한 현재의 의학적, 철학적 지식이 충분하지 않은 탓에, 수정란이 임신 기간 중 언제 인간이 되는가 하는 시점

을 정확히 말할 수 없는 실정이다. 내가 볼 때 이 난제는, "무엇이 인간인가 아닌가에 대해서 해결할 수 없는 의심이 남는 경우에는 그것을 죽이지 않는 편이 낫다"라는 원칙이 기본적으로 타당하다는 사실과 더불어, 합리적인 미국인이라면 누구나 생명 존중 입장을 취하도록 만드는 근거이다. 하지만 동시에 "어떤 문제에 관해서 해결할 수 없는 의심이 남는 경우, 나는 남에게 그 문제에 관해서 이래라저래라 말할 법적 권리나 도덕적 권리가 없다. 상대가 스스로는 의심스러운 데가 없다고 느끼는 경우라면 더더욱 그렇다"라는 원칙은 미국인들이 서로 맺은 민주적 약속의 일부임에 분명하다. 이 약속에서 모든 성인은 각자 독립적인 도덕적 주체이다. 그리고 이 원칙상, 합리적인 미국인이라면 누구나 선택 존중 입장을 취할 수밖에 없다.

따라서 이 서평자는, 한 명의 시민이자 독립적 주체로서, 생명 존중과 선택 존중의 입장을 동시에 취한다. 이런 입장은 지키기가 쉽지 않고 편하지도 않다. 내가 아는 누군가가 임신 중단을 선택할 때, 나는 그녀가 잘못된 일을 했다고 믿는 동시에 그녀에게는 완벽하게 그럴 권리가 있다고도 믿어야 한다. 게다가 나는 생명 존중+선택 존중이 논리적으로 일관된 유일한 입장이라고 믿을뿐더러 나아가 (내 보기에) 이데올로기나 종교적 신념이 이성을 압도하는 바람에 (내 보기에) 괴상한 교조적 입장을 취하는 타인들에게 나의 이런 입장을 강요하지도 말아야 한다. 설령 상대의 (내 보기에) 괴상한 교조적 입장이 민주적 관용을 내다버리는 것처럼 (내 보기에) 보이는 경우에도, 즉 나로 하여금 내 입장을 그에게 강요하지 말아야 한다고 말하는 바로 그 민주적 관용을 상대는 전혀 따르지 않는 경우에도, 나는 변함없이 자제해야 한다. 상대가 나를 "악마의 종자"라고 불러도, 혹은 "남자는 원래 다 개새끼지"라고 말해도, 나는 그에게 강요하거나 따지거나 보복하지 말아야 한다. 고백하건대 이런 인내는 내 민주적 정신의 가장 먼 한계, 이를 악물어야 하는 한계에 해당한다.

욕이야 먹든 말든 중요한 게 아니고, 나는 이 생명 존중+선택 존중 입장에 대한 중요한 반대를 딱 하나 접했다. 강력한 반대였다. 다만 그것은 저 입장 자체가 아니라 나에 관한 몇몇 사실, 즉 저 입장을 전개하고 고수하는 주체에 관한 몇몇 사실의 문제였다. 여러분은 이 이야기가 너무 모호한 데다가 도대체 미국 영어 어법과 무슨 관계가 있다는 건지 모르겠다고 생각할지 모른다. 하지만 약속하는데, 뒤에서 이 이야기의 의미가 고통스럽도록 명확해질 것이고 어법과의 관련성도 뚜렷하게 밝혀질 것이다.

기술주의 혁명을 설명하려면 시간이 좀 걸린다. 하지만 그럴 가치가 있다. 구조주의 언어학이 관습적인 어법 규칙을 거부한 것은 크게 두 가지 논증에 근거한 일이다. 첫째는 학문적이고 방법론적인 논증이다. 일부 기술주의자들은 주장하기를, 현재와 같은 기술의 시대에는 사전의 내용과 '정확한' 영어의 표준을 둘 다 과학적 기법에 따라—임상적일 만큼 객관적이고, 가치중립적이고, 직접 관찰과 증명 가능한 가설에 기반을 둔 기법에 따라—결정해야 한다. 언어는 쉼 없이 진화하므로 그 표준도 늘 유동적일 것이다. 이제 고전이 된 필립 고브의《웹스터 3판》서문은 기술주의의 다섯 가지 기본 칙령을 이렇게 요약했다. "1. 언어는 끊임없이 변한다. 2. 변화는 정상이다. 3. 구어가 **진짜** 언어다. 4. 정확성은 어법에 달린 문제다. 5. 모든 어법은 상대적이다."

이 원칙들은 겉보기에는 괜찮은 것 같다. 단순하고, 상식적이고, 객관적 과학답게 무미건조한 주어 – 동사 – 목적어 문장에 담겨 있다. 하지만 이 원칙들은 사실 막연하고 혼란스러우며, 한 3초만 곰곰이 생각해봐도 각각에 대해 합리적 반론을 떠올릴 수 있다. 이렇게.

1. 좋다. 하지만 얼마나 많이 변하고 얼마나 빠르게 변하는가?

2. 마찬가지다. 격변적 흐름도 점진적 변화처럼 정상적이거나 바람직한가? 어떤 변화는 다른 변화보다 언어의 전반적 활기에 더 많이 기여하는가? 얼마나 많은 사람이 얼마나 많은 관습에서 일탈해야만 비로소 언어가 바뀌었다고 말할 수 있는가? 50퍼센트? 10퍼센트? 선을 어디서 그을 것인가? 누가 그을 것인가?

3. 이것은 오래된 주장이다. 최소한 플라톤의《파이드로스》까지 거슬러 올라가는 이야기다. 그리고 이것은 허울만 그럴듯한 말이다. 만일 데리다를 위시한 악명 높은 해체주의자들이 이룬 일이 하나도 없다고 하더라도, 그들은 최소한 구어가 언어의 주된 예화라는 생각이 잘못임을 알려준 데 대해서만큼은 공을 인정받아야

마땅하다.[26] 게다가 고브의 3번에는 정확성 문제 면에서 약간 이상한 오만이 담겨 있다. 사실 규범주의자들이라도 극단적인 율법학자 같은 타입이 아니고서는 구어에 그다지 신경 쓰지 않기 때문이다. 대부분의 규범적 어법 안내서는 문어체 영어에 집중한다.[27]

4. 좋다. 하지만 누구의 어법인가? 고브의 4번에서는 이 질문이 자연히 따라나온다. 내 생각에 고브가 말하고자 했던 바는, 추상적 규칙과 구체적 어법 사이의 전통적 주종 관계를 뒤집으려는 것이다. 즉 고정된 규정들의 집합에 어법이 억지로 맞출 게 아니라 오히려 현실에서 사람들이 실제로 언어를 사용하는 방식에 규정들이 맞춰야 한다는 것이다. 이 역시 좋다. 하지만 어떤 사람들? 라틴계 도시 거주자? 보스턴에 사는 지식인? 중서부 시골 주민? 애팔래치아에서 신계일어를 쓰는 사람들?

5. 뭐라고? 만약 이 말의 뜻이 겉으로 보이는 그 뜻이라면, 고

---

26 (데리다의 《해체》에 나오는 '파르마콘' 이야기 등을 참고하라. 하지만 그냥 내 말을 믿는 편이 나을 것이다.)

27 표준 문어체 영어는 표준 영어나 교육 영어라고도 불린다. 아무튼 기본적으로 쓰기를 강조한다는 점은 다 같다. 가령 《리틀 브라운 핸드북》에서 표준 영어의 정의를 찾아보면, "교육받은 독자들과 작가들이 보통 기대하고 사용하는 영어"라고 되어 있다.

준삽입

가너의 서문도 자기 사전의 예상 독자를 "작가들과 편집자들"이라고 명시적으로 규정했다는 걸 잊지 말자. 《ADMAU》가 《뉴욕 리뷰 오브 북스》 같은 곳에 낸 광고도 "잘 쓰고 싶다면… **우리를 참고하세요**Refer to us"라는 카피를 쓰고 있다.[27a]

27a (여러분의 스누트 서평자는 지적하지 않을 수 없는 바, 광고구에서 종속절+생략부호 뒤에 오는 절의 첫 문자를 R이라고 대문자로 써서는 안 된다. 호메로스도 실수하는 법.)

브의 논증은 여기에서 다 무너진다. 5번 원칙은 위의 "어떤 사람들?"이라는 질문에 대해서 "모든 사람들"이 정답이라고 말하는 듯하다. 이것이 왜 사전학 원칙으로서 유효하지 않은지는 쉽게 보여줄 수 있다. 제일 명백한 문제는 사전에 모든 언어를 다 담을 수는 없다는 점이다. 왜 안 되느냐고? 그야 모든 토박이 화자의 모든 '언어 행위'를 일일이 관찰하고 기록하기란 불가능한 데다가, 설령 할 수 있더라도 그렇게 만들어진 사전은 무게가 200만 킬로그램은 나갈 테고 더구나 시시각각 업데이트해야 할 것이기 때문이다.[28] 현실의 사전 편찬자는 사전에 무엇을 넣고 무엇을 넣지 않을지 선택해야만 한다. 그리고 그 선택의 근거는… 무엇이어야 할까? 이 지점에서 우리는 원점으로 돌아간다.

내가 어엿한 스누트이다 보니 고브 등의 방법론적 논증에서 흠을 찾으려 드는 성향이 있는 건 사실이다. 아무리 그래도 흠을 찾기가 너무 쉬운 것은 문제다. 기술주의자들이 말하는 "과학적 사전학"에서—이 견해에 따르면, 이상적인 영어 사전은 기본적으로 방대한 데이터 처리에 지나지 않는다. 영어를 쓰는 모든 토박이/귀화인 화자의 모든 언어 행위를 관찰한 뒤 그것을 모조리 책에 담고 그 책을 사전이라고 부르면 된다—가장 큰 문제는 과학적이라는 용어의 뜻에 대해서 놀랄 만큼 조악하고 케케묵은 생각을 갖고 있

---

28 물론 100퍼센트 다 포함하는 실시간 메가 사전도 온라인으로는 가능할지 모른다. 하지만 그러려면 소부대를 방불케 하는 사전 웹마스터들과 대부대를 방불케 하는 현장의 언어 사용 취재자들과 감시 기술자들이 있어야 할 것이다. 비용도 국민총생산 수준으로 들 것이다(…그리고 대체 그래서 얻을 게 뭔가?).

다는 것이 아닐까 싶다. 이런 견해는 우선 과학적 **객관성**이 존재한다는 순진한 믿음에 기반하는데, 하지만 양자역학에서 정보이론까지 물리과학 분야에서조차 관찰하는 행위 자체가 관찰되는 현상의 일부이며 둘을 떼어 분석하기란 불가능하다는 사실이 이미 참으로 확인되었다.

여러분이 대학에서 배웠던 영문학 수업을 기억한다면, 학자들이 관찰과 해석을 혼동할 때 빠지기 쉬운 곤란을 보여주는 비슷한 사례가 그 분야에도 있다는 것을 알 것이다. 바로 신비평이다.[29] 신비평주의자들은 문학비평이란 '과학적' 활동이 되어야만 최선이라고 믿었다. 비평가는 중립적이고 사려 깊고 편견 없고 능숙한 관찰자가 되어야 한다고, 그의 임무는 문학 작품 내부에 이미 존재하는 의미를 찾아내어 객관적으로 묘사하는 것뿐이라고 생각했다. 여러분이 신비평의 이후 평판을 아느냐 모르느냐는 여러분이 대략 1975년 이후에 대학에 들어갔느냐 아니냐에 달려 있을 텐데, 한마디로 그 별은 이미 희미해졌다고 말해두면 충분할 것이다. 신비평가들은 고브의 방법론적 기술주의자들과 기본적으로 같은 문제를 겪었다. 그들은 편견 없는 관찰이란 것이 있다고 믿었다. 언어의 의미가 어떤 해석 행위와도 분리된 채 '객관적으로' 존재할 수 있다고 믿었다.

내가 왜 신비평을 끌어들여 비유했는가 하면, 객관성이 가능하

---

29 신비평New Criticism이란 T. S. 엘리엇, I. A. 리처즈, F. R. 리비스, 클리앤스 브룩스, 윌리엄 윔샛과 먼로 비어즐리를 비롯하여 1930년대에서 1970년대 들어서까지 문예비평을 주도했던 이른바 자기목적적 '꼼꼼하게 읽기Close Reading' 학파를 통칭한다.

다는 주장은 언어학에서도 이미 조롱과 넌더리를 일으키는 이야기가 되었기 때문이다. 방법론적 기술주의의 바탕에 깔린 실증주의적 가정들은 이미 철저히 반박되고 교체되었으며—문학 이론에서는 후기구조주의, 독자 반응 비평, 야우스의 수용 이론으로 대체되었고 언어학에서는 화용론으로 대체되었다—지금은 (a) 의미란 모종의 해석 행위와 떼려야 뗄 수 없다는 것, (b) 해석 행위는 늘 조금쯤 편향되어 있다는 것, 즉 해석자의 이데올로기에 영향을 받는다는 것이 거의 널리 사실로 인정된다. 그리고 (a)+(b)의 결과는 우리가 이 문제에서 벗어날 길은 없다는 것, 사전에 무엇을 넣고 뺄 것인가 하는 결정은 늘 사전 편찬자의 이데올로기에 따라 이뤄진다는 것이다. 그리고 모든 사전 편찬자에게는 이데올로기가 있다. 사전 제작이 이데올로기를 회피하거나 초월할 수 있다는 생각은 그 자체가 특정 이데올로기를 지지하는 생각이다. '믿을 수 없을 만큼 순진한 실증주의'라고 부르면 적당하리라.

화학과 물리학에서 쓰도록 개발된 과학적 기법이 언어 연구에도 알맞을 것이라는 기술주의자들의 생각은 이보다 더 중요한 다른 측면에서도 틀렸다. 이 문제는 양자적 불확정성이나 포스트모더니즘적 상대론 따위의 문제는 아니다. 만약 우리가 일종의 사고 실험으로 19세기 과학적 실재론 같은 것이 가능하다고 가정하더라도—즉, 비록 과학자들의 해석에는 편향이 있을지라도[30] 자연현상 자체는 어떤 관찰에도 해석에도 좌우되지 않고 독자적으로 존재할

---

30 ("담배 연구소 과학자들, 담배와 암의 연관성을 뒷받침하는 증거를 반박하다.")

수 있다는 시각을 인정하더라도—'언어 행위'에 대해서는 여전히 그런 실재론적 가정을 적용할 수 없다는 문제다. 왜냐하면 언어 행위란 인간적인 행위인 동시에 근본적으로 **규범적인** 행위이기 때문이다.

이 점이 왜 중요한지 이해하려면, 언어란 속성상 공적이라는 명제를—사적인 언어란 없다는 사실을[31]—이해하면 된다. 그리고

---

31 이 명제는 참이다. 아래 삽입된 증명을 보면 알 수 있을 것이고, 이 증명은 설득력이 있다. 하지만 여러분이 이 각주의 길이에서 짐작할 수 있듯이 이 증명은 길고 복잡하고, 뭐랄까, 밀도가 높으므로 이번에도 여러분은 그냥 이 명제를 참으로 인정하고 본문을 계속 읽어나가는 편이 나을 수도 있다.

삽입: 사적인 언어란 없다는 사실에 대한 증명

가끔 사적인 언어가 가능할지도 모르겠다는 상상에 빠질 때가 있다. 많은 사람이 자기 혼자만 아는 정신 상태란 얼마나 기이하도록 사적인가 하는 점에 관해서 나름대로 철학을 펼친다. 가령 내 무릎이 아플 때 그 통증은 오직 나만 느낄 수 있다는 사실로부터 따라서 **통증**이란 단어는 오직 나만이 진정으로 이해할 수 있는 어떤 주관적인 내적 의미를 띠는 게 아닐까 하는 결론을 내리기 쉽다. 이런 생각은 자신의 내적 경험이 사적인 동시에 입증 불가능하다는 데서 공포를 느끼는 청소년 대마초 흡연자의 생각과 닮았다. 이런 증후군을 전문용어로는 '대마초 유아론'이라고 부른다. 상상해보자. 칩스아호이 과자를 먹으면서 텔레비전에서 중계해주는 PGA 경기를 골똘히 응시하던 청소년 대마초 흡연자는 자신이 초록색이라고 보는 것과 남들이 '초록색'이라고 부르는 것이 사실 동일한 색깔 경험이 아닐 수도 있다는 섬뜩한 가능성을 떠올린다. 그와 남들이 똑같이 페블 비치 골프장을 초록색이라고 부르고 신호등의 보행 신호도 초록색이라고 부르는 것은 그저 골프장과 보행 신호의 색깔 경험 사이에 비슷한 일관성이 있다는 걸 말해줄 뿐, 그런 색깔 경험의 주관적 특질까지 다 똑같다는 말은 아닐 수도 있는 것이다. 청소년 대마초 흡연자가 초록색으로 경험하는 색깔을 남들은 사실 파란색으로 경험할 수도 있고, 우리가 파란색이라는 단어로 '뜻하는' 색깔이 사실 그가 **초록색**이라는 단어로 '뜻하는' 색깔일 수도 있고, 하는 식으로. 이런 생각을 잇다 보면 너무 혼란스럽고 지쳐서, 청소년 대마초 흡연자는 과자 부스러기가 널린 의자에 푹 고꾸라

져서 마비된다.

여기서 요점은, 사적 언어라는 개념은 사적 색깔이라는 개념이나 이 서평자 또한 인생의 여러 시기에 겪어보았던 다른 다양한 유아론적 자만심들과 마찬가지로 망상인 동시에 증명 가능한 거짓이라는 것이다.

사적 언어의 경우, 망상은 보통 **고통**이나 나무 같은 단어의 뜻은 그 단어가 어떻게든 내 무릎의 감각이나 내 머릿속에 든 나무 그림과 '연관되어' 있기 때문에 가능하다는 믿음에 기초한다. 하지만 루트비히 비트겐슈타인이 1950년대에 《철학적 탐구》에서 증명했듯이, 단어의 뜻은 우리 주관성 바깥으로부터 주어진다. 즉, 우리가 그 일부로 소속되어 타인들과 소통해야 하는 공동체가 우리에게 부과한 특정 규칙들과 입증 시험들 덕분에 가능하다. 비트겐슈타인이 펼친 논증의 핵심은, 나무라는 단어가 내게 나무라는 뜻을 띠는 것은 내가 소속된 공동체가 암묵적으로 나무라는 단어를 특정 방식으로 사용하자고 합의해두었기 때문이라는 것이다. 이것이 왜 강력한 관찰인가 하면, 이로써 비트겐슈타인은 설령 내가 고뇌에 겨운 청소년 대마초 흡연자라서 내가 나무라는 단어로 뜻하는 바가 남들이 나무라는 단어로 뜻하는 바와 같다는 사실을 입증할 도리가 없다고 믿는 경우라도 위의 명제가 참임을 증명할 수 있기 때문이다. 비트겐슈타인의 논증은 대단히 전문적이지만 대충 이렇게 진행된다.

(1) 단어는 그것이 실제 사용되는 방식과 떨어져서는 의미를 가질 수 없다. 그리고 설령
(2) "내 용법이 남들의 용법과 일치하는가 아닌가 하는 의문은 해결 가망이 없는 문제라서 포기한다"고[31a] 해도, 여전히
(3) 단어가 나 자신에게만이라도 유의미하게 사용될 수 있는 유일한 방법은 내가 그것을 '올바르게' 사용하는 것이고, 이때
(4) '올바르게'는 '나 자신의 정의와 일관되게'라는 뜻이다(즉, 내가 한번은 나무를 나무를 뜻하는 단어로 쓰고 다음번에는 마음을 바꿔서 나무를 골프공을 뜻하는 단어로 쓰고 또 다음번에는 나무를 특정 브랜드의 고칼로리 완제품 과자를 뜻하는 단어로 쓴다면, 내 작은 유아론적 세상에서조차 나무는 어떤 '뜻'도 갖지 못하게 된다). 하지만
(5) "나 자신의 정의에 맞게 일관되게 사용한다"는 이 기준이 충족되려면, 어느 한 언어 사용자와는 무관하게 (이 경우에는 나와 무관하게) 그 외부에 특정 규칙이 존재해야만 한다. 외부 규칙이 없다면, "나는 나무라는 단어를 나 자신의 정의에 맞게 일관되게 쓰고 있다"라는 진술과 "나는 내가 나무라는 단어를 나 자신의 정의에 맞게 일관되게 쓰고 있다는 인상을 품고 있다"라는 진술 사이에 아무 차이가 없게 된다. 비트겐슈타인은 이 점을 다음과 같이 표현했다.

그렇다면 내가 [사적으로 정의한] 단어를 일관되게 쓰고 있는지 아닌지는 어떻

게 확인할까? 내가 그것을 실제로 일관되게 쓰는 것과 내가 그러는 것처럼 내 눈에 보이는 것 사이에 차이가 있을까? 아니면 그 구별마저 사라지는 것일까? …만약 '올바르다'와 '올바른 것처럼 보인다'를 구별할 수 없다면, '올바름'이라는 개념도 사라진다. 따라서 내 사적 언어의 '규칙들'은 그저 규칙들이 있다는 '인상'에 불과한 것이 된다. 하지만 내가 규칙을 따른다는 인상이 내게 있다고 해서 내가 실제 규칙을 따른다는 사실이 보장되지는 않는다. 내 인상이 정확하다는 사실을 증명해줄 무언가가 따로 있지 않는 한. "그리고 그 무언가가 또 다른 인상일 수는 없다. 그것은 누군가 신문에 실린 기사가 참이라는 사실을 스스로에게 확인시키기 위해서 신문을 여러 부 구입하는 것과 마찬가지일 것이다."

이 (5) 단계가 결정타다. 이 (5) 단계에 따르면, 머리가 혼란스러워진 청소년이 나무라는 단어에 자신만의 사적 정의를 부여하기로 결정하더라도, 그는 자신이 그 단어를 자신의 사적 정의에 맞게 쓰고 있다는 사실을 확인할 '일관성의 규칙'만큼은 스스로 만들어낼 수 없다. 즉 "내가 규칙을 따르고 있음을 증명하려면, 내가 스스로 그렇다고 느끼는 인상과는 **무관한** 다른 무언가에 의존해야 한다."

혹시 여러분이 이 이야기는 끔찍하게 추상적일뿐더러 어법 전쟁이나 그 밖에 여러분이 흥미를 느끼는 다른 주제와는 무관하다고 생각한다면, 나는 여러분의 생각이 틀렸다고 말씀드리겠다. 만약 단어와 구절의 의미가 개인간 규칙에 의존하고 그 개인간 규칙은 공동체의 합의에 의존한다면,[31b] 언어는 비단 비非사적일 뿐 아니라 환원 불가능하게 공적이고, 정치적이고, 이데올로기적인 것이 된다. 이것은 곧 문법과 어법에 관한 국가적 합의의 문제는 새 천 년을 맞는 미국이 당면한 다른 모든 사회 문제와도 관계된다는 뜻이다. 계급, 인종, 성, 도덕, 관용, 다원주의, 단결, 평등, 공정, 돈… 그 밖의 모든 문제와.

그리고 만약 여러분이 잠정적으로나마 언어의 의미는 그 사용에 달렸고 언어는 공적인 것이며 소통은 모종의 합의와 규칙 없이는 불가능하다는 데 동의한다면, 기술주의자들의 논증은 그 궁극적 목표가—즉, 언어의 '인위적' 규칙과 관습을 버린다는 목표가—언어 자체를 불가능하게 만든다는 점에서 반론에 직면한다는 걸 알 수 있다. 창세기 11장 1~10절급의 불가능, 말 그대로 바벨탑급의 불가능이다. 당연히 모종의 규칙과 관습이 있어야만 하지 않나? 우리는 나무tree라는 단어에는 'uu'가 아니라 'ee'를 쓴다는 데, 또한 그것은 보조개가 파이고 겉에 '타이틀리스트'라고 쓰인 작은 플라스틱 공을 뜻하는 게 아니라 가지가 우거진 나무 같은 무언가를 뜻한다는 데 합의해야 하지 않나? 이 합의는 사람들이 만든 것이니까 자연히 '인위적'인 것 아닌가? 여러분이 일단 최소한의 인위적 관습은 필요하다는 걸 인정한다면, 그다음에는 이제 정말로 어렵

기술주의자들은 이 사실을 아예 모르거나 그 결과에 무지하다는 것을 보면 된다. 일례로 찰스 프리스 박사라는 사람은《웹스터 3판》의 아류인《미국 대학 사전》서문에서 이렇게 썼다.

> 사전의 '권위'란 화학이나 물리학이나 식물학 책의 '권위'와 같은 의미에서만 가능하다. 즉 내용이 정확한지, 대상 분야에서 관찰된 사실들이 빠짐없이 기록되어 있는지, 특정 과학의 최신 원칙 및 기술과 합치하는지에 따라서만 결정된다.

고 흥미로운 질문들을 물을 수 있다. 어떤 관습이 필요한가? 언제? 어디서? 누가 그것을 정하는가? 정하는 사람들의 권위는 어디에서 오는가? 고브 일당은 공평무사한 과학으로 이런 질문들을 초월할 수 있다고 믿기 때문에, 그들의 논증은 '선결 문제 요구의 오류'와 '논점 일탈의 오류'를 둘 다 저지르는 듯하다. 그래서 거의 더 살펴볼 것 없이 기각할 수 있다.

31a《철학적 탐구》의 문장은 극도로 금언적이고 모호하다. 주로 비트겐슈타인이 자기 자신과 짤막하고 기이한 상상의 대화를 나눈 내용이다. 그래서 나는 노면 맬컴이 비트겐슈타인의 논증을 풀어서 서술한 글에서 인용을 따왔다. 맬컴은 비트겐슈타인의 말뜻을 인용할 때는 홑따옴표를 쓰고 비트겐슈타인의 문장을 그대로 옮길 때는 겹따옴표를 썼는데, 따라서 비트겐슈타인의 뜻을 인용한 맬컴을 내가 인용할 때는 따옴표가 과잉으로 복잡하게 붙는다. 하지만 맬컴의 주해를 쓰면, 우리가 비트겐슈타인과 직접 씨름하는 경우에 비해서 이 삽입 증명의 길이가 약 60퍼센트 짧아지는 이점이 있다.

31b 이 명제를 증명하려면 별도의 긴 논증이 필요하지만, 여러분도 이 명제가 합리적이라는 사실을 직관적으로 알 수 있을 것이다. 만약 규칙이 주관적인 것이 아니라면, 또한 모종의 형이상학적 초현실처럼 '저기 외부에' 떠 있는 것도 아니라면(물론 원한다면 그런 초현실을 믿을 수도 있겠지만, 그런 믿음을 가진 사람은 보통 약을 복용하도록 강제된다), 남은 선택지는 오직 공동체의 합의뿐이다.

이 말은 너무 멍청해서 문장에서 침이 흐를 지경이다. '권위 있는' 물리학 책이란 당연히 어떤 물리학자들의 관찰 내용과 그 관찰에 대한 물리학자들의 이론을 소개하는 것이다. 그게 아니라 물리학 책을 기술주의 원칙에 따라 쓴다면, 전기는 내리막일 때 더 잘 흐른다고 믿는 사람들이 존재한다는 사실에 근거하여(집에 전기를 공급해주는 전력선이 보통 집보다 더 높이 있다는 관찰에서 비롯한 믿음이다) '전기는 내리막일 때 더 잘 흐른다는 가설'을 또 하나의 '유효' 이론으로 책에 실어야 할 것이다. 프리스 박사가 일부 미국인이 'imply'를 쓸 자리에 'infer'를 쓰고 'perspective'를 쓸 자리에 'aspect'를 쓴다고 해서 이런 어법들도 언어의 '유효' 부분이라고 주장하는 것처럼. 사실 고브나 프리스 같은 구조주의 언어학자들은 과학자가 아니다. 그들은 자신이 기록하는 '사실'의 중요성을 오해한 여론 조사원에 지나지 않는다. 그들이 관찰하고 정리하는 사실들은 과학적 현상이 아니라 인간의 행동이고, 인간의 행동은―까놓고 말해서―한심할 때가 많다. 사람들이 실제로 수행하는 행위에 근거하여 '권위 있는' 윤리학 책을 쓴다고 한번 상상해보라.

문법과 어법의 관습은 과학 이론보다 윤리 원칙에 훨씬 더 가깝다. 기술주의자들이 이 사실을 깨닫지 못하는 이유는 그들이 영어를 모든 영어 발화의 총합으로 정의한 이유와 같다. 즉, 그들은 그저 규칙성에 지나지 않는 것을 규범으로 혼동하고 있다.

규범은 규칙과 같지 않다. 그러나 비슷하기는 하다. 여기서 규범은 사람들이 어떤 목적을 위해서 어떤 일을 할 때 최적의 방식이라고 합의한 것을 뜻한다고 단순하게 정의해도 좋다. 언어는 우리

털북숭이 선조들이 달리 할 일이 없어서 초원에 심심하게 둘러앉아 있다가 발명한 것이 아님을 명심하자. 언어는 대단히 구체적인 목적을 달성하기 위해서 발명되었다. "이 버섯은 독이 있어" "이 돌멩이들끼리 부딪히면 불을 피울 수 있어" "이 보금자리는 내 거야!" 등을 말하기 위해서. 언어 공동체가 진화하면서 사람들은 어느 특정한 언어 사용 방식이 다른 방식보다 낫다는 것을 깨달았다. 선험적으로 낫다는 것이 아니라, 공동체의 목적에 비추어 판단할 때 낫다는 것이다. 만약 그 목적이 어떤 음식을 먹어도 안전한지를 서로 소통하는 것이라면, 다음과 같이 수식어의 위치가 애매한 문장은 중요한 규범을 위반한 셈이다. "종종 이 종류의 버섯을 먹는 사람들은 병에 걸린다." 이 문장은 메시지의 수신자로 하여금 이 버섯을 자주 먹어야만 병에 걸린다는 건지 딱 한 번만 먹어도 병에 걸릴 가능성이 있다는 건지 헷갈리게 만든다. 달리 말해, 버섯 섭식 공동체에게는 이런 잘못된 어법을 허용 가능한 어법에서 배제해야 할 현실적인 이유가 있다. 그리고 공동체의 언어 사용 목적에 비추어 볼 때, 부족민 중 일부가 음식 안전을 말할 때 실수로 잘못된 수식어를 쓴다고 해서 그러니까 잘못된 수식어도 좋은 생각이라고 말할 수는 없다.

여러분도 이제 어법과 윤리의 유사성을 좀더 분명히 느낄 것이다. 사람들이 현실에서 가끔 거짓말하고, 탈세하고, 자식에게 고함을 지른다고 해서 그러니까 그런 일들이 '좋다'고 말할 수는 없다.[32] 우리가 규범이란 걸 정하는 것은 공동체가 우리의 진정한 이해이자 목적이라고 결정한 일에 비추어 자신의 행동을(발화 행위도 포함된다) 평가하도록 돕기 위해서다. 이것이 지나치게 단순화한 분석임은 인정한다. 실제로는 규범에 도달하기가 엄청나게 어렵고, 공정성을 최소한이라도 지키는 것 역시 어려우며, 가끔은 무엇이 규범인가에 합의하는 것조차 어렵다(오늘날의 이른바 문화 전쟁이 그런 상황이다). 하지만 그렇다고 해서 기술주의자들처럼 모든 어법 규범은 임의적이며 없어도 되는 것이라고 가정해서는⋯ 뭐, 버섯을 한번 먹어보시든가.

여기서 좀 까다로운 것은 임의적이라는 단어에 서로 다른 두 가지 뜻이 있다는 점이다. 그리고 이 대목에서 이야기는 두 번째 종류의 기술주의 논증으로 자연스럽게 이어진다. 몇몇 언어 관습이 정말로 임의적이라는 주장에는 일리가 있다. 가령 우유를 내고 음메 하고 우는 네발 동물을 가리키는 단어가 **프트틀름프**가 아니라 소인 데는 딱히 무슨 형이상학적인 이유가 없다. 이 사실을 전문용어로는 '언어 기호의 임의성'이라고 부르고,[33] 이 임의성은 철학적

32 방법론적 기술주의자들의 이런 논증은 사회철학에서는 '남들도 다 하니까' 오류로 알려져 있다. 가령 많은 사람이 탈세를 하니까 나도 탈세를 해도 괜찮다고 생각하는 오류다. 윤리의 측면에서, 여기서 겨우 두세 단계만 더 나아가면 모두가 남들의 머리를 때려서 식료품을 훔치는 이른바 '자연 상태' 세상에 도달한다.

33 이 표현은 스위스 언어학자 페르디낭 드 소쉬르에게서 왔다. 소쉬르는 언어의 역사 및 비교에 집중했던 19세기 언어학에서 추상적 형식 체계로서의 언어 연구를 독립시킴으로써 현대의 기술적 언어학을 발명하다시피 한 인물이다. 여기서는 기술주의자들이 소쉬르를 엄청 좋아한다고만 말해두면 충분하다. 또한 그들이 소쉬르를 오독하고, 맥락에서 떼어내고, 그의 이론을 온갖 황당한 방식으로 왜곡하는 경향이 있다고만 말해두면 될 것이다. 일례로 소쉬르가 말했던 '언어 기호의 임의성'의 원뜻은 "영어 화자들이 소를 반드시 소라고 불러야 할 궁극의 필요성은 없다"라는 단순한 해석과는 좀

으로 좀더 세련된 형태의 기술주의 분파가 인지과학 및 생성 문법의 다른 원칙들과 더불어 제 주장의 근거로 동원하는 요소다. 이 분파의 주장은, 표준 문어체 영어의 관습들은 사실 규범이라기보다는 사소한 유행에 더 가깝다는 것이다. 이런 '철학적 기술주의자'들은 사전이나 기법에는 그다지 신경 쓰지 않는다. 이들이 노리는 표적은, 공동체에게는 제 언어를 유의미하고 명료하게 만들 필요성이 있다는 사실이 규범적 언어 규칙을 정당화해준다고 여기는 스누트들의 주장이다.

스티븐 핑커의 1994년 저작 《언어 본능》은 이런 종류의 기술주의적 논증을 꽤 훌륭하고 명석하게 펼쳤다. 고브 등의 글처럼 핑커의 글도 이를테면 중학생 수준의 학습 영화 〈과학: 더 밝은 미래로 가는 길〉류의 말투를 쓴다.

> '규칙'과 '문법'이라는 단어는 과학자와 일반인에게 서로 다른 의미를 띤다. 사람들이 보통 학교에서 배우는 (혹은 더 많은 경우에 배우기를 실패하는) 규칙은 '규범적' 규칙으로, 우리가 어떻게 말해야 하는가를 지시하는 내용이다. 반면 언어를 연구하는 과학자들이 말하는 규칙은 '기술적' 규칙으로, 사람들이 실제로 어떻게 말하는가를 묘사한 내용이다. 규범적 문

다른 데다가 훨씬 더 복잡하다. (또 구조주의 언어학자들이 '언어 행위'와 '언어'를 구별하는 것은 소쉬르의 '파롤'과 '랑그' 구별을 단순화하여 오해한 것이다.)

법과 기술적 문법은 그냥 서로 다른 것들이다.[34]

이런 형태의 기술주의는 기술적 규칙이 규범적 규칙보다 더 근본적인 데다가 훨씬 더 중요하다는 것을 보여주려고 한다. 이들의 논증은 이런 식이다. 어떤 문장이 유의미한 것과 그 문장이 문법에 맞는 것은 같지 않다. 달리 말해, "봤지 내 차 키?" 혹은 "그 쇼는 많은 사람에게 보여졌다"처럼 명백히 구조가 엉성한 문장도 뜻은 이해가 된다. 이런 문장도 그것이 전달하고자 하는 정보를 어느 정도는 소통할 줄 아는 것이다. 여기에 올리버 색스의 환자들처럼 뇌가 심하게 훼손된 사람이 아니고서는 극도로 심각한 문법 실수를 자주 저지르지 않는다는 사실까지 고려하면,[35] 여기에서 바로 노엄 촘스키의 생성 언어학 기본 명제가 나온다. 모든 언어의 기저에는 공통된 '보편 문법'이 있다는 이론, 새의 뇌에 '남쪽으로 날아가라'라는 명제나 개의 뇌에 '생식기를 냄새 맡으라'라는 명제가 새겨져 있는 것처럼 인간의 뇌에는 보편 문법이 각인된 부위가 있을 것이라

34 (핑커의 이 마지막 외교적 표현에서 가너가 했던 말 "기술주의자와 규범주의자는 사실상 서로 다른 문제에 접근하는 셈이다"가 떠올랐다면, 이 유사성은 우연의 일치도 표절도 아니라는 것을 명심하자. 《ADMAU》 서문의 교묘한 수법 중 하나는, 가너가 기술주의자들의 수사 중 일부분을 가져다가 전혀 다른 목적으로 활용하곤 한다는 것이다.)

35 핑커는 이렇게 표현했다. "우리는 누구에게도, 심지어 아무것도 모르는 부잣집 아가씨에게도 '사과 먹다 소년이' '아이는 자는 중 보인다' '존이랑 그리고 누구 만났니?' 같은 문장은 쓰면 안 된다고 가르칠 필요가 없다. 그 밖에도 수학적으로 가능한 단어 조합은 무수히, 무수히 많은데 말이다."

는 이론이다. 이 이론을 뒷받침하는 설득력 있는 증거가 많고, 그중에는 특히 언어학자들과 인지과학자들과 인공지능 연구자들이 스스로 이뤄낸 발전도 있으며, 전체적으로 신뢰성이 있는 이론이다. 철학적 기술주의자들은 이 이론을 끌어들여, 언어에서 가장 **중요한** 규칙들은 이미 뇌의 신피질에 새겨져 있으므로 가령 현수 분사 금지나 비유 혼합 금지 같은 표준 문어체 영어의 규범들은 궁극적으로 언어의 고래뼈 코르셋이나 샐러드용 짧은 포크에 해당하는 일시적 유행일 뿐이라고 주장한다. 스티븐 핑커는 이렇게 말한다. "단어를 정렬하여 일상적인 문장을 만드는 데 꼭 필요한 정신적 도구들이 무엇인지를 과학자가 하나하나 따져볼 때, 규범적 규칙은 잘 봐줘도 중요하지 않은 장식일 뿐이다."

이 주장은 방법론적 기술주의처럼 반박하기가 식은 죽 먹기인 수준은 아니지만, 그래도 역시 반론에 취약하다. 첫 번째 반론은 간단하다. 설령 우리가 보편 문법을 갖고 태어났더라도, 그렇다고 해서 모든 규범적 규칙이 잉여라고 말할 수는 없다. 그런 규칙들 중 일부는 분명 문장의 명료함과 정확함을 돕는다. 제일 명백한 예시로는 양방향으로 수식할 수 있는 부사를 피하라는 경고가 있고("종종 이것을 먹는 사람은 아프다"), 그 외에도 잘못된 수식어 위치에 관한 경고("변호사들이 거짓말하는 이유는 여러 가지가 있고 일부는 나머지보다 더 낫다"), 관계대명사는 그것이 꾸미는 명사에 가까워야 한다는 규칙("그녀는 하루 열두 시간씩 일하는 여자 아기 엄마다") 등이 있다.(첫 문장은 '종종'이 '이것을'을 꾸미는지 '아프다'를 꾸미는지 명확하지 않다는 뜻이고, 두 번째 문장은 '일부'가 '변호사'를 뜻하는지

'거짓말'을 뜻하는지 모호하다는 뜻이고, 세 번째 문장은 '일하는' 사람이 실은 '엄마'인데 '아기'처럼 보인다는 뜻이다.—옮긴이)

물론 이에 대해 철학적 기술주의자는 그런 규칙이 정확히 얼마나 필수적이냐고 되물을 수 있다. 위와 같은 엉성한 문장을 들은 사람이라도 앞뒤 문장이나 전체 맥락 따위로부터 문장의 의미를 짐작할 수 있을 테니까.[36] 내가 'imply'를 써야 할 자리에 'infer'를 쓰거나 'say'라고 말해야 할 때 'indicate'라고 말하더라도 듣는 사람은 보통 문제없이 이해한다. 하지만 이런 어법 위반은—혹은 "문 모양은 직사각형이다"처럼 어법 위반까지는 아니라도 거추장스러운 중복은—청자가 기울이는 인지적 노력, 즉 머릿속에서 여러 가능성을 신속히 체로 거르고 그중 틀린 것을 폐기하여 옳은 뜻을 알아내는 과정에서 최소한 이삼 나노초라도 더 잡아먹는다. 청자가 고민을 좀더 해야 하는 것이다. 정확히 얼마나 더 고민해야 하는가는 따져볼 문제겠지만, 좌우간 우리가 어떤 관습을 따르지 않을 경우 수신자가 해석의 노력을 어느 정도 추가로 들여야 한다는 것만큼은 반박할 수 없는 사실이다. 위에서 예로 든 혼란스러운 문장들로 말하자면, 그보다는 정확한 영어 규칙을 따르는 편이 좀더 '사려 깊은' 행위인 것 같다…. 우리가 집에 손님이 오기 전에 집을 치우는 것이 '사려 깊은' 행위이고 데이트 상대를 데리러 가기 전에 이를 닦는 것이 '사려 깊은' 행위인 것처럼. 어떻게 보면 그뿐 아니

---

36 (참고로 언어학에는 이런 측면을 연구하는 화용론이라는 하위 분야가 있다. 주로 어떤 진술의 의미가 다양한 맥락에서 어떻게 다르게 형성되는지 연구하는 분야다.)

라 더 많이 존중하는 것이라고도 할 수 있다. 청자 혹은 독자에 대한 존중일 뿐 아니라 우리가 전달하고자 하는 메시지에 대한 존중이기도 하다. 사람들이 패션이나 에티켓의 어떤 요소에 관해서 느끼는 것과 비슷하게, 우리가 언어를 사용하는 방식은 그 방식 자체가 '무언가를 진술'하거나 '어떤 메시지를 전달'하는 것이 될 수 있다. 게다가 이때의 진술 혹은 메시지는 우리가 실제 언어로 소통하고자 하는 정보와는 무관할 때가 많다.

우리는 이제 철학적 기술주의에 대한 좀더 진지한 반론으로 슬쩍 건너왔다. 언어적 소통이 어법과 문법에만 의존하는 것은 아니지만, 그렇다고 해서 전통적 어법과 문법 규칙은 '중요하지 않은 장식'일 뿐이라는 결론이 자동적으로 도출될 수는 없다. 이 반론을 다르게 표현하자면, 무언가가 '장식'이라고 해서 그것이 반드시 '중요하지 않은' 것은 아니다. 핑커의 가벼운 일축은 수사적 측면에서 나쁜 전술이다. 그가 일축을 통해서 회피하고자 했던 의문이 도리어 선명하게 떠오르기 때문이다. 중요하지 않다면, 누구에게?

여기서 핵심은, 어법 규칙과 에티켓이나 패션 관습 사이의 유사성이 철학적 기술주의자들이 생각하는 것보다 더 긴밀하고 그들이 이해하는 것보다 훨씬 더 중요하다는 것이다. 예를 들어 말해보자. 이른바 올바른 영어 어법에서 'brung'이 아니라 'brought'를, 'feeled'가 아니라 'felt'를 쓰라고 규정한 규칙이 임의적이고, 제약적이고, 불공평하고, 관습에만 근거한 것이고, (불규칙동사가 전반적으로 그렇듯이) 고대의 유물이고, 불편하고, 전체적으로 성가실 뿐이라는 기술주의자들의 주장을 살펴보자. 이 주장이 100퍼센트 합리적이라고 잠시 동의해보자. 그다음, 바지를 생각해보자. 아랫도리에 입는 옷 말이다. 나는 이렇게 주장하겠다. 미국 남성의 올바른 하복부 복장은 치마가 아니라 바지라는 규칙은 임의적이고(남자가 치마를 입는 문화도 많다), 제약적이고, 불공평하고(미국 여성은 치마도 바지도 입을 수 있다), 관습에만 근거한 것이고(젠더와 다리 모양에 관한 어떤 전통과 관계된 게 아닐까 싶다. 과거에 여자들은 말을 탈 때 곁안장을 써야 했고 소녀들의 자전거에는 가로대가 없었던 것과 같은 이유로), 어떤 측면에서는 불편함을 넘어서 심지어 비논리적이다(치마가 바지보다 더 편하다.[37] 바지는 말려 올라간다. 바지는 덥다. 바지는 고환을 눌러서 생식력을 떨어뜨릴 수 있다. 바지에 오래 쓸리면 남자의 다리털에 불규칙 침식이 일어나서 나이 든 남자들의 경우 흉하게 반쯤 털 없는 다리가 된다. 기타 등등). 그리고 그저 사고 실험일 뿐이라도, 남성복 규범으로서 바지에 대한 이런 반대가 모두 합리적이고 설득력 있다고 가정해보자. 우리 남자들이 진심으로 치마, 킬트, 토가, 사롱, 쥐프에 예스라고 말한다고, 아니, 외친다고 상상해보자. 누구도 남들에게 임의적이고 제약적인 규범을 강요하지 않는 세상, 모두가 제 맘대로 편하게 바람 잘 통하게 털이 쓸리지 않게 운동성 있게 입고 다니는 세상을 꿈꾼다고 하자. 심지어 여유 시간에 그런 미국을 만들기 위한 운동까지 벌인다고 가정해보자.

그래도 현재 미국의 주류 문화에서 남자들이 치마를 입지 않는다는 것은 엄연한 사실이다. 따라서 만약 여러분이 미국 남성이

---

37 (추측이다.)

라면, 또한 나처럼 개인적으로 바지에 반대한다면, 그래서 역시 나처럼 시원하고 생식기가 조이지 않는 미국의 미래를 꿈꾼다면, 그래도 여러분은 여전히 공적인 자리에서는 100퍼센트 바지/반바지/트렁크를 입을 확률이 99퍼센트는 될 것이다. 좀더 요지에 가까운 예를 들자면, 만약 여러분이 미국인 남성이고 역시 미국인 아들을 두고 있다면, 그런데 어느 날 저녁에 아이가 당신에게 와서 내일 학교에 바지 대신 치마를 입고 가고 싶다/가겠다고 말한다면, 내가 100퍼센트 확신하건대 당신은 아이를 말릴 것이다. 강력하게 말릴 것이다. 당신이 설령 화염병 투척형 바지 반대 급진주의자라도, 킬트 제조업자라도, 스티븐 핑커 박사 본인이라도, 당신은 아이 앞에 버티고 서서 임의적이고, 고대 유물이고, 불편하고, 중요하지 않은 장식에 지나지 않는 옷가지를 규범적으로 지시할 것이다. 왜? 왜냐하면, 현대 미국에서 남자아이가 치마를 입고 학교에 간다면 (설령 사계절 두루 어울리는 미디 길이 스커트라도) 남들이 아이를 빤히 쳐다볼 테고, 슬슬 피할 테고, 때려줄 테고, 완전 또라이라고 부를 것이기 때문이다. 아이에게는 그 남들로부터 인정받고 받아들여지는 것이 중요한 일인데 말이다.[38] 요컨대 현재 우리 문화에서 남자아이

---

38 꼬마 스티븐 핑커 주니어의 경우, 그 남들은 또래 친구들, 선생님들, 건널목 지킴이들이다. 성인 크로스 드레서나 드랙 퀸이지만 이성애자 세상에서 일할 때 직장에서는 바지를 입는 사람들의 경우, 그 남들은 상사들, 동료들, 고객들, 지하철에서 마주치는 사람들이다. 원래 몹시 꾀죄죄한 성격이라도 직장에 갈 때는 코트를 입고 넥타이를 매는 사람의 경우, 그 남들은 주로 직원의 옷차림이 고객들에게 '잘못된 메시지'를 주기를 바라지 않는 그의 상사다. 하지만 기본적으로는 모두 같은 상황이다.

가 치마를 입는다는 건 그 사실 자체로 '무언가를 말하는' 것이고, 그 때문에 아이는 갖가지 심각한 사회적 혹은 감정적 결과를 겪을 것이다.

여러분도 지금쯤 내 이야기가 어디로 향하는지 눈치챘을 것이다. 내가 바지 비유로 하고자 하는 말의 요지를 지금부터 설명할 텐데, 이것은 물론 단순화한 설명이다. 화용론이나 심리언어학 같은 분야에는 이 요지를 해설한 책이 한 무더기는 있을지 모른다. 그런데도 이상한 점은, 어법 전쟁에서는 기술주의자들이든 스누트들이든 이 사실을 언급한 경우를 내가 한 번도 못 봤다는 것이다.[39][40]

자, 내가 무언가를 말하거나 쓸 때, 실제 내가 소통하는 메시지는 여러 가지가 있다. 진술 자체의 내용은 (즉, 내가 의도적으로 전달하고자 하는 구어적 정보는) 그중 한 부분일 뿐이다. 또 다른 부분은 나에 대한 내용, 즉 소통하는 사람에 대한 내용이다. 이것은 누구나 아는 사실이다. 또한 이것은 같은 내용을 말하는 데도 여러 가지 문장이 가능하다는 사실로부터 비롯한 현상이다. 가령 "곰이 나를 공

---

39 가너도 이 점은 거의 언급하지 않는다. '계급 구분'이라는 제목의 미니 에세이에서 딱 한 번 이렇게 말할 뿐이다. "많은 언어학적 실수는 계급을 드러내는 지표로 해석될 수 있다. 미국처럼 계급이 없다고들 하는 사회에서도." 그리고 브라이언 A. 가너가 굳이 "해석될 수 있다" 같은 거추장스러운 수동태를 써가며 이 주제로부터 거리를 두려고 할 때는 뭔가 심상찮은 게 숨어 있는 법이다.

40 사실 이 문제가 노골적으로 거론되는 것을 들을 수 있는 거의 유일한 상황은 어휘 향상용 테이프를 판매한다는 라디오 광고에서다. 그런 광고들은 대단히 불길하고 고압적이며, 늘 이런 말로 시작한다. "사람들이 당신이 쓰는 단어로 당신을 판단한다는 것을 아십니까?"

격했어요!"라고 말할 수도 있고, "망할 놈의 곰이 나를 죽이려고 했어!"라고 말할 수도 있고, "곰과의 그 괴물이 이 몸을 저녁밥으로 먹으려고 시도했다오!"라고 말할 수도 있다. 여기에 소쉬르/촘스키의 말마따나 설령 문법이 틀린 문장이라도 진술적 내용을 제대로 전달할 수 있다는 점까지 고려하면—"곰 톤토 공격해, 톤토 너무 무서웠어!"—우리가 서로 소통할 때 무의식적으로 훑고/선별하고/해석해야 할 선택지의 가짓수는 금세 초한수 수준으로 커진다. 더구나 발음과 격식의 다양한 수준이란 가장 단순한 형태의 구별에 지나지 않는다. 사회적 관계, 감정, 분위기 따위가 개입하는 소통이라면 사태가 이보다 더 복잡해진다. 누구나 익숙한 사례를 하나 들어보자. 당신과 내가 아는 사이라고 하자. 우리가 내 집에서 대화하다가 어느 시점에 나는 대화를 종료하고 당신을 집에서 내보내고 싶다. 민감한 사회적 상황이다. 이 상황에서 내가 시도할 수 있는 여러 방식을 떠올려보라. "와, 시간이 벌써 이렇게 됐네" "다음에 이야기를 마저 하면 어떨까요?" "이제 그만 가주시겠어요?" "그만가" "나가" "썩 꺼져" "어디 다른 데 가보실 데가 있다고 하지 않았나요?" "이제 집에 갈 때가 됐어, 친구" "그럼 이만 가봐, 자기". 혹은 우리가 전화 통화를 끝맺을 때 자주 쓰는 교활한 수법도 있다. "그럼 바쁘실 텐데 이제 그만 일 보시게 놓아드릴게요" 기타 등등. 이에 더해 각 선택지마다 따르는 다양한 요소와 의미를 떠올려보라.[41]

41 솔직히 위의 사례는 이 서평자에게 개인적으로 특별한 의미가 있다. 현실에서 나는 대화를 끝내거나 상대에게 가달라고 요청하는 데 늘 애를 먹는다. 가끔은 그 순간이 너무 민감하고 사회적 복잡성으로 가득한 상황이 되어, 나는 가능한 수많은 말하기

이 이야기의 요지는 분명하다. 이것은 스누트들이 무심결에 강화하고, 기술주의자들이 몹시 과소평가하고, 기죽이는 어휘 테이프 광고가 이용해먹는 현상과 관계된 이야기다. 그 현상이란, 사람들은 정말로 상대가 쓰는 언어에 따라 상대를 평가한다는 것이다. 끊임없이. 그야 물론 사람들은 온갖 기준에 따라 서로를 평가하기 마련인데다가—키, 몸무게, 체취, 관상, 억양, 직업, 자동차 메이커[42]—이 모두가 엄청나게 복잡한 현상이므로, 제대로 살펴보려면 사회언어학자가 한 트럭은 필요할 것이다. 그러나 어쨌든 이 모든 인간 대 인간 사이의 의미론적 판단에는 적어도 한 가지 공통된 요소가 있고, 그 요소란 수용이다. 이때 수용이란 무슨 동정적이고 감정적인 공감을 뜻하는 것이 아니다. 누군가가 다른 사람에게 상대의 무리나 공동체나 집단에 자신도 끼워달라고, 동료가 되게 해달라고 요청한 것을 받아들일까 아니면 거절할까 하는 진짜 수용을 뜻한다. 이 문제에 접근하는 또 다른 방식은, 어법 전쟁에서는 추상적인 말로만 언급되는 사실을 눈여겨보는 것이다. 무엇인가 하면, 현실에

방식들과 각각의 선택지에 딸린 의미들을 머릿속으로 검토하는 데 압도된 나머지 머리가 텅 비어서 그만 직설적으로 말한다. "나는 대화를 끝내고 싶고 네가 내 집에서 나갔으면 해." 이런 말은 나를 아주 무례하고 퉁명스러운 사람으로 보이게 하거나 대화를 우아하게 마무리하는 방법조차 모르는 준자폐증 환자처럼 보이게 만든다. 요컨대 내가 내 발언을 진술적 내용으로만 축소시켜 말했다는 사실 자체가 상대에게 '메시지를 보낸다'. 상대는 그 메시지를 탐색하고 거르고 해석하고 판단하며, 가끔은 두 번 다시 돌아오지 않는다. 나는 실제 이런 식으로 친구들을 잃었다.

42 (…여기에 피부색, 젠더, 인종 등도 있으니, 이것은 정말 어렵고 감정적인 문제일 수 있다.)

서 '정확한' 어법이란 우리가 누구에게 말하는가, 그리고 상대가 어떻게 반응하기를 바라는가—우리의 발화에 대해서만이 아니라 우리 자신에 대해서도—하는 데 달려 있다는 사실이다. 한마디로 모든 소통 행위는 많은 부분 수사적이다. 즉, 수사학자들이 '청중' 혹은 '담론 공동체'라고[43] 부르는 것에 달린 문제다. 그리고 현재 미국에는 엄청나게 많고 다양한 담론 공동체가 있다는 사실, 또 우리의 언어 사용과 타인의 언어 사용에 대한 해석은 둘 다 수사적 가정들의 영향을 받는다는 사실은 왜 어법 전쟁이 정치적으로 격앙되어 있는지를 이해하는 데 중요한 요소들이다. 왜 브라이언 가너의 《ADMAU》가 교묘하고 탁월하고 현대적인 사전인지를 이해하는 데도 중요하다.

사실: 미국 영어에는 다양한 문화적/지리적 방언이 있다. 흑인 영어, 라틴 영어, 남부 시골 영어, 남부 도시 영어, 중서부 북부 표준 영어, 메인 주 백인 영어, 텍사스 동부 늪지 영어, 보스턴 블루칼라 영어, 기타 등등. 이것은 누구나 아는 사실이다. 그런데 누구나 아는 사실이 아닌 것은—특히 일부 규범주의자들이 모르는 것은—이런 비표준 문어체 영어 방언들이 대단히 발달되고 내적으로 일관된 고유 문법을 가진 경우가 많다는 것, 그런 방언들의 어

---

43 담론 공동체Discourse Community는 표준 문어체 영어에 추가된 학술 용어 중 정말로 추가될 가치가 있는 드문 사례다. 다른 어떤 용어로도 정확히 포착하기 어려운 복잡하고 구체적인 현상을 묘사해주기 때문이다.[43a]

43a (위 각주는 물론 옳은 내용이지만, 앞으로 내가 이 용어를 계속 쓰는 데 대해서 독자들의 비웃음/찡그림을 사전에 차단하려는 시도임에 분명하다.)

법 규범 중 일부는 표준 영어 규범보다 언어학적/미학적으로 더 합리적이라는 것이다.* 물론, 이에 더해 지역이나 인종과 무관한 다른 요소에 기반한 하위 방언과 하위-하위 방언도 무수히 많다.[44] 의대 영어, 〈사우스 파크〉에 깊이 감화된 세계관을 가진 열두 살 남자아이들의 영어 등등. 이런 하위 방언은 무척 긴밀하고 특수한 해당 담론 공동체에 속한 사람이 아니고서는 거의 알아들을 수 없다(물론 애초에 이것이 하위 방언의 한 기능이다[45]).

* 삽입

이 서평자가 직접 구사할 줄 아는 비표준 방언이 갖고 있는
문법적 이점에 관하여, 어쩌면 기술주의자의 말처럼 들릴 수

44 하위 방언이 얼마나 좁고 제한적일 수 있는가는 분명하지 않다. 어쩌면 무엇이 방언이고 무엇이 하위 방언이고 무엇이 하위-하위 방언인가에 대해서 언어학적으로 확고한 정의가 있을지도 모른다. 하지만 나는 그런 내용까지는 모르고 여러분도 모를 것 같으므로, 여기서는 그냥 하위 방언을 느슨하고 포괄적인 의미로 사용하겠다. '프로레슬링을 애호하는 피오리아 시민들의 영어' 혹은 '하디 바인베르크 평형을 전공한 유전학자들의 영어' 같은 개인어까지 아우르는 의미로. 그냥 방언은 아마 표준 흑인 영어처럼 더 크고 중요한 언어를 지칭하는 말로 써야 할 것이다.

45 (어떤 언어가 '하위 방언' 혹은 '전문어'로 불릴 수 있는가 여부는 그 언어가 그 담론 공동체 바깥의 사람들을 얼마나 짜증나게 하는가에 달려 있기도 하다. 가너의 사전에는 '비행기어' '컴퓨터어' '법률어' '관료어'에 관한 미니 에세이가 있고, 그는 그런 언어를 모두 전문어라고 부른다. 《ADMAU》에는 '방언'에 관한 미니 에세이는 없지만 '전문어'에 관한 건 있는데, 그 글에서 가너가 어찌나 자제하려고 애썼던지 그의 힘줄이 팽팽히 긴장된 소리가 들릴 지경이다. 가령 이런 문장. "[전문어는] 시간과 공간을 아끼려는 의도에서 생겨난다. 가끔은 해당 분야에 입문하지 않은 사람들에게 그 뜻을 숨기기 위한 의도일 때도 있다.")

도 있는 사례

나는 두 영어 방언을 모어로 삼고 있다. 과잉으로 교양 있는 부모에게 배운 표준 문어체 영어와 또래들에게 어렵게 배운 중서부 시골 영어다. 나는 중서부 시골 사람들에게 말할 때 는 "Where is it?(그거 어디 있어?)" 대신 "Where's it at?"을 쓴 다. 가끔은 "He doesn't(그는 아니야)" 대신 "He don't"라고도 말한다. 이것은 사람들에게 샌님이나 호모라는 조롱을 듣지 않고(아래를 읽어보라) 그들과 어울리고 싶기 때문이다. 하지 만 또 다른 이유는, 내가 비록 스누트라도 중서부 시골 영어 가 어떤 면에서는 표준 영어보다 더 낫다고 믿는 데 있다.

교조적 규범주의자에게 "Where's it at?"은 이중으로 몹쓸 문 장이다. 전치사로 끝날뿐더러 끝에 붙은 전치사가 'where' 와 중복되는 뜻이기 때문이다. "~하는 이유는… ~때문이다" 하는 문장의 중복과 비슷하다(고백하건대 나도 이 어법을 들 으면 손톱을 손바닥에 박게 된다). 대답: 우선 전치사로 문장 을 맺는 것을 피하라는 규칙은 로버트 라우스 신부의 발명 이다. 18세기 영국 설교자이자 고집불통 현학자였던 라우스 는 당시 유행하던 퇴화적 형태의 'has' 대신 'hath'를 써야 한 다며 수십 쪽에 걸쳐서 잔소리하던 사람이었다. 전치사로 문 장을 맺는 것을 피하라는 규칙은 고대의 유물이고, 어리석고, 오직 아야톨라급 스누트만이 진지하게 여길 규칙이다. 가너 도 이 규칙을 "고루하다"고 평가하면서 "a person I have great respect for(내가 대단히 존경하는 사람)"나 "the man I was listening to(내가 이야기를 듣고 있던 남자)" 같은 유용한 문장을 예로 제시했다. 이런 구조에 저 규칙을 어떻게든 적용하려면 규칙을 아예 폐기하거나 왜곡하는 수밖에 없다.

다음으로 "Where's it at?"의 중복은[46] 운율 면에서의 논리로 상쇄된다. 여기서 'at'이 실제 하는 역할은 의문부사 뒤 'is'를 축약할 수 있게끔 해주는 것이다. 우리는 "Where's it?"이라고는 말하지 않으니까, 선택지는 "Where is it?" 아니면 "Where's it at?"이다. 그리고 후자는 뚜렷한 약약강격이기 때문에, 투박한 단음절 음보+강약격이거나 아니면 아예 운율이랄 게 없는 "Where is it?"보다 훨씬 듣기 좋고 입에서 부드럽게 흘러나온다.

"He don't"를 쓸 때는 나도 좀 불편하다. 이 어법의 논리는 위의 경우만큼 설득력이 크진 않은 게 사실이다. 하지만 중세 영어에서 현대 영어로의 진화에서 한 가지 뚜렷한 경향성은 불규칙 현재형 동사들이 점차 규칙화되었다는 것이다.[47] 불규칙동사 활용은 익히기 어렵고 지키기도 어렵고 전통 외에는 별다른 이유가 없다는 점에서 이 경향성은 타당하다. 그리고

46 (이 중복이란 것도 좀 임의적이다. 왜냐하면 "Where's it from?(그거 어디서 났어?)"은 중복이 아니기 때문이다[주로 'whence(어디로부터)'가 절반쯤 고어적 표현으로 물러난 탓이지만].)

47 예를 들어, 오랫동안 영어는 이인칭 단수 현재형을 특수한 형태로 활용했지만—'thou lovest' 'thou sayest' 등—이제는 이 관습이 일부 과거형에만 살아남았다('to be'의 현재형에서도 살아남았는데, 이때는 그냥 이인칭 복수형 활용을 가져다 쓴다).

이 논리에 따르자면, 표준 흑인 영어는 'to do' 'to go' 'to say'에서 삼인칭 단수 현재형을 버렸고 'to be'에서는 여섯 가지 현재형을 다 똑같이 쓰도록 극도로 간소화했다는 점에서 영어의 최첨단을 개척하는 셈이다. (솔직히 'he be'라는 활용은 내 귀에 늘 이상하게 들리지만, 표준 흑인 영어는 내 방언이 아니니까 그럴 것이다.)

이 대목에서 여러분의 이 스누트 서평자도 공개적으로 수긍해야 할 지적이 있다. 전통적인 규범주의 규칙들 중 일부는 정말로 어리석다는 지적, 또한 그런 규칙을 고집하는 사람들은(마거릿 대처의 한 보좌관은 분리 부정사가 들어간 메모는 읽기를 거부했다는 전설이 있고, 내 중학교 시절 한 선생님은 아이들이 'Hopefully(바라건대)'라는 단어로 문장을 시작하면 무조건 점수를 깎았는데, 그런 사람들이다) 가장 경멸받을 만하고 위험한 종류의 스누트들, 즉 '틀린' 스누트들이라는 지적이다. 가령 분리 부정사를 금하는 규칙의 경우, 이것은 라틴어는 종합어이고 영어는 분석어인데도 영어 문법이 라틴어 문법을 본떠서 만들어졌다는 희한한 사실에서 비롯한 결과다.[48] 라틴어 부정사는 단어 하나로 이뤄져 있기 때문에 애초에 분리할 수 없는데, 초기 영어 규범주의자들은—이들은 라틴어에 깊이 매혹되었던 나머지 영어 어법 지침서마저

---

48 종합어(포합어)는 어형 변화로 구문을 표현하고, 분석어는 단어 순서로 표현한다. 라틴어, 독일어, 러시아어는 종합어이고 영어, 중국어는 분석어다.

도 라틴어로 썼다[49]—그러니까 영어 부정사도 분리해선 안 된다고 규정했다. 가너도 '분리 부정사'와 '미신'이라는 두 미니 에세이에서 이 규칙을 비판했다.[50] 그리고 'Hopefully'를 문장 첫 단어로 쓰면 안 된다는 규칙의 경우, 언젠가 웬 건방진 8학년 아이가 (영원한 사회적 대가를 치르고서) 수업 중에 지적했듯이, 이때 'Hopefully'는 사실 잘못 위치한 법조동사나 'quickly(재빨리)' 혹은 'angrily(화나서)' 같은 양태 부사로 기능하는 것이 아니라 문장 부사로 기능한다(즉, 문장 뒷부분에서 묘사될 상황에 대한 화자의 태도를 암시하는 '은밀한 재귀 부사'처럼 기능한다. 완벽하게 괜찮은 문장 부사의 사례로는 'clearly(명백히)' 'basically(기본적으로)' 'luckily(다행히)' 등

---

49 (예를 하나만 들면, 제목마저 기죽이는 토머스 스미스 경의 1568년 저작《De Recta et Emendata Linguae Anglicae Scriptione Dialogus(영어 글쓰기의 수정과 정정에 관하여)》가 있다.)

50 하지만 가너는 이 문제에 대해서 분별 있는 태도를 취했다. 어떤 분리 부정사는 정말 거추장스럽고 분석하기가 까다롭다. 특히 'to'와 동사 사이에 단어들이 잔뜩 끼어 있으면 그렇다("We will attempt to swiftly and to the best of our ability respond to these charges(우리는 이런 고발에 신속하게 그리고 최선을 다해서 대응하도록 시도할 것이다)"). 가너는 이런 분리를 "간격이 넓은 분리"라고 부르면서 이렇게는 쓰지 않는 편이 좋다고 합리적으로 조언한다. 분리 부정사에 대한 가너의 전반적 판결은—요약하면, 어떤 분리 부정사는 "완벽하게 적절하고" 어떤 분리 부정사는 별로이며 어떤 분리 부정사는 철저히 나쁘다는 것, 그리고 어느 하나의 폭넓고 깔끔한 교조적 원칙으로 모든 사례를 다 다룰 순 없다는 것, 따라서 "언제 부정사를 분리해도 좋을지 알려면 좋은 귀와 예리한 눈이 있어야 한다"는 것이다—가너가 기술주의자들의 반대 중에서 건전하고 유용한 반대와 괴상하고 독선적인 반대를 구별한 뒤 그중 건전한 반대를 가져다가 현명하고 유연한 형태의 규범주의에 통합시킨다는 것을 잘 보여주는 사례다.

이 있다). 이 부사의 사용을 맹목적으로 금하거나 점수를 깎는 사람은 극도로 현학적인 시절이었던 1940~1960년 사이에 교육받은 스누트들뿐이다.

사실 분리 부정사나 'Hopefully'는 교조적 기술주의자들이 모든 표준 문어체 영어의 어법 규칙은 임의적이고 어리석다는 것을 보여주기 위한 증거로 즐겨 꺼내 드는 사례들이다(하지만 이것은 팻 뷰캐넌을 증거로 들면서 모든 공화당원은 미치광이라고 주장하는 것과 좀 비슷하다). 참고로 가너도 'Hopefully'를 척수 반사적으로 금할 필요는 없다고 말했다. 하지만 그 말을 하면서 은근히 내키지 않는 듯한 기색을 내비쳤다. 가너는 '완패한 용어들'이라는 미니 에세이에서 이 부사를 언급하면서 "이미 진 싸움"이라고 표현했는데, 이때 "완패한 용어"란 "논란이 뜨거운 용어… 사용할 경우 일부 독자를 혼란시킬 가능성이 높은 용어"를 뜻하는 가너만의 표현이다. 가너는 또 내가 깨닫지 못했던 사실 하나를 지적했다. 'Hopefully'를 문장 중간에서 잘못된 위치에 놓거나 잘못된 구두점과 함께 쓰면, 양방향으로 수식이 가능한 탓에 모호함을 일으키는 여느 부사들처럼 작용할 수 있다는 것이다. 가령 다음 문장에서처럼. "I will borrow your book and hopefully read it soon(네 책을 빌릴게, 금방 읽을 수 있으면 좋겠어/네 책을 빌려서 금방 읽을 수 있으면 좋겠어)."

스스로 의식하든 못하든, 대부분의 사람들은 하나 이상의 주요한 영어 방언에 능통하고 여러 개의 하위 방언에도 능통하며 그 밖에도 수많은 하위 방언을 그럭저럭 통할 만큼 구사할 줄 안다. 그중 어떤 방언을 사용할까 하는 선택은 우리가 말하는 상대가 누구인지에 달려 있다. 더 정확히 말하자면, 우리가 선택하는 방언은 우리 말을 듣는 청자가 어떤 집단에 속해 있으며 우리가 스스로를 그 집단의 동료 구성원으로 내세우고 싶은가 아닌가에 달려 있다. 명백한 사례를 하나 들면, 전통적인 상류층 영어는 하류층 영어와는 방언적으로 다른 점들이 있기 때문에 한때 학교들은 오직 상류층 방식으로 말하는 법을 가르치는 것만이 존재 이유인 웅변술 강의를 개설하곤 했다. 하지만 포함의 기준으로서 어법이란 비단 계급에만이 아니라 훨씬 더 널리 적용되는 이야기다. 사고 실험을 하나 더 해보자. 자루처럼 헐렁한 옷을 걸친 미국 십대 청소년 한 무리가 동네 쇼핑몰 푸드코트에 앉아 있다. 처진 턱살, 옆으로 빗어 가린 대머리, 꼭 끼는 옷을 입은 53세 남자가 그들에게 다가가서 말한다. 자신이 죽 지켜본 결과 그들이 진짜 멋지고 끝내주는 것 같으니까, 자신도 그 자리에 앉아서 같이 좀 어울려도 되겠느냐고. 아이들의 반응은 비웃음 혹은 당황일 것이다. 어쩌면 둘 다일 것이다. 질문: 왜? 이런 경우도 상상해보자. 뼛속까지 흑인 도시 청년인 두 남자가 대화하고 있는데, 어느 모로 보나 철저하게 백인인 내가 그들에게 다가가서 "요" 하고 인사한다. 그러고는 한쪽 혹은 둘 다를 "브라더"라고 부르면서 "썹, 쓰 고잉 온(뭐해, 무슨 일이야)"이라고 묻는다. 젊은 도시 거주자 흑인 영어에서 'o'를 발음할 때 보통 그러는 것처럼 'on'을 뉴욕스럽게 "오오 - 오"라고 이중모음으로 발음하면서. 청년들은 내가 자신들을 놀린다고 생각해서 화를 내거나 나를 정신 나간 사람이라고 여기거나 둘 중 하나일 것이다. 그 외의 반응은 거의 예상할 수 없다. 질문: 왜?

왜냐하면: 우리가 어떤 방언을 습득하고 사용하는 것은 그것이 우리의 생득어이거나 우리가 포함되고 싶은 (실제 그럴 가능성이 어느 정도 있는) 집단의 방언이거나 둘 중 하나이기 때문이다. 그리고 표준 문어체 영어는 비록 덩치가 크고 결정적으로 중요한 것이기는 할지언정 하나의 방언일 뿐이다. 그것이 누군가의 유일한 방언인 경우는 절대로, 혹은 최소한 거의 없다.[51] 왜냐하면—여러분도 나도 다 아는 사실이지만 어법 전쟁에서 싸우는 사람들은 어쩐지 언급하지 않는 사실인데—세상에는 흠잡을 데 없이 정확한 표준 문어체 영어를 사용하기에 적절한 상황이 아닌 경우가 있기 때문이다.

유년기는 그런 상황으로 가득하다. 스누틀릿들이 학교에서 사회적으로 어려움을 겪는 경향이 있는 것은 이 때문이다. 스누틀릿은 표준 문어체 영어에 심하게, 조숙하게 유창한 아이를 말한다(기억하겠지만 이런 아이는 스누트의 자식일 때가 많다). 거의 모든 반에 스누틀릿이 한 명씩은 있으니, 여러분도 만나보았을 것이다. 스누틀릿은 'whom'을 정확하게 쓸 줄 알고 티볼에서 삼진을 먹으면 "엄청나게 끔찍해!"라고 외치는 6세에서 12세 사이의 아이다. 초등

---

51 (솔직히 윌리엄 F. 버클리 같은 사람은 표준 문어체 영어 이외의 방언을 사용할 줄 알거나 그런 것이 있다는 사실을 알 거라고도 상상하기 어렵지만.)

학생 스누틀릿은 인생에서 가장 이른 시점에 드러나는 학문적 괴짜이고, 따라서 또래들에게는 당연히 경멸받고 선생들에게는 칭찬받는다. 선생들은 스누틀릿이 반 친구들에게 얼마나 핍박받는지 모를 때가 많다. 알더라도 그 친구들을 비난하며, 아이들이란 이유 없이 얼마나 못되고 잔인해질 수 있나 생각하며 슬프게 고개 젓는다.

그런 선생들은 어리석다. 급우들이 스누틀릿을 핍박하는 것은 이유 없는 행동이 아니기 때문이다. 여기에는 중요한 의미가 있다. 아이들은 학교에서 집단-포함과 집단-배제를 배운다. 전자에는 보상이 주어지고 후자에는 벌이 주어진다는 사실을 배우고, 친밀함과 포함의 신호로서 방언이나 구문이나 속어를 사용하는 법을 배운다. 아이들은 곧 담론 공동체를 배우는 것이다. 하지만 영어나 사회 수업에서 배우는 것은 아니다. 놀이터, 버스, 점심시간에 배운다. 또래들이 스누틀릿을 배척하거나, 그에게 끔찍한 사중 웨지를 가하거나('웨지wedgie'는 남의 팬티를 바지 엉덩이 위로 끌어당겨 드러내는 장난이다—옮긴이), 그를 붙들고 한 명씩 돌아가며 침을 뱉을 때, 그 현장에서는 진지한 배움이 이뤄지고 있다. 스누틀릿을 제외한 모두가 배운다.[52] 사실 스누틀릿이 배우지 못한다는 점이야말로 그

---

52 아동 발달 – 사회언어학에 관한 아마추어적 삽입 1

스누틀릿은 사실 다른 아이들의 놀이터 교육에서 꼭 필요한 역할을 맡는 존재다. 학교와 또래 친구들은 아이가 가족 밖에서 처음 접하는 사회집단이다. 집단과 집단 내 역학을 배울 때, 아이는 어떤 집단의 정체성이 포함뿐 아니라 배제에도 의존한다는 사실을 자연스레 익힌다. 요컨대 아이는 '우리'와 '저들'을 배우기 시작하는데, '우리'가 되는 데는 '저들 아님'이 결정적 요소이기 때문에 '우리'에게는 늘 '저들'이 필요하다는 것도 배운다. 그리고 아이들과 학교가 배경이기 때문에, 아이들에게 '저들'이란 곧 선

가 애초에 핍박받는 이유다. 그리고 영어 선생님은—이들은 초등
교사가 되기 위해서 공부할 때 "언어 능력"은 아이가 "발달학적으
로 바람직한 또래 관계"를[53] 형성하도록 도와주는 "사회적 기술" 중

생들, 그리고 선생-세계의 모든 가치들과 부속 요소들이다.[52a] 아이들은 이 '선생-저
들'로부터 분리된 '우리'를 형성하는 법을 배우는데, 이때 퍼즐을 완성하는 마지막 조
각이 바로 스누틀릿이다. 스누틀릿은 배신자다. 언뜻 '우리' 같지만 실체는 사실 '우리'
가 아니라 '저들'인 존재다. '우리'처럼 키가 1미터밖에 안 되고 코를 흘리고 풀을 먹으
니까 첫눈에는 '우리'처럼 보이지만, 가만 보면 스누틀릿은 '우리'가 아니라는 신호에
해당하는 표준 문어체 영어를 능숙하게 사용한다. '우리'가 '저들 아님'으로 정의된다
는 것은 곧 '우리'의 배신자를 거부해야 한다는 것과 같다. 스누틀릿이 꼬마이기에, 즉
'우리' 중 한 사람이기에 더욱더.
요지: 스누틀릿은 또래들에게 '우리'의 소속 기준은 나이, 키, 풀 섭취 등등만은 아니라
는 것을 가르쳐준다. '우리'란 오히려 정신 상태와 감수성의 문제라는 것을 가르쳐준
다. 이데올로기의 문제라는 것을. 스누틀릿은 또 꼬마들에게 언뜻 '우리' 같지만 실은
'우리'가 아닌 사람을 극도로 경계해야 한다는 것, 한눈에 그런 사람을 알아보고 배척
할 필요마저 있다는 것을 가르쳐준다. 물론 이처럼 배신자로 기능하는 아이가 스누틀
릿만은 아니다. 선생님의 총애를 받는 아이, 고자질쟁이, 아부쟁이, 마마보이도 훌륭한
배신자가 될 수 있다…. 장애가 있는 아이, 기형인 아이, 뚱뚱한 아이, 일반적으로 문제
가 있는 아이들이 갓 주류로 형성되는 '우리-집단'의 포함-배제 기준을 가다듬는 데
도움이 되는 것처럼.
미국 아이들은 이 조악하고 유동적인 이데올로기적 집단 사고 형성을 통해서 진정한
사회화를 겪는다. 우리는 공동체와 담론 공동체가 같다는 사실, 그리고 그것은 정말
무시무시한 것이라는 사실을 어려서부터 배운다. 이 배움은 우리가 스스로의 출신을
깨닫도록 돕는다.

52a (그리고 '선생-저들'은 키가 크고 유머가 없는 처벌자/보상자들이기 때문
에, 모든 어른들과 특히—은밀하고 미성숙한 방식으로—부모를 상징한다. 부모
가 '우리'에 포함되는 존재에서 '저들'을 정의하는 존재로 차츰 변하는 과정은 유
년기의 가장 큰 이데올로기적 적응이다.)

53 (초등교육 교수들은 정말 이런 식으로 말한다.)

하나라고 배웠으나, 그 언어 능력이 반드시 표준 문어체 영어 능력
은 아닐지도 모른다는 사실은 모르거나 무시한다—자신이 총애하
는 스누틀릿이 사실은 언어 능력이 **결핍**된 아이임을 알지 못한다.
스누틀릿에게는 방언이 하나뿐이다. 스누틀릿은 어휘, 어법, 문법을
상황에 따라 바꿀 줄 모르고 속어나 저속한 말을 쓸 줄 모른다. 그러
나 그런 능력이야말로 '또래 관계'에 정말로 필요한 자질이고, 이때
'또래 관계'란 아이의 인생에서 두 번째로 중요한 집단에[54] 받아들여
지는 것을 뜻하는 학술 용어다. 만약 스누틀릿이 선생들에게 지나
치게 얽매여 있다면, 그리고 그 선생들이 아무런 감을 못 잡는다면,
스누틀릿은 오랫동안 크나큰 핍박을 받은 뒤에야 비로소 학교에서
는 하나 이상의 방언이 필요하다는 사실을 깨달을 것이다.

　　이 서평자가 음, 개인적 기억을 들추어 지나치게 열변을 토하

54　아동 발달 - 사회언어학에 관한 아마추어적 삽입 2

스누틀릿이 사춘기에 접어들 무렵, 또래 집단은 가족을 제치고 제일 중요한 집단으로
올라선다. 이 집단은 정의상 전통적 권위를 거부하는 집단이다.[54a] 그런데 이들이 인
식하는 주류 성인 사회의 방언이 표준 문어체 영어이기 때문에, 표준 문어체 영어만큼
전통적 권위를 잘 상징하는 것은 또 없다. 사춘기가 속어와 암호와 하위 방언의 하위
방언이 사방에서 폭발하는 시기인 것, 부모들이 갑자기 자식의 말을 알아듣지 못하겠
다고 하소연하는 시기인 것은 우연이 아니다. "I can't get no / Satisfaction(난 아무 만
족도 느낄 수 없어)" 같은 가사는 우연이 아니고, 영국 교육제도의 슬픈 실태를 보여주
는 증거도 아니다. 믹 재거 등은 멍청하지 않다. 그들은 수사학을 쓰는 자들이고, 자신
의 청중이 누구인지 제대로 알고 있다.(롤링 스톤스의 믹 재거가 쓴 노래 가사인 위 문
장은 엄밀한 영어 문법으로는 틀렸기에 하는 말이다.—옮긴이)

　　54a (즉, '선생-저들/부모-저들'이 기성 사회가 된다. 그냥 '저들Them'이었던 것
　　이 세상을 대변하는 '저들THEM'이 된다.)

는 것처럼 보일 것이라는 점은 인정한다.[55] 어쨌든 이 이야기는 우리가 하는 논의에 관계가 깊은 내용이다. 요컨대 늘 A⁺을 받는 스누틀릿은 반에서 제일 '늦된' 아이, 아무리 가르쳐도 계속 'ain't'나 'bringed'처럼 틀린 말을 쓰는 아이와 사실 방언적으로 동일한 입장에 있다. 정확히 같은 입장이다. 한쪽은 교실에서 처벌받고 다른 쪽은 놀이터에서 처벌받는다는 차이가 있지만, 언어 기술이 부족하기는 둘 다 마찬가지다. 여러 방언과 여러 '올바름'의 수준을 오가는 능력, 또래들과는 이 방식으로 소통하고 선생들과는 저 방식으로 소통하고 가족과는 또 다른 방식으로 소통하고 티볼 코치와는 또 다른 방식으로 소통하는 능력이 부족하다. 이런 방언 조정은 대체로 무의식 수준에서 이뤄지고, 우리가 그것을 해내는 능력은 일부는 심리학적 능력이지만 나머지 일부는 또 다른 차원의 능력이며―어쩌면 보편 문법처럼 뇌에 새겨진 능력일 수도 있다―바로이 능력이야말로 시험 점수나 성적보다 아이의 '언어 지능'을 훨씬 더 잘 보여주는 지표다. 미국 학교의 영어 수업은 방언 재능을 육성하기보다는 지체시키는 데 훨씬 더 많이 기여하기 때문이다.

55 (하지만 '학교에 치마를 입고 가는 남자아이' 시나리오는 내 이야기는 아니었다. 그냥 참고하시라고 말해둔다.)

수사, 방언, 집단 – 포함 같은 개념들이
어떻게 어법 전쟁의 전투 일부를 이해하는 데
도움이 되는지 보여주는 사례

잘 알려진 사실: 초중등학교에서든 대학에서든, 이제는 더 이상 영어 수업에서 표준 문어체 영어 문법과 어법을 체계적으로 가르치지 않는다. 이렇게 된 지가 20년이 넘었고, 규범주의자들은 이 때문에 미칠 지경이다. 규범주의자들은 이 현상을 미국이 영어를 서서히 살해하고 있다는 증거로 꼽는다. 한편 기술주의자들과 영어 교육 전문가들은 표준 문어체 영어 관습을 공부하는 것이 아이들의 작문을 향상시키는 데 도움되지 않는다는 사실이 과학적으로 증명되었기 때문에 안 가르치는 것이라고 반박한다.[56] 논쟁의 양측은 상대를 정신적으로 문제 있는 사람들 그리고/혹은 이데올로기에 눈먼 사람들로 매도하는 경향이 있다. 우리가 그동안 학생들에게 규범적인 표준 문어체 영어를 가르쳐온 방식이 그 무용함에 책임이 있다는 생각은 어느 진영도 떠올리지 못하는 것 같다.

내가 말하는 이 '방식'이란 구체적인 교수법이라기보다는 정신 혹은 태도에 가깝다. 기존의 영어 문법 교사들은 당연히 대부분 교조적 스누트들이다. 대개의 교조주의자가 그렇듯, 이들은 자신이 사용하는 수사법과 자신의 말을 듣는 청중에 대해서 대단히 한

---

56 이 주장을 뒷받침하는 진지한 연구 결과가 적지 않다. 그중 가장 유명한 것은 롤런드 J. 해리스, 도널드 R. 베이트먼과 프랭크 J. 지도니스, 존 C. 멜론이 1960년대에 발표했던 연구들이다.

심한 태도를 취한다. 특히 지적하고 싶은 점은, 이런 교사들이[57] 표준 문어체 영어야말로 유일하게 바람직한 영어 방언이며 오직 무식하거나 정신박약이거나 인간성에 심각한 문제가 있는 사람만이 그 사실을 깨닫지 못한다고 가정한다는 점이다. 이런 태도는 수사법으로는 성가대에게 설교할 때만 유효하고, 교수법으로는 재앙이다. 글쓰기를 가르칠 때는 특히 나쁘다. 왜냐하면 대학 신입생 작문수업에서 강사가 한 학기 내내 학생들에게 경고하는 실수, 즉 글이 수사적 전략으로 얻어내야만 하는 청중의 동의를 처음부터 얻었다고 가정하고 들어가는 실수를 저지르는 셈이기 때문이다.[58] 현실인

57 최소한 중서부에는 아직 이런 교사들이 남아 있다. 여러분도 어떤 타입인지 알 것이다. 입술을 꽉 다물고, 트위드를 입고, 어쩐지 게를 닮은 교사들. 남녀를 불문하고 노처녀처럼 보이는 타입. 여러분에게 그런 선생이 있었다면(나는 1976~1977년에 있었다), 틀림없이 기억할 것이다.

58 삽입이긴 하지만 관계있는 이야기, 가녀가 《ADMAU》에서 한 번도 저지르지 않은 실수라는 이유만으로도 살펴볼 만한 이야기

이런 실수는 그릇된 전제 때문이라기보다는 정신적 습관 때문이다. 오류나 무지의 탓이 아니라 자기 자신에게만 몰두한 탓이다. 이 실수는 또 많은 대학생이 가장 줄기차게 저지르는 가장 나쁜 실수로, 워낙 깊이 뿌리 박혀 있기 때문에 스스로 문제를 깨닫게 하는 데만 여러 차례의 작문과 토의와 수정을 거쳐야 한다. 이 실수를 뿌리 뽑도록 도우려면, 선생은 학생들에게 두 가지 중요한 금지 사항을 주입시켜야 한다. (1) 독자가 글쓴이의 마음을 안다고 가정하지 말 것. 독자가 시각적으로 떠올리거나 고려하거나 결론 내렸으면 하는 내용이 있다면 무엇이 되었든 글쓴이가 제공해야 한다. (2) 어떤 경험 혹은 문제에 관해서 독자가 글쓴이와 같은 방식으로 느끼리라고 가정하지 말 것. 글쓴이가 글에서 주장하려는 바를 처음부터 사실로 간주한 채 논증을 전개해서는 안 된다.
(1)과 (2)는 더없이 단순하고 자명한 원칙으로 느껴진다. 그러니 학생들에게 이 원칙을 제대로 이해시켜서 글에도 영향을 미치도록 만들기가 얼마나 어려운지 알면, 여러

즉, 보통의 미국 학생이라면 표준 문어체 영어를 쓰는 집단 혹은 담론 공동체를 보고 자신도 거기 소속되고 싶다는 생각이 들 때만 표준 문어체 영어의 까다로운 관습을 수고스레 배울 마음이 들 것이다. 그런데 왜 올바른 표준 문어체 영어를 쓰는 집단이 좋거나 바람직한지 말해주는 논증을 접하지 못한 경우(전통적인 교사는 이런 논증을 제공하지 않는데, 왜냐하면 교사 자신은 철두철미한 교조적 스누트라서 그럴 필요조차 느끼지 못하기 때문이다), 학생은 자신이 만나본 그 집단의 유일한 구성원, 즉 스누트스러운 교사를 기준으로 삼아서 표준 문어체 영어 집단의 가치를 가늠할 것이다. 그리고 정신이 제대로 박힌 평범한 아이라면 전통적 규범주의자 교사처럼 우쭐대고, 편협하고, 독선적이고, 거만하고, 전혀 멋지지 않은 인물이 대표하는 집단에 소속되기를 바랄 턱이 있겠는가?

　　나는 지금 표준 문어체 영어를 효과적으로 가르치려면 교사들

분은 놀랄 것이다. 왜 어려운가 하면, (1)과 (2)가 개념적으로는 지적 문제이지만 현실적으로는 오히려 태도의 문제이기 때문이다. 학생이 이 금지를 이해하려면, 독자를 자신과는 다른 별개의 인간으로 여기는 상상력이 있어야 한다. 나아가 그 별개의 인간에게도 자신과 마찬가지로 제 나름의 선호와 혼란과 신념이 있다는 것을 아는 공감 능력이 있어야 한다. 또한 그 선호와 혼란과 신념도 글쓴이 자신의 것처럼 마땅히 존중과 고려를 받을 자격이 있다는 사실을 알아야 한다. 게다가 (1)과 (2)를 지키려면, 학생에게는 보편적 진실과("이것은 원래 이러니까 바보가 아닌 한 다들 동의할 것이다") 글쓴이가 주장하려는 바에 지나지 않는 것을("내가 이것을 권하는 이유는 다음과 같다") 구별할 줄 아는 겸손함이 있어야 한다. 물론 이런 조건들은 민주적 정신을 구성하는 요소들이기도 하다. 그러므로 나는 "글쓰기를 가르치는 것은 생각하는 법을 가르치는 것이다"라는 진부한 격언은 이 과업을 줄여도 한참 줄여서 말한 것이라고 주장하는 바다. 생각은 글쓰기의 반도 안 된다.

이 선글라스를 끼고 학생들을 '친구'라고 불러야 한다고 말하는 것이 아니다. 그저 현재 미국 교실의 수사적 상황으로 보아—이 교실은 기성 성인 사회의 가치들에 반항하는 것을 집단 정체성의 토대로 삼은 젊은이들, 그리고 표준 문어체 영어가 아닌 다른 방언을 일차 방언으로 익힌 소수자들로 구성되어 있다—교사는 왜 표준 문어체 영어가 배울 가치가 있는 방언인가 하는 논증을 명시적으로, 솔직하게, 설득력 있게 제시할 필요가 있다는 뜻이다.

이런 논증은 말로 꺼내기 어렵다. 지적으로 어려운 것이 아니라 감정적으로, 정치적으로 어렵다. 왜냐하면 노골적으로 엘리트주의적인 논증이기 때문이다.[59] 표준 문어체 영어가 미국 엘리트의 방언이라는 것은 숨길 수 없는 진실이다. 특권층 와스프 남성들이 그 언어를 발명하고 성문화하고 퍼뜨렸으며 지금도 '표준'으로 지속시키고 있다는 것 역시 진실이다. 그 언어가 기득권층의 언어라는 것, 정치적 권력과 계급 구분과 인종 차별과 온갖 종류의 사회적 불평등에 이바지하는 수단이라는 것도 진실이다. 이런 주제는 수업 시간에 꺼내기에는 아무리 줄여 말하더라도 너무 민감하다. 특히 표준 문어체 영어를 옹호하는 주장을 펼칠 의도로 꺼내는 경우에는 더 민감하고, 말하는 사람이 특권층 와스프 남성 겸 교사라서 기성 성인 사회의 살아 있는 상징이나 마찬가지인 경우에는 초민감하다. 하지만 이 서평자의 견해로는, 교사가 자신의 전제를 명시적으로

---

59 (혹은 이 논증을 펼치기 위해서는 우리가 엘리트주의를 공개적으로 인정하고 그에 대해서 논해야 하기 때문이라고 말할 수도 있다. 이에 비해 전통적인 교조적 스누트들의 교수법은 그 자체가 곧 엘리트주의다.)

밝히고 주장을 노골적으로 펼치는 편이 학생들에게나 표준 문어체 영어에나 더 유익하다. 교사가 표준 문어체 영어의 내재적 우수성을 전달하는 예언자처럼 굴지 않고 차라리 그 효용성을 옹호하는 입장을 내세우는 것은 수사적 측면에서 교사의 신뢰성을 높이는 데도 도움이 된다.

표준 문어체 영어를 옹호하는 논증은 백인이 아닌 학생들에게 전달할 때 가장 민감하고 중요한 주제가 되므로, 내가 사적인 자리에서[60] 몇몇 흑인 학생에게 지껄였던 말을 아래에 간추려 적어보았다. 그 학생들은 (a) 엄청나게 똑똑하고 지적 호기심이 많지만 (b) 미국 고등교육이 규정한 영어 작문 능력은 부족한 아이들이었다.

> 네게 이런 얘기를 해준 사람이 이전에도 있었는지 없었는지 모르겠지만, 네가 대학 영어 수업에서 배우는 건 사실 낯선 방언이나 다름없단다. 그 방언의 이름은 표준 문어체 영어야. (234~235쪽쯤으로 주요한 여러 미국 방언을 간략히 소개함.) 나는 그동안 너와 대화를 나누고 네가 낸 글을 몇 편 읽으면서, 너의 주된 방언은 '우리 지역에서 흔히 쓰이는 세 종류의 표준 흑인 영어 중 하나'라고 결론 내렸어. 그런데 자, 지금부터 나는 네게 공식적인 선생의 목소리로 뭔가 설명하려고 해. 네가 유창하게 쓰는 표준 흑인 영어는 중요한 여러 측면에서 표준 문어체 영어와는 달라. 어떤 차이는 문법적 차이

---

60 (아무리 나라도 그렇게까지 바보는 아니다.)

야. 가령 이중 부정은 표준 흑인 영어에서는 괜찮지만 표준 문어체 영어에서는 안 괜찮아. 표준 흑인 영어와 표준 문어체 영어는 일부 동사의 활용 방식도 다르지. 또 어떤 차이는 스타일의 차이야. 가령 표준 문어체 영어는 문장 초반에 종속절을 훨씬 더 많이 쓰는 경향이 있고, 그 초반의 종속절을 대부분 쉼표로 잇는데, 표준 문어체 영어 규칙에서는 이렇게 하지 않은 문장은 '뚝뚝 끊어지는' 것처럼 보여. 이런 차이가 헤아릴 수 없이 많아. 이런 내용을 얼마나 알고 있지? (표준적 반응 = "제가 받은 성적이나 숙제에 적힌 코멘트를 보면, 교수들이 저를 글 잘 쓰는 학생으로는 생각하지 않는다는 걸 알 수 있었어요"의 이런저런 변주.) 그래, 네게 들려줄 좋은 소식과 나쁜 소식이 있어. 어떤 교수들은 다른 측면에서는 다 똑똑한데도 영어에 표준 문어체 영어 외의 다른 방언도 있다는 사실을 또렷하게 인식하지 못해. 그래서 숙제를 채점할 때 "표준 문어체 영어는 이 동사를 다르게 활용함" "표준 문어체 영어에 따르면 여기 쉼표가 필요함" 하는 식으로 코멘트하지 않고 그냥 "활용이 틀렸음" "쉼표가 필요함"이라고만 적지. 이게 좋은 소식이야. 네가 글을 못 쓰는 게 아니라, 교수들이 바라는 방언의 특수한 규칙을 네가 아직 익히지 못했을 뿐이라는 뜻이니까. 어쩌면 이게 별로 좋은 소식이 아닐 수도 있겠지. 네가 낯선 언어인 줄도 몰랐던 낯선 언어에서 저지른 실수 때문에 성적이 깎인다는 게. 네가 표준 흑인 영어를 쓰도록 허락되지 않는다는 게. 이게 불공평해 보일 수도 있겠지.

만약 그렇다면 너는 내가 들려줄 다른 소식도 아마 마음에 들지 않을 거야. 다른 소식이란, 나도 네가 표준 흑인 영어로 쓰도록 허락하지 않을 거라는 거야. 넌 내 수업에서 표준 문어체 영어를 익히고 써야만 해. 만약 네가 네 일차 방언을 공부하고 싶고, 그 규칙과 역사를 알고 싶고, 그것이 표준 문어체 영어와 어떻게 다른지 알고 싶다면, 좋아. 흑인 영어의 전문가들이 쓴 훌륭한 책이 꽤 있으니까, 원한다면 내가 소개해주고 함께 토론도 해줄게. 하지만 그건 교실 밖에서야. 교실 안에서는, 내 수업에서는, 네가 표준 문어체 영어를 익히고 써야만 해. 표준 문어체 영어는 '표준 백인 영어'라고 불러도 좋을 거야. 백인들이 만든 언어이자 백인들이 쓰는 언어, 특히 교육받은 백인, 힘 있는 백인이 쓰는 언어니까. (이 대목에 대한 반응은 천차만별이라 표준화하기 어렵다.) 너를 존중하는 의미에서, 내가 진실이라고 여기는 사실을 이 자리에서 노골적으로 말해볼게. 미국에서 표준 문어체 영어는 교양, 지성, 힘, 위신의 방언으로 여겨져. 다른 어떤 인종, 민족, 종교, 젠더의 사람이라도 미국 문화에서 성공하고 싶다면 표준 문어체 영어를 쓸 줄 알아야 해. 그냥 현실이 그래. 넌 이 사실을 반길 수도 있겠고 슬퍼할 수도 있겠고 대단히 열 받을 수도 있겠지. 이것은 인종차별적이며 불공평한 현실이라고 믿고, 남은 인생의 모든 시간을 이 현상에 맞서 싸우는 데 바치겠다고 결심할 수도 있겠지. 어쩌면 정말 그래야 할지도 몰라. 하지만 내가 하나 말해줄게. 만약 남들이 너의 그 주장에 진지하게 귀 기울여주길 바란다면, 넌 그 주장을 표준 문어체 영어로 말해야 할 거야. 왜냐하면 표준 문어체 영어야말로 우리나라가 혼잣말할 때 쓰는 방언이니까. 아프리카계 미국인 중 미국 문화에서 성공하고 중요한 인물이 된 사람들은 다들 이 사실을 알았어. 마틴 루서 킹과 맬컴 엑스와 조지프 H. 잭슨의 연설이 표준 문어체 영어였던 것, 토니 모리슨과 마야 앤절루와 제임스 볼드윈과 존 와이드먼과 헨리 루이스 게이츠 주니어와 코넬 웨스트의 책이 완벽하게 훌륭한 표준 문어체 영어로 쓰인 것, 흑인 판사들과 정치인들과 기자들과 의사들과 교사들이 직업적으로는 표준 문어체 영어로 소통하는 것, 이게 다 그 때문이야. 이중 몇 사람은 표준 문어체 영어가 기본 방언인 가정과 공동체에서 자랐고, 그 덕분에 학교에서 수월했겠지만, 설령 표준 문어체 영어로 성장하지 않은 사람들도 인생의 어느 시점엔가 그것을 배워서 유창하게 글을 쓸 수 있어야 한다는 사실을 깨달았고, 그렇게 했어. 그리고 (학생의 이름), 너도 그걸 쓰는 법을 배우게 될 거야. 내가 그렇게 만들 테니까.

여기서 밝혀둘 점은, 내가 이런 이야기를 했던 학생들 중 두어 명은 불쾌하게 느꼈다는 것이다. 한 명은 학교에 공식적으로 항의했다. 동료 교수들 중에도 내 장광설을 "인종 문제 측면에서 둔감한" 말이라고 평가한 사람이 한 명 이상 있었다. 어쩌면 여러분도 그렇게 느낄지 모른다. 하지만 이 서평자의 겸손한 의견은 다음과 같다. 미국의 일부 문화적, 정치적 현실 그 자체가 인종 문제 측면에서 둔감하고 엘리트주의적이고 불쾌하고 불공평하기에, 그 현실을 완곡어법과 애매한 표현으로 얼버무리는 것은 위선적일 뿐 아니라 장차 그 현실을 바꾸는 과업에도 해롭다.

어법 전쟁에 관련된 또 다른 사례,
이번에는 정중함을 통한 자기표현의 수단으로서
방언에 초점을 맞춘 이야기[61]

전통적으로, 규범주의자는 정치적으로 보수주의자이고 기술주의자는 진보주의자인 경향이 있다. 하지만 오늘날 공적 영어 규범에 가장 강력한 영향을 미치는 것은 오히려 엄격하고 깐깐한 형태의 진보적 규범주의다. 내가 말하는 것은 흔히 '정치적으로 올바른' 영어라고 불리는 언어다. 이 영어의 관습에 따르면, 낙제하는 학생은 '잠재력이 높은' 학생이고 가난한 사람은 '경제적으로 불리한' 사람이고 휠체어를 타는 사람은 '신체 능력이 다른' 사람이다. "백인 영어와 흑인 영어는 다르고, 넌 백인 영어를 배우지 않으면

---

61 이 부분에 대단히 어울리는 머리글들
"수동태 동사는 특히 여성의 주체성을 부정할 가능성이 있다."
　　—메릴린 슈워츠 박사와 미국대학출판부연합의 '편견 없는 언어' 특별 위원회 일동

"그는 갑자기 언성을 높여서 저녁 식사가 준비되었느냐고 소리쳤다. 하인들은 역시 맞받아 고함을 지르면서 준비되었다고 대답했다. 하인들의 말뜻은 자기들도 준비가 다 되었으면 좋겠다는 뜻이었고, 그도 그렇게 이해했다. 아무도 정작 움직이진 않았기 때문이다."
　　　　　　　　　　　　　　　　　　　　　　　—E. M. 포스터

좋은 성적을 받지 못할 거야" 같은 문장은 퉁명스러운 것이 아니라 '둔감한' 발언이다. 요즘 사람들이 정치적으로 올바른 영어를 놀리는 농담을 많이 하지만(못생긴 사람을 가리켜 "미적으로 어려움이 있는 사람"이라고 부르는 등), 대학과 기업과 정부 기관은 이 영어의 여러 규정과 금지를 대단히 진지하게 받아들인다는 것을 잊으면 안 된다. 이런 기관들의 공적 방언은 새로운 언어 경찰들의 빈틈없는 감시하에 진화하고 있다.

어떻게 보면, 정치적으로 올바른 영어의 득세에는 레닌에서 스탈린으로의 이행 같은 아이러니가 있다. 원래 기술주의 혁명에 영향을 미쳤던 바로 그 이데올로기적 원칙들이—즉, 전통적 권위에 대한 거부와(베트남 전쟁에서 유래했다) 전통적 불평등에 대한 거부가(시민권 운동에서 유래했다)—지금은 훨씬 더 완고한 형태의 규범주의를 낳는 데 기여했으니까 말이다. 새로운 규범주의는 전통이나 복잡성에는 대체로 얽매이지 않고, 자기 원칙을 따르지 않는 사람에게 현실적 제재(해고, 소송)를 가하겠다는 으름장을 놓는다. 이것은 어두운 방식으로나마 좀 웃긴 현상인 것이 사실이다. 정치적으로 올바른 영어에 대한 비판도 대부분 그 유행성이나 지루함을 놀린다. 하지만 이 서평자의 사견으로, 정치적으로 올바른 영어의 규범주의는 그저 한심한 것을 넘어서 이데올로기적으로 혼란스럽고 스스로의 대의에도 해롭다.

내 주장은 다음과 같다. 어법은 늘 정치적이다. 하지만 복잡하게 정치적이다. 가령 정치적 변화에 관해서라면, 어법 관습은 두 방식으로 기능할 수 있다. 어법 관습이 한편으로는 정치적 변화의 반영일 수 있지만, 다른 한편으로는 정치적 변화의 도구일 수도 있다. 중요한 점은 두 기능이 다르다는 것, 우리가 제대로 구별해야 한다는 것이다. 둘을 헷갈리면—특히 실제로는 언어의 정치적 상징주의에 지나지 않는 것을 정치적 효능으로 착각하면—미국이 이제 역사적으로 엘리트주의나 불공평과 연관되었던 어휘들을 쓰지 않게 되었으니까 미국에서는 이제 엘리트주의나 불공평이 사라졌다는 괴상한 확신이 들게 된다. 이것이—즉, 사회의 표현 방식을 사회가 취하는 태도의 산물로 여기는 게 아니라 거꾸로 표현 방식이 태도를 만들어낸다고 여기는 오류가[62]—바로 정치적으로 올바른 영어의 핵심 오류다. 당연히 이 오류는 표준 어법의 변화를 저지함으로써 사회 변화를 늦출 수 있다고 여기는 정치적 보수주의자 스누트들의 망상을 뒤집어놓은 것과 같다.[63]

그러나 스탈린화나 기초 논리학 수업 수준의 얼버무리기는 잊자. 정치적으로 올바른 영어에는 이보다 더 심각한 아이러니가 있다. 정치적으로 올바른 영어가 스스로는 진보적 개혁의 방언이 되고자 하지만 현실에서는—실제적인 사회적 평등을 사회적 평등에 대한 완곡어법으로 대체하는 오웰적 행위를 통해서—전통적인 스누트들의 규범주의보다도 훨씬 더 많이 보수주의자들과 기성 체제에 기여하고 있다는 점이다. 만약 내가 과세로 국가의 부를 재분배

62 (좀더 간결하게 표현하면, 정중함은 공정함과 같지 않은데 그렇게 착각하는 오류다.)

63 대중적 규범주의자들이 조잡한 어법은 서구 문화의 쇠락을 뜻한다고 불평할 때, 그 바탕에는 바로 이런 논리가 깔려 있다.

하는 데 반대하는 정치적 보수주의자라면, 정치적으로 올바른 진보주의자들이 재분배 법령이나 한계 세율 인상을 지지하는 효과적인 공적 논증을 구축하려고 애쓰는 대신 가난한 사람을 '저소득' 시민, '경제적으로 불리한' 시민, '아직 부유하지 않은' 시민 중 무엇으로 불러야 하는가를 놓고 갑론을박하느라 시간과 에너지를 쓰는 모습을 보고서 쾌재를 부를 것이다. (평등주의적 완곡어법의 엄격한 규정이 고통스럽고, 추하고, 때로 불쾌하기까지 한 형태의 담론을 압살한다는 것도 문제다. 다원적 민주주의에서 상징적 변화가 아니라 실제적인 정치적 변화를 이루려면 저런 괴로운 담론이 꼭 필요한데 말이다. 요컨대 정치적으로 올바른 영어는 일종의 검열로 기능하고, 검열은 늘 기성 체제에 이바지한다.)

현실적인 문제로는, 어린 자식이 넷 있고 일 년에 1만 2,000달러를 버는 사람이 과연 자신을 '가난한' 사람이라고 부르지 않고 사려 깊게도 '경제적으로 불리한' 사람이라고 부르는 사회에서 더 힘이 날지, 착취를 덜 당하는 느낌일지 나는 의문이다. 내가 그라면, 정치적으로 올바른 용어가 오히려 모욕으로 느껴질 것 같다. 그것이 생색내는 표현이어서가 아니다(물론 그런 표현이기도 하다). 위선적이고 이기적인 표현이라서다. 그리고 자주 생색의 대상이 되어본 사람들에게는 그런 태도를 감지하는 무의식적 안테나가 있는 법이다. '경제적으로 불리한' 사람이나 '신체 능력이 다른' 사람 같은 완곡어법의 기본적 위선이 무엇인가 하면, 정치적으로 올바른 영어 옹호자들은 이런 용어에 깃든 연민과 너그러움으로 혜택을 받는 대상이 가난한 사람들과 휠체어에 탄 사람들이라고 믿지만 사실 그 믿음에는 누구나 알고 있되 무서운 어휘 테이프 광고 외에는 아무도 언급하지 않는 한 가지 현실이 빠져 있다는 것이다. 그 현실이란, 우리가 특정 어휘를 사용하는 동기에는 자신에 관한 정보를 소통하려는 욕망이 어느 정도 늘 포함되어 있다는 것이다. 많은 유행어가 그렇듯이,[64] 정치적으로 올바른 영어도 사실은 주로 화자의 미덕을―양심적인 평등주의, 모든 사람의 존엄에 대한 관심, 언어의 정치적 함의를 아는 세련됨 등을―알리고 칭송하는 기능을 수행한다. 따라서 새롭게 명명된 개인이나 집단에게 도움이 되기보다는 정치적으로 올바른 용어를 사용하는 사람 자신의 개인적 이익에 더 도움이 된다.[*][†]

64 《ADMAU》에는 '유행어'라는 미니 에세이가 있다. 하지만 실망스러운 글이다. 가너는 그냥 자신이 거슬리는 유행어를 나열한 뒤, "유행어는 대중의 마음을 강하게 사로잡기 때문에 사람들은 그 단어가 별 목적을 수행하지 않는 맥락에서도 쓰곤 한다"라고 말했다. 이것은 가너가 《ADMAU》에서 확실히 틀린 소수의 대목 중 하나다. 유행어의 진짜 문제는 따로 있다. 모든 문장은 최소한 두 가지 소통 기능을 수행하고―하나는 명시적 정보를 전달하는 기능, 다른 하나는 화자에 관한 정보를 전달하는 기능―두 기능 사이에 균형을 잡기 마련인데, 유행어는 그 균형을 깨뜨린다는 것이다. 유행어가 "별 목적을 수행하지 않는다"는 가너의 말은 틀렸다. 유행어는 오히려 화자를 특정 모습으로 내세우려는 목적을 너무 많이 수행한다(설령 그 목적이 유행을 잘 아는 사람인 척하려는 것에 지나지 않더라도). 그리고 모든 사람에게는 일종의 헛소리 감지 안테나가 있어서, 그 불균형을 무의식적으로 포착해낸다. 스누트가 아닌 사람들조차 유행어를 짜증스럽고 진저리나게 느끼는 것은 이 때문이다. 이 현상은 누군가가 당신을 지나칠 정도로 세심하게 배려하고, 착하게 대하고, 칭찬을 늘어놓을 때 결국에 가서는 그 세심함이 오싹하게 느껴지는 것과 비슷하다. 사실 그의 동기는 자신을 좋은 사람으로 내세우고자 하는 마음이 불균형하게 더 크다는 것을 우리가 감지하는 것이다.

* 삽입

불쾌한 진실을 말해보자. 정치적으로 올바른 영어에 영향을 미치는 이기적 위선이, 현재 미국의 거의 모든 사회 정책 토론에서 좌파의 수사법에도 악영향을 미치고 있다는 진실이다. 예를 들어보자. 세금, 할당제, 복지, 기업 유치 지구, AFDC/TANF, 기타 등등을 활용해서 부를 재분배하자는 주장을 둘러싼 이데올로기 싸움을 생각해보자. 재분배가 일종의 자선이나 연민으로 간주되는 한(그리고 동정심 넘치는 좌파들은 무정한 우파들 못지않게 이런 개념을 전폭적으로 받아들이는 듯하다), 토론은 효용에 집중해서─"복지는 가난한 사람들의 자립을 도울까, 아니면 수동적 의존성만 더 키울까?" "정부의 방만한 관료적 사회복지 체계가 과연 자선을 분배하는 효과적인 방법일까?"─이뤄지게 되어 있다. 그러면 양 진영은 각자의 주장과 각자가 선호하는 통계를 들먹이고, 그래서 이야기는 제자리에서 맴맴 돌고….

의견: 여기서 실수는, 양측 모두 재분배의 진정한 동기가 자선적인 것, 이타적인 것이라고 가정한 데 있다. 보수주의자들의 실수는(정말 실수인지는 모르겠지만) 전적으로 개념의 문제다. 하지만 좌파들에게는 이 가정이 전략적으로도 심각한 실수다. 진보적 자유주의자들은 다음과 같은 명백한 진실을 말할 줄 모르는 듯하다. 우리 부유한 사람들이 자기가 가진 것을 가난한 사람들과 기꺼이 나눠야 하는 것은 그들을 위해서가 아니라 우리를 위해서라는 것을. 우리는 덜 편협하

고 덜 겁먹고 덜 외롭고 덜 이기적인 사람이 되기 위해서 나눠야 한다는 것을. 경제적 평등을 향한 모든 충동 아래에는 이런 철저한 이기성이 깔려 있다는 사실을, 아무도 감히 소리내어 인정하지 않는 듯하다. 특히 미국 진보주의자들이 그렇다. 그들은 자신의 이미지를 '저 이기적인 보수주의자들과는 달리 너그럽고 동정심 있는 사람'으로 내세우는 데 골몰한 나머지, 보수주의자들이 토론을 자선과 효용의 문제로 프레이밍하도록 내버려두고 있다. 그런 프레임에서는 재분배가 명백히 좋은 일로 보이기 어려운데 말이다.

내가 이 사례를 일반적이고 단순화한 방식으로나마 굳이 말한 것은, 정치적으로 올바른 영어에 영향을 미친 좌파의 허영이 실제로는 좌파 자신의 대의에 해롭다는 걸 보여주고 싶어서다. 진보주의자들은 '남들과 달리 너그럽고 동정심 있는 사람'의 이미지를 포기하지 못하는 바람에, 재분배 논증을 좀더 실제적이고 현실 정치적인 방식으로 프레이밍할 기회를 잃고 있다. 그런 방식이 어떤 것인지 하나만 말해보자면, 우리가 보통 사익이라고 부르는 것을 좀더 복잡하고 세련되게 분석하는 방법이 있다. 특히 단기적인 경제적 사익과 장기적인 도덕적, 사회적 사익을 구별하는 방법이다. 그러나 현재는 진보주의자들의 허영 때문에 보수주의자들이 사익에의 호소를 독점하고 있고, 그 덕분에 보수주의자들은 진보주의자를 뜬구름 잡는 이상주의자로 묘사하고 자신은 현실을 아는 실용주의자로 묘사한다. 요컨대 좌파의 최대 실수는 개념적이

거나 이데올로기적인 것이 아니라 정신적이고 수사적인 것
이다. 그들이 스스로의 미덕을 보여준다는 가정에 나르시시
즘적으로 매달림으로써 오히려 관객도 잃고 전쟁도 지고 있
다는 점이다.

† 삽입

스누트와 관련된 또 다른 문제, 고백하건대 그 악성적 성질
을 접하면 이 서평자의 민주적 정신마저 작동을 멈춰버리는
문제의 사례
그 문제란 이른바 학술 영어다. 학술 영어라는 언어적 암은
학자들의 글에 전이된 것은 물론이거니와

만약 그런 숭고한 사이보그가 후기 포드주의적 대상으로의
미래를 암시하는 것이라면, 숭고한 초국가의 열광적인 대리
자로서 그가 명백히 피학적으로 배경으로 삼는 장소는 빠르
게 산업화하는 디트로이트의 '이제는 거의 읽어낼 수 없는
DNA'로서 해독되어야 할 것이다. 감금 협상과 거리 통제라
는 그의 로보캅 같은 전술이 어디까지나 미국적인 전술, 즉
폭력을 통해서 인종적으로 이종적인 야생과 도심의 사람들
에게 재생을 부과하겠다는 전술로 유지되는 것처럼 말이다.[65]

---

65 참고로 《ADMAU》의 미니 에세이 '애매함'에 인용된 이 글은 1997년 《새크라멘토
비》에 실렸던 '경쟁이 안 되는 상대: 영어 교수들은 대학에서 가장 글을 못 쓰는 사람
들이다'라는 제목의 기사에서 재인용했다.

《빌리지 보이스》 같은 주류 매체의 문장에도 전이되었다.

이 시들의 초연한 지적 표면은 첫눈에는 다가가기 어려워 보인다. 구체적인 물리적 장소나 직설적인 감정적 궤적을 회피하는 것처럼 보인다. 하지만 이 겉보기 초연함은 금세 진정한 열정을 드러낸다. 갈수록 진화하는 자신의 자기 파괴를 규정하려는 화자의 분투에 집중한 열정이다.

어쩌면 내가 직업상 이런 글을 너무 많이 읽는다는 점과 내 타고난 스누트성이 결합된 탓일 수도 있겠지만, 아무튼 나는 학술 영어가 그저 하나의 방언이 아니라 표준 문어체 영어가 그로테스크하게 타락한 형태가 아닐까 싶어 걱정스럽다. 나는 이 언어를 과장되고 부조리한 대통령 영어나("이것은 이라크의 대량 살상 무기 개조를 밝혀내고, 파괴하고, 예방할 최선이자 유일한 방법입니다") 우스꽝스러운 경건함을 띤 비즈니스 언어보다("우리의 사명: 귀하의 성장하는 사업에 필요한 최적의 네트워크 기술과 자원을 선제적으로 탐색하여 제공하는 것") 더 혐오한다. 그리고 내 철저한 경멸과 불관용을 지지해줄 사람으로 권위자 중의 권위자를 댈 수 있으니, 그는 바로 조지 오웰이다. 오웰은 이미 50년 전에 학술 영어를 "모호함과 순수한 무능의 혼합"으로 규정하고 "거의 아무 의미 없이 길기만 한 문장이 수시로 나온다"라고 지적했다.[66]

이것이 유일한 설명은 아니겠으나, 유행어와 비슷한 측면에서 실수하고 있는 정치적으로 올바른 영어의 위선과 마찬가지로, 학술 영어의 이런 모호함과 가식은 의미를 전달하는 수단으로서의 언어와 글쓴이의 이력을 전달하는 수단으로서의 언어 사이에 섬세한 수사적 균형이 붕괴된 탓이다. 달리 말해, 학자가 허영/불안 때문에 주로 지식인으로서 자신의 지위를 소통하고 강화할 목적으로 글을 쓸 때, 바로 그때 그의 언어가 췌언과 허식적 용어 선택(글쓴이의 박식함을 알리는 기능이다)과 모호한 추상성(확고하게 단언했다가는 누군가 반박하거나 한심한 소리라고 반론할 수 있으니 아무도 그러지 못하도록 막는 것이다)으로 일그러진다. 맨 마지막 특징, 즉 문장이 말하려는 바를 알아내기가 불가능할 지경으로 심각한 모호함은[67] 정치계와 기업계의 얼버무리는 말과 너무 비슷하

---

66 이 말은 오웰이 1946년에 쓴 〈정치와 영어〉에 나온다. 오래되었음에도 불구하고 (그리고 제목이 사실상 중복임에도 불구하고) 학술 영어에 대한 스누트의 평가로 여전히 최고의 글이다. 오웰이 전도서의 "내가 또 태양 아래에서 보니 경주는 발 빠른 자에게 달려 있지 않고…"라는 멋진 문장을 "당대 현상에 대한 객관적 고찰에 따르면, 경쟁적인 활동에서의 성공이나 실패가 선천적인 능력에 비례하는 경향성을 표출하지 않으며, 상당한 예측 불능의 요소가 변함없이 고려돼야 한다는 결론을 도출할 수밖에 없다"라는 학술 영어로 번역한 것은 영어 사용권의 모든 대학원생이 마땅히 왼쪽 손목에 문신으로 새겨야 한다.

67 아직도 이런 단언이 스누트의 과장에 지나지 않는다고 생각한다면, 일례로 프레드릭 제임슨 박사의 다음 글을 보라. 그는 《지정학적 미학》과 《언어의 감옥》의 저자이고 《존스 홉킨스 문예 이론 및 비평 입문서》에서 "영어로 글 쓰는 오늘날의 마르크스주의 문예 비평가들 중 가장 중요한 인물"로 평가된 사람이다. 그가 1992년에 쓴 《보이는 것의 날인》 중 첫 문장을 보라.

기 때문에("수입 강화""다운사이징""선제적 자원 할당 재구조화"), 혹 학술 영어의 진짜 목적은 은폐이고 진짜 동기는 두려움이 아닐까 싶을 정도다.[68]

하지만 정치적으로 올바른 영어, 학술 영어, 어휘 테이프 광고에 깃든 불안이 근거 없는 것인가 하면, 결코 그렇지 않다. 현재는 분명 언어학적으로 긴장이 팽배한 시절이다. 이것이 하이젠베르크 불확정성 원리, 포스트모더니즘적 상대주의, 실체에 우선하는 이미

시각적인 것은 본질적으로 포르노그래피적이고, 이것은 곧 그 목적이 황홀한 무아지경의 매혹에 있다는 뜻이다; 그 속성에 대해서 생각하는 것은 그것에 대한 부속물이 되는데, 만약 그것이 그 대상을 기꺼이 드러내지 않을 경우에 그렇다; 한편 가장 금욕적인 영화들은 필연적으로 그 에너지를 (관객을 훈련시키려는 달갑지 않은 노력으로부터 가져오기보다는) 자신의 과잉을 억압하고자 하는 시도로부터 끌어온다.

독립적인 세 주절이 죄다 모호하고, 명백한 주어 없는 서술부와 분명한 선행사 없는 대명사로 가득하다. 나아가 세 절이 무슨 연관성이 있기에 세미콜론으로 줄줄이 이어서 하나의 긴 문장으로 엮었는지, 아무도 알 수 없을 것이다.

여러분에게 알려드리고 싶은 것은 (a) 위 문장이 뉴질랜드의 캔터베리 대학이 매년 여는 '세계 최악의 글 대회'에서 1997년 우승한 글이라는 것과 미국 학자들이 저 대회를 수시로 휩쓴다는 것, (b) F. 제임슨은 미국 문예 비평계에서 예나 지금이나 대단히 유력하고 영향력 있고 자주 인용되는 인물이라는 것, (c) 그것은 곧 만약 당신에게 대학생 자녀가 있다면 그 아이는 위의 문장이 해박한 영어 문장의 전범이라고 여기는 고임금 교수들로부터 작문을 배울 가능성이 높다는 것이다.

68 대학 신입생 작문 수업에서도 학생들의 나쁜 글은 게으름이나 무능의 결과가 아니라 두려움의 결과인 경우가 훨씬, 훨씬 더 많다. 선생이 학생들의 두려움을 파악하고 돕는 데 시간이 너무 많이 들기 때문에, 그들에게 또 다른 문제가 있는지 살펴보는 데까지는 채 이르지도 못할 때가 많다.

지, 사방에 만연한 광고와 홍보, 정체적 정치의 득세, 기타 등등 무엇의 탓인지는 몰라도, 아무튼 우리는 표현과 해석에 끔찍하게 집착하는 시대에 살고 있다. 한 사람의 정체성, 그가 믿는 것, 그가 '자신을 표현하는'[69] 방식 사이의 관계가 대대적으로 변한 시절이다. 수사적 용어로 말하자면, 오랫동안 유지되어온 윤리적 호소, 논리적 호소(=논증의 타당성 혹은 건전성), 감정적 호소(=논증의 감정적 영향) 사이의 구분이 거의 무너졌다. 혹은 세 종류의 호소가 서로 영향을 너무 많이 주고받기 때문에 이제 오직 '이성'에만 근거해서 논증을 전개하기가 거의 불가능하다고 말해야 할지도 모르겠다.

이 점을 생생하게 보여주는 구체적 사례가 하나 있다. 내가 251~254쪽에서 소개했던 비공개 장광설을 들은 한 흑인 학생이 학교에 공식적으로 항의를 접수했던 사건이다. 고발자의 말은 (내가 주장하기로는) 틀렸지만, 그렇다고 해서 그가 이상하거나 멍청한 학생은 아니었다. 나중에는 나도 그 불쾌한 행정적 소란에 내 책임도 있다는 것을 깨달았다. 내 죄는 수사적으로 심하게 순진했다는 것이다. 나는 내 연설의 호소력이 주로 논리적 호소에서 나온다고 생각했다. 내 목표는 표준 문어체 영어의 효용을 직설적이고 솔직하게 알리는 것이었다. 듣기 좋은 말은 아니었겠지만 진실이었고, 더구나 군소리가 일체 없는 말이었기 때문에, 나는 학생들이 내 말을 받아들일 뿐 아니라 심지어 내 솔직함에 고마워하리라고까

---

69 (이 숙어적 표현을 눈여겨보라. 결코 '자신의 신념을 표현한다'거나 '자신의 생각을 표현한다'가 아니다.)

지 기대했던 것 같다.[70] 내가 예상하지 못했던 문제는 물론 논증 자체가 아니라 논증을 펼치는 사람에게, 즉 나에게 있었다. 힘을 가진 특권층 와스프 남성인 내가 특권층 와스프 남성 방언의 우월성과 효용성을 주장하는 것은 솔직한/충고하는/권위 있는/진실된 말로 들리기는커녕 엘리트주의적인/고압적인/권위주의적인/인종차별적인 말로 들렸던 것이다. 수사적 측면에서, 나는 내 논리적 호소의 내용과 스타일이 윤리적 호소를 완전히 격침시키도록 내버려두었다. 그러나 학생 입장에서 그 말은 또 한 명의 특권층 와스프 남성에 불과한 내가 스스로의 집단과 스스로의 영어가 왜 승자이며 왜 '논리적으로' 앞으로도 그럴 것인지 합리화한 말에 지나지 않았다(심지어 자신의 학문적 힘을 동원하여 억지로 학생의 동의를 끌어내려고 한 말이었다[71]).

만약 여러분이 어떤 이유에서든 저 학생의 인식과 반응을 공유한다면,[72] 여러분에게 감정은 잠시 묻어두고 이 점을 한번 생각해보라고 요청하고 싶다. 이 특권층 와스프 남성 강사가 처한 현대적인 수사적 딜레마는 생명 존중 논증을 펼치는 남성, 창조론에 반

---

70 (나도 다 아니까 제발 뭐라고 하지 말아달라.)

71 (학생은 특히 내 연설 중 클라이맥스에 해당하는 "내가 그렇게 만들 테니까" 부분이 트라우마였다고 고백했다. 내가 봐도 솔직히 저 부분은 수사적으로 정말 멍청한 짓이었다.)

72 참고로 항의를 청취하는 자리에 참석했던 학부장과 학장은 학생의 반응을 공유하지 않았다…. 그러나 그 두 사람도 특권층 와스프 남성이었다는 사실을 밝혀둬야 옳을 것이고, 고발자도 현장에서 이 사실을 지적했다. 이런 상황이었으니 그 항의 처리 과정은 끝날 때까지 긴장감이 상당했다.

대하는 무신론자, 소수자 우대 정책에 반대하는 백인, 인종 프로파일링을 비판하는 아프리카계 미국인, 법정 운전면허 취득 연령을 18세로 높이자고 주장하는 18세 이상의 사람 등이 처한 입장과 크게 다르지 않다는 사실을. 이런 딜레마는 논증 자체에 타당성이 있느냐, 혹은 옳으냐, 그도 아니면 제정신이냐 하는 문제와는 무관하다. 왜냐하면 논의가 거기까지 도달하는 경우조차 드물기 때문이다. 해당 주제에 강렬한 감정이나 교조적 성향을 품은 반대자라면, 모든 미국인이 잘 아는 다음과 같은 말로 응수함으로써 시작부터 논증을 깎아내리고 추가 토론을 거의 철저히 차단할 수 있다. "당신은 당연히 그렇게 말하겠죠." "당신이야 쉽게 그렇게 말할 수 있겠죠." "당신이 대체 무슨 권리로 그런…?"

그다음으로(여전히 감정은 묻어둔 채), 합리적이고 지적이고 선의를 품은 한 스누트가 규범주의적 어법 안내서를 쓰려고 결심한 상황을 생각해보자. 때는 새 천 년의 목전이다. 포스트모더니즘이니 뭐니, 모든 것의 포스트인 시절이다. 이 상황에서 종류가 무엇이 되었든 표준 문어체 영어에 대한 수사적 호소를 설득력 있게 펼칠 권위가 대체 어디서 나오겠는가?

이 글의 요점: 브라이언 A. 가너는 왜 천재인가 (1)

《ADMAU》가 완벽하지는 않다. 예를 들어 'conversant in(~에 정통한)'과 'conversant with(~에 해박한)'의 문제, 'abstruse(난해한)'과 'obtuse(둔한)'의 문제, 'hereby(이로써)'와 'herewith(여기서)'의 문제(나는 두 단어를 호환하여 쓰고 있지만 늘 실수가 아닌가 싶어서 찜찜하다)는 다루지 않았다. 가너는 'used to(~하곤 했다)'에 대해서는 훌륭한 논의를 선보였지만 'supposed to(~하기로 되어 있다)'에 대해서는 아무 말도 하지 않았다. 또 불규칙 분사와 타동성을 설명할 때 이해를 돕는 예제를 제공하지 않았는데("The light shone[빛이 비춰졌다]" 대 "I shined the light[내가 빛을 비췄다]" 등등), 이런 것이 가령 그가 논의한 'huzzah(만세)'의 올바른 철자나 'animalculum(미소동물)'의 복수형보다 더 중요한 문제 같다. 요컨대 완고한 스누트라면 어느 어법 사전에서나 불평거리를 찾아낼 수 있고,《ADMAU》도 예외가 아니다.

그래도《ADMAU》는 아주아주 좋다. 미니 에세이 '유행어'에서의 실수와 'trough(구유)'의 발음 항목이 없다는 점을[73] 제외하고는 이 서평자가 찾아낼 수 있었던 불만은 위의 것들이 전부였다. 《ADMAU》는 종합적이고 시기적절하고 견실하다. 폴릿과 길먼의 사전, 그 밖에 이번 세기에 나온 소수의 다른 훌륭한 어법 안내서들만큼 훌륭하다. 《ADMAU》도 그런 책들의 형식을—원조는 파울

---

73 솔직히 내가 이 항목의 누락을 알아차린 것은 이 글을 쓰던 중 한 친구를 만나 그 앞에서 '구유'라는 단어를 썼기 때문이다. 앞에서 사람들의 영어 사용은 바이올린으로 못을 박는 것처럼 들린다고 말했던 그 스누트 친구다. 친구는 내 발음에 놀라 의자에서 굴러떨어졌고, 확인해보니 나는 왠지 평생 '구유trough'의 마지막 'gh'가 'f(트로프)'로 발음되는 게 아니라 'th(트로스)'로 발음되는 것처럼 잘못 들었던 것으로 밝혀졌다. 내가 사람들 앞에서 이 단어를 몇 번이나 틀리게 발음했는지 누가 알겠는가. 나는 자동차 타이어에 불이 붙을 지경으로 황급히 집으로 돌아온 뒤, 이 실수가 워낙 흔하고 인간적이고 이해할 만한 실수라서《ADMAU》에도 친절한 설명이 실려 있을지 모른다고 기대하며 펼쳐보았는데, 행운은 없었다. 따라서 공정하게 따지자면 이 누락에 대해서 가너를 비난해선 안 될 것 같긴 하다.

러였다―따랐다. 각 단어와 구절마다 간결한 설명을 두었고, 더 일반적인 토론이 필요한 폭넓은 주제는 별도로 '미니 에세이'라는 표제를 붙여서 해설했다. 그런데 가너에게는 파울러 협회가 있고 온라인 데이터베이스들이 있기 때문에, 표준 문어체 영어의 실제 사례들을 9년 전 길먼보다 훨씬 더 많이 수집할 수 있었다. 가너는 그 자료를 좀 장황하기는 해도 훌륭하게 활용했다. 하지만 이중 어느 것도 브라이언 가너가 천재인 진짜 까닭은 아니다.

《ADMAU》는 판단들의 집합이므로, 어느 면에서도 기술주의적이지 않다. 그러나 가너는 그 판단들의 구조를 세심하게 짬으로써 전통적인 스누트성 특유의 엘리트주의와 강박성을 피했다. 가너는 아이러니나 조롱이나 비꼬는 재치를 구사하지 않았고, 비유나 구어적 표현이나 축약형도 구사하지 않았고… 그러고 보면 어떤 말하기 스타일도 사용하지 않았다. 가너가 자기 자신에 대해서 선선히 털어놓고 사전에서 줄곧 일인칭 대명사를 사용함에도 불구하고, 그의 개성은 희한하게 지워져서 중성화된 상태다. 그는 특징이 워낙 없어서 존재하지도 않는 저자처럼 느껴진다. 예를 들어, 이 서평자는 사전의 마지막 항목을 읽는 순간에야[74] 브라이언 A. 가너가 흑인인지 백인인지, 동성애자인지 이성애자인지, 민주당원인지 공화당원인지 모른다는 사실이 머리에 떠올랐다. 더 놀라운 점은, 그 순간까지 내가 저런 것을 전혀 궁금해하지 않았다는 것이다. 가

---

74 ('zwieback츠비바크'와 'zweiback츠바이바크' 중에서 어떤 철자가 옳으냐 하는 항목이다.)

너의 사전적 페르소나에는 뭔가 특별한 점이 있어서, 나로 하여금 이 저자는 출신이 무엇인지, 그가 서두에서부터 '가치판단'이라고 인정했던 판단에 어떤 개인적 의제나 이데올로기가 영향을 미치는지 등을 애초에 궁금해하지 않도록 만들었던 것이다. 하지만 특징 없는 사람이라도 꿍꿍이는 있을 수 있는 법이니까,《ADMAU》속 가너의 페르소나를 묘사하는 말로 특징 없는 사람이라는 표현은 썩 알맞지 않은 것 같다. 그보다는 객관적인objective 사람이라는 표현이 더 알맞을 것이다. 단 이때 '객관적인'이라는 단어의 뜻은 소문자 'o'로 시작하는 의미다. 즉, '사심 없는' '합리적인' 같은 뜻이다. 그러자 뒤이어 내 머릿속에는 자못 명백한 사실이 명백하지 않은 방식으로 떠올랐다. 소문자 o 형태의 객관성은 대문자 O 형태의 형이상학적 객관성과는 다르다는 사실, 후자의 객관성은 포스트모더니즘이 이미 죽었기 때문에 오늘날 어법 문제에서 진정한 권위를 세우는 데 동원될 수 없다는 사실이다(정말로 불가능하다는 것이 내 결론이다).

그런데 뒤이어 또 다른 생각이 들었다. 만약 객관성Objectivity이 현대의 상대주의에도 훼손되지 않은 소문자 형태의 의미를 간직하고 있다면, 권위Authority도 어쩌면 그럴지 모르겠다는 생각이다. 그래서 가너가 판단judgment이라는 단어를 어떻게 사용했는지 짚어볼 때 그랬던 것처럼, 나는 이번에도 든든하게 보수적인《아메리칸 헤리티지 사전》을 펼쳐서 권위authority의 뜻을 찾아보았다.

이런 이야기가 말이 되는 것처럼 들리는가? 아무튼 나는 이런 과정을 통해서 브라이언 가너가 천재라는 사실을 발견했다.

브라이언 A. 가너는 왜 천재인가 (2)

브라이언 가너가 천재인 것은 《ADMAU》가 어법 전쟁에서 권위의 문제를 거의 완벽하게 해결했기 때문이다. 그 해결책은 의미론적인 동시에 수사론적이다. 가너는 몇몇 핵심 용어의 서로 다른 정의들을 하나로 뭉치고 여러 수사적 호소들의 공존을 교묘하게 통제함으로써 어법 전쟁의 양 진영을 초월했고, 그럼으로써 그저 진실만을 말할 수 있었다. 그 진실을 말하는 방식도 자신의 신뢰성을 깎아내리는 것이 아니라 오히려 향상시키는 방식이었다. 가너의 논쟁 전술은 너무나 뛰어나고 너무나 은밀하다. 그리고 이 두 특징에 공통되는 한 속성은 애초에 아무 논쟁도 진행되지 않는 것처럼 보이도록 만든다는 점이다.

브라이언 A. 가너는 왜 천재인가 (3)

수사적 측면에서 전통적인 규범주의자들은 거의 전적으로 논리적 호소에 의존한다. 규범주의자들이 진보주의자들의 비웃음을 그렇게나 많이 사는 한 이유는 오만한 태도이고, 그 오만함은 그들이 자신의 페르소나나 설득 전술을 고려조차 안 하고 무시한다는 데서 나온다. 이 말은 과장이 아니다. 교조적 규범주의자들은 자신을 올바른 영어의 옹호자가 아니라 아예 그 화신으로 여긴다. 그들이 규정하는 것은 사실 그런 규정을 내리는 자신들의 '권위'다. 그리고 그들은 그런 규정이 자명한 진리라고 믿기 때문에, 규정을 거부하거나 모르는 사람은 미국 문화의 전반적 퇴화를 보여주는 증거로만 가치가 있을 뿐 그 외에는 주목할 가치도 없는 '무식자'라고 여긴다.

규범주의자들의 진정한 청중은 규범주의자들 자신뿐이므로, 그들의 논증이 거의 에우튀프론식으로 순환적이라는 점은—"이것은 우리가 말했으니까 참이고, 이것이 참이니까 우리는 그렇게 말한다"—그들에게는 사실 별로 중요하지 않다. 이 교조주의는 미국에서는 흔히 볼 수 없는 수준으로 순수한 교조주의다. 철두철미한 규범주의자들이 오늘날 미국 문화에서 아주 미미한 주변부 집단이라는 사실은 우연이 아니다. 미국인의 대화란 기본적으로 논쟁이기 때문이다. 미국인은 실수, 무정부 상태, 고모라풍 퇴폐보다는 신권정치, 독재정치, 그 밖에도 그 목적이 논쟁이나 설득이 아니라 토론 자체를 무기한 중단시키는 것인 이데올로기를 훨씬 더 두려워한다.[75]

한편 강경한 기술주의자들은, 스스로 냉철한 과학주의를 따르며 가치보다 사실을 선호한다고 공언함에도 불구하고, 수사적으로는 주로 파토스에, 즉 본능적으로 와 닿는 감정적 호소에 의존한다. 앞에서 말했듯이, 이때 관여하는 감정은 1960년대에서 비롯한 좌파적 감정이다. 권위적 관습, 엘리트주의적인 거만함, 고지식한 제약, 궤변, 백인 남성 위주의 편견, 속물성, 모든 형태의 뚜렷한 자부심 등등에 대한 반감이다. 요컨대 문법학자들의 깐깐한 감시와 버클리풍 엘리트들의 나른한 지적에 드러나는 태도에 대한 반감인데,

---

75 바로 이 때문에(어쩌면 오직 이 때문에), 원시 파시즘이나 왕정주의나 마오주의나 그 밖에도 정말로 심각한 극단주의가 미국 정치에서 주류가 되지 못하는 것이다. 어떻게 '투표를 없애자'는 주장에 표를 던지겠는가?

공교롭게도 바로 이 두 집단이 오늘날까지 살아남아서 가장 자주 눈에 띄는 스누트들이다. 방법론적 진영이든 철학적 진영이든 유사 진보적 진영이든, 모든 기술주의자는 본질적으로 선동가다. 그리고 사실 기술주의자에게는 교조적 규범주의자야말로 가장 귀중한 자산이다. 미국인은 교조주의와 엘리트주의적 둔감함에 본능적으로 반감을 품으니, 교조적 규범주의의 존재는 기술주의의 감정적 호소에 기꺼이 귀 기울일 청중을 보장해주기 때문이다.

기술주의자들에게 없는 것은 논리다. 사전이 모든 언어를 다 인정할 수는 없다. 그리고 언어의 존재 가능성 자체가 규칙과 관습에 달려 있다. 그런데도 기술주의는 어떤 규칙과 관습은 유용하고 어떤 것은 무의미하고 억압적인지 판별할 논리를 제공하지 않고, 그런 판단을 누가 어떻게 내려야 하는지에 관한 주장도 내지 않는다. 한마디로, 기술주의자들의 수사적 호소는 애초에 모든 권위에 대해서 '부자를 죽이자' 류의 적의를 품은 청중이 아니고서는 다른 누구도 설득할 수 없다. 설교에 비유한다면, 규범주의자와 기술주의자의 차이는 후자의 성가대가 더 크다는 것뿐이다.

브라이언 A. 가너는 두 진영 모두 깨닫지 못한 사실을 알고 있다. 어법 전쟁을 40년간 치러온 지금, '권위'란 사전 편찬자가 더 이상 직무에 당연히 따라오는 것으로 가정할 수 없다는 사실이다. 오늘날 어법 사전 편찬 과정에서 아주 중요한 부분은 오히려 그 권위를 수립하는 작업이다. 이 말이 당연한 소리처럼 느껴진다면, 가너 이전에는 누구도 이 사실을 알아차리지 못했다는 것을 떠올리라. 오늘날 사전 편찬자의 과제는 정확성과 종합성만이 아니라 **신뢰성**

획득에도 있다는 사실을 떠올려보라. 언어 분야에서 대문자 A 형태의 무조건적인 권위는 사라졌으므로, 사전 편찬자는 이제 독자를 감동시키거나 설득시킴으로써 독자가 사전의 권위를 인정하도록 꾀어야 한다. 독자가 타당해 보이는 이유에 따라서 자발적으로 사전에 권위를 부여하도록 만들어야 한다.

그러므로 가너의 《ADMAU》는 한편으로는 정보의 집합이지만 다른 한편으로는 민주적[76] 수사학을 펼쳐 보인 글이다. 《ADMAU》가 기본적으로 의지하는 수사적 호소는 윤리적 호소이고, 호소의 목표는 규범주의자의 페르소나를 과거와는 다른 형태로 제시하는 것이다. 가너는 자신을 경찰이나 판사처럼 내세우는 것이 아니라 의사나 변호사처럼 내세운다. 실로 기발한 전략이다. 우리는 가너가 판단이나 객관성에 대해서 취했던 전략을 이미 살펴보았는데, 그는 권위에 대해서도 같은 방식을 취한다. 《아메리칸 헤리티지 사전》에 나온 권위의 정의 중 (1) "명령하고, 법을 집행하고, 복종을 받아내고, 결정하고, 심판하는 권리 혹은 힘" 혹은 "이런 힘을 갖고 있는 개인 혹은 집단"을 (2) "지식이나 경험에서 우러나온 힘을 통해서 남들에게 영향을 미치거나 남들을 설득하는 능력" 혹은 "전문적 정보 혹은 조언의 출처로서 널리 인정되는 것"으로 바꿔버리는 것이다. 달리 말해, 《ADMAU》의 가너는 자신을 독재적 의미의 권위가 아니라 **기술 관료적** 의미의 권위로 내세운다. 기술 관료는 철저히 현대적이고 독자들의 구미에 맞는 권위의 이미지일뿐더

---

76 (문자 그대로 민주적이다. 이 수사학은 당신의 표를 얻기를 원한다.)

러 전통적 규범주의의 발목을 잡았던 엘리트주의/계급주의 비판에서도 면제된다. 의사나 변호사가 우리에게 뭘 먹어라, 세금을 어떻게 해라 조언한다고 해서 그들을 '엘리트주의자'라고 비난하는 사람은 없지 않은가?

그리고 가너는 **진짜** 기술 관료다. 기억하겠지만 그는 변호사이고, 《ADMAU》에서도 훌륭한 법조인이 투사할 것 같은 페르소나를 구축해 보인다. 해박하고, 합리적이고, 냉철하고, 공정한 이미지를. 가너는 어법에 대한 판단도 법률적 의견처럼 구축한다. 우선 선례를(다른 사전들의 판단, 현실에서 쓰이는 실제 어법의 사례들) 광범위하게 언급하고, 거기에 명료하고 논리적인 추론을 더하되, 추론할 때는 늘 표준 문어체 영어가 수행해야 하는 더 폭넓은 공동체적 목적을 고려한다.

가너는 깨알 같은 글씨의 700쪽짜리 조언에 과연 누가 흥미를 보일까 하는 문제에 대해서도 기술 관료처럼 접근한다. 성숙한 전문가라면 누구나 그렇듯이, 가너는 독자들이 자신의 전문 분야에 관심을 갖는 데는 여러 실용적인 이유가 있으리라고 그냥 가정하고 들어간다. 대부분의 미국인은 표준 문어체 영어 어법에 '일말의 관심도 없다'는 사실에 대해서도, 가너는 비웃거나 못마땅해하지 않고 전문가 특유의 침착한 체념으로 반응한다. 자신이 좋은 조언을 줄 수는 있지만 상대가 그것을 받아들이도록 강제할 수는 없다는 것을 아는 사람의 체념이다.

내가 가장 관심을 두는 현실은, 세상에는 여전히 언어를 잘 쓰고 싶어 하는 사람들이 있다는 것이다.[77] 그들은 효과적으로 쓰고 싶어 한다. 효과적으로 말하고 싶어 한다. 자신의 언어가 때로는 우아하고 때로는 강력하기를 원한다. 단어를 어떻게 잘 쓸 수 있는지, 문장을 어떻게 조작해야 하는지, 어떻게 하면 정신 사나워 보이지 않으면서도 언어 속에서 자유롭게 움직일 수 있는지 알고 싶어 한다. 그들은 좋은 문법을 원하지만, 그것에만 그치지 않는다. 그들은 더 나아가 전통적인 의미의 수사법을[78] 원한다. 즉, 자신의 목적에 맞추어 언어를 능란하게 사용할 수 있기를 바란다.

우리가 이제야 깨닫는 바, 《ADMAU》 서문의 자전적 이야기는 브라이언 A. 가너를 단순히 인간적인 사람으로 보이게 만드는 효과보다 더 큰 효과를 발휘한다. 한 인간을 믿음직한 기술 관료로 성장시키는 열정, 어릴 때 생겨나서 평생 지속되는 열정을 보여주는 역할도 하는 것이다. 우리는 무언가에 대한 전문가가 되고 싶어서 전문가가 된 사람보다는 자신의 전문 분야에 대한 진실된 애정에서 전문가가 된 사람을 더 좋아하고 더 믿는 경향이 있다. 알고 보면, 《ADMAU》 서문은 현대의 기술 관료적 권위자가 갖춰야 할

---

77 물론 이 문장의 두 단어 '언어를'과 '잘'이야말로 실은 어법 전쟁의 모든 것이다. 누구의 '언어를' 누구의 기준으로 '잘' 쓴단 말인가? 이 문장에서 가장 놀라운 점은, 이런 말도 가너의 입에서 나오면 순진해 보이거나 밉살스럽게 느껴지기는커녕… 합리적인 소리로 들린다는 것이다.

78 (설마 내가 지금까지 한 말이 농담인 줄 알았는가?)

여러 자격 조건을 가녀에게 은밀하게 차근차근 부여해준다. 열정적인 헌신, 합리성과 책임감("철저한 공개를 위해서… 열 가지 핵심 원칙을 소개한다"라는 문장을 떠올려보라), 경험("…내가 오랫동안 어법 문제와 씨름한 끝에 정착한…"), 종합적이고 첨단 기술을 요령 있게 활용한 자료 조사("동시대의 어법에 관해서라면, 위대한 사전 제작자들이 산더미처럼 쌓았던 자료도 요즘 NEXIS나 WESTLAW가 제공하는 본문 전체 검색 능력과 비교하면 빛이 바랜다"[79]), 차분하고 신중한 기질(가령 '과잉 교정'에 대한 미니 에세이의 한 대목을 보라. "사람들은 가끔 가장 엄격한 에티켓을 지키려고 애쓰지만, 오히려 그 과정에서 부적절한 행동을 하고 만다"[80]는 말도), 겸손한 진정성(가령 한 항목에서는 자신이 과거에 저질렀던 어법 실수를 고백했다). 특히 마지막 항목은 가녀를 독자가 좋아할 만한 사람으로 만드는 것을 넘어서, 훌륭한 법조인이 법에 대해 품는 존경심과 비슷한 감정을 가녀가 영어에 품는다는 사실을 독자에게 알린다. 법에서든 어법에서

---

79 약삭빠르다. 사실상 가녀의 자화자찬이지만, 현대 기술이 제공하는 자료에 대한 겸손한 감사처럼 포장되었다. 또한 다음 문장에서, 가녀는 자신도 기술주의의 '폭넓게 그물을 던지는' 기법 중 타당한 부분은 받아들였다는 사실을 넌지시 알린다. "따라서 이 사전의 규범주의적 접근법은 오늘날의 편집을 거친 문장들 속 실제 어법을 광범위하게 조사한 내용으로 보강되었다."

80 (이 서평자의 내면에서 한시도 경계를 늦추지 않는 스누트는, 이 대목에서 가녀의 접속사 앞 쉼표 사용에 의문을 제기한다. 접속사 뒤에 따르는 것이 독립절도 아니고 어떻게든 '애쓴다'를 보완하는 내용도 아니기 때문이다. 하지만 물론 선의를 지닌 사람들 사이의 존중할 만한 의견 불일치는 민주주의에서 자연스럽고 건전한 일이다. 그리고 정말 그런 것이라면, 심지어 재미도 있다.)

든, 그런 존경의 마음이야말로 어느 한 인간보다 더 크고 중요한 문제인 것이다.

그러나 《ADMAU》의 윤리적 호소에서 가장 기발하고 매력적인 요소는, 독자가 어떤 희망과 두려움을 품고 있으며 왜 《ADMAU》 같은 사전까지 들춰볼 만큼 어법에 신경 쓰는가 하는 이유를 가너가 세심하게 살핀다는 점이다. 가너도 분명하게 밝혔듯이, 그 이유는 독자가 자신의 언어적 권위, 수사적 페르소나, 자신이 신경 쓰는 청중을 납득시킬 능력을 염려한다는 데서 나올 때가 많다. 가너는 자신이 처방하는 규정을 거듭 수사적 용어로 묘사한다. "신뢰성을 중시하는 작가 혹은 화자라면, 어떤 독자 혹은 청자에게도 혼란을 주지 않는 편이 좋다." "당신이 무슨 내용이든 숫자가 구체적으로 밝혀지는 맥락에서 데이터data라는 단어를 쓴다면, 독자 중 일부는 틀림없이 그 점이 마음에 걸릴 것이다." 요컨대 《ADMAU》의 진정한 논지는, 권위 있는 전문가의 목적과 평범한 독자의 목적이 동일하다는 것이다. 동일하게 수사적이라는 것이다. 그리고 나는 주장한다. 이것이야말로 요즘 우리가 얻을 수 있는 최대한의 민주적 정신이라고.

(1999년)

The View from Mrs. Thompson's

톰프슨 아주머니의 집 풍경

◎ 《롤링 스톤》 2001년 10월 25일 호에 '9·11: 중서부에서 본 풍경'이라는 제목으로 실렸고, 두 번째 산문집 《랍스터를 생각해봐》에 재수록되었다. 데이비드 포스터 월리스는 최단 시간 기록인 사흘 만에 이 글을 썼다. 월리스는 자신이 우울증 및 중독 치료를 목적으로 여러 차례 입원했고 이후 어디에서 살든 그 지역의 금주 재활 모임에 꾸준히 참석했다는 사실을 공식적으로는 밝히지 않았다. 이 글에서도 같은 교회에 다니는 사람이라고 적은 톰프슨 아주머니는 사실 금주 모임에서 사귄 친구의 어머니였다.

장소: 일리노이 주 블루밍턴

날짜: 2001년 9월 11일~13일

주제: 명백함

제유법 진정한 중서부 방식인데, 블루밍턴 사람들은 불친절한 것이 아니라 과묵한 편이다. 낯선 사람과 마주치면 따스한 미소는 지어 보이지만 대기실이나 계산대 줄에서 낯선 이들끼리 잡담을 나누거나 하는 일은 보통 없다. 하지만 지금은 그 참사 때문에 기탄하는 태도를 버리고 서로 말할 것이 생겼다. 꼭 다 함께 한자리에 서 있다가 함께 교통사고를 목격한 것만 같다. 예: 버웰 오일 계산대 줄에서(버웰 오일은 주유소/편의점 쇼핑센터의 니만 마커스[미국의 고급 백화점 이름—옮긴이] 격으로 시내 일방통행 번화가를 가로질러 있고 온 도시에서 담배를 제일 싸게 팔기 때문에 가히 시의 보물이다)

오스코 약국 계산원 유니폼을 입은 여자와 청재킷의 팔을 잘라서 홈메이드 조끼처럼 만든 걸 입은 남자가 이렇게 말하는 것을 들었다. "우리 머슴애들은 그게 〈인디펜던스 데이〉 같은 영화인 줄 알았다가 모든 채널에서 똑같은 영화를 틀어주고 있다는 사실을 뒤늦게 깨달았지 뭐예요." (여자는 제 머슴애들이 몇 살인지는 말하지 않았다.)

수요일 모두가 국기를 내걸었다. 집들도 회사들도. 희한한 일이다. 누가 기를 거는 모습을 본 적은 없는데도 수요일 아침이 되니까 온데 깃발이다. 큰 기, 작은 기, 국기 규정 크기의 기. 이곳 집들은 대문 옆에 특수한 각도로 기울어진 깃대를 설치해둔 곳이 많다. 십자형 나사 네 개로 받침대를 설치하는 종류 말이다. 그에 더해 보통 퍼레이드에서 보는 손잡이 달린 작은 기가 수없이 많다. 어떤 집 마당에는 그런 기가 사방에 수십 개 꽂혀 있어, 꼭 간밤에 우후죽순처럼 솟아난 것 같다. 시골길의 집들은 길가 우편함에 작은 기를 내걸었다. 제법 많은 차가 그릴에 기를 끼웠거나 안테나에 붙였다. 어떤 부유한 집들은 아예 깃대가 있고 거기에 기들이 조기로 걸려 있다. 프랭클린 파크 주변이나 그 동쪽 너머의 저택들 중 적잖은 수는 심지어 여러 층을 덮을 만큼 엄청나게 큰 기를 곤팔론 스타일로 전면에 늘어뜨렸다. 사람들이 저렇게 큰 기를 어디서 사는지, 어떻게 저기 걸었는지, 언제 걸었는지 알 수가 없다.

　내 바로 옆집 이웃은 은퇴한 회계원이자 공군 참전 군인으로 가히 경이로운 수준의 주택 및 잔디밭 관리를 자랑하는 분인데, 그 집에는 높이 46센티미터의 강화 시멘트 토대에 단단히 박은 규정 높이의 알루미늄 깃대가 있다. 다른 이웃들은 그 깃대를 좋아하지 않는다. 벼락을 끌어들인다고 생각하기 때문이다. 지금 옆집 이웃은 내게 조기를 걸 때는 특별한 에티켓이 있다고 말해준다. 우선 기를 맨 꼭대기의 둥근 장식까지 죽 다 올렸다가 그다음에 도로 절반 높이까지 내려야 한다는 것이다. 그러지 않으면 일종의 모욕이 된다고 한다. 이웃의 기는 활짝 펼쳐진 채 바람에 기세 좋게 펄럭펄럭 날리고 있다. 우리 거리에서 단연코 제일 큰 기다. 우리 거리에서는 저 멀리 남쪽 옥수수 밭에서 나는 바람 소리도 들린다. 해변으로부터 모래언덕 두 개만큼 내륙으로 들어온 지점에서 듣는 희미한 파도 소리와 대충 비슷하다. 이웃 씨의 깃대 밧줄에는 무슨 금속 조각이 붙어 있기 때문에 바람이 거세면 그것이 깃대에 부딪혀서 땡땡거리는데, 다른 이웃들은 이 소리는 별로 신경 쓰지 않는다. 옆집 진입로와 내 집 진입로는 거의 붙어 있고, 이웃은 지금 거기에 나와서 발판 사다리를 딛고 서서 무슨 연고 같은 물건과 섀미 천으로—정말이다. 절대 뻥이 아니다—깃대를 닦고 있다. 아침 햇살을 받은 금속 깃대는 안 그래도 신의 분노처럼 번쩍번쩍 빛난다.

"완전 멋진 깃발이랑 전시 도구네요, 이웃 씨."

"당연하죠. 얼마짜린데."

"오늘 아침 온 동네에 기가 내걸린 거 보셨습니까?"

이 말에 이웃 씨는 아래를 굽어보며 미소 짓는다. 좀 어두운 미소이기는 해도. "장관이죠. 안 그렇습니까." 이웃 씨는 최고로 친근한 이웃사촌이라고 부를 만한 사람은 아니다. 내가 그를 아는 것은 그저 그의 교회와 우리 교회가 같은 소프트볼 리그에 소속되어 있기 때문인데, 팀에서 그는 대단히 진지하고 정확한 기록원 역할을 맡고 있다. 우리는 친한 사이가 아니다. 하지만 그는 내가 처음 이 질문을 던진 사람이다.

"저, 이웃 씨. 만약 어떤 외국인이나 TV 리포터나 뭐 그런 사람이 와서 어제 그런 일이 있고 나서 오늘 이렇게 기들이 내걸린 이유가 뭐냐고 묻는다면, 뭐라고 대답하시겠어요?"

"왜라니," (평소 내 잔디밭을 바라볼 때 짓곤 하는 표정으로 나를 잠시 응시한 뒤) "이 상황에 대한 우리의 지지를 보여주기 위해서죠. 같은 미국인으로서."[1]

이 일화의 요지는, 수요일에 이 동네에서는 밖에 국기를 내걸어야만 한다는 이상한 압박이 차츰 커져간다는 것이다. 기를 내거는 것이 무언가를 주장하기 위해서라면, 기의 밀도가 일정 수준에 이른 후에는 기를 내걸지 않는 것이 오히려 무언가를 주장하는 행위처럼 보인다. 그것이 정확히 무슨 주장일지는 확실하게는 모르겠지만. 그냥 어쩌다 보니 기가 없는 것뿐이라면? 사람들은 저 기

---

1 추가: 이날 기 사냥 중, 내가 잘난 척하는 놈이나 미친놈처럼 보이지 않고 물어볼 만한 상황이 되면 물어봐서 얻은 다른 대답들은 다음과 같다.
"우리 미국인은 누구에게도 굴복하지 않겠다는 걸 보여주기 위해서죠."
"고전적인 사이비 원형적 반응으로, 비판 기능을 미연에 차단하고 무효화하기 위해서 설계된 반사적 반응이죠."(대학원생)
"자긍심을 위해서."
"그건 단합을 상징하는 거요. 이 전쟁에서 우리가 희생자들 뒤에 있다는 것, 이번에는 그 놈들이 상대를 잘못 골랐다는 것을 알려주려는 거요, 친구."

들을 다 어디서 구했지? 특히 우편함에 붙일 수 있는 작은 종류를? 독립기념일에 썼던 것을 크리스마스 장식 보관하듯이 보관해둔 건가? 사람들은 어떻게 이런 걸 다 알지? 전화번호부에 '깃발'이라는 이름으로 등록된 번호는 하나도 없다. 어느 시점부터는 진짜로 긴장이 차오르기 시작한다. 누가 우리 집 옆을 걷거나 차를 타고 지나가다가 멈춰서 "이봐요, 왜 당신 집에는 기가 없습니까?"라고 묻진 않지만, 사람들이 속으로는 그렇게 생각하고 있을 것이라는 상상이 자꾸 떠오른다. 이웃들이 다들 폐가인 줄만 알았던 길 저 끝 반쯤 무너진 집조차 진입로의 잡초 사이에 손잡이 달린 작은 기를 박아두었다. 블루밍턴의 식료품 가게 중에는 기를 파는 곳이 하나도 없다. 시내의 대형 잡화점에도 핼러윈 용품밖에 없다. 애초에 문 연 가게가 얼마 없지만, 문 닫은 곳에도 전부 종류를 불문하고 뭐든 기가 내걸려 있다. 초현실적일 지경이다. VFW(해외참전용사단) 회관에는 분명 기가 있겠지만, 그렇더라도 그곳은 정오나 되어야 연다(바가 있다). 버웰 오일 계산대의 여자는 55번 주간 고속도로 옆에 있는 흉측한 KWIK-N-EZ 편의점을 일러주면서 틀림없이 거기 뒤쪽 선반에서 반다나들이랑 NASCAR 모자들이랑 함께 작은 비닐 국기들을 봤던 것 같다고 말했지만, 내가 거기 갔을 때는 이미 정체 모를 사람들이 다 낚아채어 기가 하나도 남지 않은 상태였다. 냉엄한 현실인즉, 이 도시에는 내가 손에 넣을 기가 하나도 없다. 딴 집 마당에서 훔치는 것은 당연히 상상조차 할 수 없다. 나는 차마 집으로 돌아가지 못한 채 형광 조명이 휘황찬란한 KWIK-N-EZ에 멍하니 서 있다. 그렇게나 많은 사람이 죽었는데, 나는 고작 비닐 국기 하나 때문에 이렇게 한계에 몰리다니. 정말로 상황이 나빠진 것은 지나가던 사람들이 다가와서 나더러 괜찮느냐고 물었을 때고, 나는 괜찮다고, 베나드릴(꽃가루 알레르기에 쓰는 항히스타민제—옮긴이) 때문이라고 거짓말해야 했다(실제 이런 반응이 나타날 수 있다).

…그렇게 사태는 계속 악화하다가, 이 참사의 기이한 운명과 상황의 곡절 중 하나라고 할 만한 우연으로, 다름 아닌 KWIK-N-EZ 편의점 주인이(여담이지만 파키스탄 출신이다) 몸소 내게 위로와 기댈 어깨와 묘한 무언의 이해를 제공하여 나더러 뒤쪽 창고로 가서 미국이 제공하는 온갖 시시껄렁한 악덕과 방종 틈에 앉아 잠시 마음을 추스르라고 권했으며, 얼마 후에는 무슨 향이 나고 우유가 잔뜩 든 희한한 차가 담긴 스티로폼 컵 너머로 내게 마분지와 '매직 마커'를 제안했다. 지금 내 집에 걸린 사랑스럽고 자랑스러운 수제 깃발은 이렇게 설명된다.

조감도와 지면도 이 동네 사람들은 모두 지역 신문을 받아본다. 내가 아는 대부분의 토박이 주민들은 《팬타그래프》라는 이 신문을 강력히 혐오한다. 어떤 신문이냐 하면, 돈줄이 두둑한 데다가 빌 오라일리와 마사 스튜어트가 공동으로 편집하는 것 같은 대학 신문을 상상하면 비슷하다. 수요일 헤드라인은 이렇다. "공격당하다!" 첫 두 쪽은 AP 통신사에서 받은 기사들이고, 그다음에야 진정한 《팬타그래프》가 이어진다. 다음의 기사 제목들은 토씨 하나 안 틀리고 그대로 옮긴 것이다. "망연자실한 시민들, 복잡한 감정들을 내보이다" "성직자들, 사람들이 비극을 견디도록 도움의 손길을 활짝 열다" "ISU 교수들: B-N은 테러 표적 가능성 낮다고 밝혀" "기름값 폭등" "어느 절단 환자의 감동적 연설". 지면을 반이나 차지한 대형 사진은 블루밍턴 센트럴 가톨릭 고등학교에서 한 학생이 참사에 대한 반응으로 묵주 기도를 읊는 모습인데, 이것은 웬 사진사가 학교로 쳐들어가서 충격에 휩싸여 기도를 읊는 아이의 얼굴에 대고 플래시를 터뜨렸다는 뜻이다. 9월 12일 사설은 이렇게 시작한다. "우리가 뉴욕과 워싱턴의 카메라들을 통해서 지켜본 대참상은 아직도 할리우드 R등급 영화처럼 느껴진다."

블루밍턴은 일리노이 주 중부에 있는 인구 6만 5천 명의 도시다. 이 주는 극도로, 무진장 평평하기 때문에 아주 멀리서부터 도시의 돌출된 형태가 눈에 들어온다. 주요한 세 주간 고속도로가 이곳에서 만나고, 여러 철도 노선도 이곳에서 만난다. 블루밍턴은 시카고와 세인트루이스를 잇는 선에서 거의 정확히 중간 지점에 있고, 원래 중요한 열차 차고지였던 데서 비롯했다. 블루밍턴은 애들레이 스티븐슨의 출생지이고, 드라마 〈매시〉에서 블레이크 대령의 고향으로 설정되었다. 블루밍턴에는 이보다 작은 쌍둥이 도시 노멀이 딸려 있는데, 공립대학을 중심으로 건설된 노멀은 블루밍턴과는 전혀 다르다. 두 도시를 합한 인구는 11만 명쯤 된다.

중서부 도시들 중에서만 따질 때, 블루밍턴의 유일한 특징은 번창하고 있다는 점이다. 블루밍턴은 불황을 거의 겪지 않는 듯하다. 한 가지 이유는 이곳 농지인데, 세계 최고 수준으로 비옥한 이곳 농지는 워낙 비싸기 때문에 민간인은 에이커당 가격이 얼마인지조차 알 길이 없다. 또한 블루밍턴은 스테이트 팜 보험회사의 본사 소재지다. 미국 소비자 보험의 위대하고 음침한 신이나 다름없는 그 회사는 도시를 사실상 소유하고 있다. 그 덕에 이제 블루밍턴 동부에는 시커먼 유리를 끼운 복합건물들, 임차인 맞춤형 개발지들, 쇼핑몰과 체인점이 즐비한 6차선 순환도로가 들어서서 구 도심을 죽이고 있고, 각각 SUV와 픽업 트럭으로 더없이 정확하게 상징되는 도시의 두 기본 계급 및 문화 사이의 간격을 갈수록 더 넓게 벌리고 있다.[2]

이곳 겨울은 인정사정 봐주지 않는 못된 여자 같지만, 따뜻한 계절의 블루밍턴은 바닷가 동네와 흡사하다. 다만 여기서 바다는 옥수수다. 스테로이드 맞은 것처럼 쑥쑥 자라는 옥수수 밭이 사방으로 굽은 지표면을 뒤덮고 온통 펼쳐져 있다. 여름에 도시 자체는 강렬한 초록이다. 거리는 녹음에 잠겨 있고, 집마다 정원 식물이 폭발적으로 자라고, 똑바로 쳐다보려면 선글라스라도 써야 할 만큼 새파랗게 잘 손질된 공원과 공 놀이터와 골프 코스가 수십 개 있고, 잔디밭들은 널찍하고 잡초 한 포기 없고 비료가 잔뜩 뿌려졌고 가장자리 다듬기 전용 도구로 가장자리가 다듬어져서 인도와 정확하게 줄을 맞추고 있다.[3] 솔직히 말해서 이 풍경은 약간 오싹하다. 특

---

2 일부 사람들이 품은 인상에는 미안하게 됐지만, 이곳 말투는 남부 사투리라기보다는 그냥 시골 말투다. 반면에 스테이트 팜 회사를 따라 이주해온 사람들은 사투리가 없다. 브라세로 아주머니의 표현을 빌리면, 스테이트 팜 사람들은 "TV에 나오는 사람들처럼 말한다".

3 이곳 사람들은 잔디 손질에 푹, 아주 푹 빠져 있다. 내 이웃들은 잔디를 거의 수염

히 한여름에, 바깥에 사람은 아무도 없고 초록들만 열기에 잠긴 채 가만히 들끓고 있을 때.

중서부 도시가 대개 그렇듯이, 블루밍턴과 노멀은 두 집 건너 한 집이 교회다. 전화번호부에서 네 쪽 가뜩이 교회다. 유니테리언 교회부터 통방울눈 신자가 많은 오순절 교회까지 온갖 종류가 다 있다. 심지어 불가지론자들을 위한 교회도 있다. 하지만 교회를 제외하고는—그리고 기본적인 퍼레이드니 불꽃놀이니 두어 차례의 옥수수 축제를 제외하고는—지역공동체라고 부를 만한 것이 별로 없다. 누구에게나 가족과 이웃과 작고 친밀한 동아리를 이룬 친구들이 있고, 다들 그 속에서만 어울린다(이 동네에서는 가벼운 대화를 가리켜서 '잡담하다visit'라는 단어를 쓴다). 기본적으로 모두가 소프트볼 아니면 골프를 즐기고, 야외에서 그릴에 고기를 굽고, 아이들의 축구 경기를 구경하고, 가끔은 개봉 영화를 보러 가고…

…그리고 모두가 TV를 많이, 엄청나게 많이 본다. 아이들만 그런 것이 아니다. 블루밍턴과 그 참사에 관한 이야기에서 한 가지 당연하지만 중요하게 명심해야 할 점은, 이곳에서 현실은—더 넓은 세상에 대한 감각이라는 의미에서 현실은—주로 텔레비전적이라는 것이다. 이곳 사람들도 다른 어느 곳 사람들 못지않게 가령 뉴욕의 스카이라인을 알아보지만, 그것을 어디서 알아보느냐 하면 TV에서다. 또한 이곳에서 TV는 동해안 지역에서보다 좀더 사교적인 현상이다. 내 경험상 동부 사람들은 거의 쉴 새 없이 외출해서 공공

만큼 자주 깎는다.

장소에서 남들과 얼굴을 맞대고 만난다. 반면 이곳에서는 파티나 사교 자체를 위한 모임은 몹시 드문 편이다. 블루밍턴 사람들이 하는 사교 행위는 누군가의 집에 다 함께 모여서 무언가를 시청하는 것이다.

따라서 블루밍턴에서 집에 TV가 없다는 것은 크레이머(TV 드라마 〈사인펠드〉의 코스모 크레이머는 늘 친구네 집에 눌어붙은 빈대로 나오는 인물이다—옮긴이)처럼 노상 딴 집에 죽치는 인간이 된다는 것, 왜 사람이 자기 TV를 갖지 않는지 완벽하게 이해하지는 못해도 당신의 TV 시청 욕구는 완벽하게 존중하며 꼭 길에서 넘어진 사람에게 허리를 굽혀 손 내미는 것 같은 본능으로 자신의 TV를 시청하도록 허락해주는 사람들의 집에서 영구적인 손님이 된다는 것을 뜻한다. 특히 2000년 대통령 선거나 이번 주 참사처럼 반드시 봐야만 하는 일종의 위기 상황이라면 더 그렇다. 당신은 그저 누군가 아는 사람에게 전화를 걸어서 TV가 없다고만 말하면 된다. "말 잘했다, 야, 우리 집으로 와."

화요일 블루밍턴이 근사한 날은 일 년에 열흘쯤 있다. 9월 11일은 그런 날이다. 공기는 맑고 푸근하고 기분 좋게 건조하다. 지난 몇 주 동안은 꼭 누군가의 겨드랑이 속에서 사는 것처럼 습했다. 추수가 본격적으로 시작되기 직전인 이즈음에는 일대의 꽃가루가 최악이고, 그래서 도시의 적잖은 인구는 베나드릴에 절어 있는데, 여러분도 아마 알겠지만 그러면 이른 아침에는 꼭 물속에 잠겨 있는 것처럼 머리가 몽롱하다. 시간으로 말하자면, 여기는 동해안보다

한 시간이 늦다. 아침 8시면 직장이 있는 사람들은 모두 직장에 있고, 나머지 사람들은 거의 모두 집에서 커피를 마시고 코를 풀면서 NBC의 〈투데이〉나 아무튼 죄다 뉴욕에서 송출되는(두말하면 잔소리다) 다른 방송국들의 아침 프로그램을 시청하고 있다. 화요일 아침 8시, 나는 개인적으로 샤워를 하면서 시카고 WSCR 스포츠 라디오 채널을 틀어 베어스 팀의 패배 요인 분석을 들으려 하고 있었다.

내가 다니는 교회는 블루밍턴 남부, 우리 집 근처에 있다. 내가 건너가서 TV를 봐도 되느냐고 물을 수 있을 만큼 잘 아는 사람들은 대부분 교회 사람들이다. 우리 교회는 사람들이 예수의 이름을 시도 때도 없이 불러대거나 종말을 이야기하는 교회는 아니지만 그래도 상당히 진지하고 신자들은 대부분 서로 잘 알며 관계가 꽤 도탑다. 내가 아는 한 모든 신자가 이 동네 토박이다. 대부분은 노동계급이거나 노동자로 일하다가 은퇴했다. 소규모 자영업자도 좀 있다. 상당수가 참전 군인 출신이고, 그런 사람들 혹은 아닌 사람들 중에도 자식이 군대에 있거나—특히—예비군인 경우가 많다. 이곳에서는 대학 학비를 대는 방법이 곧 입대인 가정이 많기 때문이다.

내가 결국 머리에 샴푸를 묻히고 앉은 채 실시간으로 펼쳐지는 참사의 대부분을 시청하게 된 집은 톰프슨 아주머니 집이다. 아주머니는 세상의 쿨한 일흔네 살 노인 중 한 명이고, 만에 하나 아주머니의 전화가 통화 중이더라도 위급 상황에는 무작정 찾아가도 되는 사람이다. 아주머니는 내 집에서 1.6킬로미터쯤 떨어진 이동주택 단지 반대편에 산다. 길에는 사람이 많지 않지만 텅 비었다고 할 만큼 없지도 않다. 톰프슨 아주머니 집은 작고 말쑥한 단층집으로 서해안 지역에서는 방갈로라고 부르겠지만 블루밍턴 남부에서는 그냥 집이라고 부르는 구조물이다. 톰프슨 아주머니는 오랫동안 우리 교회에 다니며 리더 역할을 하는 사람이고, 아주머니의 거실은 일종의 사랑방이다. 아주머니는 또 이 동네에서 내가 제일 친한 친구인 F의 어머니인데, F는 유격대원으로 베트남전쟁에 나갔다가 무릎에 총을 맞고 돌아와서 지금은 쇼핑몰에 이런저런 체인점 가게를 설치해주는 도급 시공자로 일한다. F는 이혼을 진행하는 중이고(사연이 길다) 법원이 F의 집을 어떻게 처분할지 결정하는 동안 어머니인 톰프슨 부인 집에서 살고 있다. F는 전쟁 이야기를 꺼내지 않고 VFW에도 가입하지 않지만 가끔 어두운 기색으로 무슨 생각엔가 골몰하고 현충일 주말에는 혼자 조용히 병영에 다녀오는 부류의 참전 군인이다. F의 머릿속에 뭔가 심각하게 끔찍한 것이 들어 있다는 것은 누구나 보면 알 수 있다. 공사 현장에서 일하는 사람들이 대개 그렇듯이 F는 새벽같이 일어나고, 내가 그의 어머니 집에 도착했을 때는 벌써 나간 지 한참 뒤였다. 그리고 내가 그 집에 도착한 시각은 공교롭게도 두 번째 비행기가 남쪽 건물에 부딪힌 직후, 그러니까 8시 10분쯤이었다.

돌아보면 내가 충격을 받은 상태였는지도 모른다는 것을 알려주는 첫 징후는 벨도 안 누르고 대뜸 들어갔다는 것인데, 여기서는 평소에 아무도 절대 그러지 않는다. 아들의 거래처 덕분에, 톰프슨 아주머니 집에는 필립스 40인치 평면 TV가 있다. 그 화면에 살짝 헝클어진 머리카락과 셔츠 차림의 댄 래더가 언뜻 나타났다. (블루밍턴 사람들은 CBS 뉴스를 압도적으로 선호하는 것 같다. 왜 그런지는 모르겠다.) 벌써 교회의 다른 여자분들이 몇 명 와 있지만 내가 누구하고든 인사를 나눴는지는 잘 모르겠다. 왜냐하면 기억하기로 내가 들어갔을 때 모두가 못 박힌 듯 화면을 응시하면서 CBS가 절대로 다시 틀지 않은 극소수의 영상 중 하나를 보고 있었는데, 멀리서 광각으로 북쪽 건물을 잡은 영상 속에서 철골을 드러낸 채 화염에 휩싸인 꼭대기 층들이 나오고 있고, 건물에서 떨어져 나와 연기 속을 가르며 화면 아래로 움직이는 점들도 보이는데, 이때 화면이 덜컥 줌인하더니 그 점들이 사실은 코트와 넥타이와 치마 차림의 실제 사람들이라는 것이 드러나고 그들이 떨어지면서 신발도 함께 떨어지는 것이 보이고, 보니까 어떤 사람들은 건물 가로대나 지지대에 매달려 있다가 기어이 손을 놓쳐서 머리부터 떨어지거나 꿈틀거리면서 떨어지고, 한 커플은 (확인할 수는 없지만) 거의 껴안은 채 함께 여러 층을 떨어지는 것 같은데, 이때 갑자기 카메라가 멀리서 본 화면으로 도로 물러나는 바람에 사람들은 도로 작은 점으로 줄어들었고—이 영상이 얼마나 길었는지는 전혀 모르겠다—이어서 화면에 나타난 댄 래더의 입은 한참을 달싹거린 뒤에야 비로소 목소리가 나오는 것 같았으며, 그러자 방 안의 모든 사람은 앞으로 숙였던 몸을 젖히면서 어쩐지 어린애 같으면서도 동시에 엄청나게 늙은 것 같은 표정으로 서로를 쳐다보았다. 달리 무슨 말을 해야 좋을까. 잘 모르겠다. 영상 속 사람들은 죽어가고 있는데 그 영상을 본 것만으로 트라우마를 입었다고 말하는 건 그로테스크한 일 같다. 신발들도 같이 떨어지고 있었다는 사실이 왠지 사태를 더 끔찍하게 만들었다. 내 생각에는 나이 든 숙녀들이 나보다 상황을 더 의연히 받아들였다. 그러다가 두 번째 비행기가 건물에 부딪히는 장면의 흉측한 아름다움이, 그 파란색과 은색과 검은색과 화려한 오렌지색이, 그리고 또 작은 점들이 떨어지는 모습이 화면에 재생되었다. 톰프슨 아주머니는 자기 자리에, 그러니까 꽃무늬 방석이 붙은 흔들의자에 앉아 있다. 거실에는 다른 의자가 두 개 더 있고, F와 내가 문을 뜯어낸 뒤 집 안에 들여와야 했던 거대한 코듀로이 소파도 있다. 모든 자리가 차 있고, 그것은 내 생각에 다른 사람이 대여섯 명 더 있었다는 뜻이고, 그 대부분은 여자였고, 다들 쉰 살이 넘은 여자였고, 부엌에서도 다른 목소리가 더 들렸는데, 그중에서도 특히 심란하게 들리는 목소리는 심리적으로 예민한 R 아주머니 것으로, 나는 잘 모르지만 듣기로 한때 일대에 소문이 자자한 미인이었다는 분이다. 많은 사람이 톰프슨 아주머니 집 근처 이웃이고, 어떤 사람은 여태 실내복 가운 차림이었으며, 사람들은 수시로 제 집에 돌아가서 전화를 하고 돌아오거나 아예 가버리거나 했고(젊은 편인 한 여자는 아이들을 학교에서 데려오려고 갔다), 그러면 또 다른 사람들이 왔다. 한 시점에는, 대충 남쪽 건물이 완벽하게 제 위로만 무너지는 것처럼 보이던 시점이었는데(나는 건물이 꼭 우아한 숙녀가 기절하는 모습처럼 무너진다고 생각했다. 하지만 그때 브라세로 아주머니의 아들, 즉 평소에는 아무 쓸모없고 짜증스럽기만 한 두에인이 저것은 꼭 NASA의 로켓 발사 영상을 거꾸로 감은 모습처럼 보인다고 말했고, 이제 그 장면을 몇 번이나 다시 보고 나니 정말로 정확히 그런 것 같다), 집 안에 최소한 열두어 명이 있었다. 거실은 침침하다. 이곳 사람들은 여름에 늘 커튼을 쳐둔다.[4]

이틀밖에 안 지났는데 상황이 아주 또렷하게는 기억나지 않는다는 것이 정상일까? 아무래도 사건들의 순서까지는 모르겠다는 것이? 어느 시점에 밖에서 웬 이웃이 자기 집 잔디를 깎는 소리가 한참 들렸고, 그것은 정말이지 괴상한 일이었지만, 누구든 그 점에 대해서 말을 꺼낸 사람이 있었는지는 기억나지 않는다. 어떤 순간에는 아무도 아무 말도 하지 않았던 것 같고, 어떤 순간에는 모두가 동시에 떠들었던 것 같다. 전화 활동도 활발했다. 여자들은 휴대전화를 가진 사람이 아무도 없었다(두에인은 기능이 불분명한 무선호출기를 갖고 있었다). 그래서 전화라고는 톰프슨 아주머니 집 부엌 벽에 걸린 낡은 전화기 한 대뿐이었다. 모든 통화가 다 이치에 맞는 것은 아니었다. 참사의 한 부작용은 우리가 사랑하는 사람들 모두에게 전화를 걸고 싶다는 압도적인 욕구였다. 뉴욕과 통화할 수 없다는 사실은 일찌감치 확인되었다. 지역 번호 212을 누르면 이상하게 씩씩거리는 소음이 들릴 뿐이었다. 사람들이 계속 톰프슨 아주머니에게 전화를 써도 되느냐고 묻자, 아주머니는 결국 그만 좀

4 톰프슨 아주머니의 거실 꾸밈새도 전형적인 블루밍턴 노동계급 가정의 거실 꾸밈새다. 이중창, 시어스 통신 판매 회사에서 산 흰 커튼과 밸런스, 카탈로그를 보고 주문한 청둥오리 그림의 시계, 《크리스천 사이언스 모니터》와 《리더스 다이제스트》가 꽂힌 나뭇결무늬 잡지꽂이, 작은 수집용 조각상이며 친척들과 그 가족들 사진이 든 액자를 진열해두는 붙박이 책장. 각각 데시데라타('소망'이라는 뜻의 라틴어로, 미국 작가 맥스 어만이 1927년 발표한 뒤 미국에서 대단히 유행한 시 제목이다―옮긴이)와 성 프란치스코의 기도를 수놓은 자수 작품이 두 점 있고, 좋은 의자에는 모두 등받이와 팔걸이에 작은 커버가 씌워져 있고, 바닥에 빈틈없이 깔린 카펫은 발이 파묻혀 안 보일 정도로 북슬북슬하다(손님들은 현관에서 신발을 벗는다. 이것은 기본적이고 상식적인 예다).

묻고 그냥 맘껏 쓰라고 말했다. 어떤 여자들은 남편에게 전화하는데, 그 남편들은 모두 각자의 일터에서 TV나 라디오 주변에 옹기종기 모여 앉아 있는 것 같다. 그들의 상사들은 한동안 충격으로 어리벙벙한 탓에 사람들을 집으로 돌려보낼 생각을 하지 못했다. 톰프슨 아주머니는 커피 기계를 켜두었다. 그러나 또 한 가지 위기의 징후는, 만약 커피를 마시고 싶다면 내가 직접 가지러 가야 한다는 점이다. 평소에는 커피가 그냥 저절로 대령되는 것 같았는데. 나는 문에서 부엌까지 가면서 두 번째 건물이 무너지는 모습을 보았고, 이것이 첫 번째 건물이 무너지는 장면을 다시 튼 것인지 아닌지 혼란스러웠다. 내 꽃가루 알레르기의 또 다른 증상은 누가 우는지 아닌지를 한순간도 확실히는 모르겠다는 것이지만, 참사가 실시간으로 진행되는 두 시간 동안, 추가로 펜실베이니아에서도 비행기가 추락했다고 하고 부시는 전략공군 사령부 벙커로 들어갔다고 하고 시카고에서는 자동차 폭탄이 터졌다는 보도도 들어오는 동안 (마지막 뉴스는 이후 철회되었다), 거의 모든 사람이 상대적 능력에 따라 울거나 울기 일보 직전이다. 톰프슨 아주머니는 거의 제일 말이 적다. 우는 것 같지는 않지만, 평소처럼 의자를 까딱까딱 흔들지도 않는다. 아주머니의 첫 남편은 불시에 끔찍하게 죽었던 것 같고, 내가 알기로 전쟁 중 F가 전장에 나가 있을 때 가끔 몇 주씩 연락이 끊겨서 아주머니는 아들이 살았는지 죽었는지도 모르던 시간이 있었다. 두에인 브라세로의 주된 기여는 이 상황이 정말 너무 영화 같지 않느냐는 말을 쉼 없이 되풀이하는 것이다. 두에인은 최소 스물다섯 살은 되었는데도 여태 부모님에게 얹혀살고, 제 말로는 용접공 일을 배운다고 하는데, 늘 카무플라주 티셔츠를 입고 낙하산 부대용 부츠를 신으면서도 입대할 생각은 꿈에도 없는 인간이다(공정을 기하기 위해서 말하자면 나 또한 그럴 생각이 없기는 마찬가지다). 두에인은 또 톰프슨 아주머니 집 안에 있으면서도 이마에 'SLIPKNOT'이라나 뭐라나 하는 글자가 새겨진 모자를 계속 쓰고 있다. 나는 어느 상황에서든 주변에 미워할 사람을 한 명이라도 둬야 하는 모양이다.

알고 보니 신경줄이 허약한 R 아주머니가 부엌에서 무너진 것은 아주머니의 종손녀인가 먼 친척인가 하는 사람이 타임 사에서 인턴인가 뭔가를 하느라 뉴욕의 타임라이프 빌딩이라나 뭐라나 하는 데서 일하고 있기 때문이고, R 아주머니가 어찌어찌 전화를 걸어서 상황을 물어본 사람도 그 건물이 뉴욕 어딘가에 있는 현기증 나게 높은 고층 건물이라는 것밖에 모른다고 말했기 때문에 R 아주머니는 걱정으로 정신이 나갈 지경이고, 다른 두 여자가 아주머니의 손을 한쪽씩 잡은 채 아주머니의 주치의에게 전화를 걸어야 하나 말아야 하나 고민하는 동안(R 아주머니는 모종의 전력이 있다고 한다) 내가 나서서 아마도 이날 하루 중 거의 유일하게 착한 일을 하나 했는데, 무엇인가 하면 R 아주머니에게 맨해튼 미드타운이 어디 있는지를 설명해드린 것이다. 그제야 밝혀진 바, 내가 참사를 함께 지켜보고 있는 사람들 중 뉴욕 지리를 막연하게나마 아는 사람은 한 명도 없고—1991년 교회에서 단체 여행을 갔다가 뮤지컬 〈캣츠〉를 관람하려고 뉴욕에 들른 적 있다는 두 여자도 모른다—다들 가령 금융 지구와 자유의 여신상이 얼마나 극단적으로 남쪽에 떨어져 있는가 하는 것도 모른다. 나는 사람들이 (TV로 하도 많이 봐서) 너무 잘 아는 뉴욕의 스카이라인으로부터 훨씬 더 앞쪽에 있는 바다를 손가락으로 찍어 보이면서 이 사실을 설명해야 했다.

이 엉터리 지리 수업을 시작으로, 참사에서 사람들이 잔해와 먼지를 피해 달아나는 과정이 펼쳐지는 동안, 내 안에서는 조금씩 이 좋은 사람들로부터의 소외감이 차오른다. 이 숙녀들은 멍청하지도 무식하지도 않다. 톰프슨 아주머니는 라틴어와 스페인어를 읽을 줄 알고, 보이트랜더 씨는 공인 언어 치료사로서 한번은 내게 NBC 앵커 톰 브로코의 말을 들을 때 자꾸 신경이 쓰이는 그 이상한 꿀꺽 소리는 "성문음 L"이라고 불리는 실제 언어장애라고 설명해주었다. 부엌에서 R 아주머니를 챙기던 여자들 중 한 명은 9월 11일이 마침 캠프 데이비드 협정 기념일이라는 사실을 알려주었는데 나는 모르던 사실이었다.

이 블루밍턴 숙녀들은 어떤가 하면, 적어도 내게는 그렇게 보이기 시작하는데, 순수하다. 이 방의 분위기는 많은 미국인에게 놀라울 만큼 냉소라고는 없는 분위기라고 느껴질 만한 것이다. 가령 이 방에서는 누구도 세 방송국 앵커들이 모두 셔츠 차림이라는 사실이 좀 이상하지 않느냐고 말할 생각을 떠올리지 않는다. 댄 래더의 머리카락이 헝클어진 것이 어쩌다 보니 그렇게 된 것만은 아닐지도 모른다는 가능성은 고려조차 하지 않는다. 방송국이 끔찍한 영상을 쉼 없이 다시 틀어주는 것이 그저 지금에서야 TV를 틀었기 때문에 저 모습을 미처 못 본 시청자가 있을지도 몰라서만은 아닐 가능성도 떠올리지 않는다. 이 숙녀들은 대통령의 녹화 연설 중 이상하게 어둡고 작은 그의 두 눈동자가 차츰 서로 가까워지는 것처럼 보인다는 사실을 눈치채지 못하는 듯하고, 대통령의 말 중 일부는 몇 년 전 영화 〈비상계엄〉에서 브루스 윌리스가(기억하겠지만 그는 우익 꼴통으로 나왔다) 했던 대사와 표절 수준으로 비슷하다는 사실도 눈치채지 못하는 듯하다. 참사가 펼쳐지는 장면을 시청하는 것이 이토록 기묘하게 느껴지는 한 이유는 이런저런 장면이 〈다이 하드〉 1~3편에서 〈에어 포스 원〉까지 각종 영화들의 플롯을 충실히 반영한 것처럼 보인다는 데 있다는 사실도 눈치채지 못하는 듯하다. 역겹고 명백히 포스트모던적인 불평, "이거 어디서 봤던 장면 같은데"를 입에서 꺼낼 만큼 잘난 사람도 없다. 대신 이 숙녀들은 함께 모여 앉아서 정말로 속상해하고, 기도한다. 톰프슨 아주머니 집에 모인 사람들 중에는 소리 내어 함께 기도문을 읊자거나 동그랗게 손잡고 서서 기도하자고 제안할 만큼 메스꺼운 사람은 아무도 없지만, 그래도 그들이 속으로 무엇을 하고 있는지는 뻔히 알 수 있다.

오해하진 마시라. 이것은 대체로 좋은 일이다. 덕분에 나는 혼자서라면 틀림없이 하지 않았을 듯한 생각과 행동을 하게 된다. 이를테면 대통령의 저 연설과 눈동자를 보면서, 말없이 그러나 열렬히, 이렇게 기도하게 된다. 내가 대통령에 대해서 그동안 잘못 생각했던 것이기를, 그에 대한 내 견해가 왜곡된 것이고 그는 사실 내 생각보다 훨씬 더 똑똑하고 대단한 인물이기를, 그가 양복을 차려입은 영혼 없는 골렘이나 기업들의 이해 집합체가 아니라 용기와 진정성을 갖춘 정치인이기를… 이것은 좋은 일이다. 이렇게 기도 하는 것은 좋은 일이다. 다만 내가 이렇게 해야 한다는 것이 좀 외로울 따름이다. 참으로 점잖고 순수한 사람들도 곁에 두기가 버거울 수 있는 것이다. 내가 아는 모든 블루밍턴 사람이 톰프슨 아주머니 같다고 말하려는 것은 절대 아니다(가령 아주머니의 아들 F는, 물론 훌륭한 인간이지만, 이렇지 않다). 내가 말하려는 것은 그보다도 이것이다. 참사의 공포 중 일부분은, 비행기의 남자들이 그토록 미워했던 미국이 정확히 어떤 미국인지는 몰라도, 그것이 이 숙녀들의 미국보다는 나의 미국에, F의 미국에, 딱하고 혐오스러운 두에인의 미국에 훨씬 더 가깝다는 사실을 내가 마음 깊은 곳에서 아는데 있었다는 것이다.

(2001년)

Consider the Lobster

랍스터를 생각해봐

◎ 2004년 《고메》 8월 호에 실렸고, 두 번째 산문집 《랍스터를 생각해봐》에 재수록되었다. 음식 축제를 취재한 글에서 동물 윤리를 논한 것이 언뜻 가식으로 보일 수도 있지만, 데이비드 포스터 월리스는 늘 동물이 받는 처우에 관심이 많았다. 자신이 기르는 개에게 최소한의 훈련을 시키는 것도 고통스러운 일이라며 포기하곤 했다. 그렇다고 해서 육식을 포기하거나 하지는 않았다.

성대하고, 자극적이고, 아주 대대적으로 선전되는 메인 랍스터 축제Maine Lobster Festival는 매년 7월 말 메인 주 미드코스트 지역에서 열린다. 미드코스트는 메인 주 랍스터 산업의 신경 줄기라고 할 수 있는 페놉스콧 만 서쪽 해안을 가리키는 말로, 남쪽으로는 올스헤드와 토머스턴에서 북쪽으로는 벨파스트까지 아우른다. (실제로는 훨씬 더 북쪽의 벅스포트까지 포함시킬 수 있지만 우리는 1번 국도에서 벨파스트보다 더 위로는 아예 갈 수가 없었다. 이 도로의 여름 통행량은 여러분도 상상할 수 있다시피 상상을 초월한다.) 지역의 주요한 두 동네는 오래된 부와 요트가 가득한 항구와 별 다섯 개짜리 식당들과 경이로운 민박집들이 있는 캠던, 그리고 중요하고 오래된 어업 마을인 로클랜드다. 바로 이 로클랜드에서도 해안을 따라 조성된 전통의 하버 파크에서 매년 여름 축제가 열린다.[1]

관광과 랍스터는 미드코스트 지역의 양대 핵심 산업이자 둘

다 따뜻한 계절에 성황을 이루는 산업이다. 하지만 메인 랍스터 축제는 두 산업이 만나는 교차점이라기보다는 두 산업이 의도적으로 충돌하는 현장, 즐겁고 수익성 좋고 시끌벅적하게 충돌하는 현장이다. 내가《고메Gourmet》의 의뢰로 쓰는 이 글에서 취재할 대상은 2003년 7월 30일부터 8월 3일까지 열린 56회 메인 랍스터 축제(MLF)로, 올해 공식 주제는 '등대, 웃음 그리고 랍스터'였다. 총 유료 입장객은 10만 명이 넘었는데, 이것은 6월 전국에 방송된 CNN 뉴스에서《푸드&와인》의 한 고참 편집자가 MLF를 세계에서 가장 훌륭한 음식 축제 중 하나로 치켜세운 덕분이었다. 2003년 축제의 하이라이트는 이런 것들이었다. 리 앤 워맥과 올리언스의 공연, 연례 '메인 바다의 여신' 미인 대회, 토요일의 성대한 퍼레이드, 일요일의 윌리엄 G. 애트우드 기념 랍스터 나무통 위 달리기 대회, 연례 아마추어 요리 경연, 놀이 기구와 중간중간 볼거리와 음식 매점들, 그리고 MLF의 '중앙 천막 식당'. 이 천막 식당에서는 갓 잡은 뒤 행사장 북쪽 출입구 근처에 설치된 '세계 최대 랍스터 솥'에서 익힌 메인 랍스터가 총 11.3톤 넘게 소비된다. 그 밖에도 랍스터 롤, 랍스터 턴오버, 랍스터 소테, 다운 이스트 랍스터 샐러드, 랍스터 비스크, 랍스터 라비올리, 튀긴 랍스터 만두 등을 먹을 수 있다. 하버 파크의 북서쪽 부두에 있는 블랙펄 식당에서는 차분히 앉아 랍스터 테르미도르를 즐길 수도 있다. 메인 랍스터 홍보 위원회가 후원

---

1 이 상황을 종합적으로 표현한 이 동네 사람들의 경구가 있다. "바다 낀 캠던, 냄새 낀 로클랜드."

하는 거대한 소나무 널빤지 부스에서는 랍스터 레시피, 먹는 요령, 재미난 랍스터 정보 등이 담긴 팸플릿을 공짜로 얻을 수 있다. 금요일 아마추어 요리 경연의 우승자는 사프란 랍스터 램킨을 선보였는데, 그 레시피는 이제 www.mainelobsterfestival.com에서 누구나 다운로드 받을 수 있다. 랍스터 티셔츠, 머리를 까딱거리는 랍스터 인형, 바람을 넣어 부풀릴 수 있는 랍스터 물놀이 장난감, 용수철에 매달린 큼직한 진홍색 집게발을 달랑거리는 랍스터 머리띠도 판다. 취재 의뢰를 받은 여러분의 이 필자는 그 모두를 다 보았다. 여자친구 하나와 양친과 함께. 사실 내 부모님 중 한 분은 바로 이 메인에서 태어나고 자랐는데, 다만 그곳은 메인에서도 최북단 내륙에 있고 감자로 유명한 고장이라서 관광객이 찾는 미드코스트와는 딴 세상이다.[2]

현실적인 차원에서는 랍스터가 무엇인지 누구나 안다. 하지만 늘 그렇듯, 랍스터에 대해서도 알려고만 들면 대부분의 사람들이 관심을 쏟는 것보다 훨씬 더 많은 내용이 있다. 어떤 측면에 관심을 쏟느냐의 문제일 뿐이다. 분류학적으로 랍스터는 가시발새우과에 속하는 해양 갑각류다. 체절이 있는 다리가 다섯 쌍 있고, 그중 첫 쌍의 끝에는 먹이를 제압하는 데 쓰는 펜치 같은 커다란 집게가 달려 있다. 해저 육식동물 종들이 흔히 그렇듯 랍스터는 사냥꾼인 동

---

2 주의: 나와 개인적으로 관련된 이 인물들은 자신이 이 글에서 언급되고 싶지 않다는 의향을 처음부터 똑똑히 밝혔다.

시에 청소동물이다. 랍스터는 자루눈이 있고, 다리에 아가미가 있고, 더듬이가 있다. 전 세계에 십여 종이 있고, 그중에서 지금 우리가 말하는 종은 메인 랍스터라고도 불리는 학명 호마루스 아메리카누스다. '랍스터lobster'라는 이름은 고대영어 '롭스트르loppestre'에서 왔는데, 이 단어는 메뚜기를 뜻하는 라틴어와 거미를 뜻하는 고대영어 '로프loppe'가 결합되어 변형된 형태라고 한다.

나아가 갑각류는 갑각아문에 속하는 수생 절지동물이다. 갑각아문에는 게, 새우, 따개비, 바닷가재라고도 불리는 랍스터, 그리고 민물가재가 포함되어 있다. 이런 정보는 백과사전에 다 나와 있다. 절지동물은 또 절지동물문의 하위 집합으로, 절지동물문에는 곤충류, 거미류, 갑각류, 지네/노래기류가 포함된다. 이들의 주된 공통점은 중앙 집중된 뇌-척추 신경계가 없다는 점 외에도 체절로 나뉜 키틴질 외골격이 있고 그 외골격에 관절이 있는 부속지가 쌍쌍이 붙어 있다는 점이다.

요컨대 랍스터는 기본적으로 큼직한 바다 곤충이다.[3] 대개의 절지동물처럼 랍스터도 기원이 쥐라기로 거슬러 올라간다. 생물학적으로 포유류보다 훨씬 더 오래된 동물이기 때문에, 아예 다른 행성에서 왔다고 봐도 좋을 정도다. 그리고 랍스터는—특히 자연 상태의 녹갈색을 띤 채 집게를 무기처럼 휘두르고 굵은 더듬이를 채찍질할 때는—보기에 썩 아름답지 않다. 랍스터가 바다의 청소부

---

3 미드코스트 토박이들이 랍스터를 부르는 말은 실제로 "벌레"다. 이런 식이다. "일요일에 와. 벌레 좀 요리할까 하니까."

로서 죽은 동물들을 먹고사는 것은 사실이다.[4] 하지만 그 밖에 산 조개류와 특정 종류의 다친 물고기도 먹고 가끔은 서로 잡아먹기도 한다.

랍스터는 그 자체로도 먹기 좋다. 적어도 요즘 우리는 그렇게 생각한다. 그러나 1880년대까지만 해도 랍스터는 말 그대로 하층 계급의 음식이었고, 가난한 사람들이나 시설에 수용된 사람들만 먹었다. 초기 미국의 감옥 환경이 가혹했음에도 불구하고 몇몇 식민지는 수감자들에게 랍스터를 일주일에 한 번 이상 먹이는 것을 법으로 금했는데, 왜냐하면 그것은 꼭 사람에게 쥐를 먹이는 것처럼 잔인하고 지나친 고문으로 여겨졌기 때문이다. 랍스터의 비천한 지위는 옛 뉴잉글랜드에 랍스터가 엄청나게 많았던 것이 한 가지 이유였다. 어떤 자료에서는 바다에 랍스터가 "믿기지 않을 만큼 풍부하다"라고 말했고, 플리머스 식민지의 청교도들이 물을 어정어정 헤치면서 손으로 원하는 만큼 잔뜩 잡았다는 이야기, 초기 보스턴에서는 거센 폭풍이 지나가면 해변에 랍스터가 지천으로 널려 있었다는 이야기를 들려준다. 사람들은 이렇게 널브러진 랍스터를 악취 나는 골칫거리로 여겼고, 갈아서 비료로 썼다. 예전에는 보통 죽은 랍스터를 요리한 뒤 보존했다가 먹었다는 점도 문제였다. 보통은 소금에 절이거나 엉성한 밀폐 용기에 보관했다. 메인 주 최초의 랍스터 산업도 1840년대에 바닷가를 끼고 생겨난 십여 곳의 통조림 공장을 중심으로 형성되었다. 랍스터는 그곳에서 멀게는 캘리포

---

4 쓸데없는 정보: 랍스터를 잡을 때는 보통 죽은 청어를 미끼로 쓴다.

니아까지 배로 운반되었는데, 수요가 있었던 것은 오로지 싸고 단백질이 풍부하다는 점 때문이었다. 랍스터는 씹을 수 있는 연료나 다름없었다.

요즘은 물론 랍스터가 고급스러운 별미다. 캐비어보다 겨우 한두 단계 아래일 뿐이다. 랍스터는 대부분의 생선보다 살이 더 많고 탄탄하며, 맛은 홍합이나 대합 같은 바다의 다른 사냥감에 비해 좀 더 섬세하다. 미국 대중의 음식적 심상에서 랍스터는 이제 해산물의 스테이크와 같은 존재로, 실제 많은 스테이크 체인점이 이 두 가지를 묶어서 '서프 앤드 터프' 같은 이름으로 메뉴에 비싸게 올려놓고 있다.

메인 랍스터 축제가, 그리고 오만 것을 다 후원하는 메인 랍스터 홍보 위원회가 추구하는 한 가지 명백한 과제는 랍스터가 유별나게 호화롭거나 몸에 나쁘거나 비싼 음식이라는 생각, 여린 입맛에만 어울리거나 이따금 다이어트 따위 접어두고 한껏 즐길 때만 적합한 음식이라는 생각을 없애는 것이다. 축제의 홍보 행사와 팸플릿은 랍스터 살이 닭고기보다 칼로리가 더 낮고, 콜레스테롤이 더 적고, 포화지방이 더 적다는 사실을 강조하고 또 강조한다.[5] 그리고 '중앙 천막 식당'에서는 '쿼터'(랍스터 약 570그램을 가리키는 업계 용어다), 녹인 버터 4온스가 담긴 컵, 감자튀김 한 봉, 버터 한 조각이 딸린 롤빵 하나를 약 12달러에 살 수 있는데, 이것은 정말

5 녹인 버터에 랍스터 살을 찍어 먹는 관행은 포화지방에 관한 이런 바람직한 특징들을 한 방에 무효화하지만, 위원회의 홍보물은 이 점을 일체 언급하지 않는다. 감자 산업 홍보물이 사우어 크림과 베이컨 조각은 일체 언급하지 않는 것처럼.

맥도널드에서 저녁을 먹는 것보다 아주 약간 더 비싼 정도다.

하지만 또 알려드리는 바, 메인 랍스터 축제의 랍스터 민주화에는 진정한 민주주의 특유의 각종 북적거리는 불편들과 미학적 훼손들이 따른다. 예를 들어, 앞에서 말한 '중앙 천막 식당'에는 늘 디즈니랜드 수준의 줄이 늘어져 있고, 그 천막 식당이란 가로세로 400미터의 땅에 차양을 친 카페테리아들이 늘어서 있고 통일된 모양의 긴 탁자들이 여러 줄로 설치되어 있는 것을 뜻하며, 그곳에서 사람들은 일행이건 모르는 사람이건 할 것 없이 다들 바짝 붙어 앉아서 랍스터를 가르고 씹고 흘린다. 그곳은 덥고, 축 처진 천막 지붕이 열기와 냄새를 가두며, 그 냄새는 강렬한 데다가 음식에 관련된 냄새만 있는 건 아니다. 그곳은 또한 시끄럽고, 총 소음 중 적잖은 비율이 저작 활동 소음이다. 식사는 스티로폼 쟁반에 나오고, 탄산음료는 얼음이 없고 김이 빠졌으며, 편의점 커피 수준의 커피는 역시 스티로폼 컵에 담겨 나오고, 식사 도구는 플라스틱이다(꼬리살을 밀어낼 때 쓰는 길고 가는 특수 포크 따위는 없다. 하지만 몇몇 약삭빠른 식사자들은 집에서 직접 가져와서 쓴다). 냅킨도 충분히 주지 않는데, 랍스터가 먹기에 얼마나 지저분한 음식인지 고려한다면 난감할뿐더러 특히 다양한 연령과 대단히 다양한 수준의 소근육 발달 단계를 겪고 있는 아이들과 나란히 벤치에 끼어 앉아 있다는 점을 고려하면 더더욱 그렇다. 하물며 어떻게 했는지는 몰라도 맥주를 몰래 들여와서 거대한 아이스박스로 통로를 막은 사람들, 집에서 챙겨온 비닐 식탁보를 불쑥 꺼내어 탁자 위에 널찍하게 덮음으로써 제 일행이 앉을 자리를 (즉, 탁자를) 찜해두는 사람들은 더 말할 것도 없다. 이런 게 한두 가지가 아니다. 어느 한 사례는 사소한 불편에 지나지 않지만, MLF에는 이렇게 기분을 망치는 짜증스러운 요소가 가득하다. 중앙 무대의 헤드라이너 공연에서 자리에 앉고 싶다면, 20달러를 추가로 내고 접이식 의자를 빌려야 한다. 북쪽 천막은 요리 경연이 끝난 뒤 결선 진출자들의 요리를 겨우 나이퀼 컵만 한 데(감기 물약 나이퀼의 컵 용량은 30밀리리터—옮긴이) 담아서 나눠주는 것을 받으려고 앞다투는 사람들로 인산인해다. '메인 바다의 여신' 미인 대회 결선은 그토록 홍보를 해대더니 실제로는 동네 스폰서들에 대한 감사의 말이 무한정 늘어지는 행사였다. 무지하게 불충분한 이동식 화장실 시설, 혹은 랍스터를 먹기 전이나 후에 손 씻을 데가 전혀 없다는 사실은 말을 꺼내지도 말자. 실제 메인 랍스터 축제는 미식적 미끼가 있는 중간 수준의 동네 잔치일 뿐이다. 그 점에서 타이드워터(미국 버지니아 주에서 노스사우스 캐롤라이나 주까지 동해안 지역—옮긴이)의 게 축제, 북서부의 옥수수 축제, 텍사스의 칠리 축제 등등과 다를 바 없으며 모든 상업적이고, 대중적이고, 바글거리는 행사가 갖기 마련인 핵심적인 역설을 그런 축제들과 공유한다. 무슨 역설인가 하면, 이것이 사실 모두를 위한 축제는 아니라는 점이다.[6] 나는 희열에 넘치는 듯 칭찬해댔던

6 로클랜드의 노동계급과 그곳 축제의 서민적인 분위기, 그리고 값비싼 전망과 200달러가 넘는 스웨터만 파는 가게들과 빅토리아시대풍 집을 개조한 고급 민박집들이 즐비한 안락하고 엘리트적인 캠던의 차이에 대해서는 할 말이 훨씬 더 많다. 이 차이가 미국 관광업이라는 커다란 동전의 양면에 해당한다는 점에 대해서도. 그러나 이 글에서는 이런 이야기를 거의 하지 않을 텐데, 다만 본문에서 언급한 역설을 부연 설

《푸드&와인》의 편집자에게 딱히 반감은 없지만, 그녀가 실제로 여

명하고 이 필자 개인의 선호를 밝히는 수준에서만 여기서 짧게 이야기해보겠다. 고백하건대, 나는 왜 많은 사람이 즐거운 휴가라고 하면 으레 슬리퍼와 선글라스 차림으로, 미쳐버릴 듯 막히는 도로를 엉금엉금 기어가서, 시끄럽고 덥고 붐비는 관광지에 도착한 뒤, 얄궂게도 자기 같은 관광객의 존재 때문에 망쳐지기 마련인 그곳의 '지역적 정취'를 맛보는 것을 떠올리는지 그 이유를 한 번도 제대로 이해한 적이 없다. 이것은 어쩌면 (내 축제 동행들이 줄곧 지적하는 것처럼) 그저 내 인간성과 타고난 취향 탓일 수도 있다. 나는 관광지를 좋아하지 않는 사람이니까 관광지의 매력을 영영 이해하지 못할 테고, 따라서 그에 대해 (즉, 관광지에 있다고들 하는 매력에 대해) 논하기에 적합한 인간이 아닐지도 모른다. 하지만 어차피 이 각주는 편집 과정에서 살아남지 못할 것이 거의 확실하니까 한번 내 생각을 말해보겠다.

내가 생각하기에, 아주 드물게라도 가끔 관광객이 되어보는 것은 정말로 영혼에 유익할 수 있다. 하지만 영혼에 활기를 불어넣어주는 방식으로 유익한 것이 아니라, 좀 울적하고 착잡한 눈길로 '그래, 현실을 있는 그대로 바라보고 어떻게든 그것을 다룰 길을 찾자' 하는 방식으로 유익하다. 내 경험상, 국내 여행은 시야를 넓혀주거나 긴장을 풀어주는 경험이 아니었다. 장소와 환경의 갑작스러운 변화가 정신에 이로운 효과를 발휘하지도 않았다. 오히려 여행은 나를 극단적으로 위축시키는 경험이었고, 가장 가혹한 방식으로 겸손함을 일깨우는 경험이었다. 내가 어엿한 개인이라는 환상을, 내가 어떻게든 이 현실을 벗어나거나 초월해서 살고 있다는 환상을 위협하는 경험이었다. (경고하는데, 앞으로 이어질 말은 내 동행들이 특히나 불행하고 불쾌하게 느낀 대목으로, 휴가 여행의 재미를 확실히 망쳐버리는 이야기다.) 내게 단체 관광객이 된다는 것은 곧 어엿한 현대 미국인이 된다는 뜻이다. 그 장소에 어울리지 않고, 무지하고, 결코 가질 수 없는 것에 늘 욕심을 내고, 결코 인정할 수 없는 방식으로 늘 실망하고 마는 미국인. 그것은 내가 애초에 경험하겠다고 찾아갔던 훼손되지 않은 무언가를 얄궂게도 그런 내 존재로 훼손하는 일이다. 내가 없다면 경제적 측면 이외의 모든 면에서 오히려 더 좋고 더 진실된 장소가 될 곳에 나를 억지로 끼워 넣는 일이다. 기나긴 줄, 답답한 정체, 반복되는 홍정을 겪으면서, 너무나 고통스럽게 느껴지지만 그렇다고 내버릴 수도 없는 나 자신의 어떤 부분을 직시하는 일이다. 관광객으로서 나는 경제적으로는 유의미하지만 실존적으로는 혐오스러운 존재가 된다. 시체에 들러붙은 벌레 같은 존재가 된다.

기 하버 파크에 와봤었다고 하면 놀랄 것 같다. 실제로 여기 와서, 바닷가 모기를 찰싹찰싹 잡아가며 튀긴 트윙키를 먹으면서 사방에 플라스틱 랍스터가 붙은 비옷을 입고 1.8미터 높이의 죽마에 오른 패디왜크 교수(등에는 북을 지고 입으로는 나팔을 불고 손으로는 아코디언을 연주하는 등 축제에서 흥을 내는 원맨 밴드 캐릭터—옮긴이)가 아이들에게 겁을 먹이는 모습을 지켜보는 부모들 사이에 실제로 있어 봤다면.

랍스터는 사실상 여름 음식이다. 이것은 요즘 우리가 신선한 랍스터를 선호하기 때문이고, 그것은 곧 갓 잡힌 랍스터여야 한다는 말인데, 랍스터잡이는 전략적인 이유와 경제적인 이유에서 수심 46미터 미만의 물에서만 이뤄진다. 랍스터는 4~10도의 여름 수온일 때 식욕이 가장 왕성하고 활동도 가장 왕성한 (즉, 가장 잡기 쉬운) 편이다. 가을에는 대부분의 메인 랍스터가 더 깊은 물로 옮긴다. 온기를 찾아서이기도 하고 겨울 내내 뉴잉글랜드의 해변을 때리는 높은 파도를 피하기 위해서이기도 하다. 어떤 랍스터는 바닥을 파고 들어간다. 동면할지도 모른다. 확실히는 아무도 모른다. 여름은 또 랍스터의 탈피 기간으로, 구체적으로 7월 초에서 중순까지다. 키틴질 외골격을 가진 절지동물은 탈피로 성장하는데, 사람들이 나이가 들어서 살이 붙으면 점점 더 큰 옷을 사야 하는 것과 비슷하다. 랍스터는 100년 넘게 살 수 있으므로 덩치도 꽤 커져서 가령 15킬로그램 넘게 나갈 수도 있지만, 뉴잉글랜드 바다에는 어업이 워낙 성행하기 때문에 그렇게까지 나이 든 랍스터는 요즘 드물다.[7] 아무튼 이 때문에 껍데기가 딱딱한 랍스터와 부드러운 랍스터라는 미식적 구분이 생긴다. 후자는 가끔 "셰더shedder"라고도 불린다. 껍데기가 부드러운 랍스터는 탈피한 지 얼마 되지 않은 녀석이다. 미드코스트 식당들은 여름에 두 종류를 모두 제공하곤 하는데, 셰더가 살을 바르기가 더 쉽고 고기도 더 달다고들 하는데도 가격이 약간 더 싸다. 왜 깎아주느냐면, 랍스터는 탈피할 때 새 껍데기가 굳는 동안 몸속에 바닷물로 층을 둘러 보호하므로 껍데기를 열었을 때 살점이 약간 더 적기 때문이다. 그 향긋한 물이 사방에 찍찍 튀고 가끔은 레몬즙처럼 한 식탁에 앉은 다른 식사자의 눈에 정통으로 들어간다는 문제도 있다. 반면 계절이 겨울이거나 뉴잉글랜드에서 먼 장소에서 랍스터를 산다면, 그것은 껍데기가 딱딱한 랍스터일 것이라고 내기를 걸어도 좋다. 그 편이 명백히 운송하기가 더 낫기 때문이다.

일품 메인 요리로 랍스터는 오븐에서 구울 수도, 불에서 익힐 수도, 찔 수도, 직화로 구울 수도, 팬에서 지질 수도, 기름에 볶을 수도, 전자레인지로 익힐 수도 있다. 그러나 가장 흔한 방법은 삶는 것이다. 당신이 집에서 랍스터를 즐기는 사람이라면 아마 이 방법을 쓸 것이다. 삶기는 워낙 쉽기 때문이다. 우선 뚜껑이 있는 큰 솥이 필요하다. 거기에 물을 반쯤 채운다(표준적인 조언으로 랍스터 한 마리당 약 2.5리터의 물이 필요하다). 바닷물은 선택 사항이고, 아

---

7   데이터: 어황이 좋은 해에 미국 어업은 약 4만 톤의 랍스터를 잡는다. 그리고 메인 주가 그중 절반 이상을 담당한다.

니면 수돗물에 리터당 2티스푼씩 소금을 넣어도 된다. 랍스터 무게를 알면 도움이 된다. 물이 끓으면 랍스터를 한 마리씩 차례로 넣고 뚜껑을 닫은 뒤, 물이 도로 팔팔 끓을 때까지 계속 끓인다. 그다음에 불을 줄여서 물이 보글보글 끓게 놔두는데, 그 시간은 일단 랍스터 1파운드(0.5킬로그램)에 10분을 잡고 그다음으로 추가되는 무게에는 파운드당 3분씩 추가한다. (이것은 껍데기가 딱딱한 랍스터일 때 이야기다. 다시 말하지만, 만약 당신이 보스턴과 핼리팩스 사이에 살지 않는다면 당신이 구한 랍스터는 딱딱한 랍스터일 것이다. 만약 셰더라면, 계산한 전체 시간에서 3분을 빼면 된다.) 랍스터가 솥에서 빨갛게 변하는 것은 끓는 물이 랍스터의 키틴질에서 하나를 제외한 다른 모든 색소를 억제하기 때문이다. 랍스터가 다 익었는지 쉽게 확인하는 방법은 더듬이를 하나 잡아당겨보는 것이다. 힘들이지 않고도 더듬이가 머리에서 쑥 빠진다면, 이제 먹어도 좋다.

너무 당연하기 때문에 대부분의 레시피가 구태여 언급조차 하지 않는 사항은, 당신이 솥에 집어넣을 때 랍스터가 살아 있어야 한다는 것이다. 이것이 현대에 랍스터가 발휘하는 매력 중 하나다. 세상에서 가장 신선한 음식이라는 것. 수확해서 먹기까지 도중에 상할 일이 없다. 게다가 랍스터는 썻을 필요도 밑간할 필요도 털 뽑을 필요도 없는 것은 물론이려니와 공급자로서도 살려두기가 쉬운 편이다. 산 채로 통에 갇혀 바닷물에서 건져진 랍스터를 바닷물이 든 수조에 담가두면, 랍스터는—물에 산소가 공급되는 한, 그리고 랍스터의 집게에 나무못을 박거나 끈으로 집게를 묶음으로써 랍스터들이 포획 상태의 스트레스 때문에 서로 갈기갈기 찢는 일이 없도록 방지하는 한[8] ― 솥에서 삶아지는 순간까지 살아 있을 수 있다. 여러분도 슈퍼마켓이나 식당에서 산 랍스터가 담긴 수조를 본 일이 있을 것이다. 우리는 거기서 우리가 먹을 랍스터를 직접 고른다. 우리가 손가락으로 자신을 지목하는 모습을 랍스터가 빤히 지켜보는 와중에. 메인 랍스터 축제의 구경거리 중 하나도 실제 랍스터잡이 배들이 행사장 북동쪽 부두에서 갓 잡은 어획물을 부리면 그 랍스터를 손이나 수레로 150미터쯤 옮겨서 축제장 솥 주변에 설치된 대형 투명 수조에 집어넣는 모습을 우리가 직접 볼 수 있다는 것이다. 그리고 아까 말했지만 '세계 최대 랍스터 솥'이라고 선전되는 그 솥은 중앙 천막 식당에 낼 랍스터를 한 번에 100마리씩 익힌다.

그러니 이 대목에서 '세계 최대 랍스터 솥'이 외면하기 어려운 질문, 또한 미국 전역의 부엌에서 제기되고 있을지도 모르는 질문이 절로 머리에 떠오른다. 우리가 감각 있는 생물체를 그저 우리의 미각적 즐거움을 위해서 산 채로 삶아도 괜찮을까? 관련된 고민이 더 있다. 앞선 질문은 혹 짜증스럽도록 정치적으로 지나치게 올

8 주의: 비슷한 논리가 현대의 공장식 농장에서 영계와 씨암탉의 부리를 자르는 '부리 절단' 관행에도 깔려 있다. 우리가 상업적 효율을 극대화하려다 보니 엄청난 수의 가금류를 부자연스럽게 좁은 축사에 몰아넣는데, 그런 상황에서 닭들은 미쳐서 서로를 쪼다가 죽음에 이를 수 있기 때문이다. 순수하게 관찰적인 측면에서 덧붙이는 말로, 부리 절단은 보통 자동화된 과정이고 닭들에게 마취제를 놓고 진행하지는 않는다는 사실을 알려드린다. 《고메》독자들은 이런 부리 절단을 아는지, 혹은 이와 비슷하게 상업적 사육장에서 소들의 뿔을 잘라버리는 관행, 공장식 농장에서 정신적으로 무료해진 돼지들이 이웃의 꼬리를 씹어 뜯는 것을 막고자 돼지들의 꼬리를 잘라버리는 관행 등등을 아는지 모르겠다. 어쩌다 보니 이 필자는 이 기사를 쓰기 전에는 정육업의 표준 관행을 거의 전혀 몰랐다.

바르거나 지나치게 감상적인 것일까? 이 맥락에서 '괜찮다'는 것이 어떤 뜻일까? 이런 것이 모두 개인적 선택의 문제일 뿐일까?

여러분이 아는지 모르는지 모르겠지만, PETAPeople for the Ethical Treatment of Animals(동물을 윤리적으로 대우하는 사람들)라는 유명 단체는 랍스터 삶기의 도덕성이 개개인의 양심에 맡길 문제는 아니라고 생각한다. 실제로 우리가 MLF에 대해서 거의 처음 들은 이야기 중 하나가 바로… 음, 배경을 좀 설명할 필요가 있겠다. 축제 전날 밤 늦게, 우리는 형언하기 불가능하리만치 야릇하고 시골스러운 녹스 카운티 공항에서⁹ 택시를 타고 숙소로 오고 있다. 우리는 일 년의 절반을 이곳 바이널헤이븐 섬에서 지낸다는 부유한 정치 컨설턴트와 택시를 합승했다(그는 로클랜드에서 섬으로 가는 페리를 타러 가는 중이다). 컨설턴트와 택시 운전사는 내가 던진 비공식 저널리즘적 탐색에 대답해준다. 미드코스트 주민들이 MLF를 어떻게 보는가, 그냥 큰돈을 벌어주는 관광 행사로만 여기는가, 아니면 자신들도 참여를 고대하고 주민으로서 진정한 자부심을 품고 있고 뭐 그런가 하는 질문이다. 택시 운전사는(칠십 줄의 운전사는 택시 회사가 여름 성수기에 대응하려고 동원한 은퇴자 부대 중 한 명인 것 같다. 미국 국기 모양의 장식 핀을 꽂고 있고, 몹시 '신중하다'고 밖에 달리 표현할 길이 없는 방식으로 운전한다) 주민들도 MLF를 지지하고 즐긴다고 장담하지만, 다만 그 자신은 오랫동안 가지 않았

9 일례로 공항 터미널은 예전에 누군가의 집이었다. 분실 수화물 신고실은 딱 봐도 한때 식료품 저장실이었다는 것을 알 수 있다.

고 지금 생각해보니까 자기 부부가 아는 사람들 중에는 가는 사람이 아무도 없다고 말한다. 한편 절반의 주민인 컨설턴트는 최근 두어 차례 축제에 갔다고 하고(아내의 등쌀을 못 이겨 간 것 같다는 느낌이다), 그때 받았던 가장 생생한 인상은 "랍스터를 받으려면 지독히 오래 줄 서서 기다려야 하는데, 그동안 왕년의 히피들이 종종거리고 돌아다니면서 랍스터는 끔찍한 고통을 겪으면서 죽으니까 우리가 그걸 먹어서는 안 된다고 적힌 팸플릿을 사람들에게 나눠준다"는 것이었다고 한다.

컨설턴트가 회상한 왕년의 히피들이란 것이 바로 PETA에서 나온 활동가들이었다. 2003년 MLF에서는 PETA 사람들이 눈에 띄지 않았지만,[10] 최근 여러 해 축제에서 그들은 두드러진 존재였

---

10 나중에 안 바로는 PETA의 버지니아 지부에서 나온 고위 임원 윌리엄 R. 리바스 리바스 씨가 올해도 현장에 있었다고 했다. 비록 그 혼자뿐이었지만. 그는 8월 2일 토요일에 행사장 중앙 및 측면 출입구들을 돌면서 PETA 팸플릿과 "삶아지면 아파요"라고 적힌 스티커를 나눠주었다. 저 문구는 랍스터에 관한 PETA의 출판물에 거의 늘 적혀 있는 말이다. 나는 그가 현장에 있었다는 사실을 나중에 그와 통화하면서야 알았다. 우리가 축제 현장에서 어쩌다 그를 놓쳤는지 잘 모르겠고, 그를 못 본 것에 대해서 사과하는 수밖에 다른 도리가 없겠지만, 그래도 토요일은 로클랜드 시내에서 성대한 MLF 퍼레이드가 열린 날이라 내가 저널리스트 된 기본 도리로 꼭 구경하러 가봐야 할 것 같았던 건 사실이다(그렇다는 것은 곧, 나는 물론 리바스리바스 씨를 대단히 존중하지만, 토요일은 PETA가 하버 파크 행사장에 활동하러 나오기에 알맞은 날이 아니었을지도 모른다는 뜻이다. 딱 한 명이 딱 하루만 나올 수 있다면 더더욱. 왜냐하면 많은 골수 MLF 참가자가 퍼레이드를 구경하기 위해서 행사장을 떠났기 때문이다(그리고 그 퍼레이드로 말하자면, 역시 일부러 기분 상하게 할 뜻은 없지만, 막상 보니 지루하고 조잡한 행진에 지나지 않았다. 사람들이 집에서 만든 장식 수레들이 느릿느릿 지나가고, 미드코스트 주민들이 서로에게 손을 흔들고, 블랙비어드로 분장한 웬 짜증

다. 늦어도 1990년대 중순부터《캠던 헤럴드》에서《뉴욕 타임스》까지 온갖 매체의 기사에 PETA가 메인 랍스터 축제를 보이콧하자고 촉구한다는 말이 나온다. PETA는 종종 메리 타일러 무어 같은 유명 인사를 대변인으로 내세워서 "랍스터는 극도로 민감한 동물이랍니다"라느니 "저한테는 랍스터를 먹는다는 건 상상도 할 수 없는 일이에요"라느니 하고 말하는 공개편지나 광고를 실었다. 이보다 더 구체적인 증거는 우리의 혈색 좋고 극도로 사교적인 렌트카 담당자 딕의 구두 증언인데,[11] 증언의 요지인즉 최근 PETA가 워낙 자주 출몰했기 때문에 이제 활동가들과 주민들 사이에 불안불안하기는 해도 서로 참아주는 균형 상태가 형성되었다는 것이다. 예를 들어, "몇 년 전에는 사고도 있고 그랬죠. 한번은 한 여자가 옷을 거의 홀딱 벗고 랍스터처럼 몸에 칠하고 돌아다니다가 체포될 뻔했어요. 하지만 대부분은 우리가 그 사람들을 그냥 놔둡니다. (딕이 자주 내는, 짧고 빠르게 연속적으로 이어지는 애매한 웃음소리.) 그 사람들도 우리도 그냥 각자 자기 일을 하는 거죠."

이 대화는 7월 30일, 우리가 렌트카 서류에 서명하기 위해서 공항에서 렌트카 사무실까지 7킬로미터 거리를 50분에 걸쳐서 차로 달리는 동안 벌어졌다.[12] 차를 모는 동안 딕은 PETA 일화에서

나는 남자가 구경꾼이 늘어선 줄에서 연신 오락가락하면서 플라스틱 칼을 휘두르며 사람들에게 "아르르" 하고 외치고, 그런 게 다였다. 게다가 비도 내렸다)).

11 딕의 직업은 사실 자동차 판매원이다. 토머스턴에 있는 셰보레 판매 대리점이 '내셔널 렌트카'의 미드코스트 지역 대리점도 겸하고 있다고 했다.

12 왜 우리가 전날 밤 이미 도착했으면서도 이때 도로 공항에 가 있었는가 하는 사

자연스럽게 딴 데로 넘어가서 차마 여기에는 적을 수 없는 이야기를 한참 늘어놓은 뒤—그는 사위가 마침 랍스터잡이를 하고 게다가 축제의 중앙 천막 식당에 랍스터를 대는 공급자 중 한 명이라고 했다—자신과 자기 가족이 볼 때 '산 랍스터 삶기의 도덕성 문제'에서 결정적인 정상 참작 요인이 되는 듯한 사실이 하나 있다고 말했다. "인간과 동물의 뇌에는 통증을 느끼게 해주는 부위가 있는데, 랍스터의 뇌에는 그 부위가 없답디다."

딕의 진술은 약 아홉 가지 대목에서 틀렸다는 것 외에도, 랍스터와 통증에 관한 축제 주최 측의 견해에도 바로 이 논리가 거의 똑같이 반영되어 있다는 점에서 흥미롭게 볼만하다. 축제 측의 견해는 메인 랍스터 홍보 위원회의 후원으로 제작된 2003년 MLF 프로그램 책자 중 '당신의 랍스터 IQ는?' 퀴즈 코너에 이렇게 나와 있다.

> 랍스터의 신경계는 아주 단순합니다. 그것은 사실 메뚜기의 신경계와 가장 비슷합니다. 뇌는 없고, 신경계는 온몸에 퍼져 있습니다. 랍스터에게는 사람의 뇌에서 통증 경험을 받아들이는 부분인 대뇌겉질이 없습니다.

연을 짧게 말하자면, 분실된 짐과 내셔널 렌트카의 미드코스트 대리점 위치 및 독특한 특징에 관한 의사소통 실패와 관련이 있다. 딕은 친절 외에는 다른 뚜렷한 동기가 없는데도 친히 공항으로 나와서 우리를 실어다주었다. (딕은 또한 운전하는 내내 논스톱으로 수다를 떨었는데, 그의 대단히 독특한 말하기 스타일은 조증으로 간결하다는 표현 외에는 달리 표현할 수 없을 것 같다. 덕분에 나는 이제 내 가족 중 몇몇 사람보다 이 남자에 대해서 더 많이 안다.)

덕의 말보다는 좀더 세련된 것처럼 들리지만, 이 문장에 담긴 신경학적 주장은 여전히 틀렸거나 모호하다. 사람의 대뇌겉질은 뇌에서 추론, 형이상학적 자의식, 언어 등등 고차원적 능력을 담당하는 부분이다. 반면 통증 수용은 그보다 훨씬 더 오래되고 원시적인 체계인 통각수용기와 프로스타글란딘이 맡는다고 알려져 있는데, 이 체계를 관장하는 것은 뇌줄기와 시상이다.[13] 다만 괴로움, 고통, 통증의 감정적 경험 등 다양한 이름으로 불리는 현상에—즉, 통증 자극을 불쾌한 것, 몹시 불쾌한 것, 견디기 힘든 것으로 느끼는 경험에—대뇌겉질이 관여한다는 것은 사실이다.

이야기를 더 진행하기 전에 이 점부터 인정하고 넘어가자. 동물이 통증을 느낄 줄 아는가, 느낄 줄 안다면 어떤 방식으로 느끼는가, 우리가 그들을 먹기 위해서 그들에게 통증을 가하는 일이 정당화될 수 있는가, 정당화된다면 어떤 이유로 되는가 하는 질문들은 극도로 복잡하고 까다로운 문제들이다. 비교신경해부학은 문제의 일부에 지나지 않는다. 통증은 전적으로 주관적인 정신적 경험이므로, 우리는 자신 외에 다른 인간이나 다른 동물의 통증을 직접 알아볼 수 없다. 게다가 우리로 하여금 다른 인간도 통증을 경험하고 따라서 그도 통증을 겪지 않으려는 타당한 이해를 갖고 있다고 추론

13　예를 들어 설명해보자. 우리가 실수로 뜨거운 불에 손을 댔다가 사태를 미처 인식하기도 전에 손을 홱 떼어 내는 것은 흔한 경험이다. 이런 일이 벌어지는 것은 우리가 통증 자극을 감지하고 회피하는 과정이 대뇌겉질과는 무관하게 이뤄질 때가 많기 때문이다. 손과 불의 경우, 신경화학적 활동은 뇌를 아예 거치지 않고 척수에서만 벌어진다.

하도록 이끄는 원칙들은 본격적인 철학의 — 형이상학, 인식론, 가치 이론, 윤리학의 — 영역이다. 아무리 고도로 진화한 비인간 포유동물이라도 자신의 주관적인 정신적 경험을 우리에게 언어로 소통할 줄은 모른다는 사실은, 우리가 통증과 도덕에 관한 논증을 동물에게까지 확장할 때 부딪히는 추가의 어려움 중 첫 단계에 지나지 않는다. 그리고 우리가 고등 포유류에서 멀어지면 멀어질수록, 즉 고등 포유류에서 소와 돼지와 개와 고양이와 쥐로 갔다가, 그다음에는 새와 물고기로 갔다가, 이윽고 랍스터 같은 무척추동물로 갈수록 상황은 점점 더 애매해지고 점점 더 뒤엉킨다.

그러나 지금 그보다 더 중요한 논점은, 이 '동물 학대와 음식 문제'가 비단 복잡할뿐더러 우리에게 불편하게 느껴진다는 것이다. 최소한 나는 불편하다. 내가 아는 사람들 중 다양한 음식을 즐기지만 스스로를 잔인하고 냉담한 사람으로 여기고 싶지는 않아 하는 다른 사람들도 거의 다 그렇다. 내 경우, 그동안 이 불쾌한 갈등을 다룬 주된 방법은 이 문제를 아예 생각하지 않는 것이었다. 그리고 내 생각에는 《고메》 독자들도 이 문제를 생각하기를 바라지 않을 것 같다. 혹은 미식 월간지 지면에서까지 자기 식습관의 도덕성을 추궁당하기를 원하지 않을 것 같다. 하지만 내가 의뢰받은 이 기사의 주제는 2003년 MLF에 직접 가보니 어떻더냐는 것이었고, 그래서 나는 랍스터를 먹는 수많은 미국인 틈에서 며칠을 보냈고, 그동안 랍스터에 대해서, 또한 랍스터를 사고 먹는 경험에 대해서 골똘히 생각할 수밖에 없는 상황을 겪고 보니, 어떤 도덕적 질문들은 양심적으로 도저히 외면할 길이 없다는 결론에 다다르고 말았다.

여기에는 여러 이유가 있다. 우선, 우리는 랍스터를 산 채로 삶는 것을 넘어서 몸소 그 일을 행한다. 아니면 누군가가 특별히 우리를 위해서 현장에서 바로 해준다.[14] 앞에서 말했듯이, 축제의 매력 중 하나로 강조되는 '세계 최대 랍스터 솥'은 누구나 뻔히 볼 수 있도록 행사장 북쪽에 공개적으로 설치되어 있다. 그렇다면 상상해보자. 네브래스카 소고기 축제에서[15] 행사의 일환으로 산 소들을 트럭

---

14 도덕적 측면에서, 여기에는 장단점이 둘 다 있다는 사실을 인정할 수밖에 없다. 랍스터를 먹는 것은 최소한 대부분의 소고기, 돼지고기, 닭고기가 생산되는 공장식 농장 시스템의 사주를 받는 일은 아니니까. 오늘날 육류가 마케팅되고 포장되는 방식 때문에라도, 우리는 저런 고기들에 대해서는 그것이 한때 의식 있고 감각 있는 생물이었으며 우리가 그 생물에게 끔찍한 짓을 저지른 셈이라는 사실을 떠올리지 않은 채 먹게 된다. (주의: 이때 "끔찍하다"는 말은 정말, 정말 끔찍하다는 뜻이다. 만약 당신이 육류에 관해서 차마 보고 싶지 않고 생각하고 싶지도 않은 온갖 사실을 보고 싶다면, PETA에 연락하거나 peta.org에 접속해서 배우 알렉 볼드윈이 내레이션을 맡은 PETA의 무료 비디오 "당신이 먹는 고기를 만나보세요"를 보내달라고 하라. (주의 2: 나는 PETA가 왜곡하지 않은 진실만을 제공하는 정보원이라고 생각해서 하는 소리가 아니다. 복잡한 도덕적 논쟁에 뛰어든 당파주의자가 으레 그렇듯이, PETA 사람들은 광신자들이다. 그들의 수사법은 지나치게 단순화된 것이거나 독선적일 때가 많다. 하지만 현실의 공장식 농장과 기업형 도축장의 장면장면을 잔뜩 보여주는 저 비디오는, 믿을 만한 정보인 동시에 시청자에게 엄청난 정신적 충격을 안긴다.))

15 미국 문화에서 '랍스터' '물고기fish' '닭chicken' 같은 단어들은 동물과 그 고기를 동시에 지칭하는 데 비해 포유류는 대부분 '소cow' 대신 '비프beef' '돼지pig' 대신 '포크pork'처럼 식재료로서 고기를 한때 그 고기였던 산 생물과 분리해서 생각하도록 만드는 완곡어법이 적용된다는 사실에 무슨 의미가 있을까? 이것은 우리에게 고등 동물을 먹는 데 대한 불편한 감정이 내재되어 있기 때문에 이처럼 어법에도 드러날 정도라는 것, 하지만 그 불편함은 포유류를 벗어나면 줄어든다는 것을 보여주는 증거일까? (그리고 '양lamb'과 '양고기lamb'는 단어가 같다는 사실은 이 가설을 통째 무너뜨리는 반례일까, 아니면 양에게는 뭔가 특별한 성서-역사적 이유가 있는 것일까?)

에 싣고 와서는 차에서 내린 소를 '세계 최대 도축장'이라나 뭐라나 하는 곳에서 즉석으로 도축한다면 어떨까. 절대 안 될 말이다.

이 과정의 친밀함이 극대화되는 곳은 물론 집이고, 집은 가장 많은 랍스터가 조리되고 먹히는 장소다(여기서 이미 무의식적인 완곡어법으로 '조리'라는 단어가 쓰인 것에 주목할 만한데, 랍스터의 경우 '조리'란 사실 부엌에서 즉석으로 랍스터를 죽이는 것을 뜻한다). 기본적인 과정은 이렇다. 우리가 가게에서 랍스터를 사온 뒤, 솥에 물을 받고 끓이고 하는 사소한 준비를 마치고, 그다음 가게에서 담아준 봉지든 뭐든 아무튼 용기에서 랍스터를 꺼내는데… 이 대목에서 좀 불편한 일이 벌어지기 시작한다. 랍스터가 집으로 오는 길에 하도 시달려서 아무리 혼미해졌더라도, 우리가 녀석을 끓는 물에 담그는 순간 녀석은 놀랍도록 순식간에 정신을 차리는 경향이 있다. 당신이 랍스터를 용기에서 꺼내어 김이 오르는 솥에 넣으면, 랍스터가 가끔 용기 옆면에 매달리거나 심지어 꼭 지붕에서 떨어지지 않으려고 애쓰는 사람처럼 솥 입구에 집게발을 걸치고 매달린다. 더 끔찍한 것은 랍스터가 물에 완전히 잠겼을 때다. 당신이 뚜껑을 덮고 돌아섰더라도, 랍스터가 뚜껑을 밀어내려고 하는 바람에 뚜껑이 달그락달그락거린다. 혹은 랍스터가 몸부림치면서 집게로 솥 옆면을 긁는 소리가 들린다. 한마디로 랍스터는 여러분이나 내가 끓는 물에 던져졌을 때 취할 법한 행동을 거의 똑같이 취한다(비명만은 명백한 예외다[16]). 더 노골적으로 말하자면, 랍스터는 꼭

---

16 이 점과 관련된 민간의 미신이 하나 있다. 랍스터를 삶는 솥에서 가끔 새어나오는

끔찍한 고통을 겪는 것처럼 행동한다. 그래서 어떤 요리사들은 작고 가벼운 오븐용 플라스틱 타이머를 챙겨서 아예 부엌을 떠나 딴 방에 가 있다가 이 과정이 다 끝난 뒤에야 돌아온다.

어떤 생물체에게 고통을 겪을 능력이 있는가, 따라서 그 생물체에게 고통에 관한 모종의 이해가 있기 때문에 우리가 도덕적 의무로서 그것을 고려해야 하는가 혹은 하지 않아도 되는가. 이런 문제를 결정할 때 쓸 기준으로 대개의 윤리학자들이 동의하는 주요한 기준이 두 가지 있다.[17] 하나는 그 생물체가 통증 경험에 필요한 신경학적 하드웨어를—통각수용기, 프로스타글란딘, 신경 아편제

휘파람 소리 같은 소리에 관한 미신이다. 그 소리는 사실 랍스터의 살과 껍질 사이에 갇힌 바닷물이 증기가 되어 빠져나오면서 내는 소리지만(그렇기 때문에 껍데기가 딱딱한 랍스터보다는 셰더가 휘파람 소리를 더 많이 낸다), 속설에서는 이것이 가령 토끼의 단말마의 비명과 같은 랍스터의 단말마의 비명이라고 말한다. 랍스터는 소변에 든 페로몬으로 서로 소통할 뿐 비명을 낼 수 있는 발성기관은 없는데도, 미신은 끈질기게 살아 있다. 다시 지적하지만, 이것은 우리가 랍스터를 산 채로 삶는 데 대해서 깊은 문화적 차원에서는 은근히 불편하게 느낀다는 것을 보여주는 현상일지도 모른다.

17　여기서 '이해interest'는 기본적으로 강하고 유효한 선호preference를 뜻한다. 그런 선호에는 분명 어느 정도의 의식, 자극에 대한 반응성 등등이 필요하다. 공리주의 철학자 피터 싱어는 다음과 같이 설명했는데, 싱어의 1975년 《동물 해방》은 현대 동물권 운동의 성서나 마찬가지다.

돌멩이가 길에서 웬 꼬마에게 걷어차이는 것을 두고 그것이 돌멩이의 이해에 반한다고 말하는 것은 난센스일 것이다. 돌멩이는 고통을 겪지 않으므로 이해를 가질 수 없기 때문이다. 우리가 돌멩이에게 무슨 짓을 하더라도 돌멩이의 안녕에는 아무 차이가 없다. 반면 쥐는 길에서 누군가에게 걷어차이지 않아야 한다는 이해를 갖고 있다. 왜냐하면 그 경우 쥐는 아플 것이기 때문이다.

수용기 등등―얼마나 갖추고 있는가 하는 것이다. 다른 기준은 그 생물체가 통증에 관련된 행동을 드러내 보이는가 하는 것이다. 그리고 우리가 지적으로 애써 무리한 묘기를 펼치고 행동주의적인 궤변을 전개하지 않는 한, 랍스터가 애쓰고 몸부림치고 뚜껑을 달그락거리는 행동을 통증 행동으로 보지 않기는 어렵다. 해양동물학자들에 따르면, 산 랍스터가 끓는 물에서 죽기까지 보통 35초에서 45초 사이가 걸린다. (증기가 과열 상태로 데워져 있을 때는 얼마나 걸리는지 알려주는 자료는 찾지 못했다. 더 짧기만을 바랄 뿐이다.)

물론 랍스터를 즉석에서 죽여서 최상의 신선함을 유지하는 방법에도 또 다른 방법들이 있다. 어떤 요리사들은 랍스터의 두 줄기 눈 정중앙 바로 위쪽에(사람의 이마에서 제삼의 눈이 있다고들 말하는 지점과 비슷하다) 날카롭고 묵직한 칼끝을 꽂아 넣는 방법을 쓴다. 이렇게 하면 랍스터가 즉시 죽거나 감각이 마비된다고 한다. 최소한 랍스터를 끓는 물에 던져 넣은 뒤 부엌을 도망치는 것보다는 덜 비겁한 방법이라고 한다. 내가 머리에 칼 꽂기 방법을 지지하는 사람들과 이야기를 나눠보고 얻은 인상은, 사람들이 이 방법을 비록 좀더 폭력적이지만 궁극에는 좀더 자비로운 방법으로 여긴다는 것이다. 사람들은 또 랍스터의 머리에 손수 칼을 꽂음으로써 기꺼이 주체성을 발휘하고 책임을 인정하는 것이 말하자면 랍스터를 좀더 존중하는 행동이라고, 따라서 그에게는 랍스터를 먹을 만한 자격이 부여되는 셈이라고 생각한다(이런 논증에는 북아메리카 원주민들이 말하는 이른바 "사냥의 영성" 같은 분위기가 막연하게 감돈다). 하지만 칼 꽂기 방법에는 기본적인 생물학적 문제가 있다. 랍스터의 신경계는 하나의 신경절이 아니라 여러 개의 신경절로, 달리 말해 여러 개의 신경다발로 구성되어 있다는 문제다. 신경다발들은 랍스터의 몸통 밑면을 따라 머리부터 꼬리까지 줄줄이 분포되어 있고, 그중 머리 쪽 신경절 하나를 못 쓰게 만든다고 해서 랍스터가 즉사하거나 의식을 잃지는 않는다.

또 다른 대안은 랍스터를 찬 소금물에 담근 뒤 아주 서서히 온도를 높여가면서 끓이는 것이다. 이 방법을 옹호하는 요리사들은 개구리를 찬물에 담가서 아주 천천히 끓이면 물이 끓어도 개구리가 뛰쳐나오지 않는다더라는 이야기에 빗대어 이 방법을 주장한다. 하지만 여러분이 직접 자료를 조사하고 요약하는 수고를 들일 필요가 없도록 내가 그냥 단언하는데, 개구리와 랍스터 비교는 유효하지 않다. 게다가 만약 솥의 물이 공기가 계속 통하는 바닷물이 아니라면, 거기 담긴 랍스터는 서서히 숨이 막힐 것이다. 그러나 그렇게 심각한 질식은 아니기 때문에, 랍스터가 죽을 만큼 물이 뜨거워졌을 때 랍스터가 몸부림치고 달그락거리는 것을 막아주지는 못한다. 오히려 랍스터를 서서히 끓일 때는 정상적으로 끓일 때는 나타나지 않는 섬뜩한 경련 같은 반응이 나타날 때가 있다.

설령 가내 전두엽 절제술이나 서서히 익히기 기법에 미덕이 있다고 해도, 그것은 상대적인 미덕일 뿐이다. 사실 그보다 더 나쁘게/잔인하게 랍스터를 조리하는 방법도 있기 때문이다. 시간에 쫓기는 요리사들은 랍스터를 산 채 전자레인지에 돌리기도 한다(껍데기에 바람 빠질 구멍을 몇 개 뚫어서 돌리는데, 갑각류를 전자레인지에 돌려본 사람은 누구나 뼈저린 경험을 통해서 배우게 되는 주의

사항이다). 한편 유럽에서는 생체 해부가 인기다. 어떤 요리사는 조리 전에 랍스터를 산 채 반으로 가르고, 어떤 요리사는 집게발과 꼬리만 뜯어서 그 부위만 솥에 넣는 편을 좋아한다.

그리고 고통 기준 1번에 관해서 불행한 소식이 더 있다. 랍스터는 시각과 청각은 거의 없지만, 껍데기에 무수히 난 미세한 털 덕분에 촉각만큼은 뛰어나다. 랍스터 산업의 고전인 《랍스터에 관하여》를 쓴 T. M. 프루던의 말을 빌리자면, "그 덕분에 랍스터는 도저히 뚫을 수 없는 단단한 갑옷 같은 껍데기에 둘러싸여 있으면서도 마치 부드럽고 민감한 피부를 갖고 있는 것처럼 외부로부터의 자극과 인상을 쉽게 감지한다." 랍스터에게는 통각수용기도 있고,[18] 인간의 뇌가 통증을 접수할 때 쓰는 프로스타글란딘과 주요한 신경전달물질에 해당하는 무척추동물 고유의 프로스타글란딘과 신경전달물질도 갖고 있다.

한편 랍스터에게는 엔도르핀이나 엔케팔린처럼 좀더 발전된 신경계가 강렬한 통증을 다룰 때 쓰는 천연 아편제를 만들거나 흡수하는 기관은 없는 듯하다. 그러나 이 사실에서 내릴 수 있는 결론은 두 가지인데, 하나는 랍스터에게 포유류 신경계의 천연 마취 능력이 없으니 랍스터는 포유류보다 통증에 더 취약할지도 모른다는 결론이고, 다른 하나는 거꾸로 천연 아편제가 없다는 것은 곧 그것이 완화해야 하는 현상인 강렬한 통증 감각이 없다는 뜻일 것이라

18 통각수용기는 특수한 형태의 통증 수용기를 가리키는 신경학 용어로, "위험할 가능성이 있는 극단적 온도, 물리적 힘, 손상된 신체 조직에서 배출되는 화학 물질에 민감하게" 반응하는 수용기다.

는 결론이다. 나 개인적으로는 후자의 가능성을 생각해보고 기분이 뚜렷하게 호전되었다. 랍스터에게 엔도르핀/엔케팔린 하드웨어가 없다는 것은 통증에 대한 랍스터의 주관적 경험이 포유류의 경험과는 극단적으로 다르고 어쩌면 '통증'이라는 용어마저 어울리지 않는 현상이라는 뜻일 수도 있다. 랍스터는 어쩌면 전두엽 절제술을 받은 인간 환자와 비슷한지도 모른다. 그런 환자는 통증을 여러 분이나 나와는 전혀 다른 방식으로 경험한다고 알려져 있다. 그들도 신경학적 차원에서 물리적 통증을 느끼기는 하지만, 그 통증을 싫어하지는 않는다. 그렇다고 좋아하는 것도 아니다. 통증을 느끼지만, 그 통증에 대해서 별 느낌이 없다. 요컨대 그런 환자들에게는 통증이 괴로운 것, 혹은 벗어나고 싶은 것이 아니다. 어쩌면 랍스터는, 역시 전두엽이 없으니까, 우리가 통증이라고 부르는 "물리적 손상 혹은 위험을 신경학적으로 접수하는 경험"에 그 환자들처럼 초연한지도 모른다. 누가 뭐래도 (1) 순수한 신경학적 사건으로서 통증과 (2) 감정적 요소와 밀접한 관련이 있는 듯한 실제 고통, 즉 통증을 불쾌한 것으로 인식하고 두렵고/싫고/피하고 싶은 것으로 인식하는 현상 사이에는 분명 차이가 있으니까 말이다.

그래도 아무리 이렇게 추상적으로 머리를 굴려봐도, 미친 듯이 달그락거리는 솥뚜껑과 솥 입구에 애처롭게 매달리는 행동이라는 현실은 고스란히 남는다. 이 모습을 불 앞에서 지켜보면, 이것이 산 생명체가 통증을 경험하고 그로부터 피하고/벗어나고 싶어 하는 몸짓이라는 결론을 어떤 방법으로도 부인할 수 없을 것 같다. 전문가가 아닌 내 눈에는 솥 속 랍스터의 행동이 뚜렷한 선호의 표현으로 느껴진다. 그리고 선호를 형성하는 능력은 진정한 고통을 결정하는 기준일 가능성이 있는 것이다.[19] 이 관련성(선호→고통)은 부정적인 사례를 통해서 생각해보는 것이 이해하기에 더 쉬울 수도 있다. 자, 우리가 어떤 벌레를 반으로 잘랐다고 하자. 그런데 벌레의 두 절반이 계속 꼼지락거리면서 아무 일도 벌어지지 않았다는 듯 벌레의 볼일을 계속 본다고 하자. 이때 우리가 벌레의 수술 후 행동에 근거하여 이 벌레는 고통을 겪지 않는 것 같다고 말한다면, 그 진정한 말뜻은 벌레가 제게 나쁜 일이 벌어졌다는 것을 안다는 징후가 없다는 것, 혹은 벌레가 자신이 절반으로 잘리는 것을 선호하지 않는다는 징후가 없다는 것이다.

반면 랍스터는 선호를 드러낸다고 알려져 있다. 실험에 따르면, 랍스터는 수온이 1도나 2도만 달라져도 그 사실을 감지한다. 랍스터가 주기적으로 복잡한 경로를 거쳐 이주하는 이유 중 하나는 (일 년에 160킬로미터 넘게 이동하는 경우도 많다) 제일 좋아하는 수온을 찾으려는 것이다.[20] 그리고 앞서 말했듯이, 랍스터는 해저에서

19 이때 '선호'는 '이해'와 대충 동의어지만, 우리 논의에서는 이 용어가 더 낫다. 추상적인 철학의 느낌을 덜 주기 때문이다. '선호'는 지극히 사적인 무언가로 느껴지는데, 지금 우리가 논하는 것은 결국 어떤 생명체의 사적인 경험에 관한 문제다.

20 이에 대한 가장 흔한 반론은 '제일 좋아한다'라는 표현이 사실 은유일 뿐이라고 지적하는 것이다. 더구나 이해를 왜곡시킬 만큼 지나치게 의인화한 은유라고 지적하는 것이다. 반론자는 랍스터가 최적의 수온을 유지하려고 하는 것은 그저 무의식적 본능에 따른 일이라고 주장할 수 있다(뒤에서 이야기되는 랍스터의 낮은 조도 선호도 비슷하게 설명할 수 있다). 이런 반론의 요지는, 랍스터가 솥에서 몸부림치고 달그락거리는 것은 통증에 대한 비선호를 표현한 것이 아니라 불수의적 반사 반응일 뿐이라

사는 생물이라 빛을 좋아하지 않는다. 식용 랍스터 수조를 햇빛 아래 두거나 가게의 형광등 아래 두면, 랍스터들은 제일 어두컴컴한 구석으로 몰려간다. 랍스터는 바다에서는 거의 단독으로 생활하는 편이라, 수조에 포획된 상태로 겪는 북적거림을 명백히 싫어한다. (역시 앞서 말했듯이) 사람들이 포획한 랍스터의 집게를 끈으로 묶어두는 것은 비좁은 곳에 갇힌 스트레스 때문에 랍스터들이 서로 물어뜯는 것을 막기 위해서다.

좌우간 MLF에서, '세계 최대 랍스터 솥' 바로 옆에 있는 보글보글 거품이 오르는 수조 앞에서, 차곡차곡 쌓인 갓 잡힌 랍스터들이 꽁꽁 묶인 집게를 무력하게 흔들고 허둥지둥 구석으로 숨고 당신이 다가가는 유리벽 뒷면을 미친 듯이 긁는 모습을 보면서, 그 랍스터들이 불행해한다는 느낌이나 겁먹었다는 느낌을 받지 않

는 것이다. 의사가 우리 무릎을 톡 치면 우리 다리가 저절로 들리는 것처럼. 알려드리는 바, 실험동물을 쓰는 연구자들을 비롯하여 많은 과학자들은 정말로 인간이 아닌 생물체에게는 진정한 감정이 없고 '행동'만 있다는 견해를 갖고 있다. 추가로 알려드리는 바, 이런 견해는 과거 데카르트에게까지 거슬러 올라가는 긴 역사를 갖고 있지만 현대에는 주로 행동주의 심리학의 지지로 구축되었다.
하지만 통증처럼 보이는 것이 사실은 반사 반응이라는 반론에 대해서도 여러 과학적, 동물권적 측면의 반반론이 있다. 그 반반론에 대한 추가의 반박과 반대 시도도 있다. 그러니 여기서는 그저 동물 고통 논쟁의 양측이 펼치는 과학적, 철학적 논증은 복잡하고, 난해하고, 전문적이고, 종종 자신의 이익이나 이데올로기에 좌우되는 것 같다고 말해두면 충분하다. 게다가 이 논쟁은 확실한 결론이 없기 때문에, 가정의 부엌이나 식당 같은 현실적 차원에서는 여전히 개개인의 양심에 달린 문제로 남는 듯하다. 각자 입맛 내키는 대로(의도한 말장난은 아니다) 하는 수밖에 없는 것이다.

기란 어렵다. 랍스터들의 그런 감정이 설령 감정의 원시적인 형태에 지나지 않더라도… 그런데 이 대목에서, 원시적인 형태라는 점이 애당초 왜 문제일까? 원시적이고 말로 표현되지 않는 고통이라고 해서, 그 생물체로 만들 요리에 대한 돈을 지불함으로써 그 생물체에게 고통을 끼치는 데 일조한 사람이 그 고통을 덜 절박하거나 덜 불편한 것으로 느껴도 좋단 말인가? 지금 내가 하는 이야기는 PETA식의 비난은 아니다. 적어도 나는 아니라고 생각한다. 나는 다만 메인 랍스터 축제의 그 많은 웃음, 생기, 공동체의 자긍심 속에서 떠올린 몇몇 심란한 의문을 표현하고 해결하려는 것이다. 더 솔직하게 말하자면, 메인 랍스터 축제에 참가했다가 문득 랍스터도 고통을 겪을 수 있으며 따라서 가급적 겪지 말았으면 좋겠다는 생각을 떠올리는 순간, 랍스터 축제는 고대 로마의 서커스나 중세의 고문 축제와 비슷한 자리처럼 보이기 시작한다.

　이 비교가 지나친 것 같은가? 지나치다면, 정확히 왜 지나친가? 아니면 이 질문은 어떤가. 혹시 미래 세대는 우리 세대의 산업적 농업과 음식 문화를 우리가 네로 황제의 오락이나 멩겔레의 인체 실험을 보듯이 보게 될까? 내가 처음 떠올린 생각은 이런 비교가 지나치게 신경질적이고 극단적이라는 것이었다. 하지만 이 비교가 극단적이라고 느껴진 까닭을 찬찬히 짚어보면, 내가 동물은 인간보다 도덕적으로 덜 중요하다고 믿기 때문인 것 같다.[21] 그리고

21　사실은 **훨씬** 덜 중요하다고 믿어야 한다. 왜냐하면 지금 우리가 도덕적으로 비교하는 것은 한 인간의 생명의 가치와 한 동물의 생명의 가치가 아니라 한 동물의 생명의 가치와 특정 종류의 단백질을 좋아하는 한 인간의 식성의 가치이기 때문이다. 제아

내가 그 믿음을 옹호하려면, 설령 나 혼자 하는 생각일지라도, 다음 사실들을 인정해야 한다. (A) 내가 이 믿음에 대하여 명백히 이기적인 이해를 갖고 있다는 사실. 왜냐하면 나는 특정 종류의 동물을 먹기 좋아하고 앞으로도 계속 먹기를 바라기 때문이다. (B) 내게 이기적으로 유리하다는 이유 외에 이 믿음을 합리적으로 옹호할 수 있는 다른 어떤 개인적 윤리 체계도 구축하지 못하겠다는 사실.

이 글이 실릴 지면과 내가 미식적으로 세련되지 못한 사람이라는 점을 고려할 때, 독자들이 내 이런 반응과 자백과 불편함에 조금이라도 공감할지 말지 잘 모르겠다. 또 내 말이 신경질적인 말이나 설교로 들릴까 봐 걱정된다. 나는 그보다는 오히려 혼란스러운 상태이기 때문이다. 소고기, 송아지고기, 양고기, 돼지고기, 닭고기, 랍스터, 기타 등등을 잘 조리하고 잘 꾸며서 내놓은 요리를 즐기는 《고메》 독자들이여, 여러분은 이 문제에 관련된 동물들의 (아마도 자격이 있는) 도덕적 지위와 (아마도 틀림없이 겪는) 고통에 관해서 많이 생각하는지? 생각한다면, 그로부터 어떤 윤리적 결론을 도출했기에 스스로에게 그냥 동물의 살을 먹는 것도 아니고 동물의 살을 쓴 세련된 진수성찬을 즐겨도 좋다는 허락을 내렸는지(미식의 핵심은 당연히 단순한 섭취가 아니라 세련된 즐거움이니까)? 그렇지 않고 당신은 이런 혼란에든 확신에든 개의치 않고 앞의 이야기 같은 것은 쓸데없는 사색에 지나지 않는다고 여긴다면, 이런 생각을

무리 골수 육식론자라도 사람이 동물을 먹지 않고도 잘 먹고 잘 살 수 있다는 사실은 인정할 것이다.

그냥 제쳐놓아도 좋다고 느끼도록 만드는 당신 내면의 근거는 무엇인지? 달리 말해, 당신이 이런 생각을 거부하는 것은 한번 생각해보고서 내린 결론인지, 아니면 생각하기조차 싫은 것인지? 만일 후자라면, 왜 생각하기 싫은지? 대충이라도 좋으니, 당신이 생각하기를 꺼리는 이유가 무엇일지 생각해본 적은 있는지? 나는 지금 누구를 함정에 빠뜨리려는 것이 아니다. 나는 그저 진심으로 궁금하다. 누가 뭐래도 진정한 미식가의 특징은 음식뿐 아니라 음식의 전체 맥락까지도 남들보다 더 많이 느끼고, 관심을 더 기울이고, 생각을 더 해본다는 것 아닌가? 아니면 미식가가 남들보다 더 많이 들이는 그 관심과 감수성은 오직 감각적 측면에만 적용되는가? 모든 것이 정말로 취향과 표현의 문제일 뿐인가?

그러나 비록 진심이기는 해도, 맨 마지막 몇 가지 질문은 미학과 도덕의 관계에 관한(그런 관계가 있다면 말이다) 더 크고 더 추상적인 질문과 분명 이어져 있다. 이를테면 '좋은 생활을 위한 잡지'라는 《고메》의 모토에서 '좋은good'이라는 형용사가 뜻하는 바가 정말로 무엇인가 하는 질문과. 그리고 이런 질문은 워낙 깊고 위험한 바다로 곧장 이어지기 때문에, 공개적인 토론은 여기서 그만 접는 것이 최선이리라. 이해와 관심이 있는 사람들끼리라도 서로 물을 수 있는 질문에는 한계란 것이 있는 법이니까.

(2004년)

Joseph Frank's Dostoevsky

조지프 프랭크의 도스토옙스키

◎ 《빌리지 보이스》 1996년 4월 9일 호에 '표도르의 안내인'이라는 제목으로 실렸고, 두 번째 산문집 《랍스터를 생각해봐》에 재수록되었다. 데이비드 포스터 월리스는 도스토옙스키를 흠모했을 뿐 아니라 어떤 면에서는 동일시했던 것 같다. 특히 도스토옙스키가 사형 선고를 경험한 뒤 열렬한 도덕주의자로 변신한 대목에서, 월리스는 폐쇄 병동을 경험한 뒤 더 이상 예전처럼 살 수 없다고 느꼈던 자신의 처지를 겹쳐보았던 것 같다.

서론 격인 다음 두 인용문을 읽어보자. 첫 번째는 만일 영어권
에도 도스토옙스키급으로 괴팍한 작가가 있다고 한다면 그 후보로
꼽힐 만한 에드워드 달버그의 글이다.

평범한 인간은 우상 숭배를 통해 천재로부터 자신을 안전하
게 지킨다. 키르케의 마술 지팡이가 닿기만 하면, 말썽쟁이
신들은 대번 자수로 놓인 돼지들로 바뀐다.(그리스 신화의 마
녀 키르케는 오디세우스의 부하들을 돼지로 둔갑시켰다. ─옮긴
이)[1]

두 번째는 이반 투르게네프의 《아버지와 아들》 중 한 대목이다.

---

1 출처: "Can These Bones Live?" in *The Edward Dahlberg Reader*, New Directions, 1957.

"현재에 가장 유용한 것은 부정이야. 그리고 우리가 부정하는 것은"

"모든 것?"

"모든 것이지!"

"그러니까 회화와 시만이 아니라… 심지어… 입에 담기도 무섭지만…"

"모든 것이야." 바자로프는 이루 말할 수 없이 태연한 태도로 되풀이했다.

배경 이야기는 이렇다. 1957년, 조지프 프랭크라는 당시 38세의 프린스턴 대학 비교문학 교수는 실존주의에 관한 강의를 준비하기 시작했다. 그는 표도르 미하일로비치 도스토옙스키의《지하로부터의 수기》부터 연구했다. 이 책을 읽은 사람은 누구나 동의할 텐데,《지하로부터의 수기》(1864년)는 강력하지만 아주 기묘한 짧은 소설이다. 그리고 두 성질은 이 책이 보편적인 동시에 특수하다는 사실과 관련이 있다. 주인공이 자가 진단한 '질병' 덕분에―즉 과대망상과 자기 경멸, 분노와 비겁, 이데올로기적 열정과 그 확신에 맞춰 행동하지 못하는 무능력에 대한 자의식이 뒤섞인 상태, 즉 역설적이고 자기부정적인 그의 총체적 인간성을 뜻한다―그는 모든 사람이 그 속에서 자신의 일부를 발견하는 보편적 인물, 아이아스나 햄릿처럼 시대를 타지 않는 문학적 전형이 된다. 하지만 한편으로《지하로부터의 수기》와 그 주인공인 지하 생활자는 1860년대 러시아의 지적 풍토에 대한 이해가 전혀 없다면 이해하기가 사실상 불가능하다. 특히 급진적 인텔리겐치아 사이에서 유행했던 유토피아적 사회주의와 미학적 공리주의의 흥분을 이해해야 하는데, 도스토옙스키는 그런 이데올로기를 오직 도스토옙스키만이 할 수 있는 열정적 혐오를 담아 열렬히 혐오했다.

아무튼 프랭크 교수는 학생들에게 《지하로부터의 수기》를 제대로 이해시키기 위해서 그 소설의 특수한 맥락적 배경을 살펴보다가, 도스토옙스키의 소설을 일종의 다리로 활용하여 문학 해석의 두 방식, 즉 순수하게 형식적인 미학적 접근법과 작품의 주제와 그 이면의 철학적 주장에만 신경 쓰는 사회적/이데올로기적 비평을 종합해보면 어떨까 하는 데 흥미를 느끼게 되었다.[2] 그 흥미에 40년에 걸친 학자적 노동이 더해져, 도스토옙스키의 삶과 시대와 작품을 논하는 다섯 권의 책을 써내겠다는 계획 중 네 권의 책이 지금까지 탄생했다. 책은 모두 프린스턴 대학 출판부에서 나왔다. 네 권 모두 제목은 '도스토옙스키'이고 그 뒤에 각각 다른 부제가 붙어 있다. 1권은 '반항의 씨앗, 1821~1849년'(1976년), 2권은 '시련의 시절, 1850~1859년'(1984년), 3권은 '해방의 혼란, 1860~1865년'(1986년), 그리고 올해 엄청나게 비싼 양장본으로 나

2 물론 현대 문예 이론은 두 독법 사이에 진정한 차이는 없다는 것을 보여주려는 데 혈안이 되어 있다. 혹은 미학이 거의 늘 이데올로기로 환원 가능하다는 것을 보여주려고 한다고 말해도 좋다. 내가 프랭크의 작업을 가치 있게 평가하는 한 이유는 그가 형식적 독법과 이데올로기적 독법을 결합하는 데 있어서 전혀 다른 방법을 보여준다는 점이다. 프랭크의 접근법은 여느 문예 이론처럼 난해하지도, (가끔 그렇듯이) 환원적이지도, (너무 자주 그렇듯이) 재미를 죽이지도 않는다.

온 4권은 '기적의 시절, 1865~1871년'이다. 프랭크 교수는 이제 75세쯤 된 것 같고, '기적의 시절' 뒤표지에 실린 사진으로 판단할 때 그다지 정정한 것 같진 않으므로,[3] 모르면 몰라도 모든 진지한 도스토옙스키 학자들은 그가 과연 이 백과사전적 연구를 1880년 대 초까지, 그러니까 도스토옙스키가 위대한 네 소설 중 네 번째를 완성하고[4] 그 유명한 푸슈킨 연설을 하고 그 후 죽는 시점까지 이 어갈 만큼 충분히 오래 버틸 수 있을까 하고 숨죽이고 지켜보고 있 을 것이다. 그러나 만에 하나 프랭크 교수가《도스토옙스키》의 다 섯 번째 권을 쓰지 못하더라도, 지금까지 나온 네 권만으로도 그 는 역사상 가장 뛰어난 소설가 중 한 명에 대한 역사상 가장 훌륭 한 전기 작가 중 한 명으로서 지위를 이미 굳혔다.(조지프 프랭크는 2002년 전기 마지막 5권을 '예언자의 역할, 1871~1881년'이라는 부제 로 출간하는 데 성공했다. 2010년에는 다섯 권을 한 권으로 압축한《도 스토옙스키: 시대와 작가Dostoevsky: A Writer in His Time》를 냈다. 프랭크 는 2013년 향년 95세로 사망했다. —옮긴이)

    ** 나는 좋은 사람일까? 솔직하게 말해서, 나는 애초에 좋은 사람이 되고 싶기나 할까? 아니면 그저 좋은 사람처럼 보여

---

3 그가 서재에서 쏟아야 했던 시간이면 세상 어느 사람이라도 쇠약해지지 않을까.

4 도스토옙스키와 셰익스피어는 놀랍도록 유사한 점이 몇 있는데, 그중 하나는 도스 토옙스키도 '성숙기'에 네 편의 작품을 썼으며 그 모두가 걸작이라는 것, —《죄와 벌》《백치》《악령》《카라마조프의 형제들》이다—네 편 모두 살인에 관한 이야기이고 (논 쟁의 여지는 있지만) 비극이라는 것이다.

서 (나 자신을 포함한) 사람들이 나를 좋은 사람으로 인정하도록 만들고 싶은 것뿐일까? 둘 사이에 차이가 있을까? 내가 스스로에게 거짓말하는지 아닌지를 어떻게 알까? 도덕적인 의미에서? **

어떤 측면에서, 프랭크의 책은 사실상 문학가 전기라고 볼 수 없다. 최소한 리처드 엘먼의 제임스 조이스 전기나 월터 베이트의 존 키츠 전기와 같은 의미에서의 문학가 전기는 아니다. 우선 프랭크는 전기 작가인 것 못지않게 문화 역사학자이다. 그의 목표는 도스토옙스키의 작품이 몸담은 배경을 정확하고 철저하게 묘사하는 것, 19세기 러시아 지식인 사회에 대한 일관된 기록 속에 작가의 삶과 글쓰기를 배치하는 것이다. 엘먼의 《제임스 조이스》는 다른 문학가 전기들을 빗대어 평가하는 기준이나 다름없는 책이지만, 프랭크의 책처럼 이데올로기나 정치나 사회 이론을 꼬치꼬치 다루진 않았다. 한편 프랭크의 책은 도스토옙스키가 그 속에서 소설을 구상했으며 자신의 소설이 거꾸로 기여하기를 바랐던 문화적 환경을 자세히 이해하지 않고서는 우리가 그의 소설을 완전히 읽어낼 수 없다는 것을 보여주고 싶어 한다. 도스토옙스키의 성숙한 작품들은 기본적으로 이데올로기적이라는 것, 따라서 어떤 논쟁적 의제가 그 작품들에 영향을 미쳤는지를 모르고서는 우리가 작품을 진정으로 음미할 수 없다는 것이 프랭크의 주장이다. 달리 말해, 《지하로부터의 수기》에서 눈에 띄게 드러난 보편과 특수의 혼합은[5] 도스토옙스키의 모든 걸작들의 특징이다. 프랭크에 따르면, 도스토옙스키는

"러시아 역사를 배경으로 자신의 도덕적-정신적 주제들을 드라마화하려는 욕망을 노골적으로" 드러냈던 작가다.

프랭크의 전기에서 또 다른 비표준적 특징은 도스토옙스키가 쓴 실제 작품들에 비평적 관심을 풍성하게 쏟는다는 것이다. '기적의 시절' 서문에서 프랭크는 이렇게 말했다. "도스토옙스키의 인생이 지금까지 이야기될 가치가 있는 것은 바로 그 걸작들 때문이다. 따라서 내 목표는, 전작들과 마찬가지로, 그의 작품들을 그의 삶에 종속된 장식으로 취급하지 않고 끊임없이 전면에 내세우는 것이다." 전기 네 권의 분량 중 최소한 3분의 1은 도스토옙스키가 놀라운 5년 동안 생산했던 작품들을—《죄와 벌》《노름꾼》《백치》《영원한 남편》《악령》[6]—꼼꼼히 읽는 데 바쳐져 있다. 프랭크의 독해

---

5 3권 '해방의 혼란'에는 《지하로부터의 수기》에 관해서 아주 훌륭한 해설이 나온다. 프랭크가 《지하로부터의 수기》의 기원을 추적하여 그것은 N. G. 체르니솁스키의 《무엇을 할 것인가》가 유행시켰던 '합리적 이기주의'에 대한 반응이었다고 보고, 지하 생활자는 기본적으로 풍자적 캐리커처라고 본 대목이다. 왜 《지하로부터의 수기》에 대해 잘못된 해석이 널리 퍼져 있는가에 대한 프랭크의 설명은 (즉, 《지하로부터의 수기》를 철학적 콩트로 읽지 않는 사람, 도스토옙스키가 지하 생활자를 햄릿 같은 진지한 원형적 인물로 설계했다고 잘못 믿는 사람이 많다는 것이다) 왜 사람들이 도스토옙스키의 좀더 유명한 소설들을 읽고 감동하면서도 그 아래 깔린 이데올로기적 전제는 음미하지 못하는가에 대한 대답도 되어준다. "[지하 생활자라는] 인물의 풍자적 기능은 도스토옙스키가 그 인물을 구현할 때 부여한 엄청난 생명력 때문에 늘 가려졌다." 어떻게 보면 도스토옙스키는 기교가 너무 뛰어난 나머지 스스로의 목적을 훼손시켰다는 것이다.

6 프랭크는 《악령》을 "악마"라는 제목으로 지칭한다. 도스토옙스키의 여러 작품이 영어판 제목이 여러 개라는 사실은 러시아 문학 번역이 얼마나 어려운지 보여주는 한 상징이다. 내가 최초로 읽었던 《지하로부터의 수기》는 제목이 "어두운 지하실의 회고록"이었다.

는 자신의 어떤 주장이나 이론을 증명하려는 것이 아니라 작품을 해설하는 것이 목적이다. 도스토옙스키 본인이 바랐던 그 책들의 의미가 무엇인지를 가급적 분명하게 밝히려는 것이다. 이 접근법에는 이른바 의도론의 오류 따위는 없다는 가정이 깔려 있지만,[7] 그래

7 프랭크 교수는 책 어디에서도 의도론의 오류를[7a] 일절 언급하지 않는다. 자신의 책이 그 오류를 시도 때도 없이 저지르고 있다는 지적이 나오는 것을 미리 막으려는 시도조차 하지 않는다. 그의 침묵은 일면 이해할 만하다. 그가 독법에서 내내 유지하는 어조는 극도로 절제하고 객관성을 지키는 어조이기 때문이다. 그는 도스토옙스키 해석에 특정 이론이나 기법을 적용하고자 하지 않고, 도스토옙스키의 작품에 각자의 이런저런 속셈을 반영해온 다른 비평가들과의 다툼을 미연에 피하려고 애쓴다. 프랭크가 타인의 독해를 의문하거나 비판하고 싶다면(미하일 바흐친의《도스토옙스키 시학의 제문제》를 가끔 공격할 때가 그렇고, 1권 부록에서 프로이트의 "도스토옙스키와 아버지 살해"에 대해 정말 훌륭한 의견을 보여줄 때도 그렇다), 그는 그저 역사 기록 그리고/또는 도스토옙스키 본인의 메모와 편지가 문제의 비평가의 가정에 위배된다고 지적할 따름이지 결코 딴 사람이 틀렸다는 식으로 논증하지 않는다. 상대가 모든 사실을 다 알진 못했다고 말할 뿐이다.
여기서 또 흥미로운 점은, 조지프 프랭크가 어엿한 학자가 된 무렵은 미국 학계에 신비평이 공고하게 자리 잡은 시기였다는 사실, 예의 의도론의 오류는 신비평의 초석이나 다름없다는 사실이다. 그러니 프랭크가 의도론의 오류를 기각하거나 논박하는 것이 아니라 그런 건 아예 존재하지 않는다는 듯한 태도로 태연히 진행하는 것을 보노라면, 온갖 근사한 부친살해적 모티프가 그의 작업을 둘러싸고 있지 않나 하는 상상이 절로 든다. 프랭크가 사실은 스승들에게 소리 없는 야유를 보내고 있다고 말이다. 그러나 신비평이 해석의 방정식에서 저자를 제거한 것이 후기구조주의 문예이론에 (가령 해체 이론, 라캉식 정신분석, 마르크스주의/페미니즘 문화 연구, 푸코/그린블랫의 신역사주의 등에) 길을 터주는 데 나름대로 기여했다는 사실, 그리고 후기구조주의 문예이론은 신비평이 텍스트의 저자에게 했던 짓을 텍스트 자체에 하는 경향이 있다는 사실을 떠올리면, 프랭크가 오히려 이론으로부터 일찌감치 돌아서서[7b] 그와는 전혀 다른 독해 및 해석 체계를 구축하려고 시도하는 것이 아닌가 싶기도 하다. 어쨌나 다른 방식인지 이 수법이 (즉, 프랭크의 은밀한 접근법이) 문예이론을 정면으로 공격하는

도 이 접근법은 프랭크의 작업 전체를 통해서 일단은 정당화되는 듯하다. 프랭크의 작업은 도스토옙스키 소설의 기원을 도스토옙스키의 이데올로기와 러시아 역사 및 문화의 상호 작용에서 찾아내고 그렇게 설명하려는 시도이다.[8]

＊＊ '믿음'이란 정확히 무슨 뜻일까? '종교적 믿음' '신에 대한 믿음' 할 때의 믿음 말이다. 증거가 없는 것을 무턱대고 믿는 건 기본적으로 미친 짓 아닐까? 우리가 말하는 믿음과 과거 원시 부족들이 화산에 처녀를 바치면 날씨가 좋아진다고 믿고 공양했던 것 사이에 정말로 차이가 있을까? 어떻게 믿음에 대한 충분한 이유를 제공받기도 전에 믿을 수 있을까? 아

것보다 더 의미심장한 공격으로 보일 정도로.

7a 문학 수업을 들은 지 한참 된 분들을 위해서 설명하면, 의도론의 오류는 "작가가 직접 표현했거나 드러낸 제작 의도를 가지고 그 예술 작품의 의미 혹은 성공을 판단하는 오류"이다. 의도론의 오류와 영향론의 오류("예술 작품의 결과를 가지고, 특히 그것이 미치는 감정적 효과를 가지고 작품을 판단하는 오류")는 객관적 형태의 텍스트 비평, 특히 신비평의 양대 금지 사항이다.

7b (도스토옙스키 시대 러시아에서 허무주의와 합리적 이기주의가 그랬던 것처럼, 앞서 말한 이론은 우리 시대의 대대적인 급진적-지적 유행이다.)

8 다만 프랭크의 독해가 극도로 꼼꼼하고 자세하다는 것, 가끔은 거의 미시적인 수준이라는 것, 그래서 진행이 더디다는 것을 여러분에게 경고해둬야겠다. 프랭크의 해설을 잘 이해하려면 독자가 도스토옙스키의 소설들을 숙지하고 있어야 한다는 점도. 그가 언급하는 소설을 펼쳐서 다시 읽어보는 독자는 그의 토론으로부터 헤아릴 수 없이 더 많이 얻을 수 있을 것이다. 이것이 꼭 단점인지는 잘 모르겠다. 이런 재독의 동기/기회로 작용한다는 점이야말로 문학가 전기의 한 매력이니까.

니면, 믿을 필요가 있다는 것이 믿음에 대한 충분한 이유가
되어주나? 하지만 그렇다면 그때 우리가 말하는 필요란 어떤
종류의 필요일까? **

    프랭크 교수의 공적을―수백만 쪽에 달할 도스토옙스키의 초
고와 메모와 편지와 일기와 동시대인들의 인물평과 다양한 언어
로 쓰인 비평을 소화하여 달여낸 공적을 인정하는 데 그치지 않
고―제대로 알려면, 우리는 우선 전기와 비평에 대한 접근법이 얼
마나 다양한지를 알아야 한다. 그리고 그가 그것들을 결합하려고
애쓴다는 사실을 알아야 한다. 보통의 문학가 전기는 작가의 개인
적 삶에 (특히 이면이나 신경증적인 측면에) 집중하고 작가가 몸담
았던 구체적인 역사적 맥락은 거의 무시한다. 한편 다른 연구들
은―특히 이론적 의제를 품은 연구들은―작가와 작품을 작가가
몸담았던 시대의 편견, 힘의 역학, 형이상학적 망상이 빚어낸 단순
함수로만 취급한다. 어떤 전기 작가는 대상의 작품을 이해하는 작
업은 이미 다 완료되었다고 가정한 뒤, 자신이 생각할 때 논쟁의 여
지없이 벌써 다 정해졌다고 보는 그 의미에 맞추어 작가의 개인사
를 추적하는 데만 시간을 쏟는다. 반면 우리 시대의 '비평 연구'들
은 거꾸로 작품을 밀봉된 상태로 취급할 때가 많다. 비단 작품의 의
미를 설명하는 데 유용할 뿐 아니라 어떻게 그 작품에 특정 작가의
인간성, 스타일, 목소리, 시각, 기타 등등에서 나오는 독특한 개인적
마법이 깃들어 있는지 설명하는 데도 유용한⁹ 작가 개인의 환경과
믿음에 관한 사실들은 무시하는 것이다.

** 내 삶의 요점은 그저 가능한 한 최소한의 고통과 최대한의
쾌락을 겪는 것일까? 내 행동은 분명 내가 그렇게 믿는다는
것을 시사한다. 적어도 대부분의 시간에는. 하지만 이런 삶은
이기적인 삶이 아닐까? 이기적이라는 표현이 별로라면 바꿔
도 좋다. 이것은 끔찍하게 외로운 삶이 아닐까? **

그러니 전기 집필의 측면에서, 프랭크의 시도는 야심 있고 가
치 있다. 또한 그의 전기는 매우 복잡하고 까다로운 작가, 우리에게
는 그 시대와 문화가 낯선 소설가를 매우 자세히 다룬, 읽기에 만만
찮은 책이다. 따라서 프랭크의 연구서를 추천하는 내 말에 신뢰성
이 있으려면, 먼저 1996년 현재 미국 독자들에게 도스토옙스키의
소설이 왜 중요한지에 대해서 뭔가 근거 있는 주장을 내놓아야 할
것이다. 이 일을 나는 서툴게만 해낼 수 있다. 나는 문예비평가도
도스토옙스키 전문가도 아니기 때문이다. 하지만 나는 현 시대를
사는 미국인으로서 소설을 쓰려고 노력하는 데다가 소설 읽는 것
도 좋아하는 사람이고, 조지프 프랭크 덕분에 지난 두 달을 꼬박 도
스토옙스키에 관한 온갖 정보에 파묻혀서 살았다.

9 이처럼 특징적이고 독특한 그 작가만의 특징은 독자가 그 작가를 사랑하게 되는
주된 이유다. 불과 두어 단락만으로 그것이 디킨스의 글인지, 체호프의 글인지, 울프의
글인지, 샐린저의 글인지, 쿳시의 글인지, 오지크의 글인지 알아볼 수 있게 해주는 무
언가. 이 특질은 정확히 묘사하거나 설명하기가 거의 불가능하며—주로 어떤 분위기
로, 말하자면 감성의 향기 같은 것으로 드러난다—이것을 '문체'의 문제로 환원하려는
비평가들의 시도는 거의 늘 불완전하다.

도스토옙스키는 문학의 거장이다. 이 사실은 어떤 면에서 오히려 죽음의 키스가 될 수 있다. 우리가 그를 또 하나의 아련한 세피아빛 고전 작가, 사랑스럽게 죽어 있는 작가로 여기기 쉽기 때문이다. 도스토옙스키의 작품과 그에 감화되어 나온 산더미 같은 비평서는 모든 대학 도서관의 필수 소장 목록이고… 그곳에서 그 책들은 케케묵은 도서관 책이 풍기는 냄새를 풍기면서 누렇게 뜬 채 가만히 앉아서 기말 보고서를 써야 하는 학생이 찾아오기만을 기다린다. 달버그의 말은 대체로 옳다. 누군가를 아이콘으로 만드는 것은 그를 추상으로 만드는 것이고, 추상은 산 사람들과 활기차게 소통할 수 없는 법이다.[10]

> ** 하지만 만일 내가 내 삶에 그와는 다른, 덜 이기적인, 덜 외로운 요점이 있다고 결정한다면, 이 결정의 이유는 덜 외롭고 싶다는 욕망, 즉 전체적으로 덜 고통 받고 싶다는 욕망이 아닐까? 덜 이기적이겠다는 결정이 이기적이지 않은 결정이 되는 것이 과연 가능한 일일까? **

---

10 대학에서 문학을 한 학기만 가르쳐봐도, 작가의 생명력을 죽이는 지름길은 처음부터 그 작가를 '거장'이나 '고전'으로 제시하는 것임을 알 수 있다. 그 순간 학생들에게 그 작가는 약이나 채소 같은 것, 즉 권위자들이 "너희에게 유익"하니까 "좋아해야 한다"고 선언한 것이 된다. 그 순간 학생들의 눈꺼풀은 내려오고, 학생들은 비평과 보고서 작성에 필요한 과제를 착실히 수행하면서도 진실성이나 의미 따위는 전혀 느끼지 못하게 된다. 이것은 방에 불을 지르기 전에 방 안의 산소를 싹 제거해버리는 것이나 마찬가지다.

그리고 도스토옙스키의 작품에 낯설고 정이 안 가는 요소들이 있는 것은 사실이다. 러시아어는 영어로 번역하기가 어려운 것으로 악명 높고, 거기에 19세기 문학어의 의고체라는 어려움까지 더해지니 도스토옙스키의 산문/대사는 종종 딱딱하거나 중언부언이거나 우스꽝스럽게 느껴진다.[11] 도스토옙스키의 인물들이 살았던 문

---

11 …특히 1930년대와 1940년대에 도스토옙스키와 톨스토이 번역 시장을 독식했던 콘스턴스 가넷의 빅토리아시대풍 번역은 더 그렇다. 가넷의 1935년 《백치》 번역에는 이런 문장들이 있다(거의 무작위로 골랐다).

"나스타샤 필리포브나!" 예판친 장군은 나무라듯이 엄한 말투로 불렀다.

"여기서 만나서 대단히 반갑습니다, 콜랴." 미쉬킨이 그에게 말했다. "날 도와줄 수 있습니까? 나는 나스타샤 필리포브나의 집에 가야 합니다. 아르달리온 알렉산드로비치에게 나를 그리로 데려다달라고 부탁했지만, 보다시피 그는 자고 있습니다. 나를 데려다주겠습니까? 나는 길도 방향도 모르니까 말입니다."

그 말을 듣고 이볼긴 장군은 우쭐해졌고, 마음이 움직였고, 대단히 기뻐졌다. 그는 갑자기 누그러졌고, 순식간에 어조를 바꾸었고, 길고 열정적인 설명을 늘어놓기 시작했다.

리처드 피비와 라리사 볼로콘스키가 크노프 출판사에서 새로 선보인 번역은 많은 찬사를 받지만, 이 책들에서도(가령 《죄와 벌》에서도) 문장이 종종 이상하고 뻣뻣하다.

"이제 그만!" 그는 단호하고 근엄하게 말했다. "신기루여 사라져라, 거짓 두려움이여 사라져라, 유령들이여 사라져라! …여기에는 삶이 있어! 나는 방금 살아 있지 않았나? 내 인생은 그 노파와 함께 죽지 않았어! 신이시여 부디 당신의 왕국에서 그녀를 기억해주시길, 그리고 이만 됐어, 자네, 이제 갈 시간이야! 이제 이성과 빛의 왕국… 그리고 의지와 힘의 왕국의 시간이야… 그리고 이제 두고보자고! 이제 우리는 싸움을 벌일 테니까!" 그는 마치 어두운 힘에 말을 걸며 도전하듯이 건방지게 덧붙였다.

으음, 그냥 "어두운 힘에 도전하듯이"라고 하면 안 되나? 어두운 힘에게 도전하면서 말을 걸지 않을 수도 있나? 아니면 원문인 러시아어에서는 위의 문장이 중복되고 과장

화의 과장성도 있다. 가령 소설 속에서 누군가에게 면박을 당한 인물이 보이는 반응은 "주먹을 흔들거나" 상대를 "악당 녀석"이라고 부르거나 상대에게 "날아드는" 것이다.[12] 화자들은 요즘은 만화에서나 볼 수 있는 정도로 느낌표를 남발한다. 사회적 에티켓은 부조리할 정도로 딱딱하다. 인물들은 늘 서로에게 "청하고" "맞아들여지거나" "맞아들여지지 않으며", 격분했을 때조차 로코코풍으로 복잡하고 정중한 관습을 지킨다.[13] 모두가 길고 발음하기 어려운 성과 이름을 갖고 있고, 그에 더해 아버지의 이름에서 파생된 이름도, 가끔은 약칭도 있다. 인물들의 이름을 표로 그려둬야 할 지경이다. 모호한 군대 계급과 관료 직급이 넘친다. 더구나 계급 구분은 엄격한 동시에 너무나 기묘해서 우리는 그 의미를 제대로 이해하기 어렵다.

되고 명백히 나쁜 문장이 아닌 것일까? 가령 "'같이 가자!' 그녀는 친구에게 말을 걸어 자신과 함께 가자고 청하면서 말했다" 같은 문장처럼 명백히 나쁜 문장으로 느껴지지 않는 것일까? 만약 그렇더라도, 이것이 영어로는 나쁜 문장임을 인정하고 고치면 안 되나? 문학 번역은 원문의 구조를 전혀 건드려선 안 되는 것일까? 하지만 러시아어는 굴절어이므로—구문을 표현할 때 단어 순서 대신 격과 격변화를 사용한다—번역가는 도스토옙스키의 문장을 비굴절인 영어로 옮기는 것만으로도 벌써 구문을 건드리는 셈이다. 왜 번역이 이렇게 투박해야만 하는지 나는 이해하기 어렵다.

12 누군가에게 "날아든다"는 것이 무슨 뜻일까? 이 표현은 도스토옙스키의 모든 소설에 수십 번씩 나온다. 뭘까, "날아들어서" 때려주려고? 호통치려고? 그러면 번역할 때 그냥 그렇게 말하면 안 되는 것일까?

13 다음을 보라. 피비와 볼로콘스키의 호평받는 번역으로 크노프에서 새로 나온 《지하로부터의 수기》에서 무작위로 한 대목을 골랐다.

"페르피치킨 씨, 방금 그런 말을 했으니까 내일이라도 나를 만족시켜주십시오!" 나는 근엄하게 페르피치킨을 바라보며 큰 소리로 말했다.

"그러니까 결투를 하자는 거요? 그러시든지." 남자는 이렇게 대꾸했다.

특히 옛 러시아 사회의 경제 현실이 아주 이상했기 때문에 더 그렇다(가령 라스콜니코프 같은 빈궁한 "전직 학생"이나 지하 생활자 같은 무직의 관리조차 어떻게인지는 몰라도 하인을 둘 여유는 있다).

요컨대, "고전으로 추앙되는 것은 곧 죽음"이라는 문제만 있는 것은 아니라는 말이다. 우리가 도스토옙스키를 이해하기 어렵도록 만드는 정말로 낯선 요소들이 있으므로, 우리는 그 장애물을 처치해야 한다. 생소한 요소들이 더 이상 혼란스럽게 느껴지지 않을 때까지 그것을 충분히 공부하든, 아니면 그것을 그냥 받아들이고(우리가 다른 19세기 작품들에 등장하는 인종주의적/성차별적 요소를 그냥 받아들이는 것처럼) 잠깐 찡그린 뒤 계속 읽어나가든.

그러나 이보다 더 중요한 점은(그리고 이 점은 틀림없이 자명한 사실일 것이다), 어떤 예술은 온갖 장애물을 넘는 추가의 노력을 들이고서라도 감상할 가치가 있으며 도스토옙스키의 소설은 단연코 그런 노력을 들일 가치가 있는 작품들이라는 것이다. 이것은 도스토옙스키가 서구 고전문학을 압도하는 거물이라서만은 아니다. 오히려 그럼에도 불구하고 그렇다고 말해야 할 것이다. 왜냐하면 고전과 필수 교과로 추앙됨으로써 오히려 가려지는 사실이 있기 때문인데, 그것은 바로 도스토옙스키가 위대할뿐더러 재미있는 작가라는 사실이다. 그의 소설에는 거의 늘 좋은 플롯이 있다. 강렬하고 복잡하고 철저하게 극적인 플롯이 있다. 살인과 살인 미수와 경찰과 문제 있는 집안의 반목과 스파이가 나오고, 터프 가이와 아름답고 타락한 여인과 간지러운 사기꾼과 소모성 질환과 뜻밖의 유산과 반드르르한 악당과 흉계와 창녀가 나온다.

물론 도스토옙스키가 흥미진진한 이야기를 들려줄 줄 안다는 사실만으로 그가 위대해지는 것은 아니다. 그렇다면야 주디스 크란츠와 존 그리셤도 위대한 소설가겠지만, 그들은 아주 상업적인 기준을 제외하고는 어떤 기준으로도 위대한 것은 고사하고 훌륭한 소설가마저 못 된다. 크란츠와 그리셤과 그 밖의 재능 있는 이야기꾼들이 예술적으로 훌륭하지 못한 한 가지 중요한 이유는 그들에게는 인물 묘사의 재능이 (혹은 관심이) 없다는 것이다. 그들의 설득력 있는 플롯 속에는 조악하고 설득력 없는 작대기 인간 같은 인물들이 산다. (공정을 기하기 위해서 밝히자면, 세상에는 복잡하고 풍성하게 구현된 인물을 만드는 데는 능하지만 그 인물들을 개연성 있고 흥미로운 플롯에 삽입하는 능력은 없는 작가들도 있다. 이에 더해 어떤 작가들은—학계의 전위에 있는 사람들일 때가 많다—플롯에도 인물에도 전문적 재능/흥미가 없는 듯하다. 이들의 책 속에서 모든 움직임과 매력은 난해한 메타 미학적 의제에만 의존한다.)

도스토옙스키의 인물들의 특징은 살아 있다는 것이다. 인물들이 성공적으로 구현되었다거나 발달되었다거나 '완성되었다'는 뜻만은 아니다. 도스토옙스키의 최고의 인물들은, 일단 우리가 그들을 만나고 나면, 이후 영원히 우리 안에서 살아 숨 쉰다. 떠올려보라. 거만하고 애처로운 라스콜니코프, 순진한 데뷔쉬킨,《백치》의 아름답고 불운한 나타샤,[14] 역시 《백치》의 알랑거리는 레비예데프

---

14 (…나타샤는 포크너의 《분노의 음향》 중 캐디처럼, "불행한 운명을 타고났고 스스로 그 사실을 안다." 그리고 나타샤의 영웅성은 자신이 자초한 그 운명에 당당하게 반항하는 데 있다. 도스토옙스키는 어떤 사람들은 자신의 고통을 사랑한다는 사실, 그들

와 거미 같은 이폴리트를.《죄와 벌》의 기발하고 엉뚱한 탐정 포르
피리 페트로비치를(그가 없었다면 오늘날 별나게 뛰어난 경찰들이
나오는 상업적 범죄소설들도 아마 없었을 것이다). 가증스럽고 딱한
주정뱅이 마르멜라도프를, 혹은《노름꾼》의 허영심 강한 귀속 룰렛
중독자 알렉세이 이바노비치를. 고결한 창녀인 소냐와 리자를. 냉
소적으로 순수한 아글라이아를. 혹은 믿을 수 없이 역겨운 스메르
디야코프를. 그는 비열한 억울함을 뿜어내는 살아 있는 엔진이나
마찬가지인데, 나는 개인적으로 그에게서 나의 일면을 보기 때문에
정면으로 바라보는 것을 견딜 수 없을 지경이다. 혹은 이상화되고
지나치게 인간적인 미쉬킨과 알로샤를. 전자는 불운한 인간 예수이
고, 후자는 승리한 어린 순례자이다. 이 밖에도 도스토옙스키의 많
은 인물들은─프랭크가 "엄청난 생명력"이라고 불렀던 것을 간직
하고 있다는 점에서─살아 있다. 그저 그들이 인간의 여러 유형이
나 여러 측면을 능숙하게 그려내기 때문만은 아니다. 그들이 그럴
싸하고 도덕적으로 설득력 있는 플롯 속에서 행동하면서 모든 인
간의 가장 심오한 부분, 가장 갈등이 많은 부분, 가장 진지한 부분,
즉 가장 많은 문제가 걸려 있는 부분을 드라마화하기 때문이다. 이

이 그 고통을 이용하고 거기에 의지한다는 사실을 이해한 최초의 소설가였던 것 같다.
니체는 도스토옙스키의 이 통찰을 가져다가 기독교에 대한 파괴적 공격을 구축할 때
초석으로 삼았는데, 이것은 자못 아이러니한 일이다. 오늘날 "계몽된 무신론"의 문화
에서 살아가는 우리는 니체의 아이들, 니체의 이데올로기적 후예들이라고 할 수 있다.
그리고 도스토옙스키가 없었다면 니체도 없었을 것이다. 하지만 도스토옙스키는 역사
상 가장 심오하게 종교적인 작가였던 것이다.)

에 더해, 도스토옙스키의 인물들은 늘 삼차원 인간으로 존재하면서도 삶의 여러 이데올로기와 철학을 몸소 구현한다. 라스콜니코프는 1860년대 인텔리겐치아의 합리적 이기주의를, 미쉬킨은 신비주의적인 기독교의 사랑을, 지하 생활자는 유럽 실증주의가 러시아의 인간형에 미친 영향을, 이폴리트는 죽음의 필연성에 반항하는 개인의 의지를, 알렉세이는 유럽의 퇴폐를 접한 슬라브 제일주의의 왜곡된 자긍심을, 기타 등등….

요컨대, 도스토옙스키는 정말로 중요한 것들에 관해서 소설을 썼다. 그는 정체성, 도덕적 가치, 죽음, 의지, 성적인 사랑 대 영적인 사랑, 탐욕, 자유, 집착, 이성, 믿음, 자살에 관해서 소설을 썼다. 게다가 자신의 인물들을 대변인으로 격하시키거나 자신의 책들을 팸플릿으로 격하시키지 않고서도 그 일을 해냈다. 도스토옙스키의 관심은 늘 인간이란 무엇인가 하는 문제였다. 즉, 어떻게 진짜 인간이될 것인가 하는 문제였다. 그저 유달리 약삭빠른 능력으로 자신을 보전할 줄 아는 동물이 아니라, 가치와 원칙에 영향 받는 삶을 살아가는 인간이.

** 남을 진정으로 사랑하는 것이 가능한 일일까? 만일 내가 외롭고 고통스럽다면, 나 외의 다른 사람은 누구든 잠재적 위안이다. 나는 그들이 필요하다. 하지만 내게 절실하게 필요한 무언가를 내가 진심으로 사랑할 수 있을까? 사랑의 중요한 요소는 내가 아니라 상대의 필요를 더 많이 돌보는 것 아닌가? 내가 직접적으로 느낄 수도 없는 타인의 필요를 어떻

게 압도적인 내 필요보다 우선할 수 있을까? 하지만 만약 그
렇게 할 수 없다면 나는 영영 외로울 테고, 그것은 내가 결단
코 바라지 않는 일이다…. 따라서 나는 이기적인 이유에서
이기성을 극복하려고 노력하는 문제로 돌아오고 만나. 이 딜
레마에서 빠져나갈 길이 있기나 할까? **

    잘 알려진 아이러니인 바, 도스토옙스키는 연민과 도덕적 엄
정함으로 유명한 작품을 남겼지만 실생활에서는 많은 면에서 못된
놈이었다. 허영심 많고, 교만하고, 심술궂고, 이기적이었다. 강박적
인 노름꾼이라 늘 파산 상태였고, 가난에 대해서 쉼 없이 우는소리
를 했고, 친구와 동료에게 급전을 빌려달라고 졸라놓고는 거의 갚
지 않았고, 돈 문제로 좀스러운 원한을 오래 품었으며, 헌신적인 아
내의 겨울 코트를 전당포에 맡기고 그 돈으로 노름을 하는 등의 짓
을 저질렀다.[15]
    하지만 또한 잘 알려진 바, 도스토옙스키의 인생은 믿기 힘든

---

15 프랭크는 이런 내용에 대해서 사탕발림일랑 하지 않는다. 하지만 그의 전기를 읽
다보면, 우리는 도스토옙스키의 성격이 못됐다기보다는 모순적이었다는 것을 알게 된
다. 도스토옙스키는 자신의 문학적 평판에 대해 구제불능으로 허영을 부렸으면서도
한편으로는 스스로 예술적 재능이 부족하다고 여겨서 평생 괴로워했다. 거머리처럼
남들에게 돈을 뜯어내고 낭비했으면서도 의붓아들에 대한, 죽은 형이 남긴 성질 고약
하고 감사할 줄 모르는 유가족에 대한, 형과 공동 편집했던 문예 잡지《에포크》의 빚
에 대한 재정적 책임을 자발적으로 졌다. 프랭크는 전기 4권에서 도스토옙스키 부부
가 채무자 감옥을 피해 유럽으로 도피했던 것은 주로 이런 명예로운 빚들 때문이지 그
의 빚 떼먹는 습성 때문만은 아니었다고 밝힌다. 도스토옙스키의 노름 중독이 통제 불
능으로 치달았던 것은 유럽의 온천을 전전할 때뿐이었다고도 지적한다.

괴로움과 드라마와 비극과 영웅적 행동으로 점철되어 있었다. 모스크바에서 보냈던 어린 시절은 너무나 비참했던 모양으로, 도스토옙스키는 책에서 한 번도 모스크바를 배경으로 삼지 않았고 모스크바 내에서 벌어진 일을 묘사하지도 않았다.[16] 멀리 떨어져 살았고 신경쇠약이 있었던 그의 아버지는 도스토옙스키가 열일곱 살이 되던 해 자신이 부리던 농노들에게 살해당했다. 그로부터 칠 년 뒤 도스토옙스키는 첫 소설을 냈고,[17] 그 작품으로 비사리오 벨린스키나 알렉산드르 게르첸 같은 비평가들에게 인정받아 문학계의 스타가 되었고, 같은 시기에 페트라솁스키 모임이라는 단체에 가담했다. 농민을 부추겨 차르에 대항하는 봉기를 일으키려고 꾀하는 혁명적 지식인 집단이었다. 1849년 도스토옙스키는 음모의 공모자로 체포되었고, 유죄 판결을 받았고, 사형을 선고받았고, 유명한 "페트라솁스키 가짜 처형"을 당했다. 공모자들은 눈가리개를 한 채 사형주에 묶였다. 총살부대가 "조준!" 단계까지 총살을 진행했다. 그러나 그 "최후의 순간"에 황제의 사자가 말을 달려 당도하여 차르의 자비로운 사형 취소 명령을 전달했던 것이다. 도스토옙스키의 선고

---

16 가끔은 이 알레르기가 어색할 정도로 두드러진다. 가령《백치》2부 시작에서, (주인공) 미쉬킨 공작은 상트페테르부르크를 떠나 6개월 꼬박 모스크바에 머무른다. 화자는 "미쉬킨이 상트페테르부르크에 없었던 기간 중 그의 모험에 관해서는 우리가 정보를 거의 제공할 수 없다"고 말하지만, 상트페테르부르크 밖에서 벌어진 다른 온갖 사건들에 관해서는 잘만 설명한다. 프랭크는 도스토옙스키의 모스크바 공포증에 대해서 별말을 하지 않았다. 이 공포증이 정확히 어떤 것이었는지는 이해하기 어렵다.

17 《가난한 사람들》은 전형적인 '사회소설'로, (약간 감상적인) 사랑 이야기에 좌파 사회주의자들의 승인을 끌어낼 만큼 충분히 섬뜩한 도시 빈민의 가난 묘사를 곁들였다.

는 투옥으로 감형되었고, 간질이 있는 도스토옙스키는 온화한 시베리아에서 십 년을 보냈다. 그 후 1859년 상트페테르부르크에 돌아와보니 러시아 문학계는 그를 거의 잊은 뒤였다. 그다음에는 그의 아내가 죽었다. 느리고 끔찍하게. 그다음에는 헌신적이었던 형이 죽었다. 그다음에는 형제가 발행하던 잡지 《에포크》가 파산했다. 그다음에는 간질이 심하게 악화하여, 그는 자신이 발작으로 죽거나 미칠 것이라는 공포에 늘 사로잡혀 살았다.[18] 한 출판사와 마감까지 원고를 넘기지 못하면 자신이 쓴 모든 글의 인세를 포기하겠다는 정신 나간 계약을 맺었던 그는 《노름꾼》을 제때 완성하기 위해서 22세의 속기사를 고용했고, 6개월 뒤 그녀와 결혼했다. 두 사람은 《에포크》의 채권자들에게 덜미를 잡히기 전 용케 유럽으로 달아났고, 그는 유럽이 러시아에 미치는 영향을 경멸했음에도 어쩔 수 없이 유럽을 떠돌며 내내 불행했고,[19] 사랑하는 딸을 출생 직후

---

18 프랭크의 전기가 도스토옙스키의 간질을—그가 발작의 징후를 느낄 때 이따금 보았던 신비로운 빛 이야기도—상대적으로 적게 다룬 것은 사실이다. 《런던 타임스》에 프랭크의 전기에 대한 서평을 쓴 제임스 L. 라이스(도스토옙스키와 간질에 관한 책을 썼던 저자다) 같은 사람들은 프랭크가 "그 질병의 만성적 충격이" 도스토옙스키의 종교적 이상 및 작품에서 이상이 표현된 방식에 어떤 영향을 미쳤는지 알려주지 않았다고 불평했다. 하지만 이런 비례에는 장단점이 다 있다. 가령 잰 파커는 《뉴욕 타임스 북 리뷰》에 프랭크의 전기 3권 서평을 쓸 때 "도스토옙스키의 행동은 미국정신의학회 진단 매뉴얼에 기재된 병적 도박의 기준에 완벽하게 들어맞는 것처럼 보인다"는 주장을 펼치는 데 분량의 3분의 1 이상을 할애했는데, 이런 서평은 우리로 하여금 프랭크의 공평하게 폭넓은 시야와 특정 의제를 내세우지 않는 점을 더 높이 평가하도록 만들 뿐이다.

19 프랭크의 책에도 도스토옙스키에 관한 사적이고 지저분하고 재미난 정보가 얼

폐렴으로 잃었고, 돈 한 푼 없이 쉼 없이 글을 썼고, 종종 이가 덜덜 떨릴 만큼 심한 간질 발작의 여파로 임상적 우울증에 시달렸고, 조증처럼 룰렛에 몰두했다가 뒤이어 참담한 자기혐오를 겪는 주기를 반복했다. 프랭크는 전기 4권에서 도스토옙스키의 젊은 새 아내 안나 스니트키나의[20] 일기를 많이 활용하여 그들의 유럽 시련기를 이야기하는데, 그녀가 배우자로서 보여준 인내와 긍휼은 오늘날 상호의존 모임들의 수호성인으로 임명되어도 좋을 경지이다.[21]

마간 제공되어 있기는 하다. 도스토옙스키가 유럽을 싫어했던 점에 관해서라면, 그가 1867년 투르게네프와 유명한 입씨름을 벌였던 것은 명목상 투르게네프가 도스토옙스키의 열렬한 민족주의를 활자로 공격한 뒤 독일로 가버려서 도스토옙스키가 마음이 상했던 것 때문이라고 알려져 있지만, 프랭크에 따르면 이전에 도스토옙스키가 투르게네프에게 즉시 갚겠다며 50탈러를 빌리고는 영영 갚지 않았던 사건도 영향을 미쳤을 것이라고 한다. 프랭크는 워낙 과묵한 저자인지라 이 일화의 요지를 노골적으로 말하진 않았다. 하지만 우리는 다 안다. 상대에게 불만을 품을 거리가 있다면 그의 돈을 떼어먹은 상태를 견디기가 한결 쉽다는 것을.

20 또 하나의 보너스: 프랭크의 책에는 혀가 꼬이고 근사하고 그리고/또는 웃긴 이름이 잔뜩 나온다. 스니트키나, 두볼료보프, 스트라호프, 골루보프, 폰 포흐트, 카트코프, 네크라소프, 피사레프. 고골이나 도스토옙스키 같은 러시아 작가들이 별칭을 노련하게 사용한 이유를 충분히 알 수 있다.

21 그녀의 일기에서 무작위로 고른 대목: "딱한 표도르. 그이는 너무 괴로워하고, 늘 짜증내고, 사소한 일에도 걸핏하면 화를 낸다…. 그런 건 중요하지 않다. 다른 날은 그가 다정하고 온화하니까. 그리고 그가 내게 소리를 지를 때도 화나서가 아니라 병 때문이란 걸 아니까." 프랭크는 이런 대목을 길게 인용하고 첨언하지만, 도스토옙스키의 결혼이 적어도 오늘날 1990년대의 기준으로는 틀림없이 병적인 관계였다는 사실은 인식하지 못한 듯하다. 프랭크는 가령 이렇게 말한다. "안나로서는 엄청난 극기가 요구되는 일이었겠지만, 그래도 그녀의 관용은 도스토옙스키가 드러내는 고마운 마음과 그녀에 대한 애착으로 (적어도 그녀에게는) 충분히 보상되었다."

** '미국인'이란 무엇일까? 우리는 미국인으로서 뭔가 중요한 공통점을 갖고 있을까? 아니면 어쩌다 보니 같은 국경 내에 살아서 같은 법을 따르는 것뿐일까? 미국은 다른 나라들과 정확히 어떻게 다를까? 미국에 정말로 뭔가 독특한 섬이 있을까? 그 독특함에 따르는 대가는 무엇일까? 우리는 미국인만의 특별한 권리와 자유를 자주 말하지만, 그렇다면 미국인이 되는 데 따르는 특별한 의무도 있을까? 있다면, 누구에 대한 의무일까? **

프랭크의 전기는 이런 사적인 측면을 모두 아우른다. 불쾌한 측면을 경시하거나 겉꾸미려고 하지도 않는다.[22] 하지만 작업의 특성상, 프랭크는 늘 도스토옙스키의 사적이고 심리적인 삶을 그의 작품과 그 이면에 깔린 이데올로기에 연결지으려고 애쓴다. 도스토옙스키가 속속들이 이데올로기적 작가라는 점은[23] 그를 프랭크의

---

22 예를 들면, 그에게 쌍년이자 여신이었던 아폴리나리야 수슬로바에 대한 도스토옙스키의 재앙 같은 열정, 자신의 카지노 중독을 정당화하기 위해서 그가 펼쳤던 무리한 궤변… 프랭크가 자세히 말한 다음 사실도 있다. 도스토옙스키가 페트라솁스키 모임에서 실은 적극적인 역할을 했기 때문에, 당시 법에 따라 체포된 것도 당연했다는 이야기다. 이 말은 도스토옙스키가 친구의 꾐에 넘어가 나쁜 시기에 급진파 모임에 끌려간 것뿐이었다고 보는 다른 많은 전기 작가들의 주장과 상반된다.

23 혹 명확하지 않을까 봐 부연하면, 여기서 '이데올로기'는 아무런 저의가 없는 엄밀한 뜻으로 쓰였다. 즉, 사람들이 굳게 고수하는 조직적인 신념과 가치 체계를 뜻한다. 이 정의에 따르자면 물론 톨스토이, 빅토르 위고, 에밀 졸라를 비롯한 19세기 거장들 대부분이 이데올로기적 작가일 것이다. 하지만 도스토옙스키는 인물을 묘사하고 사람들 (사이뿐 아니라) 내부의 깊은 갈등을 만들어내는 데 특별한 재능이 있었기 때

맥락적 접근법의 대상으로서 특별히 알맞은 존재로 만들어준다. 그리고 이 전기가 똑똑히 밝히는 한 가지 사실이 있다. 도스토옙스키의 인생에서 이데올로기적으로 가장 결정적이고 큰 변화의 계기였던 사건은 1849년 12월 22일의 가짜 처형이었다는—이 쇠약하고 신경증적이고 자기도취적인 젊은 작가가 자신이 딱 죽을 거라고 믿었던 그 짧은 오 분 내지 십 분의 시간이었다는—것이다. 그때 도스토옙스키 내부에서 벌어졌던 일은 일종의 개종 체험이었으나, 구체적으로는 이야기가 좀더 복잡하다. 왜냐하면 이후 그의 글에 영향을 미친 기독교적 신념은 특정 종파나 전통의 신념은 아니었으며 거기에 러시아의 신비주의적 민족주의와 정치적 보수주의가[24] 결합된 형태였기 때문이다. 이 마지막 요소는 다음 세기에 소련이 도스

문에, 덕분에 지극히 무겁고 심각한 주제를 드라마화하면서도 결코 설교조가 되거나 환원적이지 않았다. 그는 도덕적/영적 갈등의 어려움을 얕잡아보지 않았고, '선'이나 '구원'이 실제보다 더 단순한 일인 양 보이게 만들지도 않았다. 톨스토이의 《이반 일리치의 죽음》과 도스토옙스키의 《죄와 벌》에서 주인공들의 마지막 개종 장면만 비교해봐도 도스토옙스키에게는 도덕주의자처럼 굴지 않으면서도 도덕적인 능력이 있었다는 것을 알 수 있다.

24 이것도 프랭크가 멋지게 다룬 또 하나의 주제다. 특히 전기 3권 중 《죽음의 집의 기록》을 다룬 장에서. 도스토옙스키가 자신의 이십대에 유행했던 사회주의를 저버린 데는 감옥에서 러시아 사회의 밑바닥 인간들과 함께 세월을 보낸 경험이 한 요인으로 작용했다. 시베리아에서 그는 러시아의 농민과 도시 빈민은 자신들을 "해방시켜주고" 싶어 하는 안락한 상류층 지식인을 혐오한다는 것을 알았고, 그 혐오가 꽤 타당하다는 것도 깨달았다. (도스토옙스키의 이런 정치적 아이러니가 현대 미국 문화로 번역되면 어떻게 될지 궁금하다면, 《죽음의 집의 기록》과 톰 울프의 에세이 '고충 처리 담당자 위협하기Mau-Mauing the Flak Catchers'를 함께 읽어보라.)

토엡스키의 작품을 적잖이 억압하거나 왜곡한 요인이었다.[25]

** 예수 그리스도라는 남자의 삶은, 설령 그가 신이라는 사실을 내가 믿지 않아도, 혹은 믿을 수 없어도, 내게 뭔가 가르침을 줄까? 신의 인척이었다는 사람이, 따라서 말 한마디로 십자가를 화분이든 뭐든 다른 것으로 바꿀 수 있었던 사람이, 남들이 자신을 그 위에 매달아서 죽이는 걸 자발적으로 내버려두었다는 이야기를 어떻게 이해하면 좋을까? 그가 정말로 신적인 존재였더라도, 그렇다면 그는 그 사실을 알았을까? 자신이 말 한마디로 십자가를 부술 수도 있다는 사실을 알았을까? 죽음이 일시적이리라는 사실을 미리 알았을까(왜냐하면 나도, 만약 여섯 시간의 고통 너머에 영원하고 확실한 행복이 놓여 있다는 사실을 미리 안다면, 틀림없이 십자가에 오를 테니까)? 하지만 이런 것이 정말 중요한가? 나는 예수 그리스도든 모하메드든 다른 누구든 그가 신의 인척이라는 사실을 믿지 않고도 그를 믿을 수 있을까? '믿는다'는 것이 정확히 무

25 이런 정치 상황은 스탈린 치하에서 출간된《도스토옙스키 시학의 제문제》에서 바흐친이 도스토옙스키가 자기 인물들과 맺었던 이데올로기적 관계를 크게 줄여서 말해야 했던 한 이유였다. 바흐친이 도스토옙스키의 인물 묘사를 "다성적"이라고 칭찬했던 것, 그리고 도스토옙스키가 "대사의 상상력"을 갖고 있었기 때문에 자신의 개인적 가치를 소설에 직접적으로 주입하지 않아도 되었다고 말했던 것은 사실 도스토옙스키의 "반동적" 견해가 망각되기를 바라는 국가에서 비평가가 도스토옙스키를 논하려니 취할 수밖에 없던 태도였다. 프랭크는 여러 대목에서 바흐친을 철저히 점검하면서도 바흐친이 이런 제약하에서 썼다는 사실은 분명히 밝히지 않았다.

슨 뜻인지는 접어두더라도 말이다. **

여기서 중요한 점은, 도스토옙스키의 임사 체험이 대체로 허영심 많고 유행을 좇던 젊은 작가를—물론 재능이 뛰어나기는 했으나 어쨌든 기본적으로 자신의 문학적 영예가 주된 관심사인 청년이었다—도덕적/영적 가치를 깊이 믿는 사람으로 바꿔놓았다는 사실이다.[26] 심지어 더 나아가, 도덕적/영적 가치를 따르지 않는 삶

---

26 당연한 소리지만, 도스토옙스키의 그 믿음은 아주 독특하고 복잡한 것이었다. 프랭크는 그 믿음의 진화 과정을 그의 소설들의 주제론을 통해서 철저하게, 명료하게, 자세하게 설명한다(《지하로부터의 수기》와 《죄와 벌》에서는 이기주의적 무신론이 러시아 인물에게 미친 유독한 영향을, 《노름꾼》에서는 세속적 유럽 탓에 변형된 러시아의 열정을, 《백치》의 미쉬킨과 《카라마조프의 형제들》의 조시마에서는 인간 그리스도가 자연의 물리력에 사실상 복종했다는 사실의 의미를. 맨 마지막 주제는 도스토옙스키가 1867년 바젤 미술관에서 한스 홀바인의 작품 〈무덤 속 그리스도의 시신〉을 본 뒤로 그의 모든 소설에 핵심적으로 등장하게 된 주제였다).

그러나 프랭크가 정말로 경이롭게 잘해내는 일은 따로 있다. 도스토옙스키와 다른 사람들이 남긴 방대한 기록 자료를 정제한 뒤, 개중 일부만 취사선택해서 자신의 비평적 논지를 뒷받침하는 데 쓰는 것이 아니라 그냥 종합적으로 보여주는 것이다. 전기 3권 끝부분에서는 도스토옙스키가 미완성으로 남겼던 에세이 '사회주의와 기독교'에 관련된 작가 메모를 발견한 뒤 약간 모호한 그 내용에 주해를 닮으로써, 오늘날 일부 비평가들이 도스토옙스키를 실존주의의 선구자로 여기는 이유를 명백히 밝혀준다.

"그리스도의 현현은… 인류에게 새로운 이상을 제공했다. 그리고 그 이상은 지금까지 유효하다. 주의: 설령 그리스도의 신성을 반박하는 무신론자라도 그분이 인류의 이상이라는 사실을 부인하는 사람은 단 한 명도 없다. 여기에 관한 가장 최근의 의견은 르낭이다. 주목할 만하다." 또한 도스토옙스키에 따르면, 이 새로운 이상의 법칙은 "자발성으로의 복귀, 대중으로의 복귀"이다. "그러나 자유롭게… 강압적이지 않고, 오히려 그 반대로, 지극히 의도적이며 또한 의식적인 방식으로. 이렇게 더 커진 의도성은 동시에 더 높은 수준의 의지의 포기임에 분명

은 불완전할뿐더러 타락한 삶이라고 믿는 사람으로 만들었다는 점이다.[27]

도스토옙스키가 오늘날 미국 독자들과 작가들에게도 귀중한 존재인 주된 까닭은, 그는 우리가 지금 이곳에서[28]—스스로에게 허락하지 않거나 허락하지 못하는 수준의 열정, 확신, 심오한 도덕적 주제에 적극 관여한다는 점이다. 프랭크는 그런 관여를 가능하게 만들었던 여러 요인들의 상호 작용을 잘 설명해두었다. 도스토옙스키 자신의 믿음과 재능, 당대의 이데올로기적 환경과 미학적 환경 등등. 하지만 나는 이렇게 생각한다. 프랭크의 전기를 다 읽은 미국의 진지한 독자/작가는, 왜 현재 우리의 소설가들이 고골이나 도스토옙스키에 비해 (심지어 레르몬토프나 투르게네프처럼 좀더 경

하다."

27 개종 후 성숙한 도스토옙스키가 주적으로 삼은 상대는 니힐리즘이었다. 니힐리즘은 1840년대 여피 사회주의자들이 낳은 급진적 후예로, 그 이름은 (즉, 니힐리즘이라는 이름은) 내가 이 글 첫머리에서 인용했던 투르게네프의 《아버지와 아들》 중 "모든 것을 부정하라" 연설에서 왔다. 하지만 진정한 싸움은 더 넓고 훨씬 더 깊은 것이었다. 프랭크가 전기 4권에서 레셰크 코와코프스키의 고전 《끝없는 시련을 겪는 근대성》 중 한 대목을 제사로 길게 인용한 것은 다 뜻이 있는 일이었다. 도스토옙스키가 공리주의적 사회주의를 버리고 자기만의 도덕적 보수주의를 택한 것은 거의 한 세기 전 칸트가 "교조적 잠"에서 깨어나 급진적 경건주의 의무론을 택했던 것과 기본적으로 같은 견지에서 볼 수 있기 때문이다. "[칸트가] 계몽주의의 인기 있는 공리주의로부터 등을 돌렸을 때, 그는 특정 도덕률이 문제가 아니라는 것을 알고 있었다. 이것은 오히려 선악의 구별이 존재하느냐 존재하지 않느냐의 문제라는 것, 따라서 인류의 운명에 관한 문제라는 것을."

28 (어쩌면 우리 시대 고유의 니힐리즘의 주술에 사로잡힌 채)

량급 작가들에 비해서도) 주제 면에서 얕고 가벼우며 도덕적으로 빈곤한지를 골똘히 생각해보게 될 것이라고. 프랭크의 전기를 읽은 우리는 절로 이렇게 자문하게 된다. 왜 우리는 우리의 예술이 심오한 신념이나 절실한 질문으로부터 늘 어느 정도 아이러니한 거리를 두도록 만들까? 그래서 오늘날의 작가들은 그런 신념이나 질문을 우스개 취급한다. 설령 다루더라도 텍스트간 인용이나 부조화스러운 병치 따위의 형식적 장난으로 위장하여, 진짜 절박한 내용은 무슨 다면적 낯설게 하기 전략 따위의 쓸데없는 짓으로 별표 사이에 가둬두곤 한다.

물론 우리 시대 문학의 주제적 빈곤에 대한 한 가지 설명은 우리의 시대와 상황이다. 좋았던 옛 시절의 모더니스트들은, 다른 성취도 많았지만, 무엇보다도 미학을 윤리학의 수준으로—심지어 형이상학의 수준으로—격상시켰다. 그래서 제임스 조이스 이후 모든 진지한 소설은 주로 그 형식적 독창성에 따라 가치를 인정받고 연구되는 편이었다. 모더니즘의 영향이 워낙 막대했기 때문에, 우리는 이제 '진지한' 문학이라면 으레 사람들이 사는 실제 삶과는 미학적 거리를 두어야 한다고 가정한다. 여기에 포스트모더니즘과[29] 문예이론이 부여한 조건, 즉 텍스트에 자의식이 있어야 한다는 조건까지 더해지니, 우리 시대 소설가들의 '진지할' 능력을 심하게 제약하는 이런 문화적 기대를 도스토옙스키 등은 겪지 않았다고 말해도 틀린 말은 아닐 것이다.

29 (그것이 정확히 무엇이든 간에 말이다.)

그러나 우리가 프랭크의 전기에서 알아차려야 할 점은 도스토옙스키도 자기 시대의 문화적 제약 아래에서 활동했다는 사실이다. 정부의 억압, 국가의 검열, 특히 그가 소중하게 여기고 글로 쓰고 싶어 했던 자신의 신념에 정면으로 위배되는 경우가 많았던 계몽주의 이후 유럽 사상이 인기를 끄는 현실. 내가 도스토옙스키에게 정말로 놀랍고 감동적이라고 느끼는 점은 그가 천재였다는 것만이 아니다. 그는 용감하기도 했다. 그는 문학적 평판에 대한 걱정을 한시도 놓지 못했지만, 그러면서도 자신은 굳게 믿되 세상에서는 인기 없는 신념을 세상에 퍼뜨리는 작업을 한시도 멈추지 않았다. 더구나 자신에게 불친절한 문화적 환경을 무시하는 방식이 아니라(요즘은 이런 방식을 "초월한다"거나 "전복한다"고 표현한다), 그것을 구체적으로 거명하면서 그것에 대항하고 그것에 관여하는 방식으로 해냈다.

우리 시대 문학의 문화가 니힐리즘적이라는 말은 엄밀히 따져 사실이 아니다. 적어도 투르게네프의 바자로프가 말했던 급진적 의미의 니힐리즘은 아니다. 왜냐하면 우리에게는 우리가 나쁘다고 믿는 어떤 경향성들, 우리가 혐오하고 두려워하는 어떤 성질들이 있기 때문이다. 감상주의, 순진함, 의고주의, 광신주의가 그런 것들이다. 우리 시대 예술의 문화는 그보다도 선천적 회의주의라고 불러야 옳다. 우리의 인텔리겐치아는[30] 강한 신념과 공공연한 확신을 불신한다. 물질적 열정도 별로지만, 이데올로기적 열정은 그

---

30 (이 서평이 실리는 지면을 고려하자면, 이것은 사실상 우리를 뜻한다.)

보다 더 깊은 차원에서 우리를 역겹게 한다. 우리는 현재에 이데올로기란 큼직한 녹색 파이에서 제 몫을 쟁탈하려고 다투는 경쟁적 SIG(특별이익집단Special Interest Group ―옮긴이)들과 PAC(정치활동단체Political Action Commitee ―옮긴이)들의 영역일 뿐이라고 믿고… 주변을 둘러보면, 상황이 정말 그렇다. 하지만 프랭크의 도스토옙스키는 우리에게 이렇게 지적할 것이다(혹은 펄쩍펄쩍 뛰고 주먹을 흔들며 우리에게 날아들어 외칠 것이다). 상황이 정말 그렇다면, 거기에는 우리가 그 영역을 포기한 탓도 있다고. 무자비한 엄격함과 남을 심판하려는 열성으로 보아 자신이 남들에게 적용한다는 이른바 '기독교적 가치'를 사실은 잘 모르는 게 분명한 근본주의자들에게, 우리가 내주었다고. 정부에 대한 편집증이 지나친 나머지 정부를 실제보다 훨씬 더 조직적이고 효율적인 존재로 가정하는 우파 민병대들과 음모론자들에게, 우리가 내주었다고. 그리고 학계와 예술계에서는 그 부조리함과 독선이 갈수록 심해지는 정치적 올바름 운동에게, 우리가 내주었다고. 발화와 담론의 형식에만 집착하는 그들의 태도는 우리가 지닌 최선의 진보적 직관이 이토록 무기력해지고 미학화했다는 사실을, 진정 중요한 것들로부터―이를테면 동기, 감정, 믿음으로부터―이토록 멀어졌다는 사실을 뚜렷이 보여주는데 말이다.

끝으로 《백치》에서 이폴리트가 읊는 유명한 "필수 설명" 중 한 토막을 보자.

"개인의 자선을 비난하는 사람은," 나는 말을 시작했다. "인간

본성을 비난하고 개인의 존엄을 경멸하는 것입니다. 하지만
'공적 자선' 단체와 개인적 자유는 서로 다른 문제이고, 상호
배타적이지 않습니다. 개인의 친절은 언제까지나 지속될 것
입니다. 남에게 직접 영향을 미지고사 하는 충동은 인간이라
면 누구나 갖고 있는 생생한 충동이기 때문입니다…. 말해보
십시오, 바무토프, 한 인간이 다른 인간과 그렇게 관계 맺는
것이 연관된 사람들의 운명에 얼마나 중요한 의미겠습니까?"

우리 시대의 주요한 소설가가 인물에게 이런 말을 시키는 것을 상
상할 수 있는가(다른 냉소적인 주인공이 비판할 수 있도록 제시된 위
선적인 장광설이 아니라, 인물이 자살할지 말지 고민하면서 늘어놓는
열 쪽짜리 진지한 독백의 일부로)? 우리가 그런 것을 상상할 수 없는
이유가 바로 요즘 소설가들이 그런 것을 상상하지 않는 이유다. 우
리 시대의 기준에서 그런 소설가는 가식적이고 장식적이고 우스꽝
스러워 보일 것이다. 오늘날 진지한 소설에 이런 연설이 직설적으
로 나온다면, 그에 대한 반응은 분개나 비난이 아니라 그보다 더 나
쁜 것, 즉 치켜올린 눈썹과 아주 쿨한 미소일 것이다. 그 소설가가
거물이라면, 《뉴요커》에 정색한 비아냥이 실릴 수도 있다. 사람들
은 그 소설가를 웃음거리로 치부할 것이다(그리고 이것이야말로 우
리 시대가 생각하는 진정한 지옥이다).
　　그러니 그는—우리는, 우리의 소설가는—진지한 예술을 통
해서 어떤 이데올로기를 주장하는 일은 감히 시도하지 않을 (못할)
것이다.[31] 그런 작업은 메나르의 《돈키호테》 같아 보일 것이다. 사람

들은 우리를 비웃거나 우리 때문에 당황할 것이다. 이런 상황에서 (그리고 이 상황은 기정사실이다), 우리의 진지한 소설들의 진지하지 못함을 누구 탓으로 돌려야 할까? 문화? 비웃는 사람들? 하지만 그런 사람들도 만약 도덕적으로 열정적이고 열정적으로 도덕적인 소설이 그와 동시에 독창적이면서도 아름답도록 인간적이기까지 하다면, 감히 비웃지 않을 (못할) 것이다. 하지만 그런 작품을 어떻게 만들까? 어떻게―오늘날의 작가가, 제아무리 재능 있는 작가라도―그것을 시도할 배짱이라도 부릴 수 있을까? 확실한 공식이나 약속은 없다. 하지만 본보기는 있다. 프랭크의 전기는 바로 그런 본보기 하나를 구체적으로, 생생하게, 정말로 교훈적으로 보여준다.

(1996년)

---

31 우리는 물론 예술을 사용하여 이데올로기를 패러디하고, 조롱하고, 폭로하고, 비판하는 일은 조금도 주저하지 않는다. 하지만 이것은 아주 다른 일이다.

Federer Both Flesh and Not

페더러, 육체이면서도 그것만은 아닌

◎ 《뉴욕 타임스》가 발간했던 스포츠 주간지《플레이》 2006년 8월 20일 호에 '종교적 경험으로서 페더러'라는 제목으로 실렸고, 세 번째 산문집《육체이면서도 그것만은 아닌》에 재수록되었다. 데이비드 포스터 월리스는 이 글을 쓰는 것을 아주 즐겼다고 한다. 파워 베이스라인 테니스가 지배하는 현재에도 과거처럼 우아한 테니스가 가능하다는 것을 증명한 로저 페더러에게, 월리스는 픽션이 불가능해 보이는 현재의 외롭수적 상황을 초월하여 유의미한 픽션을 만들어내려고 분투하는 자신을 겹쳐보았을지도 모른다.

테니스를 사랑하고 텔레비전으로 남자 경기를 챙겨보는 사람이라면 거의 누구나, 지난 몇 년 동안 '페더러 순간'이라고 이름 붙일 만한 경험을 했을 것이다. 어떤 순간인가 하면, 그 젊은 스위스 선수가 경기하는 것을 보면서, 입이 벌어지고 눈이 튀어나오고 자신도 모르게 무슨 소리를 내는 바람에 옆방에 있던 배우자가 당신이 괜찮은지 보러 오는 순간이다. 만약 당신이 테니스를 많이 쳐본 사람이라서 방금 그의 행동이 얼마나 불가능한 것인지 이해한다면, 그 순간은 좀더 강렬해진다. 누구나 그런 순간의 사례를 가지고 있다. 가령 이런 것. 2005년 US 오픈 결승전, 4세트 초반에 페더러가 앤드리 애거시에게 서브를 넣는다. 오늘날 파워 베이스라인 게임의 특징이라 할 수 있는 나비 모양을 그리면서 그라운드스트로크가 몇 번 오가고, 페더러와 애거시는 서로를 양옆으로 흔들면서 베이스라인에서 점수를 따내려고 하는데… 그러다 갑자기 애거시가 대각선으로 강한 백핸드를 날려서 페더러를 왼쪽으로 한참 멀리 끌어내고, 페더러는 팔을 뻗어 백핸드로 겨우 그것을 받아넘기지만 공은 서비스라인에서 몇 피트 넘어간 곳에 짧게 떨어지는데, 물론 그런 숏은 애거시가 식은 죽 먹기로 받아내는 것이고, 페더러가 허둥지둥 방향을 돌려서 중앙으로 돌아오는 동안 애거시는 안으로 달려들어 튀어 오른 짧은 공을 받아낸 뒤 아까와 똑같이 왼쪽 모서리에 강하게 꽂아 넣어 페더러의 허를 찌르려고 하는데, 실제로 페더러가 허를 찔린 것이, 그는 아직 모서리 근처에 있기는 하지만 센터라인을 향해 달려오는 중이므로 이제 공은 그의 뒤에, 즉 그가 아까 있었던 자리에 떨어질 찰나이고 그가 몸을 다시 돌릴 시간은 없으며 이제 애거시는 숏을 날린 뒤 네트로 다가들어 백핸드로 각도를 잡고 있는데… 이 순간 페더러가 어떻게 하느냐 하면, 순간적으로 역추진을 하여 깡충거리듯이 서너 걸음 뒷걸음친 뒤, 그것도 불가능할 정도로 빠르게, 백핸드 코너에서 포핸드로 공을 맞히는데, 그러면서 그의 몸은 계속 뒤로 움직이고, 포핸드로 날린 공은 톱스핀을 먹어 네트에 있는 애거시를 지나쳐 사이드라인을 향해 떨어지는데, 애거시는 공을 향해 몸을 날리지만 공은 그를 스쳐 사이드라인으로 날아가면서 애거시의 코트 왼쪽 모서리에 정확히 꽂히고, 페더러에게 득점을 안기는 것이다. 페더러가 아직도 뒤로 떨어지면서 착지하는 동안. 그리고 관중이 충격을 받았을 때 나타나는 예의 순간적인 침묵이 이어진 뒤 그제야 뉴욕 관중의 함성이 터져 나오고, TV 해설자 헤드셋을 쓴 존 매켄로는 (꼭 혼잣말하는 듯한 말투로) "저 위치에서 어떻게 득점을 하죠?"라고 중얼거린다. 매켄로가 옳다. 애거시의 위치와 세계 정상급 속도를 감안할 때, 페더러가 공을 애거시가 닿지 않는 곳으로 넘기려면 폭이 5센티미터쯤 되는 파이프와도 같은 공간으로 집어넣어야 했다. 그런데 페더러는 그렇게 했다. 그것도 뒤로 움직이면서, 준비할 시간도 없고 몸무게를 샷에 싣지도 못한 상황에서. 그것은 불가능한 샷이었다. 꼭 영화 〈매트릭스〉에서 튀어나온 것 같았다. 내가 대체 무슨 소리를 냈는지 모르지만, 아내의 말에 따르면 아내가 달려 들어와보니 소파에 온통 팝콘이 널려 있고 나는 장난감 가게에서 파는 눈알처럼 눈이 튀어나온 채 무릎을 꿇고 있더라는 것이다.

어쨌든 그것은 '페더러 순간'의 한 예였다. 그조차도 TV로 봤을 뿐이다. 진실을 말하자면, TV로 보는 테니스와 현장에서 보는 테니스의 관계는 포르노 비디오와 진짜 인간의 사랑을 느끼는 것의 관계와 비슷하다.

저널리즘의 측면에서 내가 여러분에게 로저 페더러에 대해 알려드릴 재미난 소식 따위는 없다. 스물다섯인 그는 현재 살아 있는 테니스 선수 중 최고다. 역사상 최고일지도 모른다. 약력과 인물 소개 기사는 넘친다. 〈60분〉은 작년에 그에 대한 특집 방송을 했다. 당신이 로저 N.M.I. 페더러에 대해서 알고 싶은 것은 무엇이든—그의 배경, 고향 바젤, 그의 부모가 아들의 재능을 착취하지 않고 제정신으로 지원했다는 것, 주니어 선수 시절 경력, 어릴 때 쉽게 무너지고 성질을 내는 문제가 있었다는 것, 그가 사랑했던 주니어 코치, 그 코치가 2002년 갑자기 죽은 사건이 페더러를 산산조각 냈으나 결국 담금질시키는 계기가 되어 지금의 그를 만들었다는 것, 통산 39회의 단식 우승, 8회의 그랜드슬램, 여자친구와 보기 드물게 착실하고 성숙한 관계를 맺고 있으며 여자친구는 그를 따라 여행하면서(남자 선수들 사이에서는 드문 일이다) 그의 일을 처리하는 매니저로 일한다는 것(남자 선수들 사이에서는 듣도 보도 못한 일이다), 그의 구식 금욕주의와 정신적 강인함과 훌륭한 스포츠맨십과 전반적으로 점잖고 사려 깊은 게 분명한 태도와 너그러운 기부 행위—이런 것은 모두 구글에서 한 번만 검색하면 줄줄이 나온다. 알아서 찾아보시라.

이 글은 그보다는 관객이 경험하는 페더러에 대한 이야기, 그리고 그 맥락에 대한 이야기다. 특히 내가 이야기하고 싶은 논지는, 만약 당신이 이 젊은 선수의 경기를 직접 본 적이 없다면, 그런데 어느 날 직접 보게 된다면, 그것도 윔블던의 성스러운 잔디 코트에서, 말 그대로 말라 죽이는 햇볕이 내리쬐고 그다음에는 비바람이 몰아친 2006년 2주간의 대회를 본다면, 당신은 토너먼트의 기자단 버스를 몬 운전사 중 한 명이 말했던 것처럼 "완전 종교에 가까운 경험"을 하게 되리라는 것이다. 이런 표현은 사람들이 '페더러 순간'을 묘사할 때 곧잘 의지하는 과장된 미사여구라고 폄하하고 싶을지도 모르겠다. 그러나 알고 보면 운전사의 표현은—말 그대로, 일순간은 무아지경으로—진실이다. 그 진실이 떠오르는 것을 알아보기 위해서는 약간의 시간과 진지한 관람이 필요하지만.

아름다움은 경쟁 스포츠의 목표가 아니다. 그러나 최고 수준의 스포츠는 인간의 아름다움이 가장 잘 표현되는 무대다. 그 관계는 용기와 전쟁의 관계와 대충 비슷하다.

우리가 여기서 말하는 인간의 아름다움이란 특정한 종류의 아름다움이다. 운동적 아름다움이라고 불러도 좋을 것이다. 그 아름다움의 힘과 매력은 보편적이다. 이것은 성별이나 문화적 규범과는 아무 상관없다. 이것은 오히려 인간이 육체를 가졌다는 사실과 화해하는 것에 관계된 일이다.[1]

물론 남자 스포츠에서는 누구도 아름다움이나 우아함이나 육체 따위를 말하지 않는다. 남자들은 스포츠에 대한 '사랑'을 고백하지만, 그 사랑은 늘 전쟁의 상징을 통해서 구현되고 재현된다. 제거(토너먼트에서의 탈락) 대 전진(토너먼트에서의 진출), 순위와 지위의 위계, 집착적인 통계와 기술 분석, 부족적 그리고/혹은 국가적

---

1 육체를 가져서 나쁜 점은 아주 많다. 이 말이 굳이 사례를 들 필요도 없을 만큼 자명한 진실로 느껴지지 않는 사람에게는 당장 통증, 염증, 냄새, 멀미, 노화, 중력, 패혈증, 몸치, 질병, 한계 등을 말해주겠다. 우리의 육체적 의지와 실제 능력 사이에 간극이 있는 현상은 뭐든지 사례가 되어준다. 우리가 육체와 화해하는 데 도움이 필요하다는 사실을 의심하는 사람이 있을까? 우리가 그 도움을 갈구한다는 사실을? 결국에는 바로 당신의 육체가 죽게 되는 것 아닌가.
육체를 가져서 좋은 점도 물론 많다. 다만 이런 점은 실시간으로 느끼고 음미하기가 훨씬 어렵다. 우리가 어떤 감각의 절정 상태에서 드물게 겪는 에피파니와도 좀 비슷하게("내게 눈이 있어서 이 일출을 볼 수 있다니 어쩌나 기쁜지 몰라!"), 위대한 운동선수들은 우리가 육체 덕분에 만지고 인식할 수 있고, 공간을 가르며 움직일 수 있고, 물질과 상호작용할 수 있다는 것이 얼마나 근사한 일인가 하는 인식을 우리에게 북돋아주는 듯하다. 물론 위대한 운동선수들이 자신의 육체로 해내는 일은 우리 보통 사람들은 꿈에서나 해볼 수 있는 일이지만, 그래도 이런 꿈은 중요하다. 이런 꿈은 많은 것을 보상해준다.

열정, 제복, 대중의 함성, 깃발, 가슴을 두드리고 얼굴에 색을 칠하는 허세 등등. 왜 그런지는 잘 모르겠지만, 대부분의 사람들은 사랑의 기호보다 전쟁의 기호를 더 편하게 느낀다. 그리고 만약 당신이 그런 사람이라면, 육체미가 넘치고 완벽하게 호전적인 스페인의 라파엘 나달이야말로 당신에게 어울리는 선수다. 민소매로 드러낸 이두박근과 가부키 배우처럼 연극적으로 파이팅을 외치는 나달 말이다. 더구나 나달은 페더러의 숙적이고 올해 윔블던의 가장 놀라운 이변이다. 나달은 클레이 코트 전문가라서, 그가 윔블던에서 몇 라운드 이상 진출할 거라고 예상한 사람은 아무도 없었다. 반면 페더러는 준결승 내내 아무런 놀라움도 경쟁의 드라마도 보여주지 못했다. 페더러는 매번 상대를 너무나 철저히 완파했기 때문에, TV와 인쇄 매체는 그의 시합이 지루한 나머지 윔블던과 동시에 벌어지고 있는 월드컵의 국가주의적 열정에 상대가 되지 못하면 어쩌나 걱정했다.[2]

하지만 7월 9일 남자 결승전은 모든 사람의 꿈이다. 나달 대 페더러는 지난달 프랑스 오픈 결승전의 재현인데, 그때는 나달이 이겼다. 페더러는 올해를 통틀어 단 네 시합만을 졌고 그 상대가 모두 나달이었다. 그래도 그 시합들은 대부분 나달이 좋아하는 지면인 느린 클레이 코트에서 벌어졌다.(공이 코트 바닥에 닿은 후 튀는

---

2 특히 미국 매체들이 걱정한다. 올해는 미국인 선수가 남녀 모두 준준결승에도 진출하지 못했기 때문이다. (남들은 잘 모르는 통계를 좋아하는 독자를 위해서 말씀드리면, 윔블던에서 이런 경우는 1911년 이래 처음이다.)

속도가 가장 빠른 것은 잔디 코트, 그다음은 하드 코트, 마지막이 클레이 코트다.—옮긴이) 페더러가 좋아하는 것은 잔디 코트다. 한편 첫째 주의 더위가 윔블던 코트를 뜨겁게 익혀서 매끄러움이 좀 사라졌기 때문에, 공이 약간 느려지기는 했다. 나달이 그동안 클레이에서 잔디로 많이 적응했다는 점도 고려해야 한다. 나달은 이제 그라운드스트로크를 할 때 베이스라인에 더 가깝게 들어오고, 서브를 더 강하게 넣고, 네트에 대한 알레르기를 극복했다. 나달은 3차전에서 애거시를 완파했다. 사람들은 열광하고 있다. 결승전 직전 센터 코트에서 라인맨들이 꼭 유아용 해군복처럼 보이는 새 랄프 로렌 유니폼을 입고 코트로 들어오는 동안, 남쪽 백스톱 위에 가로로 뚫린 유리창을 통해 방송 해설자들이 의자에서 가만 있지를 못하고 말 그대로 펄쩍펄쩍 뛰는 모습이 훤히 보인다. 이 윔블던 결승전에는 복수의 내러티브가, 왕 대 제왕 살해의 구도가, 극단적인 인물 대조가 갖춰져 있다. 이것은 남유럽의 열정적인 남성성과 북유럽의 섬세하고 임상적인 예술성의 대결이다. 디오니소스 대 아폴론이다. 식칼 대 메스다. 왼손잡이 대 오른손잡이다. 세계 이인자 대 일인자다. 나달은 현대적인 파워 베이스라인 게임을 최대한 밀어붙인 선수이고… 그 상대는 속도와 발놀림 못지않게 뛰어난 정확도와 다양성으로 이 현대적 게임을 또 다르게 바꿔놓은 인물이지만, 앞의 선수에게만큼은 유난히 맥을 못 추는, 혹은 기가 눌리는 선수다. 영국의 어느 스포츠 기자는 기뻐서 어쩔 줄 모르면서 기자단 동료들에게 이렇게 말했다. 두 번이나. "이 시합은 전쟁이 될 거야."

더구나 이곳은 테니스의 대성당이나 다름없는 센터 코트다. 그리고 남자 결승전은 늘 두 주의 기간 중 두 번째 일요일에 벌어지는데, 윔블던은 첫 번째 일요일에는 경기를 하지 않음으로써 결승전의 상징성을 더욱더 강조한다. 오전 내내 주차 안내판을 넘어뜨리고 우산을 홀랑 뒤집던 거센 강풍은 시힙 한 시산 전에 갑자기 멎었고 이제 해가 나기 시작한다. 진행 요원들이 센터 코트의 방수포를 돌돌 말아 걷고 네트 기둥을 꽂는다.

페더러와 나달이 박수를 받으며 나와서, 귀족들이 앉은 자리로 의식적인 경례를 보낸다. 우리의 스위스인은 버터밀크 색깔의 스포츠 재킷을 입었다. 나이키가 올해 윔블던에서 그에게 입힌 옷이다. 페더러가 입으면, 오직 그가 입었을 때만, 반바지와 운동화 위에 걸친 재킷이 한심해 보이지 않는다. 우리의 스페인인은 체온 유지용 옷을 걸치지 않으므로, 우리는 그의 근육을 똑똑히 볼 수 있다. 나달과 스위스인은 둘 다 나이키로 빼입었다. 묶는 형태의 흰 나이키 헤드밴드를 한 것까지 똑같은데 나이키의 갈고리 모양 로고가 이마 한가운데 오도록 맨 것까지 똑같다. 나달은 헤드밴드 밑으로 머리카락을 집어넣었지만 페더러는 그렇지 않다. 그래서 헤드밴드 위로 나부끼는 앞머리를 페더러가 수선스럽게 매만지는 손놀림은 TV로 그를 보는 사람들이 목격하게 되는 그의 주요한 버릇이다. 나달이 점수 사이사이 볼보이에게 가서 수건으로 땀을 닦는 것도 마찬가지다. 그 밖에도 다른 버릇들과 습관들이 있다. 현장에서 경기를 보는 사람들만 사소한 특권처럼 볼 수 있는 행동들이다. 로저 페더러는 스포츠 재킷을 코트 옆 여분의 의자 등받이에 걸 때 대단히 조심스러운 몸짓으로 건다. 구겨지지 않게 하려는 것이다. 페더러는 이곳에서 시합할 때마다 그랬는데, 그 모습에는 어쩐지 어린 아이 같으면서도 묘하게 매력적인 데가 있다. 페더러가 2세트 중 어느 시점엔가 반드시 라켓을 바꾸는 것도 그렇다. 새 라켓은 늘 파란 테이프로 봉해진 투명 비닐 커버에 담겨 있고, 페더러는 라켓을 조심스레 꺼낸 뒤 늘 볼보이에게 커버를 건네어 버려달라고 부탁한다. 나달도 습관이 있다. 서브하기 전 공을 튕길 때마다 무릎 아래로 내려오는 바지가 엉덩이에 낀 것을 잡아 빼는 것, 베이스라인을 걸을 때마다 흡사 정강이가 차일 것을 예상하는 죄수처럼 좌우로 경계의 눈길을 던지는 것. 그리고 스위스인의 서브에는 약간 이상한 점이 있다. 아주 유심히 봐야만 알 수 있는 점이다. 페더러는 공과 라켓을 앞으로 죽 내민 뒤, 동작을 시작하기 직전에 늘 라켓의 머리 바로 아래 목 부분에 난 V 모양 구멍에 공을 정확하게 갖다 댄다. 순간적인 일이다. 위치가 정확하게 맞지 않으면, 그는 맞을 때까지 공을 조정한다. 금세 지나가는 행동이기는 해도, 첫 번째 서브와 두 번째 서브에서 매번 벌어지는 일이다.

나달과 페더러는 정확히 십 분 동안 몸을 푼다. 심판이 시간을 잰다. 프로들이 몸을 푸는 시간에는 정확한 질서와 에티켓이 있지만, 텔레비전은 여러분이 이런 장면에는 관심이 없을 것이라고 생각해서 보여주지 않는다. 센터 코트는 1만 3,000명 남짓을 수용한다. 그 밖에도 수천 명의 사람들이 매년 자발적으로 하는 일을 하는데, 무엇인가 하면 정문에서 바가지에 가까운 일반 입장료를 내고서는 바구니와 모기 퇴치제를 챙겨서 1번 코트 밖에 설치된 대형 TV 화면 앞에 모여 앉아 경기를 시청하는 것이다. 여기서 본다고 해서 다른 데서 보는 것과 다른 것도 아닌데.

시합 직전, 네트 앞에서, 누가 먼저 서브를 넣을지 결정하는 동전 던지기가 있다. 이것도 윔블던의 의식 중 하나다. 올해 심판과 주심의 도움을 받아 동전을 던지는 영예를 차지한 사람은 윌리엄 케인스다. 켄트 출신의 일곱 살 소년 윌리엄 케인스는 두 살에 간암에 걸렸지만 수술과 끔찍한 화학요법을 견디고 아직 살아 있다. 소년은 영국암연구소를 대표하는 자격으로 여기 나왔다. 금발에 분홍빛 뺨의 소년은 키가 페더러의 허리쯤 온다. 관중은 명예로운 동전 던지기를 승인하는 우레 같은 환성을 보낸다. 페더러는 내내 막연한 미소를 띠고 있다. 네트 건너편의 나달은 권투선수처럼 팔을 좌우로 흔들면서 제자리 뛰기를 하고 있다. 미국 방송사들이 동전 던지기를 보여주는지, 이 의식이 중계 계약상 의무적으로 방송해야 하는 장면인지 자르고 광고를 보여줘도 되는 장면인지는 모르겠다. 윌리엄 케인스가 안내를 받아 퇴장할 때도 관중은 좀더 환호를 보낸다. 그러나 이제 환성은 산발적이고 흐트러졌다. 관중은 어떻게 해야 할지 잘 모르는 것 같다. 사람들은 의식이 끝나고 나서야 그 아이가 경기의 일부가 된 이유를 이해하기 시작한 것 같다. 암에 걸린 아이가 꿈의 결승전에서 동전을 던진다는 것, 이것은 무언가 중요한 감정을 일으킨다. 불편하면서도 꼭 그렇지만은 않은 어떤 감정을. 이것이 무슨 의미인지는 몰라도, 혀끝에서 맴돌 뿐 좀처럼 말로 표현할 수 없는 종류의 그 감정은 적어도 첫 두 세트가 끝날 때까지는 계속 그렇게 종잡을 수 없는 무언가로 남아 있다.[3]

뛰어난 운동선수의 아름다움은 직접적으로 묘사하기가 거의 불가능하다. 환기시키는 것조차 어렵다. 페더러의 포핸드는 물처럼

3 윔블던 둘째 주에 벌어진 '페더러와 아픈 아이' 사건이 이것만은 아니었다. 남자 결승 사흘 전, 3층 프레스센터 바로 앞에 있는 ITF(국제테니스연맹)의 비좁은 사무실에서 로저 페더러 선수와 기자들의 일대일 특별 인터뷰가 열렸다.[3a] 그 직후 ATP(세계남자프로테니스협회) 대표가 페더러를 뒷문으로 급히 안내하면서 다음 일정으로 데려가려고 할 때, ITF 사람 하나가(특별 인터뷰 시간 내내 전화로 시끄럽게 통화하던 남자였다) 페더러에게 다가가서 잠시 할 말이 있다고 했다. 남자는 모든 ITF 사람들이 그렇듯이 전반적으로 살짝 외국 억양이 있는 말투로 말했다. "저기, 이런 부탁을 드리기가 저도 싫습니다. 보통은 저도 안 해요. 하지만 제 이웃 사람을 위한 일이라서요. 이웃 사람의 아이가 병에 걸렸어요. 그래서 사람들이 치료비 모금 행사를 계획하고 있는데, 티셔츠나 뭐 그런 것에 사인해서 주실 수 있을까요, 아무거나요." 남자는 창피한 표정이었다. ATP 대표가 남자를 쏘아봤다. 하지만 페더러는 그저 으쓱하며 고개를 끄덕였다. "알겠습니다. 내일 가져오겠습니다." 내일은 남자 준결승이다. ITF 남자가 원하는 건 페더러가 입었던 티셔츠, 어쩌면 시합에서 입었던 티셔츠, 페더러의 땀이 묻은 티셔츠일 것이다. (페더러는 시합 후 차고 있던 손목 밴드를 벗어 관중에게 던져주는데, 그걸 얼굴에 맞은 사람들은 역겨워하기는커녕 기뻐하는 것 같다.) ITF 남자는 페더러에게 세 번 빠르게 감사 인사를 한 뒤 고개를 절레절레 저었다. "저도 이런 부탁 드리기 싫습니다." 이미 반쯤 문을 나선 페더러는 말한다. "괜찮습니다." 그리고 정말로 괜찮다. 프로 선수라면 누구나 그렇듯이 페더러는 시합 중 티셔츠를 여러 번 갈아입으니까, 아무나 시켜서 그중 한 장을 보관해둔 뒤 거기에 사인해주면 된다. 페더러가 간디 같은 박애주의자로 보인다는 말은 아니다. 그는 잠시 멈춰서 아이나 아이의 병을 자세히 묻지는 않는다. 실제보다 더 염려하는 척하지는 않는다. 이 요청은 그저 그가 처리해야 할 또 하나의 사소하고 약간 번거로운 의무일 뿐이다. 아무튼 그는 좋다고 말하고, 틀림없이 잊지 않을 것이다. 보면 알 수 있다. 그리고 그는 이 일로 정신이 산란해지지도 않을 것이다. 그에게 그런 일은 있을 수 없다. 그는 이런 일에도 능한 것이다.

    3a (이런 일대일 인터뷰를 따내려면 얼마나 기를 쓰고 덤벼야 하는지 여기서 충분히 설명하지 못하는 것은 오직 지면이 부족해서, 그리고 여러분이 믿지 않을 것 같아서다. 짧게 설명하자면, 태산 정상에서 가부좌를 틀고 앉은 현자와 대화

흐르는 채찍과 같고, 한 손으로 날리는 백핸드는 스핀 없이 날아갈 수도 있고 톱스핀을 먹어서 날아갈 수도 있고 백스핀을 먹어서 슬라이스가 될 수도 있는데, 그 슬라이스는 스냅이 어찌나 강한지 공이 공중에서 형태를 바꾼 뒤 발목 높이쯤에서 잔디를 미끄러진다. 페더러의 서브 속도는 세계 정상급이고, 서브의 위치와 다양성은 누구도 범접하지 못하는 수준이다. 서브를 넣는 움직임은 유연하고 딱히 별난 점은 없는데, (TV로 볼 경우) 특징이라면 공을 때리는 순간 온몸에 뱀장어처럼 스냅이 들어간다는 것 정도다. 페더러는 공을 예상하는 능력과 코트 감각이 비현실적인 수준이고, 발놀림은 이 게임의 역사상 최고다. 그도 그럴 것이 그는 어릴 때 축구 신동이었다. 이 모든 말은 사실이다. 그러나 이중 어떤 말도 이 선수가 경기하는 모습을 지켜본 경험을, 그의 시합에 담긴 아름다움과 천재성을 직접 목격한 경험을 제대로 묘사하거나 환기시키지는 못한다. 그러므로 미학적인 것에는 비딱하게 접근하는 수밖에 없다. 에둘러 말하는 수밖에 없다. 혹은—아퀴나스가 자신의 형언할 수 없는 주제에 대해 그렇게 했듯이—그것이 무엇이 아닌가를 말함으로써 그것을 정의하는 수밖에 없다.

그것이 무엇이 아닌가 하면, 일단 텔레비전으로 중계될 수 있는 것이 아니다. 적어도 온전히 중계될 수는 없다. TV 테니스는 나름대로 이점이 있지만 그 이점에는 단점이 따르는데, 그중 제일가

하려고 험준한 산을 올랐다는 사람에 관한 옛이야기와 비슷하다. 그 험준한 고산이 스포츠 관료들로 이뤄져 있다고 상상하라.)

는 것은 우리에게 경기를 가까이에서 보고 있다는 망상을 안긴다는 점이다. 텔레비전의 슬로모션 재생, 클로즈업, 그래픽 등은 시청자에게 많은 특권을 안기기 때문에, 방송으로 볼 때 우리는 사실 많은 것을 놓치고 있다는 사실조차 의식하지 못한다. 우리가 방송에서 놓치는 것 중 가장 큰 부분은 일류 테니스의 압도적인 물리적 속성이다. 공이 날아가고 선수들이 반응하는 속도가 얼마나 빠른가 하는 감각이다. 이 손실은 설명하기 쉽다. 점수가 나는 동안 TV가 최우선으로 신경 쓰는 문제는 코트 전체를 아울러서 종합적인 그림을 보여주는 것, 시청자들이 두 선수를 다 보고 공이 오가는 모양새를 전체적으로 볼 수 있도록 하는 것이다. 그래서 TV는 한쪽 베이스라인 뒤쪽 상공에서 코트를 바라보는, 거울과도 같은 시점을 취한다. 당신, 즉 시청자는 코트 뒤쪽 상공에서 아래를 굽어보는 셈이다. 그리고 미술 전공자라면 누구든 설명할 수 있을 텐데, 이런 시점은 코트를 '축소시키는' 효과를 낸다. 현실의 테니스는 누가 뭐래도 3차원이지만 TV의 영상은 결국 2차원일 뿐이다. 화면에서 사라지는 (혹은 왜곡되는) 차원은 실제 코트의 길이, 즉 한쪽 베이스라인에서 다른 쪽 베이스라인까지의 24미터 거리다. 공이 그 거리를 가로지르는 속도가 한 숏의 속도인데, TV에서는 그 속도가 안 보이지만 실제로 보면 그것은 보고 있기가 무서울 만큼 빠르다. 이 말이 추상적이거나 과장된 것처럼 들릴지도 모르겠다. 그렇다면 부디 아무 프로 시합이나 찾아가서 직접 관람하며―특히 바깥 코트에서 진행되는 초반 라운드 경기들은 사이드라인으로부터 불과 6미터 떨어져 앉아서 관람할 수 있으니 더 좋다―차이를 몸소 느껴보길 바란다. 당신이 테니스를 텔레비전으로만 봤다면, 당신은 프로 선수들이 공을 얼마나 세게 때리는지, 공이 얼마나 빨리 움직이는지,[4] 선수들이 공을 받아낼 시간이 얼마나 짧은지, 선수들이 얼마나 잽싸게 움직이고 몸을 틀고 공을 때리고 자세를 가다듬는지 전혀 모르는 셈이다. 그리고 그중에서 로저 페더러보다 더 빠른 사람은 없다. 로저 페더러만큼 기만적일 정도로 아무 애를 쓰지 않고 해내는 것처럼 보이는 사람도 없다.

흥미로운 점은, 페더러의 지성만큼은 TV 중계에서 덜 가려진다는 것이다. 그의 지성은 각도로 나타날 때가 많기 때문이다. 페더러는 점수를 딸 숏을 넣어야 할 빈틈과 각도를 남들은 상상도 못하는 정도로 잘 본다. 혹은 잘 만들어낸다. 텔레비전의 시점은 그런 '페더러 순간'을 보여주고 재생하기에 완벽하다. 단 TV로 음미하기가 그보다 좀더 어려운 점은 그런 환상적인 각도와 점수를 따내는 숏이 난데없이 생겨나는 것은 아니라는 사실이다. 그런 숏은 몇 숏 앞서서 계획된 것일 때가 많고, 결정적인 마지막 숏의 속도나 위치

4 정상급 남자 선수들의 서브는 속도가 시속 200~217킬로미터에 달한다. 그런데 텔레비전의 속도 표시나 그래픽이 말해주지 않는 것은, 남자 파워 베이스라인 선수들의 그라운드스트로크도 시속 145킬로미터를 넘곤 한다는 사실이다. 이는 메이저리그 속구 수준이다. 프로의 코트에 바싹 다가가면, 정말로 공이 날아가면서 내는 소리가 들린다. 약간 질척하게 쉭쉭거리는 소리인데, 공의 속도와 스핀이 결합되어 나는 소리다. 가까이서 실황으로 보면, 파워 베이스라인 게임의 상징처럼 된 '오픈 스탠스'가 왜 유행하게 되었는지도 더 잘 이해할 수 있다. 오픈 스탠스란 간단히 말해서 그라운드스트로크를 때리기 전에 몸을 네트로부터 완전히 옆으로 돌리지 않는다는 뜻이다. 파워 베이스라인 선수들이 오픈 스탠스로 칠 때가 많은 것은 요즘 공들이 너무 빠르기 때문에 몸을 끝까지 다 돌릴 겨를이 없어서다.

못지않게 그 전에 페더러가 교묘하게 상대의 위치를 조작한 것에 의존할 때가 많다. 그리고 페더러가 어떻게 어째서 다른 세계 정상급 선수들을 그렇게 움직일 수 있는지 이해하려면, 이번에는―혹은 이번에도―TV가 제공하는 것을 넘어서 현대의 파워 베이스라인 게임을 기술적으로 좀더 깊이 이해할 필요가 있다.

윔블던은 이상하다. 그곳이 게임의 메카, 테니스의 대성당임에는 분명하다. 그러나 만일 이 토너먼트가 우리에게 자신이 테니스의 대성당임을 거듭 상기시키려고 노력하지 않는다면, 우리로서는 오히려 그곳에 알맞은 존경심을 품기가 더 쉬울 것이다. 윔블던은 고리타분한 자기만족과 쉴 새 없는 자기 PR 및 브랜딩이 기묘하게 뒤섞인 태도를 보여준다. 사무실 벽에 자신이 받은 명판, 수료증, 상장을 하나도 빼놓지 않고 다 걸어둔 권위 있는 인물을 연상시킨다. 우리는 그 사무실에 들어갈 때마다 벽을 보고 깊은 감명을 받았음을 표현하는 말을 뭐라도 건네야 할 것처럼 느낀다. 윔블던의 벽에는, 거의 모든 중요한 복도나 통로를 따라 포스터들, 과거 챔피언들의 숏을 보여주는 안내문들, 윔블던에 관한 중요하거나 사소한 사실들, 전해지는 이야기들이 붙어 있다. 어떤 것은 흥미롭고 어떤 것은 그냥 이상하다. 일례로 윔블던 잔디 테니스 박물관에는 수십 년 동안 이곳에서 사용된 온갖 종류의 라켓이 수집되어 있다. 그리고 밀레니엄 빌딩의[5] 2층 통로에 붙어 있는 많은 안내문 중에는 '라

---

5 윔블던의 운영팀, 선수들, 언론에게 각각 공간이 할당된 큰 (아마 6년 된) 건물이다.

켓의 역사'라고 할 만한 이야기를 사진과 해설로 알려주는 것이 있다. 다음은 그 글의 클라이맥스에 해당하는 끝부분을 그대로 옮긴 것이다.

그래파이트, 붕소, 티타늄, 세라믹 같은 우주 시대의 재료로 만들어졌고 머리가 더 큰—중형(90~95제곱인치)과 대형(110제곱인치)이 있다—오늘날의 초경량 라켓 프레임은 게임의 성격을 혁신시켰다. 요즘은 강하게 때리는 선수들이 강력한 톱스핀으로 게임을 지배한다. 서브 앤드 발리가 특기인 선수들, 섬세함과 터치에 의존하는 선수들은 사실상 다 사라졌다.

아무리 좋게 해석하려고 해도 참 이상한 일이다. 페더러가 윔블던을 4년째 제패하고 있는데도 저런 진단이 버젓이 계속 걸려 있다니. 왜냐하면 이 스위스인은 (최소한) 매켄로의 전성기 이래 찾아볼 수 없었던 수준의 터치와 섬세함을 남자 테니스에 끌어들였기 때문이다. 그러나 사실 이 안내문은 교조적 교리의 힘을 보여주는 증거에 지나지 않는다. 지난 20년 가까이 테니스계의 기본 교리는 라켓 제작 기술, 훈련, 웨이트 트레이닝의 발전이 프로 테니스를 민첩함과 기교의 게임으로부터 육체적 기량과 순수한 힘의 게임으로 바꿔놓았다는 것이었다. 오늘날의 파워 베이스라인 게임이 생겨난 원인을 밝힌 해석으로서 이 교리는 대체로 정확하다. 오늘날의 프로 선수들은 정말로 측정 가능할 만큼 더 크고, 더 강하고, 더 좋은 조건을 갖추고 있다.[6] 그리고 최첨단 합성 재료 라켓은 정말로 속도와 스핀을 향상시켜주었다. 하지만 그렇다면, 로저 페더러처럼 고도의 기교를 자랑하는 선수가 남자 단식을 제패하는 현실은 이 교리에 크나큰 혼란을 안기는 일일 수밖에 없다.

페더러의 득세에 대한 유효한 설명은 세 종류가 있다. 그중 하나는 미스터리와 형이상학을 끌어들인 설명인데, 나는 이것이 가장 진실에 가깝다고 생각한다. 다른 두 가지는 좀더 기술적이고, 좀더 좋은 저널리즘에 가까운 설명이다.

형이상학적 설명이란, 로저 페더러가 부분적으로나마 마치 물리 법칙에서 면제된 것처럼 보이는 희귀하고 초자연적인 선수들 중 하나라는 것이다. 여기서 좋은 비유 대상은 마이클 조던이다.[7]

---

6 (나달이나 세리나 윌리엄스 같은 선수들은 인간이 아니라 만화에서 뛰쳐나온 슈퍼히어로 같다.)

7 앞에서 말한 일대일 인터뷰에서 페더러는 아름답다고 느끼는 운동선수가 있느냐는 질문을 받았는데, 그때 그가 첫 번째로 꼽은 사람이 조던이었고 그다음은 코비 브라이언트, 그다음은 "축구선수들 중에서 아주 느긋하게 뛰는 선수, 가령 지네딘 지단 같은 선수요. 지단은 아주 열심히 뛰지만, 그러기 위해서 그다지 힘들게 노력할 필요가 없는 것처럼 보이죠."
이어진 질문, 전문가들과 다른 선수들이 페더러의 경기를 "아름답다"고 말하는 것을 어떻게 생각하느냐에 대한 페더러의 대답은 비록—페더러 본인처럼—유쾌하고 지적이고 협조적이지만 사실 구체적으로 말해주는 바는 없다는 점에서 흥미롭다(말이야 바른 말이지, 남들이 자기더러 아름답다고 하는 데 뭐라고 대꾸할 수 있겠는가? 뭐라고 말해야 좋겠는가? 멍청한 질문이다).
"사람들은 늘 그 점을 맨 먼저 봅니다. 그들이 볼 때 내가 '제일 잘하는' 게 그 점이라는 거죠. 존 매켄로를 볼 때, 그죠, 맨 먼저 보이는 게 뭘까요? 엄청나게 뛰어난 재능을 가진 선수가 보이죠. 매켄로처럼 치는 선수는 아무도 없었으니까요. 매켄로가 공을 때

조던은 초인간적으로 높이 점프할 수 있었을 뿐 아니라 중력이 허락하는 것보다 한두 박자 더 오래 공중에 떠 있는 것 같았다. 또 무하마드 알리는 권투 경기장 바닥으로부터 실제로 "떠올랐을" 뿐 아니라 시계로는 잽을 한 번 날릴 수 있는 시간에 두세 번을 날릴 수 있는 것 같았다. 1960년 이래 이런 사례가 대여섯 명쯤 있었을 것이다. 로저 페더러는 바로 이런 유형의 선수다. 우리가 천재, 혹은 돌연변이, 혹은 화신이라고 부를 만한 선수. 페더러는 결코 서두르거나 균형을 잃지 않는다. 그를 향해 다가오는 공은 실제 그래야 하는

리는 방식, 그건 어떤 감각이죠. 그러다가 보리스 베커를 보면, 맨 먼저 보이는 건 강한 선수라는 거죠. 그죠.[7a] 당신이 내 경기를 볼 때는, 일단 나를 '아름다운' 선수라고 보죠. 그다음에야 가령 저 선수가 빠르네, 포핸드가 좋네, 서브가 좋네 하는 점이 보이는 거죠. 맨 먼저 어떤 기본이 있는데, 그죠, 내 경우에는 그게, 그죠, 아주 멋진 일인데, 운 좋게도 나는 기본적으로 '아름답다'고 이야기되는 거죠. 경기 스타일이요. 어떤 선수는 '그라인더'다운 특징이 먼저 눈에 들어올 수도 있고, 어떤 선수는 '파워 플레이어'라는 점이, 어떤 선수는 '빠르다'는 점이 먼저 보일 수 있죠. 내 경우는 그게 '아름다운 선수' 라는 거고, 그건 정말 멋진 일이에요."

　　7a (보다시피 페더러가 자주 쓰는 말버릇은 "어쩌면"과 "그죠"다. 이 버릇은 유용하기도 하다. 페더러가 사실은 무시무시하게 젊다는 사실을 일깨우기 때문이다. 여러분이 관심 있을까 봐 덧붙이면, 세계 최고의 테니스 선수는 흰 운동복 바지와 흰 긴팔 극세사 티셔츠를 입었다. 아마 나이키일 것이다. 스포츠 재킷은 걸치지 않았다. 악수할 때 손아귀 힘은 보통이지만 손은 목수처럼 거칠다(테니스 선수는 명백한 이유에서 굳은살이 많다). TV에서 보는 것보다 덩치가 좀더 크다. 어깨가 더 넓고 가슴도 더 두툼하다. 옆의 탁자에는 그가 매직으로 사인한 챙모자와 헤드밴드가 널려 있다. 그는 다리를 꼬고 앉고, 기분 좋게 웃고, 느긋해 보인다. 매직을 만지작거리거나 하지는 않는다. 전반적인 인상은 로저 페더러는 아주 좋은 사람이거나 언론을 다루는 데 아주 능한 사람이라는 것이다. 혹은(이 가능성이 제일 높을 것이다) 둘 다일 것이다.)

것보다 몇 분의 일 초쯤 더 오래 공중에 머물러 있는 것 같다. 그의 움직임은 운동선수답게 강하다기보다는 나긋나긋하다. 알리, 조던, 마라도나, 그레츠키처럼 그는 상대하는 선수들보다 덜 육체적인 동시에 더 육체적인 것처럼 보인다. 특히 윔블던이 필수 조건으로 요구하지만 살짝 어기는 것도 흔쾌히 용인하는 복장 규정인 흰옷을 입었을 때, 그는 (내가 생각하는) 실체와 아주 가까운 존재처럼 보인다. 육신이 육체이면서도 동시에 어째서인지 빛이기도 한 존재로.

공이 마치 이 스위스인의 의지에 굴복하는 것처럼 협조적으로 느려져서 공중에 오래 걸려 있다는 것, 이 이야기에는 모종의 형이상학적 진실이 담겨 있다. 다음 일화를 들어보라. 7월 7일 준결승전에서 페더러가 요나스 비외르크만을 완파한 뒤,—그냥 이긴 것이 아니라 완전히 밟아버렸다—시합 후 필수적으로 하게 되어 있는 기자회견이 열리기 직전, 페더러와 사이가 좋은 비외르크만은 자신이 "경기장에서 제일 좋은 좌석에서" 이 스위스인이 "인간이 할 수 있는 한 가장 완벽에 가까운 테니스를 치는 모습을" 구경할 수 있어서 기뻤다고 말했다. 페더러와 비외르크만은 잡담 삼아 농담하는 것이었는데, 그러던 중 비외르크만이 페더러에게 코트에서 공이 얼마나 비현실적으로 커 보이더냐고 물었고, 페더러는 정말로 "꼭 볼링공이나 농구공처럼" 보이더라고 대답했다. 페더러는 비외르크만의 기분을 풀어주려고 농담처럼 겸손하게 말한 것이었다. 자신도 그날 유달리 경기를 잘한 것이 놀랍다는 투로. 하지만 그는 또한 자신이 테니스를 어떻게 느끼는지에 대해서 약간의 정보를 발설한 셈이었다. 당신이 초자연적일 만큼 뛰어난 반사신경과 신체 조화 능력과 속도를 갖추고 최고 수준의 테니스를 치는 사람이라고 상상해보라. 그때 당신이 경기 중에 느끼는 것은 자신이 경이로운 반사신경과 속도를 가졌다는 느낌이 아닐 것이다. 그보다는 당신에게 테니스공이 꽤 크고 느리게 움직이는 것처럼 보일 테고, 당신에게는 공을 맞출 시간이 늘 충분한 것처럼 느껴질 것이다. 즉, 당신이 몸소 경험하는 것은 테니스공이 너무 빠른 나머지 쉭쉭 소리를 내고 흐릿해지는 것을 목격하는 현장의 관중이 당신에게 부여하는 (경험적으로는 실존하는) 민첩함과 기술은 아닐 것이다.[8]

속도는 한 부분일 뿐이다. 그다음부터는 더 전문적이다. 테니스는 흔히 인치의 게임이라고 불리지만, 이 진부한 표현은 대체로 숏이 떨어지는 지점에 관해서만 적용된다. 선수가 날아오는 공을 때리는 순간에 관해서라면, 테니스는 그보다는 마이크로미터의 게임에 가깝다. 공을 때리는 순간 근처에서 한없이 작은 변화만 있어

---

8 이 주장에 대해서 본인이 특별히 일대일로 확인해준 바: "흥미로운 얘기네요. 왜냐하면 이번 주에 센터 코트에서 안치치[이름은 마리오, 랭킹 10위에 드는 장신의 크로아티아 선수로 페더러가 수요일 준준결승에서 물리쳤다]가 내 친구, 알죠, 스위스 선수 바브링카[이름은 스타니슬라스, 페더러와 데이비스컵에 함께 출전하는 동료다]랑 경기했거든요. 그래서 내가 보러 가서 내 여자친구, 알죠, 미르카[성은 바브리네츠, 한때 랭킹 100위에 드는 여자 테니스 선수였으나 부상으로 그만두었고 지금은 페더러에게 앨리스 B. 토클러스와 같은 역할을 하고 있다]가 보통 앉는 자리에 앉아서 봤어요. 윔블던에 출전한 뒤로 처음 센터 코트에서 시합을 본 건데 정말 놀랐어요. 서브가 어찌나 빠른지, 그죠, 그 공을 맞추려면 얼마나 빠르게 반응해야 하는지, 특히 마리오[성은 안치치, 무시무시한 서브로 유명하다] 같은 선수가 서브할 때는, 그죠. 하지만 직접 코트에 섰을 때는 전혀 달라요, 그죠. 그냥 공만 눈에 들어오고 공의 속도는 안 보이거든요…."

도 공이 어디로 어떻게 날아갈 것인가에 큰 영향을 미친다. 라이플을 아주 조금만 부정확하게 겨냥하더라도 멀리 있는 표적을 놓칠 수 있는 것과 같은 원리다.

　설명을 돕기 위해서, 모든 것이 좀더 느리게 흘러가도록 만들어보자. 테니스 선수인 당신이 오른쪽 코트 베이스라인 바로 뒤에 서 있다고 상상하자. 상대가 서브한 공이 당신의 포핸드 지점으로 날아온다. 당신은 몸을 회전하여 공이 들어오는 경로로 몸의 측면을 정렬하고, 포핸드로 받아넘기기 위해서 라켓을 뒤로 가져가기 시작한다. 상상을 이어가서, 당신이 라켓을 앞으로 움직이는 행동을 절반까지 했다고 하자. 날아드는 공은 이제 당신의 엉덩이 바로 앞에, 공을 때릴 지점으로부터 아마 6인치(15센티미터)쯤 떨어진 곳에 와 있다. 이때 개입되는 변수를 몇 가지만 따져보자. 수직면을 보면, 라켓 앞면을 몇 도만 앞으로 혹은 뒤로 기울이느냐에 따라 톱스핀이냐 백스핀이냐가 결정된다. 그냥 수직으로 둔다면 스핀이 없는 평평한 드라이브가 만들어질 것이다. 수평면을 보면, 라켓 앞면을 아주 약간만 왼쪽 혹은 오른쪽으로 돌리느냐에 따라, 그리고 공을 몇 밀리초쯤 더 이르게 혹은 더 늦게 때리느냐에 따라 공이 대각선으로 넘어가느냐 사이드라인에 떨어지느냐가 결정된다. 게다가 그라운드스트로크의 움직임과 폴로스루의 곡선을 약간만 변화시키면 받아친 공이 네트를 얼마나 높이 넘을 것인가가 결정되는데, 여기에 당신의 스윙 속도가 결합하여 공이 상대 코트에 얼마나 깊게 혹은 얕게 떨어질지, 얼마나 높이 튀어 오를지 등등이 결정된다. 대충 구별한 정도가 이렇다. 실제로는 강한 톱스핀 대 가벼운 톱스핀, 날카로운 대각선 넘기기 대 약간만 대각선으로 넘기기 등 등도 있다. 당신이 공을 몸에 얼마나 가깝게 붙이느냐, 어떤 그립으로 라켓을 쥐느냐, 무릎을 얼마나 굽히느냐, 몸무게를 얼마나 앞으로 쏠느냐, 공을 보면서 상대의 서브 후 행동까지 동시에 볼 수 있느냐 등등의 문제도 있다. 이런 것들이 모두 중요하다. 더구나 지금 당신은 가만 있던 물체를 움직이게 만드는 것이 아니라 당신을 향해 날아오던 물체의 비행과 (다양한 수준의) 스핀을 되돌려주는 것이라는 점도 있다. 프로 테니스의 경우, 날아오는 공의 속도는 의식적인 생각을 하기가 불가능한 수준이다. 마리오 안치치의 첫 번째 서브는 시속 209킬로미터쯤 된다. 안치치의 베이스라인에서 당신의 베이스라인까지 거리가 78피트이니, 그의 서브가 당신에게 도달하기까지 0.41초가 걸린다는 말이다.[9] 눈을 빠르게 두 번 깜박이는 데 걸리는 시간보다 짧다.

요컨대, 프로 테니스에서 사건이 벌어지는 시간의 규모는 의식적 행동을 하기에는 너무 짧다. 시간적으로 우리는 그보다는 반사신경의 활동 범위에 있다. 의식적 사고를 건너뛴 채 순수하게 육체적으로만 벌어지는 반응 말이다. 그러나 서브를 효과적으로 받아넘

[9] 이것은 간단히 계산하기 위해서 공이 일직선으로 움직인다고 가정한 경우다. 그러니까 내 계산이 틀렸다고 편지를 보내거나 하진 마시라. 서브가 튀는 것을 고려하여 비직각삼각형에서 짧은 두 변의 합으로 움직인 총 거리를 계산하고 싶다면[9a] 아무쪼록 계산하시라. 그래 봐야 0.02초에서 0.05초쯤 더 늘어날 텐데 그 정도는 중요하지 않다.

[9a] (공이 느리게 튀는 코트 표면일수록 궤적이 직각삼각형에 가까워진다. 공이 빨리 튀는 잔디 코트에서는 각도가 늘 빗각이다.)

기는 행동은 수많은 결정과 육체적 조성에 의지하는 행동이다. 우리가 깜짝 놀랐을 때 눈을 깜박거리면서 펄쩍 뛰는 행동 같은 것보다는 훨씬 더 많은 요소가 관여하는 의도적 행동이다.

강한 서브로 넘어온 테니스공을 성공적으로 받아넘기는 데는 이른바 '운동감각'이 필요하다고 말하는 경우도 있다. 이것은 복잡하게 얽힌 여러 작업들을 재빠르게 수행함으로써 육체와 그 인공적 연장을 잘 통제해내는 능력을 뜻한다. 영어에는 이 능력의 다양한 측면을 뜻하는 용어가 한 무더기는 된다. 느낌, 터치, 기량, 자기수용 감각, 신체 조화 능력, 손과 눈 조화 능력, 근육 감각, 우아함, 통제력, 반사신경 등등. 이 운동감각을 다듬는 것이야말로 유망한 주니어 선수들이 매일 실시하는 극단적으로 힘든 연습의 주목적이다.[10] 이때 훈련은 근육적인 것이기도 하고 신경학적인 것이기도 하다. 매일매일 수천 번씩 스트로크를 연습하다 보면, 보통의 의식적인 생각으로는 해낼 수 없는 것을 '느낌'으로 해낼 수 있는 능력이 발달한다. 외부인의 눈에는 이런 반복 연습이 지루하거나 심지어 잔인해 보이겠지만, 외부인은 선수의 몸속에서 벌어지는 일을 결코 느끼지 못한다. 선수의 몸속에서는 미세한 조정이 벌어지고 또 벌어지며, 각각의 변화가 주는 효과에 대한 감각은 설령 의식에서는 멀어지더라도 점점 더 예리해진다.[11]

10 컨디션 조절도 중요하다. 육체적 피로에 맨 먼저 타격을 받는 것이 운동감각이기 때문이다. (그 외의 적대적인 요소로는 두려움, 자의식, 극도의 심리적 동요가 있다. 프로들 중 정신력이 약한 선수가 드문 것은 이 때문이다.)

11 일상의 경험에서 가장 비슷한 것을 꼽으라면, 숙련된 운전자가 의식적인 주의를

운동감각 훈련을 진지하게 수행하는 데는 많은 시간과 노력이 든다는 점이야말로, (아주 늦어도) 십대 초반부터 눈뜬 시간의 대부분을 테니스에 바친 사람만이 일류 프로 선수가 될 수 있는 한 이유다. 로저 페더러가 축구를 끝내 포기하고, 이런 시절나운 어린 시절을 포기하고, 에쿠블렌스에 있는 스위스 국가 테니스 훈련 센터에 들어간 것은 열세 살 때였다. 열여섯 살에 그는 학교 공부를 그만두고 본격적으로 국제 경기에 출전하기 시작했다. 페더러가 주니어 윔블던에서 우승한 것은 학교를 그만둔 지 불과 몇 주 뒤였다. 당연한 말이지만, 테니스에 헌신한 주니어 선수라고 해서 누구나 다 이렇게 할 수 있는 것은 아니다. 역시 당연한 말이지만, 그렇다면 시간과 훈련 외에 다른 요소도 관여하는 셈이다. 타고난 재능이라는 것도 있고, 그것도 여러 수준으로 있다. 오랜 연습과 훈련이 가치가 있으려면 애초에 아이에게 특출한 (그리고 측정 가능한) 운동감각 능력이 있어야 하는 것이다…. 그리고 시간이 흐르면, 그 출발점으로부터 점차 낭중지추처럼 가장 뛰어난 재능이 두드러지기 마련이다. 그러니 페더러의 지배를 기술적으로 설명하는 한 가지 해석은 그가 다른 남자 프로 선수들보다 그런 운동감각적 재능이 좀더 뛰어나다는 것이다. 단 아주 약간만 더. 왜냐하면 세계 랭킹 100위에 드는 선수라면 누구나 운동감각적 재능이 어느 정도는 있을 테니까. 그러나 이번에도 역시 테니스는 인치의 게임이다.

그런데 이 해석은 그럴싸하지만 완전하지는 않다. 1980년이라

거의 기울이지 않고도 운전에 필요한 수많은 사소한 결정과 조정을 해내는 것이 있다.

면 완전했을 수도 있다. 하지만 2006년에는, 왜 여태까지 이런 유형의 재능이 중요한가 하고 마땅히 되물어봐야 한다. 테니스계의 교조적 교리와 윔블던의 안내문을 떠올려보라. 운동감각 면에서 거장이든 아니든, 로저 페더러는 역사상 존재했던 선수들 중 가장 크고, 강하고, 튼튼하고, 가장 훌륭한 훈련과 코치를 받는 남자 프로 선수들을 제압하고 있다. 그 선수들 모두가 파괴적인 라켓을 쓰고, 그 라켓은 섬세한 운동감각적 기량을 무의미하게 만든다고 하는데 말이다. 마치 메탈리카의 공연장에서 모차르트를 휘파람으로 불려고 노력하는 것처럼.

믿을 만한 자료에 따르면, 명예로운 동전 던지기에 나섰던 윌리엄 케인스의 사연은 이렇다. 어느 날, 그가 두 살 반이었을 때 그의 어머니가 아들의 배에서 덩어리를 발견했고, 그래서 의사에게 데려갔고, 덩어리는 악성 간 종양으로 진단되었다. 그 시점에서는 물론 누구도 상상하지 못했을 것이다…. 앞으로 이 작은 아이가 화학요법을 견뎌내고, 그보다 더 심한 화학요법도 견뎌내고, 어머니는 그 장면을 계속 지켜보고, 잠시 아이를 집으로 데려왔다가 간호하고, 화학요법을 좀더 받기 위해서 병원으로 다시 데려가고 해야 한다는 것을. 어머니는 아이의 질문에 어떻게 답했을까? 큰 질문, 명백한 질문에? 어머니 자신의 질문에는 누가 답해주었을까? 아무리 유능한 사제나 목사라도, 그녀에게 그로테스크하지 않은 대답을 해줄 수 있었을까?

결승전 2세트는 나달이 2 대 1로 이기고 있고 역시 그가 서브를 넣고 있다. 페더러는 1세트를 러브게임으로 땄지만, 가끔 그러는 것처럼 그 뒤에 기운이 좀 빠져서 이제 브레이크 포인트가 하나 뒤진 상황에 몰렸다. 나달의 어드밴티지인 지금, 스트로크가 열여섯 번 이어진 뒤 점수가 날 것이다. 나달이 파리에서보다 시속 32킬로미터 더 빠른 속도로 서브를 넣고, 이 공은 중앙에 떨어진다. 페더러는 부드러운 포핸드로 공을 네트 높이 띄우는데, 이렇게 해도 괜찮은 것은 나달은 서브 후에 안으로 들어오는 일이 없기 때문이다. 이 스페인 선수는 이제 특징적인 강한 톱스핀을 먹인 포핸드로 공을 페더러의 백핸드 깊숙이 찔러 넣는다. 페더러는 백핸드로 그보다 더 강한 톱스핀을 먹여 넘기는데, 거의 클레이 코트 숏 수준이다. 이것은 예상하지 못했던 숏이라서 나달은 약간 뒤로 물러나고, 그러면서 그가 낮고 강하게 넘긴 짧은 공은 페더러의 포핸드 쪽 서비스라인의 T 지점을 살짝 지나쳐 떨어진다. 다른 대부분의 상대에 대해서라면 페더러는 이런 공으로 간단히 점수를 따겠지만, 나달이 페더러에게 골칫거리인 한 이유는 나달이 다른 선수들보다 더 빨라서 다른 선수들은 받지 못하는 공을 받을 수 있다는 점이다. 그래서 페더러는 그냥 포핸드로 스핀을 먹이지 않은 중간 세기의 공을 대각선으로 날린다. 점수를 딸 요량이 아니라, 낮고 얕은 각도로 떨어지는 공으로 나달을 오른쪽 코트 멀리까지, 백핸드 지점까지 끌어내려는 것이다. 나달은 달려가면서 백핸드로 강하게 받아쳐 공을 페더러의 백핸드 지점 라인에 떨어뜨린다. 페더러는 그 공에 백스핀을 먹여서 같은 방향으로 돌려보냄으로써 느리고 높게 뜬 공으로 나달이 같은 지점으로 돌아가게 만든다. 나달은 공을 바로 백스핀으로 받아넘기고—이제 연속 세 숏이 같은 선을 따라 오갔다—페더러는 이번에도 같은 지점으로 백스핀으로 받아넘기는데, 이번 공은 아까보다 더 느리고 더 높이 뜬다. 그래서 나달은 아까 그 지점에서 역시 같은 방향으로 두 손으로 받아넘긴다. 이제 나달은 코트 오른쪽 끝으로 멀리 나가서 아예 진을 친 것 같다. 숏 사이에 더 이상 베이스라인 중앙까지 다 돌아오지 않는다. 페더러가 나달에게 살짝 최면을 건 셈이다. 페더러는 이제 강하고 깊게 톱스핀을 먹인 공을 백핸드로 넘긴다. 쉿 소리가 날 것 같은 공이다. 공은 나달의 베이스라인에서 왼쪽으로 살짝 치우친 지점으로 들어가고, 나달은 포핸드로 받아서 대각선으로 넘긴다. 그러자 페더러는 백핸드로 좀더 강하고 묵직한 공을 대각선으로 넘기는데, 빠르게 베이스라인 깊숙이 들어간 그 공을 받으려다 보니 나달은 불리한 상황에서 포핸드로 넘기고는 서둘러 중앙으로 돌아간다. 그 숏은 다시 한 번 페더러의 백핸드 쪽으로 아마도 0.6미터쯤 짧게 떨어진다. 로저 페더러는 이 공으로 다가가면서, 아까와는 전혀 다르게 백핸드로 대각선으로 넘기는데, 이 숏은 훨씬 더 짧은 데다가 누구도 예상하지 않았던 예리한 각도이고, 톱스핀이 워낙 세게 먹여져 있어서 사이드라인 바로 안쪽에 얕게 떨어진 뒤 힘차게 튀어나가 버린다. 나달은 공을 중간에 차단할 수 없고 베이스라인을 따라 측면으로 움직여서 받아낼 수도 없다. 각도와 톱스핀 때문이다. 페더러 득점. 이것은 눈부신 득점 숏이자 또 한 번의 '페더러 순간'이다. 그러나 이 장면을 현장에서 본 사람이라면, 이 득점 숏은 페더러가 네

숏, 심지어 다섯 숏 앞에서부터 계획했던 것임을 알 수 있다. 맨 처음 사이드라인에 걸쳤던 슬라이스 이후 모든 행동은 이 스위스인이 나달을 조종하여 꾀어내고 나달의 리듬과 균형을 망가뜨림으로써 최후의 상상 불가능한 각도를 열기 위한 작전이었다. 그리고 그 각도는 엄청난 톱스핀이 없었다면 불가능했을 것이다.

극단적인 톱스핀은 오늘날 파워 베이스라인 게임의 대표적인 특징이다. 이것은 윔블던의 안내문이 옳게 말한 지점이다.[12] 하지만 톱스핀이 왜 그렇게 결정적인가 하는 문제는 아직 널리 이해되지 않았다. 반면에 사람들이 널리 이해하고 있는 사실은, 최첨단 합성 소재 라켓이 공에 훨씬 더 큰 속도를 내준다는 것이다. 나무로 된 구식 야구 배트보다 알루미늄 배트가 그런 것처럼. 하지만 이 교리는 거짓이다. 진실은 무엇인가 하면, 같은 인장력일 때 탄소 합성 소재는 나무보다 더 가볍기 때문에 현대의 라켓은 크레이머나 맥스플라이 같은 빈티지 라켓보다 몇 온스 더 가벼울 수 있고 폭도 최소한 일 인치 더 넓을 수 있다는 것이다. 바로 이 머리의 폭이 결정적이다. 폭이 넓다는 것은 실이 얽힌 영역이 더 넓다는 뜻이고, 그것은 곧 스위트 스폿이 더 넓다는 뜻이다. 합성 라켓을 쓰면, 공에 속도를 가하기 위해서 꼭 기하학적으로 정확한 한중간에 공을

12 (…다만 안내문에서 "강력한 톱스핀"이 "강하게 때리는 선수들"을 수식하는 것이 아니라 "게임을 지배한다"를 수식한다고 가정했을 때의 말이다. 전자로 해석한 말은, 즉 "요즘은 강력한 톱스핀을 지니고 강하게 때리는 선수들이 게임을 지배한다"는 말은 그럴 수도 있고 아닐 수도 있다. 영국 문법은 좀 까탈스럽다.)

맞힐 필요가 없다. 톱스핀을 가할 때도 꼭 정확한 지점에 맞힐 필요가 없다. 톱스핀을 가하려면 (기억하겠지만) 라켓을 기울인 채 위로 곡선을 그리면서 스트로크를 해야 하는데, 이것은 공을 라켓에 정면으로 맞추는 것이라기보다는 쓸어내는 것에 가깝다. 이 동작은 나무 라켓으로 하기는 상당히 어려웠다. 라켓의 면이 좁아서 스위트 스폿도 인색하리만치 좁기 때문이다. 합성 라켓은 머리가 더 가볍고 넓어서 중심도 더 넓으니, 선수는 더 빠르게 스윙하면서도 공에 더 많은 톱스핀을 가할 수 있다…. 그리고 톱스핀을 많이 먹은 공일수록 받기가 더 어려운데, 왜냐하면 오차 범위가 더 넓기 때문이다. 톱스핀을 먹은 공은 네트 위를 높게 날고, 예리한 호를 그리며, (그냥 치솟아서 나가버리는 게 아니라) 상대의 코트 안쪽으로 빠르게 뚝 떨어진다.

따라서 기본 공식은 합성 라켓이 톱스핀을 가능하게 해준다는 것, 톱스핀은 20년 전에 비해 그라운드스트로크를 훨씬 더 빠르고 강력하게 만들어준다는 것이다. 요즘은 남자 프로 선수들이 스트로크의 힘 때문에 땅에서 발이 떨어져서 공중으로 뜨다시피 하는 모습을 흔히 볼 수 있다. 예전에는 지미 코너스에게서만 볼 수 있었던 장면인데.

그런데 코너스가 파워 베이스라인 게임의 아버지였는가 하면, 그것은 아니다. 코너스가 베이스라인에서 강하게 때리는 경기를 한 것은 사실이지만, 그의 그라운드스트로크는 스핀이 없었고 네트를 아주 낮게 넘었다. 그러면 비에른 보리는 파워 베이스라인 선수였는가 하면, 그도 아니었다. 보리와 코너스는 둘 다 고전적 베이스라인 게임의 약간 특수한 형태를 따랐다고 할 수 있고, 그 고전적 베이스라인 게임이란 그보다 더 고전적인 서브 앤드 발리 게임에 대항하기 위해서 진화한 형태였다. 그리고 그 서브 앤드 발리 게임은 수십 년 동안 남자 테니스계를 지배한 게임 형태였으며, 현대에 그 형식의 가장 위대한 선수는 존 매켄로였다. 당신도 아마 이런 이야기를 다 알 것이다. 매켄로가 보리를 거꾸러뜨리고 남자 단식을 지배하다시피 했다는 것을, 그러나 그 시대는 1980년대 초중반에 끝났는데 왜냐하면 이때 (a) 현대적인 합성 라켓이 등장했고[13] (b) 최초의 합성 라켓을 사용한 선수이자 파워 베이스라인 테니스의 진정한 창시자라 할 수 있는 이반 렌들이 나타났다는 것을.[14]

이반 렌들은 그 스트로크와 전략이 합성 라켓의 특수한 능력에 어울리도록 설계된 것처럼 보이는 최초의 일류 프로 선수였다. 렌들의 목표는 베이스라인에서 숏을 받아넘기거나 바로 득점 숏을 꽂거나 해서 점수를 따는 것이었다. 렌들의 무기는 그라운드스트로크, 특히 포핸드였는데 그는 그것을 압도적인 속도로 칠 수 있었다. 공에 톱스핀을 엄청나게 먹였기 때문이다. 속도와 톱스핀의 조합 덕분에 렌들은 또한 파워 베이스라인 게임의 등장에 결정적인 요

---

13 (코너스도 매켄로도 합성 라켓으로의 전환을 그다지 성공적으로 해내지 못했다. 그들의 경기는 이전 시대 라켓에 맞춰져 있었다.)

14 채찍 같은 포핸드, 치명적인 원핸드, 짧은 공을 인정사정없이 처리하는 능력을 갖췄던 렌들은 형식 면에서 페더러의 선배 격이었다. 하지만 그 체코 선수는 뻣뻣했고, 차가웠고, 무지막지했다. 렌들의 경기는 굉장하긴 했지만 아름답진 않았다. (내가 대학 때 기숙사 이인실을 함께 썼던 친구는 렌들의 경기를 보는 것은 꼭 〈의지의 승리〉를 3D로 보는 것 같다고 말했다.)

소였음이 증명된 무언가를 더 할 수 있었다. 바로 강하게 때린 그라운드스트로크로 극단적이고 놀라운 각도를 낼 수 있었다는 것이다. 이것은 주로 빠른 속도 덕분에 강한 톱스핀이 공을 멀리 벗어나지 않고 뚝 떨어지게 만들기 때문이다. 지금 와서 돌아보면, 이것이야말로 공격적인 테니스의 물리학을 완전히 바꿔놓은 사건이었다. 서브 앤드 발리 게임이 수십 년 동안 큰 위력을 발휘했던 것이 바로 이 각도 덕분이었다. 선수가 네트에 가까울수록 상대의 코트가 더 많이 열렸다. 발리의 고전적인 이점은 만약 베이스라인이나 코트 중간에서 시도한다면 공이 멀찍이 벗어날지도 모르는 각도로 때릴 수 있다는 것이다. 그러나 그라운드스트로크에 먹인 톱스핀은, 정말 심하게 먹인 경우라면, 공이 빠르고 얕게 떨어지도록 해주기 때문에 발리에서 쓸 수 있는 각도들을 쓸 수 있게 해준다. 당신이 때리는 그라운드스트로크가 다소 짧은 공이라면 더 그렇다. 공이 짧을수록 더 많은 각도가 가능해지기 때문이다. 속도, 톱스핀, 공격적인 베이스라인 각도. 보라, 이것이 파워 베이스라인 게임이다.

이반 렌들이 불멸의 위대한 테니스 선수였던 것은 아니다. 렌들은 그저 강한 톱스핀과 완력으로 베이스라인에서 무엇을 해낼 수 있는지를 처음 보여준 세계적 수준의 프로 선수였다. 더 중요한 점은, 합성 라켓과 마찬가지로 렌들의 성취는 복제 가능한 것이었다는 점이다. 육체적 재능과 훈련이 일정 문턱을 넘어서면, 그다음에 필요한 조건은 주로 집중력, 공격성, 탁월한 힘, 그리고 컨디션 조절이 되었다. 그 결과가 바로 (다양하고 복잡한 세부 사항과 전문 분야는 제외한 말이지만[15]) 지난 20년 동안의 남자 프로 테니스였다.

갈수록 더 크고, 더 강하고, 더 튼튼한 선수들이 나타나서 유례없는 속도와 톱스핀으로 땅을 때림으로써 자신이 쉽게 해결할 수 있는 짧은 공이나 약한 공을 끌어내리려고 노력하는 것.

이 사실을 시사하는 통계가 있다. 2002년 윔블던 남자 결승전에서 레이턴 휴잇이 다비드 날반디안을 꺾었을 때, 경기를 통틀어 서브 앤드 발리로 딴 점수는 한 점도 없었다.[16]

파워 베이스라인 게임은 일반적으로 지루하지 않다. 구식의 서브 앤드 발리 게임이나 까마득히 높게 띄운 지루한 공이 난무하는 고전적 베이스라인 소모전보다야 확실히 덜 지루하다. 그러나 여기에는 뭔가 정적이고 제한적인 면이 있다. 하지만 전문가들이 오랫동안 공개적으로 두려워해온 바와는 달리, 파워 베이스라인 게임은 테니스의 진화적 종착지가 아니다. 이 사실을 보여준 선수가 바로 로저 페더러다. 그리고 그는 이것을 현대적 게임의 내부에서 보여주었다.

중요한 것은 바로 이 내부에서라는 대목이다. 이것은 순수하게 신경학적인 설명이 간과하는 대목이기도 하다. 또 우리가 터치나 섬세함 같은 섹시한 설명을 오해해서는 안 되는 이유이기도 하다. 페더러에게, 이것은 양자택일의 문제가 아니다. 이 스위스인은

<hr />

15 예를 들어, 몇몇 서브 앤드 발리 선수는 (피트 샘프러스나 패트릭 래프터처럼 주로 에이스와 속도에 크게 의존하도록 변형된 형태로) 1990년대에도 계속 빠른 코트에서 통했다.

16 2002년이 페더러가 결승에 올라오지 않은 마지막 윔블던 해였고 이듬해부터는 페더러가 계속 결승에 올랐다는 사실 또한 시사적이다.

렌들과 애거시의 놀라운 그라운드스트로크 속도를 고스란히 갖고 있고, 스윙할 때 몹시 강력하게 땅을 박차며, 백코트에서 나달조차 놓치게 만드는 숏을 때릴 수 있다.[17] 그렇다면 윔블던의 안내문에

17 2006년 결승전 세 번째 세트, 게임 스코어 3 대 3에 30-15인 상황에서 나달이 두 번째 서브를 페더러의 백핸드 쪽으로 높이 때린다. 코치로부터 페더러의 백핸드 쪽으로 높고 강하게 때리라는 지시를 받은 게 분명하고, 나달은 정말 그 방법으로 계속 포인트를 따고 있다. 페더러는 슬라이스로 받아서 나달의 정면으로 0.6미터쯤 짧게 떨어뜨리는데, 스페인인이 득점 숏을 칠 만큼 짧지는 않지만 그를 코트 안쪽으로 살짝 끌어들일 만큼은 짧고, 그 지점에서 나달은 포핸드로 온 힘을 실어 (또) 페더러의 백핸드 쪽으로 강하고 무겁게 때린다. 공에 그렇게 속도를 먹인 터라 나달이 아직 베이스라인으로 완전히 돌아가지 못했을 때, 페더러는 훌쩍 뛰어올라 백핸드로 강한 톱스핀을 먹이면서 나달의 오른쪽 사이드라인 근처로 공을 보낸다. 그러자 나달은—자세는 미처 잡지 못했지만 세계 정상급으로 빠르니까—겨우 쫓아가서 한 손으로 (또) 페더러의 백핸드 쪽으로 넘기는데, 이 공은 높이 뜬 데다가 느리므로 몸을 돌릴 여유가 있었던 페더러는 인사이드아웃 포핸드로 쳐 넘기고, 이 포핸드는 토너먼트를 통틀어 다른 어떤 선수의 어떤 포핸드보다 강한 데다가 톱스핀도 딱 정확한 정도로만 먹어서 나달의 왼쪽 코너에 떨어지고, 스페인인은 거기까지 쫓아가기는 하지만 결국 받아내지는 못한다. 우렁찬 갈채. 이번에도, 언뜻 압도적인 베이스라인 숏으로 보이는 것은 사실 맨 처음의 반쯤 짧았던 영리한 슬라이스와 나달이 어디서 얼마나 세게 칠 것인가를 예측했다는 점에서부터 차근차근 준비된 것이었다. 물론 페더러가 마지막 포핸드를 아주 세게 때리기는 했다. 관중이 놀라서 서로 얼굴을 보며 박수를 칠 정도로. 다만 페더러의 특별한 점은 그가 모차르트인 동시에 메탈리카라는 것, 어떻게 하는지는 몰라도 그 둘의 조화가 탁월하다는 것이다.

그건 그렇고 이 대목에서, 아니면 그다음 게임을 볼 때, 내 안에서 서로 다른 세 가지 느낌이랄까 하는 것이 떠올라서 하나로 합쳐졌다. 첫 번째는 내가 살아서 이걸 보고 있다니 얼마나 영광인가 하는 느낌이다. 두 번째는 윌리엄 케인스도 센터 코트 관중 틈 어딘가에서 엄마와 함께 이걸 지켜보고 있겠구나 하는 생각이다. 세 번째는 기자단 버스 운전사가 우리에게 바로 이런 경험을 하게 되리라고 열렬히 말했던 사실이 불쑥 기억난 것이다. 이것은 그의 말대로 정말 종교적인 경험이다. 말로 설명하기는 어렵다.

서 정말로 이상하고 잘못된 점은 그 개탄하는 듯한 어조일 것이다. 왜냐하면 지금은, 2006년도 여전히, 파워 베이스라인의 전성기이기 때문이다. 로저 페더러는 일류의, 무지막지하게 강력한, 파워 베이스라인 선수다. 다만 그는 오로지 그것만은 아닐 뿐이다. 그에 더해서 그에게는 지성이 있고, 오컬트로 느껴질 만큼 공에 잘 대비하는 능력, 코트 감각, 상대를 읽고 조종하는 능력, 스핀과 속도를 섞는 능력, 엉뚱한 방향으로 보내고 가장하는 능력, 속도에만 의존하기보다는 전략적 선견지명과 주변 시야와 폭넓은 운동감각적 범위를 활용하는 능력이 있다. 그리고 이 모든 요소들은 오늘날 남자 테니스가 가진 한계와 가능성을 드러내 보여준다.

⋯이런 말이 대단히 과장되고 좋게 말한 이야기처럼 들린다는 것은 안다. 하지만 이 남자에 대해서라면 이것이 과장된 말도, 추상적인 말도 아니라는 것을 부디 이해해주길 바란다. 좋게 말한 이야기도 아니다. 렌들이 자신의 교훈을 단호하게, 경험적으로, 압도적으로 보여주었던 것과 똑같은 방식으로, 로저 페더러는 오늘날 프로 게임의 속도와 힘이 게임의 뼈대일 뿐 온전한 육체는 아니라는 것을 보여주고 있다. 페더러는 비유적으로나 문자 그대로나 남

이것은 생각인 동시에 감정이라고 할 수 있는 느낌이다. 이 느낌을 지나치게 진지하게 여길 생각은 없다. 여기에 무슨 세상의 균형 같은 것이 적용된다고 착각할 마음도 없다. 그런 생각은 그로테스크한 일일 것이다. 하지만 이것만은 진실이다. 저 아픈 아이를 만들어낸 것이 정확히 어떤 신, 존재, 에너지, 혹은 유전의 무작위적 흐름인지는 몰라도, 그것이 또한 로저 페더러도 만들어냈다는 사실. 저 아래에서 뛰는 그를 한번 보라. 저 모습을 한번 보란 말이다.

자 테니스를 새롭게 구현하고 있으며, 덕분에 아주 오랜만에 이 게임의 미래는 예측 불가능하게 되었다. 여러분도 윔블던의 바깥 코트에서 올해 주니어 윔블던 경기가 다종다양한 발레처럼 펼쳐지는 모습을 보았어야 한다. 드롭 발리와 혼합 스핀, 일부러 느리게 넣은 서브, 세 숏 앞을 내다본 수, 이런 것들이 표준적인 요소인 신음 소리와 고속으로 날아가는 공과 함께 펼쳐졌다. 이곳 주니어 선수들 가운데 햇병아리 페더러와 같은 재목이 있는지 없는지는 물론 알 수 없다. 천재성은 복제되지 않는다. 하지만 영감은 전염되고, 그것도 여러 형태로 전염된다. 그리고 힘과 공격성이 아름다움 앞에서 취약해지는 모습을 가까이에서 바라보는 것만으로도, 우리는 영감을 느끼고 (필멸하는 인간의 덧없는 방식으로) 만족하는 것이다.

(2006년)

Fictional Futures

and the Conspicuously Young

픽션의 미래와

현격하게 젊은 작가들

◎　1988년 《현대 소설 리뷰》 봄 호에 실렸고, 세 번째 산문집 《육체이면서도 그것만은 아닌》에 재수록되었다. 데이비드 포스터 월리스가 처음 발표한 비평으로, 사실상 그의 출사표였다.

문학 유행의 메트로놈은 프레스토(아주 빠르게)에 맞춰진 것 같다. 데이비드 레빗의《가족과 춤추기Family Dancing》, 제이 매키너니의《밝은 빛, 큰 도시Bright Lights, Big City》, 브렛 엘리스의《0보다 적은Less Than Zero》이 주목을 끌며 등장한 것을 시작으로, 지난 삼 년 남짓 '현격하게 젊은Conspicuously Young'[1] 작가들의 소설에 대한 선의의 비평적, 상업적 관심이 말 그대로 폭발했다. 그 기간 동안 굶주린 습작 시절이라는 유서 깊은 전통이 뒤집혔다. 이제는 작가가 사춘기에 가까울수록 자산인 것 같다. 소문을 들으니 에이전트들이 대학 미식축구 선발 경기를 찾아가는 프로 스카우터처럼 이름난 창작 워크숍을 쫓아다닌다고 한다. 출판사들과 평론가들은 자신이 좋아하는 풋내기를 남들보다 먼저 "새로운 세대의 첫 번째 목

---

1 지금부터는 줄여서 'C.Y.'라고 부르겠다.

소리"로 선언하려고 앞다툰다. 도시 상류층 젊은이들은 C.Y. 소설을 소비하는 진정한 청중으로 (또한 시장으로) 빠르게 자리 잡았다. 브렛 엘리스와 제이 매키너니, 타마 재노위츠와 데이비드 레빗, 모나 심프슨과 수전 마이넛이 제 또래 독자들에게서 누리는 인기는 1960년대 히피풍 블랙 유머 군단이 대중의 시선으로부터 어느 정도 사라진 이래 유례없는 수준이다.

내가 이 글을 쓰는 1987년 말, 일말의 타당성이 없다고 볼 수 없는 반발이 벌써 거세게 등장했다. 1980년대 중반에 새로운 세대의 조숙성을 찬양했던 발 빠른 서평가들이 이제는 문학계에 증식한 '브랫 팩'을 개탄하고 있다.('brat pack'은 원래 그냥 '악동들'이라는 뜻이지만, 특히 이 시절 문학계의 젊은 작가들을 가리켜 '문학계 브랫 팩'이라는 용어가 널리 쓰였다.—옮긴이) 1985년 침 튀기는 표지 기사로 매키너니를 공식적으로 신격화했던 《빌리지 보이스》는 올가을 몇몇 매키너니 추종자들을 가차 없이 혹평한 기사에 "브랫 팩, 게우다"라는 제목을 달고, 비뚤배뚤 오려낸 재노위츠, 매키너니, 엘리스 등의 얼굴을 기저귀 모델들에게 붙인 사진을 실었다. 1987년이 되자 갑자기 《뉴욕 타임스 북 리뷰》의 기자들과 기고자들은 "염세적인 창작 워크숍"들이 등장하는 경향, "Y.A.W.N.S.(젊고 아노미적인 백인 소설가들Young Anomic White Novelists)"의 범람, 혜성처럼 반짝 나타났다가 금세 사라지는 "단편 신예"가 끊임없이 꼬리를 무는 세태를 개탄하기 시작했다. 10월 11일 자에서는 막후 실력자 중 실력자인 윌리엄 개스가 "현재형에게 낙제점을" 부여했다.

여러분도 그동안 우리 지면을 괴롭혔던 학생풍 [작가들의] 만연을 눈치챘을 것이고, 그들의 글을 실어주기 위해서 존재하는 시시껄렁한 잡지들을 보았을 것이다. 수많은 단편 독자들과 작가들이 진지한 주류 문학의 빈약한 물길에 송사리들처럼 방류되었다… 뭐, 젊은이는 젊은이 아니겠는가… 청춘들은 자신의 영혼을 탄산음료보다 더 많이 소비하고, 편협한 감정을 정크푸드보다 더 많이 소비한다. 그들에게는 방종의 한계가 없는 것일까?… 연구차 [최근 레빗이 엮은 C.Y. 소설선집을] 읽어보았다. 꼭 아직 무덤들이 설치되지 않은 묘지를 거니는 것 같았다.

왜 이렇게 급격히 분위기가 반전되었을까? 이것은 변덕스럽고 부당한 반전일까, 아니면 진작 왔어야 할 일일까? 더 흥미로운 질문은 이렇다. 이 반전에는 어떤 의미가 있을까?

내가 볼 때, 기성 문학계와 C.Y. 작가들의 밀월이 끝난 것은 애초에 갓 수련을 마친 작가들을 성급하게 부상시켰던 뻔뻔한 과대광고에서 필연적으로 따라 나온 예측 가능한 결과다. 넌지시 내려다보는 태도의 비평적 탐닉과 넌지시 내려다보는 태도의 비평적 퇴짜는 한 동전의 양면이다. C.Y. 소설들 중 민망하리만치 못 쓴 소설이 더러 있는 것은 사실이다. 그러나 이 사실로는 무엇도 설명할 수 없다. 나이 든 예술가들의 작품 중에도 못 쓴 것은 많고, 그런 작가들 중 다수는 이미 밑천이 드러났으나 오직 명성과 유행에 기대어 버티고 있기 때문이다.

이보다 더 적절한 비판은 현재 많은 젊은 작가의 글이 지루할 정도로 똑같다는 비판이다. 소설을 널리 읽어온 사람이라면 누구든 이 비판에 어느 정도 동의할 것이다. 최근 출간된 방대한 양의 C.Y. 소설 중 방대한 수는 모든 젊은 작가의 작업이 다음 세 가지 지루한 진영 중 하나 이상에 속한다는 고정관념을 강화한다.

(1) 니먼 마커스(뉴욕의 고급 백화점 이름—옮긴이) 풍의 세련된 니힐리즘. 여섯 자리 숫자의 연봉을 받는 상류층 사람들, 인공 선탠을 즐기고 도덕적으로 결핍된 그 자녀들, 달리 말해 몇 그램의 화학적 격려 없이는 리무진에서 정신분석가의 소파까지도 제대로 걸어가지 못하는 인물들을 통해서 열변을 토한다.

(2) 긴장성 사실주의, 달리 말해 초미니멀리즘, 달리 말해 나쁜 레이먼드 카버. 교외의 주거지는 늘 황무지이고, 어른들은 모두 자동인형이고, 화자는 늘 백지 상태의 인식 기관으로서 아침 시리얼에 든 인공 성분이나 현대의 영혼 없는 인간형에 대해서 단음절로 된 단어들만 줄줄이 읊조린다.

(3) 워크숍 신비주의. 최고의 칭찬이 "재능 있는" "완성된" "문제없는" 같은 단어들인 소설. 창작 프로그램의 처방과 금지가 사방을 에워싼 힘처럼 어렴풋이 느껴지는 소설. 모든 인물은 가까운 과거에 프로이트적 트라우마를 겪었고, 그들의 외모는 진단 수준으로 세세히 묘사된다. 모든 이미지가 규칙이나 다름없는 존 업다이크 식 비

유로 서서히 디졸브된다. 모든 서두에 앞으로 무엇을 '말할' 것인가를 '보여주는' 극화된 장면이 있다. 모든 결말 전에 그것이 다가온다는 사실을 어느 문맹이라도 도표화하여 예측할 수 있을 듯한 에피파니가 온다.

이것은 못된 말이지만, 안타깝게도 타당한 말이다. 단, 대개의 일반화가 그렇듯 이 또한 우리에게 주어진 작품들 중 가장 열등한 사례들에 대해서만 유효하다. C.Y. 작가들의 침략을 개탄하면서도 그 침략자들을 분류하고 싶어 하는 평론가에게는 아이러니로 느껴질 텐데, C.Y. 소설의 양적 급증은 이에 수반된 다양성과 더불어 이 세대에서 제일 좋은 작가를 그저 그런 작가들보다 돋보이게 만드는 낭중지추 효과를 발휘한다. 심프슨이나 레빗이 완벽하게 설득력 있는 자녀 인물의 눈으로 그 부모의 복잡한 권모술수를 묘사할 때 드러나는 기이한 지성, 핑크니 베네딕트의 《도시 담배Town Smokes》에 담긴 가난한 백인의 거친 서정성, 로리 무어나 에이미 헴펠이나 데브라 스파크의 좋은 단편들에 담긴 심술궂고 못된 유머, 윌리엄 볼먼의 《너희 밝게 떠오른 천사들You Bright and Risen Angels》에 담긴 정치적 전망, 매키너니가 《밝은 빛, 큰 도시》에서 여피의 해체 이면의 동기를 성실하게 탐구하는 것, 이런 작품들은 단순한 유행의 추종을 넘어선다. 더 중요한 점으로, 이런 것들에게는 대견하다며 머리를 쓰다듬는 손길도 조롱도 필요하지 않다. 한번 직접 읽어보라. 지난 5년간 C.Y. 작가가 너무 많았던 것은 사실이지만, 그중에는 분명 독특하고 가치 있는 재능들이 있다. 모두들 아직 다듬어지지 않은 상태인 것은 사실이지만, 일부는 어느 정도 성숙했고, 일부는 매일같이 기계적으로 쏟아지는 과대 선전의 사기를 어느 정도 뛰어넘는다. 그리고 그중 두엇 이상은 확실히 독창적이다.

그런데 이것은 좀 이상하다. 우리 C.Y. 작가들을 자꾸 한 덩어리로 묶는 것 말이다. 호평이든 혹평이든 비평가들은 하나의 세대에 대해서 말하는데, 그 세대는 새로울뿐더러 어떤 특이한 방식에서 단일하다고 한다. 나는 과거의 비평적 유행을 잘 모르기 때문에 이런 인식에 선례가 있었는지 없었는지 모르겠지만, 아무튼 이것이 아주 틀린 생각만은 아니라고 본다. 내가 볼 때도 현재의 C.Y. 작가들은 좋은 작가든 형편없는 작가든 다 같은 세대다. 다만 나이로 뭉쳤다기보다는(베네딕트는 23세, 재노위츠는 30세가 넘었다) 우리 작가들이 똑같이 몸담은 환경, 우리가 바로 그것에 대해서 소설을 쓰고자 하는 요즘의 새롭고도 특별한 환경에 따라 뭉쳤다. 우리가 정말로 동족이라는 사실은, 이 새로운 목소리들에 대해서 비평이 격렬하고도 상충되는 반응을 보인 사실을 설명하는 데도 도움이 된다.

내 주장은, 문학 생산과 관련된 몇몇 핵심적인 조건이 현재의 젊은 미국 작가들에게는 극단적으로 달라졌다는 것이다. 변천하는 유행은 논외로 하고, 바로 그 핵심 조건들이 우리의 미학적 가치와 문학적 선택에 영향을 미친다는 사실이야말로 우리를 하나로 묶을뿐더러 우리를—문학적, 지적, 정치적—기성으로부터 세대를 가르는 간극의 건너편에 서서 우리를 읽고 판단하는 기성으로부터 대체로 분리시키는 요인이라는 것이다. 물론, 어느 이웃한 두 세대를 형성하는 경험들에는 무한히 많은 차이가 있을 것이다. 그중에서 내 논의에 유효한 차이들을 일일이 다 설명하려면 객관적 거리도 필요할 테고 한 무리의 사회 역사학자도 필요할 것이다. 그러나 내게는 둘 다 없으므로, 이 글에서는 현대 미국 고유의 현상을 딱 세 가지만 짚어볼까 한다. 텔레비전이 미치는 영향, 학계의 창작 프로그램이 미치는 영향, 교육받은 사람들이 문학적 내러티브의 기능과 가능성을 이해하는 방식이 달라진 현실의 영향이다. 내가 이 세 가지를 고른 것은, 이것들이 강한 영향력을 발휘할뿐더러 복잡한 규범처럼 작용하기 때문이다. 좋든 나쁘든, 고무적이든 음침하든, 이 요소들이 미국의 "새로운 목소리"들에게 영향을 미치며 그들을 하나로 뭉치게 만든다는 것은 (내 생각에) 부인할 수 없는 사실이다.

평균적인 미국인이 하루에 작은 화면 앞에서 보내는 시간이 얼마나 되는가 하는 통계는 잘 알려져 있다. 그런데 미국에서도 대충 1955년 이후 태어난 세대에게는 텔레비전이 그냥 보는 것이 아니라 함께 사는 것이다. 우리 부모들은 텔레비전을 과거에 플래퍼들이 자동차를 보았던 것처럼 본다. 처음에는 신기한 것이었다가, 오락이 되었다가, 유혹이 된 물건으로. 반면 그들의 자녀인 우리에게는 TV가 도요타나 교통망 같은 주어진 현실의 일부다. TV 없는 삶은 말 그대로 '상상조차' 못한다. 오늘날 전 세계의 개발된 지역이 대부분 그렇듯이, TV는 사람들에게 공통의 경험을 제공하고 그럼으로써 공통의 경험을 정의한다. 하지만 연장자들과는 달리 우리에게는 애초에 그런 전자적 정의가 없던 세상의 기억이 없다. 그것은 그냥 기본으로 있는 것이다. 내가 어렸을 때인 1960년대 말 일리노이 주 시골에서, 그러니까 모든 오락 생산의 중심지로부터 거리로든 메가헤르츠로든 멀리 떨어져 있던 곳에서, TV에서 〈배트맨〉이나 〈와일드 와일드 웨스트〉가 어떻게 전개되고 있는지 아는 것은 사회적 교류의 매개체였다. 우리의 독창적 놀이란 간밤에 TV에서 본 장면을 그대로 재연하는 것이었고, 진짜 같아 보이는 것은 아주 중요했다. 하워드 코셀, 바니 러블, 코코아 퍼프 새, 고머 파일 등을 그럴싸하게 흉내 내는 능력은 지위의 척도이자 위상을 결정하는 요소였다.

생활양식으로서 텔레비전은 분명 C.Y. 작가들이 현실의 삶을 이해하고 재현하는 방식에 영향을 미친다. 잡지 《어라이벌Arrival》 최근 호에서 평론가 브루스 바우어는 브랫 팩이 소설 속 인물의 티셔츠에 쓰인 상업적 문구로 그 인물을 묘사한다고 조롱하면서 무시무시하게 많은 예시를 제공했다. 물론 레빗이 인물을 묘사하는 유일한 방법이, 가령 '환승 중인 대니'를 묘사하는 방법이 대니의 티셔츠에 외국어로 '코카콜라'라고 적는 것뿐이라는 사실은 좀 슬픈 일이다. 그러나 이보다 더 슬픈 것은 레빗을 읽는 동시대 독자들에게는 이런 묘사가 실제로 **효과적**이라는 사실이다. 바우어의 염증은 대상을 잘못 찾았다. 그의 비판이 겨눠야 할 대상은 "우리가 소비하는 것이 곧 우리"라는 세상의 메시지를 기꺼이 받아들인 나머지 브랜드 충성도를 인물 정체성의 제유법으로 받아들이고 만 청년 문화다.

젊은 작가들과 선배 평론가들의 이런 차이는 소설에서 이른바 '대중문화'를 전략적으로 언급하는 관행이라는 더 큰 문제로까지 확장된다. 진정한 텔레비전 시대가 오기 전에 자의식을 형성했던 선배 지식인들에게, 대중문화의 아이콘을—브랜드명, TV 프로그램, 유명 인사 이름, 상업 영화와 음악을—예술에 포함시키는 것은 잘해봐야 까불거리는 장난일 뿐이고 나쁠 때는 구체적 시대를 특정함으로써 소설이 마땅히 깃들어야 할 '플라톤적 영원'으로부터 소설을 끄집어내어 그 '진지함'을 해치는 위험한 짓이다. 한번은 이런 일이 있었다. 어느 훌륭하고 성실한 창작 교수가 우리 학생들에게 무릇 진지한 소설이라면 "시대를 특정하게 해주는 모든 요소"를, 이야기를 역사 속 한 시점으로 고정시키는 모든 요소를 삼가야 한다고 말했다. "문학은 시대를 초월하여 늘 영원한 것"이기 때문에. 그러자 우리 학생들은 바로 그 교수의 유명한 작품을 예로 들며, 그 속에서 인물들은 전깃불로 밝혀진 실내를 돌아다니고, 자동차로 이동하고, 앵글로색슨 영어가 아니라 2차 세계대전 후 영어를 쓰고, 더 나아가 진작 대륙 이동을 통해서 아프리카로부터 갈라진 북아메리카 대륙에서 살지 않느냐고 항의했다. 그러자 교수는 자신의 규칙은 이야기의 배경을 찰나적인 '현재'로 규정하는 명시적 지표들에만 적용된다고 말을 고쳤다. 그러자 우리는 좀더 트집을 잡으면서 좀더 정확하게 말해보라고 압박했고, 그러자 교수의 금지는 사실 그가 "대중 상업 매체"라고 부르는 것에 관한 언급에만 적용된다는 사실이 드러났다. 이 지점에서, 우리의 세대간 대화는 결렬된다. 자동차가 달리는 그 교수의 '시대를 초월한 시간'과 연방통신위원회가 존재하는 우리의 '시대를 초월한 시간'은 다르기 때문이다. 시대가 '영원'을 바꾸었다.

이 문제가 그저 취향이나 개인적 특징의 문제만은 아니다. 좋은 소설가는 대부분 지식인이다. 젊은 소설가도 마찬가지다. 대개의 평론가와 교사도 그렇다(놀랄 만큼 많은 편집자도 그렇다). 그리고 텔레비전, 광고, 그것들이 반영하고 정의하는 대중문화는 지식인이 무엇을 자신이 관심을 쏟아도 좋은 대상으로 간주하는가 하는 문제를 근본적으로 바꿔놓았다. TV와 광고가 심리적 범유행병이 되기 전에 정신적 가치를 형성했던 선배들은 요즘도 바버라 터크먼 식으로 뚜렷하게 구분하고 싶어서 안달이다. 그들이 볼 때 한쪽에는 진정한 '품질'을 갖춘 것, 세련된 사람들이 생산하고 요구하는 것이 있다. 반대쪽에는 그저 '인기'와 '대중적 매력'만 있는 것, 대중이 요구하는 것, 평등주의적 자본주의 탓에 이른바 민주적 시장에 현혹된 사람들이 기꺼이 제공하는 것이 있다. 이전 세대의 계몽된 심미주의자들, 박식하고 진보적인 사람들, 대충 1940년에서 1960년 사이에 젖을 뗀 사람들은 이처럼 진정한 고상함과 진정한 진보주의가 서로 모순을 일으키는 지점에서 아무렇지도 않게 잘 활동한다. 이 모순에 대해서는 1950년대 말부터 광고 전문가 마틴 메이어 같은 사람이 조소한 바 있다.

> 감수성이 조금이라도 발달한 사람에게는 대부분의 광고가 문화적으로 혐오스럽게 느껴진다. 대부분의 영화와 텔레비전 쇼, 대부분의 대중음악, 놀랄 만큼 높은 비율의 책도 그렇다…. 민감한 사람이 싸구려 영화, 싸구려 책, 싸구려 예술

은 피할 수 있어도, 감옥에 있지 않은 한 누구도 광고와의 접촉은 피할 수 없다. 광고는 대중문화를 거의 정확하게 보여준다는 속성 때문에 지식인의 적개심과 비방을 산다. 광고는 지식인의 가장 아픈 데를, 즉 정치적으로 진보적이고 사회적으로 너그러운 그의 세계관을 찌른다. 하지만 그 세계관은 그가 사실상 대중의 취향과의 접촉을 꺼림으로써 길러온 세계관인 것이다.

그러나 C.Y. 작가들이 그 대변인 격이라는 이른바 신세대 지식인들은 더 이상 이 위선을 감당할 수 없다. 이 위선 때문에 괴로워하는 일은 더더욱 없다. 신세대 지식인들이 이런 '각성'을 노력으로 얻어낸 것은 아니다. 이 현상이 꼭 좋은 것만도 아니다. 텔레비전, 광고, 대중오락은 여전히 대체로 나쁘거나 싸구려인 상태로 남아 있기 때문이다. 다만 그것들은 이미 우리 세대의 정신에 오랫동안 영향을 미쳐왔고, 그래서 세상이란 무엇이고 자아란 무엇인가 하는 관념 자체와 복잡한 관계를 맺게 되었다. 우리는 대중오락 및 대중적 매력과 어느 정도 거리를 유지하면서 그것을 싫어하는 선배 심미주의자에게 애당초 '공감조차' 할 수 없다. 싫어하는 것은 우리도 가능할지 모르지만, 거리를 두는 것은 가능하지 않다.

우리 세대가 세상을 경험하고 읽는 방식에 대중문화가 영향을 미치므로, 자연히 대중문화는 우리의 예술적 가치와 기대에도 영향을 미친다. 젊은 소설가들은 매일 몇 시간씩 책상에 앉아서 글을 쓰며 예술을 수행한다. 그러나 또한 우리는 하루도 빠짐없이 매일 거대한 청중의 일부로 산다. 우리는 그 조건에 길들여졌다. 우리는 시각적 자극, 알록달록한 움직임, 광적인 다양함, 춤추게 만드는 리듬에 대한 선호를 타고났다. 비대증과 위축증을 둘 다 겪으면서 정신능력 자체가 달라졌을지도 모른다. 주의력의 폭은 더 넓어졌지만 주의력의 시간은 더 짧아졌다. 적어도 어느 정도는 수동적인 활동에 길든 탓에, 어느 정도의 조작을 겪는 것은 삶의 기본에 해당하는 중립적인 상태라고 여긴다. 그런데 대중문화가 우리에게 교묘하게 얻어내려는 것은 우리의 충성심만이 아니라 관심 그 자체이므로, 우리는 관심을 생필품 같은 것으로, 힘의 척도로 여긴다. 관심을 줄까 말까 하는 것은 우리에게 대단히 중요한 문제다. 우리가 천부적 권리로 여기는 즐거울 권리도 마찬가지다. 설령 즐겁지 않더라도 최소한 자극은 받아야 한다. 흥미롭기만 하다면, 불쾌한 것도 완벽하게 괜찮다.

많은 C.Y. 소설이 대중문화의 아이콘을 우리가 깃들어 살아가며 예술로 바꾸고자 하는 이 세상의 시금석처럼 활용한다고 볼 수 있는 것과 비슷하게, 젊은 작가들이 선호하는 문학적 기법 또한 우리의 시청자로서의 경험에서 유래한다는 분석도 가능하다. 사건은 두 명 이상의 인물들의 감수성을 거쳐서 이야기될 때가 많고, 짧고 밀도 높은 단락들은 일관성을 희생한 채 직설적인 환기를 추구할 때가 많고, 장면이나 배경이나 시점이나 시간적 혹은 인과적 순서가 급작스럽게 전환되며, 표면적이고 객관적이고 '영화적인' 삼인칭 화자의 시점이 자주 쓰인다. 그리고 무엇보다 두드러진 특징은 미메시스(모방)라는 문학의 지상 명제에 상대적으로 무관심하다는 것이다. 그보다는 이른바 '분위기'에 도움이 되는 서사적 선택을 열렬히 애호한다는 것이다. 이것은 왜 그런가 하면, 작가란 무릇 독자가 어떤 측면에서는 자신과 같을 것이라는 가정을 자기도 모르게 품기 때문이다. 그리고 젊은 작가들은 삶이 어떤 모습인지는 이미 지겹도록 많이 봤기 때문에, 이제 삶의 의미를 지시하는 이정표로서 삶이 어떻게 느껴지는지에 더 흥미가 있다.

　이런 기법에는 단점이 있다. 예를 들어보자. 너무 많은 C.Y. 작가가 선호하여 유행 중인 초미니멀리즘은 분명 대중오락의 미적 규범으로부터 깊은 영향을 받았다. 그런 소설들이 의지하는 원칙은 사실 대중문화의 규범을 뒤집은 것에 지나지 않는다. 텔레비전이, 특히 광고가 모든 것을 과장해서 보여준다면, 초미니멀리즘은 모든 것을 일부러 평평하게, 축소해서, '소극적으로' 보여준다. 텔레비전이 모든 행동을 극적이고 멜로드라마적인 것으로 만들려고 애쓰고 쉴 없는 움직임을 보여줌으로써 시청자를 쉴 없이 움직인다면, 미니멀리즘 작가는 모든 사건을 꼭 물체처럼, 정지한 기하학적 도형처럼 묘사한다. 게다가 늘 감정적으로 몇 광년쯤 떨어진 거리에서 묘사한다. 텔레비전은 시청자를 늘 즐겁게 만드는 것을 목표로 삼고 또 그래야만 하지만, 긴장증적 작가는 주제와 독자를 둘 다 약간 손가락질하는 경향이 있다. 브렛 엘리스가 묘사하는 섹스 장면을 읽어보면(아무 페이지나 골라도 된다, 아무 페이지나), 거기서 쾌락은 주제도 목표도 아니란 것을 알 수 있다. 내가 개인적으로 초미니멀리즘을 싫어하는 것은 그 순진한 가식 때문이다. 긴장증적 작가들은 텔레비전, 상업 영화, 광고 등이 강요하는 가치를 단순히 거꾸로 뒤집는 것만으로 대중오락에 현저하게 결핍된 미적 깊이를 자동으로 성취할 수 있다고 느끼는 듯하다. 그러나 당연히 초미니멀리즘 작가들이라고 해서 다른 C.Y. 작가들보다 대중문화의 영향을 덜 받지 않는다. 다만 그들은 주변 환경에 대한 반대를 자신들의 예술로 정의하기로 선택했을 뿐이다. 이런 태도는 시시한 신고전주의자들이 '저속하지 않음'을 문학의 필수 조건으로 여길뿐더러 심지어 그 속성 자체가 문학의 가치를 보장해준다고 믿는 것과 비슷하다. 혹은 심지가 굳지 못한 학자들이 모호함을 심오함으로 혼동하는 것과도 비슷하다. 초미니멀리즘의 태도는 이런 태도들 못지않게 짜증스럽다.

긴장증적 작가들이 대중성에 의한 문화, 대중성의 문화를 불편해하는 것은 이해하지 못할 일은 아니다. 우리는 누구나 그런 문화가 조금은 불편하니까(아닌가?). 메이어 같은 전문가들이 삼십 년 전에 예견했듯이, 그런 문화로부터 벗어나는 것이 과거에 불가능한 일이었다면 요즘은 아예 상상조차 못하는 일이 되었다. 현재의 대중적 TV 문화는 그 속성상 아주 대중적이고 아주 포괄적이므로, 비단 소수의 잔챙이 예술가들과 그들의 소규모 독자들뿐 아니라 모든 작가가 소재로 삼는 인간 집단 전체의 스타일, 선택, 꿈에까지 영향을 미친다. 이 영향은 압도적이었으며, 새로운 시대적 배경은 모든 것을 바꿔놓았다. 그리고 나는 이 변화가 나쁜 방식으로 이뤄졌다고 생각하고, 여기에 대가가 따른다고 생각한다. '나쁘다'는 것은, 우리 사회가 그동안 만들어내고 소중하게 지켜온 가치들에 해롭다는 뜻이다. '대가'란, 개인들이 겪는 고통스러운 변화와 손실을 뜻한다. 텔레비전이라는 신비로운 야수는 점점 더 세련되어지면서 점점 더 어떤 모순적 이율배반에 의존하게 되었는데, 그 모순적 현상이란 텔레비전이 실제 목표로 삼는 대상은 집단, 대중, 시장, 집합체임에도 불구하고 텔레비전 때문에 가장 강하고 지속적인 변화를 겪는 대상은 개인들이라는 것이다. 텔레비전 때문에 오늘날 모든 개인은 반드시 어떤 집단과의 관계를 통해서 자신을 이해해야 한다는 강박을 느낀다. 애초에 자신이 그 집단들 덕분에 존재하는 것이라고 느낀다.

예를 들어 생각해보자. 텔레비전 드라마에 워낙 오래 노출된 탓에 우리는 한편으로는 자의식이 더 강해졌지만 다른 한편으로는 반성적 사고를 덜 하게 되었다. 보는 것에 점점 더 집중하는 문화는 보는 사람과 보이는 것의 관계를 왜곡시킨다. 우리는 여러 배우가 여러 인물을 연기하면서 여러 관계와 사건을 겪는 것을 구경한다. 그러나 이때 우리가 좀처럼 떠올리지 못하는 사실은, 그 인물들뿐 아니라 그 인물들을 연기하는 배우들이 공유하는 유일하고 중요한 특징은 그들이 모두 구경되는 사람들이라는 점이다. 배우들의 행동은, 더 나아가―어떤 복잡한 방식으로, 배우들이 연기하는 드라마를 통해서―인물들의 행동은 늘 시청자를 향한다. 시청자야말로 그들이 그렇게 행동하는 이유이고… 그들이 애초에 화면 너머에서 배우 혹은 인물로 존재할 수 있는 것부터가 시청자 덕분이다. 한편 시청자는 인간에게 가장 중요한 속성은 구경될 만함이라는 생각을 무의식적으로 품게 된다. 즉, 오늘날 인간의 가치는 무언가를 구경하는 데 있으며 심지어 구경하기에서 인간의 가치가 유래한다고까지 생각하게 된다. 진짜로 그런 것과 겉으로만 그렇게 보이는 것 사이의 구분이 애매해진다. "존재는 곧 인식되는 것이다"라고 믿는 버클리 철학풍 우주에서 세상을 다스리는 신이 닐센인 상황이다.(텔레비전 시청률 조사로 유명한 닐센 회사를 언급한 것이다.─ 옮긴이)

그리고 적잖은 규모의 '무지한' 인구가 텔레비전 드라마 속 사건을 '진짜'라고 믿는다는 사실을 떠올려보라. 인물을 연기한 배우가 아니라 드라마 속 인물 자체에게 팬레터가 쏟아지는 현상은 빙산의 일각일 뿐이다. 빙산의 몸통은 무엇인가 하면, 가짜로 연기하는 (진짜) 배우와 진짜처럼 행동하는 (가짜) 인물을 구별하기가 어렵다고 느끼는 (새로운) 세대 자체다. 그리고 이 빙산의 위험은, 우리가 나쁜 것을 겪는 대가를 치르게 된다는 점이다. 우리가 예전에는 스스로를 모종의 의미가 있는 멋진 드라마 속 인물로 이해했다면, 이제는 남에게 보이는 것이 목표인 멋진 오디션 속 배우로 이해하게 된다는 점이다.

효과적으로 고안되고 전파된 대중오락이 개인과 집단의 존재론적 곤경에 영향을 미치는 방법은 이 밖에도 여러 방식이 있다. '존재론적'이라는 표현이 대중문화에 붙이기에는 너무 무게 있는 말이 아닌가 싶다면, 당신은 지금 이 문제가 얼마나 중대한지 잘 모르는 셈이다. 폭력, 위험, 사망 가능성을 다루는 상업 드라마를 한 번 떠올려보자. 그런 드라마는 많다. 그런 드라마마다 주인공이 있다. 그는 우리가 자연스럽게 '동일시하도록' 설계된 인물이다. 여기까지는 우리가 받아들이기 어렵지 않다. 우리는 자신의 삶도 여전히 그런 식으로 생각하는 편이기 때문이다. 즉, 우리는 각자 자신이 자신의 드라마에서 주인공이라고 생각하고, 주변 사람들은 그 드라마의 조역이거나 청중 역할이라고(둘 중 점차 후자로 기우는 경향이 있다) 생각한다.

그렇다면 그 '주인공'이 드라마 서사 속에서 죽는 모습을 본 적이 있는지 떠올려보자. 요즘은 그런 일이 거의 없다. 오락 전문가들이 틀림없이 여론을 조사해본 것이리라. 시청자는 자신이 동일시하는 인물의 죽음을 우울한 사건으로 여기고, 위험이 창조적인 방식으로 죽음과 연결됨으로써 그 덕분에 위험이 위험해지는 드라마는 별로 보고 싶어 하지 않는다. 자연스러운 결과로, 요즘 드라마 속 인물은 그가 주인공이자 동일시의 대상으로 기능하는 서사의 틀 내에서는 대체로 '불멸'이다(게다가 VCR 기술 덕분에 시청자에게 이 환상은 거의 현실이 된다). 내 주장은, 죽음이 유의미한 창작적 가능성이 아닌 인물과 자신을 동일시하라는 권고를 강하게 받는 이 현실 때문에 우리가 현실적인 대가를 치른다는 것이다. 시청자는, 거기 있는 당신과 여기 있는 나라는 개인은, 종말론의 감각을 잃고 따라서 목적론의 감각도 잃는다. 그래서 역설적이게도 본질적인 의미나 목적이 없으면서도 동시에 거의 말 그대로 **영원한** 순간을 살아간다. 인간이 자신은 언젠가 죽는다는 사실을 미리 아는 유일한 동물이라면, 인간은 또한 부정할 수 없고 중요한 그 진실을 지속적으로 부정하는 데 기꺼이 몰두하는 유일한 동물이다. 여기서 위험한 점은, 오락이 점점 더 효과적으로, 더 널리, 더 유혹적으로 그 진실을 부정하는 환경에서는 우리가 결국 그 부정이 무엇에 대한 부정인지를 잊게 되리라는 것이다. 바로 이것이 무서운 점이다. 우리가 만약 죽는 법을 잊는다면, 결국 사는 법도 잊게 될 것이기 때문이다.

그리고 만약 당신이 그래도 작가들이라면 그 위상을 불문하고 누구든 불쾌한 진실을 못 본 척 눈 가리고 아웅 하는 이런 짓은 안 할 것이라고 기대한다면, 지난 십 년 동안 문학 작품 중에서 개인과 사회에 가장 중요한 위협이라고 할 수 있는 이 문제를 진지하게 다룬 작품이 몇 편이나 있었는지 헤아려보라. 가령 딱 두 편만이라도 제목을 대보라.

어쩌면 진짜 문제는 따로 있을지도 모른다. 오락을 누릴 자격을 권리로 여기는 오늘날의 우리는 '진지한' 소설이 어느 정도까지 진지하도록 허락할까? 앞에서 나는 C.Y. 작가들의 지적 아버지들이 최신 정치학과 구식 미학이라는 모순된 혼합을 소중히 지켜왔다고 말했는데, 내가 확신하건대 오늘날의 우리는 대부분 그 모순을 다른 모순으로 선선히 교체할 것이다. 오늘날 신참 소설가가 접하는 모순은 따로 있다. 자신이 한편으로는 진지한 서사의 애호가이지만, 다른 한편으로는 대중오락에 장악된 문화에, 즉 자신이 몸담은 분야가 사회에서 차지하는 지분이 갈수록 줄어드는 문화에 자신 또한 어쩔 수 없이 길들여진 존재라는 모순이다. 우리 안에 있는 것이―우리를 구성하는 것이―우리가 사랑하는 것을 죽이고 있는 것이다.

과장이라고? 아니다. 우리는 텔레비전에서 방송되는 많은 내용이 오락일 뿐 아니라 이야기라는 사실을 기억해야 한다. 인간이 이야기를 좋아하는 동물이라는 것은 진부하기까지 한 사실이다. 모든 인간 문화는 가짜 신화이든 정치경제적 서사이든 이야기를 통해서 스스로를 독립된 문화로 규정한다. 모든 사람은 여러 사건과 변화로 구성되고 최소한 시작과 중간이 있어서 남에게 들려줄 수 있는 하나의 이야기로서 자기 인생을 이해한다. 우리는 시공간이 있어야 존재할 수 있는 것처럼, 이야기가 있어야 존재할 수 있다. 이야기는 인간에게 내재된 속성이다. 그런데 오늘날 C.Y. 작가들의 입장에서, 미국 독자들이 가장 많이 노출되는 이야기 패턴은 텔레비전에 나오는 이야기들이다. 그리고 아무리 너그러운 기준으로 봐줘도, 이야기 예술로서 텔레비전은 몹시 저급한 형태다. 텔레비전은 변화시키거나, 계몽시키거나, 확장시키거나, 새로운 방향을 알려주려고 애쓰는 이야기 예술이 아니라―심지어 꼭 '즐겁게 해주려고' 애쓴다고도 할 수 없다―그저 관심을 끌고자 하는 이야기 예술이다. 텔레비전의 유일한 목적은―공공연히 인정되는 목적은―지속적 시청을 확보하는 것이다. 그리고 텔레비전이 전이암처럼 효율적으로 그 목적을 달성하는 현실은 이야기 예술에 대한 사람들의 취향에 반드시 심각한 영향을, 대가와 함께, 미친다. 어떤 이야기 예술이 진정한 예술인가 하는 독자들의 기대 자체에 영향을 미친다.

텔레비전의 최대 매력은 아무것도 요구하지 않으면서 관심을 잡아둔다는 점이다. 시청자는 자극을 계속 겪으면서도 쉴 수 있다. 아무것도 주지 않고 받기만 한다. 이 점은 오로지 지속적 관심과 후원만을 목표로 삼는 모든 저급 예술이 다 마찬가지다. 재미와 편안함을 동시에 제공한다는 바로 이 특징이 그런 예술의 호소력이다. 그리고 그런 호소력에 기반한 문화는 오늘날의 한 가지 우울하고 이상한 현상도 설명해준다. 요즘처럼 견실하고 훌륭하고 뛰어나고 진지한 소설가가 역사상 어느 때보다 많이 활동하는 시대에, 또한 미국 대중이 유례없이 높은 문해율과 가처분소득을 갖고 있는 시대에, 독자들이 어떤 객관적 기준으로 봐도 쓰레기에 지나지 않는 소설들에 막대한 독서 시간과 도서 구입비를 지출하는 현상이다. 쓰레기 소설은 구조와 호소력 면에서 대체로 텔레비전의 이야기와 비슷하다. 독자에게 아무것도 요구하지 않으면서 관심을 붙잡아두기만 하기 때문이다. 그러나 쓰레기 소설은 품질 면에서나 인기 면에서나 텔레비전보다 훨씬 더 음흉한 현상이다. 텔레비전은 애초에 대중적 매력, 최저 수준의 대중, 수익을 공공연한 동기로 내세운다. 그런 것을 공공연히 신경 쓴다. 하지만 그간의 수많은 증거를 볼 때, 독자들과 사회는 스스로 인기와 대차대조표보다는 더 중요한 것을 신경 쓴다고 자처해온 이야기 예술에는 자연히 좀더 중요하고 영속적인 기여를 기대한다. 엔터테이너는 우리의 기분을 전환해주고, 흥미를 끌고, 가끔은 위로도 해준다. 그러나 변화를 만들어낼 수 있는 것은 예술가뿐이다. 현대의 쓰레기 작가들은 말하자면 예술가의 구역에서 활동하는 엔터테이너들이다. 물론 이것이 새로운 현상은 아니다. 하지만 분명 텔레비전의 미학과 텔레비전을 닮은 경제학은 요즘 쓰레기 작가들이 유례없는 인기와 보상을 누리는 데 일조했다. 그리고 만약 텔레비전화한 예술의 형식뿐 아니라 그 규범마저도 모든 이야기 예술의 기준을 대체하기 시작한다면, 그야말로 위험한 일일 것이다. 그야말로 진정한 재앙일 것이다.

내가 지나치게 바빠라 터크먼처럼 들렸을까 봐 걱정도 된다. 왜냐하면 쓰레기 소설에 대한 내 불평은 터크먼의 불평과는 다르고 사실 그보다 더 조야하기 때문이다. 내 불평은 쓰레기 소설이 진부하다는 것이 아니다. 나는 이런 소설의 부상에 딱히 관심이 없고, 이 현상을 불가피하게 이끈 장본인이 역사에 도사린 산업주의적 자유주의인지 아닌지에 대해서도 관심이 없다. 내 불평은 쓰레기 소설이 저속한 예술 혹은 짜증나게 아둔한 예술이라는 것이 아니다. 소설을 예술로 만들어주는 조건에 비추어볼 때, 쓰레기 소설은 진실되지 않고 공허하다는 것이 내 불평이다. 그리고 그것이 (TV의 관습과 TV가 빚어낸 관습의 도움을 받아) 작가들에게 필요한 시장과 작가들을 필요로 하는 문화를 꾀어냄으로써 정말로 진실하고, 완전하고, 의미 있는 것으로부터 멀어지도록 만든다는 것이다.

물론 제아무리 건방진 젊은 예술인이라도 쓰레기 작가들에게 개인적으로 앙심을 품진 않을 것이다. 누구나 매춘이 모든 관계자에게 나쁜 일이라는 데 동의하지만 그렇다고 해서 매춘부들을 비난하거나 그들이 잘못되기를 바라지는 않는 것과 비슷하다. 이 비유가 부적절하게 들릴지도 모르겠다. 하지만 나는 이 비유가 대단히 적절하다고 생각한다. 매춘부는 돈을 받고 타인에게 성적 친밀함의 형식과 감각을 제공하지만, 두 인간 사이의 친밀함을 인간의 소중하고 유의미한 경험으로 만들어주는 갖가지 복잡한 감정과 의무는 함께 나누지 않는다. 매춘부는 '주지만'—그에 견줄 만한 가치를 대가로 요구하지 않음으로써—주는 행위를 왜곡시킨다. 깨달음이 되어야 할 것이 거래가 되도록 만든다. 쓰레기 소설 작가는 종종 감탄스러운 기술을 갖고 있다. 그는 고객에게 이야기의 구조와 움직임을 제공하고, 독자의 관심을 끄는—독자를 자극하거나, 싫증나게 하거나, 흥분시키거나, 다른 세상으로 데려가는—콘텐츠를 제공한다. 하지만 그는 작가와 독자 간이 언어적 상호작용을 숭요한 활동으로, 심지어 진실된 활동으로 만들어주는 지적, 정신적, 예술적 반응을 독자에게는 요구하지 않는다. 그렇기 때문에 대학원 소설 수업에서 선배들이 우리에게 설교를 늘어놓으면서(많이들 그런다) 1980년대에 픽션 예술의 영혼을 건 전쟁은 사실 시와 쓰레기 소설 사이에서 벌어지고 있다고 말할 때, 우리는 다른 것은 몰라도 이 훈계에는 귀를 기울인다. 이 지적만큼은 잠시 생각해본다. 우리가 오늘날 텔레비전과 광고 때문에 인간의 가치를 순자산과 동등하게 여기게 되었기에 더더욱 그렇다. 재능 있는 쓰레기 소설 거장인 시드니 셸던은 전용 제트기를 갖고 있다. 미국에는 시를 읽는 사람보다 쓰는 사람이 더 많다. 미국국가예술기금의 연간 문예 예산은 연간 군악대 지출의 3분의 1이 못 되고, 세 대형 방송국이 연간 창작 개발에 쏟는 돈의 10분의 1이 못 된다.

말이 나왔으니 말인데, 시드니 셸던은 드라마 〈내 사랑 지니〉와 〈부부 탐정〉의 창작과 개발에 배후에서 힘을 보탰다. 오프라 윈프리는 그 사실에 감탄하면서, 셸던에게 "전혀 다른 두 매체에서" 성공한 비결이 뭐냐고 묻는다. 나는 혼잣말한다. "거참." 물론 TV를 보면서.

학계의 문예 창작 프로그램이[2] 제공하는 이득 중 가장 확실한 것은 경제적 이득이다. 등단한 작가는 (대학원 창작 학위를 갖고 있을 경우) 워크숍에서 가르치는 일로 생활비와 자기 소설을 쓸 돈을 벌 수 있다. 이보다 더 지루하거나 시간을 더 많이 잡아먹는 직장에 다닐 필요가 없는 것이다. 학생 입장에서는, 보통 장학금과― 어떤 곳은 어처구니없을 만큼 후하게 준다―조교 수당이 거의 모든 학생에게 돌아간다. 따라서 이런 프로그램은 매력적인 거다.

현재 미국에는 이런 프로그램이 과거 어느 때 어느 곳보다 더 많다. 한때는 아이오와 대학 창작 워크숍이 외로운 정상이었지만, 이후 스탠퍼드, 휴스턴, 컬럼비아, 존스홉킨스, 버지니아, 미시간, 애리조나 같은 대학들에도 일류 창작 과정이 생겼다. 이제는 미국의 많은 공인 고등교육기관이 소설 창작을 직업으로 배우고 싶어하는 학생들에게 종류가 무엇이든 공식적인 학문으로서의 가르침을 제공한다. 이것은 지난 15년 안에 나타난 현상이다. 이 현상에는 선례가 없고, 이 현상이 젊은 미국 소설에 미치는 영향도 선례가 없다. 내가 앞에서 언급했던 C.Y. 작가들 중 대학원이나 대학에서 창작 수업을 듣지 않은 사람은 한 명도 없다. 대개가 문학 석사 학위를 갖고 있다. 일부는 바로 이 시점에 '창작 박사 학위'라는 것을 따려고 공부하고 있다. 이처럼 철저하게 공식적인 훈련을 받은 '문학적 세대'는 일찍이 없었고, 이토록 많은 소설가 지망생이 교육기관 바깥에서의 수련을 꺼리고 아이비리그와 학위를 택하는 일 또한

---

2 내가 이 이름의 머리글자를 늘 대문자로(즉, "Creative Writing Program"이라고) 쓰는 것은 그들이 스스로를 그렇게 대단한 존재로 이해하기 때문이다. 내 말을 믿으시라.

전에는 없었다.

그리고 학계의 부상이 미국 소설계에 기여한 바는 재정적인 측면을 넘어선다. 워크숍 유행이 최근의 "미국 단편소설 르네상스"에 기여했다는 평가는 정확하다. 이 르네상스는 1970년대 말 고 레이먼드 카버(시러큐스 대학에서 가르쳤다), 제인 앤 필립스(아이오와에서 석사 학위를 받았다), 고 브리스 팬케이크(버지니아에서 석사 학위를 받았다) 같은 작가들이 등장하면서 시작되었다. 현재 미국에는 단편소설만 싣는 소규모 잡지가 어느 때보다 많다. 그런 잡지들은 대부분 창작 프로그램의 후원을 받고 있고, 최근에 창작 학위를 딴 사람들이 편집하고 기고하고 있다. 단편집은 비교적 이름 없는 작가의 것이라도 경제적으로 반쯤은 독자 생존할 수 있다고 하며, 출판사들은 이런 경향성에 맞추려고 발 빠르게 움직인다.

젊은 작가들의 입장에서 더 중요한 점은 이런 프로그램이 그들에게 시간, 학계의 (또한 부모의) 인정, 자신의 "기량을 연마하고, 키우고, 자신만의 목소리를 발견할"[3] 환경을 제공한다는 것이다. 관심사가 비슷하고 의견을 나눌 수 있는 진지한 동료들의 공동체는 학생에게 분명한 이득을 제공한다. 소설 창작 수업 자체도 여러 면에서 그렇다. 과거에는 소설가 지망생이 뉴욕의 옥탑방에서 몇 년을 들여 시행착오로 익혀야 했던 기초적인 창작 기법과 과정을 위

---

3 내가 이 문구의 머리글자를 늘 대문자로 쓰는 것도("Hone Your Craft, Grow, Find Your Voice") 같은 이유에서다. 이 문구와 창작 프로그램의 관계는 아잔과 모스크의 관계와 같다.(아잔은 이슬람교 교리에 따라 모스크에서 매일 다섯 번씩 기도의 종을 울리며 읊는 기도 문구를 뜻한다.—옮긴이)

크숍에서는 꽤 금세 배울 수 있다. 엄하고 건설적인 비평이 오가는 수업 분위기는 젊은 작가를 단련시켜, 향후 현실 세상의 독자들로부터 받게 될 다양한 반응에 대비시킨다. 가장 좋은 점은, 좋은 워크숍이라면 학생에게 동료들의 작품에 대한 합리적 비평을 써내라고 요구한다는 것이다. 이 과정을 경험한 학생은 자기 소설의 장단점도 훨씬 더 기민하게 통찰하게 된다.

　이런 장점들이 있기는 해도, 창작 프로그램이라는 양날의 칼에서 반대쪽 날에 해당하는 단점들이야말로 요즘 기성 문단이 C.Y. 소설에게 느끼는 환멸을 무엇보다 잘 정당화해주는 근거일 것이다. 워크숍 유행에는 분명 어두운 면이 있다. 그리고 그 어두운 면은 점점 더 커지고 있다. 이것은 학계라면 어디나 겪기 마련인 문제, 즉 이론은 멋지지만 현실은 엉망진창이라는 문제만은 아니다. 그러므로 나는 부서 내 정치, 욕조 통치권을 놓고 다투는 상어 떼를 연상시키는 교수들의 알력 다툼, 모든 사람의 에고가 부풀었다 꺼졌다 하는 과정에서 서로가 서로를 야유하듯 모두가 의기소침해지는 분위기, 활자화를 재능이나 전망과 동격화하는 이른바 '출판 아니면 죽음' 식의 사고방식, 이런 사소하고 불쾌한 문제들은 제쳐두겠다. 이런 문제들은 어쩌면 학생마다 다르게 겪는 일일 수도 있지만, 창작 프로그램의 구조와 목적 자체에 내재된 다른 문제들은 그렇지 않다. 우선 창작 교수와 학생이 맺는 교육학적 관계 자체에 불건전함이 내재되어 있다. 창작 교수의 실제 직업은 작가이지, 선생이 아니다. 우리는 대부분의 창작 선생이 학생 교육을 위해서가 아니라 자신이 집착하는 다른 직업을 건사하기 위해서 일한다는 사실을 인정해야 하고, 그 결과도 인정해야 한다. 창작 교수에게 수업과 행정 업무에 쏟는 일 분 일 초는 자기 예술에 쏟을 수 없는 일 분 일 초, 따라서 그가 마땅히 조금쯤 싫어해야 하는 일 분 일 초다. 최고의 선생들은 두 직업 사이의 갈등을 인식하고, 내적으로 나름대로 타협하여, 계속 가르쳐나가는 듯하다. 또 어떤 선생들은 각자의 능력에 따라 노여움을 억누르는 방법 혹은 주 수입원이 요구하는 업무를 최소한만 만족시키는 방법 중 하나를 택한다. 그러나 불행하게도 거의 대부분의 다른 선생들은 그 노여움을 학생들에게 퍼붓는 방법을 택한다. 왜냐하면 학생들은 곧 자신이 허비하는 예술적 시간, 창작 생산물은 나오지 않는 창작 에너지 지출을 뜻하기 때문이다. 이해는 된다. 그러나 학생의 입장에서는 자신이 진정한 예술 생산에 짐이 되고 장애물이 된다고 느끼는 것이 그의 발전에, 하물며 열정에 유익할 리 만무하다. 학생이 진정한 창조적 교육에 꼭 필요한 역동적 의견 교환을 스승과 나누려는 의지에 대해서는, 아예 말을 말자. 왜냐하면 이런 교수가 총애하고, 영입하고, 지원하고, 끌어주는 학생은 보통 조용하고, 유순하고, 요구가 없는 학생이기 때문이다. 이런 교수에게 학생의 요구는 자신의 집중이 흐트러지는 것을 뜻할 뿐이니까.

요컨대 창작 선생이 일인이역을 해야 하는 상황은 학위 지망생의 질과 그들이 프로그램에서 받는 교육의 질 양쪽에 불행한 영향을 미친다. 이것이 누구 탓인지, 누구를 탓할 수나 있는 일인지는 분명하지 않다. 소설 창작을 가르치는 일은 잘해내기가 지독히 어렵다. 성실한 선생은 비판적으로 날카로우면서도 감정적으로 세심해야 하고, 독해를 예리하게 해내면서도 그 예리함을 말로 잘 설명해야 하는데, 다만 단체 워크숍에서 소통되고 토론될 수 있는 주제들만을 다루면서 그래야 한다. 그리고 이 상황은 십여 명의 사람이 조리 있게 토론할 수 있는 단순하고 표면적인 관심사만을, 가령 시점의 충실성, 시제와 어조의 일관성, 인물의 발달, 배경의 사실성 같은 전통 소설 작법의 확실한 요소들만을 강조하는 왜곡을 낳기 마련이다. 수업 시간 내에 정의되고 토론될 수 없는 실수나 미덕에 관한 논의는―가령 흥미성, 시야의 깊이, 독창성, 정치적 가정과 의제, 가끔 규범에서 일탈해도 괜찮은가 하는 문제 같은 사소한 요소들은―교육학적으로 타당한 이유에서 무시되거나 축소된다. 또한 프로 작가 겸 선생은 학생들에게는 도움을 주고 자신은 제정신을 지키기 위해서, 어떤 이야기가 '좋은' 이야기인가 하는 문제에 대해서 의식적으로든 무의식적으로든 모종의 미학적 신조를, 정적인 원칙들의 집합을 개발해야 한다. 그렇지 않으면 선생은 학생의 작품을 한 편 한 편 읽을 때마다 바닥부터 새롭게 통찰해나가야할 테고, 그 길에는 술이 든 찬장만이 기다리고 있을 것이다. 하지만 이 상황의 의미를 한번 따져보자. 교수는 그 속성상 늘 구체적인 실행 규칙들과 약간의 긴장 관계에 놓여 있을 수밖에 없는 예술 행위를 사실상 고정된 규칙들의 응용 체계처럼 가르쳐야 하는 것이다. 소설이 더 나아갈 수 있는 가능성을 이렇게 억지로 닫아버리는 것은 선생 자신의 문학적 발전에 좋을 리 없다. 학생들에게도 전혀 좋지 않다. 대부분의 학생은 최소 16년 넘게 학교를 다녀본 몸이라서 학교에서는 어떻게 처신해야 하는지 익히 안다. 그것은 (1) 교사가 원하는 것이 무엇인지 파악한 뒤 (2) 그것을 즉시 제공하는 것이다. 따라서 대개의 창작 프로그램에서는 두 종류의 학생이 배출된다. 첫째는 재능이 있든 없든 자신만의 소설적 본능에 대한 관심과 믿음이 돈독하기 때문에 가끔 교수의 처방에서 일탈하기도 하는 소수의 학생들이다. 이런 학생은 대개 잘리거나, 자퇴하거나, 용케 두어 해를 참아내더라도 그동안 내내 프로그램으로부터 헛기침과 함께 "끝, 더는 도울 게 없음" 하고 나가라는 종용을 듣는다. 이런 학생은 사실 운이 좋다. 두 번째 종류의 학생은 의자에 엉덩이를 붙이자마자—자신감 부족 탓이든, 교육적 세뇌 탓이든, (드문 경우에) 정말로 의견이 일치해서든—강사의 조언을 자기 것으로 받아들이고, 배를 뒤흔들기보다는 착실히 노를 젓고, 조용하고 견실하게 게임을 해나가서, 이윽고 견실하고 조용한 작품을 써내기 시작한다. 그 작품은 보통 내가 앞에서 말했던 "지루한 진영 (3)"에 깔끔하게 들어맞는 작품, 괜찮고 조심스럽고 지루한 워크숍 작품, 기술적 흠을 찾기 어려운 것만큼이나 덮으면 기억하기도 어려운 작품이다. 개스 박사의 묘지에 누울 분칠한 시체가 여기 있다. 워크숍은 시체를 좋아한다. 좋아해야만 한다. 모름지기 수업이란, 심지어 '창조성'을 가르치는 수업이라도, 실수하지 않는 것에 최고의 가치를 부여하니까. 그리고 시체는, 다른 흠이 아무리 많더라도, 무언가를 망칠 일은 절대로 없다.[4]

4 이름을 밝힐 수 없는 한 기관에서 오래전부터 전해진 전설 하나를 내가 여러분에게 상세히 들려드릴 수 없는 것은 오직 지면 부족과 법적 책임 때문이다. 그 전설에 따르면, 정신적으로 심각하게 문제가 있던 두 젊은 문학 석사 학위 지원자가 의대에서

이런 이야기는 여러분도 다 아는 이야기일지 모르겠다. 하지만 적어도 이것이 얼마나 무시무시한 이야기인지를 제대로 느꼈기를 바란다. 왜냐하면 창작 프로그램은, 프로 작가를 길러낸다는 선의의 주장을 내세우고 있지만, 실은 더 많은 창작 선생을 길러낼 뿐이기 때문이다. 문학 석사 학위가 그 소지자에게 부여하는 유일한 자격은… 문학을 가르칠 자격이다. 현재 거의 모든 소설 교수는 문학 석사 학위를 갖고 있다. 문예 잡지 편집자도 대부분 그렇다. 문학 석사 학위 지원자들이 결국 이 업계에 계속 남는다면, 그들은 아마 계속 가르치고 편집할 것이다. 그러니 나이 든 평론가들이 현재의 많은 C.Y. 소설에서 진정한 지루함의 폭풍을 예고하는 트위드 재킷풍 산들바람을 느끼는 것도 무리가 아니다. 여러분도 용기가 있다면 한번 상상해보라. 신중하고 세련된 국민 문학을, 실수 하나 없고 근사한 리놀륨 장판처럼 매끄럽기만 한 문학을. 규범을 가치의 하인으로 여기는 것이 아니라 가치 그 자체로 여기고 집착하는 소설을. 자신도 학자들에게 배웠고 지금은 자신이 학자 지망생들을 가르치고 있는 학자들이 쓴 소설을. 종신 교수직에 대한 불안, 여자 대학생에 대한 욕정, 학교 식당의 염세에 관해서 말하는 소설들, 딱히 비판할 틈 없는 소설들이 끝없이 쏟아지는 것을.

그러나 폐색된 주제와 전통의 시험을 견딘 스타일을 욕하는

방부 처리된 시신 한 구를 슬쩍한 뒤 자기들 대신 워크숍에 등록시켰다. 그들은 매주 수업 종이 울리기 전 세미나실에 몰래 시신을 들여가서 배정된 자리에 앉혔다. 시신은 허연 주먹에 연필을 쥔 채 어쩐지 딱딱하면서도 쾌활한 표정으로 내내 정면만 응시했다고 한다. 이 전설의 제목은 "B를 받은 시체"다.

것과는 별개로 더 큰 문제가 있다. 3주에 한 편씩 이야기를 써내야 하는 창작 프로그램 워크숍의 단조로운 조립라인이 결국 모든 문학적 기준을 끌어내릴 것인가, 그래서 시인 도널드 홀이 "맥포 엠McPoem"이라고 불렀던 것의 소설적 대응에 해당하는 문학적 병범성이 광범위하게 초래될 것인가 하는 문제다. 내 생각에는 만약 이런 프로그램이 지금보다 더 인기를 끈다면, 그리고 그들이 '교육'을 제공한다는 현재의 허세를 버리고 좀더 겸손하고 정직한 자기 평가를—문학적 후원과 문학 공동체의 기회를 제공한다는 것 정도가 알맞지 않을까—내리지 않는다면, 우리는 레이 크록Ray Kroc(1902~1984, 맥도널드 형제와 손잡고 맥도널드를 세계적 체인으로 만드는 데 결정적으로 기여한 사업가—옮긴이)도 무색하게 만들 맥스토리 체인을 세울 수 있을지도 모른다. 단순히 프로그램의 불건전한 구조와 그 구조가 교사와 학생에게 가하는 창작적 제약만이 문제는 아니기 때문이다. 어떤 유형의 학생이 그런 환경에 끌리겠는가 하는 것도 심각한 문제다. 뭐든 시키는 대로 고분고분 따르는 것이 살아남기에 가장 편한 방법이라서 그렇게 하는 학생은 당연히 경멸받을 만하다. 그러나 그런 학생은 징후일 뿐이다. 질병은 따로 있다. 무엇인가 하면, 많은 창작 프로그램이 그 체계성, 학생들에게 요구하는 바, 지적이고 감정적인 자격 조건의 측면에서 재미없는 농담에 지나지 않는다는 것이다. 지원자에게 역사, 문학, 비평, 작문, 외국어, 예술, 철학을 유의미한 수준으로 공부해오라고 요구하는 곳은 거의 없다. 그런 것을 스스로 커리큘럼에서 제공하거나 졸업 기준으로 요구하는 곳은 더 적다.

이 문제는 일면 정치적이다. 학계의 창작 과정과 이른바 '순문학' 과정은 서로 경멸하는 경향이 있다. 그리고 만약 이 상태가 계속 이어진다면, 결국에는 학생도 프로그램도 진지한 소설 독자도 크게 후회할 것이다. 자신이 앞으로 활동할 예술 분야의 기초, 역사, 위대한 업적 등을 잘 모르는 상태에서 그곳으로 진출할 '자격'만을 얻고는 그곳의 최첨단에 나가서 유의미한 작업을 해보려고 애쓰는 학생이 너무 많다. 매 학기 초 의무적으로 실시하는 "당신에게 중요한 작가는 누구입니까" 설문 조사를 보면, 호메로스와 밀턴, 세르반테스와 셰익스피어, 모파상과 고골은—신약성서는 말할 것도 없다—순문학의 뒤안길로 물러난 것만 같다. 이 세대의 많은 학생에게는 J. D. 샐린저가 바퀴를 발명했고, 존 업다이크가 내연기관을 발명했고, 레이먼드 카버와 앤 비티와 제인 앤 필립스가 학생들이 뒤쫓을 가치가 있는 차를 모는 것 같다. 평론가 앨런 블룸이 어른이 되어 저렴한 대출을 받는 것 외에는 아무 꿈이 없는 척하는 고등학생들에게 이를 갈았던 것은 유명한 이야기다. 하지만 우리는 지금 작가가 되고 싶은 것 아닌가. 그러니 그것보다는 나아야 하지 않겠는가. 우리 세대는 자칫 T. S. 엘리엇의 재치 있는 시구를 입증해줄 처지인지도 모른다.(엘리엇의 장시 〈네 편의 사중주The Four Quartets〉의 첫머리 유명한 시구는 이렇게 시작한다. "현재의 시간과 과거의 시간은 / 둘 다 아마 미래의 시간에 존재하고 / 미래의 시간은 과거의 시간에 포함되어 있다 / 모든 시간이 영원히 현재라면 / 모든 시간을 되찾을 수 없으리라"—옮긴이) 우리가 모두의 불만 속에, 학계의 정체와 지적 무관심의 결합을 통해서, 문화는 누적되지 않으면 죽는다는 사실을 입증해 보여준다면 말이다. 미래에 대한 열정도 과거에 대한 호기심도 허용하지 않는 사회적 '현재'는 그 앞뒤가 다 공허할 뿐이라는 사실을 보여준다면 말이다.

한 세대로서 새로운 목소리가 되고자 하는 우리가 지적 호기심이 너무 적다는 사실은 다른 무엇보다도 변호하기 힘든 문제다. 하지만 우리의 반지성주의를 이토록 심각한 문제로 만드는 바로 그 요인이 어쩌면 이것을 지극히 일시적인 현상으로 만들지도 모른다. 우리가 고려할 점은 다음과 같다. 우리 세대는 에즈라 파운드 등이 그 전까지의 세상을 뒤집었던 때 이후로 가장 격렬하고 흥미진진한 예술 환경에서 태어났다. 지난 몇 세대 미국 작가들은 유럽 대륙에서 불어온 바람에 오염되지 않은 신비평과 영미 미학의 상대적으로 고요한 공기를 마셨다. 반면 '차세대' 미국 작가들이 마시는 공기는—죽느니 들이마시기로 한다면—에드문트 후설, 마르틴 하이데거, 미하일 바흐친, 자크 라캉, 롤랑 바르트, 조르주 풀레, 한스 게오르크 가다머, 폴 드망 같은 외국인들의 기이한 성취에 대한 때늦은 음미로 소용돌이치고 있다. 구조주의의 종언은 언어, 예술, 문학 담론에 대한 세상의 시각을 바꿔놓았다. 현대의 예술가는 이제 누구도 비평가나 이론가나 철학자의 연구를—성층권 수준으로 난해한 내용이라도—자신의 관심사와는 무관한 것으로 치부하는 사치를 누릴 수 없다.

거칠게 설명하면, 문학 언어란 예술가에게서 청중에게로 ＿＿＿를[5] 전달하는 중립적 매개라는 생각, 혹은 의미의 전달자가 선용하거나 악용하기만을 수동적으로 기다리는 비활성 도구라는 생각은 그동안 대대적으로 진지하게 의문시되었다. 그와 더불어 픽션을 현실을 비추는 거울로 보는 완고한 낭만주의적 시각, 픽션은 그 휴대성과 무자비한 '객관적' 투명성 측면에서만 실제 세상과 구별된다고 보는 시각도 마침내 무너졌다. 형식과 내용의 구분이란 이제 평평한 지구 이론 같은 소리다. 언어가 거울에서 눈으로, 기관('organikos'는 뒤에 나오는 'organic'의 어원에 해당하는 그리스어로, 무언가의 수단이라는 의미에서 몸의 기관을 뜻한다—옮긴이)에서 유기체('organic'은 앞의 'organikos'에서 나온 영어 단어다—옮긴이)로 격상되었다는 것은(단 두 곳의 외로운 전초 기지, 즉 TV와 창작 교실만 모르는) 과거의 뉴스다. 후기구조주의, 마르크스주의, 페미니즘, 정신분석학, 해체주의, 기호학, 해석학, 기타 숱한 '-주의'들과 '-학'들이 미국 ('순문학') 학계로 진출하여 의식 있는 미국 성인들의 의식에 이미 스며들었다.

요컨대 미메시스가 아직은 안 죽었더라도, 자신이 머지않아 죽을 사람들 덕분에 겨우 생명 유지 장치를 달고 있을 뿐이라는 것이다.

게다가 C.Y. 작가들이 보는 미메시스의 후계자들은 얼마나 많은지! 다다이즘과 입체파 같은 시각 미술 운동이 '지시적' 미술을 대체한 지 80년쯤 지나서야(보다시피 카메라의 발명은 문학적 미메시스의 통치까지는 위협하지 못했다) 마침내 지시의 문학, '정신의

---

5 톨스토이, 쇼펜하우어, I. A. 리처즈 중에서 입맛대로 고르고 그에 따라 각각 '감정' '현상으로부터의 자유' '관련된 정신 상태'를 빈칸에 넣어서 읽으라.

빛'의 문학, 환상의 문학이 현기증이 날 정도로 다양한 각도에서 건설적인 공격을 받았다. 현실을 굴절시켜서 보여주던 마르셀 프루스트와 로베르트 무질, 브루노 슐츠와 거트루드 스타인, 호르헤 루이스 보르헤스와 윌리엄 포크너의 세상은 전쟁 후 대대적으로 폭빌했고, 이후 탄생한 세상은 현실을 현란하게 회절시켰다. 그것은 오래 지연된 문학적 맨해튼 프로젝트였으며, 그 프로젝트의 참여자는 알랭 로브그리예, 귄터 그라스, 블라디미르 나보코프, 길버트 소렌티노, 하인리히 뵐, 존 바스, 코맥 매카시, 가브리엘 가르시아 마르케스, 마누엘 푸익, 밀란 쿤데라, 윌리엄 H. 개스, 카를로스 푸엔테스, 스탠리 엘킨, 호세 도노소, 페터 한트케, 윌리엄 S. 버로스, 마르그리트 뒤라스, 로버트 쿠버, 비톨트 곰브로비치, 어설라 르귄, 도리스 레싱, 캐시 애커, 윌리엄 개디스, J. M. 쿠체, 신시아 오지크 등이었다. 이것도 몇 명만 꼽은 것이다. 그리고 그 근사한 혼돈의 후계자가 될 우리는 누보로망, 포스트모더니즘, 메타픽션, 신서정주의, 신사실주의, 미니멀리즘, 초미니멀리즘, 수행 이론이 명멸하는 모습을 지켜본다. 이것은 지독한 대혼란이다. 여전히 독서를 좋아하는 C.Y. 작가라면, 자신이 반으로 찢기는 기분을 느끼지 않을 수 없다. 창작 프로그램이 미칠 지경으로 정체되어 있다면, 진지한 소설의 현실 세계는 거꾸로 한시도 가만있지 않는다.

하지만 상당히 단순화해서 한번 말해본다면, 히로시마 이후 세상의 변화와 공명하는 모든 현대 소설들에는 한 가지 공통된 속성이 있다. 그것은 바로 시대에 굴복하는 것이다. 문학의 숨결이자 양식인 언어에 대한 순수한 태도를 버리는 것이다. 문학 예술가와 문학 언어와 문학 생산물의 관계가 우리가 이제까지 생각했던 것보다 훨씬 더 복잡하고 강력하다는 사실을 짐짓 외면하지 않고 받아들이는 것이다. 그리고 그런 용기에는 보상으로 따르는 통찰이 있으니, 바로 그 복잡한 관계 속에 진취적이고 비옥한 문학적 가치가 담겨 있을지도 모른다는 통찰이다.

그러나 신중하면서도 기대에 찬 시선으로 새롭게 언어에 주목하는 이 현상을 활용한 여러 문학적 움직임 중 자의식을 가장 극명하게 드러내는 두 운동, 메타픽션과 미니멀리즘이 진지한 '신세대' 픽션이 나아갈 방향인가 혹은 그 방향을 알려주는가 하면, 그건 아니다. 내가 볼 때 두 형식은 단순한 자기 지시(참조) 엔진에 지나지 않는다(메타픽션은 공공연히 그렇고 미니멀리즘은 좀더 은밀하게 그렇다). 이 형식들은 원시적이고, 거칠며, 흡사 클랭버드(점차 좁아지는 세상을 날다가 갇혀버린다는 새─옮긴이)처럼 자신에게 주어진 가능성의 세상에서 이미 한계에 다다른 듯하다. 자기 참조는 대상성의 하위 집합, 그것도 작게 구겨진 하위 집합일 뿐이다. 하지만 나는 이 형식들이 앞으로 닥칠 우울한 계몽의 이른 징후일 것이라고 믿는다. 머지않아, 정말로 진지한 C.Y. 작가라면 누구든, 문학적 표현으로 그럴싸한 가짜를 세우는 일이 전처럼 간단한 작업인 척하는 시늉을 더 이상 지속할 수 없을 것이다. 우리가 물려받은 것은 자신의 날에 너무나 취약한 칼이다. 아무리 세상에 창작 프로그램이 넘치고 〈메리 타일러 무어 쇼〉가 끝없이 재방송되더라도, 우리 손에 들린 이것을 영원히 감출 수는 없을 것이다.

흥미로운 것은 곧 혼란스러운 것이다. 만약 C.Y. 작가 중에서 우리 세대의 활동 기간 내에 소설이 어디로 나아갈지 안다고 건방지게 주장하는 이가 있다면, 그가 누구든 나는 무조건 의심하겠다. 내가 지금까지 장황하게 소개한 혁명이 우리의 앞길에 일으킨 변화는 아직까지는 주로 파괴적이다. 환상은 폭로되었고, 가설은 뒤집혔으며, 우리가 소중하게 품어온 편견은 틀린 것으로 까발려졌다. 우리는 문학적 순수성을 빼앗겼지만, 무엇이 되었든 실질적으로 그것을 대체할 만한 것은 갖지 못했다. 우리는 낀 세대다. 이 대목에 딱 어울리는 하이데거의 말이 떠오르지만 굳이 인용하지는 않겠다.

그렇다면 여기서 내릴 수 있는 대담한 결론은, 요즘 평론가들이 꼭 수줍은 애인인 양 밀었다가 당겼다가 하는 신세대 작가들이 다른 것은 몰라도 최소한 혼란을 겪는다는 점에서만큼은 정말 하나로 통합되어 있다는 것이다. 그리고 비평가들이 C.Y. 소설을 분류해 넣는 지루한 세 진영에 최악의 C.Y. 소설들이 너무나 깔끔하게 들어맞는 이유가 바로 이 사실로 설명될지도 모른다. 워크숍 비전祕傳의 경우, 혼란한 시절에는 신중함이 분별 있어 보이기 때문이다. 소설적 긴장증의 경우, 혼란한 시절에는 극도로 미니멀한 것이 쉬워 보이기 때문이다. 여피 니힐리즘의 경우, 여피 스스로가 좋은 예시라 할 수 있는 그 주변의 대중문화 자체가 잘해봐야 공허하고 최악의 경우 사악하기 때문이며, 혼란한 시절에는 이 명백한 사실을 이야기하는 것조차 어느 정도 가치가 있기 때문이다.

하지만 정확히 얼마나 가치가 있는가 하는 질문은 당연히 물어볼 수 있다. 나도 잘 안다. 오늘날 유례없이 많은 미국 젊은이가 상당한 가용 소득, 세련된 취향, 좋은 물건, 유능한 회계사, 외국산 마약, 매력적인 섹스 파트너를 갖고서도 여전히 몹시 불행하다는 것을. 이 명백한 사실 앞에 분가루가 얼룩진 거울을 무자비하게 들이대어 보인 좋은 소설도 몇 편 있었다. 하지만 끝없이 쏟아지는 "골드 카드로도 잠재울 수 없는 두려움과 떨림"류의 소설이 왜 심란한가 하면, 만약 대중문화와 학계와 지식인 세계의 격변에도 불구하고 여전히 훼손되지 않고 살아남은 오래된 믿음이 하나 있다면, 그것은 바로 성실하고 재능 있고 운 좋은 예술가는 시대를 불문하고 늘 변화를 가져오는 힘이 있다는 믿음인 것 같기 때문이다. 마르크스는(미안하다, 유명한 이름들을 들먹이는 것도 이것이 마지막이다) 자기 시대 지식인들에 대해서 그들의 진정한 책무는 세상을 바꾸는 것인데 그들은 세상을 해석하기만 한다고 조롱한 바 있지만, 그 조롱은 해석을 징징거림으로 축소시키는 데 만족하는 듯한 오늘날 많은 유명 C.Y. 작가에게 더 어울릴 것이다. 그런 징징거리는 작가들이 왜 실망스러운가 하면, 그들의 니힐리즘적 예술적 견해를 설명해주는 세상의 전반적 상황 자체가 사실은 그들에게 니힐리즘적이지 않은 예술을 책무로 부여하기 때문이다. 제 주변에서 사람들이 살아가는 방식에 기질상 또한 직업상 남들보다 좀더 주의를 쏟는 젊은 소설가라면, 현재 1987년의 미국이 사람들이 살기에 그다지 좋은 곳이 아님을 알 것이다. 그리고 나는 "미메시스를 위한 미메시스"의 처형을 지지하는 근거로서 이보다 더 나은 사실을 알지 못한다. 어느 정도 응집력이 있었던 마지막 문학 세대는 세상의 모든 것이 비교적 흑백이었던 베트남 전쟁기에 성년을 맞았다. 반면 우리는 워터게이트의 아이들, 텔레비전 시청자, 레이건의 징병 대상, 모두의 시장이다. 우리가 성년을 맞은 시절은 정말로 괴상한 시절이다. '틀린 것이 옳고' '탐욕은 좋은 깃'이고 '좋아 보이는 것보다 좋게 느끼는 것이 더 나은' 시절이다. 더구나 좋은 사람이 되려는 노력이라는 한심하고 오래된 문제는 더 이상 진지한 문제로도 여겨지지 않는 시절이다. 1950년대 광고 전문가 메이어가 했던 말, "개인의 만족이 지고의 가치로 여겨지는 세상에서는 모든 고양이가 회색이다"라는 말의 거대한 메아리로 느껴지는 시절이다.('회색 grey'은 '따분하다' '칙칙하다'는 뜻도 된다.—옮긴이)

그러나 예술은 제외하고. 바로 이것이 중요한 지점이다. 진지하고, 진실되고, 성실하고, 의식 있고, 야심 찬 예술은 따분하지 않다. 한 번도 따분한 적 없었고, 지금도 따분하지 않다. 따분한 시절의 픽션이 따분하지 않을 수 있는 것은 이 때문이다. 이야기 예술의 진실성 때문에 소설을 읽는 독자들이 머지않아 세련된 니힐리즘 소설 중 최고의 한두 편을 제외하고는 거의 모든 작품에 대해서 할 말을 잃게 되리라는 예상도 이 때문이다.

물론 나는 아직은 현격하게 두드러지지 않았고 그렇기에 여러분은 아직 모르는 젊은 작가를 여러분보다 불공평하게 더 많이 안다. 하지만 내가 신세대 작가들 중 최소한 두어 명이나 어쩌면 한 줌 정도는 예술을 만들 것이라는 데, 나아가 위대한 예술을 만들 것이라는 데, 심지어 위대한 예술이 변하도록 만들 것이라는 데 전 재산이라도 걸 수 있는 것은 또한 이 때문이다. 여러분이 1987년 현재 젊은 작가들에 대해서 믿을 수 있는 사실은 하나뿐이다. 우리가 무언가에 기꺼이 인생을 바칠 경우, 여러분은 우리가 그 무언가를 미치도록 좋아한다고 믿어도 된다는 것. 그리고 돈 때문에 글을 쓰는 것이 아닌 작가들이 글을 쓰는 이유는 지금도 바뀌지 않았다. 그 이유란 글쓰기가 예술이고, 예술은 의미이고, 의미는 힘이라는 것이다. 고양이를 색칠하는 힘, 혼돈에 질서를 부여하는 힘, 텅 빈 공허를 발 디딜 바닥으로 바꾸는 힘, 빚을 보물로 바꾸는 힘. '새로운 세대의 목소리들' 중 가장 뛰어난 이들은 분명 이 사실을 알고 있고, 이 사실이 자신에게 영향을 미치도록 하고 있다. 어쩌면 가장 뛰어난 이들은 아직 한 명도 두각을 드러내지 않았을 수도 있고, 그중 두엇은 심지어… 독학자일 수도 있다. 아무튼 지금 이 시점에서 우리가 그들을 걱정할 필요는 없다. 정말로 유행과 흐름과 학계가 우유를 묽게 만들고 있다면, 적어도 그 덕분에 크림이 떠오르지 않고는 못 배길 것이다. 나는 그들을 맞을 준비를 하겠다.

(1988년)

The Nature of the Fun

재미의 본질

◎　1998년《픽션 작가》9월 호에 실렸고, 세 번째 산문집《육체이면서도 그것 만은 아닌》에 재수록되었다.

내가 아는 한, 픽션 작가가 된다는 것에 대하여 가장 훌륭한 비유는 돈 드릴로의 《마오 II》에 나온다. 그 책에서 드릴로는 한창 집필 중인 책을 가리켜 작가를 쫓아다니는 추악한 기형의 아기로 묘사했다. 아기는 늘 작가를 따라 기어 다니는데(이를테면 작가가 식사를 하려고 찾은 식당에서 문득 바닥을 질질 기며 나타나거나, 아침에 침대 발치에서 그날 맨 먼저 보이는 얼굴이라거나), 추악한 기형이고, 뇌수종이 있고, 코가 없고, 팔이 뭉툭하고, 대소변을 못 가리고, 지능이 떨어지고, 입에서는 뇌척수액이 질질 흐르고, 작가를 향해 늘 앵앵거리고 우물거리고 울어대면서 사랑을 갈구한다. 그 추악함 때문에 틀림없이 얻어낼 것이 분명한 무언가를 원한다. 바로 작가의 온전한 관심을.

기형의 아기 비유는 완벽하다. 왜냐하면 픽션 작가가 자신의 작업에 대해서 느끼는 거부감과 사랑의 복합적인 감정을 잘 포착했기 때문이다. 픽션은 늘 끔찍한 결함을 안고 탄생한다. 당신의 모든 희망을 배반했다고 할 만큼 추악하다. 완벽한 구상에 대한 잔인하고 역겨운 캐리커처에 지나지 않는다. 그렇다, 이해한다. 불완전하기 때문에 그로테스크하다. 그래도 어쨌든 그것은 당신의 섯이다. 그 아기는, 그것은, 당신이다. 당신은 그것을 사랑하고, 그것을 얼러주고, 그것의 축 처진 턱에서 흐르는 뇌척수액을 한 벌밖에 안 남은 깨끗한 셔츠의 소맷자락으로 닦아주는데, 깨끗한 셔츠가 한 벌뿐인 까닭은 당신이 한 삼 주째 빨래를 하지 않았기 때문이고, 그 이유는 이 챕터 혹은 인물이 드디어 아귀가 맞아들어 이야기가 제대로 되어갈 아슬아슬한 대목인 탓에 당신은 그것 말고 다른 일에 시간을 쓰기가 겁나기 때문이고, 왜 겁나는가 하면 일 초라도 딴 데를 봤다가는 그것을 영영 놓치고 말아서 아기 전체가 영영 추악한 상태에 머물 것 같기 때문이다. 이렇게 당신은 기형의 아기를 사랑하고, 그것을 딱하게 여기고, 그것을 보살핀다. 하지만 또한 그것을 미워한다. 정말로 미워한다. 왜냐하면 그것은 기형이고, 역겹기 때문이다. 왜냐하면 당신의 머리에서 종이로 출산이 이뤄지는 와중에 무언가 그로테스크한 일이 그것에게 벌어졌기 때문이다. 왜냐하면 그 결함은 당신의 결함이고(왜인가 하면 만약 당신이 더 나은 픽션 작가였다면 당신의 아기는 당연히 유아복 광고 카탈로그에 나오는 아기처럼 완벽하고 분홍색이고 뇌척수액도 잘 가릴 것이기 때문이다), 그것의 추악하고 지저분한 숨결 하나하나가 모든 차원에서 당신에 대한 참혹한 비난이기 때문이다…. 그래서 당신은 그것이 죽었으면 좋겠다. 비록 당신이 그것을 애지중지하고, 사랑하고, 닦아주고, 얼

454

러주고, 그것이 제 자신의 그로테스크함에 숨이 막혀 죽어버릴 것만 같은 순간에는 그것에게 심폐소생술까지 가하면서도.

이 상황은 아주 엉망이고 슬프지만, 동시에 다정하고 감동적이고 고결하고 근사하다. 이것은 말하자면 진정한 관계다. 그리고 그 기형의 아기는 추악함이 절정에 달한 순간조차 어쩐지 당신이 스스로의 가장 좋은 부분일 것이라고 여기는 부분을 건드리고 깨우는 데가 있다. 당신의 모성적인 부분, 당신의 어두운 부분을. 당신은 당신의 아기를 무척 사랑한다. 그리고 마침내 기형의 아기가 세상으로 나갈 시점이 되었을 때, 남들도 그것을 사랑해주기를 바란다.

그러니 당신은 약간 진퇴양난에 비슷한 처지에 놓인다. 당신은 아기를 사랑하고 남들도 그것을 사랑하기를 바라지만, 그렇다면 그것은 곧 남들이 그것을 정확하게 봐주기를 바라지 않는다는 뜻이다. 당신은 말하자면 사람들을 좀 속이고 싶다. 당신이 내심 완벽함의 배반이라고 여기는 것을 남들은 완벽하다고 봐주기를 바라니까.

아니면 당신은 사람들을 속이고 싶지 않을 수도 있다. 당신이 바라는 것은 그게 아니라 사람들이 사랑스럽고, 기적적이고, 완벽하고, 광고할 준비를 싹 갖춘 채 태어난 아기를 보고 그것을 사랑할 뿐 아니라 사람들의 그 시각과 느낌이 옳고 정확한 것이다. 즉, 당신은 자신이 말짱 틀렸기를 바란다. 기형 아기의 추악함은 당신만의 괴이한 망상이나 환각에 불과하다고 밝혀지기를 바란다. 그러나 그렇다면 곧 당신이 미쳤다는 얘기가 된다. 당신은 그동안 실제로는 존재하지 않는(다고 남들이 당신에게 말하는) 것을 보고, 그것에게 스토킹을 당하고, 그것의 추악한 기형성에 움찔했던 셈이다. 이것은 당신이 적잖이 모자란 사람이라는 얘기가 된다. 사실은 이보다 더 나쁘다. 이것은 또한 당신이 스스로 만든 (그리고 사랑한) 것에서, 스스로 낳은 것에서, 어떤 의미에서는 틀림없이 당신 자신인 것에서 추악함을 보고 경멸했다는 뜻이니까. 그리고 이 최후의 최선의 희망, 여기에는 그저 당신이 형편없는 부모라는 것보다도 훨씬 더 나쁜 의미가 있다. 왜냐하면 이것은 일종의 끔찍한 자기 공격, 자기 고문에 가까운 일일 테니까. 그래도 이것이야말로 여전히 당신이 가장 간절히 바라는 현실이다. 자신이 완전히, 정신 나간 수준으로, 자살에 가까운 수준으로 틀렸으면 하는 것이.

하지만 그래도 글쓰기는 여전히 아주 재미있는 일이다. 재미없다는 말은 결코 아니니, 내 말을 오해하지 말라. 그리고 그 재미의 본질에 관해서라면, 나는 내가 소화전만 할 때 주일학교에서 들었던 좀 희한한 이야기 하나를 줄곧 떠올린다. 중국이라나 한국이라나 아무튼 그런 나라에서 있었던 일이라고 한다. 산이 많은 어느 시골 마을에 늙은 농부가 살았다. 농부에게는 외동아들이 있고 애지중지하는 말 한 필이 있었다. 어느 날, 애지중지하는 대상일 뿐 아니라 노동집약적 농사일에도 꼭 필요한 말이 마구간인가 뭔가의 잠금쇠를 풀고 산으로 내뺐다. 늙은 농부의 친구들이 모두 몰려와서 이 무슨 낭패인가 하고 한탄했다. 그러나 농부는 어깨를 으쓱하며 이렇게 말할 따름이었다. "행운인지 불운인지 누가 알겠소?" 며칠 뒤, 애지중지하던 말이 값을 따질 수 없을 만큼 귀한 야생마들을 잔뜩 몰고 함께 산에서 돌아왔다. 농부의 친구들은 다시 몰려와서 말이 도망친 일이 알고 보니 행운이라 얼마나 기쁘냐고 축하했다.

"행운인지 불운인지 누가 알겠소?" 농부는 이번에도 어깨를 으쓱하며 말할 뿐이었다. 이쯤 되면 옛 중국 농부라기보다는 너무 유대인스러운 게 아닌가 싶기도 하지만, 아무튼 내가 기억하는 이야기는 그렇다. 그래서 이제 농부와 아들은 야생마들을 길들이기 시작했는데, 그중 한 마리가 제 등에 탄 아들을 거칠게 내동댕이치는 바람에 아들의 다리가 부러졌다. 그러자 농부의 친구들은 다시 몰려와서 농부를 위로하며 몹쓸 야생마들이 대체 무슨 불운을 가져온 것인가 하고 한탄했다. 늙은 농부는 어깨를 으쓱하며 말할 뿐이었다. "행운인지 불운인지 누가 알겠소?" 며칠 뒤, 중국인지 한국인지 아무튼 그런 나라의 왕의 군대가 마을로 찾아와서, 어디선가 벌어질 찰나인 모종의 끔찍한 피투성이 전투를 위해서 열 살에서 예순 살 사이의 신체 건강한 남자를 모두 징집해갔다. 그러나 그들은 아들의 부러진 다리를 보고는 일종의 봉건시대의 병역면제 등급 같은 것을 적용하여, 그를 억지로 끌고 가지 않고 늙은 농부와 함께 남겨두었다. 행운일까? 불운일까?

이 우화는 당신이 작가로서 재미의 문제와 씨름할 때 붙잡는 지푸라기와 같다. 맨 처음, 당신이 처음 픽션을 쓰기 시작할 때, 글쓰기는 전적으로 재미일 뿐이다. 딴 사람이 그 글을 읽으리라고는 기대하지 않는다. 당신은 거의 전적으로 자신을 떨쳐내기 위해서 쓴다. 당신의 환상과 괴상한 논리를 현실화하기 위해서, 당신이 좋아하지 않는 자신의 면모로부터 벗어나거나 그것을 변형시키기 위해서 쓴다. 그런 일은 정말 가능하고, 그것이 가능할 때 글쓰기는 엄청나게 재미있다. 그런데 만약 당신에게 행운이 찾아와서 사람들이 당신의 글을 좋아하는 것 같다면, 그리고 당신이 그 글로 돈을 벌게 된다면, 그리고 그 글이 전문가의 솜씨로 조판되고 제본되고 광고되고 리뷰되어 심지어 당신이 (한 번쯤) 아침 지하철에서 전혀 모르는 웬 예쁜 여자가 그것을 읽는 모습까지 목격한다면, 글쓰기는 전보다 좀더 재미있는 것처럼 느껴진다. 한동안은. 그러나 이제 상황이 차츰 복잡해지고 혼란스러워지는데, 더구나 무서워지기까지 한다. 당신은 이제 남들을 위해서 글을 쓴다고 느낀다. 꼭 그렇지는 않더라도 그러고 싶다. 당신은 이제 자신을 떨쳐버리기 위해서 쓰지 않는다. 이것은 아마―자위 행위란 외롭고 공허한 것이므로―좋은 일이다. 하지만 그렇다면 이제 무엇이 자위를 대신하는 동기가 되어줄까? 당신은 남들이 당신의 글을 좋아해주는 것이 즐겁다는 걸 알았고, 남들이 당신이 쓰는 새 글도 좋아해줬으면 하고 스스로 간절하게 바란다는 것을 깨닫게 되었다. 순수한 개인적 재미라는 동기는 남들의 호감을 받고 싶다는 동기, 당신이 알지도 못하는 낯설고 예쁜 사람들이 당신을 좋아하고 당신에게 감탄하고 당신을 좋은 작가로 여겼으면 하는 동기로 교체되었다. 자위가 아니라 이제 유혹의 시도가 동기가 되었다. 그런데 이 유혹의 시도란 어려운 일이다. 그리고 이제 거절에 대한 끔찍한 두려움이 재미를 상쇄시킨다. '자아'가 정확히 무슨 뜻이든, 아무튼 당신의 자아가 게임에 끼어들었다. 혹은 '허영'이 더 나은 표현일지도 모르겠다. 왜냐하면 당신은 이제 당신의 글이 대체로 보여주기에 불과하다는 사실, 남들이 당신을 훌륭한 작가로 여겼으면 하는 마음에 기울이는 노력에 불과하다는 사실을 의식하기 때문이다. 이것은 물론 이해할 만한 일이다. 당신은 이제 글쓰기에 아주 많은 것을 걸게 되었다. 이 일에는 이제 당신의 허영이 걸려 있다. 그리고 당신은 픽션 쓰기의 까다로운 점을 하나 발견한 셈이다. 애초에 이 일을 하려면 어느 정도의 허영이 꼭 필요하지만 그 어느 정도를 조금이라도 넘어선 허영은 치명적이라는 문제다. 이 시점에서 당신이 쓰는 글의 90퍼센트 이상은 남들이 좋아해줬으면 좋겠다는 압도적인 욕구가 동기가 되어 쓰이고 그 욕구에 영향을 받은 글이다. 그 결과, 글은 허섭스레기가 된다. 허섭스레기 작품은 쓰레기통으로 가야 한다. 예술적 진실성이 부족해서가 아니다. 허섭스레기 작품을 내놓으면 사람들이 당신을 싫어할 테니까 그렇다. 작가적 재미의 진화 과정에서 이 단계에 다다르면, 이전에는 글쓰기를 북돋는 동기였던 것이 이제 글을 쓰레기통에 처박도록 만드는 동기로 작용하는 것이다. 이것은 역설이자 일종의 딜레마이고, 이 때문에 당신은 몇 달 심지어 몇 년 동안 자기 자신 안에 갇혀 있다. 그동안 당신은 울부짖고, 이를 악물고, 불운을 한탄하며, 이 일의 재미는 죄다 어디로 사라졌는가 하고 씁쓸해한다.

이 대목에서 잘난 척을 해보자면, 이 구속에서 벗어나는 방법은 어떻게든 당신의 원래 동기로, 즉 재미로 돌아갈 길을 찾아내는 것이다. 그리고 일단 재미로 돌아가는 길을 찾았다면, 당신은 지난 허영의 시기에 겪었던 추악하고 불운한 딜레마가 알고 보면 당신에게 행운이었음을 깨달을 것이다. 왜냐하면 당신이 되찾은 재미는 허영과 두려움의 불쾌함을 거치면서 변형된 재미이고, 당신은 이제 그 불쾌함을 무슨 일이 있어도 피하고 싶은 나머지, 다시 발견한 재미가 이전보다 훨씬 더 풍성하고 충만하게 느껴지기 때문이다. 이 재미는 말하자면 놀이로서의 일이다. 혹은 규율 잡힌 재미가 충동적이거나 방종한 재미보다 더 재미있다는 사실을 발견한 것이다. 혹은 모든 역설이 우리를 마비시키지는 않는다는 사실을 이해한 것이다. 재미를 새롭게 다스리게 되었을 때, 픽션 쓰기는 이제 당신 자신 속으로 깊이 들어가서 당신이 차마 보고 싶지 않은 것, 혹은 남들 어느 누구도 보지 말았으면 하는 것을 조명하는 일이 된다. 그리고 (역설적이게도) 바로 그런 주제야말로 알고 보면 모든 작가들과 독자들이 공유하고 반응하는 것, 느끼는 것이다. 픽션은 이제 자신으로부터 벗어나는 수단이 아니고, 남들이 가장 좋아해줄 것이라고 여기는 방식으로 자신을 선보이는 수단도 아니며, 그보다는 이상한 방식으로 자기 자신을 인정하고 진실을 말하는 수단이 된다. 이 과정은 복잡하고, 혼란스럽고, 무섭다. 또한 고되다. 그러나 알고 보면 최고의 재미는 바로 여기에 있다.

당신이 처음에 글쓰기를 통해서 벗어나고 싶었거나 가장하고 싶었던 당신의 부분, 바로 그 재미없는 부분을 직면함으로써 이제 글쓰기의 재미를 유지할 수 있다는 것은 또 하나의 역설이다. 그러나 이 역설은 어떤 종류의 구속도 아니다. 이것은 오히려 선물이고, 일종의 기적이다. 그리고 이것에 비한다면, 낯선 사람들의 애정이라는 보상은 한낱 먼지에, 보푸라기에 지나지 않는다.

(1998년)

데이비드 포스터 월리스 연보

o 1962년 2월 21일 미국 뉴욕 주 이타카에서 제임스 월리스와 샐리 포스터 월리스의 첫아이로 태어났다.

o 1964년 (2세) 여동생 에이미가 태어났다.

o 1969년 (7세) 일리노이 대학에서 철학과 교수로 일하는 아버지 때문에 가족은 일리노이 주 어바나에 정착했다. 데이비드 포스터 월리스는 그곳에서 양키리지 초등학교와 어바나 고등학교를 다녔다.

o 1980년 가을 (18세) 아버지의 모교이기도 한 매사추세츠 주 애머스트 대학에 진학했다.

o 1982년 봄 (20세) 2학년 2학기를 앞두고 자살 충동을 동반한 우울증이 발병하여 휴학하고 부모님 집으로 돌아갔다. 평생 여러 차례 겪게 될 우울증 삽화의 첫 번째였다.

o 1983년 가을 (21세) 두 번째로 우울증 삽화가 발생하여 두 번째로 휴학하고 부모님 집에서 요양했다.

○ **1985년 여름 (23세)** 애머스트 대학을 졸업했다. 철학과 영문학 복수 전공으로, 철학 졸업논문으로는 리처드 테일러의 숙명론에 대한 반론을 썼고 영문학 졸업논문으로는 나중에《시스템의 빗자루》로 출간될 장편소설을 썼다. 두 글 모두 최우등 summa cum laude 으로 평가되어 이중 최우등 졸업자가 되었다.

○ **1985년 8월 (23세)** 애리조나 대학의 창작 석사과정에 진학하게 되어 투손으로 이사했다. 그러나 이사하자마자 세 번째 우울증 삽화가 발생하여 부모님 집으로 돌아갔고, 어바나의 칼 병원 정신 병동에 몇 주 입원했다. 평생 복용할 항우울제 나르딜을 처음 처방받았다.

○ **1986년 가을 (24세)** 장학금이 만료되어, 학비를 벌 요량으로 처음으로 학생들을 가르치기 시작했다.

○ **1987년 1월 (25세)** 대학 졸업논문으로 쓴 장편소설《시스템의 빗자루》가 노턴 출판사에서 출간되었다.

○ **1987년 7월 (25세)** 애리조나 대학 창작 석사과정을 마친 뒤, 뉴욕 주 새러토가스프링스에 있는 작가 레지던스 야도에 들어가서 다른 작가들과 교유했다.

○ **1987년 가을 (25세)** 모교인 애머스트 대학에서 한 학기 동안 학생들을 가르쳤다. 술을 심하게 마시기 시작했다.

○ **1988년 (26세)** 상반기에는 어바나의 부모님 집에 머물다가 가을 학기부터 자신이 석사 학위를 받았던 애리조나 대학에서 가르치기로 하여 투손으로 갔으나, 곧 네 번째 우울증 삽화가 발생하여 부모님 집으로 돌아갔다. 부모님 집에서 신경안정제를 과용하여 응급실로 실려 갔고, 장세척 후 살아났다. 나르딜로도 소용이 없자 전기충격요법을 여섯 차례

받았다. 기억력 상실 등 후유증을 겪다가 나아졌다.

o **1989년 4월 (27세)** 대학에서 즐겼던 철학을 다시 공부하기 위해 하버드 대학 철학과 대학원에 응시하여 입학 허가를 받았고, 보스턴으로 이사 했다. 7월에는 두 번째로 야도를 방문하여 2주 체류했다.

o **1989년 8월 (27세)** 첫 소설집《희한한 머리카락을 가진 소녀》가 출간되 었다.

o **1989년 11월 (27세)** 9월에 대학원 첫 학기가 시작되자마자 자살 충동을 동반한 우울증 삽화가 발생했고, 학교의 주선으로 매클린 병원 정신 병 동에 4주 입원했다. 퇴원 후 알코올 및 마약 중독자 재활 기관인 그라 나다하우스로 옮겼고, 매일 금주 모임에 참석하며 소프트웨어 회사 경 비, 헬스클럽 카운터 직원 등으로 일했다.

o **1990년 6월 (28세)** 그라나다하우스에서 퇴소하여 대학원 공부를 재개했 다.

o **1990년 11월 (28세)** 대학 친구인 작가 겸 검사 마크 코스텔로와 함께 쓴 《설전하는 래퍼들: 현대 도시의 랩과 인종》이 출간되었다.

o **1991년 11월 (29세)** 금주 후 첫 우울증 삽화가 발생했다. 뉴턴웰즐리 병 원 정신 병동에 입원하여 2주 머물렀는데, 폐쇄 병동에도 며칠 있었다.

o **1992년 5월 (30세)** 하버드에서 만나 집착하게 된 시인 메리 카가 살던 뉴욕 주 시러큐스로 이사했다. 몇 해 전부터 써온《무한한 재미》의 프 러포절을 완성했고, 리틀브라운 출판사와 출간 계약을 맺었다.

o **1993년 7월 (31세)** 일리노이 주립 대학의 교수직 제안을 받아들여 일리 노이 주 블루밍턴노멀로 이사했다. 가을 학기부터 가르치며《무한한 재 미》의 초고를 완성했고, 잡지《하퍼스》의 의뢰로 일리노이 주 축제에

참석한 뒤 스케치 기사를 썼다. 이 기사가 히트하여, 이후 윌리스는 비슷한 취재 의뢰를 많이 받게 되었다.

○ **1995년 (33세)** 봄에는 《하퍼스》의 취재 의뢰로 크루즈 여행을 다녀왔고, 여름에는 도스토옙스키 전기 서평에 몰두했으며, 그 후 《무한한 재미》의 교정지를 받았다.

○ **1996년 2월 (34세)** 출판사의 대대적인 사전 홍보에 힘입어 두 번째 장편 소설 《무한한 재미》가 출간되었다. 여러 도시를 돌며 출간 홍보 행사에 참석했다.

○ **1997년 2월 (35세)** 첫 산문집 《재밌다고들 하지만 나는 두 번 다시 하지 않을 일》이 출간되었다. 마침 《무한한 재미》의 페이퍼백도 출간되어 겸사겸사 북투어를 했고, TV 토크쇼에 출연했다. 이즈음에는 유명인이 되어, 팬들이 학교로 찾아오는 일이 벌어지기 시작했다. '천재상'이라고도 불리는 맥아더 재단 펠로십에 선정되어 지원금 23만 달러를 받았다.

○ **1999년 5월 (37세)** 안식년 동안 썼던 초단편들을 모은 두 번째 소설집 《추악한 남자들과의 짧은 인터뷰》가 출간되었다.

○ **2000년 (38세)** 두 번째 안식년을 가졌다. 연초에는 연말에 있을 대통령 선거에 공화당 후보로 출마한 존 매케인 애리조나 상원의원의 캠페인을 취재하여 기사를 썼고, 여름에는 애틀러스북스 출판사의 제안에 따라 수학자 게오르크 칸토어와 무한 개념에 관한 책을 쓰기 시작했다.

○ **2001년 (39세)** 여름에 친구들과 함께 프랑스 보르도 근처의 플럼빌리지에서 열린 2주간의 명상 수행에 참가했으나 일찍 도망쳐 나왔다. 블루밍턴의 집에서 9·11 테러 사건을 겪은 뒤 사흘 만에 그 일에 관한 에세이를 썼다.

o **2002년 여름 (40세)** 캘리포니아 주 클레어몬트의 포모나 대학에 신설된 창작 과정을 맡기로 하여 캘리포니아로 이사했다. 겨울부터 화가인 캐런 그린과 사귀기 시작했고, 크리스마스에는 함께 하와이로 여행을 갔다.

o **2003년 10월 (41세)** 칸토어와 무한 개념에 관한 책《모든 것과 그 이상》이 출간되었다.

o **2004년 6월 (42세)** 그동안 쓴 단편들을 묶은 세 번째 소설집《망각》이 출간되었고, 북투어를 했다. 크리스마스에는 그린과 함께 어바나로 가서 부모와 여동생과 두 조카딸이 참석한 자리에서 결혼식을 올렸다.

o **2005년 5월 (43세)** 오하이오 주 케니언 대학에서 졸업식 축사를 했다. 이날 축사는 그가 죽은 뒤《이것은 물이다》로 출간되었다.

o **2005년 12월 (43세)** 두 번째 산문집《랍스터를 생각해봐》가 출간되었다.

o **2006년 여름 (44세)** 작가 친구 조너선 프랜즌의 초대로 이탈리아 카프리 섬에서 열린 작가 축제에 부부 동반으로 참석했다. 직후 영국에 들러서 윔블던 경기를 취재한 뒤 기사를 썼다.

o **2007년 여름 (45세)** 몇 해 전부터 써온 세 번째 장편소설의 원고 일부를 《뉴요커》 등에 공개했다. 그러던 중 어느 날 외식을 하다가 심계항진을 느꼈고, 오랫동안 복용해온 항우울제 나르딜의 부작용일 것이라고 의심했다. 이것을 계기로 약을 끊으려 했으나 곧 우울증 삽화가 발생하여 입원했고, 새 약을 처방받았다.

o **2008년 봄 (46세)** 새 항우울제로 나아지는 듯했으나, 어느 날 그린에게 편지로 유서를 보낸 뒤 집 근처 모텔에 혼자 투숙하여 갖고 있던 약을 다 먹었다. 그러나 깨어났고, 결국 대학 병원에 입원했다. 나르딜을 다시 복용했으나 효과가 빨리 나타나지 않아 전기충격요법을 열두 차례

받았다.

○ **2008년 9월 12일 (46세)** 그린이 집을 비운 틈에 작업실에서 미완성 장편 소설《창백한 왕》의 원고를 정리해두고 유서를 쓴 뒤 목을 맸다.

데이비드 포스터 월리스 저작 목록

장편소설

- 《시스템의 빗자루The Broom of the System》(1987)
- 《무한한 재미Infinite Jest》(1996)
- 《창백한 왕The Pale King》(2011, 미완성 유작)

소설집

- 《희한한 머리카락을 가진 소녀Girl with Curious Hair》(1989)
- 《추악한 남자들과의 짧은 인터뷰Brief Interviews with Hideous Men》(1999)
- 《망각Oblivion》(2004)

산문집

- 《재밌다고들 하지만 나는 두 번 다시 하지 않을 일A Supposedly Fun Thing I'll Never Do Again》(1997)
- 《랍스터를 생각해봐Consider the Lobster》(2006)
- 《육체이면서도 그것만은 아닌Both Flesh and Not》(2012, 유작)

———

- 《매케인의 약속McCain's Promise》(2008)
  존 매케인의 2000년 공화당 대통령 후보 캠페인을 취재한 기사로, 원래 2000년 《업, 심바!Up, Simba!》라는 단행본으로 출간되었던 책이 제목만 바꿔 페이퍼백으로 나온 것이다. 그러나 기존의 산문집 《랍스터를 생각해봐》에 '업, 심바!'라는 제목으로 실려 있다.

○ 《끈 이론String Theory》(2016)
테니스에 관한 글만 다섯 편 모은 책. 모든 글이 기존에 출간된 세 산문 집에 포함되어 있다.

그 밖에

○ 《설전하는 래퍼들: 현대 도시의 랩과 인종Signifying Rappers: Rap and Race in the Urban Present》(1990, 마크 코스텔로와 공저)

○ 《모든 것과 그 이상: 짧게 쓴 무한의 역사Everything and More: A Compact History of Infinity》(2003)

○ 《이것은 물이다This Is Water》(2009)
데이비드 포스터 월리스가 2005년 케니언 대학 졸업식에서 했던 축사를 펴낸 책이다.

○ 《운명, 시간 그리고 언어: 자유의지에 관하여Fate, Time and Language: An Essay on Free Will》(2010)
데이비드 포스터 월리스의 대학 졸업 철학 논문을 펴낸 책이다.

재밌다고들 하지만
나는 두 번 다시 하지 않을 일

초판 1쇄 발행   2018년 4월 6일
초판 6쇄 발행   2023년 2월 15일

지은이   데이비드 포스터 월리스
엮고 옮긴이   김명남
책임편집   나희영
디자인   주수현 정진혁

펴낸곳   (주)바다출판사
주소   서울시 종로구 자하문로 287
전화   322-3885(편집), 322-3575(마케팅)
팩스   322-3858
E-mail   badabooks@daum.net
홈페이지   www.badabooks.co.kr

번역 © 김명남

ISBN   978-89-5561-490-9 03840